JN290825

和泉古典叢書 11

井手 至
毛利正守

新校注 萬葉集

和泉書院

凡例

一　本書は、萬葉集全二十巻を校訂し、適宜、句読点、傍訓、返点などを加えたものである。

二　本文について

(1)　本文は、西本願寺本をはじめ、諸写本（断簡を含む）、刊本、注釈書類を参照して定め、西本願寺本の本文との主要な校異を、例示のように頭注（目録、奥書においては脚注）に示した。

（例）

（頭注）
1イ篋**元紀**―匣

或本歌曰、玉篋（タマクシゲ）
三室戸山乃（ミムロトヤマの）

（1は第一句、イは異本または異文を表わす。頭注の「篋」が元暦本、紀州本（ほか諸本）の文字、「匣」が西本願寺本（ほか諸本）の文字であることを示す。）

……横山巌一吹茨*刀自作歌

（脚注）
茨―黄**元宮**

（*は歌句以外の、校異のある文字を示す。脚注の「茨」が西本願寺本（ほか諸本）の文字、「黄」が元暦本、神宮文庫本（ほか諸本）の文字であることを示す。）

(2)　寛永版本の丁数を、原則として脚注の〔　〕内に示し、丁の表・裏の変わり目を、本文中に・印を打って示した。ただし、西本願寺本と版本との間の歌順の相違によって生じた改丁は本文中に（・）印を打って示し、脚注の（　）内にその都度、版本の丁数を示した。

(3)　和歌には、左・右に新・旧（ゴチック体）の国歌大観番号を、漢詩には新国歌大観番号を頭書した。目録においてもこれと同様に番号を頭書したが、数首の歌が一括された目録には、その第一首目の番号のみを記した。

(4) 目録、題詞、和歌、左注、割注およびその他の散文の体裁は、文字の高低、大小、字間の空白（平出、抬頭）など、なるべく西本願寺本の形を採用した。ただし、読解に便宜を供するため、目録および題詞には、適宜空白を置いたところがある。

(5) 和歌の各句の切れ目には空白をおき、長歌には句序数（第何句目であるかを示す数）を五句毎にアラビア数字で付記した。句の切れ目をどこに置くかは通説に従った。頭注、脚注の頭につけたアラビア数字も句序数を示す。

(6) 西本願寺本の奥書を、萬葉集の書写、伝来に関わる部分（巻一、巻二十）について掲げた。

(7) 字体は、写本に見える伝来の文字をそのまま残したものもあるが、おおむね現代通行の字体を優先させた。次に、その概要を例示する。

（写本の文字、字体を残したもの）

欠・闕　刈・苅　氏・弖　叫・叫　灯・燈・燭

邪・耶　余・餘　采・婇　完・宍　叔・村

岡・崗　匣・篋　怪・恠　昆・毗　削・剳

殺・𢽿　峯・岑・峰　芻・蒭　称・偁　崎・埼・碕

閉・閇　淑・淑　梁・樑　雁・鴈　揩・摺

過・逿　喪・哭　裏・裡　蓑・蓑　算・筭

榜・滂　嘆・歎　暫・蹔　踏・蹈　磯・礒

縵・蘰　獵・獦　翻・飜

（文意に即して適切な文字に改めたもの）

己―已―巳　末―未　小―少　斉―斎　木（木偏）―扌（手偏）　冫―氵

（文字、字体の統一をはかったもの）

辶←辶　大夫←丈夫　尓←爾・介　年←羊　并←幷

社←杜　皃←貌・皃　役←伇　径←徑　体←躰

於←扵　迩←邇　沽←沽　陀←陁　事←叓

壮←牡　巻←㢧　刺←剌・刾　祐←祐　祢←禰

咲←噗　臥←卧　奸←奷　剋←尅　珍←珎

秋←秌　祓←秡　紐←紐　徘徊←俳佪　胸←胷

挿←揷　庭←廷　麻呂←麿　船←舡・舩　剣←剱・劔

釧（クシロ）←釼　覓←覔　蛇←虵　菖（アヤメ）←昌　須←湏

雉←鵗　猿←猨　検←撿　淵←渕　歌←哥・謌

嶋←島　褁←裹　蒲←蒱　嘗←甞　蓋←盖

網←䋄　霂←霖　憑←凴　趨←趍　績（ウミ）←続

薩←薛・辟　鶏←雞　蘆←芦　鷥←鷺　纏←纒

竊←窃　羈←覊　鬱←欝

三　訓について

(8) 和歌の傍訓は、穏当と判断するところに従ったが、「オモフ・モフ」、「クアリ・カリ」、「ズアリ・ザリ」、「テアリ・タリ」、「ニアリ・ナリ」、「でクアリ・でカリ」、「とイフ・とフ・チフ」の別や、「アレ・ワレ」、「アガ・ワガ」、助詞「カ・ヤ」、「の・ガ」の別など、そのいずれかに確定しにくい場合が多い。別訓の認められる場合には、それを例示のように脚注に示した。ただし、スペースの都合などで省いたものもある。

(例) イリヒミ〔弥〕シ

（〔 〕内の文字によった場合の訓を示す）

ハジめのトキ〔之〕

（〔 〕内の文字のない本文によった場合の訓を示す）

(9) 両訓の可能な「そ・ぞ（係助詞）」、「ユ・ヨ〔従〕」、「マヲス・マウス〔申〕」、「とフ・チフ」、「コひシ・コホシ」、「ワギヘ・ワガヘ」、「アガオモフ（アガモフ）・ワガオモフ（ワガモフ）」については、原則として、後者を脚注に示すことを省略した。

(10) ア行音が直前の音と一体化していると判断される字余りに）印を付して示した。半母音の場合にも多くはないものの一体化して字余りをみるが、そのうち試みに「行ク」の字余りの所にも）印を付した。

(11) 上代語に認められる特殊仮名遣の甲類と乙類の仮名の別、ア行とヤ行のエの仮名の別については、乙類の仮名、ヤ行のエの仮名を平仮名で示すことによって区別した。ただし、乙類のへの仮名は「ヘ」の形で示した。

巻五の山上憶良の歌については、モの仮名の甲類と乙類の別も示した。

なお、甲乙の別のさだかでない場合には、傍訓の右傍に｜を施し、甲乙の違例と認められる場合には、傍訓の右傍に＊印を付した。ただし、東歌・防人歌については、甲乙の違例の指摘を差し控えた。

四　参考に供した主要な諸写本、刊本、注釈書類の略称は、次のとおり。

桂	桂本	砂	金砂子切
元	元暦校本	金	金沢本
天	天治本	天′	検天治本
藍	藍紙本	類	類聚古集
春	春日本	古	古葉略類聚鈔（古ニは重出本文）
尼	尼崎本	壬	伝壬生隆祐筆本
嘉	嘉暦伝承本	冷	冷泉本
広	広瀬本	西	西本願寺本
紀	紀州本	文	金沢文庫本
宮	神宮文庫本	細	細井本（細ニは重出本文）
陽	陽明本	近	近衛本
温	温故堂本	矢	大矢本
京	京都大学本	拾遺采	拾遺采葉抄
拾穂	萬葉拾穂抄	代初	萬葉代匠記　初稿本
代精	萬葉代匠記　精撰本	童蒙	萬葉集童蒙抄
考	萬葉考	小琴	萬葉集玉の小琴
記伝	古事記伝	私考	萬葉集私考

槻落葉	萬葉考槻落葉
楢杣	萬葉集楢の杣
緊要	萬葉集緊要
古義	萬葉集古義
愚考	萬葉集誤字愚考
文字弁証	萬葉集文字弁証
新考	萬葉集新考（井上通泰）
全釈	萬葉集全釈
定本	定本萬葉集
全註釈	萬葉集全註釈
大成	萬葉集大成
注釈	萬葉集注釈
桜楓	桜楓社版　萬葉集
集成	新潮日本古典集成
全注	萬葉集全注（既刊分）
新全集	新編日本古典文学全集
新大系	新日本古典文学大系
略解	萬葉集略解
燈	萬葉集燈
檜嬬手	萬葉集檜嬬手
略解補正	萬葉集略解補正
訓義弁証	萬葉集訓義弁証
総索引	萬葉集総索引（正宗敦夫）
新訓	新訓萬葉集
総釈・新校	萬葉集総釈第十一・新校萬葉集
全書	日本古典全書
私注	萬葉集私注
大系	日本古典文学大系
塙	塙書房版　萬葉集（塙補は補訂版）
全集	日本古典文学全集
輪講	萬葉集輪講
校訂	校訂萬葉集（中西進）
釈注	萬葉集釈注
歌大系	和歌文学大系（既刊分）

右のほか、写本に見える異文は、

西イ	西本願寺本に記入された異本の文字
元緒	元暦本に緒で記入された文字

広原　広瀬本に見える補訂以前の原字　　　　　温右　温故堂本に記入された右傍の文字
宮訂　神宮文庫本に見える補訂の文字

などのように示した。

なお、写本、刊本、注釈書類以外の論考などに示された推定本文については、その発表者名を摘記するにとどめた。私案と記したのは、井手至の発案に基づく推定本文である。

付記　本書の編纂、本文の校異および校正にあたっては村田正博氏の尽力を得た。ここに謝意を表する。

平成二十年九月十日

井手　至
毛利　正守

萬葉集巻第一

雑歌**

泊瀬朝倉宮御宇天皇代

一 一　天皇御製歌*

高市岡本宮御宇天皇代

二 二　天皇登二香具山一望レ国之時御製歌*

三〜 三〜　天皇遊二猟内野一之時*　中皇命使二間人連老献一歌　并短歌・***

五〜 五〜　幸二讃岐国安益郡一之時　軍王見レ山作歌　并短歌**

明日香川原宮御宇天皇代

七 七　額田王歌　未レ詳。**

後岡本宮御宇天皇代

八 八　額田王歌

九 九　幸二紀伊温泉一之時**　額田王作歌

一〇〜 一〇〜　中皇命往二于紀伊温泉一之時御歌三首・**

一三〜 一三〜　中大兄三山御歌一首**　并短歌二首*****

近江大津宮御宇天皇代*

一六 一六　天皇詔二内大臣藤原朝臣一競二憐春山万花之艶秋山千葉之彩一時　額田王以レ歌判レ之歌

一七〜 一七〜　額田王下二近江国一時作歌　即井戸王和歌*

二〇 二〇　天皇遊二猟蒲生野一時*　額田王作歌

二一 二一　皇太子答御歌

明日香清御原宮御宇天皇代・

〔一〕
雑歌―ナシ
歌―ナシ元紀
製―ナシ元紀
之―ナシ元冷広
并短歌―ナシ元
并短歌―ナシ元
未詳―ナシ元
幸―幸于元赭広
伊―ナシ元
伊西ィ広紀―ナシ
三首―ナシ元
〔二〕
一首…―ナシ元
江元冷広―江国
即元広紀―ナシ
時―之時冷広

二二 二二　十市皇女参二赴於伊勢大神宮一時*　見二波多横山巌一吹芡刀自作歌*

二三 二三　麻績王流二於伊勢国伊良虞嶋一之時　人哀痛*作歌

二四 二四　麻績王聞レ之感傷和歌

二五 二五　天皇御製歌

二六 二六　或本歌

二七 二七　天皇幸二吉野宮一時御製歌・

藤原宮御宇天皇代

二八 二八　天皇御製歌

二九〜 二九〜　過二近江荒都一時*　柿本朝臣人麻呂作歌一首**　并短歌***

三二〜 三二〜　高市連古人感二傷近江旧堵一作歌*　或書、高市黒人。****

三四 三四　幸二紀伊国一時　川嶋皇子御作歌

三五 三五　阿閇皇女越二勢能山一之時御歌・*

三六〜 三六〜　幸二吉野宮一之時　柿本朝臣人麻呂作歌二首**　并短歌二首*****

四〇〜 四〇〜　幸二伊勢国一之時*　留レ京柿本朝臣人麻呂作歌三首**

四三 四三　当麻真人麻呂妻作歌

四四 四四　石上大臣従レ駕作歌

四五〜 四五〜　軽皇子宿二于安騎野一時　柿本朝臣人麻呂作歌一首**　并短歌・***

五〇 五〇　藤原宮之役民作歌

大―ナシ元冷
芡―黄元宮
痛―傷元朱
〔三〕
時―ナシ元冷広
一首…―ナシ元紀
古―里元広紀黠冷
或書…―ナシ元紀
之―ナシ元冷広
二首…―ナシ元紀
之―ナシ元冷広
三首―ナシ元紀
一首…―ナシ元紀
〔四〕

作—ナシ元
宮—ナシ元
一首……—ナシ元
二首—ナシ元紀
国—ナシ元
長忌寸……—ナシ元紀
高市連……—ナシ元紀
二首—ナシ元紀
〔五〕
四首—ナシ元紀
高安大嶋—ナシ元紀
三首—ナシ元紀

歌—歌式部卿藤原宇合元紀冷西イ宮
二首—ナシ元紀
或云……—ナシ冷紀
〔六〕
逈—廻元広紀
三首—ナシ元紀
宮—ナシ冷広紀
長皇子御歌—次行ニ志貴皇子御歌トアリ元冷広紀

雑歌―ナシ元紀
大広紀―太
7 告考―吉
8 紗元類冷広―沙
13 吉小琴―告
15 許元類古―許者
15 16 能梓元―梓能

萬葉集巻第一

*雑　*歌

泊瀬朝倉宮御宇天皇代　大泊瀬稚武*天皇。

天皇御製歌

一　籠毛与　美籠母乳　布久思毛与　美夫君志持　此岳尓　菜採須児　家告閑　名告紗根　虚見津　山跡乃国者　押奈戸手　吾許曽居　師吉名倍手　吾己曽座　我許背歯　告目　家呼毛名雄母

高市岡本宮御宇天皇代　息長足日広額天皇。

天皇登二香具山一望レ国之時御製歌

二　山常庭　村山有等　取与呂布　天乃香具山　騰立　国見乎為者　国原波　煙立竜　海原波　加万目立多都　怜何国曽　蜻嶋　八間跡能国者

天皇遊二猟内野一之時　中皇命使二間人連老献一歌

三　八隅知之　我大王乃　朝庭　取撫賜　夕庭　伊縁立之　御執乃　梓弓之　奈加弭乃　音為奈利　朝猟尓　今立須良思　暮猟尓　今他田渚良之　御執能　梓弓之　奈加弭乃　音為奈里

〔七〕

7 8 イヘキ〔吉〕カナのラサネ
14 ワレこそマセ・ワレこそイマセ
15 ワレこそバ・ワニこそハ

2 ムラヤマアリと
ムラヤマアレどモ
4 アマのカグヤマ
8 ケブリタツタツ
10 カマめタツタツ
11 ウマシキクニそ

〔八〕
2 ワガオホキミの

4 和—手古義
8 卜—占類
10 懸—縣元類紀
15 座元類広紀—居

与元類古—予
云—ナシ元類広
仍元広紀—乃

5 磯元類広紀—幾

宮—ナシ類古広
而—ナシ元紀

反歌

四四　玉剋春(タマキハル)　内乃大野尓(ウチのオホノニ)　馬数而(ウマナめテ)　朝布麻須等六(アサフマスラム)　其草深野(そのクサブカノ)

幸㆓讃岐国安益郡㆒之時、軍王見㆑山作歌

五五　霞立(カスミタツ)　長春日乃(ナガキハルヒの)　晩家流(クレニケル)　和豆肝之良受(ワヅキモシラズ)　村肝乃(ムラキモの)・心乎痛見(こころヲイタミ)　奴要子鳥(ヌえコとり)　卜歎居者(ウラナけヲレバ)
珠手次(タマダスキ)　懸乃宜久(カけのよろシク)　遠神(とホツカみ)　吾大王乃(ワごオホキミの)　行幸能(イデマシの)　山越風乃(ヤマコスカぜの)　独座(ヒとリヲル)　吾衣手尓(ワガころモデニ)　朝夕尓(アサヨヒニ)
還比奴礼婆(カヘラヒヌレバ)　大夫登(マスラヲと)　念有我母(オモヘルアレモ)　草枕(クサマクラ)　客尓之有者(タビニシアレバ)　思遣(オモヒヤル)　鶴寸乎白土(タヅキヲシラニ)　網能浦之(アミのウラの)
海処女等之(アマヲとメラガ)　焼塩乃(ヤクシホの)　念曽所㆑焼(オモヒそヤクル)　吾下情(アガシタごころ)

反歌

六六　山越乃(ヤマゴシの)　風乎時自見(カぜヲとキジみ)　寐夜不㆑落(ヌルヨオチズ)　家在妹乎(イヘナルイモヲ)　懸而小竹櫃(カけテシノヒツ)・

右、検㆓日本書紀㆒、無㆑幸㆓於讃岐国㆒。亦軍王未㆑詳也。但山上憶良大夫類聚歌林曰、記曰、天皇十一年己亥冬十二月己巳朔壬午、幸㆓于伊*与温湯宮㆒云々。一書*云、是時宮前在㆓二樹木㆒。此之二樹斑鳩比米二鳥大集。時勅、多挂㆓稲穂㆒而養㆑之。*仍作㆑歌云々。
若疑従㆑此便幸之歟。

明日香川原宮御宇天皇代　天豊財重日足姫天皇。

額田王歌　未㆑詳。

七七　金野乃(アキのノの)　美草苅葺(ミクサカリフキ)　屋杼礼里之(ヤどレリシ)　兎道乃宮子能(ウヂのミヤコの)　借五百磯所㆑念(カリホシオモホユ)

右、検㆓山上憶良大夫類聚歌林㆒曰、一書、戊申年、幸㆓比良宮㆒大御歌。但紀曰、五年春正月己卯朔辛巳、天皇至㆑自㆓紀温湯㆒。三月戊寅朔、天皇幸㆓吉野*宮㆒*而肆宴焉。庚辰

4 タ〔手〕ヅキモシラズ
8 ウラナキヲレバ
12 ワガオホキミの
16 アガころモデニ
28 オモヒそモユル
29 ワガシタごころ

4 イヘニアルイモヲ

〔九〕

5 カリイホシオモホユ

日—ム日元冷広
譲墙補—ナシ
即元古広紀—即位
予—与類紀温
壬—丙元西ィ広紀
囂—𨛗元器古
謁—湯元類広紀
伊広紀宮—ナシ
3 磐—盤元古冷広
或……—以下小字類
頭—ナシ元古
歌元類古紀—歌一首

＊日、天皇幸二近江之平浦一。・

後岡本宮御宇天皇代　天豊財重日足姫天皇。＊譲位後、＊即二後岡本宮一。

額田王歌

八 八 熟田津尓(ニキタツニ)　船乗世武登(フナのりセムと)　月待者(ツきマテバ)　潮毛可奈比沼(シホモカナヒヌ)　今者許芸乞菜(イマハこギデナ)

右、検二山上憶良大夫類聚歌林一曰、飛鳥岡本宮御宇　天皇元年己丑九年丁酉十二月己巳朔壬午、天皇大后幸二于伊予湯宮一。後岡本・宮馭宇　天皇七年辛酉春正月丁酉朔＊壬寅、御船西征、始就二于海路一。庚戌、御船泊二于伊予熟田津石湯行宮一。天皇御二覧昔日猶存之物一、当時忽起二感愛之情一。所以因製二歌詠一為二之哀傷一也。即此歌者天皇御製焉。

但額田王歌者別有二四首一。

幸二于紀温泉一之時　額田王作歌

九 九 莫＊囂円隣之大相七兄爪＊謁気　吾瀬子之(ワガセコガ)　射立・為兼(イタタセリケム)　五可新何本(イツカシガもと)

中皇命＊往二于紀伊温泉一之時御歌

一〇 一〇 君之歯母(キミガよモ)　吾代毛所レ知哉(ワガよモシレヤ)　磐代乃(イハシろの)　岡之草根乎(ヲカのクサネヲ)　去来結　手名(イザムスビテナ)

一一 一一 吾勢子波(ワガセコハ)　借廬作良須(カリホツクラス)　草無者(カヤナクハ)　小松下乃(コマツガシタの)　草乎苅核(カヤヲカラサネ)

一二 一二 吾欲之(ワガホリシ)　野嶋波見世追(ノシマハミセツ)　底深伎(そこフカキ)　阿胡根能浦乃(アゴネのウラの)　珠曽不レ拾(タマそヒリハヌ)・

＊或＊頭云、吾欲(ワガホリシ)　子嶋羽見遠(コシマハミシヲ)

右、検二山上憶良大夫類聚歌林一曰、天皇御製歌　云々。

中大兄　近江宮御宇天皇。　三山歌＊

〔一〇〕
1 ニキタヅニ
5 イマハこギ）イデナ

〔一一〕
1 2 定訓ナシ

2 ワガよモシルヤ
4 ヲカのカヤネヲ
2 カリ）イホツクラス
4 コマツガモとの
5 クサヲカラサネ

3 紗注釈―弥　元類沙広ィ宮　佐紀祢

憐―ナシ元類古紀

作元類広紀―ナシ

4 畝―武類西ィ

一三 高山波　雲根火雄男志等　耳梨与　相諍競伎　神代従　如此尓有良之　古昔母　然尓有
許曽　虚蟬毛　嬬乎　相挌良思吉

反歌・

一四 高山与　耳梨山与　相之時　立見尓来之　伊奈美国波良

一五 渡津海乃　豊旗雲尓　伊理比紗之　今夜乃月夜　清明己曽

右一首歌、今案不レ似二反歌一也。但旧本以二此歌一載二於反歌一。故今猶載二此次一。亦紀曰、
天豊財重日足姫天皇先四年乙巳、立二天皇一為二皇太子一。・

近江大津宮御宇天皇代　天命開別天皇。諡曰二天智天皇一。

天皇　詔二内大臣藤原朝臣一競二*憐春山万花之艶秋山千葉之彩一時　額田王以レ歌判レ之歌

一六 冬木成　春去来者　不レ喧有之　鳥毛来鳴奴　不レ開有之　花毛佐家礼杼　山乎茂　入而
毛不レ取　草深　執手母不レ見　秋山乃　木葉乎見而者　黄葉乎婆　取而曽思努布　青
乎者　置而曽歎久　曽許之恨之　秋山吾者・

額田王下二近江国一時*作歌　井戸王即和歌

一七 味酒　三輪乃山　青丹吉　奈良能山乃　山際　伊隠万代　道隈　伊積流万代尓　委
曲毛　見管行武雄　数〻毛　見放武八万雄　情無　雲乃　隠障倍之也

反歌

一八 三輪山乎　然毛隠賀　雲谷裳　情有南畝　可苦佐布倍思哉

右二首歌、山上憶良大夫類聚歌林曰、遷二都・近江国一時、御二覧三輪山一御歌焉。日本

5 カみよヨリ

〔一二〕 3 イリヒミ〔弥〕シ　5 サヤけクアリこそ　マサヤカニこそ　キヨクアけこそ

〔一三〕 3 ナカズアリシ　5 サカズアリシ　7 ヤマヲシミ　9 クサブカミ　13 モミツヲバ　18 アキヤマそアレハ　アキヤマワレハ

4 こころアラナム〔武〕

書紀曰、六年丙寅春三月辛酉朔己卯、遷二都于近江一。

一九　綜麻形乃　林始乃　狭野榛能　衣尓著成　目尓都久和我勢　　1ミワヤマの

右一首歌、今案、不レ似二和歌一。但旧本載二于此次一。故以猶載焉。

天皇遊二獦蒲生野一時　額田王作歌

二〇　茜草指　武良前野逝　標野行　野守者不レ見哉　君之袖布流　　〔一四〕

皇太子答御歌　明日香宮御宇天皇。諡曰二天武天皇一。

二一　紫草能　尓保敝類妹乎　尓苦久有者　人嬬故尓　吾恋目八方

紀曰、天皇七年丁卯夏五月五日、縦二獦於蒲生野一。于レ時大皇弟諸王内臣及群臣悉皆従焉。

明日香清御原宮天皇代　天渟中原瀛真人天皇。諡曰二天武天皇一。

十市皇女参二赴於伊勢神宮一時　見二波多横山巌一吹芡刀自作歌

二二　河上乃　湯都盤村二　草武左受　常丹毛冀名　常処女煮手　　1カハのウヘの

吹芡刀自未レ詳也。但紀曰、天皇四年乙亥春二月乙亥朔丁亥、十市皇女阿閇皇女参二赴於伊勢神宮一。

麻績王流二於伊勢国伊良虞嶋一之時　人哀傷作歌　　〔一五〕

二三　打麻乎　麻績王　白水郎有哉　射等籠荷四間乃　珠藻苅麻須　　1ウツソヲ

麻績王聞レ之感傷和歌

二四　空蟬之　命乎惜美　浪尓所レ湿　伊良虞能嶋之　玉藻苅食　　5タマモカリヲス

大　元冷広紀―天
悉皆　元広紀―皆悉
宮―宮天武　元　広宮御宇　元　赭天武紀
山―ナシ　元朱類古
芡―黄　広紀宮
2盤―磐　陽西　イ文温
芡―黄　紀宮

位―品広ィ宮

12 念元類広紀―思

4 与元朱―多

尊元類西ィ広―ナシ

6 尽元類広―書

右、案二日本紀一曰、天皇四年乙亥夏四月戊戌朔乙卯、三位麻績王有レ罪流二于因幡一、一子流二伊豆嶋一、一子流二血鹿嶋一也。是云レ配二于伊勢国伊良虞嶋一者、若疑後人縁二歌辞一而誤記乎。

天皇御製歌

二五　三吉野之　耳我嶺尓　時無曽　雪者落家留　間無曽　雨者零計類　其雪乃　時無如　其雨乃　間無如　隈毛不レ落　念乍叙来　其山道乎

或本歌

二六　三芳野之　耳我山尓　時自久曽　雪者落等言　無レ間曽　雨者落等言　其雪　不時如　其雨　無レ間如　隈毛不レ堕　思乍叙来　其山道乎

右、句々相換。因レ此重載焉。

天皇幸二于吉野宮一時御製歌

二七　淑人乃　良跡吉見而　好常言師　芳野吉見与　良人四来三

紀曰、八年己卯五月庚辰朔甲申、幸二于吉野宮一。

藤原宮御宇天皇代　高天原広野姫天皇。元年丁亥十一年、譲二位軽太子一、尊号曰二太上天皇一。

天皇御製歌

二八　春過而　夏来良之　白妙能　衣乾有　天之香来山

過二近江荒都一時　柿本朝臣人麻呂作歌

二九　玉手次　畝火之山乃　橿原乃　日知之御世従　或云、自レ宮　阿礼座師　神之尽　樛木乃

5 ヒマナクそ
10 マナキガごとク
ヒマナキガごと
12 オモヒツぞクル

〔二六〕
4 ユキハフルとフ
5 ヒマナクそ
6 アめハフルとフ
10 マナキガごとク
ヒマナキガごと
12 オモヒツぞクル

5 よキヒとよクミツ

5 アマのカグヤマ

14イ 越—超元古
37イ 母元類広紀 —毛
4 二—尓類古
黒—里類古冷
曰—云広紀宮

弥継嗣尓 天下 所レ知食之乎 或云、食来 天尓満 倭乎置而 青丹吉 平山・乎超
或云、虚見 倭乎置 青丹吉 平山越而 何方 御念食可 或云、所レ念計米可 天離 夷者雖レ有 石走 淡海国乃
楽浪乃 大津宮尓 天下 所レ知食兼 天皇之 神之御言能 大宮者 此間等雖レ聞
大殿者 此間等雖レ云 春草之 茂生有 霞立 春日之霧流 或云、霞立 春日香霧 流 夏草香 繁成奴留 百
磯城之 大宮処 見者悲毛 或云、見者 左夫思母

反歌・

三〇三〇 楽浪之 思賀乃辛碕 雖二幸有一 大宮人之 船麻知兼津

三一三一 左散難弥乃 志我能 一云、比良乃 大和太 与杼六友 昔人二 亦母相目八毛 一云、将レ会跡母戸八

高市古人感二傷近江旧堵一作歌 或書云、高市連黒人。*

三二三二 古 人尓和礼有哉 楽浪乃 故京乎 見者悲寸

三三三三 楽浪乃 国都美神乃 浦佐備而 荒有京 見者悲・毛

幸二于紀伊国一時 川嶋皇子御作歌 或云、山上臣憶良作。

三四三四 白浪乃 浜松之枝乃 手向草 幾代左右二賀 年乃経去良武 一云、年者経尓計武

*日本紀曰、朱鳥四年庚寅秋九月、天皇幸二紀伊国一也。

越二勢能山一時 阿閇皇女御作歌・

三五三五 此也是能 倭尓四手者 我恋流 木路尓有云 名二負勢能山

幸二于吉野宮一之時 柿本朝臣人麻呂作歌

三六三六 八隅知之 吾大王之 所レ聞食 天下尓 国者思毛 沢二雖レ有 山川之 清河内跡

〔一七〕
32 シげリオひタル
33 33イ カスミタツ
36 オホミヤどころ

〔一八〕
1 フリニシ
4 きヂニアリとフ
2 ワガオホキミの
3 キこシメス

17 並―并元朱
19 競元類西ィ広―竟
24 思良元類広紀―良思
27 問元類広―聞
5 芳元類広紀―吉
10 勢元冷広―ナシ
10 婆元広―波
18 刺元類広紀―判
19 逝元―遊
未元類古―未詳
3 日類広紀―ナシ
5 武類冷広紀―哉

御心乎　吉野乃国之　花散相　秋津乃野辺尓　宮柱　太敷座波　百磯城乃　大宮人者
船並弖　旦川渡　舟競　夕河渡　此川乃　絶事奈久　此山乃　弥高思良珠　水激
滝之宮子波　見礼跡不レ飽可問
〔一九〕

反歌

三七　雖レ見飽奴　吉野乃河之　常滑乃　絶事無久　復還見牟

三八　安見知之　吾大王　神長柄　神佐備世須登　芳野川　多芸津河内尓　高殿乎　高知座而
上立　国見乎為勢婆　畳有　青垣山　ゝ神乃　奉御調等　春部者　花挿頭持　秋立
者　黄葉頭刺理　一云、黄葉加射之　逝副　川之神母　大御食尓　仕奉等　上瀬尓　鵜川乎立
下瀬尓　小網刺渡　山川母　依弖奉流　神乃御代鴨

反歌

三九　山川毛　因而奉流　神長柄　多芸津河内尓　船出為加母

右、日本紀曰、三年己丑正月、天皇幸二吉野宮一。八月、幸二吉野宮一。四年庚寅二月、幸二吉野宮一。五月、幸二吉野宮一。五年辛卯正月、幸二吉野宮一。四月、幸二吉野宮一者、
*未レ知二何月従レ駕作歌一。
〔二〇〕

幸二于伊勢国一時　留レ京柿本朝臣人麻呂作歌

四〇　嗚呼見乃浦尓　船乗為良武　嫐嬬等之　珠裳乃須十二　四宝三都良武香

四一　釧著　手節乃埼二　今日毛可母　大宮人之　玉藻苅良武

四二　潮左為二　五十等児乃嶋辺　榜船荷　妹乗良六鹿　荒嶋廻乎

11 ハナチラフ
18 アサカハワタル
25 ミヅハシル・ミヅタギツ
2 ワガオホキミ
15 ハルヘハ
5 フナデスルカモ

当麻真人麻呂妻作歌

四三 吾勢枯波(ワガセコハ)　何所行良武(イヅクユクラム)　已津物(オキツもの)　隠乃山乎(ナバリのヤマヲ)　今日香越等六(ケフカコユラム)

石上大臣従レ駕作歌

四四 吾妹子乎(ワギモコヲ)　去来見乃山乎(イザみのヤマヲ)　高三香裳(タカミカモ)　日本能不レ所レ見(ヤマとのみえヌ)　国遠見可聞(クニとほみカモ)

右、日本紀曰、朱鳥六年壬辰春三月丙寅朔戊辰、以二浄広肆広瀬王等一為二留守官一。於レ是中納言三輪朝臣高市麻呂脱二其冠位一擎二上於朝一、重諫曰、農作之前、車駕未レ可二以動一。辛未、天皇不レ従レ諫、遂幸二伊勢一。五月乙丑朔庚午、御二阿胡行宮一。

軽皇子宿二于安騎野一時　柿本朝臣人麻呂作歌

四五 八隅知之(ヤスミシシ)　吾大王(ワごオホキミ)　高照(タカテラス)　日之皇子(ヒのミコ)　神長柄(カムナガラ)　神佐•備世須等(カムサびセスと)　太敷為(フトシカス)　京乎置而(ミヤコヲオキテ)　隠口乃(こモリクの)　泊瀬山者(ハツセのヤマハ)　真木立(マきタツ)　荒山道乎(アラキヤマヂヲ)　石根(イハガネ)　禁樹押靡(サヘきオシナベ)　坂鳥乃(サカどりの)　朝越座而(アサこえマシテ)　玉限(タマカギル)　夕去来者(ユフサリクレバ)　三雪落(ミユキフル)　阿騎乃大野尓(アきのオホノニ)　旗須為寸(ハタススキ)　＊四能乎押靡(シのヲオシナベ)　草枕(クサマクラ)　多日夜取世須(タビヤどりセス)　古昔念而(イニシへ〕オモヒテ)

短歌

四六 阿騎乃野尓(アきのノニ)　宿旅人(ヤどルタビヒと)　打靡(ウチナビキ)　寐毛宿良目八方(イモヌラめヤモ)　古部念尓•(イニシへ〕オモフニ)

四七 真草苅(マクサカル)　荒野者雖レ有(アラノニハ〕アレど)　葉(モミチバの)　過去君之(スぎニシキミガ)　形見跡曽来師(カタミとそこシ)

四八 東(ヒムガシの)　野(ノ)　炎(ニハカギロひ)　立所レ見而(タツミえテ)　反見為者(カヘリミスレバ)　月西渡(ツきカタブキヌ)

四九 日双斯(ヒナみシ)　皇子命乃(ミコのミことの)　馬副而(ウマナめテ)　御獦立師斯(ミカリタタシシ)　時者来向(とキハキムカフ)

藤原宮之役民作歌

---

6 等 元冷広紀―登

1 野 紀―ナシ

4 目 元朱類紀―自

3 葉―黄葉 代初

5 者―志 元

---

3 オク〔己〕ツモの　オの〔己〕ヅモの

〔一二〕 2 ワガオホキミ　12 アラヤマミチヲ

〔一三〕 2 ノラニハケブリ　5 ツきニシワタル　1 ヒナみシの

4 乃元類広紀—之
15 磐—盤類
44 作元類広紀—尓作
45 良元類広紀—郎
居—ナシ元
17 跡古—路
25 為考—無愚 考高
34 従元類広紀—徒
40 之元類広紀—ナシ

五〇 八隅知之(ヤスミシシ)　吾大王(ワゴオホキミ)　高照(タカテラス)　日乃皇子(ヒノミコ)　荒妙乃(アラタへの)　藤原我宇倍尓(フヂハラガウへニ)　食国乎(ヲスクニヲ)　売之賜牟登(めシタマハムと)　都宮者(ミアラカハ)　高所知・武等(タカシラサムと)　神長柄(カムナガラ)　所念奈戸二(オモホスナへニ)　天地毛(アめツチモ)　縁而有許曽(よリテアレこそ)　磐走(イハバシル)　淡海乃国之(アフミのクニの)　衣手能(ころモデの)　田上山之(タナカミヤマの)　真木佐苦(マきサク)　檜乃嬬手乎(ヒのツマデヲ)　物乃布能(もののフの)　八十氏河尓(ヤソウヂカハニ)　玉藻成(タマモナス)　浮倍流礼(ウカべナガセレ)　其乎取登(そヲトルと)　散和久御民毛(サワクミタミモ)　家忘(イへワスレ)　身毛多奈不知(みモタナシラズ)　鴨自物(カモジもの)　水尓浮居而(ミヅニウキヰテ)　吾作(ワガツクル)　日之御門尓(ヒのミカドニ)　不知国(シラヌクニ)　依巨勢道従(よシこセヂヨリ)　我国者(ワガクニハ)　常世尓成牟(とこよニナラム)　図負留(アヤオヘル)　神亀毛(クスシキカめモ)　新代登(アラタよと)　泉乃河尓(イヅミのカハニ)　持越流(モチコセル)　真木乃都麻手乎(マきのツマデヲ)　百不足(モモタラズ)　五十日太作(イカダニツクリ)　泝須良牟(のボスラム)　伊蘇・波久見者(イソハクミレバ)　神随尓有之(カムナガラナラシ)

右、日本紀曰、朱鳥七年癸巳秋八月、幸二藤原宮地一。八年甲午春正月、幸二藤原宮一。冬十二月庚戌朔乙卯、遷二居藤原宮一。

従二明日香宮一遷二居藤原宮一之後　志貴皇子御作歌

五一 婇女乃(ウネめの)　袖吹反(ソデフキカヘス)　明日香風(アスカカゼ)　京都乎遠見(ミヤコヲとホミ)　無用尓布久(イタヅラニフク)・

藤原宮御井歌

五二 八隅知之(ヤスミシシ)　和期大王(ワごオホキミ)　高照(タカテラス)　日之皇子(ヒのミコ)　麁妙乃(アラタへの)　藤井我原尓(フヂヰガハラニ)　大御門(オホミカド)　始賜而(ハジめタマヒテ)　埴安乃(ハニヤスの)　堤上尓(ツツミのウへニ)　在立之(アリタタシ)　見之賜者(メシタマへバ)　日本乃(ヤマとの)　青香具山者(アヲカグヤマハ)　日経乃(ヒのタテの)　大御門尓(オホミカドニ)　春山跡(ハルヤマと)　之美佐備立有(シミサびタテリ)　畝火乃(ウネびの)　此美豆山者(このミヅヤマハ)　日緯能(ヒのよこの)　大御門尓(オホミカドニ)　弥豆山跡(ミヅヤマと)　山佐備伊座(ヤマサびイマス)　耳為之(ミミナシの)　青菅山者(アヲスガヤマハ)　背友乃(そとモの)　大御門尓(オホミカドニ)　宜名倍(よろシナへ)　神佐備立有(カムサびタテリ)　名細(ナグハシ)　吉野乃山者(よシノのヤマハ)　影友乃(カゲとモの)　大御門従(オホミカドユ)　雲・居尓曽(クモヰニそ)　遠久有家留(とホクアリケル)　高知也(タカシルヤ)　天之御蔭(アめのミカゲ)　天知也(アめシルヤ)　日之御影乃(ヒのミカゲの)　水許曽婆(ミヅこそバ)　常尓有米(とこしへニアラめ)　御井之清水(ミヰのキヨミヅ)

2 ワガオホキミ
34 よりこセヂヨリ
38 アヤシキカめモ
〔一三〕47 カムカラナラシ
カムカラニアラシ
2 ワガオホキミ
31 ナグハシキ
〔一四〕42 とこシへニアラめ
ツネニアラめ
43 ミヰのマシミヅ

5 乏小琴―之
5 呂元類古広―召
伊元類広紀―ナシ
2 妻―妾新大系

短歌

五三 五三 藤原之　大宮都加倍　安礼衝哉　処女之友者　乏吉呂賀聞

右歌、作者未レ詳。

大宝元年辛丑秋九月　太上天皇幸二于紀伊国一時歌*

五四 五四 巨勢山乃　列々椿　都良々々尓　見乍思奈　許湍乃春野乎

右一首、坂門人足。

五五 五五 朝毛吉　木人乏母　亦打山　行来跡見良武　樹人友師母

右一首、調首淡海。

或本歌

五六 五六 河上乃　列々椿　都良々々尓　雖レ見安可受　巨勢能春野者

右一首、春日蔵首老。

二年壬寅　太上天皇幸二于参河国一時歌

五七 五七 引馬野尓　仁保布榛原　入乱　衣尓保波勢　多鼻能知師尓

右一首、長忌寸奥麻呂。

五八 五八 何所尓可　船泊為良武　安礼乃埼　榜多味行之　棚無小舟

右一首、高市連黒人。

誉謝女王作歌

五九 五九 流経　妻吹風之　寒夜尓　吾勢能君者　独香宿良武

1 カハのウへの〔二一五〕

2 ワレ〔妾〕フクカゼの

1 大 類広紀—丈
5 倭 元冷広紀—和
3 乃 元類広紀—之
5 偲—思 元朱広紀
2 3 之—之伎 尓鶴之 総釈

長皇子御歌

六〇 暮相而　朝面無美　隠尓加　気長妹之　廬利為里計武

舎人娘子従レ駕作歌・

六一 大夫之　得物矢手挿　立向　射流円方波　見尓清潔之

三野連 闕名 入唐時　春日蔵首老作歌

六二 在根良　対馬乃渡　〻中尓　幣取向而　早還許年

山上臣憶良在二大唐一時　憶二本郷一作歌

六三 去来子等　早日本辺　大伴乃　御津乃浜松　待恋奴良武

慶雲三年丙午　幸二于難波宮一時・

志貴皇子御作歌

六四 葦辺行　鴨之羽我比尓　霜零而　寒暮夕　倭之所レ念

長皇子御歌

六五 霰打　安良礼松原　住吉乃　弟日娘与　見礼常不レ飽香聞

太上天皇幸二于難波宮一時歌

六六 大伴乃　高師能浜乃　松之根乎　枕宿杼　家之所・レ偲由

右一首、置始東人。

六七 旅尓之而　物恋之　鳴毛　不レ所レ聞有世者　孤悲而死万思

右一首、高安大嶋。

1 ヨ—ヒニアヒテ
4 けナガクイモガ
〔二八〕

〔二七〕
2 モのコヒシキニ〔伎尓〕
3 タヅガ〔鶴之〕ネモ
4 キこえズアリセバ

3 波元類広紀―婆
4 崖元類―岸
4 埴元類―垣
5 呼元類―乎
4 未元―ナシ
3 乃元類広―之
4 人―ナシ細
于―ナシ冷広紀

六八　大伴乃　美津能浜尓有　忘貝　家尓有妹乎　忘而念哉

右一首、身人部王。

六九　草枕　客去君跡　知麻世波　崖之埴布尓　仁宝播散麻思呼

右一首、清江娘子進二長皇子一　姓氏未レ詳。

太上天皇幸二于吉野宮一時　高市連黒人作歌

七〇　倭尓者　鳴而歟来良武　呼児鳥　象乃中山　呼曽越奈流

大行天皇幸二于難波宮一時歌

七一　倭恋　寐之不レ所レ宿尓　情無　此渚埼未尓　多津鳴倍思哉

右一首、忍坂部乙麻呂。

七二　玉藻苅　奥敝波不レ榜　敷妙乃　枕之辺人　忘可祢津藻

右一首、式部卿藤原宇合。

長皇子御歌

七三　吾妹子乎　早見浜風　倭有　吾松椿　不レ吹有勿勤

大行天皇幸二于吉野宮一時歌・

七四　見吉野乃　山下風之*　寒久尓　為当也今夜毛　我独宿牟

右一首、或云、天皇御製歌。

七五　宇治間山　朝風寒之　旅尓師手　衣応レ借　妹毛有勿久尓

右一首、長屋王。

4 イヘニアルイモヲ
〔一八〕
4 マクラベのヒと
マクラのへヒと
4 ア(ワ)ヲマツツバキ
5 フカズアルナユめ
2 アラシのカゼの

製元類広紀—製　歌
4 副冷広紀文—　嗣
作元類広紀—御　作
京類冷広紀—宮　京
7 舳—栱類広ィ　紀
9 川—河類古
17 川—河類古
26 氷—水類冷
30 家—宮全集
31 尓考—来
32 与—ナシ文宮
2 家—宮全集

和銅元年戊申

天皇御製*

七六 七六 大夫之　鞆乃音為奈利　物部乃　大臣　楯立良思・母

御名部皇女奉レ和御歌

七七 七七 吾大王　物莫御念　須売神乃　副而賜流　吾莫勿久尓

和銅三年庚戌春二月　従二藤原宮一遷三于寧楽宮一時　御輿停二長屋原一迴二望古郷一作歌*　一書云、太上天皇御製。

七八 七八 飛鳥　明日香能里乎　置而伊奈婆　君之当者　不レ・所レ見香聞安良武　一云、君之当乎　不レ見而香毛安良牟

或本　従二藤原京一遷三于寧楽宮一時歌*

七九 七九 天皇乃　御命畏美　柔備尓之　家乎択　隠　国乃　泊瀬乃川尓　舳浮而　吾行河乃　川隈之　八十阿不レ落　万段　顧　為乍　玉桙乃　道行晩　青丹吉　楢乃京師乃　佐保川尓　伊去至而　我宿有　衣乃上従　朝月夜　清尓見者　栲乃穂尓　夜之霜落　磐床等　川之氷凝　冷夜乎　息言無久　通乍　作　家尓　千代二・手尓　座多公与　吾毛通武

反歌

八〇 八〇 青丹吉　寧楽乃家尓者　万代尓　吾母将レ通　忘　跡念　勿

右歌、作主未レ詳。

和銅五年壬子夏四月　遣二長田王于伊勢斎宮一時　山辺御井作歌

3 モののべの〔二九〕
1 ワガオホキミ
4 ツギ〔嗣〕テタマヘル
1 とブとりの
7 フネウカベテ
26 カハのミヅ〔水〕こリ
30 ツクレルミヤ〔宮〕ニ
32 〔三〇〕イマセオホキミよ
2 ナラのミヤ〔宮〕ニハ

2 祢代精―弥

八一 山辺乃　御井乎見我弖利　神風乃　伊勢処女等・相見鶴鴨

八二 浦佐夫流　情佐麻祢之　久堅乃　天之四具礼能　流相見者

八三 海底　奥津白浪　立田山　何時鹿越奈武　妹之当見武

右二首、今案、不レ似ニ御井所レ作。若疑当時誦之古歌歟。

寧楽宮

長皇子与ニ志貴皇子ー於ニ佐紀宮ー倶宴・歌　〔三一〕

八四 秋去者　今毛見如　妻恋尓　鹿将レ鳴山曽　高野原之宇倍

右一首、長皇子。

萬葉集巻第一

（巻第一奥書）

天平勝宝五年左大臣橘諸兄撰ニ萬葉集ー云々。

此本者、正二位前大納言征夷大将軍藤原卿、始自ニ寛元元年初秋之比ー、仰ニ付李部二千石源親行ー、校ニ調萬葉集一部ー、為レ令ニ書本ー、以ニ三箇証本ー、令レ比ニ校親行本ー畢。同四年正月、仙覚又請ニ取親行本并三箇本ー、重校合畢。是則一人校勘、依レ可レ有ニ見漏事ー也。三箇証本者、松殿入

二千石―大夫陽矢

道殿下御本、（帥中納言伊房卿手跡也。）光明峯寺入道前摂政左大臣家御本、鎌倉右大臣家本也。此外又以二両三本一令二比校一畢。而依二多本一、直二付損字一、書二入落字一畢。

寛元四年十二月廿二日、於二相州鎌倉比企谷新釈迦堂僧坊一、以二治定本一書写畢。同五年二月十日校点畢。又重校畢。

今此萬葉集仮名、他本皆漢字歌一首書畢、仮名歌更書レ之。常儀也。然而於二今本一者、為レ糺二和漢之符合一、於二漢字右一令レ付二仮名一畢。如レ此雖レ令二治定一、今又見レ之、不審文字且千也。仍弘長元年夏比、又以二松殿御本并両本一（尚書禅門真観本　基長中納言本。）遂二再校一、糺二文理訛謬一畢。又同二年正月、以二六条家本一比校畢。此本異レ他。其徳甚多。珍重ヽヽ。

彼本奥書云、

承安元年六月十五日、以二平三品経盛本一手自書写畢。件本、以二二条院御本一書写本也。他本仮名別書レ之。而起レ自二叡慮一、被レ付二仮名於真名一。珍重ヽヽ。可二秘蔵一ヽヽヽ。

従三位行備中権守藤原重家

彼御本清輔朝臣点レ之云ヽ。

愚本仮名皆以符合。水月融即、千悦万感。弘長三年十一月、又以二忠定卿本一比校畢。凡此集既以二十本一遂二校合一畢。又文永二年閏四月之比、以二左京兆本一（伊房卿手跡也。）令二比校一畢。而後、同年五六両月之間、終二書写之功一。初秋一月之内、令二校点一畢。

抑先度愚本仮名者、古次両点有二異説一歌者、於二漢字左右一付二仮名一畢。其上猶於下有二心詞窊曲一歌上者、加二新点一畢。如レ此異説多種之間、其点勝劣、*輙以難レ弁者歟。依レ之、去今両年二

輙―軽　矢京

箇度書写本者、不レ論二古点新点一、取二捨其正訓一、於二漢字右一一筋所二点下一也。其内古次両点詞者、撰二其秀逸一、同以レ墨点レ之。次雖レ有二古次両点一、而為二心詞参差一句者、以二紺青一点レ之。所謂不レ勘二古語一之点、并手尓乎波之字相違等、皆以二紺青一令レ点二直之一也。是則先題*レ有二古次両点一、亦示三偏非二新点一也。次新点歌并訓中補レ闕之句、又雖レ為二一字一而漏二古点一之字、以レ朱点レ之。偏是為二自身所レ見点レ之。為二他人所レ用不レ点レ之而已。

文永三年八月十八日　　　　権律師仙覚

題―顕陽矢

萬葉集巻第二 （一）

首 并短歌

二一三〜二一六 或本歌一首 并短歌・

二一七〜二一九 吉備津采女死時 柿本朝臣人麻呂作歌一首 〔七〕
并短歌

二二〇〜二二二 讃岐狭岑嶋視二石中死人一 柿本朝臣人麻呂 岑元紀宮―峯
作歌一首 *并短歌

二二三 柿本朝臣人麻呂在二石見国一臨レ死之時 自
傷作歌一首

二二四〜二二五 柿本朝臣人麻呂死時 妻依羅娘子作歌二首

二二六 丹比真人 名闕。 擬二柿本朝臣人麻呂之意一・
報歌一首

二二七 或本歌一首

寧楽宮

二二八〜二二九 和銅四年歳次辛亥 河辺宮人姫嶋松原見二嬢
子之屍一悲嘆作歌二首

二三〇〜二三二 霊亀元年乙卯秋九月 志貴親王薨時歌一首

二三三〜二三四 或本歌二首・

磐—盤元
5 呼金—乎
3 能金広紀—乃
大元—太
慕金元広宮—暮

萬葉集巻第二

相　聞　〔八〕

難波高津宮御宇天皇代　大鷦鷯天皇 謚曰二仁徳天皇一。

*磐姫皇后思二天皇一御作歌四首

八五 君之行　気長成奴　山多都祢　迎加将レ行　待尓可将レ待

右一首歌、山上憶良臣類聚歌林載焉。

八六 如此許　恋乍不レ有者　高山之　磐根四巻手　死奈麻死物呼

八七 在管裳　君乎者将レ待　打靡　吾黒髪尓　霜乃置万代日

八八 秋田之　穂上尓霧相　朝霞　何時辺乃方二　我恋将レ息

或本歌曰

八九 居明而　君乎者将レ待　奴婆珠能　吾黒髪尓　霜者零騰文

右一首、古歌集中出。

古事記曰、軽太子奸二軽大郎女一。故其太子流二於伊予湯一也。此時、衣通王不レ堪二恋慕一而　〔九〕
追往時歌曰、

九〇 君之行　気長久成奴　山多豆乃　迎乎将レ往　待尓者不レ待　此云二山多豆一者、是今造木者也。

2 ホのヽニきラフ

卅金元広紀—三十
三金元広紀—正　太—大元広
与—予金広紀
5 裳金元広紀—毛
5 自元類—目　1イ 篋元紀—匣

右一首歌、古事記与二類聚歌林一所レ説不レ同、歌主亦異焉。因検二日本紀一曰、難波高津宮御宇大鷦鷯天皇廿二年春正月、天皇語二皇后一、納二八田皇女一将レ為レ妃。時皇后不レ聴。爰天皇歌以乞二於皇后一云々。卅*年秋九月乙卯朔乙丑、皇后遊二行紀伊国一、到二熊野岬一取二其処之御綱葉一而還。於レ是天皇伺二皇后不レ在而娶二八田皇女一納二於宮中一。時皇后到二難波済一聞三天皇合二八田皇女一大恨之云々。亦曰、遠飛鳥宮御宇雄朝嬬稚子宿祢天皇廿三年春三*月甲午朔庚子、木梨軽皇子為二太*子一。容姿佳麗、見者自感。同母妹軽大娘皇女亦艶妙也云々。遂竊通、乃悒懐少息。廿四年夏六月、御羮汁凝以作レ氷。天皇異之卜二其所由一。卜者曰、有二内乱一。蓋親々相奸乎云々。仍移二大娘皇女於伊与*一者、今案二代二時不レ見二此歌一也。

近江大津宮御宇天皇代　天命開別天皇　諡曰二天智天皇一。

天皇賜二鏡王女一御歌一首

九一　妹之家毛(イモガイヘモ)　継而見麻思乎(ツギテミマシヲ)　山跡有(ヤマトナル)　大嶋嶺尓(オホシマのネニ)　家母有猿尾(イヘモアラマシヲ)　一云、妹之当(イモガアタリ)　継而毛見武尓(ツギテモミムニ)　一云、家居麻之乎(イヘヲラマシヲ)

鏡王女奉レ和御歌一首

九二　秋山之(アキヤマの)　樹下隠(このシタガクリ)　逝水乃(ユクミヅの)　吾許曽益目(ワレこそマサめ)　御念従者(オモホスヨリハ)

内大臣藤原卿娉二鏡王女一時　鏡王女贈二内大臣一歌一首

九三　玉匣(タマクシゲ)　覆乎安美(オホフヲヤスミ)　開而行者(アケテイナバ)　君名者雖レ有(キミガナハアレど)　吾名之惜裳(ワガナシヲシモ)

内大臣藤原卿報二贈鏡王女一歌一首

九四　玉匣(タマクシゲ)　将レ見円山乃(ミモろのヤマの)　狭名葛(サナカヅラ)　佐不レ寐者遂尓(サネズハツヒニ)　有勝麻之自(アリカツマシジ)　或本歌曰、玉篋(タマクシゲ)　三室戸山乃(ミムロトヤマの)

〔一〇〕
4 ワガこそマサめ
2 オホヒヲヤスミ
〔一一〕

内大臣藤原卿娶釆女安見児時作歌一首

九五　吾者毛也　安見児得有　皆人乃　得難尓為云　安見児衣多利
(ワレハモヤ) (ヤスミコエタリ) (ミナヒトノ) (エカテニストイフ) (ヤスミコエタリ)

4 佐金元類広―

久米禅師娉石川郎女時歌五首

九六　水薦苅　信濃乃真弓　吾引者　宇真人佐備而　不欲常将言可聞　禅師
(ミコモカル) (シナヌノマユミ) (ワガヒカバ) (ウマヒトサビテ) (イナトイハムカモ)

九七　三薦苅　信濃乃真弓　不引為而　弦作留行事乎　知跡言莫君二　郎女

九八　梓弓　引者随意　依目友　後心乎　知勝奴鴨　郎女
(アツサユミ) (ヒカバマニマニ) (よらめども) (のちのこころを) (シリカテヌカモ)

5 聞元類広―問

九九　梓弓　都良絃取波気　引人者　後心乎　知人曽引　禅師

一〇〇　東人之　荷向篋乃　荷之緒尓毛　妹情尓　乗尓家留香聞　禅師
(アツマヒトノ) (サキムケノハコノ) (ニノヲニモ) (イモガココロニ) (ノリニケルカモ)

大伴宿祢娉巨勢郎女時歌一首

大伴宿祢、諱曰安麻呂也。難波朝右大臣大紫大伴長徳卿之第六子、平城朝任大納言兼大将軍薨也。

一〇一　玉葛　実不成樹尓波　千磐破　神曽著常云　不成樹別尓

巨勢郎女報贈歌一首　即近江朝大納言巨勢人卿之女也。

一〇二　玉葛　花耳開而　不成有者　誰恋尓有目　吾孤悲念乎

明日香清御原宮御宇天皇代　天渟中原瀛真人天皇　謚曰天武天皇。*

天皇賜藤原夫人御歌一首

一〇三　吾里尓　大雪落有　大原乃　古尓之郷尓　落巻者後
(ワガサトニ) (オホユキフレリ) (オホハラノ) (フリニシサトニ) (フラマクハノチ)

藤原夫人奉和歌一首

一〇四　吾岡之　於可美尓言而　令落　雪之摧之　彼所尓塵家武

九五　2 5 児—ナシ金 5 元紀
九六　4 佐金元類広—作
九七　4 弦代初—強　4 作—佐金元類広
九九　2 絃—緒元
一〇〇　5 聞元類広—問
一〇一　3 磐—盤元類
一〇二　5 悲—非金広紀
中金元類広—名

九五　4 エガテニスとフ
九六　2 シナヌのマユミ
九七　2 シナヌのマユミ　4 シひ〔強〕サ〔佐〕ルワザヲ
一〇〇　1 アヅマとの〔一一〕
一〇一　4 カみそツクとフ
一〇二　3 ナラズアルハ　4 タガコひニアラめ

代 金宮—ナシ
天皇—高天原広野姫天皇 金
女郎—郎女 金
未詳 金元広紀—ナシ
4 久 童蒙—尓
尊—ナシ 金
贈—ナシ 金紀宮
5 済 金元—渡
5 念 金元類広—恋
5 暮 紀—其

藤原宮御宇天皇代　天皇謚曰二持統天皇一。元年丁亥十一年、譲二位軽太子一。尊号曰二太上天皇一也。

大津皇子竊下二於伊勢神宮一上来時　大伯皇女御作歌二首

一〇五　吾勢祜乎（ワガセコヲ）　倭辺遣登（ヤマトヘヤルト）　佐夜深而（サヨフケテ）　鶏鳴露尓（アカトキツユニ）　吾立所レ霑之（ワガタチヌレシ）

一〇六　二人行杼（フタリユけど）　去過難寸（ユキスぎカタキ）　秋山乎（アキヤマヲ）　如何君之（イカニカキミガ）　独越武（ヒとリコユラム）

大津皇子贈二石川郎女一御歌一首

一〇七　足日木乃（アシヒきの）　山之四付二（ヤマのシヅクニ）　妹待跡（イモマツと）　吾立所レ沾（ワレタチヌレヌ）　山之四附二（ヤマのシヅクニ）

石川郎女奉レ和歌一首

一〇八　吾乎待跡（アヲマツと）　君之沾計武（キミガヌレケム）　足日木能（アシヒきの）　山之四附二（ヤマのシヅクニ）　成益物乎（ナラマシモのヲ）

大津皇子竊二婚石川女郎一時　津守連通占二露其事一皇子御作歌一首　未レ詳。

一〇九　大船之（オホブネの）　津守之占尓（ツモリガウラニ）　将レ告登波（のラムとハ）　益為久知而（マサシクシリテ）　我二人宿之（ワガフタリネシ）

日並皇子尊贈二賜石川女郎一御歌一首　女郎字曰二大名児一也。

一一〇　大名児（オホナコ）　彼方野辺尓（ヲチカタノヘニ）　苅草乃（カルカヤの）　束之間毛（ツカのアヒダモ）　吾忘目八（アレワスレめヤ）

幸二于吉野宮一時　弓削皇子贈二与額田王一歌一首

一一一　古尓（イニシヘニ）　恋流鳥鴨（コフルとリカモ）　弓絃葉乃（ユヅルハの）　三井能上従（ミヰのウヘヨリ）　鳴済遊久（ナキワタリユク）

額田王奉レ和歌一首　従二倭京一進入。

一一二　古尓（イニシヘニ）　恋良武鳥者（コフラムとリハ）　霍公鳥（ホとゝギス）　蓋哉鳴之（けダシヤナキシ）　吾念流碁騰（アガモヘルごと）

従二吉野一折二取蘿生松柯一遣時　額田王奉入歌一首

一一三　三吉野乃（ミよシノの）　玉松之枝者（タママツガえハ）　波思吉香聞（ハシキカモ）　君之御言乎（キミガミことヲ）　持而加欲波久（モチテカヨハク）

〔一三〕
1 ワヲマツと
2 ツモリのウラニ
4 マサシニ〔尓〕シリテ

〔一四〕
1 オホナコヲ
5 ワレワスレめヤ
5 アガコフ〔恋〕ルごと

但馬皇女在二高市皇子宮一時思二穂積皇子一御作歌一首

一一四　秋田之　穂向乃所レ縁　異所縁　君尓因奈名　事痛有登母・

勅二穂積皇子一遣二近江志賀山寺一時但馬皇女御作歌一首

一一五　遺居而　恋管不レ有者　追及武　道之阿廻尓　標結吾勢

但馬皇女在二高市皇子宮一時竊接二穂積皇子一事既形而御作歌一首 *

一一六　人事乎　繁美許知痛美　己世尓　未レ渡　朝川渡

舎人皇子御歌一首・

一一七　大夫哉　片恋将レ為跡　嘆友　鬼乃益卜雄　尚恋二家里

舎人娘子奉レ和歌一首

一一八　嘆管　大夫之　恋礼許曽　吾結髪乃　漬而奴礼計礼

弓削皇子思二紀皇女一御歌四首

一一九　芳野河　逝瀬之早見　須臾毛　不通事無　有巨勢濃香問・

一二〇　吾妹児尓　恋乍不レ有者　秋芽之　咲而散去流　花尓有猿尾

一二一　暮去者　塩満来奈武　住吉乃　浅鹿乃浦尓　玉藻苅手名

一二二　大船之　泊流登麻里能　絶多日二　物念痩奴　人能児故尓

三方沙弥娶二園臣生羽之女一未レ経二幾時一臥レ病作歌三首・

一二三　多気婆奴礼　多香根者長寸　妹之髪　比来不レ見尓　掻入津良武香　三方沙弥

一二四　人皆者　今波長　跡　多計登雖レ言　君之見師髪　乱有等母　娘子

1 而金元類広―与
1 歌金元類広―ナシ
1 嘆金元広紀―歎
3 礼―乱元紀
4 結髪元―髪結
5 問―聞類古紀毛宮
4 流―ナシ金
4 鹿―香宮温矢京
1 皆者―者皆元紀

3 ことよりニ
5 こチタカリとモ
〔一五〕

〔一六〕
5 ハナナラマシヲ

5 カキレツラムカ

之元古広紀―ナシ　書―書信元赭紀　謔元紀―諺　歌天元類広―ナシ　津天元類紀―伴　3イ大―太広紀宮

一二五　橘之　蔭履路乃　八衢尓　物乎曽念　妹尓不レ相而　三方沙弥

石川女郎贈二大伴宿祢田主一歌一首　即佐保大納言大伴卿之第二子。母曰二巨勢朝臣一也。*

一二六　遊士跡　吾者聞流乎　屋戸不レ借　吾乎還利　於曽・能風流士

大伴田主、字曰二仲郎一。容姿佳艶、風流秀絶、見人聞者、靡レ不二歎息一也。時有二石川女郎一、自成二双栖之感一、恒悲二独守之難一。意欲レ寄レ書、*未レ逢二良信一。爰作二方便一而似二賤嫗一、己提二堝子一而到二寝側一。哽音蹢足、叩レ戸諮曰、東隣貧女、将レ取レ火来矣。於レ是仲郎暗裏非レ識二冒隠之形一、慮外不レ堪二拘接之計一。任レ念取レ火、就レ跡帰去也。明後、女郎既恥二自媒之可一レ愧、復恨二心契之弗一レ果。因作二斯歌一以贈二謔戯一焉。*

〔一七〕

大伴宿祢田主報贈歌一首*

一二七　遊士尓　吾者有家里　屋戸不レ借　令レ還吾曽　風流士者有

同石川女郎更贈二大伴田主中郎一歌一首

一二八　吾聞之　耳尓好似　葦若末乃　足痛吾勢　勤多扶倍思・

右、依二中郎足疾一贈二此歌一問訊也。

3 アシカびの

〔一八〕

大津皇子宮侍石川女郎贈二大伴宿祢宿奈麻呂一歌一首
*女郎字曰二山田郎女一也。宿奈麻呂宿祢者大納言兼大将軍卿之第三子也。

一二九　古之　嫗尓為而也　如此許　恋尓将レ沈　如二手童児一

一云、恋乎大尓　忍金手武　多和良波乃如

長皇子与二皇弟一御歌一首

一三〇　丹生乃河　瀬者不レ渡而　由久遊久登　恋痛吾弟　乞通来祢・

4　コひ)イタキワガセ

柿本朝臣人麻呂従二石見国一別レ妻上来時歌二首　并短歌

一三一　石見乃海　角乃浦廻乎　浦無等　人社見良目　滷無等　一云、礒無登　人社見良目　能咲八師　浦者無友　縦画屋師　滷者　一云、礒者　無　鯨魚取　海辺乎指而　和多豆乃　荒礒乃上尓　香青生　玉藻息津藻　朝羽振　風社依米　夕羽振流　浪社来縁　浪之共　彼縁此依　玉藻成　依宿之妹乎　一云、波之伎余思　妹之手本乎　露・霜乃　置而之来者　此道乃　八十隈毎　万段　顧為騰　弥遠尓　里者放奴　益高尓　山毛越来奴　夏草之　念思奈要而　志怒布良武　妹之門将レ見　靡此山

37　怒天元広紀―奴

〔一九〕
13　ワタヅの
15　カアヲナル
18　カゼこそよラめ
20　ナミこそキよせ

反歌二首

一三二　石見乃也　高角山之　木際従　我振袖乎　妹見都良武香

一三三　小竹之葉者　三山毛清尓　乱友　吾者妹思　別来礼婆

3　ミダルとモ・マガヘどモ
4　ワレハイモ)オモフ

或本反歌曰

一三四　石見尓有　高角山乃　木間従文　吾袂振乎　妹見監鴨

4　袂振―袖振　金振袂類紀

一三五　角障経　石見之海乃　言佐敝久　辛乃埼有　伊久里尓曽　深海松生流　荒礒尓曽　玉藻者生流　玉藻成　靡寐之児乎　深海松乃　深目手思騰　左宿夜者　幾毛不レ有　延都多乃　別之来者　肝向　心乎・痛　念乍　顧為騰　大舟之　渡乃山之　黄葉乃　散之乱尓　妹袖　清尓毛不レ見　嬬隠有　屋上乃　一云、室上山　山乃　自二雲間一　渡相月乃　雖レ惜　隠比来者　天伝　入日刺奴礼　大夫跡　念有吾毛　敷妙乃　衣袖者　通而

4　埼金元宮―埣

〔二〇〕
27　ツマこモル
33　アマツタフ

沾奴

反歌二首

一三六　青駒之　足掻乎速　雲居曽　妹之当乎　過而来計類　一云、当者隠来計留・

一三七　秋山尓　落黄葉　須臾者　勿散乱曽　妹之当将レ見　一云、知里勿乱曽

或本歌一首　并短歌

一三八　石見之海　津乃浦乎無美　浦無跡　人社見良米　滷無跡　人社見良目　吉咲八師　浦者雖レ無　縦恵夜思　滷者雖レ無　勇魚取　海辺乎指而　柔田津乃　荒礒之上尓　蚊青生　玉藻息都藻　明来者　浪己曽来依　夕去者　風己曽来依　浪之共　彼依此依・玉藻成　靡吾宿之　敷妙之　妹之手本乎　露霜乃　置而之来者　此道之　八十隈毎　万段　顧雖レ為　弥遠尓　里放来奴　益高尓　山毛超来奴　早敷屋師　吾嬬乃児我　夏草乃　思志萎而　将レ嘆　角里将レ見　靡此山

36 超—越広

反歌一首

一三九　石見之海　打歌山乃　木際従　吾振袖乎　妹将レ見香・

右、歌体雖レ同、句々相替。因レ此重載。

柿本朝臣人麻呂妻依羅娘子与二人麻呂一相別歌一首

一四〇　勿念跡　君者雖レ言　相時　何時跡知而加　吾不レ恋有牟

5 牟—乎元広 紀宮

挽歌

1 アヲコマの　2 オツルモミチバ

13 ニキタヅの　15 カアヲナル　18 ナミこそキよせ　20 カぜこそキよせ　〔一二一〕

1 ナオモヒそと　2 キミハイフとモ　5 アガコひズアラム

後岡本宮御宇天皇代　天豊財重日足姫天皇 譲位後即二後岡本宮一。

有間皇子自傷結二松枝一歌二首・

一四一　磐白乃　浜松之枝乎　引結　真幸有者　亦還見武

一四二　家有者　笥尓盛飯乎　草枕　旅尓之有者　椎之葉尓盛

長忌寸意吉麻呂見二結松一哀咽歌二首

一四三　磐代乃　崖之松枝　将レ結　人者反而　復将レ見鴨

一四四　磐代之　野中尓立有　結松　情毛不レ解　古所レ念　未レ詳。

山上臣憶良追和歌一首・

一四五　鳥翔成　有我欲比管　見良目杼母　人社不レ知　松者知良武

右件歌等、雖レ不二挽レ柩之時所一レ作、准*二擬歌意一故以載二于挽歌類一焉。

大宝元年辛丑幸二于紀伊国一時　見*二結松一歌一首　柿本朝臣人麻呂歌集中出也。

一四六　後将レ見跡　君之結有　磐代乃　子松之宇礼乎　又将レ見香聞

近江大津宮御宇天皇代　天命開別天皇 諡曰二天智天皇一。・

天皇聖躬不予之時　大*后奉御歌一首

一四七　天原　振放見者　大王乃　御寿者長久　天足有

一書曰、近江天皇聖体不予御病急時　大*后奉献御歌一首

一四八　青旗乃　木旗能上乎　賀欲布跡羽　目尓者雖レ視　直尓不レ相香裳

天皇崩後之時　倭大*后御作歌一首

〔一一二〕

1 イヘナレバ

1 ととブナス

5 マタモミムカモ

〔一一三〕

2 崖 金元古広― 岸

准 金元朱広紀― 唯

見 金元類広― ナシ

大 類古広紀― 太

大 金紀宮― 太

4 視― 見 古矢京

大 類古広― 太

一四九　人者縦　念息登母　玉蘰　影尓所ㇾ見乍　不ㇾ所ㇾ忘鴨

天皇崩時婦人作歌一首 姓氏未ㇾ詳。

一五〇　空蝉師　神尓不ㇾ勝者　離居而　朝嘆君　放居而　吾恋君　玉有者　手尓巻持而
衣有者　脱時毛無　吾恋　君曽伎賊乃夜　夢所ㇾ見鶴

天皇大殯之時歌二首

一五一　如ㇾ是有　予知勢婆　大御船　泊之登万里尓　標結麻思乎　額田王

一五二　八隅知之　吾期大王乃　大御船　待可将ㇾ恋　四賀乃辛埼　舎人吉年

*大后御歌一首

一五三　鯨魚取　淡海乃海乎　奥放而　榜来船　辺附而　榜来船　奥津加伊　痛勿波祢曽　辺
津加伊　痛莫波祢曽　若草乃　嬬之　念鳥立

石川夫人歌一首

一五四　神楽浪乃　大山守者　為ㇾ誰可　山尓標結　君毛不ㇾ有国

従二山科御陵一退散之時　額田王作歌一首

一五五　八隅知之　和期大王之　恐也　御陵奉仕流　山科乃　鏡山尓　夜者毛　夜之尽
昼者母　日之尽　哭耳呼　泣乍在而哉　百礒城乃　大宮人者　去別南

明日香清御原宮御宇天皇代 天渟中原瀛真人天皇 謚曰二天武天皇一。

十市皇女薨時　高市皇子尊御作歌三首

一五六　三諸之　神之神須疑　已具耳矣自得見監乍共・　不ㇾ寝夜叙多

---

1 有全注―有　登童蒙有乃
2 予（豫）―懐　金類古預紀
4 尓古紀―人
大―太金
3 可金類広紀―ナシ
11 呼金類広紀―乎

---

3 サカリヰテ
12 キミそキそのヨ
1 カカラムと〔登〕
1 2 カカラムの〔乃〕オモヒ〔懐〕シリセバ
〔二四〕
5 ヘツキテ
3 4 定訓ナシ
〔二五〕

一五七（一五七）　神山之　山辺真蘇木綿　短木綿　如此耳故尓　長等思伎

一五八（一五八）　山振之　立儀足　山清水　酌尓雖行　道之白鳴

紀曰、七年戊寅夏四月丁亥朔癸巳、十市皇女卒然病発、薨於宮中。*

天皇崩之時　大后御作歌一首

一五九（一五九）　八隅知之　我大王之　暮去者　召賜良之　明来者　問賜良志　神岳乃　山之黄葉乎　今日毛鴨　問給麻思　明日毛鴨　召賜万旨　其山乎　振放見乍　暮去者　綾哀　明来者　裏佐備晩　荒妙乃　衣之袖者　乾時文無

一書曰、天皇崩之時　太上天皇　御製歌二首

一六〇（一六〇）　燃火物　取而裹而　福路庭　入登不言八　面智男雲

一六一（一六一）　向南山　陳雲之　青雲之　星離去　月矣離而

天皇崩之後八年九月九日　奉為御斎会之夜　夢裏習賜御歌一首　古歌集中出。

一六二（一六二）　明日香能　清御原乃宮尓　天下　所知食之　八隅知之　吾大王　高照　日之皇子　何方尓　所念食可　神風乃　伊勢能国者　奥津藻毛　靡足波尓　塩気能味　香乎礼流国尓　味凝　文尓乏寸　高照　日之御子

藤原宮御宇天皇代　高天原広野姫天皇*

大津皇子薨之後　大来皇女従伊勢斎宮上京之時御作歌二首

一六三（一六三）　神風乃　伊勢能国尓母　有益乎　奈何可来計武　君毛不有尓

一六四（一六四）　欲見　吾為君母　不有尓　奈何可来計武　馬疲尓

戊 金広―代

4 登 古―燈墌澄

5 矣 金広紀―牟

皇―皇天皇元年丁亥十一年　譲位軽太子尊号曰太上天皇 紀金古広

1 乃 金類広紀―之

2 母 金類広紀宮―毛

---

4 カクのみユヱニ

2 ワガオホキミの　ワごオホキミシ

7 カみヲカの

4 イルとイハズヤモ

〔一六〇〕 5 定訓ナシ

4 ホシハナレユキ

〔一六二〕 6 ワガオホキミ

2 アガスルキミモ

移ニ葬大津皇子屍於葛城二上山一之時　大来皇女哀傷御作歌二首

一六五　宇都曽見乃　人尓有吾哉　従ニ明日一者　二上山乎　弟世登吾将レ見

一六六　礒之於尓　生流馬酔木乎　手折目杼　令レ視倍吉君之　在常不レ言尓

右一首、今案、不レ似ニ移葬之歌一。蓋疑従ニ伊勢神宮一還レ京之時、路上見レ花感傷哀咽作ニ此歌一乎。

日並皇子尊殯宮之時　柿本朝臣人麻呂作歌一首　并短歌

一六七　天地之　初時　久堅之　天河原尓　八百万　千万神之　神集　ゝ座而　神分　ゝ之時尓　天照　日女之命　一云、指上日女之命　天乎婆　所レ知食登　葦原乃　水穂之国乎　天地之　依相之極　所レ知行　神之命等　天雲之　八重掻別而　一云、天雲之八重雲別而　神下　座奉之　高照　日之皇子波　飛鳥之　浄之宮尓　神随　太布座而　天皇之　敷座国等　天原　石門乎開　神上　ゝ座奴　一云、神登座尓之可婆　吾王　皇子之命乃　天下　所レ知食世者　春花之　貴在等　望月乃　満波之計武跡　天下　一云、食国　四方之人乃　大船之　思憑而　天水　仰而待尓　何方尓　御念食可　由縁母無　真弓乃岡尓　宮柱　太布座　御在香乎　高知座而　明言尓　御言不ニ御問一　日月之　数多成塗　其故　皇子之宮人　行方不レ知毛　一云、刺竹之皇子宮人帰辺不レ知尓為

反歌二首

一六八　久堅乃　天見如久　仰見之　皇子乃御門之　荒巻惜毛

一六九　茜刺　日者雖ニ照有一　烏玉之　夜渡月之　隠良久惜毛　或本以ニ件歌一為ニ後皇子尊殯宮之時歌反一也。

2 時金類広紀―時之

以金類古広―云以

反―返金広

2 ヒとニアルワレヤ

〔二七〕

2 ハジめのとキの〔之〕

9 10 カムハカリハカリシとキニ

11 アマデラス

11 イサシのボル

37 ワガオホキミ

40 シラシメスよハ

42 タフトカラムと

〔二八〕

56 フトシキマシテ

62 マネクナリヌル

或本歌一首

一七〇 嶋宮 勾乃池之 放鳥 人目尓恋而 池尓不レ潜

皇子尊宮舎人等慟傷作歌廿三首

一七一 高光 我日皇子乃 万代尓 国所レ知麻之 嶋宮波母

一七二 嶋宮 上池有 放鳥 荒備勿行 君不レ座十方

一七三 高光 吾日皇子乃 伊座世者 嶋御門者 不レ荒有益乎・

一七四 外尓見之 檀乃岡毛 君座者 常都御門跡 侍宿為鴨

一七五 夢尓谷 不レ見在之物乎 鬱悒 宮出毛為鹿 佐日之隈廻乎

一七六 天地与 共将レ終登 念乍 奉仕之 情違奴

一七七 朝日弖流 佐太乃岡辺尓 群居乍 吾等哭涙 息時毛無

一七八 御立為之 嶋乎見時 庭多泉 流涙 止曽金鶴・

一七九 橘之 嶋宮尓者 不レ飽鴨 佐田乃岡辺尓 侍宿為尓往

一八〇 御立為之 嶋乎母家跡 住鳥毛 荒備勿行 年替左右

一八一 御立為之 嶋之荒礒乎 今見者 不レ生有之草 生尓来鴨

一八二 鳥桓立 飼之鴈乃児 栖立去者 檀岡尓 飛反来年・

一八三 吾御門 千代常登婆尓 将レ栄等 念而有之 吾志悲毛

一八四 東乃 多芸能御門尓 雖二伺侍一 昨日毛今日毛 召言毛無

一八五 水伝 礒乃浦廻乃 石上乍自 木丘開道乎 又将レ見鴨

5 波 金類広紀—婆

5 隈 金古広紀—隅

4 田 類広紀宮—多

1 桓 全集—垣 類広紀墭

3 上 金類広紀—ナシ

2 ウヘのイけナル 5 キミマサズとモ

〔一二九〕

〔一三〇〕 5 ワレシカナシモ

1 ミヅツタフ 3 イソツツジ

5 儛金類古広―舞

一八六 一八六 一日者　千遍参入之　東　乃　大寸御門乎　入不レ勝鴨・
一八七 一八七 所由無　佐太乃岡辺尓　反居者　嶋　御橋尓　誰加住儛無
一八八 一八八 旦覆　日之入去者　御立之　嶋尓下座而　嘆　鶴鴨
一八九 一八九 旦日照　嶋乃御門尓　鬱悒　人音毛不レ為者　真浦悲　毛
一九〇 一九〇 真木柱　太　心者　有之香杼　此吾心　鎮目金津毛
一九一 一九一 毛許呂裳遠　春冬片設而　幸　之　宇陀乃大野者　所レ念武鴨・
一九二 一九二 朝日照　佐太乃岡辺尓　鳴鳥之　夜鳴変　布　此年己呂乎
一九三 一九三 八多籠良我　夜昼登不レ云　行路乎　吾者皆悉　宮道　叙為

右、日本紀曰、三年己丑夏四月癸未朔乙未薨。

柿本朝臣人麻呂献ニ泊瀬部皇女忍坂部皇子一歌一首　并短歌・

一九四 一九四 飛鳥　明日香乃河之　上瀬尓　生玉藻者　下　瀬尓　流触経　玉藻成　彼依此依
靡相之　嬬乃命乃　多田名附　柔膚尚乎　剣刀　於レ身副不レ寐者　烏玉乃　夜床母荒
良無　一云、阿礼奈牟　所虚故　名具鮫兼天　気田敷藻　相屋常念　而　一云、公毛相哉登　玉垂乃　越能大
野之　旦露尓　玉裳者浬打　夕霧尓　衣　者沾而　草枕　旅宿鴨為留　不レ相君故

反歌一首・

一九五 一九五 敷妙乃　袖易之君　玉垂之　越野過去　亦毛将レ相八方　一云、乎知野尓過奴

右、或本曰、葬ニ河嶋皇子越智野一之時、献ニ泊瀬部皇女一歌也。　日本紀曰、朱鳥五年
辛卯秋九月己巳朔丁丑、浄大参皇子川嶋薨。

16 イ阿金類紀―何
18 兼略解―魚
19 田金類―留
22 能金広紀―乃
部―ナシ金宮
日―云金古紀

4 このワガこころ

〔三一〕
4 ヨナキカヘラフ

1 とブとりの

〔三二〕
4 ヲチノニスぎヌ

朝臣金類広紀―ナシ
16 王能金広紀―生乃
18 母金広―如
60 預金類西原広―予〔豫〕
12 磐―盤類広

明日香皇女木瓲殯宮之時　柿本朝臣人麻呂作歌一首　并短歌

一九六 飛鳥　明日香乃河之　上瀬　石橋渡　一云、石浪　下瀬　打橋渡　石橋　一云、石浪　生靡留　玉藻毛叙　絶者生流　打橋　生乎為礼流　川藻毛叙　干者波由流　何然毛　吾王能　立者　玉藻之母許呂　臥者　川藻之如久　靡相之　宜君之　朝宮乎　忘賜哉　夕宮乎　背賜哉　宇都曽臣跡　念之時　春部者　花折挿頭　秋立者　黄葉挿頭　敷妙之　袖携　鏡成　雖レ見不レ猒　三五月之　益目頬染　所レ念之　君与時々　幸而　遊賜之　御食向　木瓲之宮乎　常宮跡　定賜　味沢相　目辞毛絶奴　然有鴨　一云、所己乎之毛　綾尓憐　宿兄鳥之　片恋嬬　一云、為乍　朝鳥　一云、朝霧　往来為君之　夏草乃　念之萎而　夕星之　彼往此去　大船　猶預不定見者　遣悶流　情毛不レ在　其故　為便知之也　音耳母　名耳毛不レ絶　天地之　弥遠長久　思将レ往　御名尓懸世流　明日香河　及二万代一　早布屋師　吾王乃　形見何此焉

短歌二首

一九七 明日香川　四我良美渡之　塞益者　進留水母　能杼尓賀有万思　一云、水乃　与杼尓加有益

一九八 明日香川　明日谷　一云、左倍　将レ見等　念八方　一云、念香毛　吾王　御名忘世奴　一云、御名不レ所レ忘

高市皇子尊城上殯宮之時　柿本朝臣人麻呂作歌一首　并短歌

一九九 挂文　忌之伎鴨　一云、由遊志計礼杼母　言久母　綾尓畏伎　明日香乃　真神之原尓　久堅能　天都御門乎　懼母　定賜而　神佐扶跡　磐隠座　八隅知之　吾大王乃　所レ聞見為　背友乃国之　真木立　不破山越而　狛剣　和射見我原乃　行宮尓　安母理座而　天

1 とブとりの
4 イシバシワタス
16 ワガオホキミの
21 ナビカヒの
29 ハルヘハ
46 シヅマリタマヒ〔三三〕
61 ナグサムル
74 ワガオホキミの
4 ワガオホキミの
6 マカみガハラニ
14〔三四〕ワガオホキミの

24イ 掃金類―払
52イ 或類宮―惑
52イ 泥金類広―侶
54 靡―麾金類
68イ 或金類―惑
70 之金天広紀―ナシ
78 競金天類西ィ―竟
82 或類紀―惑
95 尓金類広紀―ナシ
107 埴広宮細温京―垣
126 不金類広紀―ナシ
127 左金宮訂―右
134 久略解―之
142 来金類広紀―未

下　治賜　一云、掃賜而　食国乎　定賜等　鶏之鳴　吾妻乃国之　御軍士乎　喚賜而　千磐破　人乎和為跡　不奉仕　国乎治跡　一云、掃部等　皇子随　任賜者　大御身尓　大刀取帯之　大御手尓　弓取持之　御軍士乎　安騰毛比賜　斉流　鼓之音者　雷之声登聞麻侶　吹響流　小角乃音母　一云、笛乃音波　敵見有　虎可叫吼登　諸人之　恊流麻侶尓　一云、聞或麻泥　指挙有　幡之靡者　冬木成　春去来者　野毎　著而有火之　一云、冬木成春野焼火乃　風之共　靡如久　取持流　弓波受乃驟　三雪落　冬乃林尓　一云、由布乃林　飃可毛　伊巻渡等　念麻侶　聞之恐久　一云、諸人見或麻侶尓　引放　箭之繁計久　大雪乃　乱而来礼　一云、霰成曽知余里久礼婆　不奉仕　立向之毛　露霜之　消者消倍久　去鳥乃　相競端尓　一云、朝霜之　消者消言尓打蟬等安良蘇布波之尓　渡会乃　斎宮従　神風尓　伊吹或之　天雲乎　日之目毛不令見　常闇尓　覆賜而　定之　水穂之国乎　神随　太敷座而　八隅知之　吾大王之　天下　申賜者　万代尓　然之毛将有登　一云、如是毛安良無等　木綿花乃　栄時尓　吾大王　皇子之御門乎　一云、刺竹皇子御門乎　神宮尓　装束奉而　遣使　御門之人毛　白妙乃　麻衣着　埴安乃御門之原尓　赤根刺　日之尽　鹿自物　伊波比伏管　烏玉能　暮尓至者　大殿乎　振放見乍　鶉成　伊波比廻　雖侍候　佐母良比不得者　春鳥之　佐麻欲比奴礼者　嘆毛　未過尓　憶毛　未不尽者　言左敝久　百済之原従　神葬　伊座而　朝毛吉　木上宮乎　常宮等　高久奉而　神随　安定座奴　雖然　吾大王之　万代跡　所念食而　作良志之　香来山之宮　万代尓　過牟登念哉　天之如　振放見乍　玉手次　懸而将偲　恐有騰文

36 よサシタマヘバ
60 ナビクガごとク
76イ けナバけとフニ（三五）
80 イツキのミヤユ
92 ワガオホキミの
99 ワガ）オホキミ
114 ユフヘニ）イタレバ
134 タカクシ〔之〕タテテ
138 ワガオホキミの
149 カシコク）アレどモ

短歌二首・

二〇〇　久堅之　天所レ知流　君故尓　日月毛不レ知　恋渡鴨

二〇一　埴安乃　池之堤之　隠沼乃　去方乎不レ知　舎人者迷惑

或書反歌一首

二〇二　哭沢之　神社尓三輪須恵　雖二禱祈一　我王者　高日所レ知奴

右一首、類聚歌林曰、檜隈女王怨二泣沢神社一之歌也。案二日本紀一云、十年丙・申秋七月辛丑朔庚戌、後皇子尊薨。

但馬皇女薨後　穂積皇子冬日雪落遥望二御墓一悲傷流レ涕御作歌一首

二〇三　零雪者　安播尓勿落　吉隠之　猪養乃岡之　寒有巻尓

弓削皇子薨時　置始東人作歌一首　并短歌

二〇四　安見知之　吾王　高光　日之皇子　久堅乃　天宮尓　神随　神等座者　其乎霜　文尓恐美　昼波毛　日之・尽　夜羽毛　夜之尽　臥居雖レ嘆　飽不レ足香裳

反歌一首

二〇五　王者　神西座者　天雲之　五百重之下尓　隠賜奴

又短歌一首

二〇六　神楽浪之　志賀左射礼浪　敷布尓　常丹跡君之　所レ念有計類

柿本朝臣人麻呂妻死之後　泣血哀慟作歌二首　并短歌・

二〇七　天飛也　軽路者　吾妹児之　里尓思有者　懃　欲レ見騰　不レ已行者　人目乎多見

1 埴　広宮細温―垣
云　金広紀―曰
5 寒　金　緊要―塞
5 有　緊要―為
作　金広紀―ナシ
1 浪　金広紀―波

〔三八〕
4 ワガオホキミハ
5 セキナサ〔塞為〕マクニ
2 ワガオホキミ
6 アめのミヤニ
〔三七〕
4 イホヘガシタニ
5 オモホえタリケル
7 ヤマズユカバ

真根久往者　人応レ知見　狭根葛　後毛将レ相等　大船之　思憑而　玉蜻　磐垣淵之
隠耳　恋管在尓　度日乃　晩去之如　照月乃　雲隠　如　奥津藻之　名延之妹者　黄
葉乃　過伊去等　玉梓之　使乃言者　梓弓　声尓聞而　一云、声耳聞而　将レ言為便　世武為
便不レ知尓　声耳乎　聞而有不レ得者　吾恋　千重之一隔毛　遣悶流　情毛有八等・
吾妹子之　不レ止出見之　軽市尓　吾立聞者　玉手次　畝火乃山尓　喧鳥之　音母
不レ所レ聞　玉桙　道行人毛　独谷　似之不レ去者　為便乎無見　妹之名喚而　袖曽振鶴
或本、有下謂二之名耳
聞而有不レ得者一句上。

短歌二首

二〇八　秋山之　黄葉乎茂　迷流　妹乎将レ求　山道不レ知母　一云、路不レ知而・

二〇九　黄葉之　落去奈倍尓　玉梓之　使乎見者　相日所レ念

二一〇　打蝉等　念之時尓　一云、宇都曽臣等念之　取持而　吾二人見之　趨出之　堤尓立有　槻木之
己知碁知乃枝之　春葉之　茂之如久　念有之　妹者雖レ有　憑有之　児等尓者雖レ有
世間乎　背之不レ得者　蜻火之　燎流荒野尓　白妙之　天領巾隠　鳥自物　朝立伊麻
之弖　入日成　隠去之鹿歯　吾妹子之　形見尓置有・若児乃　乞泣毎　取与　物之
無者　鳥徳自物　腋挟持　吾妹子与　二人吾宿之　枕付　嬬屋之内尓　昼羽裳　浦
不楽晩之　夜者裳　気衝明之　嘆友　世武為便不レ知尓　恋友　相因乎無見　大鳥乃
羽易乃山尓　吾恋流　妹者伊座等　人之云者　石根左久見手　名積来之　吉雲曽無寸
打蝉跡　念之妹之　珠蜻　髣髴谷裳　不レ見思者

8 碁知金広紀矢—碁智
31 烏徳考—鳥
穂
32 挟—狭類広
紀宮
45 乃金類広紀—
ナシ
49 之—ナシ紀
50 手類—乎
53 跡金広紀宮—
等

9 マネクユカバ
20 クレユクガごと
26 スぎテイユクと
33 ネのみヲ
37 ナグサムル
〔三八〕
48 ミチユキビとモ
〔三九〕—
29 トリアタフ

6 兄—足金類広
32 挟—狭金類 広紀挿宮細温
37 日金類—旦
40 衡金類—衡
43 眷金類広—恋

短歌二首・
二一一 去年見而之　秋乃月夜者　雖レ照　相見之妹者　弥年放
二一二 衾道乎　引手乃山尓　妹乎置而　山径往者　生跡毛無
或本歌曰
二一三 宇都曽臣等　念之時　携手　吾二見之　出立　百兄槻木　虚知期知尓　枝刺有如
春葉　茂如　念有之　妹庭雖レ在　恃有之　妹庭雖レ有　世中　背　不レ得者　香・
切火之　燎流荒野尓　白栲　天領巾隠　鳥自物　朝立伊行而　入日成　隠西加婆
吾妹子之　形見尓置有　緑児之　乞哭別　取委　物之無者　男自物　腋挟持
吾妹子与　二吾宿之　枕附　嬬屋内尓　日者　浦不怜晩之　夜者　息衝明之　雖レ嘆
為便不レ知　雖レ眷　相縁無　大鳥　羽易山尓　汝恋　妹座等　人云者　石根割見
而　奈積来之　好雲叙無　宇都曽臣　念之妹我　灰而座者・

短歌三首
二一四 去年見而之　秋月夜者　雖レ度　相見之妹者　益年離
二一五 衾路　引出山　妹置　山路念迩　生刀毛無
二一六 家来而　吾屋乎見者　玉床之　外向来　妹木枕

吉備津采女死時　柿本朝臣人麻呂作歌一首 并短歌
二一七 秋山　下部留妹　奈用竹乃　騰遠依子等者　何方尓　念居可　栲紲之　長命乎　露
己曽婆　朝尓置而・　夕者　消等言　霧己曽婆　夕立而　明者　失等言　梓弓

3 テラセレど

3 タヅサヘテ
5 イデタテル
6 モモダル〔足〕ツきのき
10 シげレルガごと
〔四〇〕
22 アサダチイマシテ
29 トリマカス
37 ヒルハモ
39 ヨルハモ

55 ハヒニテマセバ

3 タマとこの
4 よそニムキケリ

7 タクヅナの
〔四一〕
11 ユフヘハ
15 アシタハ

音聞吾母　髣髴見之　事悔敷乎　布栲乃　手枕纏而　剣刀　身二副寐価牟　若草　其
嬬子者　不怜弥可　念而寐良武　悔弥可　念恋良武　時不レ在　過去子等我　朝露
乃如也　夕霧乃如也

短歌二首

二二八　二二八　楽浪之　志我津子等何（一云、志我乃津之子我）　罷道之　川瀬道　見者不怜毛・

二二九　二二九　天数　凡津子之　相日　於保尓見敷者　今叙悔

岑類広紀宮—峯

讃岐狭岑嶋視二石中死人一　柿本朝臣人麻呂作歌一首　并短歌

二三〇　二三〇　玉藻吉　讃岐国者　国柄加　雖レ見不レ飽　神柄加　幾許貴寸　天地　日月与共　満将
レ行　神乃御面跡　次来　中乃水門従　船浮而　吾榜来者　時風　雲居尓吹尓　奥見者
跡位浪立　辺見者　白浪散動　鯨魚取　海乎恐　行船乃　梶引折而　彼此之　嶋者
雖レ多・名細之　狭岑之嶋乃　荒礒面尓　廬作而見者　浪音乃　茂浜辺乎　敷妙乃
枕尓為而　荒床　自伏君之　家知者　往而毛将レ告　妻知者　来毛問益乎　玉桙之　道
太尓不レ知　鬱悒久　待加恋良武　愛伎妻等者

28 岑類広紀宮—峯
42 太—大類広紀
43 悒金広宮—挹

反歌二首

二三一　二三一　妻毛有者　採而多宜麻之　作美乃山　野上乃宇波疑　過去計良受也・

二三二　二三二　奥波　来依荒礒乎　色妙乃　枕等巻而　奈世流君香聞

3 作金類古広—佐
5 聞—問金紀

柿本朝臣人麻呂在二石見国一臨レ死時　自傷作歌一首

二三三　二三三　鴨山之　磐根之巻有　吾乎鴨　不レ知等妹之　待乍将レ有

13 フネウカベテ
18 とキナミタツ
19 ヘヲミレバ
（四二）
27 ナグハシキ
4 ノのヘのウハぎ
2 キよスルアリソヲ
3 アレヲカモ

柿本朝臣人麻呂死時　妻依羅娘子作歌二首

二二四　且今日〻〻　吾待君者　石水之　貝尓　一云、谷尓　交而　有登不言八方

二二五　直相者　相不勝　石川尓　雲立渡礼　見乍将偲

丹比真人 名闕。擬柿本朝臣人麻呂之意報歌一首

二二六　荒浪尓　縁来玉乎　枕尓置　吾此間有跡　誰将告

或本歌曰

二二七　天離　夷之荒野尓　君乎置而　念乍有者　生刀毛無

右一首歌、作者未詳。但古本以此歌載於此次也。

寧楽宮

和銅四年歳次辛亥　河辺宮人姫嶋松原見嬢子屍悲嘆作歌二首

二二八　妹之名者　千代尓将流　姫嶋之　子松之末尓　蘿生万代尓

二二九　難波方　塩干勿有曽祢　沈之　妹之光儀乎　見巻苦流思母

霊亀元年歳次乙卯秋九月　志貴親王薨時作歌一首 并短歌

二三〇　梓弓　手取持而　大夫之　得物矢手挟　立向　高円山尓　春野焼　野火登見左右　燎火乎　何如問者　玉桙之　道来人乃　泣涙　霂霂尓落　白妙之　衣埿漬而　立留　吾尓語久　何鴨　本名唁　聞者　泣耳師所哭　語者　心曽痛　天皇之　神之御子之　御駕之　手火之光曽　幾許照而有

短歌二首

4 矢 金類—失
4 挟 矢京—狭
10 何如—如何 紀
14 霂 金類—霂
14 落 金類広— 落者
20 唁 類ィ広京左 赭—言

4 イカヒ〔谷〕ニマジリテ
〔四三〕
1 タダのアヒハ
〔四四〕
14 コサめニフレバ 〔者〕
29 そこバテリタル

3 太 金古広京—大

2 遊—逝 古紀

二三一　高円之　野辺秋芽子　徒　開香将レ散　見人無尓

二三二　御笠山　野辺往道者　己伎太雲　繁荒有可　久尓有勿国

右歌、笠朝臣金村歌集出。

或本歌曰

二三三　高円之　野辺乃秋芽子　勿散祢　君之形見尓　見・管思奴播武

〔四五〕

二三四　三笠山　野辺従遊久道　己伎太久母　荒尓計類鴨　久尓有名国

萬葉集巻第二

萬葉集巻第三　〔一〕

雑歌

刑部垂麻呂―上来時ノ下ニアリ広紀

奥―意吉西原広原紀

大夫―朝臣広紀宮
清―浄広紀
埼―崎広紀

〔七〕
太―大広紀宮
大金広紀―太
余金広紀原―金
〔八〕

〔九〕
卒広紀―率
卒広紀―率

萬葉集巻第三

雑歌

〔一二〕

天皇御ニ遊雷岳一之時　柿本朝臣人麻呂作歌一首

二三五　二三五　皇者(オホキミハ)　神二四座者(カミニシマセバ)　天雲之(アマクモノ)　雷之上尓(イカヅチノウヘニ)　廬為流鴨(イホリセルカモ)

4 ナルカみのウヘニ
5 イホラセルカモ

右、或本云、献ニ忍壁皇子一也。其歌曰、

二三六　王(オホキミハ)　神座者(カミニシマセバ)　雲隠(クモガクル)　伊加土山尓(イカヅチヤマニ)　宮敷座(ミヤシキマセリ)

1〜5 王以下一四字類古以外ハ前行ニ続ケテ記ス

5 ミヤシキイマス

天皇賜ニ志斐嫗一御歌一首

二三六　二三七　不聴跡雖レ云(イナトイヘド)　強流志斐能我(シフルシヒノガ)　強語(シヒカタリ)　此者不レ聞而(コノコロキカズテ)・朕恋尓家里(アレコヒニケリ)

1 敢広紀—聴

志斐嫗奉レ和歌一首　嫗名未レ詳。

二三七　二三八　不敢雖レ謂(イナトイヘド)　話礼ミミ常(カタレカタレト)　詔(ノラセ)　許曽(コソ)　志斐伊波奏(シヒイハマヲセ)　強話登言(シヒカタリトイフ)

2 話礼ミミ—語礼語礼広 語礼語礼紀
5 話—語紀

5 シひカタリとのル

長忌寸意吉麻呂応レ詔歌一首

二三八　二三九　大宮之(オホミヤノ)　内二手所レ聞(ウチマデキコユ)　網引為跡(アビキスト)　網子調流(アゴトトノフル)　海人之呼声(アマノヨビコヱ)

右一首・

〔一三〕

長皇子遊ニ猟路池一之時　柿本朝臣人麻呂作歌一首　并短歌

二三九　二四〇　八隅知之(ヤスミシシ)　吾大王(ワごオホキミ)　高光(タカヒカル)　吾日乃皇子乃(ワガヒノミコノ)　馬並而(ウマナめテ)　三猟立流(ミカリタタセル)　弱薦乎(ワカこモヲ)　猟路乃小野尓(カリヂノヲノニ)

2 ワガオホキミ

十六社者　伊波比拝目　鶉己曽　伊波比廻礼　四時自物　伊波比拝　鶉成　伊波
比毛等保理　恐　等　仕奉而　久堅乃　天見如久　真十鏡　仰而雖レ見　春草之
益目頰四寸　吾於富吉美可聞・

反歌一首

二四〇　二四一　久堅乃　天帰月乎　網尓刺　我大王者　蓋尓為有

或本反歌一首

二四一　二四二　皇　者　神尓之坐者　真木乃立　荒山中尓　海成可聞

弓削皇子遊二吉野一時御歌一首

二四二　二四三　滝上之　三船乃山尓　居雲乃　常将レ有等　和我不レ念久尓・

春日王奉レ和歌一首

二四三　二四四　王　者　千歳二麻佐武　白雲毛　三船乃山尓　絶日安良米也

或本歌一首

二四四　二四五　三吉野之　御船乃山尓　立雲之　常将レ在跡　我思　莫苦二

右一首、柿本朝臣人麻呂之歌集出。

長田王被レ遣二筑紫一渡二水嶋一之時歌二首・

二四五　二四六　如レ聞　真貴久　奇　母　神左備居賀　許礼能水嶋

二四六　二四七　葦北乃　野坂乃浦従　船出為而　水嶋尓将レ去　浪立莫勤

石川大夫和歌一首　名闕。

3 乃　類古広紀―之

2 二　類古広紀―尓

〔一四〕

9 シシこそバ

25 ワごオホキミカモ

2 アマユクツきヲ

4 ワガオホキミハ

1 キクガごと

2 麻—摩類矢
5 宣—宣美古　宿童蒙 注釈
5 嶋〔島〕—馬新考
4 白水類西ィ広　宮—泉
5ィ 湖—潮広原　宮
2ィ 舶類古宮—軸
2ィ 舶尓波—能尓波好全　註釈

二四七 二四八 奥浪　辺波雖レ立　和我世故我　三船乃登麻里　瀾立目八方

右、今案、従四位下石川宮麻呂朝臣、慶雲年中任二大弐一。又正五位下石川朝臣吉美・侯、神亀年中任二小弐一。不レ知二両人誰作一此歌一焉。

又長田王作歌一首

二四八 二四九 隼人乃　薩麻乃迫門乎　雲居奈須　遠毛吾者　今日見鶴鴨

柿本朝臣人麻呂羈旅歌八首

二四九 二五〇 三津埼　浪矣恐　隠江乃　舟公　宣二奴嶋尓一

二五〇 二五一 珠藻苅　敏馬乎過　夏草之　野嶋之埼尓　舟近著・奴

一本云、処女乎過而　夏草乃　野嶋我埼尓　伊保里為吾等者

二五一 二五二 粟路之　野嶋之前乃　浜風尓　妹之結　紐吹返

二五二 二五三 荒栲　藤江之浦尓　鈴寸釣　白水郎跡香将レ見　旅去吾乎

一本云、白栲乃　藤江能浦尓　伊射利為流

二五三 二五四 稲日野毛　去過勝尓　思有者　心恋敷　可古能嶋・所レ見　一云、湖見

二五四 二五五 留火之　明大門尓　入日哉　榜将レ別　家当不レ見

二五五 二五六 天離　夷之長道従　恋来者　自二明門一　倭嶋所レ見

一本云、家門　当見由

二五六 二五七 飼飯海乃　庭好有之　苅薦乃　乱出所レ見　海人釣船

二五八 一本云、武庫乃海　舶尓波有之　伊射里為流　海部乃釣船　浪上従所レ見・

〔一五〕

5 のラスヌシマニ・ヤどル〔宿〕ヌシマニ・ヤどル〔宿〕ミ〔美〕ヌメ〔馬〕ニ
4 ノシマガサキニ
2 ノシマガサキの
2 フヂえガウラニ

〔一六〕

5ィ ミトミツ
3 イルヒニカ
1 2ィ ムコのウミの〔能〕ニハよク〔好〕アラシ

鴨君足人香具山歌一首 并短歌

二五七 二五九 天降付　天之芳来山　霞立　春尓至婆　松風尓　池浪立而　桜花　木乃晩茂尓　奥辺波　鴨妻喚　辺津方尓　味村左和伎　百礒城之　大宮人乃　退出而　遊船尓波　梶棹毛　無而不楽毛　己具人奈四二

反歌二首

二五八 二六〇 人不レ榜　有雲知之　潜為　鴦与高部共　船上住

二五九 二六一 何時間毛　神左備祁留鹿　香山之　鉾榲之本尓・薜生左右二

或本歌云

二六〇 二六二 天降就　神乃香山　打靡　春去来者　桜花　木暗茂　松風丹　池浪颺　辺都遍者　阿遅村動　奥辺者　鴨妻喚　百式乃　大宮人乃　去出　榜来舟者　竿梶母　無而佐夫之毛　榜与雖レ思

右、今案、遷二都寧楽一之後、怜レ旧作二此歌一歟。

柿本朝臣人麻呂献二新田部皇子一歌一首 并・短歌

二六一 二六三 八隅知之　吾大王　高輝　日之皇子　茂座　大殿於　久方　天伝来　白雪仕物　往来乍　益及二常世一

反歌一首

二六二 二六四 矢釣山　木立不レ見　落乱　雪驪　朝楽毛

従二近江国一上来時　刑部垂麻呂作歌一首

4 榲 類紀—榅
4 本—末 考
9 白 類広紀宮—自
4 騄 類広—驪

2 アマのカグヤマ
9 オキヘハ
11 ヘツカタニ
4 ホこスぎのモとニ　ホこスぎガウレ　[末]ニ　〔一七〕
10 アヂムラサワク
12 カモツマヨバフ
2 ワガオホキミ
3 タカテラス
5 シキマセル
4 ユキニツドヘル　ユキニウグツク

二六三 二六五 馬莫疾　打莫行　気並而　見弖毛和我帰　志賀尓安良七国・

柿本朝臣人麻呂従㆓近江国㆒上来時至㆓宇治河辺㆒作歌一首

二六四 二六六 物乃部能　八十氏河乃　阿白木尓　不知代経浪乃　去辺白不母

長忌寸奥麻呂歌一首

二六五 二六七 苦毛　零来雨可　神之埼　狭野乃渡尓　家裳不㆑有国

柿本朝臣人麻呂歌一首・

二六六 二六八 淡海乃海　夕浪千鳥　汝鳴者　情毛思努尓　古所㆑念

志貴皇子御歌一首

二六七 二六九 牟佐々婢波　木末求跡　足日木乃　山能佐都雄尓　相尓来鴨

長屋王故郷歌一首

二六八 二七〇 吾背子我　古家乃里之　明日香庭　乳鳥鳴成　嶋待不得而・

右、今案、従㆓明日香㆒遷㆓藤原宮㆒之後、作㆓此歌㆒歟。

阿倍女郎屋部坂歌一首

二六九 二七一 人不㆑見者　我袖用手　将㆑隠乎　所㆑焼乍可将㆑有　不㆑服而来々

高市連黒人覊旅歌八首

二七〇 二七二 客為而　物恋敷尓　山下　赤乃曽保船　奥榜所㆑見

二七一 二七三 桜田部　鶴鳴渡　年魚市方　塩干二家良之　鶴鳴渡・

二七二 二七四 四極山　打越見者　笠縫之　嶋榜隠　棚無小船

1 乃—ナシ古紀
1 々—左広紀
5 嶋—嬬注釈塙
5 来々—来来広紀宮
4 保—裸類西ィ広紀
5 船—舟広宮

2 ウチそナユキそ
〔一八〕
3 ミワガサキ
5 ツマ〔嬬〕マチカネテ
〔一九〕
4 モえツツカアルラム
5 キズテキニケリ
5 オキニこグミユ　オキへこグミユ

2 湖—潮広

5 流—ナシ古紀

二七三 二七五 礒前　榜手廻行者　近江海　八十之湊尓　鵠佐波二鳴　未ㇾ詳。

二七四 二七六 吾船者　枚乃湖尓　榜将ㇾ泊　奥部莫避　左夜深去来

二七五 二七七 何処　吾将ㇾ宿　高嶋乃　勝野原尓　此日暮去者

二七六 二七八 妹母我母　一有加母　三河有　二見自ㇾ道　別不勝鶴・

二七九 一本云、水河乃　二見之自ㇾ道　別　者　吾勢毛吾文　独　可文将ㇾ去

二七七 二八〇 速来而母　見手益物乎　山背　高　槻村　散去奚留鴨

石川少郎歌一首

二七八 二八一 然之海人者　軍布苅塩焼　無ㇾ暇　髪梳乃小櫛　取毛不ㇾ見久尓

右、今案、石川朝臣君子号曰二少郎子一也。

高市連黒人歌二首

二七九 二八二 吾妹児二　猪名野者令ㇾ見都　名次山　角　松原　何時可将ㇾ示

二八〇 二八三 去来児等　倭　部早　白菅乃　真野乃榛原　手折而将ㇾ帰

黒人妻答歌一首

二八一 二八四 白菅乃　真野之榛原　往左来左　君社見良目　真野乃榛原・

春日蔵首老歌一首

二八二 二八五 角障経　石村毛不ㇾ過　泊瀬山　何時毛将ㇾ超　夜者深去通都

高市連黒人歌一首

二八三 二八六 墨　吉乃　得名津尓立而　見渡　者　六児乃泊従　出流船人

4 カチノのハラニ

〔二〇〕

5イ ヒとリカモユカム

〔二一〕

超—越類紀

3 努類広紀—奴

春日蔵首老歌一首

二八四（二七七）焼津辺　吾去鹿歯　駿河奈流　阿倍乃市道尓　相之児等羽裳

丹比真人笠麻呂往紀伊国超勢能山時作歌一首

二八五（二七八）栲領巾乃　懸巻欲寸　妹名乎　此勢能山尓　懸者奈何将有　一云、可倍波伊香尓安良牟

春日蔵首老即和歌一首

二八六（二七九）宜奈倍　吾背乃君之　負来尓之　此勢能山乎　妹者不喚

幸志賀時　石上卿作歌一首　名闕。

二八七（二八〇）此間為而　家八方何処　白雲乃　棚引山乎　超而来二家里

穂積朝臣老歌一首

二八八（二八一）吾命之　真幸有者　亦毛将見　志賀乃大津尓　縁流白浪

右、今案、不審幸行年月。

間人宿祢大浦初月歌二首

二八九（二八二）天原　振離見者　白真弓　張而懸有　夜路者将吉

二九〇（二八三）椋橋乃　山乎高可　夜隠尓　出来月乃　光乏寸

小田事勢能山歌一首

二九一（二八四）真木葉乃　之奈布勢能山　之努波受而　吾超去者　木葉知家武

角麻呂歌四首

二九二（二八五）久方乃　天之探女之　石船乃　泊師高津者　浅尓家留香裳

〔一二一〕

〔一二三〕 2 アめのサグメガ

二九三 二九六 塩干乃　三津之海女乃　久具都持　玉藻将レ苅　率行見

二九四 二九七 風乎疾　奥津白浪　高有之　海人釣船　浜眷　奴

二九五 二九八 清江乃　野木笑松原　遠神　我王之　幸行処

田口益人大夫任二上野国司一時至二駿河浄見埼一作歌二首

二九六 二九九 廬原乃　浄見乃埼乃　見穂之浦乃　寛　見乍　物念・毛奈信

二九七 三〇〇 昼見騰　不レ飽田児浦　大王之　命　恐　夜見鶴鴨

弁基歌一首

二九八 三〇一 亦打山　暮越行而　廬前乃　角太河原尓　独　可毛将レ宿

右、或云、弁基者春日蔵首老之法師名也。

大納言大伴卿歌一首　未レ詳。

二九九 三〇二 奥山之　菅　葉淩　零雪乃　消者将レ惜　雨莫零行年・

長屋王駐二馬寧楽山一作歌二首

三〇〇 三〇三 佐保過而　寧楽乃手祭尓　置幣者　妹乎目不レ離　相見染跡衣

三〇一 三〇四 磐金之　凝敷山乎　超不勝而　哭者泣友　色尓将レ出八方

中納言安倍広庭卿歌一首

三〇二 三〇五 児等之家道　差間遠　焉　野干子乃　夜渡　月尓　競　敢六鴨・

柿本朝臣人麻呂下二筑紫国一時海路作歌二首

三〇三 三〇六 名細　寸　稲見乃海之　奥津浪　千重尓隠　奴　山跡嶋根者

2 野　広原紀—ナシ
2 見乃—見之　古紀宮
3 乃—ナシ　古広原紀
3 子—玉　類宮

1 シホカレの
2 ミツのアマメの
3 タカクアラシ
2 きシの〔木笑〕マツバラ
4 ワガオホキミの
5 イデマシどころ

〔二四〕

3 ヌサオクハ

三〇四 三〇七 大王之　遠乃朝庭跡　蟻通　嶋門乎見者　神代之所レ念

高市連黒人近江旧都歌一首

三〇五 三〇八 如是故尓　不レ見跡云物乎　楽浪乃　旧都乎　令レ見乍本名

右歌、或本曰、小弁作也。未レ審二此小弁者一也。

幸二伊勢国一之時　安貴王作歌一首

三〇六 三〇九 伊勢海之　奥津白浪　花尓欲得　裹而妹之　家裹為

博通法師往二紀伊国一見二三穂石室一作歌三首

三〇七 三一〇 皮為酢寸　久米能若子我　伊座家留 一云、家牟　三穂乃石室者　雖レ見不レ飽鴨 一云、安礼尓家留可毛

三〇八 三一一 常磐成　石室者今毛　安里家礼騰　住家類人曽　常無里家留

三〇九 三一二 石室戸尓　立在松樹　汝乎見者　昔人乎　相見如之

門部王詠二東市之樹一作歌一首　後賜二姓大原真人氏一也。

三一〇 三一三 東　市之殖木乃　木足左右　不レ相久美　宇倍恋尓家利

桉作村主益人従二豊前国一上レ京時作歌一首

三一一 三一四 梓弓　引豊国之　鏡山　不レ見久有者　恋敷牟鴨

式部卿藤原宇合卿被レ使改二造難波堵一之時作歌一首

三一二 三一五 昔者社　難波居中跡　所レ言奚米　今者京引　都備仁鶏里

土理宣令歌一首

三一三 三一六 見吉野之　滝乃白浪　雖レ不レ知　語之告者　古所レ念

5イ 留—流広紀

5 恋類広原紀—吾恋

5 カみよシ)オモホユ

2 ミジとフモのヲ

〔二五〕

〔二六〕

5 水　類古ニ—永
11 宮　類古広紀—処
7 立　古—之

波多朝臣小足歌一首・

三一四（三一七）小浪　礒越道有　能登湍河　音之清左　多芸通瀬毎尓

暮春之月幸二芳野離宮一時中納言大伴卿奉レ勅作歌一首　并短歌　未レ逕二奏上一歌。

三一五（三一八）見吉野之　芳野乃宮者　山可良志　貴有師　水可良思　清有師　天地与　長久　万代尓　不レ改将レ有　行幸之宮

反歌・

三一六（三一九）昔見之　象乃小河乎　今見者　弥清　成尓来鴨

〔二七〕

山部宿祢赤人望二不尽山一歌一首　并短歌

三一七（三二〇）天地之　分時従　神左備手　高貴寸　駿河有　布士能高嶺乎　天原　振放見者　度日之　陰毛隠比　照月乃　光毛不レ見　白雲母　伊去波伐加利　時自久曽　雪者落家留　語告　言継将レ往　不尽能高嶺者

反歌

三一八（三二一）田児之浦従　打出而見者　真白衣　不尽能高嶺・尓　雪波零家留

詠二不尽山一歌一首　并短歌

三一九（三二二）奈麻余美乃　甲斐乃国　打縁流　駿河能国与　己知其智乃　国之三中従　出立有　不尽能高嶺者　天雲毛　伊去波伐加利　飛鳥母　翔毛不レ上　燎火乎　雪以滅　落雪乎　火用消通都　言不レ得　名不レ知　霊母　座神香聞　石花海跡　名付而有毛　彼山之　堤有海曽　不尽河跡　人乃渡毛　其山之　水乃当・焉　日本之　山跡国乃　鎮

〔二八〕

10 カげモカクろヒ
2 ウチ）イデテミレバ
28 カハのタギチそ

9 疑 広原宮—凝

十方　座祇可聞　宝十方　成有山可聞　駿河有　不尽能高峯者　雖レ見不レ飽香聞

反歌

三二〇（三一三）　不尽嶺尓　零置雪者　六月　十五日消者　其夜布里家利

三二一（三一四）　布士能嶺乎　高見恐見　天雲毛　伊去羽斤　田菜引物緒

右一首、高橋連虫麻呂之歌中出焉。以レ類載レ此。

山部宿祢赤人至二伊予温泉一作歌一首　并短歌

三二二（三一五）　皇神祖之　神乃御言乃　敷座　国之尽　湯者霜　左波尓雖レ在　嶋山之　宜国跡　極此疑　伊予能高嶺乃　射狭庭乃　岡尓立而　歌思　辞思為師　三湯之上乃　樹村乎　見者　臣木毛　生継尓家里　鳴鳥之　音毛不レ更　遐代尓　神左備将レ往　行幸処

反歌

三二三（三一六）　百式紀乃　大宮人之　飽田津尓　船乗将レ為　年之不レ知久

登二神岳一山部宿祢赤人作歌一首　并短歌

三二四（三一七）　三諸乃　神名備山尓　五百枝刺　繁生有　都賀乃樹乃　弥継嗣尓　玉葛　絶事無　在管裳　不レ止将レ通　明日香能　旧京師者　山高三　河登保志呂之　春日者　山四見　容之　秋夜者　河四清之　旦雲二　多頭羽乱　夕霧丹　河津者騒　毎レ見　哭耳　所レ泣　古思者

反歌

三二五（三一八）　明日香河　川余藤不レ去　立霧乃　念応レ過　孤悲尓不レ有国

2 フリオキシユキハ　フリオケルユキハ
3 シキマセル
11 イザニハの
〔一九〕
23 イデマシどころ
3 ニギタヅニ
13 ヤマダカミ
20 タヅハミダル

門部王在二難波一見二漁父燭光一作歌一首　後賜二姓大原真人氏一也。

三二六 見渡者　明石之浦尓　焼火乃　保尓曽出流　妹尓恋久

或娘子等贈二裹乾鰒一戯請二通観僧之呪願一時　通観作歌一首

三二七 海若之　奥尓持行而　雖レ放　宇礼牟曽此之　将二死還生一

大宰少弐小野老朝臣歌一首

三二八 青丹吉　寧楽乃京師者　咲花乃　薫如　今盛有

防人司佑大伴四綱歌二首

三二九 安見知之　吾王乃　敷座在　国中者　京師所レ念

三三〇 藤浪之　花者盛尓　成来　平城京乎　御念八君

帥大伴卿歌五首

三三一 吾盛　復将レ変八方　殆　寧楽京乎　不レ見歟将レ成

三三二 吾命毛　常有奴可　昔見之　象小河乎　行見為

三三三 浅茅原　曲曲二　物念者　故郷之　所レ念可聞

三三四 萱草　吾紐二付　香具山乃　故去之里乎　忘之為

三三五 吾行者　久者不レ有　夢乃和太　湍者不レ成而　淵有乞

沙弥満誓詠レ綿歌一首　造筑紫観音寺別当、俗姓笠朝臣麻呂也。

三三六 白縫　筑紫乃綿者　身著而　未者伎祢杼　暖所レ見

山上憶良臣罷レ宴歌一首

---

2 石―ナシ広紀

贈広紀―賜

大類古広紀―太

5 忘広原楢枏注釈―将忘　全集不忘

5 乞古義―毛

観―観世類古広

4 伎類古広紀―妓

〔三〇〕

4 ウレムそこレの

4 ニホヘルガごと

2 ワガオホキミの

〔三一〕

5 フチニシアリこそ　フチニテアリこそ

三三七 / 三四〇 憶良等者　今者将レ罷　子将レ哭　其彼母毛　吾乎将レ待曽

*大宰帥大伴卿讃レ酒歌十三首・

大類古広紀―太

三三八 / 三四一 験無　物乎不レ念者　一坏乃　濁酒乎　可レ飲有良師

三三九 / 三四二 酒名乎　聖跡負師　古昔　大聖之　言乃宜左

三四〇 / 三四三 古之　七賢　人等毛　欲為物者　酒西有良師

三四一 / 三四四 賢跡　物言従者　酒飲而　酔哭為師　益有良之

三四二 / 三四五 将レ言為便　将レ為便不レ知　極　貴　物者　酒西有良之

三四三 / 三四六 中々尓　人跡不レ有者　酒壺二　成而師鴨　酒二染嘗

三四四 / 三四七 痛醜　賢良乎為跡　酒不レ飲　人乎熟見者　猿二鴨・似

三四五 / 三四八 価無　宝跡言十方　一坏乃　濁酒尓　豈益目八方

5 方類古広紀―ナシ

三四六 / 三四九 夜光　玉跡言十方　酒飲而　情乎遣尓　豈若目八方

三四七 / 三五〇 世間之　遊道尓　怜者　酔泣為尓　可レ有良師

3 怜小琴―洽　拾穂冷

三四八 / 三五一 今代尓之　楽有者　来生者　虫尓鳥尓毛　吾羽成奈武

三四九 / 三五二 生者　遂毛死　物尓有者　今生在間者　楽乎有名・

4 生―ナシ類古　広原紀原

三五〇 / 三五三 黙然居而　賢良為者　飲レ酒而　酔泣為尓　尚不レ如来

沙弥満誓歌一首

三五一 / 三五四 世間乎　何物尓将レ譬　旦開　榜去師船之　跡無如

若湯座王歌一首

5 アヲマツラムそ

2 モのヲモハズハ

5 のムでカルラシ

〔三二一〕

5 アニマサラめヤ〔方・〕

3 スズシキ〔冷〕ハ カナヘ〔洽〕ルハ

1 ウマルレバ・イケルヒと

4 このよニアルマハ

3 湖―潮 類広紀宮
4 弖―五 槻落葉
4 吉―告 略解

三五二 三五五 葦辺波　鶴之哭鳴而　湖風　寒吹良武　津乎能埼羽毛

釈通観歌一首・

三五三 三五六 見吉野之　高城乃山尓　白雲者　行憚而　棚引所レ見

日置少老歌一首

三五四 三五七 縄乃浦尓　塩焼火気　夕去者　行過不得而　山尓棚引

生石村主真人歌一首

三五五 三五八 大汝　小彦名乃　将レ座　志都乃石室者　幾代将レ経

上古麻呂歌一首・

三五六 三五九 今日可聞　明日香河乃　夕不レ離　川津鳴瀬之　清有良武　或本歌発句云、明日香川　今毛可毛等奈

山部宿祢赤人歌六首

三五七 三六〇 縄浦従　背向尓所レ見　奥嶋　榜廻舟者　釣為良下

三五八 三六一 武庫浦乎　榜転小舟　粟嶋矣　背尓見乍　乏小舟

三五九 三六二 阿倍乃嶋　宇乃住石尓　依浪　間無此来　日本師所レ念

三六〇 三六三 塩干去者　玉藻苅蔵　家妹之　浜裹乞者　何矣示・

三六一 三六四 秋風乃　寒朝開乎　佐農能岡　将レ超公尓　衣借益矣

三六二 三六五 美沙居　石転尓生　名乗藻乃　名者告志弖余　親者知友

或本歌曰

三六三 三六六 美沙居　荒礒尓生　名乗藻乃　吉名者告世　父母者知友

〔三三〕
2 シホヤクホのけ
1 オホナムヂ
2 スクナヒコナの
5 サヤけカルラム
3 よルナミの
〔三四〕

笠朝臣金村塩津山作歌二首

三六四　三六七　大夫之　弓上振起　射都流矢乎　後将レ見人者　語継金

三六五　三六八　塩津山　打越去者　我乗有　馬曽爪突　家恋良霜

角鹿津乗レ船時　笠朝臣金村作歌一首　并短歌

三六六　三六九　越海之　角鹿乃浜従　大舟尓　真梶貫下　勇魚取　海路尓出而　阿倍寸管　我榜行者　大夫乃　手結我浦尓　海未通女　塩焼炎　草枕　客之有者　独為而　見知師無美　綿津海乃　手二巻四而有　珠手次　懸而之努櫃　日本嶋根乎

反歌

三六七　三七〇　越海乃　手結之浦矣　客為而　見者乏見　日本思櫃

石上大夫歌一首

三六八　三七一　大船二　真梶繁貫　大王之　御命恐　礒廻為鴨

右、今案、石上朝臣乙麻呂任二越前国守一。蓋此大夫歟。

和歌一首

三六九　三七二　物部乃　臣之壮士者　大王　任乃随意　聞跡云物曽

右、作者未レ審。但笠朝臣金村之歌中出也。

安倍広庭卿歌一首

三七〇　三七三　雨不レ零　殿雲流夜之　潤湿跡　恋乍居寸　君待香光

出雲守門部王思レ京歌一首　後賜二大原真人氏一也。

3 王—王之広　紀

賜—賜姓　宮京

2 ユズヱフリタテ

〔三五〕

2 タユヒのウラヲ

3 シメジメと

〔三六〕

三七一 三七四 飫海乃　河原之乳鳥　汝鳴者　吾佐保河乃　所レ念国

山部宿祢赤人登二春日野一作歌一首　并短歌

三七二 三七五 春日乎　春日山乃　高座之　御笠乃山尓　朝不レ離　雲居多奈引　容鳥能　間無数鳴　雲居奈須　心射左欲比　其鳥乃　片恋耳二　昼者毛　日之尽　夜者毛　夜之尽　立而居而　念曽吾為流　不レ相児故荷・

反歌

三七三 三七六 高桉之　三笠乃山尓　鳴鳥之　止者継流　恋哭為鴨

石上乙麻呂朝臣歌一首

三七四 三七七 雨零者　将レ蓋跡念有　笠乃山　人尓莫令レ蓋　霑者漬跡裳

湯原王芳野作歌一首

三七五 三七八 吉野尓有　夏実之河乃　川余杼尓　鴨曽鳴成　山・影尓之弖

湯原王宴席歌二首

三七六 三七九 秋津羽之　袖振妹乎　珠匣　奥尓念乎　見賜吾君

三七七 三八〇 青山之　嶺乃白雲　朝尓食尓　恒見杼毛　目頬四吾君

山部宿祢赤人詠二故太政大臣藤原家之山池一歌一首

三七八 三八一 昔者之　旧堤者　年深　池之瀲尓　水草生家里・

大伴坂上郎女祭レ神歌一首　并短歌

三七九 三八二 久堅之　天原従　生来　神之命　奥山乃　賢木之枝尓　白香付　木綿取付而　斎戸

紀　生―生尓広

ミタベアガキミ

〔三七〕

18 祈広紀細—折

乎　忌穿居　竹玉乎　繁尓貫垂　十六自物　膝折伏　手弱女之　押日取懸　如此谷裳
吾者祈奈牟　君尓不レ相可聞

反歌

三八〇 三八三 木綿畳　手取持而　如此谷母　吾波乞嘗　君尓不レ相鴨

右歌者、以二天平五年冬十一月一、供二祭大伴氏神一之時、聊作二此歌一。故曰二祭レ神歌一。

〔三八〕

筑紫娘子贈二行旅一歌一首　娘子字曰二児嶋一。

三八一 三八四 思レ家登　情進莫　風候　好為而伊麻世　荒其路

3 カゼマモリ

登二筑波岳一丹比真人国人作歌一首　并短歌

三八二 三八五 鶏之鳴　東国尓　高山者　左波尓雖レ有　朋神之　貴山之　儕立乃　見杲石山跡
神代従　人之言嗣　国見為　築羽乃山矣　冬木成　時敷時跡　不レ見而往者　益而恋石
見　雪消為　山道尚矣　名積叙吾来煎

9 カみよヨリ
15 ミズテユカバ

5 朋童蒙—明
6 之広紀—乃
8 杲私案—杲　矢京果
19 煎拾遺采一説　定本—前一

反歌

三八三 三八六 築羽根矣　卌耳見乍　有金手　雪消乃道矣　名積来有鴨

2 よそ〔外〕のみミツ

2 卌—外全集

山部宿祢赤人歌一首

三八四 三八七 吾屋戸尓　韓藍種生之　雖レ干　不レ懲而亦毛　将レ蒔登曽念

2 種類古—蕪

仙柘枝歌三首

〔三九〕

三八五 三八八 霰零　吉志美我高嶺乎　険跡　草取可奈和　妹手乎取

右一首、或云、吉野人味稲与二柘枝仙媛一歌也。但見二柘枝伝一、無レ有二此歌一。

4 クサトリハ〔叵〕ナチ〔知〕

2 志古広紀—ナシ
4 可—叵定本
4 和—知古広

19 侍広細ニ—待
26 倍—部広紀

三八六 三八九　此暮　柘之左枝乃　流来者　梁者不レ打而　不レ取香聞将レ有

右一首・

三八七 三九〇　古尓　梁打人乃　無有世伐　此間毛有益　柘之枝羽裳

右一首、若宮年魚麻呂作。

羈旅歌一首 并短歌

三八八 三九一　海若者　霊寸物香　淡路嶋　中尓立置而　白浪乎　伊与尓廻之　座待月　開乃門従者　暮去者　塩乎令レ満　明去者　塩乎令レ干　塩左為能　浪乎恐美　淡路嶋　礒隠居而　何時鴨　此夜乃将レ明跡　侍従尓・寐乃不レ勝宿者　滝上乃　浅野之雉　開去歳　立動良之　率児等　安倍而榜出牟　尓波母之頭気師

反歌

三八九 三九二　嶋伝　敏馬乃埼乎　許芸廻者　日本恋久　鶴左波尓鳴

右歌、若宮年魚麻呂誦之。但未レ審ニ作者一。

譬喩歌

紀皇女御歌一首・

三九〇 三九三　軽池之　汭廻往転留　鴨尚尓　玉藻乃於丹　独宿名久二

造筑紫観世音寺別当沙弥満誓歌一首

三九一 三九四　鳥総立　足柄山尓　船木伐　樹尓伐帰都　安多良船材乎

6 イよニモとホシ
10 シホヲミタシム
12 シホヲカレシム
3 フナきキリ
5 アタラフナきヲ

大 類広紀宮—太
余 類古広原紀—金
3 衣—衣尓広紀細ニ
八以下一一字—ナシ類広紀
三 宮京—二

大宰大監大伴宿祢百代梅歌一首

三九二 三九五 烏珠之　其夜乃梅乎　手忘而　不レ折来家里　思之物乎

満誓沙弥月歌一首

三九三 三九六 不レ所レ見十方　孰不レ恋有米　山之末尓　射狭夜歴月乎　外見而思香

余明軍歌一首

三九四 三九七 印結而　我定義之　住吉乃　浜乃小松者　後毛吾松

笠女郎贈二大伴宿祢家持一歌三首

三九五 三九八 託馬野尓　生流紫　衣染　未レ服而　色尓出来

三九六 三九九 陸奥之　真野乃草原　雖レ遠　面影為而　所レ見云物乎

三九七 四〇〇 奥山之　磐本菅乎　根深目手　結之情　忘不得裳

藤原朝臣八束梅歌二首　八束後名真楯、房前第三子。

三九八 四〇一 妹家尓　開有梅之　何時毛々々　将レ成時尓　事者将レ定

三九九 四〇二 妹家尓　開有花之　梅花　実之成名者　左右将レ為

大伴宿祢駿河麻呂梅歌一首

四〇〇 四〇三 梅花　開而落去登　人者雖レ云　吾標結之　枝将レ有八方

大伴坂上郎女宴二親族一之日吟歌一首

四〇一 四〇四 山守之　有家留不レ知尓　其山尓　標結立而　結之辱為都

大伴宿祢駿河麻呂即和歌一首

〔四一〕

〔四二〕
5 えダニアラめヤモ

家—ナシ類古広
5 怨紀槻落葉—　留
5 祀—礼類広原　細ニ
5 難類西貼紙広　紀—対

四〇二 四〇五 山主者　蓋雖有　吾妹子之　将結標乎　人将解八方

大伴宿祢家持贈同坂上家之大嬢歌一首

四〇三 四〇六 朝尓食尓　欲見　其玉乎　如何為鴨　従手不離有牟

娘子報佐伯宿祢赤麻呂贈歌一首

四〇四 四〇七 千磐破　神之社四　無有世伐　春日之野辺　粟種益乎

佐伯宿祢赤麻呂更贈歌一首

四〇五 四〇八 春日野尓　粟種有世伐　待鹿尓　継而行益乎　社師怨焉

娘子復報歌一首

四〇六 四〇九 吾祭　神者不有　大夫尓　認有神曽　好応祀

大伴宿祢駿河麻呂娉同坂上家之二嬢歌一首

四〇七 四一〇 春霞　春日里之　殖子水葱　苗有跡云師　柄者指尓家牟

大伴宿祢家持贈同坂上家之大嬢歌一首

四〇八 四一一 石竹之　其花尓毛我　朝旦　手取持而　不恋日将無

大伴宿祢駿河麻呂歌一首

四〇九 四一二 一日尓波　千重浪敷尓　雖念　奈何其玉之　手二巻難寸

大伴坂上郎女橘歌一首

四一〇 四一三 橘乎　屋前尓殖生　立而居而　後雖悔　験将有八方

和歌一首

5 テユカレザラム
〔四〇三〕5 モリシとどムル　〔留〕
1 ナデシコの
〔四〇四〕

四一一　四一四　吾妹児之　屋前之橘　甚近　殖而師故二　不レ成者不レ止

市原王歌一首

四一二　四一五　伊奈太吉尓　伎須売流玉者　無レ二　此方彼方毛　君之随意

大網公人主宴吟歌一首

四一三　四一六　須麻乃海人之　塩焼衣乃　藤服　間遠之有者　未二・著穢一

1乃—之古広紀

大伴宿祢家持歌一首

四一四　四一七　足日木能　石根許其思美　菅根乎　引者難三等　標耳曽結焉

挽歌

上宮聖徳皇子出二遊竹原井一之時　見二竜田山死人一悲傷御作歌一首　*小墾田宮御宇天皇代　*小墾田宮御宇者、豊御食炊屋姫天皇也。諱額田、謚推古。

小…小—ナシ古西原広紀

四一五　四一八　家有者　妹之手将レ纏　草枕　客尓臥有　此旅人𪫧・怜

大津皇子被レ死之時　磐余池陂流レ涕御作歌一首

四一六　四一九　百伝　磐余池尓　鳴鴨乎　今日耳見哉　雲隠去牟

右、藤原宮朱鳥元年冬十月。

河内王葬二豊前国鏡山一之時　手持女王作歌三首

四一七　四二〇　王之　親魄相哉　豊国乃　鏡山乎　宮登定流・

四一八　四二一　豊国乃　鏡山之　石戸立　隠尓計良思　雖レ待不二来座一

4マとホニシアレバ

1イヘナラバ〔四五〕

四一九 四二二 石戸破　手力毛欲得　手弱寸　女有者　為便乃不レ知苦

石田王卒之時　丹生王作歌一首　并短歌

四二〇 四二三 名湯竹乃　十縁皇子　狭丹頬相　吾大王者　隠久乃　始瀬乃山尓　神左備尓　伊都伎坐等　玉梓乃　人曽言鶴　於余頭礼可　吾聞都流　狂言加　我聞都流母　天地尓　悔事乃　世間乃　悔言者　天雲乃・曽久敝能極　天地乃　至流左右二　杖策毛　不レ衝毛去而　夕衢占問　石卜以而　吾屋戸尓　御諸乎立而　枕辺尓　斎戸乎居　竹玉乎　無レ間貫垂　木綿手次　可比奈尓懸而　天有　左佐羅能小野之　七相菅　手取持而　久堅乃　天川原尓　出立而　潔身而麻之乎　高山乃　石穂乃上尓　伊座都類香物

〔四六〕

反歌

四二一 四二四 逆言之　狂言等可聞　高山之　石穂乃上尓　君之臥有

四二二 四二五 石上　振乃山有　杉村乃　思過倍吉　君尓有名国

同石田王卒之時　山前王哀傷作歌一首

四二三 四二六 角障経　石村之道乎　朝不レ離　将レ帰人乃　念乍　通計万口波　霍公鳥　鳴五月者　菖蒲　花橘乎　玉尓貫　一云、貫交　蘰尓将レ為登　九月能　四具礼能時者　黄葉乎　折挿頭跡　延葛乃　弥遠永　一云、田葛根乃　弥遠長尓　万世尓　不レ絶等念而　一云、大舟之　念憑而　将レ通　君乎婆明日・従　一云、君乎従二明日一者　外尓可聞見牟

右一首、或云、柿本朝臣人麻呂作。

〔四七〕

或本反歌二首

13 狂　紀—枉

45 類　類広—流

2 狂—枉　類広宮

6 口　類古広原—石

22 イ 者　類古広紀—香

4 ワガオホキミハ

35 アめニアル

42 みそキテマシヲ

5 キミナラナクニ

四二四（四二七）　隠口乃　泊瀬越女我　手二纒在　玉者乱而　有不レ言八方

四二五（四二八）　河風　寒長谷乎　歎乍　公之阿流久尓　似人母逢耶

右二首者、或云、紀皇女薨後、山前王代二石田王一作之也。

柿本朝臣人麻呂見二香具山屍一悲慟作歌一首

四二六（四二九）　草枕　羈宿尓　誰嬬可　国忘有　家待真国

田口広麻呂死之時刑部垂麻呂作歌一首

四二七（四三〇）　百不レ足　八十隅坂尓　手向為者　過去人尓　蓋相牟鴨

土形娘子火二葬泊瀬山一時柿本朝臣人麻呂作歌一首

四二八（四三一）　隠口能　泊瀬山之　山際尓　伊佐夜歴雲者　妹鴨有牟

溺死出雲娘子火二葬吉野一時柿本朝臣人麻呂作歌二首

四二九（四三二）　山際従　出雲児等者　霧有哉　吉野山　嶺霏霺

四三〇（四三三）　八雲刺　出雲子等　黒髪者　吉野川　奥名豆颯

過二勝鹿真間娘子墓一時山部宿祢赤人作歌一首　并短歌　東俗語云、可豆思賀能麻末乃弖胡。

四三一（四三四）　古昔　有家武人之　倭文幡乃　帯解替而　廬屋立　妻問為家武　勝壮鹿乃　真間之手児名之　奥槨乎　此間登波聞杼　真木葉哉　茂有良武　松之根也　遠久寸　言耳毛　名耳母吾者　不レ所レ忘

反歌

四三二（四三五）　吾毛見都　人尓毛将レ告　勝壮鹿之　間ゝ能手児名之　奥津城処

〔四八〕

5 真　類古広紀―莫

乃　類広紀―能

3 文　西ィ広紀―父

17 所―可　類紀

4 ゝ　類広紀宮―間

5 ニルヒとモアヘヤ

16 ナのみモワレハ

5 オクツきどころ

四三三 四三六 勝壮鹿乃　真〻乃入江尓　打靡　玉藻苅兼　手児名志所レ念 〔四九〕

和銅四年辛亥　河辺宮人見二姫嶋松原美人屍一哀慟作歌四首

四三四 四三七 加座幡夜能　美保乃浦廻之　白管仕　見十方不怜　無人念者 或云、見者悲霜　無人思丹

1 座 略解—麻

四三五 四三八 見津見津四　久米能若子我　伊触家武　礒之草根乃　干巻惜裳

四三六 四三九 人言之　繁比日　玉有者　手尓巻以而　不レ恋有益雄

5 コひズアラマシヲ

四三七 四四〇 妹毛吾毛　清之河乃　河岸之　妹我可レ悔　心者不レ持

右案、年紀并所処及娘子屍作レ歌人名、已見レ上也。但歌辞相違、是非難レ別。因以累載二於兹次一焉。

神亀五年戊辰　大宰帥大伴卿思二恋故人一歌三首 〔五〇〕

大 類古広紀—太

四三八 四四一 愛　人之纏而師　敷細之　吾手枕乎　纏人将レ有哉

右一首、別去而経二数旬一作歌。

四三九 四四二 応レ還　時者成来　京師尓而　誰手本乎可　吾将レ枕

四四〇 四四三 在レ京　荒有家尓　一宿者　益レ旅而　可二辛苦一

1 京 類広紀—京師

右二首、臨二近向レ京之時一作歌。

神亀六年己巳　左大臣長屋王賜レ死之後　倉橋部女王作歌一首

四四一 四四四 大皇之　命恐　大荒城乃　時尓波不レ有跡　雲隠座

1 大—天 広紀宮

悲二傷膳部王一歌一首

四四二 四四五 世間者　空物跡　将レ有登曽　此照月者　満闕為家流

右一首、作者未レ詳。

天平元年己巳 摂津国班田史生丈部竜麻呂自経死之時 判官大伴宿祢三中作歌一首 并短歌・

四四三（四四六） 天雲之 向伏国 武士登 所レ云人者 皇祖 神之御門尓 外重尓 立候 内重尓 仕奉 玉葛 弥遠長 祖名文 継往物与 母父尓 妻尓子等尓 語 而 立西日従 帯乳根乃 母命者 斎忌戸乎 前坐置而 一手者 木綿取持 一手者 和細布奉 平 間幸座与 天地乃 神祇乞禱 何在 歳月日香 茵花 香君之 牛留鳥 名津匝来与 立居而 待監人者 王之 命恐 押光 難波国尓 荒玉之 年経左 右二 白栲 衣・不レ干 朝夕 在鶴公者 何方尓 念座可 鬱蝉乃 惜此世乎 露 霜 置而往監 時尓不レ在之天 〔五一〕

反歌

四四四（四四七） 昨日社 公者在然 不レ思尓 浜松之於 雲 棚引

四四五（四四八） 何時然跡 待牟妹尓 玉梓乃 事太尓不レ告 往 公鴨

天平二年庚午冬十二月 大宰帥大伴卿向レ京上レ道之時作歌五首・

四四六（四四九） 吾妹子之 見師鞆 浦之 天木香樹者 常世有跡 見之人曽奈吉 〔五二〕

四四七（四五〇） 鞆 浦之 礒之室 木 将レ見毎 相見之妹者 将レ所レ忘八方

四四八（四五一） 礒 上丹 根蔓室 木 見之人乎 何在登問者 語 将レ告可

右三首、過二鞆浦一日作歌。

四四九（四五二） 与レ妹来之 敏馬能埼乎 還 左尓 独 之見者 涕 具・末之毛

27 平紀―乎
4 於類古広原紀―上於
大類紀広―太
2 之―乃広紀
4 之古―而

10 ツカヘマツリテ
28 マサキク(イ)マセと
31 イカナラム
4 ハママツガウ(ヘ)ニ

5 喪類古西貼紙　広―哀

3 婆類広―波　5 麻類古広宮―座

4 君類古広紀―君師

余古広紀―金

四五〇 四五三 去左尓波　二吾見之　此埼乎　独過者　情悲喪　一云、見毛左可受伎濃

右二首、過二敏馬埼一日作歌。

還二入故郷家一即作歌三首

四五一 四五四 人毛奈吉　空家者　草枕　旅尓益而　辛苦有家里

四五二 四五五 与レ妹為而　二作之　吾山斎者　木高繁　成家留鴨

四五三 四五六 吾妹子之　殖之梅樹　毎レ見　情咽都追　涕之流・

天平三年辛未秋七月　大納言大伴卿薨之時歌六首　〔五三〕

四五四 四五七 愛八師　栄之君乃　伊座勢婆　昨日毛今日毛　吾乎召麻之乎

四五五 四五八 如是耳　有家類物乎　芽子花　咲而有哉跡　問之君波母

四五六 四五九 君尓恋　痛毛為便奈美　蘆鶴之　哭耳所レ泣　朝夕四天・

四五七 四六〇 遠長　将レ仕物常　念有之　君不レ座者　心神毛奈思

四五八 四六一 若子乃　匍匐多毛登保里　朝夕　哭耳曽吾泣　君無二四天

右五首、資人余*明軍不レ勝二犬馬之慕、心中感緒一作歌。

四五九 四六二 見礼杼不レ飽　伊座之君我　黄葉乃　移伊去者　悲喪有香・

右一首、勅二内礼正県犬養宿祢人上一使レ検二護卿病一、而医薬無レ験、逝水不レ留、因レ斯　〔五四〕
悲慟即作二此歌一。

七年乙亥　大伴坂上郎女悲二嘆尼理願死去一作歌一首 并短歌

四六〇 四六三 栲角乃　新羅国従　人事乎　吉跡所レ聞而　問放流　親族兄弟　無国尓　渡来座而

4 キミシ〔師〕マサネバ

既―ナシ広細二

大皇之　敷座国尓　内日指　京思美弥尓　里家者　左波尓雖レ在　何方・尓　念鶏目鴨
都礼毛奈吉　佐保乃山辺尓　哭児成　慕来座而　布細乃　宅乎毛造　荒玉乃　年緒長
久住乍　座之物乎　生者　死云事尓　不レ免　物尓之有者　憑有之　人乃尽　草
枕　客有間尓　佐保河乎　朝河渡　春日野乎　背向尓見乍　足氷木乃　山辺乎指而
晩闇跡　隠益去礼　将レ言為便　将レ為須敝不レ知尓　徘徊　直独而　白細之　衣袖
不レ干　嘆乍　吾泣涙　有間山　雲居軽引　雨尓零寸八・

28 シヌとフことニ
34 タビナルアヒダニ

反歌

四六一 四六四 留不レ得　寿尓之在者　敷細乃　家従者出而　雲隠去寸

〔五五〕
1 とどめカヌル・とめカヌル

右、新羅国尼、名曰二理願一也。遠感二王徳一、帰二化聖朝一。於レ時、寄二住大納言大将軍大伴卿家一、既逕二数紀一焉。惟以二天平七年乙亥一、忽沈二運病一、既趣二泉界一。於レ是、大家石川命婦依二餌薬事一往二有間温泉一而、不レ会二此喪一。但郎女独留、葬二送屍柩一既訖。仍作二此歌一、贈二入温泉一。

十一年己卯夏六月　大伴宿祢家持悲二傷亡妾一作歌一首

四六二 四六五 従レ今者　秋風寒　将レ吹焉　如何独　長夜乎将レ宿

弟大伴宿祢書持即和歌一首

四六三 四六六 長夜乎　独哉将レ宿跡　君之云者　過去人之　所レ念久尓

又家持見二砌上瞿麦花一作歌一首・

四六四 四六七 秋去者　見乍思跡　妹之殖之　屋前乃石竹　開家流香聞

〔五六〕

移レ朔而後　悲二嘆秋風一家持作歌一首

四六五（四六八）　虚蟬之　代者無レ常跡　知物乎　秋風寒　思努妣都流可聞
（ウツセミノ　ヨハナシト　シルモノヲ　アキカゼサムミ　シノビツルカモ）

又家持作歌一首　并短歌

四六六（四六九）　吾屋前尓　花曽咲有　其乎見杼　情毛不レ行　愛八師　妹之有世婆　水鴨成　二人双　居　手折而毛　令・レ見麻思物乎　打蟬乃　借有身在者　露霜乃　消去之如久　足日木乃　山道乎指而　入日成　隠　去可婆　曽許念尓　胸己所痛　言毛不レ得　名付毛不レ知　跡無　世間尓有者　将レ為須弁毛奈思
（ヰ　タヲリテモ　ミセマシモノヲ　ウツセミノ　カレルミナレバ　ツユジモノ　ケヌルガゴトク　アシヒキノ）
（アトモナキ　ヨノナカニアレバ　スベモナシ）

反歌

四六七（四七〇）　時者霜　何時毛将レ有乎　情哀　伊去吾妹可　若　子乎置而
（トキハシモ　イツモアラムヲ　ココロイタク　ユクワギモカ　ミドリコヲオキテ）

四六八（四七一）　出行　道知末世波　予　妹乎将レ留　塞毛置末思乎・
（イデテユク　ミチシラマセバ　アラカジメ　イモヲトドメム　セキモオキマシヲ）

四六九（四七二）　妹之見師　屋前尓花咲　時者経去　吾泣涙　未レ干尓

悲緒未レ息　更作歌五首

四七〇（四七三）　如是耳　有家留物乎　妹毛吾毛　如二千歳一　憑有来

四七一（四七四）　離レ家　伊麻須吾妹乎　停不レ得　山隠都礼　情神毛奈思
（イヘザカリ　イマスワギモヲ　トドメカネ　ヤマガクシツレ　ココロドモナシ）

四七二（四七五）　世間之　常如此耳跡　可都知跡　痛　情者　不レ忍都毛・
（ヨノナカノ　ツネカクノミト　カツシレド　イタキココロハ　シノビカネツモ）

四七三（四七六）　佐保山尓　多奈引霞　毎レ見　妹乎思出　不レ泣日者無
（サホヤマニ　タナビクカスミ　ミルゴトニ　イモヲシオモヒデ　ナカヌヒハナシ）

四七四（四七七）　昔　許曽　外尓毛見之加　吾妹子之　奥槨常念者　波之吉佐宝山
（ムカシコソ　ヨソニモミシカ　ワギモコガ　オクツキトオモヘバ　ハシキサホヤマ）

十六年甲申春二月　安積皇子薨之時　内舎人大伴宿祢家持作歌六首

13 露　類広細ニ—霑
16 道—辺類
2 波—婆紀
4 念—今新大系

19 そこモフニ
24 よのナカナレバ
〔五七〕
5 タのミテアリケリ
4 オクツきとイマ〔今〕

四七五 四七八　挂巻母　綾尓恐之　言巻毛　斎忌志伎可物　吾王　御子乃命　万代尓　食賜麻思
大日本　久迩乃京者　打靡　春去奴礼婆　山辺尓波　花咲乎為里　河湍尓波　年魚小〔五八〕
狭走　弥日異　栄　時尓　逆言之　狂言登加聞　白細尓　舎人装束而　和豆香山　御輿
立之而　久堅乃　天所知奴礼　展転　埿打雖泣　将為須便毛奈思

反歌

四七六 四七九　吾王　天所知牟登　不思者　於保尓曽見谿流　和豆香蘇麻山・

四七七 四八〇　足檜木乃　山左倍光　咲花乃　散去如寸　吾王　香聞

右三首、二月三日作歌。

四七八 四八一　挂巻毛　文尓恐之　吾王　皇子之命　物乃負能　八十伴　男乎　召集聚　率　比賜比
朝猟尓　鹿猪践起　暮猟尓　鶉雉履立　大御馬之　口抑　駐　御心乎　見為明　米之
活道山　木立之繁尓　咲花毛　移　尓家里　世間者　如此耳奈良之　大夫之　心振起
剣刀・　腰尓取佩　梓弓　靫取負而　天地与　弥遠長尓　万代尓　如此毛欲得跡〔五九〕
憑有之　皇子乃御門乃　五月蝿成　驟騒舎人者　白栲尓　服取著而　常有之　咲比振
麻比　弥日異　更　経見者　悲　呂可聞

反歌

四七九 四八二　波之吉可聞　皇子之命乃　安里我欲比　見之活道乃　路波荒尓鶏里

四八〇 四八三　大伴之　名負靫帯而　万代尓　憑之心　何所可将・寄

右三首、三月廿四日作歌。

---

20 狂—枉類広

10 起類紀—越

43 呂類—召

---

5 ワガオホキミ

1 ワガオホキミ

4 チリユクごとキ　5 ワごオホキミカモ

3 ワガオホキミ

14 クチオシとどめ　クチオサへとどめ

2 ナオフユキオびテ　5 イヅクニカよセム

悲二傷死妻一高橋朝臣作歌一首　并短歌

四八一 四八四 白細之　袖指可倍弖　靡寐　吾黒髪乃　真白髪尓　成極　新世尓　共将レ有跡
玉緒乃　不レ絶射妹跡　結而石　事者不レ果　思有之　心者不レ遂　白妙之　手本矣
別　丹杵火尓之　家従裳出而　緑児乃　哭乎毛置而　朝霧　髣髴為乍　山代乃　相楽
山乃　山際　往・過奴礼婆　将レ云為便　将レ為便不レ知　吾妹子跡　左宿之妻屋尓　〔六〇〕
朝庭　出立偲　夕尓波　入居嘆会　腋挟　児乃泣毎　雄自毛能　負見抱見　朝鳥之
啼耳哭管　雖レ恋　効矣無跡　辞不レ問　物尓波在跡　吾妹子之　入尓之山乎　因鹿跡
叙念

反歌

四八二 四八五 打背見乃　世之事尓在者　外尓見之　山矣耶今者　因香跡思波牟・

四八三 四八六 朝鳥之　啼耳鳴六　吾妹子尓　今亦更　逢因矣無

右三首、七月廿日、高橋朝臣作歌也。名字未レ審。但云二奉膳之男子一焉。

萬葉集巻第三

34 会紀―舎
35 挟紀京―狭
36 毎小琴―母

2 よのことニアレバ

萬葉集巻第四

相聞

四八四 四八七 難波天皇妹奉下上在二山跡一皇兄上御歌一首

四八五〜 四八八〜 *崗本天皇御製一首 并短歌

四八八 四九一 額田王思二近江天皇一作歌一首

四八九 四九二 鏡王女作歌一首

四九〇〜 四九三〜 吹*茨刀自歌二首

四九二〜 四九五〜 田部忌寸櫟子任二*大宰一時歌四首・

四九六〜 四九九〜 柿本朝臣人麻呂歌四首

五〇〇 五〇三 碁檀越往二伊勢国一時 留妻作歌一首

五〇一〜 五〇四〜 柿本朝臣人麻呂歌三首

五〇四 五〇七 柿本朝臣人麻呂妻歌一首

五〇五〜 五〇八〜 阿*倍女郎歌二首

五〇七 五一〇 駿河婇女歌一首

五〇八 五一一 三方沙弥歌一首

五〇九〜 五一二〜 丹比真人笠麻呂下二筑紫国一時作歌一首 并短・歌

五一一 五一四 幸二伊勢国一時 当麻麻呂大夫妻作歌一首

五一二 五一五 草嬢歌一首

五一三 五一六 志貴皇子御歌一首

五一四 五一七 阿*倍女郎歌一首

五一五 五一八 中臣朝臣東人贈二阿倍女郎一歌一首

五一六 五一九 阿倍女郎報贈歌一首

五一七 五二〇 大納言兼大将軍大伴卿歌一首・

（一）
崗西ィ広紀—岳
茨—黄広宮細
大元広紀細—太
倍—部広細
（二）
倍—部広細

五一八 五二一 石川郎女歌一首 即大伴佐保大家也。

五一九 五二二 大伴女郎歌一首 今城王之母也。今城王者賜二姓大*原真人氏一也。

五二〇 五二三 後人追同歌一首

五二一 五二四 藤原宇合大夫遷レ任上レ京時 常陸娘子贈歌一首

五二二〜 五二五〜 京職大夫藤原麻呂大夫贈二大伴郎女一歌三首

五二五〜 五二八〜 大伴郎女和歌四首 佐保大納言卿之女也。

五二九 五三二 *又大伴坂上郎女歌一首・

五三〇 五三三 天皇賜二海上女王一御歌一首 寧楽宮即レ位天皇也。

五三一 五三四 海上女王奉レ和歌一首 志貴皇子之女也。

五三二〜 五三五〜 大伴宿奈麻呂歌二首 佐保大納言卿*之子也。

五三四〜 五三七〜 安貴王恋歌一首 并短歌

五三六 五三九 門部王恋歌一首

五三七〜 五四〇〜 高田女王贈二今城王一歌六首

五四三〜 五四六〜 神亀元年甲子冬十月 幸二紀伊国一之時 為レ贈二従駕人一所レ誂二娘子一笠朝臣金村作歌一首 并短・歌

五四六〜 五四九〜 二年乙丑春三月 幸二三香原離宮一之時 得二娘子一笠朝臣金村作歌一首 并短歌

五四九〜 五五二〜 五年戊辰 *大宰小弐石川朝臣足人遷レ任餞二于筑前国蘆城駅家一歌三首

五五二 五五五 *大*伴*宿*祢*三*依*歌*一*首

者元広紀細原—者後
又元紀—ナシ
（三）
呂—呂宿祢広紀細
之元広紀細—ナシ
大元広紀細—太
大伴…目録ノコノ条ト次条トノ配列順ハ紀ニヨル

六二七 六三〇 娘子復報贈歌一首
六二八 六三一 湯原王亦贈歌一首
六二九 六三二 娘子復報贈歌一首
六三〇 六三三 湯原王亦*贈歌一首
六三一 六三四 娘子復報贈歌一首
六三二 六三五 湯原王歌一首
六四三〜 六四六〜 紀女郎怨*恨歌三首 鹿人大夫之女、名曰㆓小鹿㆒也。安貴王之*妻也。•
六四六 六四九 大伴宿祢駿河麻呂歌一首
六四七 六五〇 大伴坂上郎女歌一首
六四八 六五一 大伴宿祢駿河麻呂歌一首
六四九 六五二 大伴坂上郎女歌一首
六五〇 六五三 大伴宿祢三依離復相歓歌一首
六五一〜 六五四〜 大伴坂上郎女歌二首
六五三〜 六五六〜 大伴宿祢駿河麻呂歌三首
六五六〜 六五九〜 大伴坂上郎女歌六首•
六六二 六六五 市原王歌一首
六六三 六六六 安都宿祢年足歌一首
六六四 六六七 大伴*宿*祢像見歌一首
六六五 六六八 安倍朝臣虫麻呂歌一首
六六六〜 六六九〜 大伴坂上郎女歌二首
六六八 六七一 厚見王歌一首
六六九 六七二 春日王歌一首 志貴皇子之子、母*曰㆓多紀皇女㆒也。
六七〇 六七三 湯原王歌一首•
六七一 六七四 和歌一首 *不㆑*審㆓*作*者㆒。

亦—又広細
恨—ナシ広細
之—ナシ広細
〔七〕
宿祢—ナシ広紀細
曰—白元ナシ広細
〔八〕
不審作者元広紀細—作者未詳

六七二 六七五 安倍朝臣虫麻呂歌一首
六七三〜 六七六〜 大伴坂上郎女歌二首
六七五〜 六七八〜 中臣女郎贈㆓大伴宿祢家持㆒歌五首
六八〇〜 六八三〜 大伴宿祢家持与㆓交遊㆒*別歌三首
六八三〜 六八六〜 大伴坂上郎女歌七首
六九〇 六九三 大伴宿祢三依悲㆑別歌一首
六九一〜 六九四〜 大伴宿祢家持贈㆓娘子㆒歌二首•
六九三 六九六 大伴宿祢千室歌一首 未㆑詳。
六九四〜 六九七〜 広河女王歌二首 穂積皇子之孫女、上道王之*女也。
六九六 六九九 石川朝臣広成歌一首 後賜㆓姓高円朝臣氏㆒也。
六九七〜 七〇〇〜 大伴宿祢像見歌三首
七〇〇 七〇三 大伴宿祢家持到㆓娘子之門㆒作歌一首
七〇一〜 七〇四〜 河内百枝娘子贈㆓大伴宿祢家持㆒歌二首
七〇三〜 七〇六〜 巫部麻蘇娘子歌二首
七〇五 七〇八 大伴宿祢家持贈㆓童女㆒歌一首•
七〇六 七〇九 童女*来報歌一首
七〇七〜 七一〇〜 粟田*女娘子贈㆓大伴宿祢家持㆒歌二首
七〇九 七一二 豊前国娘子*大宅女歌一首 未㆑審㆓姓氏㆒也。
七一〇 七一三 安都扉娘子歌一首
七一一〜 七一四〜 丹波大女娘子歌三首
七一四〜 七一七〜 大伴宿祢家持贈㆓娘子㆒歌七首
七二一 七二四 献㆓　天皇㆒歌一首 大伴坂上郎女在㆓佐保宅㆒作之也。
七二二 七二五 大伴宿祢家持歌一首•

別元広紀—別久
女西ィ広紀—母
〔九〕
来元赭広紀細—和贈
大伴宿祢家持来
女元広紀細—ナシ
大—太元広細

2 吉 元広紀細―告
4 耳 小琴―所
崗 類広紀細―岳
5 在 元西ィ広紀―存
崗 元広紀細―岳
江天 類古―江 天元広細

萬葉集巻第四

相聞

〔一一二〕

難波天皇妹奉下上在二山跡一皇兄上御歌一首

四八四 四八七 一日社(ヒトヒこそ) 人母待吉(ヒトモマチよキ) 長気乎(ナガキけヲ) 如此耳待者(カクのみマタバ) 有不得勝(アリカツマシジ)
4 カクシマタえ〔所待〕バ

岡本天皇御製一首 并短歌

四八五 四八八 神代従(カムよヨリ) 生継来者(アレツギクレバ) 人多(ヒトサハニ) 国尓波満而(クニニハミチテ) 味村乃(アヂムラの) 去来者行跡(カヨヒハユけど) 吾恋流(アガコフル) 君尓之不レ有者(キミニシアラネバ)
昼波(ヒルハ) 日乃久流留麻弖(ヒのクルルマデ) 夜者(ヨルハ) 夜之明流寸食(ヨのアクルキハミ) 念乍(オモヒツツ) 寐宿難尓登(イモネカテニと) 阿可思通良久茂(アカシツラクモ)
長 此夜乎(ナガキこのヨヲ)
1 カみよヨリ

反歌

四八六 四八九 山羽尓(ヤマのハニ) 味村騒(アヂムラサワキ) 去奈礼騰(ユクナレど) 吾者左夫思恵(アレハサブシヱ) 君二四不レ在者(キミニシアラネバ)
4 ワレハサブシヱ

四八七 四九〇 淡海路乃(アフミヂの) 鳥籠之山有(とこのヤマナル) 不知哉川(イサヤガハ) 気乃己呂其侶波(けのころごろハ) 恋乍裳将レ有(コひツツモアラム)

右、今案、高市岡本宮後岡本宮二代二帝各有レ異焉。但称二岡本天皇一未レ審二其指一。

額田王思二近江天皇一作歌一首

〔一一三〕

四八八 四九一 君待登(キミマツと) 吾恋居者(アガコひヲレバ) 我屋戸之(ワガヤドの) 簾動之(スダレウゴカシ) 秋風吹(アキのカゼフク)

鏡王女作歌一首

四八九 四九二 風乎太尓　恋流波乏之　風小谷　将レ来登時待者　何香将レ嘆

吹芡刀自歌二首

四九〇 四九三 真野之浦乃　与騰乃継橋　情由毛　思哉妹之　伊目尓之所レ見・

四九一 四九四 河上乃　伊都藻之花乃　何時々々　来益我背子　時自異目八方

田部忌寸櫟子任ニ大宰一時歌四首

四九二 四九五 衣手尓　取等騰己保里　哭児尓毛　益有吾乎　置而如何将レ為　舎人吉年

四九三 四九六 置而行者　妹将レ恋可聞　敷細乃　黒髪布而　長此夜乎　田部忌寸櫟子

四九四 四九七 吾妹児矣　相令レ知　人乎許曽　恋之益者　恨三念・

四九五 四九八 朝日影　尓保敝流山尓　照月乃　不レ厭君乎　山越尓置手

柿本朝臣人麻呂歌四首

四九六 四九九 三熊野之　浦乃浜木綿　百重成　心者雖レ念　直不レ相鴨

四九七 五〇〇 古　尓　有兼人毛　如レ吾歟　妹尓恋乍　宿不レ勝家牟

四九八 五〇一 今耳之　行事庭不レ有　古　人曽益而　哭左倍鳴四

四九九 五〇二 百重二物　来及毳常　念鴨　公之使乃　雖レ見不レ飽・有武

碁檀越往ニ伊勢国一時　留妻作歌一首

五〇〇 五〇三 神風之　伊勢乃浜荻　折伏　客宿也将レ為　荒浜辺尓

柿本朝臣人麻呂歌三首

五〇一 五〇四 未通女等之　袖振山乃　水垣之　久　時従　憶寸吾者

芡―黄広細宮京

大桂金元類―太

田部忌寸櫟子　元広紀イ細―ナシ

1 矣金元広紀―乎

5 武桂金元古―哉

---

1 カハのウヘの

〔一四〕

1 オキテイナバ

5 ミレドアカズアラム

4 タビネカスラム

2 壮金広紀—牡

五〇二 五〇五 夏野去 小壮鹿之角乃 束間毛 妹之心乎 忘而・念哉 〔一五〕

五〇三 五〇六 珠衣乃 狭藍左謂沈 家妹尓 物不レ語来而 思金津裳

柿本朝臣人麻呂妻歌一首

4 者—ナシ広細

五〇四 五〇七 君家尓 吾住坂乃 家道乎毛 吾者不レ忘 命不レ死者

4 ワレハワスレジ

安倍女郎歌二首

五〇五 五〇八 今更 何乎可将レ念 打靡 情者君尓 縁尓之物乎・

4 母桂金元紀—毛

五〇六 五〇九 吾背子波 物莫念 事之有者 火尓毛水尓母 吾莫七国

駿河婇女歌一首

2 ミ金元広紀—久

五〇七 五一〇 敷細乃 枕従久ミ流 涙二曽 浮宿乎思家類 恋乃繁尓

三方沙弥歌一首

3 母—毛金広紀細

五〇八 五一一 衣手乃 別今夜従 妹毛吾母 甚恋名 相因乎奈美・

2 ワカルルこぞユ

丹比真人笠麻呂下二筑紫国一時作歌一首 并短歌

五〇九 五一二 臣女乃 匣尓乗有 鏡成 見津乃浜辺尓 狭丹頬相 紐解不レ離 吾妹児尓 恋乍居者 明晩乃 旦霧隠 鳴多頭乃 哭耳之所レ哭 吾恋流 千重乃一隔母 名草漏 情毛有哉跡 家当 吾立見者 青旗乃 葛木山尓 多奈引流 白雲隠 天佐我留 夷乃国辺尓 直向 淡路乎過 粟嶋乎 背尓見管 朝名寸・二 水手之音喚 暮名寸二 梶之声為乍 浪上乎 五十行左具久美 磐間乎 射往廻 稲日都麻 浦箕乎過而 鳥自物 魚津左比去者 家乃嶋 荒礒之宇倍尓 打靡 四時二生有 莫告我 奈騰可聞

〔一六〕

22 シラクモガクリ

1 細金元類広―妙
2 柴―柴原桂 金古広

妹尓　不レ告来二計謀

反歌

五二〇 五二三 白細乃　袖解更而　還来武　月日乎数而　往而来猿尾・

幸二伊勢国一時　当麻麻呂大夫妻作歌一首

五二一 五二四 吾背子者　何処将レ行　已津物　隠之山乎　今日歟超良武

草嬢歌一首

五二二 五二五 秋田之　穂田乃苅婆加　香縁相者　彼所毛加人之　吾乎事将レ成

志貴皇子御歌一首

五二三 五二六 大原之　此市柴乃　何時鹿跡　吾念妹尓　今夜相・有香裳

阿倍女郎歌一首

五二四 五二七 吾背子之　蓋世流衣之　針目不レ落　入尓家良之　我情副

中臣朝臣東人贈二阿倍女郎一歌一首

五二五 五二八 独宿而　絶西紐緒　忌見跡　世武為便不レ知　哭耳之曽泣

安倍女郎答歌一首・

五二六 五二九 吾以在　三相二搓流　糸用而　附手益物　今曽悔寸

大納言兼大将軍大伴卿歌一首

五二七 五三〇 神樹尓毛　手者触云乎　打細丹　人妻跡云者　不レ触物可聞

石川郎女歌一首　即佐保大伴大家也。

〔一七〕
3 オク〔已〕ツモの
オの〔已〕ヅモの
2 〔此〕イチシバハラ
〔原〕の・
4 アガオモフイモニ
5 ワガこころサヘ
4 セムスベシラズ
〔一八〕
2 テハフルとフヲ

3 於元西貼紙―与
5 裳―毛広細

五一八（五二一） 春日野之　山辺道乎　於曽理無　通之君我　不レ所レ見許呂香裳・

大伴女郎歌一首 今城王之母也。今城王後賜二大原真人氏一也。

五一九（五二二） 雨障　常為公者　久堅乃　昨夜雨尓　将レ懲鴨

後人追同歌一首

2 粳元類広紀―糠

五二〇（五二三） 久堅乃　雨毛落粳　雨乍見　於レ君副而　此日令レ晩

藤原宇合大夫遷レ任上レ京時　常陸娘子贈歌一首

2 手―乎類古ィ
3 暴元―曝類
慕

五二一（五二四） 庭立　麻手苅干　布暴　東女乎　忘賜名

京職藤原大夫贈二大伴郎女一歌三首 卿諱曰二麻呂一也。・

1 嫐―媙類

五二二（五二五） 嫐嬬等之　珠篋有　玉櫛乃　神家武毛　妹尓阿波受有者

2 年―歳広

五二三（五二六） 好渡　人者年母　有云乎　何時間曽毛　吾恋尓来

五二四（五二七） 蒸被　奈胡也我下丹　雖レ卧　与レ妹不レ宿者　肌之寒霜

大伴郎女和歌四首

五二五（五二八） 狭穂河乃　小石践渡　夜干玉之　黒馬之来夜者　年尓母有粳・

五二六（五二九） 千鳥鳴　佐保乃河瀬之　小浪　止時毛無　吾恋　者

五二七（五三〇） 将レ来云毛　不レ来時有乎　不レ来云乎　将レ来常者不レ待　不レ来云物乎

五二八（五三一） 千鳥鳴　佐保乃河門乃　瀬乎広弥　打橋渡須　奈我来跡念　者

右、郎女者佐保大納言卿之女也。初嫁二一品穂積皇子一、被レ寵無レ儔。而皇子薨之後時、藤原麻呂大夫娉二之郎女一焉。郎女家二於坂上里一。仍族氏号曰二坂上郎女一也。

2 ヤマのヘミチヲ
3 よ〔与〕そリナク
4 キそのヨのアめニ

〔一九〕

2 アサヲ〔乎〕カリホシ

2 イシフミワタリ
4 アヲのクルヨハ

〔二〇〕

王桂元広紀―女王

王桂元原古広―女王

之桂広紀―ナシ

又大伴坂上郎女歌一首

五二九 五三一 佐保河乃　涯之官能　小歴木莫苅焉　在乍毛　張之来者　立隠金

天皇賜二海上王一御歌一首　寧楽宮即レ位天皇也。

五三〇 五三二 赤駒之　越馬柵乃　緘結師　妹情者　疑毛奈思

右、今案、此歌擬レ古之作也。但以二時当一便賜二斯歌一歟。

海上王奉レ和歌一首　志貴皇子之女也。

五三一 五三四 梓弓　爪引夜音之　遠音尓毛　君之御幸乎　聞之好毛

大伴宿奈麻呂宿祢歌二首　佐保大納言卿之第三子也。

五三二 五三五 打日指　宮尓行児乎　真悲見　留者苦　聴去者為便無

五三三 五三六 難波方　塩干之名凝　飽左右二　人之見児乎　吾四乏毛

安貴王歌一首　并短歌

五三四 五三七 遠嬬　此間不レ在者　玉桙之　道乎多遠見　思空　安莫国　嘆虚　不安物乎　水空　往雲尓毛欲成　高飛　鳥尓毛欲成　明日去而　於レ妹言問　為レ吾　妹毛事無　為レ妹　吾毛事無久　今裳見如　副而毛欲得

反歌

五三五 五三八 敷細乃　手枕不レ纏　間置而　年曽経来　不レ相念者

右、安貴王娶二因幡八上釆女一、係念極甚、愛情尤盛。於レ時、勅断二不敬之罪一、退二却本郷一焉。于レ是王意悼怛、聊作二此歌一也。

2 コユルウマセの

5 ワレシとモシモ

〔一一〕

18 ワレモことナク

2 鹵桂元広紀—滷
5 呼—乎類古広
5 敢堝—取
5 子桂西補広原紀—ナシ
5 乎桂元広紀—呼
笠朝臣金村—并短歌ノ後ニ別提桂元広紀
17 親—親〻元類親之総索引注釈
31 弱桂元類広—嫋

門部王恋歌一首

五三六（五三九）　飫宇能海之　塩干乃鹵之　片念尓　思哉将レ去　道之永手呼

右、門部王任二出雲守一時、娶二部内娘子一也。未レ有二幾時一、既絶二往来一。累レ月之後、更起二愛心一。仍作二此歌一、贈二致娘子一。

高田女王贈二今城王一歌六首

五三七（五四〇）　事清　甚毛莫言　一日太尓　君伊之哭者　痛寸敢物

五三八（五四一）　他辞乎　繁言痛　不レ相有寸　心在如　莫思吾背子

五三九（五四二）　吾背子師　遂常云者　人事者　繁有登毛　出而相麻志乎

五四〇（五四三）　吾背子尓　復者不レ相香常　思墓　今朝別之　為便無有都流

五四一（五四四）　現世尓波　人事繁　来生尓毛　将レ相吾背子　今不レ有十方

五四二（五四五）　常不レ止　通之君我　使不レ来　今者不レ相跡　絶多比奴良思

神亀元年甲子冬十月　幸二紀伊国一之時　為レ贈二従駕人一所レ誂二娘子一笠朝臣金村作歌一首　并短歌

五四三（五四六）　天皇之　行幸乃随意　物部乃　八十伴雄与　出去之　愛夫者　天翔哉　軽路従　玉田次　畝火乎見管　麻裳吉　木道尓入立　真土山　越良武公者　黄葉乃　散飛見乍　親　吾者不レ念　草枕　客乎便宜常　思乍　公将レ有跡　安蘇〻二破　且者雖レ知　之加須我仁　黙然得不レ在者　吾背子之　往乃万〻　将レ追跡者　千遍雖レ念　手弱女　吾身之有者　道守之　将レ問答乎　言将レ遣　為便乎不レ知跡　立而爪衝

〔一二〕
2 イタクモナイヒ
5 ナオモヒそワガセ〔子〕
5 イマニアラズとモ
〔一三〕
18 アレハオモハズ
22 キミハアルラムと

反歌・

544 547 後居而 恋乍不レ有者 木国乃 妹背乃山尓 有益物乎

545 548 吾背子之 跡履求 追去者 木乃関守伊 将レ留鴨

笠朝臣金村—并短歌ノ後ニ別提桂元広紀

二年乙丑春三月 幸二三香原離宮一之時 得二娘子一笠朝臣金村作歌一首 并短歌

乃桂元類広—之

546 549 三香乃原 客之屋取尓 珠桙乃 道能去相尓 天雲之 外耳見管 言将レ問 縁乃無者 情耳 咽乍有尓 天地 神祇辞因而 敷細乃 衣手易而 自妻跡 憑有今夜 秋夜之 百夜乃長 有与宿鴨 〔二四〕

反歌

547 550 天雲之 外従レ見 吾妹児尓 心毛身副 縁西鬼尾

548 551 今夜之 早開者 為便乎無三 秋百夜乎 願鶴鴨

大桂元広紀—太

五年戊辰 *大宰少弐石川足人朝臣遷レ任餞二于筑前国蘆城駅家一歌三首

549 552 天地之 神毛助与 草枕 羈行君之 至レ家左右・

550 553 大船之 念憑師 君之去者 吾者将レ恋名 直相左右二

551 554 山跡道之 嶋乃浦廻尓 縁浪 間無牟 吾恋巻者

右三首、作者未レ詳。

大伴宿祢三依歌一首

552 555 吾君者 和気乎波死常 念可毛 相夜不レ相夜 二走良武

大桂元広紀—太

丹生女王贈二*大宰帥大伴卿一歌二首・

4 病元類紀―痛
大桂元類広―太
道桂元古広―通
3 挂桂元紀―掛
大桂広紀―太
4 乎桂元広原紀―尓全集于
2 時桂元広紀―後
1 之桂元類広―乃

五五三 五五六 天雲乃　遠隔乃極　遠鶏跡裳　情志行者　恋流物可聞

五五四 五五七 古人乃　令レ食有　吉備能酒　病者為便無　貫簀賜　牟

*大宰帥大伴卿贈三大弐丹比県守卿遷二任民部卿一歌一首

五五五 五五八 為レ君　醸之待酒　安　野尓　独　哉将レ飲　友無二思手

賀茂女王贈二大伴宿祢三依一歌一首　故左大臣長屋王之女也。

五五六 五五九 筑紫船　未　毛不レ来者　予　荒振公乎　見之悲　左

土師宿祢水道従二筑紫一上レ京海路作歌二首

五五七 五六〇 大船乎　榜乃進尓　磐尓触　覆　者覆　妹尓因而者

五五八 五六一 千磐破　神之社尓　我挂師　幣者将レ賜　妹尓不レ相国

*大宰大監大伴宿祢百代恋歌四首

五五九 五六二 事毛無　生来之物乎　老奈美尓　如是恋乎毛　吾者遇流香聞

五六〇 五六三 孤悲死牟　時者何為牟　生　日之　為社妹乎　欲レ見為礼

五六一 五六四 不レ念乎　思　常云者　大野有　三笠　社之　神思知三

五六二 五六五 無レ暇　人之眉根乎　徒　令レ掻乍　不レ相妹可聞

大伴坂上郎女歌二首

五六三 五六六 黒髪二　白髪交　至レ耆　如是有恋庭　未レ相　尓

五六四 五六七 山菅之　実不レ成事乎　吾尓所レ依　言礼師君者　与レ孰可宿良牟

賀茂女王歌一首

〔二一五〕
2 ソキヘのキハミ
1 2 フリニシヒとの
ヲシタル
4 ヤめバスベナシ

〔二一八〕
2 のチ〔後〕ハナニセム

5 アハザルイモカモ

3 ワレニよせ

大桂元類広―太

五六五 五六八 大伴乃　見津跡者不レ云　赤根指　照有月夜尓　直相在登聞

3 アカネサス

*大宰大監大伴宿祢百代等贈二駅使一歌二首

五六六 五六九 草枕　羈行君乎　愛見　副而曽来四　鹿乃浜辺乎

3 ウルハシミ

右一首、大監大伴宿祢百代。

道桂元西貼紙　広―庭

五六七 五七〇 周防在　磐国山乎　将レ超日者　手向好為与　荒其道・

1 スハウナル

右一首、少典山口忌寸若麻呂。

〔一七〕

丞桂宮―蒸　省桂元広原紀―看　旬桂元紀―句

以前、天平二年庚午夏六月、帥大伴卿忽生二瘡脚一疾二苦枕席一。因レ此馳駅上奏、望下請庶弟稲公姪胡麻呂欲レ語二遺言一者上、勅二右兵庫助大伴宿祢稲公、治部少*丞大伴宿祢胡麻呂両人一給レ駅発遣、令レ*省二卿病一。而逕二数*旬一幸得二平復一。于レ時稲公等以二病既療一、発レ府上レ京。於レ是大監大伴宿祢百代、少典山口忌寸若麻呂及卿男家持等相二送駅使一、共到二夷守駅家一、聊飲悲レ別、乃作二此歌一。

大桂元類広―太

*大宰帥大伴卿被レ任二大納言一臨二入レ京之時一府官人等餞二卿筑前国蘆城駅家一歌四首

五六八 五七一 三埼廻之　荒磯尓縁　五百重浪　立毛居毛　我念流吉美

右一首、筑前掾門部連石足。

〔一八〕

五六九 五七二 辛人之　衣染云　紫之　情尓染而　所レ念鴨・

2 ころモそムとフ

五七〇 五七三 山跡辺　君之立日乃　近付者　野立鹿毛　動而曽鳴

右二首、大典麻田連陽春。

五七一 五七四 月夜吉　河音清之　率此間　行毛不レ去毛　遊而将レ帰

大 桂元類広―太
大 桂元類広―太
余 桂元広原紀―金
2 有 原紀―ナシ古広
娘―嬢紀
贈 桂元広紀―賜

右一首、防人佑大伴四綱。

*大宰帥大伴卿上レ京之後 沙弥満誓贈レ卿歌二首

五七二 五七五 真十鏡 見不レ飽君尓 所レ贈哉 旦 夕尓 左備乍将レ居

五七三 五七六 野干玉之 黒髪変 白髪手裳 痛 恋庭 相時有来

大納言大伴卿和歌二首

五七四 五七七 此間在而 筑紫也何処 白雲乃 棚引山之 方西有良思

五七五 五七八 草香江之 入江二求食 蘆鶴乃 痛多豆多頭思 友無二指天

*大宰帥大伴卿上レ京之後 筑後守葛井連大・成悲嘆作歌一首

五七六 五七九 従レ今者 城山 道者 不楽牟 吾将レ通常 念 之物乎

大納言大伴卿新袍贈二摂津大夫高安王一歌一首

五七七 五八〇 吾衣 人 莫著曽 網引為 難波壮士乃 手尓者雖レ触

大伴宿祢三依悲レ別歌一首

五七八 五八一 天地与 共久 住波牟等 念而有師 家之庭羽裳・

*余明軍与二大伴宿祢家持一歌二首 明軍者大納言卿之資人也。

五七九 五八二 奉レ見而 未時太尓 不レ更者 如二年月一 所レ念君

五八〇 五八三 足引乃 山尓生有 菅根乃 懃 見巻 欲君可聞

大伴坂上家之大娘*報二*贈大伴宿祢家持一歌四首

五八一 五八四 生而有者 見巻毛不レ知 何如毛 将レ死与妹常 夢 所レ見鶴

〔二一九〕

2 きのヤマミチハ

1 アシヒキの

五八二 五八五 大夫毛　如此恋家流乎　幼婦之　恋　情尓　比有目・八方

五八三 五八六 月草之　徙　安久　念　可母　我念人之　事毛告不レ来

五八四 五八七 春日山　朝立雲之　不レ居日無　見巻之欲寸　君　毛有鴨

大伴坂上郎女歌一首

五八五 五八八 出而将レ去　時之波将レ有乎　故　妻恋為乍　立而可レ去哉

大伴宿祢稲公贈二田村大娘一歌一首　大伴宿奈麻呂卿之女也。

五八六 五八九 不二相見一者　不レ恋有益乎　妹乎見而　本名如此耳　恋者奈何将レ為

右一首、姉坂上郎女作。

笠女郎贈二大伴宿祢家持一歌廿四首

五八七 五九〇 吾形見　ゝ管之努波世　荒珠　年之緒長　吾毛将レ思

五八八 五九一 白鳥能　飛羽山松之　待乍曽　吾恋度　此月比乎

五八九 五九二 衣手乎　打廻乃里尓　有吾乎　不レ知曽人者　待跡・不レ来家留

五九〇 五九三 荒玉　年之経去者　今師波登　勤与吾背子　吾名告為莫

五九一 五九四 吾念乎　人尓令レ知哉　玉匣　開阿気津跡　夢西所レ見

五九二 五九五 闇　夜尓　鳴奈流鶴之　外耳　聞乍可将レ有　相跡羽奈之尓

五九三 五九六 君尓恋　痛毛為便無見　楢山之　小松　下尓　立嘆・鴨

五九四 五九七 吾屋戸之　暮陰草乃　白露之　消蟹本名　所レ念鴨

五九五 五九八 吾命之　将二全幸一限　忘　目八　弥日異者　念　益十方

娘元広紀—嬢
之元広紀—ナシ

2 幸—牟元

〔三〇〕
4 アガオモフヒとの

2 コひズアラマシヲ

5 アレモシノハム

1 シロとりの

〔三一〕
1 アガオモヒヲ
2 ヒとニシルレカ

4 コマツガモとニ

3 無桂金元広―ナシ
5 渡―度元

五九六 五九九 八百日往　浜之沙毛　吾恋二一　豈不レ益歟　奥嶋守
五九七 六〇〇 宇都蟬之　人目乎繁見　石走　間近　君尓　恋度　可聞
五九八 六〇一 恋尓毛曽　人者死為　水無瀬河　下従吾痩　月　日異
五九九 六〇二 朝霧之　鬱　相見之　人故尓　命可レ死　恋渡　鴨・
六〇〇 六〇三 伊勢海之　礒毛動　尓　因流浪　恐　人尓　恋渡　鴨
六〇一 六〇四 従レ情毛　吾者不レ念寸　山河毛　隔　莫国　如是恋　常羽
六〇二 六〇五 暮去者　物念益　見之人乃　言問為形　面景　為而
六〇三 六〇六 念　西　死為物尓　有麻世波　千遍曽吾者　死変　益
六〇四 六〇七 剣　大刀　身尓取副常　夢　見津　何如之恠曽毛　君尓相　為
六〇五 六〇八 天地之　神　理　無者社　吾念君尓　不レ相死為目・
六〇六 六〇九 吾毛念　人毛莫忘　多奈和丹　浦吹風之　止時無有
六〇七 六一〇 皆人乎　宿与殿金者　打　礼杼　君乎之念　者　寐不レ勝鴨
六〇八 六一一 不二相念一　人乎思　者　大寺之　餓鬼之後尓　額衝如
六〇九 六一二 従レ情毛　我者不レ念寸　又更　吾故郷尓　将二還来一者
六一〇 六一三 近　有者　雖レ不レ見在乎　弥遠　君之伊座者　有不勝自・

右二首、相別後、更来贈。

大伴宿祢家持和歌二首

六一一 六一四 今更　妹尓将レ相八跡　念　可聞　幾許吾胸　鬱悒将レ有

〔三二〕
2 アレハオモハズキ
4 アガオモフキミニ
1 アレモオモフ
5 ヌカツクごとシ
2 アハオモハズキ
2 ミネどアリシヲ
〔三三〕

2 乎金広紀—呼
2 所金元広紀—ナシ
3 尓金元広紀—ナシ
5 所金元紀—尓
4 手金元紀—乎
3 令金紀—念

六一二 中〻者　黙毛有益乎　何為跡香　相見始兼　不レ遂尓

山口女王贈二大伴宿祢家持一歌五首

六一三 物念跡　人尓不レ所レ見常　奈麻強尓　常念弊利　在曽金・津流

六一四 不二相念一　人乎也本名　白細之　袖漬左右二　哭耳四泣裳

六一五 吾背子者　不二相念一跡裳　敷細乃　君之枕者　夢所レ見乞

六一六 剣大刀　名惜　雲　吾者無　君尓不レ相而　年之経去礼者

六一七 従二蘆辺一　満来塩乃　弥益荷　念歟君之　忘金鶴・

大神女郎贈二大伴宿祢家持一歌一首

六一八 狭夜中尓　友喚千鳥　物念跡　和備居時二一　鳴乍本名

大伴坂上郎女怨恨歌一首 并短歌

六一九 押照　難波乃菅之　根毛許呂尓　君之聞四手　年深　長四云者　真十鏡　磨師情乎　縦手師　其日之極　浪之共　靡珠藻乃　云〻　意者不レ持　大船乃　憑有時丹　千磐破　神哉将レ離　空蟬乃　人歟禁良武・通為　君毛不二来座一　玉梓之　使母不レ所レ見　成奴礼婆　痛毛為便無三　夜干玉乃　夜者須我良尓　赤羅引　日母至レ闇　雖レ嘆　知師乎無三　雖レ念　田付乎白二一　幼婦常　言雲知久　手小童之　哭耳泣管　徘徊　君之使乎　待八兼手六

反歌

六二〇 従レ元　長謂管　不レ令レ恃者　如是念二一　相益物歟

3 ワレハナシ

〔三四〕

18 カみヤサけケム

2 ナガクとイヒツツ

1 弊—幣元紀
4 変元矢原—恋
4 宋大系—求輪講定
3 変新訓輪講—恋

西海道節度使判官佐伯宿祢東人妻贈二夫・君一歌一首
六二一 六二四 無レ間　恋尓可有牟　草枕　客有公之　夢尓之所レ見

佐伯宿祢東人和歌一首
六二二 六二五 草枕　客尓久　成宿者　汝乎社念　莫恋　吾妹

池辺王宴誦歌一首
六二三 六二六 松之葉尓　月者由移去　黄葉乃　過　哉君之　不レ相夜　多焉

天皇思二酒人女王一御製歌一首　女王者穂積皇子之孫女也。
六二四 六二七 道　相而　咲　之柄尓　零雪乃　消者消香二　恋　云吾妹

高安王裹鮒贈二娘子一歌一首　高安王者後賜二姓大原真人氏一。
六二五 六二八 奥弊往　辺去伊麻夜　為レ妹　吾漁　有　藻臥束鮒

八代女王献二天皇一歌一首
六二六 六二九 君尓因　言之繁　乎　古郷之　明日香乃河尓　潔身為尓去
一尾云、竜田超　三津之浜辺尓　潔身四二・由久

娘子報二贈佐伯宿祢赤麻呂一歌一首
六二七 六三〇 吾手本　将レ巻跡念　牟　大夫者　変水宋　白髪生二有

佐伯宿祢赤麻呂和歌一首
六二八 六三一 白髪生流　事者不レ念　変水者　鹿煮藻闕二毛　求　而将レ行

大伴四綱宴席歌一首・

〔三五〕
5 みそキシニユク
5イ みそキシニユク
〔三六〕
2 マカムとモフラム

六二九 六三二 奈何鹿　使之来流　君乎社　左右裳　待難為礼

佐伯宿祢赤麻呂歌一首

六三〇 六三三 初花之　可レ散物乎　人事乃　繁尓因而　止息比者鴨

湯原王贈二娘子一歌二首　志貴皇子之子也。

六三一 六三四 宇波弊無　物可聞人者　然許　遠家路乎　令レ還念者

六三二 六三五 目二破見而　手二破不レ所レ取　月内之　楓如　妹乎・奈何責

娘子報贈歌二首

六三三 六三六 幾許　思異目鴨　敷細之　枕片去　夢所レ見来之

六三四 六三七 家二四手　雖レ見不レ飽乎　草枕　客毛妻与　有之乏左

湯原王亦贈歌二首

六三五 六三八 草枕　客者嬬者　雖二率有一　匣内之　珠社所レ念

六三六 六三九 余衣　形見尓奉　布細之　枕不レ離　巻而左宿座・

娘子復報贈歌一首*

六三七 六四〇 吾背子之　形見之衣　嬬問尓　余身者不レ離　事不レ問友

湯原王亦贈歌一首

六三八 六四一 直一夜　隔之可良尓　荒玉乃　月歟経去跡　心遮

娘子復報贈歌一首

六三九 六四二 吾背子我　如是恋礼許曽　夜干玉能　夢所レ見管　寐不レ所レ宿家礼・

5 之―ナシ元
5 念―見紀
贈―ナシ古広紀

2 ツカヒのキヌル
5 マチカテニスレ
〔三七〕
5 イめニミえケル
〔之〕
5 タマこそオモホユレ

湯原王亦贈歌一首

六四〇 六四三　波之家也思(ハシケヤシ)　不遠里乎(マチカキサトヲ)　雲居尓也(クモヰニヤ)　恋管将レ居(コヒツツヲラム)　月毛不レ経国(ツキモヘナクニ)

3 居金元広紀—井

〔三八〕

娘子復報贈歌一首*

歌金元広紀—和歌

六四一 六四四　絶常云者(タユとイハバ)　和備染責跡(ワびシミセムと)　焼大刀乃(ヤキタチの)　隔付経事者(ヘツカフことハ)　幸也吾君(サキクヤアガキミ)

5 幸—辛 略解 宣長説 新大系

1 タユとイハバ　5 カラシ〔辛〕ヤアガキミ

湯原王歌一首

六四二 六四五　吾妹児尓(ワギモコニ)　恋而乱者(コひテミダレバ)　久流部寸二(クルベキニ)　懸而縁与(カけテよラムと)　余・恋始(アガこひそめシ)

2 者小琴—在　4 懸—縣金元広紀

紀女郎怨恨歌三首　鹿人大夫之女、名曰二小鹿一也。安貴王之妻也。

六四三 六四六　世間之(よのナカの)　女尓思有者(ヲミナニシアラバ)　吾渡(ワガワタル)　痛背乃河乎(アナセのカハヲ)　渡金目八(ワタリカネめヤ)

六四四 六四七　今者吾羽(イマハアレハ)　和備曽四二結類(ワびそシニケル)　気乃緒尓(イキのヲニ)　念師君乎(オモヒシキミヲ)　縦左久思者(ユルサクオモヘバ)

5 久金元広紀—ナシ

1 イマハワレハ　イマハワハ

六四五 六四八　白細乃(シロタヘの)　袖可レ別(ソデワカルベキ)　日乎近見(ヒヲチカミ)　心尓咽飯(こころニムセヒ)　哭耳四所レ泣(ネのみシナカユ)・

1 細乃金元広紀—妙乃宮 妙之

大伴宿祢駿河麻呂歌一首

六四六 六四九　大夫之(マスラヲの)　思和備乍(オモヒワびツツ)　遍多(タビマネク)　嘆久嘆乎(ナげクナげキヲ)　不レ負物可聞(オハヌモのカモ)

〔三九〕

大伴坂上郎女歌一首

六四七 六五〇　心者(こころニハ)　忘日無久(ワスルルヒナク)　雖レ念(オモヘども)　人之事社(ひとのことこそ)　繁君尓阿礼(シげキキミニアレ)

大伴宿祢駿河麻呂歌一首

六四八 六五一　不二相見一而(アヒミズテ)　気長久成奴(けナガクナリヌ)　比日者(このころハ)　奈何好去哉(イカニサキクヤ)　言借吾妹(イフカシワギモ)

2 長—ナシ金元広紀

大伴坂上郎女歌一首・

六四九 六五二　夏葛之(ナツクズの)　不レ絶使乃(タえヌツカヒの)　不通有者(よどメレバ)　言下有如(ことシモアルごと)　念鶴鴨(オモヒツルカモ)

3 有金元古広—ナシ

題歌—歌題元広紀
3 良金元広紀—郎

右、坂上郎女者佐保大納言卿之女也。駿河麻呂、此高市大卿之孫也。両卿兄弟之家、女孫姑姪之族。是以題ㇾ歌送答、相二問起居一。

大伴宿祢三依離復相歓歌一首

六五〇 六五三 吾妹児者　常世国尓　住家良思　昔見従　変若益尓家利

大伴坂上郎女歌二首

六五一 六五四 久堅乃　天露霜　置二家里　宅有人毛　待恋奴濫

六五二 六五五 玉主尓　珠者授而　勝且毛　枕与吾者　率二将ㇾ宿

大伴宿祢駿河麻呂歌三首

六五三 六五六 情　者　不ㇾ忘物乎　儻　不ㇾ見日数多　月曽経去来

六五四 六五七 相見者　月毛不ㇾ経尓　恋云者　乎曽呂登吾乎　於毛保寒毳

六五五 六五八 不ㇾ念乎　思常云者　天地之　神祇毛知寒　邑礼左変

大伴坂上郎女歌六首

六五六 六五九 吾耳曽　君尓者恋流　吾背子之　恋云事波　言乃名具左曽

六五七 六六〇 不ㇾ念常　曰手師物乎　翼酢色之　変安寸　吾意可聞

六五八 六六一 雖ㇾ念　知僧裳無跡　知物乎　奈何幾許　吾恋渡

六五九 六六二 予　人事繁　如是有者　四恵也吾背子　奥裳何如荒海藻

六六〇 六六三 汝乎与吾乎　人曽離奈流　乞吾君　人之中言　聞起名湯目

六六一 六六四 恋々而　相有時谷　愛寸　事尽手四　長常念者

〔四〇〕
2 アマのツユシモ
4 ヲそろとアレヲ
5 定訓ナシ
4 コフとフことハ
5 ワガこころカモ
〔四一〕

都元類—部

陪元—部広紀
倍

陪元類—部

貴元類広—賀
3 与元類広原紀—而

市原王歌一首

六六二 六六五 網児之山　五百重隠有　佐堤乃埼　左手蠅師子之　夢二四所レ見

安都宿祢年足歌一首

六六三 六六六 佐穂度　吾家之上二　鳴鳥之　音夏可思吉　愛妻之児

大伴宿祢像見歌一首

六六四 六六七 石上　零十方雨二　将レ関哉　妹似相武登　言義之鬼尾

安陪朝臣虫麻呂歌一首

六六五 六六八 向座而　雖レ見不レ飽　吾妹子二　立離往六　田付不レ知毛

大伴坂上郎女歌二首

六六六 六六九 不二相見一者　幾久毛　不レ有国　幾許吾者　恋乍裳荒鹿

六六七 六七〇 恋々而　相有物乎　月四有者　夜波隠良武　須臾羽蟻待

右、大伴坂上郎女之母石川内命婦、与二安陪朝臣虫満之母安曇外命婦一、同居姉妹同気之親焉。縁レ此郎女虫満相見不レ疎、相談既密。聊作二戯歌一以為二問答一也。

厚見王歌一首

六六八 六七一 朝尓日尓　色付山乃　白雲之　可二思過一　君尓不レ有国

春日王歌一首　志貴皇子之子、母曰二多紀皇女一也。

六六九 六七二 足引之　山橘乃　色丹出与　語言継而　相事毛将レ有

湯原王歌一首

〔四二〕

5 キミナラナクニ

1 アシヒキの

4 寸元類広原紀—乎
4 或広紀—惑
倍—部広
3 常桂元類広—当(當)
5 揩桂類広原—摺
5 香元類紀—可

六七〇 六七三 月読之（ツクよミの）光（ヒカリニ）二来益（キマセ）　足疾乃（アシヒきの）　山寸隔而（ヤマキヘナリテ）　不レ遠国（とホカラナクニ）・

和歌一首 不レ審二作者一。

六七一 六七四 月読之（ツクよミの）光者清（ヒカリハキヨク）　雖レ照有（テラセレど）一　或情（マトヘルこころ）　不レ堪レ念（オモヒアヘナクニ）

安倍朝臣虫麻呂歌一首*

六七二 六七五 倭文手纏（シツタマキ）　数二毛不レ有（カズニモアラヌ）　寿持（イのチモテ）　奈何幾許（ナニカここダク）　吾恋渡（アガコひワタル）

大伴坂上郎女歌二首

六七三 六七六 真十鏡（マソカガミ）　磨師心乎（トギシこころヲ）　縦者（ユルシテバ）　後尓雖レ云（のチニイフとモ）　験将レ在八方（シルシアラめヤモ）

六七四 六七七 真玉付（マタマツク）　彼此兼手（ヲチこチカネテ）　言歯五十戸常（ことハイヘど）　相而後社（アヒテのチこそ）　悔二破有跡五十戸（クイニハアリとイヘ）・

中臣女郎贈二大伴宿祢家持一歌五首

六七五 六七八 娘子部四（ヲミナヘシ）　咲沢二生流（サキサハニオフル）　花勝見（ハナカツミ）　都毛不レ知（カツテモシラヌ）　恋裳揩香聞（コひモスルカモ）

六七六 六七九 海底（ワタのそこ）　奥乎深目手（オキヲフカめテ）　吾念有（アガモヘル）　君二波将レ相（キミニハアハム）　年者経十方（とシハヘヌとモ）

六七七 六八〇 春日山（カスガヤマ）　朝居雲乃（アサヰルクモの）　鬱（オホホシク）　不レ知人尓毛（シラヌヒとニモ）　恋物香聞（コフルモのカモ）

六七八 六八一 直相而（タダニアヒテ）　見而者耳社（ミテバのみこそ）　霊剋（タマキハル）　命向（イのチニムカフ）　吾恋止眼（アガコひヤマめ）

六七九 六八二 不欲常云者（イナとイハバ）　将レ強哉吾背（シひめヤワガセ）　菅根之（スガのネの）　念乱而（オモヒミダレテ）　恋管・母将レ有（コひツツモアラム）

大伴宿祢家持与二交遊一別歌三首

六八〇 六八三 蓋毛（けダシクモ）　人之中言（ヒとのナカごと）　聞可毛（キカセカモ）　幾許雖レ待（ここダクマテど）　君之不二来益一（キミガキマサヌ）

六八一 六八四 中ゝ尓（ナカナカニ）　絶年云者（タツとシイハバ）　如此許（カクバカリ）　気緒尓四而（イキのヲニシテ）　吾将レ恋八方（アレコひめヤモ）

六八二 六八五 将レ念（オモフラム）　人尓有莫国（ヒとニアラナクニ）　懃（ネもころニ）　情尽而（こころツクシテ）　恋流吾毳（コフルアレカモ）

〔四三〕
3 テレレどモ
〔四四〕
2 タユとシイハバ
5 コフルワレカモ

大伴坂上郎女歌七首

六八三 六八六 謂言之 恐国曽 紅之 色莫出曽 念死友・

六八四 六八七 今者吾波 将レ死与吾背 生十方 吾二可レ縁跡 言跡云莫苦荷

六八五 六八八 人事 繁哉君之 二鞘之 家乎隔而 恋乍将レ座

六八六 六八九 比者 千歳八往裳 過与 吾哉然念 欲レ見鴨

六八七 六九〇 愛常 吾念情 速河之 雖二塞ゝ一友 猶哉将レ崩

六八八 六九一 青山乎 横殺雲之 灼然 吾共咲為而 人二所レ知名

六八九 六九二 海山毛 隔莫国 奈何鴨 目言乎谷裳 幾許乏寸・

大伴宿祢三依悲レ別歌一首

六九〇 六九三 照月乎 闇尓見成而 哭涙 衣沾津 干人無二

大伴宿祢家持贈二娘子一歌二首

六九一 六九四 百礒城之 大宮人者 雖二多有一 情尓乗而 所レ念妹

六九二 六九五 得羽重無 妹二毛有鴨 如此許 人情乎 令レ尽念者

大伴宿祢千室歌一首 未レ詳。

六九三 六九六 如此耳 恋哉将レ度 秋津野尓 多奈引雲能 過跡・者無二

広河女王歌二首 穂積皇子之孫女、上道王之女也。

六九四 六九七 恋草呼 力車二 七車 積而恋良苦 吾心柄

六九五 六九八 恋者今葉 不レ有常吾羽 念乎 何処恋其 附見繋有

2 之元―乎
1 月略解宣長説―日
1 礒―磯元

1 イマハワレハ
4 ワレニよルでシ
2 シげミカキミヲ〔乎〕
5 コひツツマサム・
4 アレヤシカモフ
2 アガオモフこころ

〔四五〕

1 テラスヒ〔日〕ヲ

3 オホカレど・サハニアレど
5 オモホユルハイモ

5 ワガこころカラ
2 アラジとワレハ

石川朝臣広成歌一首　後賜二姓高円朝臣氏一也。

六九六／六九九　家人尓　恋過目八方　川津鳴　泉之里尓　年之歴去者

大伴宿祢像見歌三首

六九七／七〇〇　吾聞尓　繋莫言　苅薦之　乱而念　君之直香曽

六九八／七〇一　春日野尓　朝居雲之　敷布二　吾者恋益　月二日二異二

六九九／七〇二　一瀬二波　千遍障良比　逝水之　後毛将レ相　今尓不レ有十方

大伴宿祢家持到二娘子之門一作歌一首

七〇〇／七〇三　如此為而哉　猶八将レ退　不レ近　道之間乎　煩参来而

河内百枝娘子贈二大伴宿祢家持一歌二首

七〇一／七〇四　波都波都尓　人乎相見而　何将レ有　何日二箇　又外二将レ見

七〇二／七〇五　夜干玉之　其夜乃月夜　至二于今日一　吾者不レ忘　無レ間苦思念者

巫部麻蘇娘子歌二首

七〇三／七〇六　吾背子乎　相見之其日　至二于今日一　吾衣手者　乾時毛奈志

七〇四／七〇七　栲縄之　永命乎　欲苦波　不レ絶而人乎　欲レ見社

大伴宿祢家持贈二童女一歌一首

七〇五／七〇八　葉根蘰　今為妹乎　夢見而　情内二　恋渡鴨

童女来報歌一首

七〇六／七〇九　葉根蘰　今為妹者　無四呼　何妹其　幾許恋多類

〔四六〕

5 イマナラズとモ

3 チカク）アラヌ

3 イカナラム

4 ワレハワスレズ

4 アガころモデハ
〔四七〕

5 渡　類紀―度

3 呼―乎　古宮

粟田女娘子贈二大伴宿祢家持一歌二首

七〇七 七二〇 思遣　為便乃不レ知者　片垸之　底曽吾者　恋成尓・家類　注二土垸之中一。

七〇八 七二一 復毛将レ相　因毛有奴可　白細之　我衣手二　斎　留目六
マタモアハム ヨシモアラヌカ シロタヘノ ワガコロモデニ イハヒトドメム

都ー部広原紀

豊前国娘子大宅女歌一首　未レ審二姓氏一。

七〇九 七二二 夕闇者　路多豆多頭四　待レ月而　行　吾背子　其間尓母将レ見

安都扉娘子歌一首

七一〇 七二三 三空去　月之光二　直一目　相三師人之　夢西所・レ見
ミソラユク ツキノヒカリニ タダヒトメ アヒミシヒトノ イメニシミユル

（四八）アガモハナクニ

丹波大女娘子歌三首

七一一 七二四 鴨鳥之　遊　此池尓　木葉落而　浮　心　吾不レ念国

七一二 七二五 味酒呼　三輪之祝我　忌　杉　手触之罪歟　君二遇難寸

七一三 七二六 垣穂成　人辞聞而　吾背子之　情　多由多比　不レ合頃者

大伴宿祢家持贈二娘子一歌七首・

七一四 七二七 情　尓者　思　渡　跡　縁乎無三　外耳　為而　嘆　曽吾為

七一五 七二八 千鳥鳴　佐保乃河門之　清　瀬乎　馬打和多思　何時　将レ通

七一六 七二九 夜昼　云別不レ知　吾恋　情　蓋　夢　所レ見寸八

七一七 七三〇 都礼毛無　将レ有人乎　独念尓　吾　念　者　惑　毛安流香

七一八 七三一 不レ念尓　妹之咲儛乎　夢　見而　心　中二　燎管曽呼留・

七一九 七三二 大夫跡　念　流吾乎　如此許　三礼二見津礼　片念男責

女　桂元類広原—ナシ
注土垸之中　桂元西貼紙—ナシ
3 待月—月待　桝尾切
都—部　広原紀
2 保—穂　元広
5 惑—憾　全集
5 念　元広紀—思

4 アガころモデニ
〔四八〕
5 アガモハナクニ
4 ワレハオモヘバ　5 クルシク〔憾〕モアルカ
〔四九〕

4 苦元広紀宮—久

賜元類紀—贈賜

復—後元類宮原

七二〇 村肝之 情摧而 如此許 余恋良苦乎 不ㇾ知香安類良武

献二 天皇一歌一首 大伴坂上郎女在二佐保宅一作也。

七二一 足引乃 山二四居者 風流無三 吾為類和射乎 害目賜 名

大伴宿祢家持歌一首。

七二二 如是許 恋乍不ㇾ有者 石木二毛 成益物乎 物不ㇾ思四手

大伴坂上郎女従二跡見庄一*賜二留ㇾ宅女子大嬢一歌一首 并短歌

七二三 常呼二跡 吾行莫国 小金門尓 物悲 良尓 念有之 吾児乃刀自緒 野干玉之 夜昼 跡不ㇾ言 念二思 吾身者痩奴 嘆 丹師 袖左倍沾奴 如是許 本名四恋者 古郷尓 此月期呂毛 有勝益士。

反歌

七二四 朝髪之 念乱而 如是許 名姉之恋 曽 夢尓所ㇾ見家留

右歌、報二賜大嬢進歌一也。

献二 天皇一歌二首 大伴坂上郎女在二春日里一作也。

七二五 二宝鳥乃 潜池水 情有者 君尓吾恋 情示左祢

七二六 外居而 恋乍不ㇾ有者 君之家乃 池尓住云 鴨二有益雄。

大伴宿祢家持贈二坂上家大嬢一歌二首 離絶数年、*復会相聞往来。

七二七 萱草 吾下紐尓 著有跡 鬼乃志許草 事二思安利家理

七二八 人毛無 国母有粳 吾妹児与 携 行而 副而将ㇾ座

1 アシヒキの
4 アガスルワザヲ

〔五〇〕

4 イけニスムとフ

大伴坂上大嬢贈二大伴宿祢家持一歌三首

七二九　玉有者　手二母将レ巻乎　欝瞻乃　世人有者　手二巻難石・

七三〇　将レ相夜者　何時将レ有乎　何如為常香　彼夕相而　事之繁裳

七三一　吾名者毛　千名之五百名尓　雖レ立　君之名立者　惜社泣

〔五一〕

又大伴宿祢家持和歌三首

七三二　今時者四　名之惜雲　吾者無　妹丹因者　千遍立十方

3 ワレハナシ

七三三　空蟬乃　代也毛二行　何為跡鹿　妹尓不レ相而　吾・独将レ宿

七三四　吾念　如此而不レ有者　玉二毛我　真毛妹之　手二所レ纏乎

5 乎元類古紀—牟

1 アガオモヒの

同坂上大嬢贈家持歌一首

七三五　春日山　霞多奈引　情具久　照月夜尓　独鴨念

又家持和坂上大嬢歌一首

七三六　月夜尓波　門尓出立　夕占問　足卜乎曽為之　行乎欲焉・

同大嬢贈家持歌二首

〔五二〕

七三七　云々　人者雖レ云　若狭道乃　後瀬山之　後毛将レ会君

5 会考—念

七三八　世間之　苦物尓　有家良之　恋二不レ勝而　可レ死念者

3 之元—久

1 よのナカの

又家持和坂上大嬢歌二首

七三九　後湍山　後毛将レ相常　念社　可レ死物乎　至二今日一毛生有・

七四〇　事耳乎　後毛相跡　懃　吾乎令レ憑而　不レ相可聞

更大伴宿祢家持贈二坂上大嬢一歌十五首

七四一（七四四） 夢之相者　苦 有家里　覚 而　掻探 友　手二毛不レ所レ触者
七四二（七四五） 一重耳　妹之将レ結　帯乎尚　三重可レ結　吾身者成
七四三（七四六） 吾恋者　千引乃石乎　七許　頸二将レ繫母　神之諸伏
七四四（七四七） 暮去者　屋戸開設而　吾将レ待　夢尓相見二一　将レ来・云比登乎
七四五（七四八） 朝夕二　将レ見時左倍也　吾妹之　雖レ見如レ不レ見　由恋四家武
七四六（七四九） 生有代尓　吾者未レ見　事絶而　如是何怜　縫流嚢者
七四七（七五〇） 吾妹児之　形見乃服　下著而　直相左右者　吾将レ脱八方
七四八（七五一） 恋死六　其毛同曽　奈何為二　人目他言　辞痛吾・将レ為
七四九（七五二） 夢二谷　所レ見者社有　如此許　不レ所レ見有者　恋而死跡香
七五〇（七五三） 念絶　和備西物尾　中々荷　奈何辛　苦　相見始兼
七五一（七五四） 相見而者　幾日毛不レ経乎　幾許久毛　久流比尓久流必　所レ念鴨
七五二（七五五） 如是許　面影耳　所レ念者　何如将レ為　人目繁而
七五三（七五六） 相見者　須臾恋者　奈木六香登　雖レ念弥　恋益 来・
七五四（七五七） 夜之穂杼呂　吾出而来者　吾妹子之　念有四九四　面影二三湯
七五五（七五八） 夜之穂杼呂　出都追来良久　遍多数　成者吾胸　截焼如

大伴田村家之大嬢贈二妹坂上大嬢一歌四首

七五六（七五九） 外 居而　恋 者苦　吾妹子乎　次 相見六　事計為与

3 荷　桂広紀—尓
3 久—ナシ　桂広

2 クルシクアリケリ
2 イモガムスバム
2 チビキのイシヲ
3 ワレマタム
〔五三〕
4 ミレどミヌごと
2 ワハイマダミズ
2 そこモオヤジそ
2 ミえバこそアレ
1 オモヒタチ
〔五四〕

5 沙—紗桂

七五七 七六〇 遠有者 和備而毛有乎 里近 有常聞乍 不レ見之為便奈沙・

七五八 七六一 白雲之 多奈引山之 高〻二 吾念妹乎 将レ見因毛我母

七五九 七六二 何 時尓加妹乎 牟具良布能 穢 屋戸尓 入将レ座

右、田村大嬢坂上大嬢並是右大弁大伴宿奈麻呂卿之女也。卿居ニ田村里一、号曰ニ田村大嬢一。但妹坂上大嬢者母居ニ坂上里一。仍曰ニ坂上大嬢一。于レ時姉妹諮問以レ歌贈答。

贈桂元広原—贈賜

大伴坂上郎女従ニ竹田庄一贈ニ女子大嬢一歌・二首

七六〇 七六三 打渡 竹田之原尓 鳴鶴之 間無時無 吾恋良久波

七六一 七六四 早河之 湍尓居鳥之 縁乎奈弥 念而有師 吾児羽裳何怜

紀女郎贈ニ大伴宿祢家持一歌二首 女郎名曰ニ小鹿一也。

3 八多也八多 略解宣長説—八也八多元 西古本八也多八

七六二 七六五 神左夫跡 不欲者不レ有 八多也八多 如是為而後二 佐夫之家牟可聞・

七六三 七六六 玉緒乎 沫緒二搓而 結有者 在手後二毛 不レ相在目八方

大伴宿祢家持和歌一首

七六四 七六七 百年尓 老舌出而 与余牟友 吾者不レ猒 恋者益友

在ニ久迩京一思下留ニ寧楽宅一坂上大嬢上大伴宿祢家持作歌一首

七六五 七六八 一隔山 重成物乎 月夜好見 門尓出立 妹可将・レ待

藤原郎女聞レ之即和歌一首

七六六 七六九 路遠 不レ来常波知有 物可良尓 然曽将レ待 君之目乎保利

大伴宿祢家持更贈ニ大嬢一歌二首

2 ワびテモアルヲ
4 アガオモフイモヲ
1 イカナラム
〔五五〕
3 ムスベラバ
5 アハズアラめヤモ
4 ワレハイとハジ
〔五六〕

4 者 桂元―ナシ
5 有 桂元―ナシ
3 弟 桂古―茅
3 弟 桂―茅
4 者 桂元広原―志

七六七（七七〇）都路乎　遠哉妹之　比来者　得飼飯而雖レ宿　夢尓不二所レ見来一

七六八（七七一）今所レ知　久迩乃京尓　妹二不レ相　久　成　行而早見・奈

大伴宿祢家持報二贈紀女郎一歌一首

七六九（七七二）久堅之　雨之落日乎　直独　山辺尓居者　鬱　有来

大伴宿祢家持従二久迩京一贈二坂上大嬢一歌五首

七七〇（七七三）人眼多見　不レ相耳曽　情　左倍　妹乎忘　而　吾念　莫国

七七一（七七四）偽　毛　似付而曽為流　打布裳　真　吾妹児　吾尓恋・目八

七七二（七七五）夢尓谷　将レ所レ見常吾者　保杼毛友　不二相志思一者　諾不レ所レ見有武

七七三（七七六）事不レ問　木尚味狭藍　諸弟等之　練乃村戸二　所レ詐来

七七四（七七七）百千遍　恋跡云友　諸弟等之　練乃言羽者　吾波不レ信

大伴宿祢家持贈二紀女郎一歌一首・

七七五（七七八）鶉鳴　故　郷従　念友　何如裳妹尓　相縁毛無寸

紀女郎報二贈家持一歌一首

七七六（七七九）事出之者　誰言尓有鹿　小山田之　苗代水乃　中与杼尓四手

大伴宿祢家持更贈二紀女郎一歌五首

七七七（七八〇）吾妹子之　屋戸乃籬乎　見尓往者　蓋　従レ門　将二返却一可聞

七七八（七八一）打妙尓　前垣乃酢堅　欲レ見　将レ行常云哉　君乎見・尓許曽

七七九（七八二）板蓋之　黒木乃屋根者　山近之　明日取而　持　将二参来一

2 とホミヤイモガ
5 アレニコひめヤ
〔五七〕
5 ウヾミえズアラム
5 アザムカえケリ
5 ワレハタのマジ
〔五八〕
2 クロきのヤネハ
5 モチマキリこむ

4 和考略解―知
5イ 毛元広紀―母
5 呼桂元広紀―乎
2 久―ナシ元
5 之―ナシ元類
4 乃―ナシ元広

七八〇 七八三 黒樹取　草毛苅乍　仕目利　勤和気登　将レ誉十方不レ有　一云、仕登毛
七八一 七八四 野干玉能　昨夜者令レ還　今夜左倍　吾乎還莫　路之長手呼

紀女郎裹物贈レ友歌一首　女郎名曰二小鹿一也。

七八二 七八五 風高　辺者雖レ吹　為レ妹　袖左倍所レ沾而　苅流玉藻焉

大伴宿祢家持贈二娘子一歌三首

七八三 七八六 前年之　先年従　至二今年一　恋跡奈何毛　妹尓相難
七八四 七八七 打乍二波　更毛不二得言一　夢谷　妹之手本乎　纏宿常思見者
七八五 七八八 吾屋戸之　草上白久　置露乃　寿母不レ有惜　妹尓不レ相有者

大伴宿祢家持報二贈藤原朝臣久須麻呂一歌三首

七八六 七八九 春之雨者　弥布落尓　梅花　未レ咲久　伊等若美可聞
七八七 七九〇 如レ夢　所レ念鴨　愛八師　君之使乃　麻祢久通者
七八八 七九一 浦若見　花咲難寸　梅乎殖而　人之事重三　念曽吾為類

又家持贈二藤原朝臣久須麻呂一歌二首

七八九 七九二 情八十一　所レ念可聞　春霞　軽引時二　事之通者
七九〇 七九三 春風之　声尓四出名者　有去而　不レ有レ今友　君之随意

藤原朝臣久須麻呂来報歌二首

七九一 七九四 奥山之　磐影尓生流　菅根乃　懃吾毛　不二相念一有哉
七九二 七九五 春雨乎　待常二師有四　吾屋戸之　若木乃梅毛　未含有

1 クロきトリ
2 キそハカヘシツ
2 サラニモエイハズ
5 イモニアハズアレバ
〔五九〕
4 ヒとのことシミ
5 アヒオモハズアレヤ

萬葉集巻第四

萬葉集巻第五

雑歌　〔一〕

萬葉集巻第五

*雑　*歌　〔四〕

*大宰帥大伴卿報二凶問一歌一首

禍故重畳、凶問累集。永懐二崩心之悲一、独流二断腸之泣一。但依二両君大助一、傾命纔継耳。

筆不レ尽レ言。古今所レ歎。

七九三 七九六 余能奈可波（よのナカハ）　牟奈之伎母乃等（ムナシキモのと）　志流等伎子（シルとキシ）　伊与余麻須万須（イよよマスマス）　加奈之可利家理（カナシカリケリ）

神亀五年六月廿*三日・

蓋聞、四生起滅、方二夢皆空一、三界漂流、喩二環不一レ息、所以、維摩大士、在二乎*方丈一、有レ懐二染疾之患一、釈迦能仁、坐二於双林一、無レ免二泥洹之苦一。故知、二聖至極、不レ能レ払二力負之尋至一、三千世界、誰能逃二黒闇之捜来一。二鼠競走、而度レ目之鳥旦飛、四蛇争侵、而過レ隙之駒夕走。嗟乎痛哉。紅顔共二三従一長逝、素質与二四徳一永滅。何図、偕老違二於要期一、独飛生二於半路一。蘭室屏風徒張、断腸之哀弥痛。枕頭明鏡空懸、染筠之涙逾落。泉門一掩、無レ由二再見一。嗚呼哀哉。〔五〕

七九七 愛河波浪已先滅　苦海煩悩亦無レ結　従来猒二離此穢土一　本願託二生彼浄刹一

日本挽歌一首

雑歌―ナシ広紀細
大広紀細―太
廿広紀細―二十
乎広紀細―于

8 陀―多類紀
13 毗―比広紀細宮
3 何―河類広細
或広紀細―惑
倍紀―畏
或広紀細―惑
8 可可―可々宮温京

七九四（七九八）　大王能　等保乃朝庭等　斯良農比　筑紫国尓　泣子那須　斯多比枳摩斯提　伊企陀尓母　伊摩陀夜周米受　年月母　伊摩他阿良祢婆　許々呂由・母　於母波奴阿比陀尓　宇知那毗枳　許夜斯努礼　伊波牟須弊　世武須弊斯良尓　石木乎母　刀比佐気斯良受　伊弊那良婆　迦多知波阿良牟乎　宇良売斯企　伊毛乃美許等能　阿礼乎婆母　伊可尓世与等可　尓保鳥能　布多利那良毗為　加多良比斯　許々呂曽牟企弖　伊弊社可利伊摩須

反歌・

七九五（七九九）　伊弊尓由伎弖　伊可尓可阿我世武　摩久良豆久　都摩夜佐夫斯久　於母保由倍斯母　〔六〕

七九六（八〇〇）　伴之伎与之　加久乃未可良尓　之多比己之　伊毛我己許呂乃　須別*毛須別那左

七九七（八〇一）　久夜斯可母　可久斯良摩世婆　阿乎尓与斯　久奴知許等其等　美世摩斯母乃乎

七九八（八〇二）　伊毛何美斯　阿布知乃波那波　知利奴倍斯　和何那久那美多　伊摩陀飛那久尓・

七九九（八〇三）　大野山　紀利多知和多流　和何那宣久　於伎蘇乃可是尓　紀利多知和多流

神亀五年七月廿一日、筑前国守山上憶良上。

令レ反二*或情一歌一首　并序

或有レ人、知レ敬二父母一、忘二於侍養一、不レ顧二妻子一、軽二於脱屣一。自称二*倍俗先生一。意気雖レ揚二青雲之上一、身体猶在二塵俗之中一。未レ験二修行得道一之聖、蓋是亡二命山・沢一之民。所以　〔七〕指二示三綱一、更開二五教一、遺レ之以レ歌、令レ反二其*或一。歌曰、

八〇〇（八〇四）　父母乎　美礼婆多布斗斯　妻子美礼婆　米具斯宇都久志　余能奈迦波　加久叙許等和理　母智騰利乃　可可良波志母与　由久弊斯良祢婆　宇既具都遠　奴伎都流其等久　布美奴

摩—麻古広細

伎提　由久智布比等波　伊波紀欲利　奈利提志比等迦　奈何名能良佐祢　阿米弊由迦婆
奈何麻尓麻尓・　都智奈良婆　大王伊摩周　許能提羅周　日月能斯多波　阿麻久毛能　牟
迦夫周伎波美　多尓具久能　佐和多流伎波美　企許斯遠周　久尓能麻保良叙　可尓迦久
尓　保志伎麻尓麻尓　斯可尓波阿羅慈迦

反歌

ミミ類広紀細—奈保

八〇一（八〇五）　比佐迦多能　阿麻遅波等保斯　奈保ミミ尓　伊弊尓可弊利提　奈利乎斯麻佐尓・

〔八〕

思㆓子等㆒歌一首　并序

釈迦如来、金口正説、等思㆓衆生㆒、如㆓羅睺羅㆒。又説、愛無ㇾ過ㇾ子。至極大聖、尚有㆓愛ㇾ子之心㆒。況乎、世間蒼生、誰不ㇾ愛ㇾ子乎。

波広紀細—婆

ミ広紀細宮—可

八〇二（八〇六）　宇利波米婆　胡藤母意母保由　久利波米婆　麻斯提斯農波由　伊豆久欲利　枳多利斯物能曽　麻奈迦比尓　母等奈可ミ利提　夜周伊斯奈佐農・

反歌

八〇三（八〇七）　銀　母　金　母玉母　奈尓世武尓　麻佐礼留多可良　古尓斯迦米夜母

哀㆓世間難㆒ㇾ住歌一首　并序

易ㇾ集難ㇾ排、八大辛苦、難ㇾ遂易ㇾ尽、百年賞楽。古人所ㇾ歎、今亦及ㇾ之。所以因作㆓一章之歌㆒、以撥㆓二毛之歎㆒。其歌曰、

八〇四（八〇八）　世間能　周弊奈伎物能波　年月波　奈何流ミ其・等斯　等利都ミ伎　意比久留母能波　毛ミ久佐尓　勢米余利伎多流　遠等咩良何　遠等咩佐備周等　可羅多麻乎　多母等尓麻

〔九〕

23イ須―酒広細　26イ4里広紀細―利　47恵広紀―慧　49可西原紀イ―可久　55摩広紀―麻　55波広細―婆　2迦類古広紀―加　大広紀細宮―太　3婆類古紀―波

可志〔或有㆔此句云㆓之路多倍乃 袖布利可伴之 久礼奈為乃 阿可毛須蘇眦伎㆒〕　余知古良等　手多豆佐波利提　阿蘇比家武　等伎能佐迦利乎　等ゝ尾迦祢　周具斯野利都礼　美奈乃和多　迦具漏伎可美尓　伊都乃麻可　斯毛乃布利家武　久礼奈為能〔一云、尓能保奈須〕　意母提乃宇倍尓　伊豆久由・可　斯和何伎多利斯〔一云、都祢奈利之　恵麻比麻欲眦伎　散久伴奈能　宇都呂比尓家里　余乃奈可伴　可久乃未奈良之〕　麻周羅遠乃　遠刀古佐備周等　都流伎多智　許志尓刀利波枳　佐都由美乎　多尓伎利物知提　阿迦胡麻尓　志都久良宇知意伎　波比能利提　阿蘇比阿留伎斯　余乃奈迦野　都祢尓阿利家留　遠等咩良何　佐那周伊多斗乎　意斯比良伎　伊多度利与利提　摩多麻提乃　多麻提佐斯迦閇　佐祢斯欲能　伊久陀・母〔一〇〕　阿羅祢婆　多都可豆恵　許志尓多何祢提　可由既婆　比等尓伊等波延　可久由既婆　比等尓迩久麻延　意余斯遠波　迦久能尾奈良志　多摩枳波流　伊能知遠志家騰　世武周弊母奈斯

反歌

八〇五 八〇九　等伎波奈周　迦久斯母何母等　意母閇騰母　余能許等奈礼婆　等登尾可祢都母

神亀五年七月廿一日、於㆓嘉摩郡㆒撰定。筑・前国守山上憶良

伏辱㆓来書㆒、具承㆓芳旨㆒。忽成㆓隔㆑漢之恋㆒、復傷㆓抱㆑梁之意㆒。唯羨、去留無㆑恙、遂待㆓披雲㆒耳。

歌詞両首　*大宰帥大伴卿

八〇六 八一〇　多都能馬母　伊麻勿愛弖之可　阿遠尓与志　奈良乃美夜古尓　由吉帝己牟丹米

八〇七 八一一　宇豆都仁波　安布余志勿奈子　奴婆多麻能　用流能伊昧仁越　都伎提美延許曽・

巒広紀細—巒
剖広細—散
摩類広細—麻
閤—閣紀宮
空西原広紀細—言

答歌二首

八〇八 八三二 多都乃麻乎　阿礼波毛等米牟　阿遠尓与志　奈良乃美夜古迩　許牟比等乃多仁　〔一一〕

八〇九 八三三 多陀尓阿波須　阿良久毛於保久　志岐多閇乃　麻久良佐良受提　伊米尓之美延牟

大伴淡等謹状

梧桐日本琴一面　対馬結石山孫枝

此琴夢化娘子曰、余託根遥嶋之崇巒、晞幹九陽之休光。長帯烟霞、逍遥山川之阿、遠望風波、出入鴈木之間。唯恐百年之後空朽溝壑。偶遭良匠、剖為小琴。不顧質麁音少、恒希君子左琴。即歌曰、

八一〇 八三四 伊可尓安良武　日能等伎尓可母　許恵之良武　比等能比射乃倍　和我摩久良可武

僕報詩詠曰、

八一一 八三五 許等々波奴　樹尓波安里等母　宇流波之吉　伎美我手奈礼能　許等尓之安流倍志　〔一二〕

琴娘子答曰、

敬奉徳音、幸甚々々。片時覚、即感於夢言、慨然不得止黙。故附公使、聊以進御耳。謹状不具。

天平元年十月七日、附使進上、

謹通　中衛高明閤下。謹空

跪承芳音、嘉懽交深。乃知竜門之恩、復厚蓬身之上。恋望殊念、常心百倍。謹和白雲之什、以奏野鄙之歌。房前謹状。

十一月…広細―次行ノ謹通…記室ノ次ニアリ
廿広紀細宮―二十
轂宮矢京―轂

八一二(八二六) 許等騰波奴　紀尓茂安理等毛　和何世古我　多那礼乃美巨騰　都地尓意加米移母
　十一月八日、附二還使大監一、
　謹通二　尊門　記室一。

筑前国怡土郡深江村子負原、臨レ海丘上有二二石一。大者長一尺二寸六分、囲一尺八寸六分、重十八斤五両。小者長一尺一寸、囲一尺八寸・、重十六斤十両。並皆堕円、状如二鶏子一。其美好者不レ可二勝論一。所謂径尺璧是也。（或云、此二石者肥前国彼杵郡平敷之石、当レ占而取レ之。）去二深江駅家一廿許里、近在二路頭一。公私往来、莫レ不二下レ馬跪拝一。古老相伝曰、往者、息長足日女命征二討新羅国一之時、用二茲両石一、挿二著御袖之中一、以為二鎮懐一。（実是御裳中矣。）所以行人敬二拝此石一。乃作レ歌曰、〔一三〕

八一三(八二七) 可既麻久波　阿夜尓可斯故斯　多良志比咩　可・尾能弥許等　可良久尓遠　武気多比良宜弖　弥許々呂遠　斯豆迷多麻布等　伊刀良斯弖　伊波比多麻比斯　麻多麻奈須　布多都能伊斯乎　世人尓　斯咩斯多麻比弖　余呂豆余尓　伊比都具可祢等　和多能曽許　意枳都布可延乃　宇奈可美乃　故布乃波良尓　美弖豆可良　意可志多麻比弖　可武奈何良　可武佐備伊麻須　久志美多麻　伊麻能遠都豆尓　多布刀伎呂可儛・

八一四(八二八) 阿米都知能　等母尓比佐斯久　伊比都夏等　許能久斯美多麻　志可志家良斯母〔一四〕

　右事伝言、那珂郡伊知郷蓑嶋人建部牛麻呂是也。

梅花歌卅二首　并序

天平二年正月十三日、萃二于帥老之宅一、申二宴会一也。于レ時初春令月、気淑風和。梅披二鏡前之粉一、蘭薫二珮後之香一。加以曙嶺移レ雲、松掛レ羅而傾レ蓋、夕・岫結レ霧、鳥封レ縠而迷

促宮矢京—役
攄広細陽—攄
詩—請広細塙
4 乎ゝ類広紀
細—乎乎
4 岐広紀細—利
2 留—流広細
1 梅—米類紀

レ林。庭舞ニ新蝶一、空帰ニ故鴈一。於レ是蓋レ天坐レ地、促レ膝飛レ觴。忘ニ言一室之裏一、開ニ衿煙霞之外一。淡然自放、快然自足。若非ニ翰苑一、何以攄レ情。＊詩紀ニ落梅之篇一、古今夫何異矣。
宜下賦ニ園梅一聊成中短詠上。

八一五 八一九 武都紀多知　波流能吉多良婆　可久斯許曽　烏梅乎ゝ岐都ゝ　多努之岐乎倍米　大弐紀卿
4 ウめヲヲリ〔利〕ツツ

八一六 八二〇 烏梅能波奈　伊麻佐家留期等　知利須義受　和・我覇能曽能尓　阿利己世奴加毛　少弐小野大夫
〔一五〕

八一七 八二一 烏梅能波奈　佐吉多留僧能ゝ　阿遠也疑波　可豆良尓須倍久　奈利尓家良受夜　少弐粟田大夫

八一八 八二二 波流佐礼婆　麻豆佐久耶登能　烏梅能波奈　比等利美都ゝ夜　波流比久良佐武　筑前守山上大夫

八一九 八二三 余能奈可波　古飛斯宜志恵夜　加久之阿良婆　烏梅能波奈尓母　奈良麻之勿能怨　豊後守大伴大夫

八二〇 八二四 烏梅能波奈　伊麻佐可利奈理　意母布度知　加・射之尓斯弖奈　伊麻佐可利奈理　筑後守葛井大夫

八二一 八二五 阿乎夜奈義　烏梅等能波奈乎　遠理可射之　能弥弖能ゝ知波　知利奴得母与斯　笠沙弥

八二二 八二六 和何則能尓　宇米能波奈知流　比佐可多能　阿米欲里由吉能　那何列久流加母　主人

八二三 八二七 烏梅能波奈　知良久波伊豆久　志可須我尓　許能紀能夜麻尓　由企波布理都ゝ　大監伴氏百代

5 于類広紀細—宇
八二四（八一八）　烏梅乃波奈　知良麻久怨之美　和我曽乃ゝ　多気乃波也之尓　于具比須奈久母　少監阿氏奥嶋
〔一六〕

3 阿遠—阿乎広紀細
八二五（八一九）　烏梅能波奈　佐岐多流曽能ゝ　阿遠夜疑遠　加豆良尓志都ゝ　阿素毗久良佐奈　少監土氏百村

4 等遠—遠等広原紀細
八二六（八二〇）　有知奈毗久　波流能也奈宜等　和我夜度能　烏梅能波奈等遠　伊可尓可和可武　大典史氏大原

2 利—礼類西ィ紀
八二七（八二一）　波流佐礼婆　許奴礼我久利弖　宇具比須曽　奈岐弖伊奴奈流　烏梅我志豆延尓　少典山氏若麻呂

八二八（八二二）　比等期等尓　乎理加射之都ゝ　阿蘇倍等母　伊夜米豆良之岐　烏梅能波奈加母　大判事*丹氏麻呂

丹類広紀細—舟
2 婆類朱広細—波
3 婆那類広紀細—波奈
八二九（八二三）　烏梅能波奈　佐企弖知理奈婆　佐久良婆那　都伎弖佐久倍久　奈利尓弖阿良受也　薬師張氏福子

5 留—流広細
八三〇（八二四）　万世尓　得之波岐布得母　烏梅能波奈　多由流己等奈久　佐吉和多留倍子　筑前介佐氏子首

板西ィ広細宮—坂紀榎
八三一（八二五）　波流奈例婆　宇倍母佐枳多流　烏梅能波奈　岐美乎於母布得　用伊母祢奈久尓　壱岐守*板氏安麻呂

八三二（八二六）　烏梅能波奈　乎利弖加射世留　母呂比得波　家布能阿比太波　多努斯久阿流倍斯　神司荒氏稲布
〔一七〕

5 努類広紀細—弩
2 理—利広細
彼—波類細
5 流—留広紀細

八三三 八二七　得志能波尓（としのはに） 波流能伎多良婆（ハルのキタラバ） 可久斯己曽（カクシこそ） 烏梅乎加射之弖（ウめヲカザシテ） 多努志久能麻米（タノシクのマめ）　大令史野氏宿奈麻呂

八三四 八二八　烏梅能波奈（ウめのハナ） 伊麻佐加利奈利（イマサカリナリ） 毛々等利能（モモとりの） 己恵能古保志枳（こヱのコホシキ） 波流岐多流良斯（ハルキタルラシ）　少令史田氏肥人

八三五 八二九　波流佐良婆（ハルサラバ） 阿波武等母比之（アハムとモヒシ） 烏梅能波奈（ウめのハナ） 家布能阿素毗尓（ケフのアソビニ） 阿比美都流可母（アヒミツルカモ）　薬師高氏義通

八三六 八四〇　烏梅能波奈（ウめのハナ） 多乎利加射志弖（タヲリカザシテ） 阿蘇倍等母（アソぺどモ） 阿・岐太良奴比波（アキダラヌヒハ） 家布尓志阿利家利（ケフニシアリケリ）　陰陽師礒氏法麻呂

八三七 八四一　波流能努尓（ハルのノニ） 奈久夜汙隅比須（ナクヤウグヒス） 奈都気牟得（ナツけムと） 和何弊能曽能尓（ワガへのそのニ） 汙米何波奈佐久（ウめガハナサク）　筭師志氏大道

八三八 八四二　烏梅能波奈（ウめのハナ） 知利麻我比多流（チリマガヒタル） 乎加肥尓波（ヲカびニハ） 宇具比須奈久母（ウグヒスナクモ） 波流加多麻気弖（ハルカタマけテ）　大隅目榎氏鉢麻呂

八三九 八四三　波流能努尓（ハルのノニ） 紀理多知和多利（きリタチワタリ） 布流由岐得（フルユキと） 比得能美流麻提（ヒとのミルマデ） 烏梅能波奈知流（ウめのハナチル）　筑前目田氏真上

八四〇 八四四　波流楊那宜（ハルヤナぎ） 可豆良尓乎利志（カヅラニヲリシ） 烏梅能波奈・（ウめのハナ） 多礼可有可倍志（タレカウカぺシ） 佐加豆岐能倍尓（サカヅキのぺニ）　壱岐目村氏*彼方

〔一八〕

八四一 八四五　于遇比須能（ウグヒスの） 於登企久奈倍尓（オとキクナぺニ） 烏梅能波奈（ウめのハナ） 和企弊能曽能尓（ワギへのそのニ） 佐伎弖知流美由（サキテチルミユ）　対馬目高氏老

道広紀細—通

5 那—奈類京

1 流類広—留
2 婆類広—波
4 左類広—佐
4 奈—那広細

八四二 八四六 和我夜度能　烏梅能之豆延尓　阿蘇毗都々　宇具比須奈久毛　知良麻久乎之美　薩摩目高氏海人

八四三 八四七 宇梅能波奈　乎理加射之都々　毛呂比登能　阿蘇夫遠美礼婆　弥夜古之叙毛布　土師氏御*道

八四四 八四八 伊母我陛迩　由岐可母不流登　弥流麻提尓　許・々陀母麻我不　烏梅能波奈可毛　小野氏国堅

八四五 八四九 宇具比須能　麻知迦弖尓勢斯　宇米我波奈　知良須阿利許曽　意母布故我多米　筑前掾門氏石足

八四六 八五〇 可須美多都　那我岐波流卑乎　可謝勢例杼　伊野那都可子岐　烏梅能波那可毛　小野氏淡理

員外思故郷歌両首

八四七 八五一 和我佐可理　伊多久々多知奴　久毛尓得夫　久須利波武等母　麻多遠知米也母・

八四八 八五二 久毛尓得夫　久須利波牟用波　美也古弥婆　伊夜之吉阿何微　麻多越知奴倍之

後追和梅歌四首

八四九 八五三 能許利多流　由棄仁末自例留　宇梅能半奈　半也久奈知利曽　由吉波気奴等勿

八五〇 八五四 由吉能伊呂遠　有婆比弖佐家流　有米能波奈　伊麻左加利奈利　弥牟必登母我聞

八五一 八五五 和我夜度尓　左加里尓散家留　宇梅能波奈　知・流倍久奈里奴　美牟必登聞我母

八五二 八五六 烏梅能波奈　伊米尓加多良久　美也備多流　波奈等阿例母布　左気尓于可倍許曽

一云、伊多豆良尓　阿例乎知良須奈　左気尓于可倍己曽

遊二於松浦河一序

余以下暫往二松浦之県一逍遥、聊臨二玉嶋之潭一遊覧上、忽値二釣レ魚女子等一也。花容無レ双、光儀無レ匹。開二柳・葉於眉中一、発二桃花於頬上一。意気凌レ雲、風流絶レ世。僕問曰、誰郷誰家児等。若疑神仙者乎。娘等皆咲答曰、児等者漁夫之舎児、草菴之微者。無レ郷無レ家、何足レ称云。唯性便レ水、復心楽レ山。或臨二洛浦一、而徒羨二王魚一、乍臥二巫峡一、以空望二烟霞一。今以下邂逅相二遇貴客一、不上レ勝二感応一、輒陳二款曲一。而今而後、豈可レ非二偕老一哉。下官対曰、唯〻、敬奉二芳命一。于レ時日落二山西一、驪馬将レ去。遂申二懐抱一、因贈二詠歌一曰、・　〔二〇〕

八五三　八七七　阿佐里須流　阿末能古等母等　比得波伊倍騰　美流尓之良延奴　有麻必等能古等

答詩曰、

八五四　八七八　多麻之末能　許能可波加美尓　伊返波阿礼騰　吉美乎夜佐之美　阿良波佐受阿利吉

蓬客等更贈歌三首

八五五　八七九　麻都良河波　可波能世比可利　阿由都流等　多〻勢流伊毛河　毛能須蘇奴例奴・

八五六　八八〇　麻都良奈流　多麻之麻河波尓　阿由都流等　多〻世流古良何　伊弊遅斯良受毛　〔二一〕

八五七　八八一　等富都比等　末都良能加波尓　和可由都流　伊毛我多毛等乎　和礼許曽末加米

娘等更報歌三首

八五八　八八二　和可由都流　麻都良能可波能　可波奈美能　奈美迩之母波婆　和礼故飛米夜母

5イ 己類広細―許
於広紀細―ナシ
王―玉温
款(欵)広細温右―歎
1 里類広紀細―理
等―ナシ類
3 可―可阿紀
等―子類古
4 迩―尓類紀

5 侶―弖広紀細

八五九 八三三 波流佐礼婆　和伎覇能佐刀能　加波度尓波　阿・由故佐婆斯留　吉美麻知我侶尓

八六〇 八三四 麻都良我波　奈々勢能与騰波　与等武等毛　和礼波与騰麻受　吉美遠志麻多武

詩類古広紀―歌

後人追和之*詩三首　帥老

2 可類広紀細―河

八六一 八三五 麻都良河波　可波能世波夜美　久礼奈為能　母能須蘇奴例弖　阿由可都流良武

八六二 八三六 比等未奈能　美良武麻都良能　多麻志末乎　美受弖夜和礼波　故飛都々遠良武・

八六三 八三七 麻都良河波　多麻斯麻能有良尓　和可由都流　伊毛良遠美良牟　比等能等母斯佐

〔一一二〕

袪広細―私

苑広細―花

戚―感代精

宜啓。伏奉二四月六日賜書一、跪開二封函一、拝読二芳藻一。心神開朗、似レ懐二泰初之月一、鄙懐除*袪、若レ披二楽広之天一。至レ若下羈二旅辺城一、懐二古旧一而傷レ志、年矢不レ停、憶二平生一而落上レ涙、但達人安レ排、君子無レ悶。伏冀、朝宣レ懐二翟之化一、暮存二放レ亀之術一、架二張趙於百代一、追二松喬於千齢一耳。兼奉二垂示一、梅*苑芳席、群英摛藻・松浦玉潭、仙媛贈答、類二杏壇各言之作一、疑二衡皐税駕之篇一。耽読吟諷、*戚謝歓怡。宜恋レ主之誠、誠逾二犬馬一、仰レ徳之心、心同二葵藿一。而碧海分レ地、白雲隔レ天。徒積二傾延一、何慰二労緒一。孟秋膺レ節、伏願、万祐日新。今因二相撲部領使一、謹付二片紙一。宜謹啓。不次。

奉レ和二諸人梅花歌一一首

4 忘類広細―母

八六四 八三八 於久礼為天　那我古飛世殊波　弥曽能不乃　于梅能波奈尓忘　奈良麻之母能乎・

和二松浦仙媛歌一一首

八六五 八三九 伎弥乎麻都　々々良乃于良能　越等売良波　等己与能久尓能　阿麻越等売可忘

〔一一三〕

思レ君未レ尽　重題二首

1 ミミ—婆漏 広細宮
4 知類紀—智
2 我類広—家
2 奈理—那理 類奈里紀
2 奴—努類広
5 里類広—理

〈八六六〉波漏ミミ尓　於忘方由流可母　志良久毛能　知弊仁辺多天留　都久紫能君仁波　1 ハロバ〔婆〕ロニ

〈八六七〉枳美可由伎　気那我久奈理奴　奈良遅那留　志満乃己太知母　可牟佐飛仁家里・

天平二年七月十日

憶良誠惶頓首　謹啓。

憶良聞、方岳諸侯、都督刺史、並依二典法一、巡二行部下一、察二其風俗一。意内多端、口外難レ出。謹以二三首之鄙歌一、欲レ写二五蔵之鬱結一。其歌曰、

欲—ナシ古広
3 例広紀—列
4 尾類広—美

〈八六八〉麻都良我多　佐欲比売能故何　比例布利斯　夜麻能名乃尾夜　伎ミ都ミ遠良武

〈八六九〉多良志比売　可尾能美許等能　奈都良須等　美・多ミ志世利斯　伊志遠多礼美吉　一云、阿由都流等　〔一一四〕

〈八七〇〉毛ミ可斯母　由加奴麻都良遅　家布由伎弖　阿須波吉奈武遠　奈尓可佐夜礼留

天平二年七月十一日、筑前国司山上憶良謹上。

大伴佐提比古郎子、特被二朝命一、奉二使藩国一。艤棹言帰、稍赴二蒼波一。妾也松浦佐用嬪面、嗟二此別易一、歎二彼・会難一。即登二高山之嶺一、遥望二離去之船一。悵然断レ肝、黯然銷レ魂。遂脱二領巾一麾之。傍者莫レ不レ流レ涕。因号二此山一、曰二領巾麾之嶺一也。乃作レ歌曰、

黯古—黙

〈八七一〉得保都必等　麻通良佐用比米　都麻胡非尓　比例布利之用利　於返流夜麻能奈

後人追和

3 河類広紀細—何
5 牟類広紀細—無

〈八七二〉夜麻能奈等　伊賓都夏等可母　佐用比売河　許能野麻能閇仁　必例遠布利家牟・

最後人追和　〔一一五〕

4 苦広ィ細ィ京—古
倭類広紀細—和
1 摩類広—麻
3 麻類紀—摩
4 乎—宇広細京左
聊広細—敢
1 未類広紀細—米
1 岐類春広紀—伎

八七三 余呂豆余尓　可多利都夏等之　許能多気仁　比例布利家良之　麻通羅佐用嬪面

最々後人追和二首

八七四 宇奈波良能　意吉由久布祢遠　可弊礼等加　比礼布良斯家武　麻都良佐欲比売

八七五 由久布祢遠　布利等騰尾加祢　伊加婆加利　故保斯苦阿利家武　麻都良佐欲比売。

書殿餞酒日倭歌四首*

八七六 阿摩等夫夜　等利尓母賀母夜　美夜故麻提　意久利摩遠志弖　等比可弊流母能

八七七 比等母祢能　宇良夫礼遠留尓　多都多夜麻　美麻知可豆加婆　和周良志奈牟迦

八七八 伊比都々母　能知許曽斯良米　等乃斯久母　佐夫志計米夜母　吉美伊麻佐受斯弖

八七九 余呂豆余尓　伊麻志多麻比提　阿米能志多　麻乎志多麻波祢　美加度佐良受弖

聊布二私懐一歌三首*

八八〇 阿麻社迦留　比奈尓伊都等世　周麻比都々　美夜故能提夫利　和周良延尓家利

八八一 加久能未夜　伊吉豆伎遠良牟　阿良多麻能　吉倍由久等志乃　可伎利斯良受提

八八二 阿我農斯能　美多麻々々比弖　波流佐良婆　奈良能美夜故尓　咩佐宜多麻波祢。

天平二年十二月六日、筑前国司山上憶良謹上。

三嶋王後追二和松浦佐用嬪面歌一首

八八三 於登尓吉岐　目尓波伊麻太見受　佐容比売我　必礼布理伎等敷　吉民万通良楊満

大伴君熊凝歌二首　大典麻田陽春作。

八八四 国遠伎　路乃長手遠　意保々斯久　計布夜須疑南　己等騰比母奈久。

4 マウ〔宇〕シタマハネ

〔一二八〕

1露—霧類春広　筑前国守山上憶良—行末ニアリ紀細　国ノ下ニ司アリ広細　ム春広紀細—某
8疑類広紀—凝　12袁広紀細—遠　18婆類広細—波　19許代初—計　23婆—波広細
31疑類広紀細—凝
1子—遅類朱春広紀

八八五　朝露乃　既夜須伎我身　比等国尓　須疑加弖奴可母　意夜能目遠保利　〔一七〕
1アサギリ〔霧〕の

筑前国守山上憶良敬和下為二熊凝一述二其志一歌上六首　并序

大伴君熊凝者、肥後国益城郡人也。年十八歳、以二天平三年六月十七日一、為二相撲使ム国司官位姓名従人一、参二向京都一。為レ天不レ幸、在レ路獲レ疾、即於二安芸国佐伯郡高庭駅家一身故也。臨レ終之時、長歎息曰、伝聞、仮合之身易レ滅、泡沫之命難レ駐。所以千聖已去、百賢不レ留。況乎、凡愚微者、何能逃避。但我老親、並在二菴室一。待レ我過レ日、自有二傷レ心之恨一。望レ我違レ時、必致二喪レ明之泣一。哀哉我父、痛哉我母。不レ患二一身向レ死之途一、唯悲二二親在レ生之苦一。今日長別、何世得レ覲。乃作二歌六首一而死。其歌曰、

八八六　宇知比佐受　宮弊能保留等　多羅知斯夜　波ゝ何手波奈例　常斯良奴　国乃意久迦袁　百重山・越弖須疑[8]由伎　伊都斯可母　京師乎美武等　意母比都ゝ　迦多良比袁[12]礼騰　意乃何身志　伊多波斯計礼婆[18]　玉桙乃　道乃久麻尾尓　久佐太袁利　志婆刀利志伎提　等許[19]自母能　宇知許伊布志提　意母比都ゝ　奈宜伎布勢良久　国尓阿良婆[23]　父刀利美麻之　家尓阿良婆　母刀利美麻志　世間波　迦久乃尾奈良志　伊奴時母能　道尓布斯弖夜　伊能知周疑[31]南　一云、和何余須疑奈牟・　〔一八〕
1ウチヒサズ

八八七　多良知子能　波ゝ何目美受提　意保ゝ斯久　伊豆知武伎提可　阿我和可留良武

八八八　都祢斯良農　道乃長手袁　久礼ゝゝ等　伊可尓可由迦牟　可利弖波奈斯尓　一云、可例比波奈之尓

八八九　家尓阿利弖　波ゝ何刀利美婆　奈具佐牟流　許ゝ呂波阿良麻志　斯奈婆斯農等母　一云、能知波志奴等母・

25（イヘニ）
20（ウチコイ）
30（ミチニフシテ）
15（タマホコノ）
10（ミヤコヲ）
5（パダテハナレ）

〈二七〉
1 ウチヒサス

〈二八〉

〈二七〉

八九〇 出弖由伎斯　日乎可俗閇都々　家布々々等　阿袁麻多周良武　知々波々良波母　〔二九〕
一云、波々我
迦奈斯佐

八九一 一世尓波　二遍美延農　知々波々袁　意伎弖夜奈何久　阿我和加礼南　一云、相別南

貧窮問答歌一首　并短歌

八九二 風雑　雨布流欲乃　雨雑　雪布流欲波　為部母奈久　寒之安礼婆　堅塩乎　取都豆之呂比　糟湯酒・宇知須々呂比弖　之叵夫可比　鼻毗之毗之尓　志可登阿良農　比宜可伎撫而　安礼乎於伎弖　人者安良自等　富己呂倍騰　寒之安礼婆　麻被　引可賀布利布可多衣　安里能許等其等　伎曽倍騰毛*　寒夜須良乎　和礼欲利母　貧人乃　父母波　飢寒良牟　妻子等波　乞々泣良牟　此時者　伊可尓之都々可　汝代者和多流　天地者　比呂之等伊倍杼　安我多米波　狭也奈里奴流　日月波・安可之等伊倍騰　安我多米波　照哉多麻波奴　人皆可　吾耳也之可流　和久良婆尓　比等々波安流乎　比等奈美尓安礼母作乎　綿毛奈伎*　布可多衣乃　美留乃其等　和々気佐我礼流　可々布能尾　肩尓打懸　布勢伊保能　麻宜伊保乃内尓　直土尓　藁解敷而　父母波　枕乃可多尓　妻子等母波　足乃方尓　囲居而　憂吟　可麻度柔播　火気布伎多弖受　許之伎尓波久毛能須可伎弖・飯炊　事毛*和須礼提　奴延鳥乃　能杼与比居尓　伊等乃伎提　短物乎　端伎流等　云之如　楚取　五十戸良我許恵波　寝屋度麻弖　来立呼比奴　可久婆可里　須部奈伎物能可　世間乃道　〔三〇〕

八九三 世間乎　宇之等夜佐之等　於母倍杼母　飛立可祢都　鳥尓之安良祢婆

11 叵　定本—可
30 々—弖　代初
80 婆　広紀細—波
30 こヒテ〔乞弖〕ナクラム

山上憶良頓首謹上。

好去好来歌一首　反歌二首・

八九四 八六八　神代欲理　云伝久良久　虚見通　倭国者　皇神能　伊都久志吉国　言霊能　佐吉播布国等　加多利継　伊比都賀比計理　今世能　人母許等期等　目前尓　見在知在　人佐播尓　満弖播阿礼等母　高光　日御朝庭　神奈我良　愛能盛尓　天下　奏多麻比志家子等　撰多麻比天　勅旨　反云、大命　載　持弖　唐能　遠境尓　都加播佐礼麻加利伊麻勢　宇奈原能　辺尓母奥尓母　神豆麻利　宇志播吉伊麻須・諸能　大御神等　船舳尓　反云、布奈能閇尓　道引麻遠志　天地能　大御神等　倭　大国霊　久堅能　阿麻能見虚喩　阿麻賀気利　見渡　多麻比　事畢　還　日者　又更　大御神等　船舳尓　御手打掛弖　墨縄袁　播倍多留期等久　阿遅可遠志　智可能岫欲利　大伴　御津浜備尓多太泊尓　美船播将レ泊　都々美無久　佐伎久伊麻志弖　速帰　坐勢

〔三一〕
1 カみよヨリ

反歌・

八九五 八九九　大伴　御津松原　可吉掃弖　和礼立待　速帰　坐勢

〔三二〕

八九六 九〇〇　難波津尓　美船泊農等　吉許延許婆　紐解佐気弖　多知婆志利勢武

天平五年三月一日、良宅対面、献三日。山上憶良
謹上二
大唐大使卿　記室一。

26 載―戴代精
38 遠志広細無―志遠
53 袁広紀―遠
55 遅広紀―庭
1 波類広紀細―破

乎―呼紀矢京
祟宮―崇
幣代初―弊
柎宮―樹
化広紀細―他
重広紀細―重者
定広細墒補―之
探広紀細宮―採
枉広細宮―狂

沈痾自哀文　山上憶良作。

竊以、朝夕佃二食山野一者、猶無二災害一、而得レ度レ世。謂下常執二弓・箭一不レ避二六斎一、所レ値禽獣、不レ論二大小孕及不レ孕、並皆殺食、以レ此為レ業者上也。

昼夜釣二漁河海一者、尚有二慶福一、而全レ経レ俗。謂下漁夫潜女各有レ所レ勤、男者手把二竹竿一能釣二波浪之上一、女者腰帯二鑿籠一潜採二深潭之底一者上也。

況乎、我従二胎生一迄二于今日一、自有二修善之志一、曽無二作悪之心一。謂レ聞二諸悪莫作、諸善奉行之教一也。所以礼二拝三宝一、無二日不レ勤。毎レ日誦レ経、発露懺悔也。敬二重百神一、鮮二夜有レ闕。謂レ敬二拝天地諸神等一也。*嗟乎媿哉、我犯二何罪一、遭二此重疾一。謂レ未レ知二過去所レ造之罪、若是現前所レ犯之過一。無レ犯二罪過一何獲二此病一乎。初沈レ痾已来、年月稍多。謂レ経二十餘年一也。

是時年・七十有四、鬢髪斑白、筋力尫羸。不二但年老一、復加二斯病一。諺曰、痛瘡灌レ塩、短材截レ端、此之謂也。〔三三〕四支不レ動、百節皆疼。身体太重、猶レ負二鈞石一。廿四銖為二一両一、十六両為二一斤一、卅斤為二一鈞一、四鈞為二一石一、合一百廿斤也。懸レ布欲レ立、如二折レ翼之鳥一。倚レ杖且レ歩、比二跛レ足之驢一。吾以二身已穿レ俗、心亦累レ塵、欲レ知二禍之所レ伏、*祟之所レ隠、亀卜之門、巫祝之室、無レ不二往問一。若実若妄、随二其所レ教、奉二*幣帛一、無レ不二祈禱一。然而弥有レ増レ苦、曽無二減差一。吾聞、前・代多有二良医一、救二療蒼生病患一。至レ若二*楡柎、扁鵲、華他、秦和、緩、葛稚川、陶隠居、張仲景等一、皆是在レ世良医、無レ不二除愈一也。扁鵲、姓秦、字越人、勃海郡人也。割レ胸採レ心、易而置レ之、投以二神薬一、即寤如レ平也。華他、字元*化、沛国譙人也。若有二病結積沈重在レ内者一、刳レ腸取レ病、縫復摩レ膏、四五日差*定。追二望件医一、非二敢所レ及。若逢二聖医神薬者一、仰願、割二刳五蔵一、抄二*探百病一、尋二達膏肓之隩処一、盲鬲也。心下為レ膏。攻レ之不レ可、達レ之不レ及。薬不レ至焉。欲レ顕二二豎之逃匿一。謂二晋景公疾、秦医緩視而還者一、可レ謂二為レ鬼所一致也。命根既尽、終二其天年一・尚為レ哀。聖人賢者、一切含霊、誰免二此道一乎。何況、生録未レ半、為レ鬼*枉殺、〔三四〕顔色壮年、為レ病横困者乎。在レ世大患、孰甚二于此一。志恠記云、広平前大守北海徐玄方之女、年十八歳而死。其霊謂二馮馬子一曰、案二我生録一、当二寿八十餘歳一。今為二妖鬼一所二枉殺一、已経二四年一。此遇二馮馬子一、乃得二更活一。是也。内教云、瞻浮州人、寿百二十歳。謹案、此数非二必不レ得レ過レ此。故寿・延経云、有二比丘一、名曰二難達一。臨二命終時一、詣レ仏請レ寿、則延二十八年一。

徴広細無—徴
刖劓塙補—羽翮
乎広細—乎也
懽西原近—懽
邙宮代初—望
憂広紀細—憂矣
薬広紀細—薬之
也広紀細宮—ナシ

但善為者、天地相畢。其寿夭者、業報所レ招、随二其脩短一、而為レ半也。未レ盈二斯筭一、而遄死去。故曰レ未レ半也。任
*徴君曰、病従レ口入、故君子節二其飲食一。由レ斯言レ之、人遇二疾病一、不二必妖鬼一。夫医方諸家之広説、飲食禁忌之厚
訓、知易行難之鈍情三者、盈レ目満レ耳、由来久矣。抱朴子曰、人但不レ知二其当レ死之日一、故不レ憂耳。・若
誠知二**刖劓可レ得レ延レ期者、必将レ為レ之。以レ此而観、乃知、我病蓋斯飲食所レ招、而不レ能二自治一者乎。*　帛公略　〔三五〕
説曰、伏思自励、以二斯長生一。〻可レ貪也。死可レ畏也。天地之大徳曰レ生。故死人不レ及二
生鼠一。雖レ為二王侯一、一日絶レ気、積金如レ山、誰為レ富哉。威勢如レ海、誰為レ貴哉。遊仙窟
曰、九泉下人、一銭不レ直。孔子曰、受二之於天一、不レ可二変易一者形也。受二之於命一、不・
レ可二請益一者寿也。見二鬼谷先生相人書一。故知二生之極貴、命之至重一。欲レ言〻窮、何以言レ之。欲レ慮
〻絶、何由慮レ之。惟以、人無二賢愚一、世無二古今一、咸悉嗟歎。歳月競流、昼夜不レ息。
曽子曰、往而不レ反者年也。宣尼臨レ川之歎、亦是矣也。　老疾相催、朝夕侵動。一代*懽楽、未レ尽二席前一、魏文惜二時賢一詩曰、未レ尽二西苑夜一、劇作二北*邙
塵一也。　千年愁苦、更継二坐後一。古詩云、人生不レ満レ百、何懐二千年*憂一矣。　若夫群生品類、莫レ不下皆以二有レ尽之身一、
並求中無レ窮之命上。所以道人方士、自負二丹経一、入二於名山一、而合・レ*薬者、養レ性怡レ神、以　〔三六〕
求二長生一。抱朴子曰、神農云、百病不レ愈、安得二長生一。帛公又曰、生好物也、死悪物也。
若不幸而不レ得二長生一者、猶以下生涯無二病患一者上、為二福大一哉。今吾為レ病見レ悩、不レ得二
臥坐一。向レ東向レ西、莫レ知レ所レ為。無レ福至甚、惣集二于我一。人願天従。如有レ実者、仰願、
頓除二此病一、頼得レ如レ平。以レ鼠為レ喩、豈不レ愧乎。已見レ上也。

悲二歎俗道仮合即離　易レ去難レ留詩一首　并序・

竊以、釈慈之示教、謂二釈氏慈氏一。先開二三帰一、謂レ帰二依仏法僧一。五戒而化二法界一。謂二一不殺生、二不偸盗、三不邪婬、四不妄語、五不飲酒一*也。
周孔之垂訓、前張二三綱一、謂二君臣父子夫婦一。五教以済二邦国一。謂二父義、母慈、兄友、弟順、子孝一。故知、引導雖レ二、
得レ悟惟一也。但以、世無二恒質一、所以陵谷更変。人無二定期一、所以寿夭不レ同。撃目之間、

百齢已尽。申臂之頃、千代亦空。旦作席上之主、夕為泉下之客。白馬走来、黄泉何及。隴上青松、空懸信剣。野中白楊、但吹悲風。是知、世俗本無隠遁之室、原野唯有長夜之台。先聖已去、後賢不留。如有贖而可免者、古人誰無価金乎。未聞独存遂見世終者。所以、維摩大士、疾玉体于方丈。釈迦能仁、掩金容乎双樹。内教曰、不欲黒闇之後来、莫入徳天之先至。（徳天者生也。黒闇者死也。）故知、生必有死。々若不欲、不如不生。況乎、縦覚始終之恒数、何慮存亡之大期者也。〔三七〕

九〇一　俗道変化猶撃目、人事経紀如申臂。空与浮雲行大虚、心力共尽無所寄。

老身重病経年辛苦及思児等歌七首（長一首 短六首）

八九七 九〇二　霊剋　内限者（謂瞻浮州人寿一百二十年也。）　平気久　安久母阿良牟遠　事母無　喪無母阿良牟遠　世間能　宇計久都良計久　伊等能伎提　痛伎瘡尓波　鹹塩遠　灌知布何其等久　益々母　重馬荷尓　表荷打等　伊布許等能其等　老尓弖阿留　我身上尓　病遠等　加弖阿礼婆〔三八〕　昼波母　歎加比久良志　夜波母　息豆伎阿可志　年長久　夜美志渡礼婆　月累　憂吟比　許等々々波　斯奈々等思騰　五月蠅奈周　佐和久児等遠　宇都弖々波　死波不知　見乍阿礼婆　心波母延農　可尓可久尓　思和豆良比　祢能尾志奈可由

反歌

八九八 九〇三　奈具佐牟留　心波奈之尓　雲隠　鳴往鳥乃　祢能尾志奈可由

八九九 九〇四　周弊母奈久　苦志久阿礼婆　出波之利　伊奈々等思騰　許良尓佐夜利奴

九〇〇 九〇五　富人能　家能子等能　伎留身奈美　久多志須都良牟　絁綿良波母

乎広紀細―于
如西ィ宮―知
寿広紀細―等
6 喪略解―裳
11 鹹矢京―醎
5 佐類広紀細―作
5 こラニサヤリヌ

1 文類広—父　4 何類広—可　類春広—ナシ

九〇一 麁妙能　布衣遠陀尓　伎世難尓　可久夜歎敢　世牟周弊遠奈美

九〇二 水沫奈須　微命母　栲縄能　千尋尓母何等　慕久・良志都

九〇三 倭文手纏　数母不レ在　身尓波在等　千年尓母何等　意母保由留加母　去神亀二年作之。但以レ類故、更載二於茲一。

1 ミナワナス〔三九〕

天平五年六月丙申朔三日戊戌作。

恋二男子名古日一歌三首　長一首　短二首

18 婆春広紀細—波　35 布春広紀—母布　35 可尓西ィ広ィ宮ィ—可尓布敷可尓　49 麻尓—麻仁広細　55 久都 代初—都久　63 吉西ィ宮—古　65 婆春広紀細—波

九〇四 世人之　貴慕　七種之　宝毛我波　何為　和我中能　産礼出有　白玉之　吾子古日
者　明星之　開朝者　敷多倍乃　登許能辺佐良受　立礼杼毛　居礼杼・毛　登母尓戯
礼　夕星乃　由布弊尓奈礼婆　伊射祢余登　手乎多豆佐波里　父母毛　表者奈佐我利
三枝之　中尓乎祢牟登　愛久　志我可多良倍婆　何時可毛　比等ゝ奈理伊弖天　安
志家口毛　与家久母見武登　大船乃　於毛比多能無尓　於毛波奴尓　横風乃　尓布敷
可尓　覆来礼婆　世武須便乃　多杼伎乎之良尓　志路多倍乃　多須吉乎可気　麻蘇鏡
弖尓登利毛知弖・天神　阿布芸許比乃美　地祇　布之弖額拝　可加良受毛　可賀利毛
神乃末尓麻尓等　立阿射里　我例乞能米登　須臾毛　余家久波奈之尓　漸ゝ　可多知
久都保里　朝ゝ　伊布許等夜美　霊剋　伊乃知多延奴礼　立乎杼利　足須里佐家婢
伏仰　武祢宇知奈気吉　手尓持流　安我古登婆之都　世間之道

4 タカラモアレハ　5 ナニセム

〔四〇〕

55 カタチツク〔都久〕ホリ

反歌・

4 敞—弊類宮

九〇五 和可家礼婆　道行之良士　末比波世武　之多敝乃使　於比弖登保良世

4 太—大類広細

九〇六 布施於吉弖　吾波許比能武　阿射無加受　多太尓率去弖　阿麻治思良之米

右一首、作者未レ詳。但以三裁歌之体似二於山上之操一、載二此次一焉。

萬葉集巻第五・

萬葉集巻第六

〔一〕

雑歌

九〇七〜 九一二〜 養老七年癸亥夏五月 幸㆓于芳野離宮㆒時 笠朝臣金村作歌一首 并短歌

九一〇〜 九一五〜 或本歌三首

九一三〜 九一八〜 車持朝臣千年作歌一首 并短歌

九一五〜 九二〇〜 或本歌一首

九一七〜 九二二〜 神亀元年甲子冬十月 幸㆓于紀伊国㆒時 山部宿・祢赤人作歌一首 并短歌

九二〇〜 九二五〜 二年乙丑夏五月 幸㆓于芳野離宮㆒時 笠朝臣金村作歌一首 并短歌

九二三〜 九二八〜 山部宿祢赤人作歌二首 并短歌

九二八〜 九三三〜 冬十月 幸㆓于難波宮㆒時 笠朝臣金村作歌一首 并短歌

九三一〜 九三六〜 車持朝臣千年作歌一首 并短歌

九三三〜 九三八〜 山部宿祢赤人作歌一首 并短歌・

九三五〜 九四〇〜 三年丙寅秋九月十五日 幸㆓于播磨国印南*郡㆒時 笠朝臣金村作歌一首 并短歌

〔二〕

郡—野西ィ広紀宮

九三八〜 九四三〜 山部宿祢赤人作歌一首 并短歌

九四二〜 九四七〜 過㆓辛荷嶋㆒時 山部宿祢赤人作歌一首 并短歌

九四六〜 九五一〜 過㆓敏馬浦㆒時 山部宿祢赤人作歌一首 并短歌

九四八〜 九五三〜 四年丁卯・春正月 勅㆓諸王諸臣子等㆒散㆓禁於授刀寮㆒時作歌一首 并短歌

九五〇〜 九五五〜 五年戊辰 幸㆓*于難波宮㆒時 車持朝臣千年作歌四首

于—ナシ広紀細

九五四 九五九 同幸之時膳王作歌一首

九五五 九六〇 大宰少弐石川朝臣足人歌一首

九五六 九六一 帥大伴卿和歌一首

九五七 九六二 冬十一月 大宰官人等奉㆑拝㆓香椎廟㆒時 帥大・伴卿作歌一首

〔三〕

九五八 九六三 大弐小野朝臣老作歌一首

九五九 九六四 豊前守宇努首男人作歌一首

九六〇 九六五 帥大伴卿遥思㆓芳野離宮㆒作歌一首

九六一 九六六 *同卿宿㆓次田温泉㆒時 聞㆓鶴喧㆒作歌一首

同—帥大伴元広

九六二 九六七 天平二年庚午 勅遣㆓擢駿馬使大伴道足宿祢等㆒時 勅使大伴道足宿祢饗㆓帥家㆒日 葛井連広成応㆑声吟歌一首・

九六三 九六八 冬十一月 大伴坂上郎女名児山作歌一首

九六四 九六九 同坂上郎女向㆑京海路見㆓浜貝㆒作歌一首

九六五〜 九七〇〜 冬十二月 *大宰帥大伴卿上㆑京之時 娘子作歌二首

大元広紀細—太

九六七〜 九七二〜 大納言大伴卿*即和歌二首

即元広紀細—ナシ

九六九〜 九七四〜 三年辛未 大納言大伴卿在㆓寧楽家㆒思㆓故郷㆒作歌二首

九七一〜 九七六〜 四年壬申・藤原宇合卿遣㆓西海道節度使㆒時 高橋連虫麻呂作歌一首 并短歌

〔四〕

走堵中一小獣上擬•レ献二御在所一大伴坂上郎女
作歌一首

一〇二九 一〇三三 十二年庚辰冬十月 依二大宰少弐藤原朝臣広* 大金元広紀—太
嗣謀反発レ軍幸二于伊勢国一之時 河口行宮内
舎人大伴宿祢家持作歌一首

一〇三〇 一〇三四 天皇御製歌一首* 歌—ナシ広紀細

一〇三一 一〇三五 丹比真人屋主歌一首

一〇三二〜 一〇三六〜 狭残行宮大伴宿祢家持作歌二首•

一〇三四 一〇三八 美濃国多芸行宮大伴宿祢東人作歌一首 〔八〕

一〇三五 一〇三九 大伴宿祢家持作歌一首

一〇三六 一〇四〇 不破行宮大伴宿祢家持作歌一首

一〇三七 一〇四一 十五年癸未秋八月 内舎人大伴宿祢家持讃二
久迩京師一作歌一首

一〇三八〜 一〇四二〜 高丘連河内歌二首

一〇四〇 一〇四四 安積親王宴二左少弁藤原朝臣八束家一之日•
内舎人大伴宿祢家持作歌一首

一〇四一 一〇四五 十六年甲申春正月 諸卿大夫宴二安倍朝臣虫
麻呂家一歌一首

一〇四二〜 一〇四六〜 同月十一日 登二活道岡一集二一株松下一飲歌
二首 大伴宿祢家持 市原王

一〇四四〜 一〇四八〜 傷三惜寧楽京師荒墟一作歌三首 作主未レ詳。

一〇四七〜 一〇五一〜 悲二寧楽京故郷一作歌一首 并短歌•

一〇五〇〜 一〇五四〜 讃二久迩新京一歌二首 并短歌 〔九〕

一〇五九〜 一〇六三〜 春日悲三傷三香原荒墟一作歌一首 并短歌

一〇六二〜 一〇六六〜 難波宮作歌一首 并短歌*** 并短歌元広紀細—ナシ

一〇六五〜 一〇六九〜 過二敏馬浦一時作歌一首 并短歌

萬葉集巻第六

雑歌

〔一〇〕

養老七年癸亥夏五月 幸二于芳野離宮一時 笠朝臣金村作歌一首 并短歌

九〇七 九二二 滝上之 御舟乃山尓 水枝指 四時尓生有 刀我乃樹能 弥継嗣尓 万代 如是二二 知三 三芳野之 蜻蛉乃宮者 神柄香 貴将レ有 国柄鹿 見欲将レ有 山川乎 清ゝ 諾之神代従 定家良思母

反歌二首

九〇八 九二三 毎年 如是裳見牡鹿 三吉野乃 清河内之 多芸津白浪

九〇九 九二四 山高三 白木綿花 落多芸追 滝之河内者 雖レ見不レ飽香聞

或本反歌曰

九一〇 九二五 神柄加 見欲賀藍 三吉野乃 滝乃河内者 雖レ見不レ飽鴨

〔一一〕

九一一 九二六 三芳野之 秋津乃川之 万世尓 断事無 又還将レ見

九一二 九二七 泊瀬女 造木綿花 三吉野 滝乃水沫 開来受屋

車持朝臣千年作歌一首 并短歌

九一三 九二八 味凍 綾丹乏敷 鳴神乃 音耳聞師 三芳野之 真木立山湯 見降者 川之瀬毎 開

---

4 生 元類西イ広 ―主

8 二二 元類広 ―一三

12 タフトクアラム

17 ウヾシカみよユ

1 ヤマダカミ

4 乃 金元類紀― 之広細ナシ

1 ハツセメガ

4 タキのミナワニ

12 拝 金元類広—利古辨詳

3 川音 金紀—川音成広音成

5 公 金元—君

五—正 金元紀

6 七 金元西貼紙—上

4 伊—伛 金元紀

4 河 金元類広—川

来者　朝霧立　夕去者　川津鳴奈拝　紐不レ解　客尓之有者　吾耳為而　清川原乎　見良久之惜蒙

反歌一首

九一四 九一九 滝上乃　三船之山者　雖レ畏　思忘　時毛日毛無

或本反歌曰

九一五 九二〇 千鳥鳴　三吉野川之　川音　止時梨二　所レ思公

九一六 九二一 茜刺　日不レ並二　吾恋　吉野之河乃　霧丹立乍

右、年月不レ審。但以ニ歌類一載ニ於此次一焉。

*或本云、養老七年五月、幸ニ于芳野離宮一之時作。

神亀元年甲子冬十月五日　幸ニ于紀伊国一時　山部宿祢赤人作歌一首　并短歌

九一七 九二二 安見知之　和期大王之　常宮等　仕奉流　左日鹿野由　背ヒ尓所レ見　奥嶋　清波瀲尓　風吹者　白浪左和伎　潮干者　玉藻苅管　神代従　然曽尊　吉　玉津嶋夜麻

反歌二首

九一八 九二三 奥嶋　荒礒之玉藻　潮干満　伊隠去者　所レ念武香聞

九一九 九二四 若浦尓　塩満来者　潟乎無美　葦辺乎指天　多頭鳴渡

右、年月不レ記。但偁レ従ニ駕玉津嶋一也。因今検ニ注行幸年月一以載之焉。

神亀二年乙丑夏五月　幸ニ于芳野離宮一時　笠朝臣金村作歌一首　并短歌

九二〇 九二五 足引之　御山毛清　落多芸都　芳野河之　河瀬乃　浄乎見者　上辺者　千鳥数鳴

12 カハヅナクナリ〔利〕

3 カハとナス〔成〕

〔一二〕

13 カみよヨリ

3 シホひミチテ　4〔伛〕カクラヒユカバ

1 アシヒキの　8 チどリシバナク

11 礒―磯金元広　14 自―ナシ金元類広　1 皆人元類―人皆　2 母―毛元紀　3 吉元類―芳　3 乃―ナシ類広　11 部元広細―去　14 獦元広紀細―狩　3 獦元類広紀―狩　4 挟元類紀―狭

下辺者　河津都麻喚　百礒城乃　大宮人毛　越乞尓　思自仁思有者・　毎レ見　文丹乏
玉葛　絶事無　万代尓　如是霜願跡　天地之　神乎曽祷　恐　有等毛

反歌二首

九二一 九二六　万代　見友将レ飽八　三芳野乃　多芸都河内之　大宮所

九二二 九二七　皆人乃　寿毛吾母　三吉野乃　多吉能床磐乃　常有沼鴨

山部宿祢赤人作歌二首 并短歌・

九二三 九二八　八隅知之　和期大王乃　高知為　芳野宮者　立名附　青垣隠　河次乃　清河内曽　春部者　花咲乎遠里　秋部者　霧立渡　其山之　弥益ゝ尓　此河之　絶事無　百石木能　大宮人者　常将レ通

反歌二首

九二四 九二九　三吉野乃　象山際乃　木末尓波　幾許毛散和口　鳥之声可聞

九二五 九三〇　烏玉之　夜乃深去者　久木生留　清河原尓　知鳥数鳴

九二六 九三一　安見知之　和期大王波　見吉野乃　飽津之小野笑　野上者　跡見居置而　御山者　射目立渡　朝獦尓　十六履起之　夕狩尓　十里蹋立　馬並而　御獦曽立為　春之茂野尓

反歌一首

九二七 九三二　足引之　山毛野毛　御獦人　得物矢手挟　散動而有所レ見・

右、不レ審二先後一。但以レ便故載二於此次一。

冬十月　幸二于難波宮一時　笠朝臣金村作歌一首 并短歌

〔一三〕　23 カシコケレどモ　5 オホミヤどころ　1 ヒとみナ〔人皆〕の　2 イのチモワガモ　9 ハルヘハ　11 アキヘハ・アキサレ〔去〕バ

〔一四〕　5 ノのヘニハ　1 アシヒキの

九二八 九三三 忍照　難波乃国者　葦垣乃　古　郷跡　人皆之　念息而　都礼母無　有之間尓　續麻成　長柄之宮尓　真木柱　太高敷而　食国乎　治賜者　奥鳥　味経乃原尓　物部乃　八十伴雄者　廬為而　都成有　旅者安礼十方・

〔一五〕

反歌二首

九二九 九三四 荒野等丹　里者雖レ有　大王之　敷座時者　京師跡成宿

九三〇 九三五 海未通女　棚無小舟　榜出良之　客乃屋取尓　梶音所レ聞

車持朝臣千年作歌一首　并短歌

九三一 九三六 鯨魚取　浜辺乎清三　打靡　生玉藻尓　朝名寸二　千重浪縁　夕菜寸二　五百重波因　辺津浪之　益・敷布尓　月二異二　日日雖レ見　今耳二　秋足目八方　四良名美乃　五十開廻有　住吉能浜

反歌一首

九三二 九三七 白浪之　千重来縁流　住吉能　岸乃黄土粉　二宝比天由香名

山部宿祢赤人作歌一首　并短歌

九三三 九三八 天地之　遠我如　日月之　長我如　臨照　難波乃宮尓　和期大王　国所レ知良之　御食都国　日之御調・等　淡路乃　野嶋之海子乃　海底　奥津伊久利二　鰒珠　左盤尓　潜出　船並而　仕奉之　貴　見礼者

〔一六〕

反歌一首

九三四 九三九 朝名寸二　梶音所レ聞　三食津国　野嶋乃海子乃　船二四有良信

4 子乃—子元類

8 波元広紀細—浪

6 チヘナミよス

18 19 ツカヘマツルシ　タフトシミレバ

郡 紀—郊 元野
4 帆 元広細宮—枛
13 大—丈 元紀

三年丙寅秋九月十五日 幸二於播磨国印南郡一時 笠朝臣金村作歌一首 并短歌

九三五 九四〇 名寸隅乃　船瀬従所レ見　淡路嶋　松帆乃浦尓　朝・名芸尓　玉藻苅管　暮菜寸二　藻塩焼乍　海未通女　有跡者雖レ聞　見尓将レ去　餘四能無者　大夫之　情者梨荷　手弱女乃　念多和美手　徘徊　吾者衣恋流　船梶雄名三

19 フナカヂヲナミ

反歌二首

九三六 九四一 玉藻苅　海未通女等　見尓将レ去　船梶毛欲得　浪高友

4 フナカヂモガモ

九三七 九四二 往廻　雖レ見将レ飽八　名寸隅乃　船瀬之浜尓　四寸・流思良名美

〔一七〕

山部宿祢赤人作歌一首 并短歌

4 流—須 元紀

九三八 九四三 八隅知之　吾大王乃　神随　高所レ知流　稲見野能　大海乃原笑　荒妙　藤井乃浦尓　鮪釣等　海人船散動　塩焼等　人曽左波尓有　浦乎吉美　宇倍毛釣者為　浜乎吉美　諾毛塩焼　蟻往来　御覧母知師　清白浜

2 ワガオホキミの
10 アマブネサワク

反歌三首・

4 在 元類広紀—有

九三九 九四四 奥浪　辺波安美　射去為登　藤江乃浦尓　船曽動流

2 ヘナミヲヤスミ

九四〇 九四五 不欲見野乃　浅茅押靡　左宿夜之　氣長在者　家之小篠生

九四一 九四六 明方　潮干乃道乎　従二明日一者　下咲異六　家近附者

過二辛荷嶋一時 山部宿祢赤人作歌一首 并短歌・

九四二 九四七 味沢相　妹目不二数見一而　敷細乃　枕毛不レ巻　桜皮纒　作流舟二　真梶貫　吾榜来者　淡路乃　野嶋毛過　伊奈美嬬　辛荷乃嶋之　嶋際従　吾宅乎見者　青山乃　曽許

5 匕元—上
11 木元広紀—不
12 比日考略解—皆
13 如略解—石
37 礒—磯元紀

十方不レ見　白雲毛　千重尓成来沼　許伎多武流　浦乃尽　往隠　嶋乃埼〻　隈毛
不レ置　憶　曽吾来　客乃気長弥

反歌三首

九四三（九三八）玉藻苅　辛荷乃嶋尓　嶋廻為流　水鳥二四毛有・哉　家不レ念有六

九四四（九三九）嶋隠　吾榜来者　乏毳　倭辺上　真熊野之船

九四五（九四〇）風吹者　浪可将レ立跡　伺候尓　都太乃細江尓　浦隠居

過ニ敏馬浦一時　山部宿祢赤人作歌一首　并短歌

九四六（九五一）御食向　淡路乃嶋二　真向　三犬女乃浦能　奥部庭　深海松採　浦廻庭　名告藻苅　深
見流乃　見巻・欲　跡　莫告藻之　己　名惜三　間使裳　不レ遣而吾者　生　友奈重二

反歌一首

九四七（九五二）為間乃海人之　塩焼衣乃　奈礼名者香　一日母君乎　忘　而将レ念

右、作歌年月未レ詳也。但以レ類故載ニ於此次一。

四年丁卯春正月　勅ニ諸王諸臣子等一散ニ禁於授刀寮一時・作歌一首　并短歌

九四八（九五三）真葛延　春日之山者　打靡　春去往跡　山匕丹　霞　田名引　高円尓　鶯　鳴沼　物部
乃　八十友能壮者　折木四哭之　来継比日　如此続　常丹有背者　友名目而　遊　物
尾　馬名目而　往益里乎　待難丹　吾為春乎　決巻毛　綾尓恐　言巻毛　湯〻敷有　跡
予　兼而知　者　千鳥鳴　其佐保川丹　石二生　菅　根取而　之努布草　解除而益乎
往水丹　潔　而益乎　天皇・之　御命恐　百礒城之　大宮人之　玉桙之　道　毛不レ出

5 イヘオモハズアラム
6 フカミルトル
〔一九〕
19 マチカテニ
29 イソニオフル
34 みそキテマシヲ
〔二〇〕

恋比日

反歌一首

九四九 九五四 梅柳　過良久惜　佐保乃内尓　遊事乎　宮動々尓

右、神亀四年正月、数王子*及諸臣子等、集二於春日野一而作二打毬之楽一。其日、忽天陰雨雷電。此時、宮中無二侍従及侍衛一。勅行二刑罰一、皆散二禁於授刀寮一、而妄不レ得レ出二道路一。于レ時悒憤、即作二斯歌一。作者未レ詳。

五年戊辰幸二于難波宮一時作歌四首

九五〇 九五五 大王之　界賜跡　山守居　守云山尓　不レ入者不レ止

九五一 九五六 見渡者　近物可良　石隠　加我欲布珠乎　不レ取不レ已

九五二 九五七 韓衣　服楢乃里之　嬬待尓　玉乎師付牟　好人欲得

九五三 九五八 竿壮鹿之　鳴奈流山乎　越将レ去　日谷八君　当不レ相将レ有

右、笠朝臣金村之歌中出也。或云、車持朝臣千年作之*也。

膳王歌一首

九五四 九五九 朝波　海辺尓安左里為　暮去者　倭部越　鴈四乏母

右、作歌之年不レ審*也。但以二歌類一便載二此次一。

*大宰少弐石*川朝臣足人歌一首

九五五 九六〇 刺竹之　大宮人乃　家跡住　佐保能山乎者　思哉毛君

帥大伴卿和歌一首

及元類広紀—乃
之元広紀細—ナシ
5 已—止類紀宮
3 嬬塙—嶋
4 越—超元紀
也元広紀細—ナシ
大元類広紀—太
川元類広紀—河

3 ヤマモリオキ
4 モルとフヤマニ
3 イソガクリ
3 シマ〔嶋〕マツニ
〔二一〕
5 ハタアハズアラム
1 アシタハ

3 御—ナシ類広紀細

九五六　九六一　八隅知之　吾大王乃　御食国者　日本毛此間毛　同登曽念

冬十一月　大宰官人等奉レ拝二香椎廟一訖退帰之時　馬駐二于香椎浦一各述レ懐作歌

帥大伴卿歌一首　〔一二二〕

九五七　九六二　去来児等　香椎乃滷尓　白妙之　袖左倍所レ沾而　朝菜採手六

大弐小野老朝臣歌一首

九五八　九六三　時風　応レ吹成奴　香椎滷　潮干汭尓　玉藻苅而名

豊前守宇努首男人歌一首

九五九　九六四　往還　常尓我見之　香椎滷　従二明日一後尓波　見縁母奈思

帥大伴卿遥思二芳野離宮一作歌一首

九六〇　九六五　隼人乃　湍門乃磐母　年魚走　芳野之滝尓　尚不レ及家里

帥大伴卿宿二次田温泉一　聞二鶴喧一作歌一首

九六一　九六六　湯原尓　鳴蘆多頭者　如レ吾　妹尓恋　哉　時不レ定鳴

擢元類西ィ広—推

天平二年庚午　勅遣二*擢駿馬使大伴道足宿祢一時歌一首

九六二　九六七　奥山之　磐尓蘿生　恐　毛　問賜　鴨　念不レ堪国

右、　勅使大伴道足宿祢饗二于帥家一。此日、会集衆諸相二誘駅使葛井連広成一、言レ須　〔一二三〕
レ作二歌詞一。登時広成応レ声、即吟二此歌一。

ミ元広原紀細—ナシ

冬十一月　大伴坂上郎女発二帥家一上レ道　超二筑前国宗形郡名*ミ児山一之時作歌一首

九六三　九六八　大汝　小彦名能　神社者　名著始鶏目　名耳乎　名児山跡負而　吾恋之　千重之一重

2 ワガオホキミの　5 オヤジとそ)オモフ

1 ユのハルニ

1 オホナムヂ　2 スクナヒコナの　3 カみこそバ

佐元広紀細―作

裳奈具佐米七国・

同坂上郎女向レ京海路見二浜貝一作歌一首

九六四（九六九）吾背子尓　恋者苦　暇有者　拾而将レ去　恋忘貝

大元類広紀―太　時元類広紀―ナシ

冬十二月大宰帥大伴卿上レ京時娘子作歌二首

九六五（九七〇）凡有者　左毛右毛将レ為乎　恐跡　振痛袖乎　忍而有香聞

九六六（九七一）倭道者　雲隠有　雖レ然　余振袖乎　無礼登母布奈

大元類広紀―太

右、大宰帥大伴卿兼二任大納言一向レ京上レ道。此日、馬駐二水城一顧二望府家一。于レ時、送レ卿府吏之中、有二遊行女婦一。其字曰二児嶋一也。於レ是、娘子傷二此易レ別、嘆二彼難一レ会、拭レ涕自吟、振レ袖之歌。

〔一四〕

大納言大伴卿和歌二首

裳元広紀細―聞

九六七（九七二）日本道乃　吉備乃児嶋乎　過而行者　筑紫乃子嶋　所レ念香裳

スぎテユカバ

九六八（九七三）大夫跡　念在吾哉　水茎之　水城之上尓　泣将レ拭

三年辛未・大納言大伴卿在二寧楽家一思二故郷一歌二首

九六九（九七四）須臾　去而見壮鹿　神名火乃　淵者浅而　瀬二香成良武

九七〇（九七五）指進乃　栗栖乃小野之　芽花　将レ落時尓之　行而手向六

四年壬申　藤原宇合卿遣二西海道節度使一之時　高橋連虫麻呂作歌一首 并短歌・

公元類広紀―君

九七一（九七六）白雲乃　竜田山乃　露霜尓　色附時丹　打超而　客行公者　五百隔山　伊去割見　賊守　筑紫尓至　山乃曽伎　野之衣寸見世常　伴部乎　班遣之　山彦乃　将レ応極

〔一五〕

33 公 元類広紀—君

倍—部 紀

2 弖師 元広—師弖
5 蒙 元広—裳

谷潜乃　狭渡　極　国方乎　見之賜而　冬木成　春去行者　飛鳥乃　早御来　竜田道之　岳辺乃路尓　丹管士乃　将㆑薫時能　桜花　将㆑開時尓　山多頭能　迎　参出六　公之来益者

反歌一首・

九七二 九七七 千万乃　軍　奈利友　言挙不㆑為　取而可㆑来　男　常曽念

右、検㆓補任文㆒、八月十七日、任㆓東山〻陰西海節度使㆒。

天皇賜㆓酒節度使卿等㆒御歌一首 并短歌

九七三 九七八 食国　遠乃御朝庭尓　汝　等之　如是退去者　平　久　吾者将㆑遊　手抱而　我者将㆓御在㆒　天皇朕　宇頭乃御手以　掻撫曽　祢宜賜　打撫曽　祢宜賜　将㆓還来㆒日　相飲　酒曽　此豊御酒者

反歌一首

九七四 九七九 大夫之　去跡云道曽　凡可尓　念而行勿　大夫之伴

右御歌者、或云、太上天皇御製也。

中納言安倍広庭卿歌一首

九七五 九八〇 如是為管　在久乎好叙　霊剋　短　命乎　長　欲為流

五年癸酉・超㆓草香山㆒時　神社忌寸老麻呂作歌二首

九七六 九八一 難波方　潮干乃奈凝　委曲見　在㆑家妹之　待将㆑問多米

九七七 九八二 直超乃　此径尓弖師　押照哉　難波乃海跡 ナニハのウミと 　名附家良思蒙

24 ハヤカヘリマセ

33 キミシキマサバ

9 スメラワガ 〔二六〕

16 アヒのムサけそ

2 ユクとフミチそ

4 イヘニアルイモガ

2 このミチニシテ 〔師弖〕

朝元類広紀―ナシ
頃新大系―須
与元広紀―興細 宮輿
5 家元類広紀―宅
倍―部紀
1 乃―ナシ元原類紀
士類広紀細―ナシ

山上臣憶良沈痾之時歌一首

九七八 九七三 士也母(ヲのコヤモ) 空応有(ムナシクアル)べキ) 万代尓(よろヅよニ) 語続可(カタリツグべキ) 名者不立之而(ナハタテズシテ)

右一首、山上憶良臣沈痾之時、藤原朝臣八・束使*河辺朝臣東人*令*問*所*疾之状*。

於是、憶良臣報語已畢、有頃*、拭涕悲嘆、口吟此歌。　〔一七〕

大伴坂上郎女与*姪家持従*佐保*還*帰西宅*歌一首

九七九 九八四 吾背子我(ワガセコガ) 著衣薄(ケルキヌウスシ) 佐保風者(サホカぜハ) 疾莫吹(イタクナフキそ) 及家左右(イヘニ)イタルマデ)

安倍*朝臣虫麻呂月歌一首

九八〇 九八五 雨隠(アマごモル) 三笠乃山乎(ミカサのヤマヲ) 高御香裳(タカミカモ) 月乃不出来(ツきのイデこヌ) 夜者更降管(ヨハフけニツツ)・

大伴坂上郎女月歌三首

九八一 九八六 獦高乃(カリタカの) 高円山乎(タカマトヤマヲ) 高弥鴨(タカミカモ) 出来月乃(イデクルツきの) 遅将光(オそクテルラム)

九八二 九八七 烏玉乃(ヌバタマの) 夜霧立而(ヨぎリのタチテ) 不清(オホホシク) 照有月夜乃(テレルツクヨの) 見者悲沙(ミレバカナシサ)

九八三 九八八 山葉(ヤマのハの) 左佐良榎壮子(ササラエヲとコ) 天原(アマのハラ) 門度光(トワタルヒカリ) 見良久之好藻(ミラクシよシモ)

右一首歌、或云、月別名曰佐散良衣壮士*也。縁此辞作此歌。

豊前国娘子月歌一首 娘子字曰大宅。姓氏未詳也。・

九八四 九八九 雲隠(クモガクリ) 去方乎無跡(ユクヘヲナミと) 吾恋(アガコフル) 月哉君之(ツきヲヤキミガ) 欲見為流(ミマクホリスル)　〔一八〕

湯原王月歌二首

九八五 九九〇 天尓座(アめニマス) 月読壮子(ツクよミヲとコ) 幣者将為(マヒハセム) 今夜乃長者(こヨヒのナガサ) 五百夜継許増(イホヨツギこそ)

九八六 九九一 愛也思(ハシキヤシ) 不遠里乃(マチカキサトの) 君来跡(キミこムと) 大能備尓鴨(オホのびニカモ) 月之照有(ツきのテリタル)

2 ケルころモ)ウスシ
1 アマごモリ
5 ヨハクタチツツ

2 波 元類―者
2 潟 新大系―易
跡 類広紀細―ナシ

藤原八束朝臣月歌一首

九八七 九九二 待難尓　余為月者　妹之著　三笠山尓　隠而有来

市原王宴禱ニ父安貴王一歌一首

九八八 九九三 春草者　後波落潟　巌成　常磐尓座　貴吾君

湯原王打酒歌一首

九八九 九九四 焼刀之　加度打放　大夫之　禱豊御酒尓　吾酔尓家里

紀朝臣鹿人跡*見茂岡之松樹歌一首

九九〇 九九五 茂岡尓　神佐備立而　栄有　千代松樹乃　歳之不レ知久

同鹿人至ニ泊瀬河辺一作歌一首

九九一 九九六 石走　多芸千流留　泊瀬河　絶事無　亦毛来而将レ見

大伴坂上郎女詠ニ元興寺之里一歌一首

九九二 九九七 古郷之　飛鳥者雖レ有　青丹吉　平城之明日香乎　見楽思好裳

同坂上郎女初月歌一首

九九三 九九八 月立而　直三日月之　眉根掻　気長恋之　君尓相有鴨

大伴宿祢家持初月歌一首

九九四 九九九 振仰而　若月見者　一目見之　人乃眉引　所レ念可聞

大伴坂上郎女宴ニ親族一歌一首

九九五 一〇〇〇 如是為乍　遊飲与　草木尚　春者生管　秋者落去

1 マチカテニ
2 アガスルツきハ
2 のチ〔者〕チリヤスシ〔易〕・のチハ〔者〕ウツろフ〔易〕
2 カドウチハナツ
〔二九〕
1 イハハシリ
4 けナガクコフル

六年甲戌海犬養宿祢岡麻呂応レ詔歌一首

九九六 一〇〇一 御民吾 生有験在 天地之 栄時尓 相楽念者

春三月幸二于難波宮一之時歌六首

九九七 一〇〇二 住吉乃 粉浜之四時美 開藻不レ見 隠耳哉 恋度南

右一首、作者未レ詳。

九九八 一〇〇三 如レ眉 雲居尓所レ見 阿波乃山 懸而榜舟 泊不レ知毛

右一首、船王作。

九九九 一〇〇四 従二千沼廻一 雨曽零来 四八津之白水郎 網乎乾有 沾将レ堪香聞

右一首、遊二覧住吉浜一還レ宮之時、道上守部王応レ詔作歌。

一〇〇〇 一〇〇五 児等之有者 二人将レ聞乎 奥渚尓 鳴成多頭乃 暁之声

右一首、守部王作。

一〇〇一 一〇〇六 大夫者 御獦尓立之 未通女等者 赤裳須素引 清浜備乎

右一首、山部宿祢赤人作。

一〇〇二 一〇〇七 馬之歩 押止駐余 住吉之 岸乃黄土 尓保比而将レ去

右一首、安倍朝臣豊継作。

筑後守外従五位下葛井連大成遥見二海人釣船一作歌一首

一〇〇三 一〇〇八 海⿰女感嬬 玉求良之 奥浪 恐海尓 船出為利所見

桉作村主益人歌一首

〔三〇〕

〔三一〕

1 沼元類―紹
4 網―綱略解 歌大系
4 乎新考―手 網歌大系 手綱
倍元広細―部

4 アミテヅナ〔綱手綱〕ホセリ・ツナデアミ〔綱手網〕ホセリ

3佐元類—左
3川元類—河
匠元紀—匠寮
飲饌元広紀細—饌飲
辺元類紀—部
13乃元類広紀—之
ミミ広細新全集—ナシ

一〇〇四（一〇〇九）不レ所レ念　来座　君乎　佐保川乃　河蝦不レ令レ聞　還　都流香聞

右、内匠大属桉作村主益人、聊設二飲饌一、以饗二長官佐為王一。未レ及二日斜一、王既還帰。
於レ時、益人怜二惜不レ猒之帰一、仍作二此歌一。

八年丙子夏六月　幸二于芳野離宮一之時　山辺宿祢赤人応レ詔作歌一首　并短歌

一〇〇五（一〇一〇）八隅知之　我大王之　見給　芳野宮者　山高　雲曽軽引　河速弥　湍之声曽清寸　神佐備而　見者貴久　宜名倍　見者清之　此山乃　尽者耳社　此河乃　絶者耳社　百師紀能　大宮所　止時裳有目

反歌一首

一〇〇六（一〇一一）自二神代一　芳野宮尓　蟻通　高所レ知者　山河乎吉三

市原王悲二独子一歌一首

一〇〇七（一〇一二）言不レ問　木尚妹与兄　有云乎　直独子尓　有之苦者

忌部首黒麻呂恨二友賖来一歌一首

一〇〇八（一〇一三）山之葉尓　不知世経月乃　将レ出香常　我待君之　夜者更降管

冬十一月　左大弁葛城王等賜二姓橘氏一之時　御製歌一首

一〇〇九（一〇一四）橘者　実左倍花左倍　其葉左倍　枝尓霜雖レ降　益常葉之樹

右、冬十一月九日、従三位葛城王従四位上佐為王等、辞二皇族之高名一、賜二外家之橘姓一已訖。於レ時、太上天皇ミミ皇后共在二于皇后宮一、以為二肆宴一而即御二製賀レ橘之歌一、并賜二御酒宿祢等一也。或云、此歌一首、太上天皇御歌。但天皇ミ后御歌各有二一首一。

〔三二〕
2 ワガオホキミの
5 ヤマダカミ
8 セのとそキヨキ
18 オホミヤどころ
1 カみよヨリ
2 きスライモとセと
5 ヨハクタチツツ
〔三三〕

探元紀—採

者、其歌遺落、未レ得二探*求一焉。今検二案内一、八年十一月九日、葛城王等願二橘・宿祢之
姓一上レ表。以二十七日一依二表乞一賜二橘宿祢一。

橘宿祢奈良麻呂応レ詔歌一首

一〇一〇 一〇一五 奥山之　真木葉凌　零雪乃　零者雖レ益　地尓落目八方

古元赭—此

冬十二月十二日　歌儛所之諸王臣子等集二葛井連広成家一宴歌二首
比来、古儛盛興、古歳漸晩。理宜下共尽二古情一、同唱中*古歌上。故擬二此趣一輙献二古曲二節一。
風流意気・之士儻有二此集之中一、争発レ念心〻和二古体一。

〔三四〕

一〇一一 一〇一六 我屋戸之　梅咲有跡　告遣者　来云似有　散去十方吉

一〇一二 一〇一七 春去者　乎呼理尓乎呼里　鶯之　鳴吾嶋曽　不レ息通為

九年丁丑春正月　橘少卿并諸大夫等集二弾正尹門部王家一宴歌二首・

一〇一三 一〇一八 予　公来座武跡　知麻世婆　門尓屋戸尓毛　珠敷益乎

右一首、主人門部王。後賜二姓大原真人氏一也。

2 今元類西貼紙 広—尓

一〇一四 一〇一九 前日毛　昨日毛今日毛　雖レ見　明日左倍見巻　欲寸君香聞

右一首、橘宿祢文成。即少卿之子也。

榎井王後追和歌一首　志貴親王之子也。

一〇一五 一〇二〇 玉敷而　待益欲利者　多鶏蘇香仁　来有今夜四・　楽　所レ念

〔三五〕

春二月　諸大夫等集二左少弁巨勢宿奈麻呂朝臣家一宴歌一首

5 魚広細—莫

一〇一六 一〇二一 海原之　遠　渡乎　遊士之　遊　乎将レ見登　魚津左比曽来之

4 アソビヲミムと

右一首、書二白紙一懸二著屋壁一也。題云、蓬萊仙媛所レ化嚢蘰、為二風流秀才之士一矣。斯凡客不レ所二望見一哉。

夏四月　大伴坂上郎女奉レ拝二賀茂神社一之時　便超二相坂山一望二見近江海一　而晩頭還来作歌一首

一〇一七（一〇二二）　木綿畳　手向乃山乎　今日越而　何野辺尓　廬将レ為吾等

十年戊寅　元興寺之僧自嘆歌一首

一〇一八（一〇二三）　白珠者　人尓不レ所レ知　不レ知友縦　雖レ不レ知　吾之知有者　不レ知友任意

右一首、或云、元興寺之僧、独覚多智未レ有二顕聞一、衆諸狎侮。因レ此僧作二此歌一、自嘆二身才一也。

石上乙麻呂卿配二土左国一之時歌三首　并短歌

一〇一九（一〇二四）　石上　振乃尊者　弱女乃　或尓縁而　馬自物　縄取附　肉自物　弓笶囲而　王　命恐　天離　夷部尓退　古衣　又打山従　還来奴香聞

一〇二〇・一〇二一（一〇二五）　王　命恐見　刺並　国尓出座　愛耶　吾背乃公矣　繋巻裳　湯ゝ石恐石　住吉乃　荒人神　船舳尓　牛吐賜　付賜将　嶋之埼前　依賜将　礒乃埼前　荒浪　風尓　不レ令レ遇　莫二管見一　身疾不レ有　急　令レ変賜根　本国部尓

一〇二二（一〇二六）　父公尓　吾者真名子叙　妣刀自尓　吾者愛児叙　参昇　八十氏人乃　手向為　恐乃坂尓　幣奉　吾者叙追　遠杵土左道矣

反歌一首

化元類紀—作古 広細ナシ
3 越元類広細—超
5 吾元類広紀—子 之—ナシ広細
或云元広紀細—ナシ
4 或—惑広細
3 並元広—並之
5 愛注釈—ナシ
14 埼元広—崎
18 令元広—合
19 莫玉勝間—草
7 為元広—為等
9 幣元広—弊

〔三六〕5 ワレシシレラバ
14 マツチのヤマユ
13 ツキタバム
15 よリタバム

4 純元類広紀—能

一〇三三 一〇二七 大埼乃　神之小浜者　雖レ小　百船純毛　過迹云莫国　〔三七〕

秋八月廿日　宴ニ右大臣橘家一歌四首

一〇三四 一〇二八 長門有　奥津借嶋　奥真経而　吾念君者　千歳尓母我毛

右一首、長門守巨曽倍対馬朝臣。

4 年元類広紀—歳

一〇三五 一〇二九 奥真経而　吾乎念流　吾背子者　千年五百歳　有巨勢奴香聞・

右一首、右大臣和歌。

5 出類古—去

一〇三六 一〇三〇 百磯城乃　大宮人者　今日毛鴨　暇無跡　里尓不レ出将レ有

右一首、右大臣伝云、故豊嶋采女歌。

一〇三七 一〇三一 橘　本尓道履　八衢尓　物乎曽念　人尓不レ所レ知

右一首、右大弁高橋安麻呂卿語云、故豊嶋采女之作也。但或本云、三方沙弥恋ニ妻苑臣一作歌。*然則、豊嶋采女当レ時当レ所口ニ吟此歌一歟。・

歌元類広紀—歌也

十一年己卯　天皇遊ニ獦高円野一之時　小獣泄ニ*走都里之中一　於レ是適値ニ勇士一生而見レ獲　〔三八〕

都元広紀細—堵

即以ニ此獣一献ニ上御在所一副歌一首 獣名俗曰ニ牟射佐妣一。

5 毗—妣広紀細

一〇三八 一〇三二 大夫之　高円山尓　迫有者　里尓下来流　牟射佐毗曽此

右一首、大伴坂上郎女作之也。*但未レ逕レ奏而小獣死斃。因レ此献レ歌停之。・

也—ナシ元紀

十二年庚辰冬十月　依ニ*大宰少弐藤原朝臣広嗣謀反発レ軍　幸ニ于伊勢国一之時　河口行宮内

大元広紀細—太

舎人大伴宿祢家持作歌一首

一〇三九 一〇三三 河口之　野辺尓廬而　夜乃歴者　妹之手本師　所レ念鴨

4 アガオモフキミハ

2 アレヲオモヘル

5 サトニイデズアラム・サトニユカ〔去〕ザラム

天皇御製歌一首

一〇三〇（一〇三四）妹尓恋　吾乃松原　見渡者　潮干乃潟尓　多頭鳴渡

右一首、今案、吾松原在二三重郡一、相二去河口行宮一遠矣。若疑、御二在朝明行宮一之時所レ製御歌、伝者誤之歟。

〔三九〕

丹比屋主真人歌一首

一〇三一（一〇三五）後尓之　人乎思久　四泥能埼　木綿取之泥而　好住跡其念

右案、此歌者不レ有二此*行之作一乎。所二以然言一、勅二大夫一従二河口行宮一還レ京、勿レ令二従駕一焉。何有下詠二思泥埼一作上歌哉。

狭残行宮大伴宿祢家持作歌二首

一〇三二（一〇三六）天皇之　行幸之随　吾妹子之　手枕不レ巻　月曽歴去家留

一〇三三（一〇三七）御食国　志麻乃海部有之　真熊野之　小船尓乗而　奥部榜所レ見

美濃国多芸行宮大伴宿祢東人作歌一首

一〇三四（一〇三八）従レ古　人之言来流　老人之　変若云水曽　名尓負滝之瀬

〔四〇〕

大伴宿祢家持作歌一首

一〇三五（一〇三九）田跡河之　滝乎清美香　従レ古　官仕兼　多芸乃野之上尓

不破行宮大伴宿祢家持作歌一首

一〇三六（一〇四〇）関無者　還尓谷藻　打行而　妹之手枕　巻手宿益乎

十五年癸未秋八月十六日内舎人大伴宿祢家持讃二久迩京一作歌一首

5 好元類広原紀―将
行元類広原紀―行宮
4 官元類広原細―宮

2 ヒとヲオモハク
4 ヲツとフミヅそ
5 タギのノのヘニ

2 迩元類広紀—尓

一〇三七 一〇四一 今造 久迩乃王都者 山河之 清 見者 宇倍所レ知良之

高丘河内連歌二首

一〇三八 一〇四二 故郷者 遠毛不レ有 一重山 越我可良尓 念曽吾世思

一〇三九 一〇四三 吾背子与 二人之居者 山高 里尓者月波 不レ曜十方余思

安積親王宴二左少弁藤原八束朝臣家一之日 内舎人大伴宿祢家持作歌一首

一〇四〇 一〇四四 久堅乃 雨者零敷 念子之 屋戸尓今夜者 明而将レ去

倍—部広細

十六年甲申春正月五日 諸卿大夫集二安倍虫麻呂朝臣家一宴歌一首 作者不レ審。

3 乃元類広紀—之

一〇四一 一〇四五 吾屋戸乃 君松樹尓 零雪乃 行者不レ去 待西将レ待

同月十一日 登二活道岡一集二一株松下一飲歌二首

一〇四二 一〇四六 一松 幾代可歴流 吹風乃 声之清者 年深香聞

右一首、市原王作。

一〇四三 一〇四七 霊剋 寿者不レ知 松之枝 結情者 長等曽念

右一首、大伴宿祢家持作。

傷三惜寧楽京荒墟一作歌三首 作者不レ審。

一〇四四 一〇四八 紅尓 深染西 情可母 寧楽乃京師尓 年之歴去倍吉

一〇四五 一〇四九 世間乎 常無物跡 今曽知 平城京師之 移徙見者

一〇四六 一〇五〇 石綱乃 又変若反 青丹吉 奈良乃都乎 又将レ見鴨

悲二寧楽故郷一作歌一首 并短歌

4 キヨキヲミレバ

〔四一〕

3 ヤマダカミ

〔四二〕

9 将座—座将 類広細
28 魄 元広原細—塊
40 煎 定本—並
59 蹈 元類広紀—踏
5 煎 元イ類広原紀—利

一〇四七 一〇五一 八隅知之　吾大王乃　高敷為　日本国者　皇祖乃　神之御代自　敷座流　国尓之有者
阿礼将レ座　御子之嗣継　天下　所レ知座跡　八百万　千年矣兼而　定家牟　平城
京師者　炎乃　春尓之成者　春日山　御笠之野辺尓　桜花　木晩牢　皃鳥者　間無
数鳴　露霜乃　秋去来者　射駒山　飛火賀魄丹　芽乃枝乎　石辛見散之　狭男壮鹿者
妻呼令レ動　山見者・山裳見皃石　里見者　里裳住吉　物負之　八十伴緒乃　打経而
思煎敷者　天地乃　依会限　万世丹　栄将レ往迹　思煎石　大宮尚矣　恃有之　名良
乃京矣　新世乃　事尓之有者　皇之　引乃真尓真荷　春花乃　遷日易　村鳥乃
旦立往者　刺竹之　大宮人能　蹈平之　通之道者　馬裳不レ行　人裳往莫者　荒尓異類
香聞

反歌二首・

一〇四八 一〇五二 立易　古京跡　成者　道之志婆草　長生尓異煎

一〇四九 一〇五三 名付西　奈良乃京之　荒行者　出立毎尓　嘆思益

讃二久迩新京一歌二首　并短歌

一〇五〇 一〇五四 明津神　吾皇之　天下　八嶋之中尓　国者霜　多雖レ有　里者霜　沢尓雖レ有　山並
之　宜　国跡　川次之　立合郷跡　山代乃　鹿背山　際尓　宮柱　太敷奉　高知為　布
当乃宮者　河近見　湍音叙清　山近見　鳥賀鳴慟　秋去者　山裳動響尓　左男鹿者
妻呼令レ響・春去者　岡辺裳繁尓　巌　者　花開乎呼理　痛怜　布当乃原　甚貴　大
宮処　諾　己曽　吾大王者　君之随　所レ聞賜　而　刺竹乃　大宮此跡　定　異等霜

2 ワガオホキミの
12 シラシイマセと
24 マナクシバナク
28 とブひガタけニ
32 ツマヨビとよめ
〔四三〕
61 ウマモユカズ
62 ヒとモユカネバ

2 ワガオホキミの
20 セのとそキヨキ
〔四四〕
31 アナアハレ
33 アナタフト
34 オホミヤどころ
36 ワガオホキミハ

反歌二首

一〇五一（一〇五五）三日原　布当乃野辺　清見社　大宮処　一云、此跡標刺　定異等霜

一〇五二（一〇五六）山高来　川乃湍清石　百世左右　神之味将ㇾ往　大宮所

一〇五三（一〇五七）吾皇　神乃命乃　高所ㇾ知　布当乃宮者　百樹成　山者木高之　落多芸都　湍音毛　清之　鶯乃　来鳴春部者　巌者　山下耀　錦成　花咲乎呼里　左壮鹿乃　妻呼秋者　天霧合　之具礼乎疾　狭丹頬歴　黄葉散乍　八千年尓　安礼衝之乍　天下　所ㇾ知食跡　百代尓母　不ㇾ可ㇾ易　大宮処

反歌五首

一〇五四（一〇五八）泉川　往瀬乃水之　絶者許曽　大宮地　遷往目

一〇五五（一〇五九）布当山　ゝ並見者　百代尓毛　不ㇾ可ㇾ易　大宮処・

一〇五六（一〇六〇）媙嬬等之　績麻繫云　鹿背之山　時之往者　京師跡成宿

一〇五七（一〇六一）鹿背之山　樹立矣繁三　朝不ㇾ去　寸鳴響為　鶯之音

一〇五八（一〇六二）狛山尓　鳴霍公鳥　泉河　渡乎遠見　此間尓不ㇾ通　一云、渡遠哉　不ㇾ通有武

春日悲㆓傷三香原荒墟㆒作歌一首　并短歌

一〇五九（一〇六三）三香原　久迩乃京師者　山高　河之瀬清　住吉迹・　人者雖ㇾ云　在吉跡　吾者雖ㇾ念　故去之　里尓四有者　国見跡　人毛不ㇾ通　里見者　家裳荒有　波之異耶　如此在家留　可　三諸著　鹿背山　際尓　開花之　色目列敷　百鳥之　音名束敷　在采石　住吉里乃　荒楽苦惜哭

1 山考―弓
1 川元類広紀―河
4 者元類広紀―去
5イ 有元類広紀―者
5 住類―在
15 耶―耶之考 耶思全釈
23 采私案―杲 類広細果

4 オホミヤどころ
5 オホミヤどころ
1 ワガオホキミ　8 セのとモキヨシ
27 オホミヤどころ
4 オホミヤどころ
5 オホミヤどころ
〔四五〕2 ウミヲカクとフ
4イ ワタリとホミヤ　5イ カヨハズアルラム・カヨハズアラム
5 アリ〔在〕よシと　6 アレハオモヘど
15 ハシケヤ
20 イろめヅラシキ

反歌二首

一〇六〇（一〇六四）三香原　久迩乃京者　荒去家里　大宮人乃　遷去礼者・

一〇六一（一〇六五）咲花乃　色者不レ易　百石城乃　大宮人叙　立易奚流

〔四六〕

難波宮作歌一首　并短歌

一〇六二（一〇六六）安見知之　吾大王乃　在通　名庭乃宮者　不知魚取　海片就而　玉拾　浜辺乎近見　朝羽振　浪之声蹘　夕薙丹　櫂合之声所レ聆　暁之　寐覚尓聞者　海石之　塩干乃共　汭渚尓波　千鳥妻呼　葭部尓波　鶴鳴動　視人乃　語丹為者　聞人之　視巻欲為　御食向　味原宮者　雖レ見不レ飽香聞

反歌二首

一〇六三（一〇六七）有通　難波乃宮者　海近見　漁童女等之　乗船所レ見

一〇六四（一〇六八）塩干者　葦辺尓蹘　白鶴乃　妻呼音者　宮毛動響二

過ニ敏馬浦一時作歌一首　并短歌

一〇六五（一〇六九）八千桙之　神乃御世自　百船乃　泊停跡　八嶋国・　百船純乃　定而師　三犬女乃浦者　朝風尓　浦浪左和寸　夕浪尓　玉藻者来依　白沙　清浜部者　去還　雖レ見不レ飽　諾石社　見人毎尓　語嗣　偲家良思吉　百世歴而　所レ偲将レ往　清白浜

〔四七〕

反歌二首

一〇六六（一〇七〇）真十鏡　見宿女乃浦者　百船　過而可レ往　浜有七国

一〇六七（一〇七一）浜清　浦愛見　神世自　千船湊　大和太乃浜・

5 奚元紀—去
17 汭略解—納
4 漁元類西ィ広—海
3 白—百考
22 所—ナシ元紀

2 ワガオホキミの
10 ナミのオとサワク
16 シホカレのムタ
18 チどリツマヨブ
3 アシタヅの・モモ〔百・白〕タヅの
5 ハマニアラナクニ
1 ハマギヨミ
3 カみよヨリ

右廿一首、田辺福麻呂之歌集中出也。

萬葉集巻第六・

萬葉集巻第七

雑歌

一〇六八 一〇七二 詠レ天一首
一〇六九〜 一〇七三〜 詠レ月十八首
一〇八七〜 一〇九一〜 詠レ雲三首
一〇九〇〜 一〇九四〜 詠レ雨二首
一〇九二〜 一〇九六〜 詠レ山七首
一〇九九 一一〇三 詠レ岳一首
一一〇〇〜 一一〇四〜 詠レ河十六首
一一一六 一一二〇 詠レ露一首
一一一七 一一二一 詠レ花一首
一一一八〜 一一二二〜 詠レ葉二首
一一二〇 一一二四 詠レ蘿一首
一一二一 一一二五 詠レ草一首・
一一二二〜 一一二六〜 詠レ鳥三首
一一二五〜 一一二九〜 思ニ故郷ニ二首
一一二七〜 一一三一〜 詠レ井二首
一一二九 一一三三 詠ニ倭琴ニ一首
一一三〇〜 一一三四〜 芳野作歌五首
一一三五〜 一一三九〜 山背作歌五首
一一四〇〜 一一四四〜 摂津作歌廿一首
一一六一〜 一一六五〜 羈旅作歌九十首
一二五一〜 一二五五〜 問答歌四首
一二五五〜 一二五九〜 臨レ時作歌十二首
一二六七〜 一二七一〜 就レ所発レ思三首
一二七〇 一二七四 寄レ物発レ思一首
一二七一 一二七五 行路歌一首
一二七二〜 一二七六〜 旋頭歌廿四首

〔一〕

譬喩歌・

一二九六〜 一三〇〇〜 ／ 一三一一〜 一三一五〜 寄レ衣八首
一三一六 一三二〇 寄レ糸一首
一三二八 一三三二 寄ニ和琴ニ一首
一三二九〜 一三三三〜 寄レ弓二首
一二九九〜 一三〇三〜 ／ 一三一七〜 一三二一〜 寄レ玉十六首
一三三一〜 一三三五〜 寄レ山五首
一三〇四〜 一三〇八〜 ／ 一三五四〜 一三五八〜 寄レ木八首
一三三六〜 一三四〇〜 寄レ草十七首
一三〇六 一三一〇 ／ 一三六〇〜 一三六四〜 寄レ花七首
一三五三 一三五七 寄レ稲一首
一三六六 一三七〇 寄レ鳥一首
一三六七 一三七一 寄レ獣一首
一三六八 一三七二 寄レ雲一首
一三六九 一三七三 寄レ雷一首
一三七〇〜 一三七四〜 寄レ雨二首

〔二〕

一三七三〜（一三七六〜）　寄㆑月四首・
一三七六（一三八〇）　寄㆓赤土㆒一首
一三七七〜（一三八一〜）　寄㆑神二首
一三〇七（一三一一）、一三七九〜（一三八三〜）　寄㆑河七首
一三八五（一三八九）　寄㆓埋木㆒一首
一三〇八〜（一三一二〜）、一三八六〜（一三九〇〜）　寄㆑海九首
一三九二〜（一三九六〜）　寄㆓浦沙㆒二首
一三九四〜（一三九八〜）　寄㆑藻四首
一三九八〜（一四〇二〜）　寄㆑船五首
一四〇三（一四〇七）　旋頭歌一首

挽歌

一四〇四〜（一四〇八〜）　雑挽十二首
一四一六（一四二〇）　或本歌一首
一四一七（一四二一）　羈旅歌一首・

萬葉集巻第七

雑歌

詠レ天

一〇六八（一〇七二）天海丹　雲之波立　月船　星之林丹　榜隠所レ見 〔三〕

右一首、柿本朝臣人麻呂之歌集出。

詠レ月

一〇六九（一〇七三）常者曽　不レ念物乎　此月之　過匿巻　惜夕香裳

一〇七〇（一〇七四）大夫之　弓上振起　猲高之　野辺副清　照月夜可聞・

一〇七一（一〇七五）山末尓　不知夜歴月乎　将レ出香登　待乍居尓　夜曽降家類

一〇七二（一〇七六）明日之夕　将レ照月夜者　片因尓　今夜尓因而　夜長有

一〇七三（一〇七七）玉垂之　小簾之間通　独居而　見験無　暮月夜鴨

一〇七四（一〇七八）春日山　押而照有　此月者　妹之庭母　清有家里

一〇七五（一〇七九）海原之　道遠鴨　月読　明少　夜者更下乍

一〇七六（一〇八〇）百師木之　大宮人之　退出而　遊今夜之　月清左・

一〇七七（一〇八一）夜干玉之　夜渡月乎　将レ留尓　西山辺尓　塞毛有粳毛 〔四〕

---

3 猲 元類—借
5 降—更降 元
1 之—乃 類広

1 ツネハサネ
2 ユズヱフリタテ
5 ヨソクタチケル
5 ヨナガクアラナム
5 サヤけクアリケリ
5 ヨハクタチツツ

一〇七八（一〇八二）　此月之　此間来者　且今跡香毛　妹之出立　待乍将レ有

一〇七九（一〇八三）　真十鏡　可レ照月乎　白妙乃　雲香隠流　天津霧鴨

一〇八〇（一〇八四）　久方乃　天照月者　神代尓加　出反　等六　年者経去乍

一〇八一（一〇八五）　烏玉之　夜渡　月乎　何怜　吾居袖尓　露曽置尓鶏・類

一〇八二（一〇八六）　水底之　玉障清　可レ見裳　照月夜鴨　夜之深去者

一〇八三（一〇八七）　霜雲入　為登尓可将レ有　久堅之　夜度　月乃　不レ見念　者

一〇八四（一〇八八）　山　末尓　不知夜経月乎　何時　母　吾待将レ座　夜者深去乍

一〇八五（一〇八九）　妹之当　吾袖将レ振　木間従　出来月尓　雲莫棚引

一〇八六（一〇九〇）　靭懸流　伴　雄広伎　大伴尓　国将レ栄常　月者照良・思

詠レ雲

一〇八七（一〇九一）　痛足河　〻浪立奴　巻目之　由槻我高仁　雲居立有良志

一〇八八（一〇九二）　足引之　山河之瀬之　響苗尓　弓月　高　雲立渡

右二首、柿本朝臣人麻呂之歌集出。

一〇八九（一〇九三）　大　海尓　嶋毛不レ在尓　海原　絶塔浪尓　立有白雲

右一首、伊勢従駕作。

詠レ雨

一〇九〇（一〇九四）　吾妹子之　赤裳　裾之　将二染湿一　今日之霡霂尓　吾共所レ沾名

一〇九一（一〇九五）　可レ融　雨者莫零　吾妹子之　形見之服　吾下尓著有

---

4 度—渡類紀

3 目—向元イ
5 有元類—ナシ
5 志—思類紀

5 名元類広紀—者

---

3 カみよニカ

2 タマサヘキヨク

2 ワガソデフラム
ワハソデフラム
〔五〕

5 クモヰタツ〔有〕・ラシ

1 アシヒキの

1 オホウミニ

3 ヒヅチナム

詠レ山

一〇九二 一〇九六 動神之　音耳聞　巻向之　檜原山乎　今日見鶴鴨
一〇九三 一〇九七 三毛侶之　其山奈美尓　児等手乎　巻向山者　継・之宜霜
一〇九四 一〇九八 我衣　色取染　味酒　三室山　黄葉為在

右三首、柿本朝臣人麻呂之歌集出。

一〇九五 一〇九九 三諸就　三輪山見者　隠口乃　始瀬之檜原　所レ念鴨
一〇九六 一一〇〇 昔者之　事波不レ知乎　我見而毛　久成奴　天之香具山
一〇九七 一一〇一 吾勢子乎　乞許世山登　人者雖レ云　君毛不二来益一・山之名尓有之
一〇九八 一一〇二 木道尓社　妹山在云　玉櫛上　二上山母　妹許曽有来

詠レ岳

一〇九九 一一〇三 片岡之　此向峯　椎蒔者　今年夏之　陰尓将レ化疑

詠レ河

一一〇〇 一一〇四 巻向之　痛足之川由　往水之　絶事無　又反将レ見
一一〇一 一一〇五 黒玉之　夜去来者　巻向之　川音高之母　荒足鴨・疾

右二首、柿本朝臣人麻呂之歌集出。

一一〇二 一一〇六 大王之　御笠山之　帯尓為流　細谷川之　音乃清也
一一〇三 一一〇七 今敷者　見目屋跡念之　三芳野之　大川余杼乎　今日見鶴鴨
一一〇四 一一〇八 馬並而　三芳野河乎　欲レ見　打越来而曽　滝尓遊鶴・

2 取 大成訓詁篇―服
一〇九六・九七ノ順序元類広紀ニヨル
3 玉 考―三 陽矢ナシ
5 化 古義―比
2 痛 類古広紀―病

〔六〕
2 ニホハシ〔色服〕そめム
5 アマのカグヤマ
3 ミ〔三〕クシげの
2 ユフサリクレバ
4 カハとタカシモ
〔七〕

1 河—川類紀
4 者記伝 略解 宣長説—出
4 河—川類紀
3 滝(瀧)—流 元類古
2 河元類—川
4 村(叔)考 集成—并(幷)

一一〇五（一一〇九） 音聞 目者未レ見 吉野川 六田之与杼乎 今日見鶴鴨
一一〇六（一一一〇） 河豆鳴 清川原乎 今日見而者 何時可越来而 見乍偲食
一一〇七（一一一一） 泊瀬川 白木綿花尓 堕多芸都 瀬 清 跡 見尓来之吾乎
一一〇八（一一一二） 泊瀬川 流 水尾之 湍乎早 井提越浪之 音之清 久・
一一〇九（一一一三） 佐檜乃熊 檜隈川之 瀬乎早 君之手取者 将レ縁レ言毳
一一一〇（一一一四） 湯種蒔 荒木之小田矣 求 跡 足結者所レ沾 此水之湍尓
一一一一（一一一五） 古 毛 如此聞乍哉 偲 兼 此古河之 清 瀬乃音矣
一一一二（一一一六） 波祢蘰 今為妹乎 浦若三 去来率去河之 音之清 左
一一一三（一一一七） 此小川 白気結 滝 至 八信井上尓 事上不レ為友・
一一一四（一一一八） 吾紐乎 妹 手以而 結八川 又還 見 万 代左右荷
一一一五（一一一九） 妹之紐 結八河内乎 古 之 村人見等 此乎誰知

詠レ露

一一一六（一一二〇） 烏玉之 吾黒髪尓 落名積 天之露霜 取者消乍

詠レ花

一一一七（一一二一） 嶋廻為等 礒尓見之花 風吹而 波者雖レ縁 不レ取 不レ止

詠レ葉・

一一一八（一一二二） 古 尓 有険人母 如二吾等一架 弥和乃檜原尓 挿頭折兼
一一一九（一一二三） 往川之 過去人之 手不レ折者 裏触立 三和之檜原者

〔八〕
5 よセイハムカモ
4 アユヒイデ(出)ヌ
レヌ
2 カクキキツツヤ
3 タキチユク
4 みナ(幷)ヒとミキ
と・ヒとサヽ(幷)
ミキと
5 こヲタレカシル
4 ナミハよルとモ
〔九〕
2 スぎニシヒとの

右二首、柿本朝臣人麻呂之歌集出。

詠レ蘿

一一二〇 一一二四 三芳野之　青根我峯之　蘿席　誰将レ織　経緯無二

詠レ草・

一一二一 一一二五 妹等所　我通路　細竹為酢寸　我通　靡細竹原

詠レ鳥

一一二二 一一二六 山際尓　渡秋沙乃　行将レ居　其河瀬尓　浪立勿湯目

一一二三 一一二七 佐保河之　清河原尓　鳴知鳥　河津跡二　忘金都毛

一一二四 一一二八 佐保川尓　小驟千鳥　夜三更而　尓音聞者　宿不難尓・

思二故郷一

一一二五 一一二九 清湍尓　千鳥妻喚　山際尓　霞立良武　甘南備乃里

一一二六 一一三〇 年月毛　未レ経尓　明日香川　湍瀬由渡之　石走無

詠レ井

一一二七 一一三一 隕田寸津　走井水之　清有者　癈者吾者　去不レ勝可聞

一一二八 一一三二 安志妣成　栄之君之　穿之井之　石井之水者　雖レ飲不レ飽鴨

詠二倭琴一*

一一二九 一一三三 琴取者　嘆先立　蓋毛　琴之下樋尓　嬬哉匿有

芳野作

2 峯―岑元広
1 等所類広紀―所等
3 行類広紀―往
3 知類紀―智
1 川類紀―河
3 川元類古紀―河
4 癈(廃)元類古広―度
倭元類古広―和

2 アヲネガタけの
1 イモガリと〔所等〕
2 ワガカヨヒヂの
2 サヲどルチどり
サバシルチどり
3 サヨフけテ
〔一一〇〕
4 セゼユワタリシ

2 凝—疑類古紀
2 芳類古紀—吉
4 与略解—生 古広王
5 而元類広紀— 為
2 急類古広紀— 忽嘉元急嘉
3 舟類古広—船

一一三〇 一一二四 神左振　磐根己凝敷　三芳野之　水分山乎　見者悲毛
一一三一 一一二五 皆人之　恋三芳野　今日見者　諾母恋来　山川清見・
一一三二 一一二六 夢乃和太　事西在来　寤毛　見而来物乎　念四念者
一一三三 一一二七 皇祖神之　神宮人　冬薯蕷葛　弥常敷尓　吾反将レ見
一一三四 一一二八 能野川　石迹柏等　時歯成　吾者通　万世左右二

山背作

一一三五 一一二九 氏河歯　与杼湍無之　阿自呂人　舟召音　越乞所レ聞・
一一三六 一一三〇 氏河尓　生菅藻乎　河早　不レ取来尓家里　裹為益緒
一一三七 一一三一 氏人之　譬乃足白　吾在者　今歯与良増　木積不レ来友
一一三八 一一三二 氏河乎　船令レ渡呼跡　雖レ喚　不レ所レ聞有之　檝音毛不レ為
一一三九 一一三三 千早人　氏川浪乎　清可毛　旅去人之　立難為

摂津作・

一一四〇 一一三四 志長鳥　居名野乎来者　有間山　夕霧立　宿者無而
一本云、猪名乃浦廻乎　榜来者
一一四一 一一三五 武庫河　水尾急　赤駒　足何久激　沾祁流鴨
一一四二 一一三六 命　幸久吉　石流　垂水ゝ乎　結　飲都
一一四三 一一三七 作夜深而　穿江水手鳴　松浦舟　梶音高之　水尾早見鴨
一一四四 一一三八 悔毛　満奴流塩鹿　墨江之　岸乃浦廻従　行益物・乎

〔一一〕
2 イハとカシハと
イハどカシハと
4 イマハナ〔生〕ラマシ
〔一二〕
4 アガクタキチニ

1 馬—駒元類古紀
2 凝—疑類紀
5 度元類広紀—渡

一一四五 一一四九 為レ妹　貝乎拾　等　陳奴乃海尓　所レ沾之袖者　雖レ涼常不レ干
一一四六 一一五〇 目頬敷　人乎吾家尓　住吉之　岸乃黄土　将レ見因毛欲得
一一四七 一一五一 暇有者　拾尓将レ往　住吉之　岸因云　恋忘貝
一一四八 一一五二 馬双而　今日吾見鶴　住吉之　岸之黄土　於二万世一見・
一一四九 一一五三 住吉尓　往云道尓　昨日見之　恋忘貝　事二四有家里
一一五〇 一一五四 墨吉之　岸尓家欲得　奥尓辺尓　縁白浪　見乍将レ思
一一五一 一一五五 大伴之　三津之浜辺乎　打曝　因来浪之　逝方不レ知毛
一一五二 一一五六 梶之音曽　髣髴為鳴　海未通女　奥藻苅尓　舟出為等思母・　一云、暮去者　梶之音為奈利
一一五三 一一五七 住吉之　名児之浜辺尓　馬立而　玉拾之久　常不レ所レ忘
一一五四 一一五八 雨者零　借廬者作　何暇尓　吾児之塩干尓　玉者将レ拾
一一五五 一一五九 奈呉乃海之　朝開之奈凝　今日毛鴨　礒之浦廻尓　乱而将レ有
一一五六 一一六〇 住吉之　遠里小野之　真榛以　須礼流衣乃　盛過・去
一一五七 一一六一 時風　吹麻久不レ知　阿胡乃海之　朝明之塩尓　玉藻苅奈
一一五八 一一六二 住吉之　奥津白浪　風吹者　来依留浜乎　見者浄霜
一一五九 一一六三 住吉之　岸之松　根　打曝　縁来浪之　音之清　羅
一一六〇 一一六四 難波方　塩干丹立而　見渡者　淡路嶋尓　多豆渡所レ見・

羇旅作

一一六一 一一六五 離レ家　旅西在者　秋風　寒暮丹　鴈喧度

4 きシニよルとフ
1 コマ〔駒〕ナめテ
〔一三〕
2 ユクとフミチニ
〔一四〕

一一六二 一一六六 円方之　湊之渚鳥　浪立也　妻唱立而　辺近著毛

一一六三 一一六七 年魚市方　塩干家良思　知多乃浦尓　朝榜舟毛　奥尓依所レ見

一一六四 一一六八 塩干者　共潟尓出　鳴鶴之　音遠放　礒廻為等霜

一一六五 一一六九 暮名寸尓　求食為鶴　塩満者　奥浪高三　己妻喚

一一六六 一一七〇 古尓　有監人之　覓乍　衣丹摺牟　真野之榛原・

一一六七 一一七一 朝入為等　礒尓吾見之　莫告藻乎　誰　嶋之　白水郎可将レ苅

一一六八 一一七二 今日毛可母　奥津玉藻者　白浪之　八重折之於丹　乱而将レ有

一一六九 一一七三 近江之海　湖者八十　何尓加　公之舟泊　草結兼

一一七〇 一一七四 佐左浪乃　連庫山尓　雲居者　雨曽零智否　反来吾背

一一七一 一一七五 大御舟　竟而佐守布　高嶋之　三尾勝野之　奈伎・左思所レ念

一一七二 一一七六 何処可　舟乗為家牟　高嶋之　香取乃浦従　己芸出来船

一一七三 一一七七 斐太人之　真木流　云　尓布乃河　事者雖レ通　船曽不レ通

一一七四 一一七八 霰零　鹿嶋之埼乎　浪高　過而夜将レ行　恋敷物乎

一一七六 一一八〇 夏麻引　海上潟乃　奥洲尓　鳥者簀竹跡　君者・音文不レ為

一一七五 一一七九 足柄乃　筥根飛超　行鶴乃　乏　見者　日本之所レ念

一一七七 一一八一 若狭在　三方之海之　浜清美　伊往変良比　見跡不レ飽可聞

一一七八 一一八二 印南野者　往過奴良之　天伝　日笠浦　波立見　一云、思賀麻江者許芸須疑奴良思

一一七九 一一八三 家尓之弖　吾者将レ恋名　印南野乃　浅茅之上尓　照之月夜乎

4 摺類広神—揩

4 公類古広紀—君

3 奥元類—奥津

5 者—ナシ類広

一一七六・一一七五ノ順序元広紀春ニヨル

〔一五〕

5 アマカカルラム

4 ミヲのカチノの

2 マきナガスとフ

〔一六〕

3 ハマギヨミ

4 過去元類古　紀—過

4 日元類広紀—日者

3 大—丈元類古

3 奥元類広紀—奥津

全古写本ガ一一九四～一二〇七ヲ一二一二ノ次ニ配列

5 背類広—背之

一二〇九・一二一〇・一二〇八ノ順序類古広紀ニヨル

一一八〇 一一八四 荒礒超　浪乎恐見　淡路嶋　不レ見哉将二過去一　幾許近・乎

一一八一 一一八五 朝霞　不レ止軽引　竜田山　船出将レ為日　吾将レ恋香聞

一一八二 一一八六 海人小船　帆毳張流登　見左右荷　鞆之浦廻二　浪立有所レ見

一一八三 一一八七 好去而　亦還見六　大夫乃　手二巻持在　鞆之浦廻乎

一一八四 一一八八 鳥自物　海二浮居而　奥浪　驂乎聞者　数悲哭・

一一八五 一一八九 朝菜寸二　真梶榜出而　見乍来之　三津乃松原　浪越似所レ見

一一八六 一一九〇 朝入為流　海未通女等之　袖通　沾西衣　雖レ干跡不レ乾

一一八七 一一九一 網引為　海子哉見　飽浦　清荒礒　見来吾

右一首、柿本朝臣人麻呂之歌集出。

一一八八 一一九二 山超而　遠津之浜之　石管自　迄二吾来一　含而有待

一一八九 一一九三 大海尓　荒莫吹　四長鳥　居名之湖尓　舟泊左右・手

一一九〇 一一九四 舟尽　可志振立而　廬利為　名子江乃浜辺　過不レ勝鳧

一一九一 一一九五 妹門　出入乃河之　瀬速見　吾馬爪衝　家思良下

一一九二 一一九六 白栲尓　丹保布信土之　山川尓　吾馬難　家恋良下

一一九三 一一九七 勢能山尓　直向　妹之山　事聴屋毛　打橋渡(・)

一二〇九 一一九八 人在者　母之最愛子曽　麻毛吉　木川辺之　妹与・背山

一二一〇 一一九九 吾妹子尓　吾恋行者　乏雲　並居鴨　妹与勢能山

一二〇八 一二〇〇 妹尓恋　余越去者　勢能山之　妹尓不レ恋而　有之乏左

4 ミズヤスぎナム

4 フナデセムヒハ〔者〕

（一七）

2 アマとヤミラム

1 オホウミニ

（一九）

4 耳―所 新大系一案

4 手―戸 古義

一二一一 一二〇一 妹当　今曽吾行　目耳谷　吾耳見乞　事不レ問侶

一二一二 一二〇二 足代過而　糸鹿乃山之　桜花　不レ散在南　還来万代

一二一三 一二〇三 名草山　事西在来　吾恋　千重一重　名草目名国

一二一四 一二〇四 安太部去　小為手乃山之　真木葉毛　久不レ見者　蘿生尓家里・

一二一五 一二〇五 玉津嶋　能見而伊座　青丹吉　平城有人之　待問者如何

一二一六 一二〇六 塩満者　如何将レ為跡香　方便海之　神我手渡　海部未通女等

一二一七 一二〇七 玉津嶋　見之善雲　吾無　京往而　恋幕思者

一二一八 一二〇八 黒牛乃海　紅丹穂経　百礒城乃　大宮人四　朝入為良霜

一二一九 一二〇九 若浦尓　白浪立而　奥風　寒暮者　山跡之所レ念・

一二二〇 一二一〇 為レ妹　玉乎拾跡　木国之　湯等乃三埼二　此日鞍四通

一二二一 一二一一 吾舟乃　梶者莫引　自二山跡一　恋来之心　未レ飽九二

一二二二 一二一二 玉津嶋　雖レ見不レ飽　何為而　裹持将レ去　不レ見人之為(・)

一一九四 一二一三 木国之　狭日鹿乃浦尓　出見者　海人之燎火　浪間従所レ見

一一九五 一二一四 麻衣　著者夏樫　木国之　妹背之山二　麻蒔吾妹

右七首者、藤原卿作。未レ審二年月一。

一一九六 一二一五 欲二得裹一登　乞者令レ取　貝拾　吾乎沾莫　奥津白浪

一一九七 一二一六 手取之　柄二忘跡　礒人之曰師　恋忘貝　言二師有来

一一九八 一二一七 求食為跡　礒二住鶴　暁去者　浜風寒弥　自妻喚毛・

2 イトガのヤマの

1 アテヘユク

（二〇）

4 カみガト〔戸〕ワタル

3 ワレハナシ

4 ツツミモチユカム

（一七・一八）

2 キレバナツカシ

3 裏元類—浦
5 所類—石

2イ 浪元類広紀—波

2 明元古—明旦
2 湖古紀—潮
2 埼元類春紀—﨑

一一九九 一二一八 藻苅舟　奥榜来良之　妹之嶋　形見之浦尓　鶴翔　所レ見

一二〇〇 一二一九 吾舟者　従レ奥莫離　向舟　片待香光　従レ浦榜将レ会

一二〇一 一二二〇 大海之　水底豊三　立浪之　将レ依思有　礒之清左

一二〇二 一二二一 自二荒礒一毛　益而思哉　玉之裏　離小嶋　夢所レ見

一二〇三 一二二二 礒上尓　爪木折焼　為レ汝等　吾潜来之　奥津白玉

一二〇四 一二二三 浜清美　礒尓吾居者　見者　白水郎可将レ見　釣不レ為尓・

一二〇五 一二二四 奥津梶　漸ゝ志夫乎　欲レ見　吾為里乃　隠久惜毛

一二〇六 一二二五 奥津波　部都藻纏持　依来十方　君尓益有　玉将レ縁八方
一云、奥津浪　辺浪布敷　縁来登母

一二〇七 一二二六 粟嶋尓　許枳将レ渡等　思鞆　赤石門浪　未佐和来(・)

一二二三 一二三七 綿之底　奥己具舟乎　於レ辺将レ因　風毛吹額　波不レ立而

一二二四 一二三八 大葉山　霞蒙　狭夜深而　吾船将レ泊　停不レ知文・

一二二五 一二三九 狭夜深而　夜中乃方尓　鬱之苦　呼之舟人　泊兼鴨

一二二六 一二四〇 神前　荒石毛不レ所レ見　浪立奴　従二何処一将レ行　与奇道者無荷

一二二七 一二四一 礒立　奥辺乎見者　海藻苅舟　海人榜出良之　鴨翔　所レ見

一二二八 一二四二 風早之　三穂乃浦廻乎　榜舟之　船人動　浪立良下・

一二二九 一二四三 吾舟者　明石之湖尓　榜泊牟　奥方莫放　狭夜深去来

一二三〇 一二四四 千磐破　金之三埼乎　過鞆　吾者不レ忘　壮鹿之須売神

一二三一 一二四五 天霧相　日方吹羅之　水茎之　岡水門尓　波立渡

1 オホウミの
4 よラムとオモヘル
2 マシテオモヘカ

(一九)
1 ハマギヨミ
4 アガスルサトの

(二〇)
5 ナミタテズシテ

(二一)
4 ワレハワスレジ

一二三二 一二三六 大海之　波者畏　然有十方　神乎斎祀而　船出為者如何
一二三三 一二三七 未通女等之　織機上乎　真櫛用　掻上栲嶋　波間・従所レ見
一二三四 一二三八 塩早三　礒廻荷居者　入潮為　海人鳥屋見濫　多比由久和礼乎
一二三五 一二三九 浪高之　奈何梶執　水鳥之　浮宿也応レ為　猶哉可レ榜
一二三六 一二四〇 夢耳　継而所レ見乍　竹嶋之　越レ礒波之　敷布所レ念
一二三七 一二四一 静　母　岸　者波者　縁家留香　此　屋通　聞乍居者
一二三八 一二四二 竹嶋乃　阿戸白波者　動　友　吾　家思　五百入鉇染・
一二三九 一二四三 大　海之　礒本由須理　立波之　将レ依　念有　浜之浄奚久
一二四〇 一二四四 珠匣　見諸戸山矣　行之鹿歯　面白　四手　古昔所レ念
一二四一 一二四五 黒玉之　玄髪山乎　朝越而　山下露尓　沾　来鴨
一二四二 一二四六 足引之　山行暮　宿借者　妹立待而　宿将レ借鴨
一二四三 一二四七 視渡　者　近　里廻乎　田本欲　今衣吾来　礼巾振之野尓・
一二四四 一二四八 未通女等之　放　髪乎　木綿山　雲莫　蒙　家　当将レ見
一二四五 一二四九 四可能白水郎乃　釣船之綍　不レ堪　情　念　而　出而来家里
一二四六 一二五〇 之加乃白水郎之　焼レ塩煙　風乎疾　立者不レ上　山尓軽引

右件歌者、古集中出。

一二四七 一二五一 大穴道　少　御神　作　妹勢能山　見　吉
一二四八 一二五二 吾妹子　見　偲　奥　藻　花開在　我　告与・

4 祀―礼類広紀宮
2 執類広紀―取
2 乍古義―小
2 波者―波類広
2 矣元類西ィ広―奐
2 綍元広紀―綱
1 乃―之類広

1 オホウミの　4 カみヲイのリテ
〔一二〕
1 オホウミの　4 ヨラムとオモヘル
1 アシヒキの　2 ヤマユキグラシ
〔一二三〕
4 こころオモヒテ
1 オホナムヂ

4 或元広—惑

一二四九　一二四三　君為　浮沼池　菱採　我染袖　沾在哉

一二五〇　一二四四　妹為　菅実採　行吾　山路或　此日暮

右四首、柿本朝臣人麻呂之歌集出。

問答

一二五一　一二五五　佐保河尓　鳴成智鳥　何師鴨　川原乎思努比　益河上

一二五二　一二五六　人社者　意保尓毛言目　我幾許　師努布川原乎　標結勿謹・

右二首、詠レ鳥。

一二五三　一二五七　神楽浪之　思我津乃白水郎者　吾無二　潜　者莫為　浪雖レ不レ立

一二五四　一二五八　大船尓　梶之母有奈牟　君無尓　潜　為八方　波雖レ不レ起

右二首、詠二白水郎一。

臨レ時

4 綵—深元類紀

一二五五　一二五九　月草尓　衣　曽染流　君之為　綵色　衣　将レ摺跡念　而・

2 従元類広紀—徒

一二五六　一二六〇　春霞　井上従直尓　道者雖レ有　君尓将レ相登　他廻　来毛

一二五七　一二六一　道　辺之　草深由利乃　花咲尓　咲　之柄二　妻常可レ云也

5 苛古義一説注釈—少可

一二五八　一二六二　黙然不レ有跡　事之名種尓　云言乎　聞知良久波　苛　者有来

4 手代初—子

一二五九　一二六三　佐伯山　于花以之　哀　我　手鴛取而者　花　散鞆

4 嶋古—衣服

一二六〇　一二六四　不レ時　斑　衣　服欲　香　嶋　針原　時二不レ有鞆・

一二六一　一二六五　山守之　里辺通　山道曽　茂　成来　忘　来下

2 スガのみトリニ

1 ヒとこそバ
3 アガここダ

〔一四〕

4 イろドリごろモ
フカ〔深〕イろごろモ

4 ヌミシガカラニ
5 アシク〔少可〕ハアリケリ
2 ウのハナモテル

〔一五〕
1 ヤマモリの
2 サトヘニカヨフ

3 岡(崗)童蒙 一説—山上
一二六二・六三ノ順序 元広紀ニヨル
3 峯類古—岑
5 誰元—許誰
之元広紀—ナシ

一二六三 一二六六 暁 跡　夜烏雖レ鳴　此岡之　木末之於者　未 静 之
一二六二 一二六七 足病之　山海石榴開　八峯越　鹿待君之　伊波比嬬可聞
一二六四 一二六八 西 市尓　但独出而　眼不レ並　買 師絹之　商自許里鴨
一二六五 一二六九 今年去　新嶋守之　麻衣　肩乃間乱者　誰 取見
一二六六 一二七〇 大舟乎　荒海尓榜出　八船多気　吾見之児等之　目見者知之母

就レ所発レ思　旋頭歌

一二六七 一二七一 百師木乃　大宮人之　踏 跡所　奥 浪　来不レ依有勢婆　不レ失有麻思乎

右十七首、古歌集出。

一二六八 一二七二 児等手乎　巻向山者　常 在常　過往人尓　往巻目八方
一二六九 一二七三 巻向之　山辺響 而　往水之　三名沫 如　世人吾等 者

右二首、柿本朝臣人麻呂之歌集出。*

寄レ物発レ思

一二七〇 一二七四 隠 口乃　泊瀬之山丹　照月者　盈昃為 焉　人之常無

右一首、古歌集出。

行路

一二七一 一二七五 遠 有而　雲居尓所レ見　妹 家尓　早 将レ至　歩 黒駒

右一首、柿本朝臣人麻呂之歌集出。

旋頭歌

3 このモリ(ミネ)〔山上〕の・このヤマ〔山上〕の
5 イハヒヅマカモ
2 タダヒとリデテ
2 ニヒサキモリガ
4 カタのマヨヒハ
5 キよセズアリセバ
キよラズアリセバ
6 ウセズアラマシヲ
4 ミナワのごとシ
〔一二六八〕

1 後古広紀—従
一二七二　一二七六　剣後(タチのシリ)　鞘納野迩(サヤニイリノニ)　葛引吾妹(クズヒクワギモ)　真袖以(マソデモチ)　著点等鴨(キセテムとカモ)　夏草苅母(ナツクサカルモ)

2 公元古広紀—君
一二七三　一二七七　住吉(スミのえの)　波豆麻公之(ハヅマのキミガ)　馬乗衣(ウマのりころモ)　雑豆臈(サヒヅラフ)　漢女乎座而(アヤメヲスヱテ)　縫衣叙(ヌヘルころモぞ)

一二七四　一二七八　住吉(スミのえの)　出見浜(イヅミのハマの)　柴莫苅曽尼(シバナカリそネ)　未通女等(ヲとメラガ)　赤裳下(アカモのスソの)　閏将往見(ヌレテユ)カムミム)・

一二七五　一二七九　住吉(スミのえの)　小田苅為子(ヲダヲカラスコ)　賤鴨無(ヤツコカモナキ)　奴雖在(ヤツコア)レど)　妹御為(イモガミタめと)　私田苅(ワタクシダカル)

5 公元古広紀—君
一二七六　一二八〇　池辺(イけのへの)　小槻下(ヲつきガシタの)　細竹苅嫌(シノナカリそネ)　其谷(そレヲダニ)　公形見尓(キミガカタミニ)　監乍将偲(ミツツシノハム)

一二七七　一二八一　天在(アめナル)　日売菅原(ヒメスガハラの)　草莫苅嫌(クサナカリそネ)　弥那綿(ミナのワタ)　香烏髪(カグロキカミニ)　飽田志付勿(アクタシツクモ)

2 迩元古広紀—庭
一二七八　一二八二　夏影(ナツカげの)　房之下迩(ツマヤのシタニ)　衣裁吾妹(キヌタツワギモ)　裏儲(ウラマけテ)　吾為裁者(アガタめタタバ)　差大裁(ヤヤオホニタテ)・

一二七九　一二八三　梓弓(アヅサユミ)　引津辺在(ヒキツのへナル)　莫謂花(ナのりそのハナ)　及採(ツムマデニ)　不相有目八方(アハザラめヤモ)　勿謂花(ナのりそのハナ)

5 妄大成訓詁篇—委
一二八〇　一二八四　撃日刺(ウチヒサス)　宮路行丹(ミヤヂヲユクニ)　吾裳破(ワガモハヤレヌ)　玉緒(タマのヲの)　念妄(オモヒミダレテ)　家在矣(イヘニ)アラマシヲ)

1 公元古—君
3 叙全釈—斜
5 色略解宣長説—〻
一二八一　一二八五　公為(キミガタめ)　手力労(タヂカラツトめ)　織在衣服叙(オリタルキヌぞ)　春去(ハルサラバ)　何色(イカナルイろニ)　揩者吉(スリテバよケム)

一二八二　一二八六　橋立(ハシタテの)　倉椅山(クラハシヤマニ)　立白雲(タテルシラクモ)　見欲(ミマクホリ)　我為苗(ワガスルナヽニ)　立白雲(タテルシラクモ)

一二八三　一二八七　橋立(ハシタテの)　倉椅川(クラハシガハの)　石走者嬢(イシのハシハモ)　壮子時(ヲザカリニ)　我度為(ワガワタシテシ)　石走者嬢(イシのハシハモ)

一二八四　一二八八　橋立(ハシタテの)　倉椅川(クラハシガハの)　河静菅(カハのシヅスげ)　余苅(ワガカリテ)　笠裳不編(カサニモアマヌ)　川静菅(カハのシヅスげ)・

一二八五　一二八九　春日尚(ハルヒスラ)　田立羸(タニタチツカルル)　公哀(キミハカナシモ)　若草(ワカクサの)　孋無公(ツマナキキミハ)　田立羸(タニタチツカルル)

一二八六　一二九〇　開木代(ヤマシろの)　来背社(クセのヤシろの)　草勿手折(クサナタヲリそ)　己時(ワガとキと)　立雖栄(タチサカユとモ)　草勿手折(クサナタヲリそ)

一二八七　一二九一　青角髪(アヲミヅラ)　依網原(よサミのハラニ)　人相鴨(ヒとモア)ハヌカモ)　石走(イハバシル)　淡海県(アフミアガタの)　物語為(モのガタリセム)

一二八八　一二九二　水門(ミナトの)　葦末葉(アシのウラバヲ)　誰手折(タレカタヲリシ)　吾背子(ワガセコガ)　振手見(フルテヲミムと)　我手折(ワレぞタヲリシ)

4 5 山葉—葉 注釈一説
6 公元古—君
一二八九　一二九三　垣越(カキゴシニ)　犬召越(イヌヨビコシテ)　鳥獦為公(とガリスルキミ)　青山(アヲヤマの)　葉茂山辺(ハモキヤマヘニ)　馬安公(ウマヤスメキミ)

2 イデミのハマの
〔二七〕
5 イモガミタめニ
2 ヲツきガモとの
1 アめニアル
6 アクタシツクナ
2 ツマヤガシタニ
6 ヤヤ)オホキニタテ
5 アハズ)アラめヤモ
3 オレルころモぞ
5 イカニカイカニ
〔〻〕
5 アガスルナヽニ
5 ワガワタシタル
ワガワタリテシ
5 カサモアマナク
〔二八〕
2 タニタチツカレ
タニタチツカル
3 キミシカナシモ
5 ツマナキキミシ
4 オのガとキ
4 5 アヲバ〔山〕・のシげキヤマヘニ
5 シげルヤマヘニ

6 語―謂元
3 勿元広―ナシ
5 公元陽―君
3 影大成訓詁篇―就
1 干古義―千
1 各古広紀―名
5 為―ナシ類広

一二九〇 海底　奥玉藻之　名乗曽花　妹与吾　此何有跡　莫語　之花・
一二九一 此岡　草苅小子　勿然苅　有乍　公来座　御馬草　為
一二九二 江林　次宍也物　求　吉　白栲　袖纏上　宍待我背
一二九三 丸雪降　遠　江　吾跡川楊　雖レ苅　亦生云　余跡川楊
一二九四 朝月　日向　山　月立所レ見　遠妻　持在人　看乍偲

右廿三首、柿本朝臣人麻呂之歌集出。

一二九五 春日在　三笠乃山二　月　船出　遊士之　飲酒坏尓　陰尓所レ見管

譬喩歌・

寄レ衣

一二九六 今造　斑　衣服　面影　吾尓所レ念　未レ服友
一二九七 紅　衣染　雖レ欲　著丹穂　哉　人可レ知
一二九八 干各　人雖レ云　織次　我廿物　白麻衣

寄レ玉

一二九九 安治村　十依海　船浮　白玉採　人所レ知勿
一三〇〇 遠近　礒　中在　白玉　人不レ知　見依　鴨
一三〇一 海神　手纏持在　玉故　石　浦廻　潜　為鴨・
一三〇二 海神　持在白玉　見欲　千遍　告　潜　為海子

5 ここニシアリと
3 シカナカリそネ
5 キミシキマサバ
1 えバヤシニ
2 ヤどルシシヤモ
3 6 アとカハヤナぎ
5 マタモオフとフ
1 2 アサヅクヒムカ ヒのヤマニ
5 モテラムヒとシ モチタルヒとハ
3 ツきのフネイデヌ
〔二九〕
3 めニツ(就)キテ
1 クレナヰの
4 キテニホハバカ
5 シロキアサころモ
3 フネウカべテ
3 4 シラタマヲヒと ニシラえズ
5 カヅキスルアマハ

一三〇三（一三〇七）　潜為(カヅキスル)　海子雖レ告(アマハのレどモ)　海神(ワタツミの)　心(こころヲエ)　不レ得(ネバ)　所レ見不レ云(ミユとイハナクニ)

寄レ木

一三〇四（一三〇八）　天雲(アマクモの)　棚引山(タナビクヤマの)　隠在(こモリタル)　吾下心(アガシタごころ)　木葉知(このハシルラム)

一三〇五（一三〇九）　雖レ見不レ飽(ミレどアカヌ)　人国山(ヒとクニヤマの)　木葉(このハヲシ)　己心(ワガこころカラ)　名著念(ナツカシミオモフ)

寄レ花

一三〇六（一三一〇）　是山(このヤマの)　黄葉下(モミチのシタの)　花矣我(ハナヲワレ)　小端見(ハツハツニミテ)　反恋(サラニコひシキ)

寄レ川・

一三〇七（一三一一）　従二此川一(このカハユ)　船可レ行(フネハユクベク)　雖レ在(アリとイヘど)　渡瀬別(ワタリゼごとニ)　守人有(マモルヒとアリ)

寄レ海

一三〇八（一三一二）　大海(オホキウミヲ)　候水門(サモラフミナト)　事有(ことシアラバ)　従二何方一(イヅヘユ)君(キミハ)　吾率凌(ワヲキシノガム)

一三〇九（一三一三）　風吹(カゼフキテ)　海荒(ウミこそアルレ)　明日言(アスとイハバ)　応レ久(ヒサシカルベシ)　公随(キミガマニマニ)

一三一〇（一三一四）　雲隠(クモガクル)　小嶋神之(コシマのカミの)　恐者(カシコケバ)　目間(めこそヘダテレ)　心間哉(こころヘダテヤ)

右十五首、柿本朝臣人麻呂之歌集出。

寄レ衣

一三一一（一三一五）　橡(ツルハミの)　衣人皆(キヌハヒとみナ)　事無跡(ことナシと)　曰師時従(イヒシとキヨリ)　欲レ服所レ念・(キホシクオモホユ)

一三一二（一三一六）　凡尓(オホろカニ)　吾之念者(ワレシオモハバ)　下服而(シタニキテ)　穢尓師衣乎(ナレニシキヌヲ)　取而将レ著八方(トリテキめヤモ)

一三一三（一三一七）　紅之(クレナヰの)　深染之衣(フカそめのキヌ)　下著而(シタニキテ)　上取著者(ウヘニトリキバ)　事将レ成鴨(ことナサムカモ)

一三一四（一三一八）　橡(ツルハミの)　解濯衣之(とキアラヒキヌの)　恠(アヤシクモ)　殊欲レ服(ことニキホシキ)　此暮可聞(このユフヘカモ)

---

4 下心略解宣長説―忘

1 海―船元

2 皆元類古広―者

---

4 こころシエネバ

4 ワガシタごころ

3 このハヲバ・このハヲそ

4 オのガこころニ

2 モミチガシタの

3 ハナヲアレ

5 ナホコひニケリ
カヘリテことシ

〔三〇〕

3 アリケレど

5 マモルヒとアリ

1 オホウミヲ・オホブネ〔船〕の

2 ウミハアルとモ

4 ヒサシクアルベシ

4 めこそハヘダテ
めハヘダテどモ

2 アレシオモハバ

2 コぞめのころモ

4 縫—継広紀

一三一五 橘之嶋尓之居者　河遠不レ曝縫之　吾下衣

寄レ糸

一三一六 河内女之　手染之糸乎　絡反　片糸尓雖レ有　将レ絶跡念也・

寄レ玉

一三一七 海底　沈白玉　風吹而　海者雖レ荒　不レ取者不レ止

一三一八 底清　沈有玉乎　欲レ見　千遍曽告之　潜為白水郎

一三一九 大海之　水底照之　石著玉　斎而将レ採　風莫吹行年

一三二〇 水底尓　沈白玉　誰故　心尽而　吾不レ念尓

一三二一 世間　常如是耳加　結大王　白玉之緒　絶楽思者

一三二二 伊勢海之　白水郎之嶋津我　鰒玉　取而後毛可・　恋之将レ繁

一三二三 海之底　奥津白玉　縁乎無三　常如此耳也　恋度味試

一三二四 葦根之　懃念而　結義之　玉緒云者　人将レ解八方

一三二五 白玉乎　手者不レ纒尓　匣耳　置有之人曽　玉令レ詠流

5 詠元類宮—泳

一三二六 照左豆我　手尓纒古須　玉毛欲得　其緒者替而　吾玉尓将レ為

一三二七 秋風者　継而莫吹　海底　奥在玉乎　手纒左右二・

寄二日本琴一

一三二八 伏レ膝　玉之小琴之　事無者　甚幾許　吾将レ恋也毛

寄レ弓

〔三一一〕
1 カフチメガ
2 テぞめのイトヲ
4 カタイトナレど
カタイトニアリと
モ
5 カヅキスルアマハ
1 オホウミの

〔三一二〕
4 ハナハダここダ

3 絃元古—弦　類糸
4 纏及古—級
1 磐—盤元類
2 凝元—凝木
1 保—穂元類　広紀
2 搓元類広紀—攙

一三二九 一三三三 陸奥之　吾田多良真弓　著レ絃而　引者香人之　吾乎事将レ成
一三三〇 一三三四 南淵之　細川山　立檀　弓束纏及　人二不レ所レ知

寄レ山

一三三一 一三三五 磐畳　恐　山常　知管毛　吾者恋　香　同等不レ有尓・
一三三二 一三三六 石金之　凝敷山尓　入始而　山名付染　出不レ勝鴨
一三三三 一三三七 佐保山乎　於凡尓見之鹿跡　今見者　山夏香思母　風吹莫勤
一三三四 一三三八 奥山之　於レ石蘿生　恐　常　思　情乎　何如裳勢武
一三三五 一三三九 思　騰　痛文為便無　玉手次　雲飛山仁　吾印結

寄レ草

一三三六 一三四〇 冬隠　春乃大野乎　焼人者　焼不レ足香文　吾情熾・
一三三七 一三四一 葛　城乃　高間草野　早知而　標指益乎　今　悔拭
一三三八 一三四二 吾屋前尓　生　土針　従レ心毛　不レ想人之　衣尓須良由奈
一三三九 一三四三 鴨頭草丹　服　色取　揩目伴　移変色登　偁之苦　沙
一三四〇 一三四四 紫　糸乎曽吾搓　足檜之　山　橘　乎　将レ貫跡念　而
一三四一 一三四五 真珠付　越能菅原　吾不レ苅　人之苅巻　惜　菅原
一三四二 一三四六 山高　夕日隠　奴　浅茅原　後見　多米尓　標結申尾
一三四三 一三四七 事痛者　左右将レ為乎　石代之　野辺之下草　吾之・苅而者　一云、紅　之　写　心哉　於レ妹不レ相将レ有
一三四四 一三四八 真鳥住　卯名手之神社之　菅　根乎　衣尓書付　令レ服児欲得

3 カシコミと・カシコシと
1 フユごモリ　5 ワガこころヤク
〔三三〕
3 ワガカラズ
1 ヤマダカミ
5イ イモニ)アハズア)ラム
2 ウナデのモリの

3 笑元類—矢
5 呼元紀—乎
2 揩元—摺
5 徙元古—徒
4 吾元類—君
5 揩元—摺
3 将元類—ナシ
4 焉大成訓詁篇—為
1 向—南元類古広

一三四五（一三四九）常不　人国山乃　秋津野乃　垣津幡鴛　夢見鴨
一三四六（一三五〇）姫押　生沢辺之　真田葛原　何時鴨絡而　我衣将レ服
一三四七（一三五一）於レ君似　草登見従　我標之　野山之浅茅　人莫苅・根
一三四八（一三五二）三嶋江之　玉江之薦乎　従二標之一　己我跡曽念　雖レ未レ苅
一三四九（一三五三）如是為而也　尚哉将レ老　三雪零　大荒木野之　小竹尓不レ有九二
一三五〇（一三五四）淡海之哉　八橋乃小竹乎　不レ造レ笑而　信有得哉　恋敷鬼呼
一三五一（一三五五）月草尓　衣者将レ揩　朝露尓　所レ沾而後者　徙去友・
一三五二（一三五六）吾情　湯谷絶谷　浮蓴　辺毛奥毛　依勝益士

寄レ稲

一三五三（一三五七）石上　振之早田乎　雖レ不レ秀　縄谷延与　守乍将レ居

寄レ木

一三五四（一三五八）白菅之　真野乃榛原　心従毛　不レ念吾之　衣尓揩
一三五五（一三五九）真木柱　作蘇麻人　伊左佐目丹　借廬之為跡　造計米八方
一三五六（一三六〇）向峯尓　立有桃樹　将レ成哉等　人曽耳言焉　汝情勤・
一三五七（一三六一）足乳根乃　母之其業　桑尚　願者衣尓　著常云物乎
一三五八（一三六二）波之吉也思　吾家乃毛桃　本繁　花耳開而　不レ成在目八方
一三五九（一三六三）向岳之　若楓木　下枝取　花待伊間尓　嘆鶴鴨

寄レ花

〔三四〕
4 ワガとそオモフ
1 ワがこころ

〔三五〕
3 ハハガそのナル
5 キスとイフモのヲ
3 モとシゲク
5 ナラズアラめヤモ
1 ミナミ〔南〕ヲの

4 公元類古広—君

一三六〇（一三六四） 気緒尓　念有吾乎　山治左能　花尓香公之　移奴良武

一三六一（一三六五） 墨吉之　浅沢小野之　垣津幡　衣尓揩著　将レ衣日不レ知毛

一三六二（一三六六） 秋去者　影毛将レ為跡　吾蒔之　韓藍之花乎　誰採家牟

一三六三（一三六七） 春日野尓　咲有芽子者　片枝者　未含有　言勿絶行年

一三六四（一三六八） 欲レ見　恋管待之　秋芽子者　花耳開而　不レ成可毛将レ有

寄レ鳥

一三六五（一三六九） 吾妹子之　屋前之秋芽子　自レ花者　実成而許曽　恋益家礼

寄レ獣

一三六六（一三七〇） 明日香川　七瀬之不行尓　住鳥毛　意有社　波不レ立目

寄レ雲

5 俟元類西貼紙広—侯

一三六七（一三七一） 三国山　木末尓住歴　武佐左妣乃　此待レ鳥如　吾俟将レ痩

一三六八（一三七二） 石倉之　小野従秋津尓　発渡　雲西裳在哉　時乎思将レ待

寄レ雷

2 光—走元イ西イ紀先広

一三六九（一三七三） 天雲　近光而　響神之　見者恐　不レ見者悲毛

寄レ雨

一三七〇（一三七四） 甚多毛　不レ零雨故　庭立水　太莫逝　人之応レ知

一三七一（一三七五） 久堅之　雨尓波不レ著乎　恠毛　吾袖者　干時無香

寄レ月

3 ワガマケル

〔三六〕

2 チカクハシリ〔走〕テ

3 ナルカミシ

4 アガころモデハ

〔三七〕

一三七二　一三七六　三空往　月読壮士　夕不レ去　目庭雖レ見　因縁毛無

一三七三　一三七七　春日山　ゝ高有良之　石上　菅根将レ見尓　月待難

一三七四　一三七八　闇夜者　辛苦物乎　何時　跡　吾待月毛　早毛照奴賀

一三七五　一三七九　朝霜之　消安　命　為レ誰　千歳毛欲得跡　吾念　莫国

右一首者、不レ有二譬喩歌類一也。但闇夜歌人所心之故、並作二此歌一。因以二此歌一載二於此次一。・

寄二赤土一

一三七六　一三八〇　山跡之　宇陀乃真赤土　左丹著者　曽許裳香人之　吾乎言将レ成

寄レ神

一三七七　一三八一　木綿懸而　祭三諸乃　神佐備而　斎尓波不レ在　人目多見許曽

一三七八　一三八二　木綿懸而　斎此神社　可レ超　所レ念可毛　恋之繁尓

寄レ河・

一三七九　一三八三　不レ絶逝　明日香川之　不逝有者　故霜有如　人之見国

一三八〇　一三八四　明日香川　湍瀬尓玉藻者　雖二生有一　四賀良美有者　靡不レ相

一三八一　一三八五　広瀬河　袖衝許　浅乎也　心深目手　吾念有良武

一三八二　一三八六　泊瀬川　流　水沫之　絶者許曽　吾念心　不レ遂登思歯目

一三八三　一三八七　名毛伎世婆　人可レ知見　山川之　滝　情乎　塞敢而・有鴨

一三八四　一三八八　水隠尓　気衝餘　早川之　瀬者立友　人二将レ言八方

2 壮元類紀—牡
5 曽元類—増
1 河元類広紀—川

〔三八〕

4 ワガマツツきモ
2 けヤスキイのチヲ
2 ナガルミナワの
4 アガオモフこころ

寄二埋木一

一三八五 一三八九 真鉇持　弓削河原之　埋木之　不レ可レ顕　事尓不レ有君

寄レ海

一三八六 一三九〇 大船尓　真梶繁貫　水手出去之　奥者将レ深　潮者干・去友

一三八七 一三九一 伏超従　去益物乎　間守尓　所二打沾一　浪不レ数為而

一三八八 一三九二 石灑　岸之浦廻尓　縁浪　辺尓来依者香　言之将レ繁

一三八九 一三九三 礒之浦尓　来依白浪　反乍　過不レ勝者　誰尓絶多倍

一三九〇 一三九四 淡海之海　浪恐　登　風守　年者也将二経去一　榜　者無二・

一三九一 一三九五 朝奈芸尓　来依白浪　欲レ見　吾　雖レ為　風許増不レ令レ依

寄二浦沙一

一三九二 一三九六 紫　之　名高　浦之　愛子地　袖耳触而　不レ寐香将レ成

一三九三 一三九七 豊国之　聞之浜辺之　愛子地　真直　之有者　何如将レ嘆

寄レ藻

一三九四 一三九八 塩満者　入流礒之　草有哉　見良久少　恋良久乃・太寸

一三九五 一三九九 奥　浪　依流荒礒之　名告藻者　心　中尓　疾　跡成有

一三九六 一四〇〇 紫　之　名高　浦乃　名告藻之　於レ礒将レ靡　時待吾乎

一三九七 一四〇一 荒礒超　浪者恐　然為蟹　海之玉藻之　憎　者不レ有手

寄レ船

5 尓元類西ィ広—等

1 船—海元春広
4 者元類広紀—ナシ

5 誰元類広紀—雉

2 聞西ィ京赭—間

5 太—大類紀

〔三九〕
1 オホキウミ〔海〕ニ
4 スぎカテナクハ
3 カザマモリ
4 アレハスレどモ
2 ナタカのウラの

〔四〇〕
5 ヤマヒとナレリ
2 ナタカのウラの

4 尓志元類広
紀—西

一三九八 一四〇二 神楽声浪乃　四賀津之浦能　船乗尓　乗西意　常不レ所レ忘・

一三九九 一四〇三 百伝　八十之嶋廻乎　榜船尓　乗尓志情　忘不レ得裳

一四〇〇 一四〇四 嶋伝　足速乃小舟　風守　年者也経南　相常歯無二

一四〇一 一四〇五 水霧相　奥津小嶋尓　風乎疾見　船縁金都　心者念杼

一四〇二 一四〇六 殊放者　奥従酒甞　湊自　辺著経時尓　可レ放鬼香

旋頭歌

一四〇三 一四〇七 三幣帛取　神之祝我　鎮斎杉原　燎木伐　殆之国・　手斧所レ取奴

挽歌—次行ニ雑
歌トアリ西雑挽
トアリ西イ宮

*挽　*歌

一四〇四 一四〇八 鏡成　吾見之君乎　阿婆乃野之　花橘之　珠尓拾都

一四〇五 一四〇九 蜻野叫　人之懸者　朝蒔　君之所レ思而　嗟歯不レ病

一四〇六 一四一〇 秋津野尓　朝居雲之　失去者　前裳今裳　無人所レ念・

一四〇七 一四一一 隠口乃　泊瀬山尓　霞立　棚引雲者　妹尓鴨在武

一四〇八 一四一二 狂語香　逆言哉　隠口乃　泊瀬山尓　廬為云

一四〇九 一四一三 秋山　黄葉可怜　浦触而　入西妹者　待不レ来

一四一〇 一四一四 世間者　信二代者　不レ往有之　過妹尓　不レ相念者

一四一一 一四一五 福　何有人香　黒髪之　白成左右　妹之音乎聞

一四一二 一四一六 吾背子乎　何処行目跡　辟竹之　背向尓宿之久　今思悔裳

3 カザマモリ

2 カみのハフリガ
〔四一〕
6 タヲのトラえヌ

5 マツニキマサズ

2 可 類広―下
5 所―ナシ 類広
5 柒 古広―染

一二四三 一四一七 庭津鳥　可鶏乃垂尾乃　乱尾乃　長心毛　不レ所レ念・鴨

一二四四 一四一八 薦枕　相巻之児毛　在者社　夜乃深良久毛　吾惜責

一二四五 一四一九 玉梓能　妹者珠氈　足氷木乃　清山辺　蒔散柒

或本歌曰

一二四六 一四二〇 玉梓之　妹者花可毛　足日木乃　此山影尓　麻気者失留

羇旅歌・

一二四七 一四二一 名児乃海乎　朝榜来者　海中尓　鹿子曽鳴成　㤼怜其水手

萬葉集巻第七

〔四二〕
5 ワガヲシミセメ

萬葉集巻第八　〔一〕

春雑歌

春相聞

夏雑歌

萬葉集巻第八

春雑歌

〔一四〕

志貴皇子懽御歌一首

一四一八（一四二二）　石激　垂見之上乃　左和良妣乃　毛要出春尓　成来鴨

鏡王女歌一首

一四一九（一四二三）　神奈備乃　伊波瀬乃社之　喚子鳥　痛莫鳴　吾恋益

駿河釆女歌一首

一四二〇（一四二四）　沫雪香　薄太礼尓零登　見左右二　流倍散波　何物之花其毛

尾張連歌二首　名闕。

一四二一（一四二五）　春山之　開乃乎為里尓　春菜採　妹之白紐　見九四与四門

一四二二（一四二六）　打靡　春来良之　山際　遠木末乃　開往見者

中納言阿倍広庭卿歌一首

一四二三（一四二七）　去年春　伊許自而殖之　吾屋外之　若樹梅者　花咲尓家里

〔一五〕

山部宿祢赤人歌四首

一四二五（一四二九）　足比奇乃　山桜花　日並而　如是開有者　甚恋目夜裳

1 激—灑類

2 乃—之広紀

2 里広考—黒

1 靡類紀—靡

一四二五・一四二四ノ順序広紀陽ニヨル

1 イハソソク〔灑〕

4 母　類広紀—毛

一四二四（一四二八）　春野尓　須美礼採尓等　来師吾曽　野乎奈都可之美　一夜宿来

一四二六（一四三〇）　吾勢子尓　令見常念之　梅花　其十方不所見　雪乃零有者・

一四二七（一四三一）　従明日者　春菜将採跡　標之野尓　昨日毛今日母　雪波布利管
アスヨリハ　ハルナツマムト　シメシノニ　キノフモケフモ　ユキハフリツツ

一四二七

草香山歌一首

一四二八（一四三二）　忍照　難波乎過而　打靡　草香乃山乎　暮晩尓　吾越来者　山毛世尓　咲有馬酔木乃　不悪　君乎何時　往而早将見
オシテル　ナニハヲスギテ　ウチナビク　クサカノヤマヲ　ユフグレニ　ワガコエクレバ　ヤマモセニ　サケルアシビノ

不レ悪 君乎何時 往而早将レ見
アシカラヌ　キミヲイツシカ　ユキテハヤミム

右一首、依二作者微一不レ顕二名字一。

右一首、依作者微不顕名字。

桜花歌一首　并短歌・

一四二九（一四三三）　嬬等之　頭挿乃多米尓　遊士之　蘰之多米等　敷座流　国乃波多弖尓　開尓鶏類　桜　花能　丹穂日波母安奈尓　〔一一六〕
ヲトメラガ　カザシノタメニ　ミヤビヲノ　カヅラノタメト　シキマセル　クニノハタテニ　サキニケル

9 尓　類広紀—何

反歌

一四三〇（一四三四）　去年之春　相有之君尓　恋尓手師　桜　花者　迎来良之母
コゾノハル　アヘリシキミニ　コヒニテシ　サクラノハナハ　ムカヘクラシモ

右二首、若宮年魚麻呂誦之。

5 ムカヘクラシモ

山部宿祢赤人歌一首・

一四三一（一四三五）　百済野乃　芽古枝尓　待春跡　居之鶯　鳴尓鶏鵡鴨
クダラノノ　ハギノフルエニ　ハルマツト　ヲリシウグヒス　ナキニケムカモ

大伴坂上郎女柳歌二首

一四三二（一四三六）　吾背児我　見良牟佐保道乃　青柳乎　手折而谷裳　見縁欲得
ワガセコガ　ミラムサホヂノ　アヲヤギヲ　タヲリテダニモ　ミムヨシモガモ

5 縁　代初—綵

ウチノボル　サホノカハラノ　アヲヤギハ　イマハハルベト　ナリニケルカモ

[二六]

一四三三（一四三七）　打上　佐保能河原之　青柳者　今者春部登　成尓鶏類鴨

大伴宿祢三林梅歌一首・

一四三四（一四三八）霜雪毛　未レ過者　不レ思尓　春日　里尓　梅　花見都
イマダスギネバ カスガノサトニ ウメノハナミツ

厚見王歌一首

一四三五（一四三九）河津鳴　甘南備河尓　陰所レ見而　今香開良武　山振乃花
カハヅナク カムナビカハニ カゲミエテ イマサクラムヤマブキノハナ

大伴宿祢村上梅歌二首

一四三六（一四四〇）含有常　言之梅我枝　今旦零四　沫雪二相而　将レ開可聞
フフメリト イヒシウメガエ ケサフリシ アワユキニアヒテ サキヌラムカモ

一四三七（一四四一）霞立　春日之里　梅花　山下風尓　落許須莫湯目・

大伴宿祢駿河丸歌一首

一四三八（一四四二）霞立　春日里之　梅花　波奈尓将レ問常　吾念奈久尓
カスミタツ カスガノサトノ ウメノハナ ハナニトハムト ワガモヘナクニ

中臣朝臣武良自歌一首

一四三九（一四四三）時者今者　春尓成跡　三雪零　遠山辺尓　霞多奈婢久
トキハイマハ ハルニナリヌと ミユキフル トホキヤマヘニ カスミタナビク

河辺朝臣東人歌一首

一四四〇（一四四四）春雨乃　敷布零尓　高円　山能桜者　何如有良武・
ハルサメノ シクシクフルニ タカマトの ヤマノサクラハ イカニアルラム

大伴宿祢家持鴬歌一首

一四四一（一四四五）打霧之　雪者零乍　然為我二　吾宅乃苑尓　鴬鳴裳

大蔵少輔丹比屋主真人歌一首

一四四二（一四四六）難波辺尓　人之行礼波　後居而　春菜採児乎　見之悲也
ナニハヘニ ヒトノユケレバ オクレヰテ ハルナツムコヲ ミルガカナシサ

丹比真人乙麻呂歌一首　屋主真人之第二子也。

3 見而 類広紀 ―見

〔一七〕

5 サキニケムカモ

4 アラシのカゼニ

1 とキハイマ

4 とホヤマのヘニ

〔一八〕

1 ウチきラヒ

之代精—毛

一四四三 一四四七 霞立 野上乃方尓[2] 行之可波 鶯鳴都 春尓成良思

高田女王歌一首 高安之女也。

一四四四 一四四八 山振之 咲有野辺乃 都保須美礼 此春之雨尓 盛奈里鶏利

大伴坂上郎女歌一首

一四四五 一四四九 風交 雪者雖レ零 実尓不レ成 吾宅之梅乎 花尓令レ落莫

大伴宿祢家持春雉歌一首・

一四四六 一四五〇 春野尓 安佐留雉乃 妻恋尓 己我当乎 人尓令レ知管

大伴坂上郎女歌一首

一四四七 一四五一 尋常 聞者苦寸 喚子鳥 音奈都炊 時庭成奴

右一首、天平四年三月一日、佐保宅作。

〔一九〕

春相聞

大伴宿祢家持贈二坂上家之大嬢一歌一首

一四四八 一四五二 吾屋外尓 蒔之瞿麦 何時毛 花尓咲奈武 名蘇・経乍見武

大伴田村家之大嬢与二妹坂上大嬢一歌一首

一四四九 一四五三 茅花抜 浅茅之原乃* 都保須美礼 今盛有 吾恋苦波

大伴宿祢坂上郎女歌一首

一四五〇 一四五四 情具伎 物尓曽有鶏類 春霞 多奈引時尓 恋乃繁者

2 ノのへのカタニ

笠女郎贈二大伴家持一歌一首・

一四五一（一四五五）水鳥之　鴨乃羽色乃　春山乃　於保束無毛　所レ念可聞

紀女郎歌一首　名曰二小鹿一也。

一四五二（一四五六）闇夜有者　宇倍毛不二来座一　梅花　開月夜尓　伊而麻左自常屋

天平五年癸酉春閏三月　笠朝臣金村贈二入唐使一歌一首　并短歌

一四五三（一四五七）玉手次　不レ懸時無　気緒尓　吾念公者　虚蟬之　世人有者　大王之　命・恐　夕去者　鶴之妻喚　難波方　三津埼従　大舶尓　二梶繁貫　白浪乃　高荒海乎　嶋伝　伊別往者　留有　吾者幣引　斎乍　公乎者将レ待　早還万世

反歌

一四五四（一四五八）波上従　所レ見児嶋之　雲隠　空気衝之　相別去者

一四五五（一四五九）玉切　命向　恋従者　公之三船乃　梶柄母我

藤原朝臣広嗣桜花贈二娘子一歌一首

一四五六（一四六〇）此花乃　一与能内尓　百種乃　言曽隠有　於保呂・可尓為莫

娘子和歌一首

一四五七（一四六一）此花乃　一与能裏波　百種乃　言持不勝而　所レ折家良受也

厚見王贈二久米女郎一歌一首

一四五八（一四六二）室戸在　桜花者　今毛香聞　松風疾　地尓落良武

久米女郎報贈歌一首

---

6 7 世人有者　大王之代初—ナシ

22 待代初—往

4 空類広—穴

4 舶—船類原広

4 持—待類広

〔一〇〕

2 カモのハのイろの

4 アガオモフキミハ

22 キミヲバヤラ〔往〕ム

4 アナ〔穴〕イキヅカシ

〔一一〕

4 ことマチ〔待〕カネテ

1 ヤドニアリシ

一四五九 一四六三 世間毛　常尓師不レ有者　室戸尓有　桜　花乃　不所・比日可聞

紀女郎贈二大伴宿祢家持一歌二首

一四六〇 一四六四 戯奴 変云二和気一。之為　吾手母須麻尓　春　野尓　抜流茅花曽　御食而肥座

一四六一 一四六五 昼者咲　夜者恋宿　合歓木花　君耳将レ見哉　和気佐倍尓見代

右、折二攀合歓花并茅花一贈也。

大伴家持贈和歌二首・

一四六二 一四六六 吾君尓　戯奴者恋良思　給有　茅花乎雖レ喫　弥痩尓夜須

一四六三 一四六七 吾妹子之　形見乃合歓木者　花耳尓　咲而蓋　実尓不レ成鴨

大伴家持贈二坂上大嬢一歌一首

一四六四 一四六八 春霞　軽引山乃　隔　者　妹尓不レ相而　月曽経去来

右、従二久迩京一贈二寧楽宅一。

夏雑歌・

藤原夫人歌一首　明日香清御原宮御宇天皇之夫人也。字曰二大原大刀自一。即新田部皇子之母也。

一四六五 一四六九 霍公鳥　痛　莫鳴　汝音乎　五月　玉尓　相貫左右二

志貴皇子御歌一首

一四六六 一四七〇 神名火乃　磐瀬乃社之　霍公鳥　毛無乃岳尓　何時来将レ鳴

弓削皇子御歌一首

攀 類宮細温―挙

一首 類広―ナシ

宮 広紀―ナシ

一四六七　一四七一　霍公鳥　無流国尓毛　去而師香　其鳴音乎　聞者・辛苦母　〔一三〕

小治田広瀬王霍公鳥歌一首

3 尓　類広紀—ナシ

一四六八　一四七二　霍公鳥　音聞小野乃　秋風尓　芽開礼也　声之乏寸

沙弥霍公鳥歌一首

一四六九　一四七三　足引之　山霍公鳥　汝鳴者　家有妹　常所レ思

1 アシヒキの

刀理宣令歌一首

4 可　全注—香　代初ナシ

一四七〇　一四七四　物部乃　石瀬之社乃　霍公鳥　今毛鳴奴可　山之常影尓・

4 イマシモナキヌ〔可〕

山部宿祢赤人歌一首

一四七一　一四七五　恋之家婆　形見尓将レ為跡　吾屋戸尓　殖之藤浪　今開尓家里

式部大輔石上堅魚朝臣歌一首

一四七二　一四七六　霍公鳥　来鳴令レ響　宇乃花能　共也来之登　問麻思物乎

右、神亀五年戊辰、大宰帥大伴卿之妻大伴郎女遇レ病長逝焉。于レ時、勅使下式部大輔石・上朝臣堅魚遣二大宰府一、弔レ喪并賜上物也。其事既畢、駅使及府諸卿大夫等共登二記夷城一而望遊之日、乃作二此歌一。　〔一四〕

大広紀温—太

*大宰帥大伴卿和歌一首

大類広紀温—太

一四七三　一四七七　橘之　花散里乃　霍公鳥　片恋為乍　鳴日四曽多寸

2 ハナヂルサトの

大伴坂上郎女思二筑紫大城山一歌一首

一四七四　一四七八　今毛可聞　大城乃山尓　霍公鳥　鳴令レ響良武　吾・無礼杼毛

5 ワレナケレどモ

大伴坂上郎女霍公鳥歌一首

一四七五（一四七九）　何之可毛　幾許恋流　霍公鳥　鳴音聞者　恋許曽益礼

小治田朝臣広耳歌一首

一四七六（一四八〇）　独居而　物念夕尓　霍公鳥　従ニ此間一鳴渡　心四有良思

大伴家持霍公鳥歌一首・

一四七七（一四八一）　宇能花毛　未レ開者　霍公鳥　佐保乃山辺　来鳴令レ響

大伴家持橘歌一首

一四七八（一四八二）　吾屋前之　花橘乃　何時毛　珠貫倍久　其実成奈武

大伴家持晩蟬歌一首

一四七九（一四八三）　隠耳　居者欝悒　奈具左武登　出立聞者　来鳴日晩・

大伴書持歌二首

一四八〇（一四八四）　我屋戸尓　月押照有　霍公鳥　心有今夜　来鳴令レ響

一四八一（一四八五）　我屋戸前乃　花橘尓　霍公鳥　今社鳴米　友尓相流時

大伴清縄歌一首

一四八二（一四八六）　皆人之　待師宇能花　雖レ落　奈久霍公鳥　吾将レ忘哉・

奄君諸立歌一首

一四八三（一四八七）　吾背子之　屋戸乃橘　花乎吉美　鳴霍公鳥　見曽吾来之

大伴坂上郎女歌一首

1 之可　全註釈 ―哥　類陽奇

1 戸　類春広紀―ナシ

〔一一五〕

4 こころアルこそ　こころアレこヨヒ

5 ワレワスレめヤ

〔一一六〕

一四八四 一四六八 霍公鳥　痛莫鳴　独居而　寐乃不レ所レ宿　聞者苦毛

大伴家持唐棣花歌一首

一四八五 一四六九 夏儲而　開有波祢受　久方乃　雨打零者　将レ移香

大伴家持恨二霍公鳥晩喧一歌二首・

一四八六 一四七〇 吾屋前之　花橘乎　霍公鳥　来不レ喧地尓　令レ落常香

一四八七 一四七一 霍公鳥　不レ念有寸　木晩乃　如此成左右尓　奈何不二来喧一

大伴家持懽二霍公鳥一歌一首

一四八八 一四七二 何処　者　鳴毛思仁家武　霍公鳥　吾家乃里尓　今日耳曽鳴

大伴家持惜二橘花一歌一首・

一四八九 一四七三 吾屋前之　花橘者　落過而　珠尓可レ貫　実尓成二家利

大伴家持霍公鳥歌一首

一四九〇 一四七四 霍公鳥　雖レ待不二来喧一　蒲　玉尓貫日乎　未遠美香

大伴家持雨日聞二霍公鳥喧一歌一首

一四九一 一四七五 宇乃花能　過者惜香　霍公鳥　雨間毛不レ置　従二此間一喧渡・

橘歌一首　遊行女婦

一四九二 一四七六 君家乃　花橘者　成尓家利　花有時尓　相益物乎

大伴村上橘歌一首

一四九三 一四七七 吾屋前乃　花橘乎　霍公鳥　来鳴令レ動而　本尓令レ散都

4 乃—之春紀

3 蒲 類広紀— 菖蒲草 代初 蒲草

4 有 類広紀— 乃有

大伴家持霍公鳥歌二首

一四九四 一四九八 夏山之　木末乃繁尓　霍公鳥　鳴響奈流　声之遥・佐

一四九五 一四九九 足引乃　許乃間立八十一　霍公鳥　如此聞始而　後将レ恋可聞

〔二八〕

1 アシヒキの

大伴家持石竹花歌一首

一四九六 一五〇〇 吾屋前之　瞿麦乃花　盛有　手折而一目　令レ見児毛我母

惜レ不レ登二筑波山一歌一首

一四九七 一五〇一 筑波根尓　吾行利世波　霍公鳥　山妣児令レ響　鳴・麻志也其

右一首、高橋連虫麻呂之歌中出。

夏相聞

大伴坂上郎女歌一首

一四九八 一五〇二 無レ暇　不レ来之君尓　霍公鳥　吾如此恋常　往而告社

2 コザリシキミニ

大伴四縄宴吟歌一首

一四九九 一五〇三 事繁　君者不二来益一　霍公鳥　汝太尓来鳴　朝戸将・レ開

〔二九〕

大伴坂上郎女歌一首

一五〇〇 一五〇四 夏　野之　繁見丹開有　姫由理乃　不レ所レ知恋者　苦　物曽

1 之　類広紀—乃

小治田朝臣広耳歌一首

一五〇一 一五〇五 霍公鳥　鳴峯乃上能　宇乃花之　猒事有哉　君之不二来益一

大伴坂上郎女歌一首・

一五〇二　五月之　花橘乎　為君　珠尓社貫　零巻惜美

紀朝臣豊河歌一首

一五〇三　吾妹児之　家乃垣内　佐由理花　由利登云者　不欲云二似

高安歌一首

一五〇四　暇無　五月乎尚尓　吾妹児我　花橘乎　不見可将過

大神女郎贈大伴家持歌一首・

一五〇五　霍公鳥　鳴之登時　君之家尓　往跡追者　将至鴨

大伴田村大嬢与妹坂上大嬢歌一首

一五〇六　古郷之　奈良思乃岳能　霍公鳥　言告遣之　何如告寸八

大伴家持攀橘花贈坂上大嬢歌一首　并短歌

一五〇七　伊加登伊可等　有吾屋前尓　百枝刺　於布流橘　玉尓貫　五月乎近美　安要奴我尓　花咲尓家里・　朝尓食尓　出見毎　気緒尓　吾念妹尓　銅鏡　清月夜尓　直一眼　令覩麻而尓波　落許須奈　由米登云管　幾許　吾守物乎　宇礼多伎也　志許霍公鳥　暁之　裏悲尓　雖追雖追　尚来鳴而　徒　地尓令散者　為便乎奈美　攀而手　折都　見末世吾妹児

反歌

一五〇八　望降　清月夜尓　吾妹児尓　令視常念之　屋前之橘・

4 社　京赭—ナシ
2 内　類紀—内乃
5 欲　新訓—謌
攀　類紀宮—挙
18 米　類広紀宮—来
30 攀　類広紀宮—挙
4 視　類紀矢京—覩

4 タマニそ〔社〕・ヌケル
〔三〇〕 2 ナキシそのとキ
5 イタルラムカモ
12 アガオモフイモニ
19 ここダクニ
28 ツチニチラサバ

一五〇九（一五一三）妹之見而　後毛将レ鳴　霍公鳥　花橘乎　地尓落津　〔三一一〕

大伴家持贈二紀女郎一歌一首

一五一〇（一五一四）瞿麦者　咲而落去常　人者雖レ言　吾標之野乃　花尓有目八方

秋雑歌

崗本天皇御製歌一首

一五一一（一五一五）暮去者　小倉乃山尓　鳴鹿者　今夜波不レ鳴　寐宿家良思母

大津皇子御歌一首

一五一二（一五一六）経毛無　緯毛不レ定　未通女等之　織黄葉尓　霜莫零
（タテモナク　ヌキモサダめズ　ヲトメラガ　オルモミヂバニ　シモナフリそネ）

一五一二

穂積皇子御歌二首

一五一三（一五一七）今朝之旦開　鴈之鳴聞都　春日山　黄葉家良思　吾情痛之
（ケサノアサけ　カリがネキキツ　カスガヤマ　モミヂニケラシ　アがこころイタシ）

一五一三

一五一四（一五一八）秋芽者　可レ咲有良之　吾屋戸之　浅茅之花乃　散去見者
（アキハぎは　サキヌガラシ　ワガヤドの　アサヂノハナの　チリヌルミレバ）

一五一四

但馬皇女御歌一首　一書云、子部王作。

一五一五（一五一九）事繁　里尓不レ住者　今朝鳴之　鴈尓副而　去益物乎　一云、国尓不レ有者

〔三一二〕

山部王惜二秋葉一歌一首

一五一六（一五二〇）秋山尓　黄反木葉乃　移去者　更哉秋乎　欲レ見世武
（アキヤマニ　モミツこのハの　ウツリナバ　サラニヤアキヲ　ミマクホリセム）

一五一六

長屋王歌一首

一五一七（一五二一）味酒　三輪乃社之　山照　秋乃黄葉乃　散莫惜毛
（ウマさけ　ミワノヤシロの　ヤマテラス　アキノモミヂの　チラマクヲシモ）

[三二]

2 社　類―祝
4 葉乃　類広紀―葉

5 ワガこころイタシ
5 チリユクミレバ

臣類広紀宮—巨

山上臣＊憶良七夕歌十二首

一五一八 一五二二 天漢　相向立而　吾恋之　君来益奈利　紐解設奈〈一云、向レ河〉

右、養老八年七月七日、応レ令。

2 漢—漢之川瀬類

一五一九 一五二三 久方之　漢尓　船泛而　今夜可君之　我許来益武

右、神亀元年七月七日夜、左大臣宅。

5 牟童蒙—宇
7 思類広紀—意
19 左類広紀—佐

一五二〇 一五二四 牽牛者　織女等　天地之　別時由　伊奈牟之呂　河向立　思空　不レ安久尓　嘆空　不レ安久尓　青浪尓　望・者多要奴　白雲尓　涕者尽奴　如是耳也　伊伎都枳乎良牟　如是耳也　恋都追安良牟　左丹塗之　小船毛賀茂　玉纏之　真可伊毛我母〈一云、小棹毛何〉　朝奈芸尓　伊可伎渡　夕塩尓〈一云、夕倍＊尓毛〉　伊許芸渡　久方之　天河原尓　天飛也　領巾可多思吉　真玉手乃　玉手指更　餘宿毛　寐而師可聞〈一云、伊毛左祢而師加〉　秋尓安良受登母〈一云、秋不レ待登毛〉

反歌・

2 吉類広紀—伎

一五二一 一五二五 風雲者　二岸尓　可欲倍杼母　吾遠嬬之〈一云、波之嬬乃〉　事曽不レ通

一五二二 一五二六 多夫手二毛　投越都倍吉　天漢　敝太而礼婆可母　安麻多須弁奈吉

右、天平元年七月七日夜、憶良仰二観天河一。〈一云、帥家作。〉

一五二三 一五二七 秋風之　吹尓之日従　何時可登　吾待恋之　君曽来座流・

一五二四 一五二八 天漢　伊刀河浪者　多々祢杼母　伺候難之　近此瀬呼

一五二五 一五二九 袖振者　見毛可波之都倍久　雖レ近　度為便無　秋西安良祢波

3 アガコフル
2 アマのカハセニ
3 フネウカベテ
5 イナウ〔宇〕シろ
8 10 ヤスカラナクニ
〔三二〕
4 アガマチコフル
〔三四〕

一五二六 一五三〇 玉蜻蜓　髣髴所レ見而　別去者　毛等奈也恋牟　相時麻而波

右、天平二年七月八日夜、帥家集会。

一五二七 一五三一 牽牛之　迎レ嬬船　己芸出良之　天漢原尓　霧之立波・

一五二八 一五三二 霞立　天河原尓　待レ君登　伊往還尓　裳襴所レ沾

一五二九 一五三三 天河　浮津之浪音　佐和久奈里　吾待君思　舟出為良之母

大宰諸卿大夫并官人等宴二筑前国蘆城駅家一歌二首

一五三〇 一五三四 娘部思　秋芽子交　蘆城野　今日乎始而　万代尓将レ見

一五三一 一五三五 珠匣　葦木乃河乎　今日見者　迄二万代一　将レ忘八方・

右二首、作者未レ詳。

笠朝臣金村伊香山作歌二首

一五三二 一五三六 草枕　客行人毛　往触者　尓保比奴倍久毛　開流芽子香聞

一五三三 一五三七 伊香山　野辺尓開有　芽子見者　公之家有　尾花之所レ念

石川朝臣老夫歌一首

一五三四 一五三八 娘部志　秋芽子折礼　玉桙乃　道去裹跡　為二乞児一・

藤原宇合卿歌一首

一五三五 一五三九 我背児乎　何時曽且今登　待苗尓　於毛也者将レ見　秋風吹

縁達師歌一首

一五三六 一五四〇 暮相而　朝面羞　隠野乃　芽子者散去寸　黄葉早続也

4 天類広紀―ナシ

4 還類広紀―還程

1 ヒコホシの

3 アシきノヲ

〔三五〕

2 アキハぎヲレレ

1 ヨヒニアヒテ

臣　類広紀—巨
歌　類矢京—ナシ
天皇御製歌二首ヲ一五四〇ノ前ニオキ二首ヲ一首トスル紀
1 田　矢京—日

山上臣*憶良詠二秋野花一歌*二首

一五三七 一五四一 秋野尓　咲有花乎　指折　可伎数者　七種花　其一
アキノノニ サキタルハナヲ オヨビヲリ カキカゾフレバ ナナクサノハナ

一五三八 一五四二 芽之花　乎花葛花　瞿麦之花　姫部志　又藤袴　朝皃之花　其二

天皇御製歌二首 ******

一五三九 一五四三 秋田乃　穂田乎鴈之鳴　闇尓　夜之穂杼呂尓毛　鳴渡可聞

一五四〇 一五四四 今朝乃旦開　鴈鳴寒　聞之奈倍　野辺能浅茅曽　色付丹来
ケサノアサケ カリガネサムク キキシナヘ ノヘノアサヂゾ イロヅキニケル

大宰帥大伴卿歌二首

一五四一 一五四五 吾岳尓　棹壮鹿来鳴　先芽之　花嬬問尓　来鳴棹壮鹿
ワガヲカニ サヲシカキナク サキハギノ ハナヅマトヒニ キナクサヲシカ

一五四二 一五四六 吾岳之　秋芽花　風乎痛　可レ落成　将レ見人裳欲得
ワガヲカノ アキハギノハナ カゼヲイタミ チルベクナリヌ ミムヒトモガモ

三原王歌一首

一五四三 一五四七 秋露者　移尓有家里　水鳥乃　青羽乃山能　色付見者
アキノツユハ ウツシニアリケリ ミヅトリノ アヲバノヤマノ イロヅクミレバ

湯原王七夕歌二首

一五四四 一五四八 牽牛之　念座良武　従レ情　見吾辛苦　夜之更降去者

一五四五 一五四九 織女之　袖続三更之　五更者　河瀬之鶴者　不レ鳴友吉

市原王七夕歌一首

一五四六 一五五〇 妹許登　吾去道之　河有者　附目緘結跡　夜更降家類
イモガリト ワガユクミチノ カハアレバ ツクメムスブト ヨゾフケニケル

藤原朝臣八束歌一首

一五四七 一五五一 棹四香能　芽二貫置有　露之白珠　相佐和仁　誰人可毛　手尓将レ巻知布

〔三六〕
3 ナデシコガハナ
6 アサガホガハナ
1 アキツユハ
2 ウツシナリケリ
4 ミルワレクルシ
〔三七〕
5 ヨそクタチケル

大伴坂上郎女晩芽子歌一首

一五四八（一五五二）　咲花毛　乎曽呂波猒　奥手有　長意尓　尚不ㇾ如家里

典鋳正紀朝臣鹿人至二衛門大尉大伴宿祢稲公跡見庄一作歌一首

一五四九（一五五三）　射目立而　跡見乃岳辺之　瞿麦花　総手折　吾者将去　寧楽人之為

湯原王鳴鹿歌一首

一五五〇（一五五四）　秋芽之　落乃乱尓　呼立而　鳴奈流鹿之　音遥者

市原王歌一首

一五五一（一五五五）　待ㇾ時而　落鍾礼能　雨零収　開朝香　山之将二黄変一

湯原王蟋蟀歌一首

一五五二（一五五六）　暮月夜　心毛思努尓　白露乃　置此庭尓　蟋蟀鳴毛

衛門大尉大伴宿祢稲公歌一首

一五五三（一五五七）　鍾礼能雨　無ㇾ間零者　三笠山　木末歴　色附尓家里

大伴家持和歌一首

一五五四（一五五八）　皇之　御笠乃山能　秋黄葉　今日之鍾礼尓　散香過奈牟

安貴王歌一首

一五五五（一五五九）　秋立而　幾日毛不ㇾ有者　此宿流　朝開之風者　手本寒母

忌部首黒麻呂歌一首

一五五六（一五六〇）　秋田苅　借廬毛未ㇾ壊者　鴈鳴寒　霜毛置奴我二

2 乎曽類西イ紀―宇都
2 鍾類陽―鐘
3 雨新考―ナシ　校訂雨令
1 鍾類広―鐘
4 鍾類広―鐘

2 ヲそろハイとハシ　ヲそろハアキヌ
3 ナデシコガハナ
5 ワハモチテユク
〔三八〕
3 アめヤミヌ〔雨〕
3 モミチバハ
〔三九〕

故郷豊浦寺之尼私房宴歌三首

一五五七　明日香河(アスカガハ)　逝廻丘之(ユキみルヲカの)　秋芽子者(アキハぎハ)　今日零雨尒(ケフフルアめニ)　落香過奈牟(チリカスぎナム)

右一首、丹比真人国人。

一五五八　鶉鳴(ウヅラナク)　古郷之(フリニシサトの)　秋芽子乎(アキハぎヲ)　思人共(オモフヒとドチ)　相見都流可聞(アヒミツルカモ)

一五五九　秋芽子者(アキハぎハ)　盛過乎(サカリスグルヲ)　徒尒(イタヅラニ)　頭刺尒不レ挿(カザシニササズ)　還去牟跡哉(カヘリナムとヤ)

右二首、沙弥尼等。

大伴坂上郎女跡見田庄作歌二首

一五六〇　妹目乎(イモガめヲ)　始見之埼乃(ハツミのサキの)　秋芽子者(アキハぎハ)　此月其呂波(このツキごろハ)　落許須莫湯目(チリこスナユめ)

一五六一　吉名張乃(よナバリの)　猪養山尒(ヰカヒのヤマニ)　伏鹿之(フスシカの)　嬬呼音乎(ツマヨブこヱヲ)　聞之登門思佐(キクガともシサ)

巫部麻蘇娘子雁歌一首

一五六二　誰聞都(タレキキツ)　従二此間一鳴渡(こユナキワタル)　鴈鳴乃(カリガネの)　嬬呼音乃(ツマヨブこヱの)　乏知在乎(ともシクモアルヲ)

大伴家持和歌一首

一五六三　聞津哉登(キキツヤと)　妹之問勢流(イモガトハセル)　鴈鳴者(カリガネハ)　真毛遠(まこともとホク)　雲隠奈利(クモガクルナリ)

日置長枝娘子歌一首

一五六四　秋付者(アキヅけバ)　尾花我上尒(ヲバナガウヘニ)　置露乃(オクツユの)　応レ消毛吾者(けヌべクモアレハ)　所レ念香聞(オモホユルカモ)

大伴家持和歌一首

一五六五　吾屋戸乃(ワガヤドの)　一村芽子乎(ひとムラハぎヲ)　念児尒(オモフコニ)　不レ令レ見殆(ミセズホとホと)　令レ散都類香聞(チラシツルカモ)

大伴家持秋歌四首

2 丘類広—岳
3 子類広—ナシ
4 尒類広—ナシ
5 牟—矣広紀
2 始—跡考
5 門類広紀—聞
5 乏童蒙—之
5 在略解宣長説—左
5 乎定本—可　略解—大系守

5 カヘリナム〔矣〕とヤ
2 ミそめのサキの　と〔跡〕ミのサキの
5 とモシクモアルカ〔可〕〔四〇〕

一五六六 一五七〇 久堅之　雨間毛不レ置　雲隠　鳴曽去奈流　早田鴈之哭

1566
ヒサカタノ　アママモオカズ　クモガクリ　ナキソユクナル　ワサダカリガネ

1567
クモガクリ　ナキナルナベニ　アキタノホタチ　シゲクシオモホユ

一五六七 一五七一 雲隠　鳴奈流鴈乃　去而将レ居　秋田之穂立　繁之所レ念

1568
アマゴモリ　ココロイブセミ　イデミレバ　カスガノヤマハ　イロヅキニケリ

一五六八 一五七二 雨隠　情鬱悒　出見者　春日山者　色付二家里・

一五六九 一五七三 雨晴而　清照有　此月夜　又更而　雲勿田菜引

右四首、天平八年丙子秋九月作。　〔四一〕

藤原朝臣八束歌二首
1570
ココニアリテ　カスガヤイヅチ　アマツツミ　イデテユカネバ　コヒツツゾヲル

一五七〇 一五七四 此間在而　春日也何処　雨障　出而不レ行者　恋乍曽乎流

一五七一 一五七五 春日野尓　鍾礼零所レ見　明日従者　黄葉頭刺牟　高円乃山

大伴家持白露歌一首・

1572
ワガヤドノ　ヲバナガウヘノ　シラツユヲ　ケタズテタマニ　ヌクモノニモガ

一五七二 一五七六 吾屋戸乃　草花上之　白露乎　不レ令レ消而玉尓　貫物尓毛我

大伴利上歌一首

1573
アキノアメニ　ヌレツツヲレバ　イヤシケド　ワギモガヤドシ　オモホユルカモ

一五七三 一五七七 秋之雨尓　所レ沾乍居者　雖レ賤　吾妹之屋戸志　所レ念香聞

右大臣橘家宴歌七首

1574
クモノウヘニ　ナクナルカリノ　トホケドモ　キミニアハムト　タモトホリクツ

一五七四 一五七八 雲上尓　鳴奈流鴈之　雖レ遠　君将レ相跡　手廻来津

1575
クモノウヘニ　ナキツルカリノ　サムキナベ　ハギノシタバハ　モミチヌルカモ

一五七五 一五七九 雲上尓　鳴都流鴈乃　寒苗　芽子乃下葉者　黄変・可毛

右二首。　〔四二〕

3 涅―泥春広
4 聞為―代精
開為―

1576
コノヲカニ　ヲシカフミオコシ　ウカネラヒ　カモカモスラク　キミユヱニコソ

一五七六 一五八〇 此岳尓　小壮鹿履起　宇加埿良比　可聞可聞為良久　君故尓許曽

右一首、長門守巨曽倍朝臣津嶋。

5 里 類広紀―利
1 而―ナシ 広紀
2 鍾 類広―鐘
3 埿―泥 春広
4 聞為 代精―開為

朝臣―宿祢類
1 希略解宣長説―布
朝臣―宿祢類
2 鍾春広―鐘
1 希略解宣長説―布
3 乃類春広紀―ナシ
4 鍾類広―鐘

一五七七（一五八一） 秋野之　草花我末乎　押靡而　来之久毛知久　相流君可聞
一五七八（一五八二） 今朝鳴而　行之鴈鳴　寒可聞　此野乃浅茅　色付尓家類

右二首、阿倍朝臣虫麻呂。

一五七九（一五八三） 朝扉開而　物念時尓　白露乃　置有秋芽子　所レ見喚鶏本名
一五八〇（一五八四） 棹壮鹿之　来立鳴野之　秋芽子者　露霜負而　落去之物乎

右二首、文忌寸馬養。

天平十年戊寅秋八月廿日。

橘朝臣奈良麻呂結二集宴一歌十一首

一五八一（一五八五） 不二手折一而　落者惜常　我念之　秋黄葉乎　挿頭鶴鴨
一五八二（一五八六） 希将見　人尓令レ見跡　黄葉乎　手折曽我来師　雨零久仁

右二首、橘朝臣奈良麻呂。

一五八三（一五八七） 黄葉乎　令レ落鍾礼尓　所レ沾而来而　君之黄葉乎　挿頭鶴鴨

右一首、久米女王。

一五八四（一五八八） 希将見跡　吾念君者　秋山乃　始黄葉尓　似許曽有家礼

右一首、長忌寸娘。

一五八五（一五八九） 平山乃　峯之黄葉　取者落　鍾礼能雨師　無レ間零良志

右一首、内舎人県犬養宿祢吉男。

一五八六（一五九〇） 黄葉乎　落巻惜見　手折来而　今夜挿頭津　何物可将レ念

2 ヲバナガウレヲ
3 アガオモヒシ
〔四三〕
2 アガオモフキミハ
〔四四〕

右一首、県犬養宿祢持男。

一五八七 一五九一 足引乃　山之黄葉　今夜毛加　浮去良武　山河之瀬尓

右一首、大伴宿祢書持。

一五八八 一五九二 平山乎　令レ丹黄葉　手折来而　今夜挿頭都　落者雖レ落

右一首、三手代人名。

一五八九 一五九三 露霜尓　逢有黄葉乎　手折来而　妹挿頭都　後者落十方

右一首、秦許遍麻呂。

一五九〇 一五九四 十月　鍾礼尓相有　黄葉乃　吹者将レ落　風之随

右一首、大伴宿祢池主。

一五九一 一五九五 黄葉乃　過麻久惜美　思共　遊今夜者　不レ開毛有奴香

右一首、内舎人大伴宿祢家持。

以前、冬十月十七日、集二於右大臣橘卿之旧宅一宴飲也。

大伴坂上郎女竹田庄作歌二首

一五九二 一五九六 然不レ有　五百代小田乎　苅乱　田廬尓居者　京師所レ念

一五九三 一五九七 隠口乃　始瀬山者　色附奴　鍾礼乃雨者　零尓家良思母

右、天平十一年己卯秋九月作。

仏前唱歌一首

一五九四 一五九八 思具礼能雨　無レ間莫零　紅尓　丹保敝流山之　落巻惜毛

三宮—之

2 鍾 類広—鐘

4 鍾 類広—鐘

1 アシヒキの

4 イモモカザシツ

1 カみナヅき

〔四五〕

右、冬十月、皇后宮之維摩講終日、供養大唐高麗等種々音楽、尓乃唱此歌詞。弾琴者市原王、忍坂王（後賜姓大原真人赤麻呂也。）歌子者田口朝臣家守、河辺朝臣東人、置始連長谷等十数人也。　〔四六〕

大伴宿祢像見歌一首

一五九五 一五九九 秋芽子乃　枝毛十尾二　降露乃　消者雖消　色出目八方

大伴宿祢家持到娘子門作歌一首

一五九六 一六〇〇 妹家之　門田乎見跡　打出来之　情毛知久　照月夜鴨

大伴宿祢家持秋歌三首

一五九七 一六〇一 秋野尓　開流秋芽子　秋風尓　靡流上二　秋露置有

一五九八 一六〇二 棹壮鹿之　朝立野辺乃　秋芽子尓　玉跡見左右　置有白露

一五九九 一六〇三 狭尾壮鹿乃　胸別尓可毛　秋芽子乃　散過鶏類　盛可毛行流

右、天平十五年癸未秋八月、*見物色作。

内舎人石川朝臣広成歌二首

一六〇〇 一六〇四 妻恋尓　鹿鳴山辺之　秋芽子者　露霜寒　盛須疑由君　〔四七〕

一六〇一 一六〇五 目頬布　君之家有　皮須為寸　穂出秋乃　過良久惜母

大伴宿祢家持鹿鳴歌二首

一六〇二 一六〇六 山妣姑乃　相響左右　妻恋尓　鹿鳴山辺尓　独耳為手

一六〇三 一六〇七 頃者之　朝開尓聞者　足日木箆　山呼令響　狭尾壮鹿鳴哭

3 ハナ〔波奈〕ススキ

4 二広紀—尓

見広紀宮—ナシ

3 皮広紀—波　紀波奈

1 頃広紀—項
4 呼類紀—乎

秋 広紀―ナシ
六―五 広紀

右二首、天平十五年癸未秋八月十六日作。

大原真人今城傷ニ惜寧楽故郷一歌一首

一六〇四 一六〇八 秋去者 春日山之 黄葉見流 寧楽乃京師乃 荒良久惜毛

宿祢―ナシ広紀

大伴宿祢家持歌一首

一六〇五 一六〇九 高円之 野辺乃秋芽子 比日之 暁露尓 開兼可聞

秋相聞

額田王思ニ近江天皇一作歌一首・

一六〇六 一六一〇 君待跡 吾恋居者 我屋戸乃 簾令レ動 秋之風吹

鏡王女作歌一首

一六〇七 一六一一 風乎谷 恋者乏 風乎谷 将レ来常思待者 何如将レ嘆

弓削皇子御歌一首

一六〇八 一六一二 秋芽子之 上尓置有 白露乃 消可毛思奈万思 恋管不レ有者

丹比真人歌一首 名闕。・

一六〇九 一六一三 宇陀乃野之 秋芽子師弩芸 鳴鹿毛 妻尓恋楽苦 我者不レ益

丹生女王贈ニ大宰帥大伴卿一歌一首

5 之―乃広紀

一六一〇 一六一四 高円之 秋野上乃 瞿麦之花 丁壮香見 人之挿頭師 瞿麦之花

笠縫女王歌一首 六人部王之女、母曰ニ田形皇女一也。

〔四八〕

5 ワレニハマサジ

36 ナデシコガハナ

一六二一 一六二五 足日木乃　山下響　鳴鹿之　事乏可母　吾情都末

石川賀係女郎歌一首・

一六二二 一六二六 神佐夫等　不許　者不レ有　秋草乃　結之紐乎　解者悲哭

賀茂女王歌一首　長屋王之女、母曰ニ阿倍朝臣一也。

一六二三 一六二七 秋野乎　旦往鹿乃　跡毛奈久　念之君尓　相有今夜香

右歌、或云、椋橋部女王作。或云、笠縫女王作。

遠江守桜井王奉ニ 天皇一歌一首

一六二四 一六二八 九月之　其始鴈乃　便尓毛　念心者　所レ聞来奴鴨・

天皇賜ニ報和一 御歌一首

一六二五 一六二九 大乃浦之　其長浜尓　縁流浪　寛　公乎　念　比日　大浦者遠江国之海浜名也。

笠女郎贈ニ大伴宿祢家持一歌一首

一六二六 一六三〇 毎レ朝　吾見屋戸乃　瞿麦之　花尓毛君波　有許世奴香裳

山口女王贈ニ大伴宿祢家持一歌一首

一六二七 一六三一 秋芽子尓　置有露乃　風吹而　落　涙者　留　不勝都毛・

湯原王贈ニ娘子一歌一首

一六二八 一六三二 玉尓貫　不レ令レ消賜良牟　秋芽子乃　宇礼和〻良葉尓　置有白露

大伴家持至ニ姑坂上郎女竹田庄一作歌一首

一六二九 一六三三 玉桙乃　道者雖レ遠　愛　哉師　妹乎相見尓　出而曽吾来之

云―ナシ広紀

3 便広京赭―使
5 所代初―可

1 乃―ナシ類古
5 比古紀イ―此

贈類広紀―賜

贈類広紀―賜

贈類広紀―賜

4 〻―久壌

5 ワガこころヅマ

〔四九〕
2 イナブニハアラズ
イナニハアラズ

3 ツカヒ〔使〕ニモ

4 ユタけキキミヲ

3 ナデシコの

〔五〇〕
4 ウレワク〔久〕ラバ
ニ

1 之 類広紀―乃

1 業 類広紀―蒔
2 以 愚考―案 新考―立

攀 類紀宮―挙

大伴坂上郎女和歌一首

一六二〇 荒玉之　月立左右二　来不レ益者　夢西見乍　思曽・吾勢思

右二首、天平十一年己卯秋八月作。

巫部麻蘇娘子歌一首

一六二一 吾屋前之　芽子花咲有　見来益　今二日許　有者将レ落

大伴田村大嬢与二妹坂上大嬢一歌二首

一六二二 吾屋戸乃　秋之芽子開　夕影尓　今毛見師香　妹之光儀乎・

一六二三 吾屋戸尓　黄変蝦手　毎レ見　妹乎懸管　不レ恋日者無

坂上大娘秋稲蘰贈二大伴宿祢家持一歌一首

一六二四 吾之業有　早田之穂以　造有　蘰曽見乍　師弩波世吾背

大伴宿祢家持報贈歌一首

一六二五 吾妹児之　業跡造有　秋田　早穂乃蘰　雖レ見不レ飽可聞・

又報下脱二著レ身衣一贈中家持上歌一首

一六二六 秋風之　寒比日　下尓将レ服　妹之形見跡　可都毛思努播武

右三首、天平十一年己卯秋九月往来。

大伴宿祢家持*攀二非時藤花并芽子黄葉二物一贈二坂上大嬢一歌二首

一六二七 吾屋前之　非時藤之　目頬布　今毛見壮鹿　妹之咲容乎・

一六二八 吾屋前之　芽子乃下葉者　秋風毛　未レ吹者　如此曽毛美照

〔五一〕

1 ワガナレル・ワガマケ〔蒔〕ル
2 ワサダのホダチ〔立〕

〔五二〕

右二首、天平十二年庚辰夏六月往来。

大伴宿祢家持贈二坂上大嬢一歌一首 并短歌

一六二九/一六三三 叩ゝ　物乎念者　将レ言為便　将レ為ゝ便毛奈之　妹与吾　手携而　旦者　庭尓出立　夕者　床打払　白細乃　袖指代而　佐寐之夜也　常尓有家類　足日木能　山鳥許曽婆　峯向尓　嬬問為云　打蟬乃　人・有我哉　如何為跡可　一日一夜毛　離居而嘆恋良武　許己念者　胸許曽痛　其故尓　情奈具夜登　高円乃　山尓毛野尓母　打行而　遊往杼　花耳　丹穂日手有者　毎レ見　益而所レ思　奈何為而　忘　物曽　恋云物乎

反歌

一六三〇/一六三四 高円之　野辺乃容花　面影尓　所レ見乍妹者　忘不勝裳・

大伴宿祢家持贈二安倍女郎一歌一首

一六三一/一六三五 今造　久迩能京尓　秋夜乃　長尓独　宿之苦左

大伴宿祢家持従二久迩京一贈下留二寧楽宅一坂上大娘上歌一首

一六三二/一六三六 足日木乃　山辺尓居而　秋風之　日異吹者　妹乎之曽念

或者贈レ尼歌二首

一六三三/一六三七 手母須麻尓　殖之芽子尓也　還者　雖レ見不レ飽　情・将レ尽

一六三四/一六三八 衣手尓　水渋付左右　殖之田乎　引板吾波倍　真守有栗子

1 叩—叮広紀
16 婆—波類広紀
39 乎類広宮—呼

20 ヒとナルワレヤ
25 ここオモヘバ
33 ハナのみニ・ハナのみ
38 ワスレムモのそ

尼作二頭句一并大伴宿祢家持所レ誂レ尼続二末句等一和歌一首

一六三五 一六三九 佐保河之　水乎塞上而　殖之田乎　尼作。　苅流早飯者　独奈流倍思　家持続。

冬雑歌・

舎人娘子雪歌一首

一六三六 一六四〇 大口能　真神之原尓　零雪者　甚莫零　家母不レ有国

太上天皇　御製歌一首

一六三七 一六四一 波太須珠寸　尾花逆葺　黒木用　造有室者　迄二万代一

天皇　御製歌一首

一六三八 一六四二 青丹吉　奈良乃山有　黒木用　造有室者　雖二居・座一不レ飽可聞

右、聞之、御二在左大臣長屋王佐保宅一肆宴　御製。

大宰帥大伴卿冬日見レ雪憶レ京歌一首*

一六三九 一六四三 沫雪　保杼呂ゝゝ尓　零敷者　平城　京師　所レ念可聞

大宰帥大伴卿梅歌一首

一六四〇 一六四四 吾岳尓*　盛　開有　梅花　遺有雪乎　乱　鶴鴨・

角朝臣広弁雪梅歌一首**

一六四一 一六四五 沫雪尓　所レ落開有　梅花　君之許遣者　与曽倍弖牟可聞

安倍朝臣奥道雪歌一首

大類広紀―太
2 ゝゝゝ類―保杼呂
大類広紀―太
一首広紀宮―ナシ

4 カレルワサイヒハ
〔五四〕
3 クロきモチ
3 クロきモチ
〔五五〕

一六四二 一六四六 棚霧合　雪毛零奴可　梅花　不レ開之代尓　曽倍而谷将レ見

若桜部朝臣君足雪歌一首

一六四三 一六四七 天霧之　雪毛零奴可　灼然　此五柴尓　零巻乎将レ見

三野連石守梅歌一首

一六四四 一六四八 引攀而　折者可レ落　梅花　袖尓古寸入津　染者雖レ染

巨勢朝臣宿奈麻呂雪歌一首

一六四五 一六四九 吾屋前之　冬木乃上尓　零雪乎　梅花香常　打見都流香裳

小治田朝臣東麻呂雪歌一首

一六四六 一六五〇 夜干玉乃　今夜之雪尓　率所レ沾名　将レ開朝尓　消者惜家牟

忌部首黒麻呂雪歌一首

一六四七 一六五一 梅　花　枝尓可散登　見左右二　風尓乱而　雪曽落久類

紀小鹿女郎梅歌一首

一六四八 一六五二 十二月尓者　沫雪零跡　不レ知可毛　梅　花開　含不レ有而

大伴宿祢家持雪梅歌一首

一六四九 一六五三 今日零之　雪尓競而　我屋前之　冬木梅者　花開二家里

御二在西池辺一肆宴歌一首

一六五〇 一六五四 池　辺乃　松之末葉尓　零雪者　五百重零敷　明日左倍母将レ見

右一首、作者未レ詳。但竪子阿倍朝臣虫麻呂伝誦之。

1 アマぎラヒ

〔五八〕

4 カゼニマガヒテ

大伴坂上郎女歌一首

一六五一 一六五五 沫雪乃　比日続而　如此落者　梅始花　散香過南　〔五七〕
（アワユキノ　このころツギテ　カクフラバ　ウメのハツハナ　チリカスギナム）

他田広津娘子梅歌一首

一六五二 一六五六 梅花　折毛不レ折毛　見都礼杼母　今夜能花尓　尚不レ如家利

県犬養娘子依レ梅発レ思歌一首

一六五三 一六五七 如レ今　心乎常尓　念有者　先咲花乃　地尓将レ落八方・　5 ツチニチラめヤモ

大伴坂上郎女雪歌一首

一六五四 一六五八 松影乃　浅茅之上乃　白雪乎　不レ令レ消将レ置　言者可聞奈吉
（マツカゲの　アサヂがウヘの　シラユキヲ　ケタズテオカム　ことハカモナキ）

冬相聞

三国真人人*足歌一首　（人―ミ類紀宮）

一六五五 一六五九 高山之　菅葉之努芸　零雪之　消跡可曰毛　恋乃繁鶏鳩　4 けヌとイフでクモ
（タカヤマの　スガのハシノギ　フルユキの　ケヌとカイハモ　コヒのシゲケク）

大伴坂上郎女歌一首・

一六五六 一六六〇 酒坏尓　梅花浮　念共　飲而後者　落去登母与之　〔五八〕
（サカヅキニ　ウメのハナウカベ　オモフドチ　のミテのチハ　チリヌともヨシ）

和歌一首

一六五七 一六六一 官尓毛　縦賜有　今夜耳　将レ飲酒可毛　散許須奈由米
（ツカサニモ　ユルシタマヘリ　コヨヒのミ　ノマサカヲカモ　チリコスナユメ）

右、酒者*官禁制偁、京中閭里不レ得二集宴一。但親々一二飲楽聴許者。縁レ此和人作二此発句一焉。　（官類古広紀―宮）

藤皇后奉天皇御歌一首

一六五八（一六六二）　吾背児与　二有見麻世波　幾許香　此零雪之　懽有麻思

他田広津娘子歌一首

一六五九（一六六三）　真木乃於尓　零置有雪乃　敷布毛　所念可聞　佐夜問吾背

大伴宿祢駿河麻呂歌一首

一六六〇（一六六四）　梅花　令落冬風　音耳　聞之吾妹乎　見良久志吉裳

紀小鹿女郎歌一首

一六六一（一六六五）　久方乃　月夜乎清美　梅花　心開而　吾念有公

大伴田村大娘与妹坂上大娘歌一首

一六六二（一六六六）　沫雪之　可消物乎　至今尓　流経者　妹尓相曽

大伴宿祢家持歌一首

一六六三（一六六七）　沫雪乃　庭尓零敷　寒夜乎　手枕不纏　一香聞将宿

萬葉集巻第八

5 ウレシクアラマシ

3 尓 類広紀―ナシ

〔五九〕

萬葉集巻第九　〔一〕

雑歌

本 藍広紀—下
月—月歌 藍紀
三 藍広紀—一

萬葉集巻第九

雑歌

〔七〕

泊瀬朝倉宮御宇大泊瀬幼武天皇御製歌一首

一六六四（一六六八）　暮去者　小椋山尓　臥鹿之　今夜者不レ鳴　寐家良霜

右、或本云、崗本天皇御製。不レ審二正指一、因以累載。

崗本宮御宇天皇幸二紀伊国一時歌二首

一六六五（一六六九）　為レ妹　吾玉拾　奥辺有　玉縁将来　奥津白浪

一六六六（一六七〇）　朝霧尓　沾尓之衣　不レ干而　一哉君之　山道将レ越

右二首、作者未レ詳。

大宝元年辛丑冬十月太上天皇大行天皇幸二紀伊国一時歌十三首

一六六七（一六七一）　為レ妹　我玉求　於伎辺有　白玉依来　於伎都白浪

右一首、上見既畢。但歌辞小換、年代相違、因以累載。

〔八〕

一六六八（一六七二）　白埼者　幸在待　大船尓　真梶繁貫　又将レ顧

一六六九（一六七三）　三名部乃浦　塩莫満　鹿嶋在　釣為海人乎　見変来六

一六七〇（一六七四）　朝開　滂出而我者　湯羅前　釣為海人乎　見反将レ来

大泊瀬幼武藍壬広紀—ナシ　大泊瀬幼武天皇ノ割注アリ
3 フスシカハ
4 将藍類古広—持
5 浪—波壬文
太—大広紀
2 滂—榜類古
5 反藍類—変

一六七一 一六七五　湯羅乃前　塩乾尓祁良志　白神之　礒浦箕乎　敢而滂動

一六七二 一六七六　黒牛方　塩干乃浦乎　紅　玉裙須蘇延　往者誰妻・

一六七三 一六七七　風草乃　浜之白波　徒　於レ斯依久流　見人無　一云、於レ斯依来藻

右一首、山上臣憶良類聚歌林曰、長忌寸意吉麻呂応レ詔作二此歌一。

一六七四 一六七八　我背児我　使将レ来歟跡　出立之　此松原乎　今日香過南

一六七五 一六七九　藤白之　三坂乎越跡　白栲之　我衣手者　所レ沾香裳・

一六七六 一六八〇　勢能山二　黄葉常敷　神岳之　山黄葉者　今日散濫

一六七七 一六八一　山跡庭　聞往歟　大我野之　竹葉苅敷　廬為有跡者

一六七八 一六八二　木国之　昔弓雄之　響矢用　鹿取靡　坂上尓曽安留

一六七九 一六八三　城国尓　不レ止将二往来一　妻社　妻依来西尼　妻常言長柄　一云、嬬賜尓毛　嬬云長良・

右一首、或云、坂上忌寸人長作。

後人歌二首

一六八〇 一六八四　朝裳吉　木方往君我　信土山　越濫今日曽　雨莫零根

一六八一 一六八五　後居而　吾恋居者　白雲　棚引山乎　今日香越濫

献二忍壁皇子一歌一首　詠二仙人形一。

一六八二 一六八六　常之倍尓　夏冬往哉　裘　扇不レ放　山住人

献二舎人皇子一歌二首・

一六八三 一六八七　妹手　取而引与治　捄手折　吾刺可　花開鴨

---

5 滂—榜類古
1 草塙—早略解　莫
1 二藍類広—尓
2 往—ナシ類紀
5イ 良藍類—柄
5 濫—監類広紀
1 倍藍類壬広—陪

---

1 カザナシ〔莫〕の
4 アガころモデハ
〔九〕
3 カみヲカの
2 キこえユカヌカ
4 ササカリシキテ
2 ムカシサツヲの
3 ナルヤモチ
4 アフギハナタズ
〔一〇〕

一六八四（一六八八）　春山者　散過去鞆　三和山者　未含　君待勝尓

泉河辺間人宿祢作歌二首

一六八五（一六八九）　河瀬　激乎見者　玉鴨　散乱而在　川常鴨

一六八六（一六九〇）　孫星　頭刺玉之　嬬恋　乱祁良志　此川瀬尓

鷺坂作歌一首

一六八七（一六九一）　白鳥　鷺坂山　松影　宿而往奈　夜毛深往乎

名木河作歌二首

一六八八（一六九二）　焱干　人母在八方　沾衣乎　家者夜良奈　羇印

一六八九（一六九三）　在衣　辺著而榜尼　杏人　浜過者　恋布在奈利

高島作歌二首

一六九〇（一六九四）　高嶋之　阿渡川波者　驟鞆　吾者家思　宿加奈之弥

一六九一（一六九五）　客在者　三更判而　照月　高嶋山　隠惜毛

紀伊国作歌二首

一六九二（一六九六）　吾恋　妹相佐受　玉浦丹　衣片敷　一鴨将レ寐・

一六九三（一六九七）　玉匣　開巻惜　悋夜矣　袖可礼而　一鴨将レ寐

鷺坂作歌一首

一六九四（一六九八）　細比礼乃　鷺坂山　白管自　吾尓尼保波尼　妹尓示

泉河作歌一首

一六八五　3 玉―藍類壬広―玉藻
一六九〇　2 川―河藍宮
一六九一　2 判塙―刺〔刺〕広近京
一六九三　5 寐―宿類西イ広
一六九四　4 波尼藍類広　紀―波弖

一六八四　5 キミマチカテニ
一六八五　2 タキチヲミレバ　タギ（キ）ツヲミレバ
一六八七　1 シロとりの
一六八九　1 2 アリそ*ヘニツキテコガサネ　2 ヘツキテこガニ　3 カラタチの・モモサネの・カラひとの
一六九一　2 ヨナカヲサシ〔刺〕テ
〔一一〕
4 ワレニニホハニ

一六九五 一六九九 妹門　入出見川乃　床奈馬尓　三雪遺　未冬鴨

名木河作歌三首

一六九六 一七〇〇 衣手乃　名木之川辺乎　春雨　吾立沾等　家念良武可

一六九七 一七〇一 家人　使在之　春雨乃　与久列杼吾等乎　沾念者

一六九八 一七〇二 焱干　人母在八方　家人　春雨須良乎　間使尓為

宇治河作歌二首

一六九九 一七〇三 巨椋乃　入江響奈理　射目人乃　伏見何田井尓　鴈渡良之

一七〇〇 一七〇四 金風　山吹瀬乃　響苗　天雲翔　鴈相鴨

献二弓削皇子一歌三首

一七〇一 一七〇五 佐宵中等　夜者深去良斯　鴈音　所レ聞空　月渡見

一七〇二 一七〇六 妹当　茂苅音　夕霧　来鳴而過去　及レ乏

一七〇三 一七〇七 雲隠　鴈鳴時　秋山　黄葉片待　時者雖レ過

献二舎人皇子一歌二首

一七〇四 一七〇八 球手折　多武山霧　茂鴨　細川瀬　波驟祁留

一七〇五 一七〇九 冬木成　春部恋而　殖木　実成時　片待吾等叙

舎人皇子御歌一首

一七〇六 一七一〇 黒玉　夜霧立　衣手　高屋於　霏霺麻天尓

鷺坂作歌一首

4 等藍類広紀―ナシ

2 瀬―瀬々紀

5 鴈―ナシ藍類古広

2 鴈―ナシ藍類壬広

4 葉―ナシ藍類壬広

2 ツカヒニシ）アラシ

2 イリえナルナリ

（一一）

4 キこユルソラニ

5 とモシキマデニ

5 ナミサワキケル

一七〇七 一七二一 山代　久世乃鷺坂　自神代　春者張乍　秋者散来
ヤマシロノ　クセノ　サギサカ　カムヨリ　　ハルハハリツツ　アキハチリケリ

泉河辺作歌一首

一七〇八 一七二二 春草　馬咋山自　越来奈流　鴈使者　宿過奈利
ハルクサヲ　ウマクヒヤマユ　　　　　カリノツカヒハ　ヤドリスグナリ

献弓削皇子歌一首

一七〇九 一七二三 御食向　南淵山之　巌者　落波太列可　削遺有

右、柿本朝臣人麻呂之歌集所出。

一七一〇 一七〇四 吾妹児之　赤裳涅塗而　殖之田乎　苅将蔵　倉無之浜

一七一一 一七二五 百転　八十之嶋廻乎　榜雖来　粟小嶋者　雖見不足可聞

右二首、或云、柿本朝臣人麻呂作。

〔一一三〕

登筑波山詠月一首

一七一二 一七二六 天原　雲無夕尓　烏玉乃　宵度月乃　入巻恡毛

幸芳野離宮時歌二首

一七一三 一七二七 滝上乃　三船山従　秋津辺　来鳴度者　誰喚児鳥

一七一四 一七二八 落多芸知　流水之　磐触　与杼売類与杼尓　月影所見

右三首、作者未詳。*

槐本歌一首

一七一五 一七二九 楽浪之　平山風之　海吹者　釣為海人之　袂変所見

山上歌一首

2 涅　藍類—泥
1 転　藍類古広—伝之
4 者—志　類古広紀
三—二　藍矢京
1 浪　藍類壬広—波
3 カみよヨリ

1 乃藍類壬広—之

一七一六 一七二〇 白那弥乃　浜松之木乃　手酬草　幾世左右二箇・年薄経濫　〔一四〕
シラナミノ　ハママツノキノ　タムケクサ　イクヨサマデニ　トシハヘヌラム

右一首、或云、川嶋皇子御作歌。

春日歌一首

4 潮類古広紀—湖

一七一七 一七二一 三川之　淵瀬物不レ落　左提刺尓　衣手潮　干児波無尓

高市歌一首

1 代藍類—伐　2 榜—滂藍広　5 監類広—濫

一七一八 一七二二 足利思代　榜行舟薄　高嶋之　足速之水門尓　極尓監鴨・

2 こギ）ユキシフネハ

春日蔵歌一首

一七一九 一七二三 照月遠　雲莫隠　嶋陰尓　吾船将レ極　留不レ知毛

右一首、或本云、小弁作也。或記二姓氏一無レ記二名字一、或偁二名号一不レ偁二姓氏一。然依二古記一便以レ次載。凡如レ此類、下皆放焉。

放—效文宮

元仁歌三首

3 日—ナシ藍類壬広

一七二〇 一七二四 馬屯而　打集越来　今日見鶴　芳野之川乎　何時将レ顧・
ウチムレコエキ　ケフミツル　ヨシノノカハラ　イツカヘリミム

3 イマ〔日〕ミツル

4 乎—ナシ藍

一七二一 一七二五 辛苦　晩去日鴨　吉野川　清河原乎　雖レ見不レ飽君　〔一五〕

5 真類古壬広—莫

一七二二 一七二六 吉野川　河浪高見　多寸能浦乎　不レ視歟成嘗　恋布真国
ヨシノガハ　カハナミタカミ　タキノウラヲ　ミズカナリナム　コヒシケマクニ

絹歌一首

5 河類古壬広—君

一七二三 一七二七 河蝦鳴　六田乃河之　川楊乃　根毛居侶雖レ見　不レ飽河鴨

嶋足歌一首

一七二四 一七二八 欲レ見　来之久毛知久　吉野川　音清左　見二友敷・一・
ミマクホリ　コシクモシルク　ヨシノガハ　オトノサヤケサ　ミニトモシク

[一五]

2 而 類壬—ナシ
4 女 西貼紙代精—ナシ
5 名 新考—ナシ
5 教 略解—敷
4 超 藍類広紀—越
3 麻 藍類壬広—靡
1 祖 略解宣長説—ナシ
3 5 滂—榜類古紀
5 香 藍類—者

麻呂歌一首

一七二五 一七二九 古之賢人之遊兼吉野川原雖レ見不レ飽鴨

右、柿本朝臣人麻呂之歌集出。

丹比真人歌一首

一七二六 一七三〇 難波方塩干尓出而玉藻苅海未通女等汝名告左祢

和歌一首

一七二七 一七三一 朝入為流人跡乎見座草枕客去人尓妾名者不レ教

石川卿歌一首

一七二八 一七三二 名草目而今夜者寐南従二明日一波恋鴨行武従二此間一別者

宇合卿歌三首

一七二九 一七三三 暁之夢所レ見乍梶嶋乃石超浪乃敷弖志所レ念

一七三〇 一七三四 山品之石田乃小野之母蘇原見乍哉公之山道越良武

一七三一 一七三五 山科乃石田社尓布麻越者蓋吾妹尓直相鴨

碁師歌二首

一七三二 一七三六 祖母山霞棚引左夜深而吾舟将レ泊等万里不レ知母

一七三三 一七三七 思乍雖レ来ゝ不勝而水尾埼真長乃浦乎又顧津

小弁歌一首

一七三四 一七三八 高嶋之足利湖乎滂過而塩津菅浦今香将レ滂

5 ワレハ〔名〕シカ〔敷〕ナク〔一六〕

3 タムけセバ・ヌサヲオカバ

伊保麻呂歌一首

一七三五（一七三九）吾畳　三重乃河原之　礒裏尓　如是鴨跡　鳴河蝦可物

式部大倭芳野作歌一首

一七三六（一七四〇）山高見　白木綿花尓　落多芸津　夏身之川門　雖レ見不レ飽香聞

兵部川原歌一首

一七三七（一七四一）大滝乎　過而夏箕尓　傍居而　浄川瀬　見何明沙・

詠二上総末珠名娘子一一首　并短歌

一七三八（一七四二）水長鳥　安房尓継有　梓弓　末乃珠名者　胸別之　広吾妹　腰細之　須軽娘子之　其
姿之　端正尓　如レ花　咲而立者　玉桙乃　道往人者　己行　道者不レ去而　不レ召
尓　門至奴　指並　隣之君者　預　己妻離而　不レ乞尓　鎰左倍奉　人皆乃　如
是迷有者　容艶　縁而曽妹者　多波礼弖有家留

反歌・

一七三九（一七四三）金門尓之　人乃来立者　夜中母　身者田菜不レ知　出曽相来

詠二水江浦嶋子一一首　并短歌

一七四〇（一七四四）春日之　霞時尓　墨吉之　岸尓出居而　釣船之　得乎良布見者　古之　事曽所
レ念　水江之　浦嶋児之　堅魚釣　鯛釣矜　及二七日一　家尓毛不レ来而　海界乎　過而
榜行尓　海若　神之女尓　邂尓　伊許芸趍　相誂良比　言成之賀婆　加吉結　常代
尓至　海若　神・之宮乃　内隔之　細有殿尓　携　二人入居而　耆不レ為　死不

5 聞—裳類古　壬ィ広
3 居略解宣長説　—為
14 往藍類—行
21 預藍類壬紀—　予(豫)
25 皆乃藍類広　—乃皆
12 矜—予(豫)　広

〔一七〕
1 ヤマダカミ
3 ソヒヲリテ・チカクキテ・チカクシ〔為〕テ
9 そのナリの
10 キラギラシキニ
14 ミチユクヒとハ
27 カホよキニ・タチシナヒ
〔一八〕
10 ウラのシマコガ
12 タヒツリカネテ〔予〕
20 イこギオモブキ
21 アヒトブラヒ

36 乃藍類広紀―之
65 垣藍類―墻
67 筥矢京―莒
69 如藍類―如来
79 反―返藍類
4 行藍類壬広―心

レ為而　永世尓　有家留物乎　世間之　愚人乃　吾妹児尓　告而語久　須臾者　家
帰而　父母尓　事毛告良比　如二明日一　吾者来南登　言家礼婆　妹之答久　常世辺
復変来而　如レ今　将レ相跡奈良婆　此篋　開勿勤常　曽己良久尓　堅目師事乎　墨
吉尓　還来而　家見跡　宅毛見金手　里見跡　里毛見金手　恠常　所許尓念久
従レ家出而　三歳之間尓　垣毛無　家滅目八跡　此筥乎　開而見手歯　如レ本　家者
将レ有登　玉篋　小披尓　白雲之　自レ箱出而　常世辺　棚引去者　立走　叫　袖振
反側　足受利四管　頓　情消失奴　若有之　皮毛皺奴　黒有之　髪毛白斑奴　由奈
由奈波　気左倍絶而　後遂　寿死祁流　水江之　浦嶋子之　家地見

反歌

一七四一（一七四五）　常世辺　可レ住物乎　剣刀　己之行柄　於曽也是君

見二河内大橋独去娘子一歌一首 并短歌

一七四二（一七四六）　級照　片足羽河之　左丹塗　大橋之上従　紅　赤裳数十引　山藍用　揩衣服而　直
独　伊渡為児者　若草乃　夫香有良武　橿実之　独歟将レ宿　問巻乃　欲我妹之
家乃不レ知久

反歌

一七四三（一七四七）　大橋之　頭尓家有者　心悲久　独去児尓　屋戸借申尾

見二武蔵小埼沼鴨一作歌一首

一七四四（一七四八）　前玉之　小埼乃沼尓　鴨曽翼霧　己尾尓　零置流霜乎　掃等尓有斯

36 オろカシヒとの
42 ことモのラヒ
64 ミとセのアヒダニ
〔一九〕
76 タナビキユけバ
92 ウラのシマコガ
4 ワガこころカラ
1 シナデル
3 こころイタク
〔二〇〕

那賀郡曝井歌一首

一七四五 一七四九 三栗乃　中尒向有　曝井之　不レ絶将レ通　彼所尒妻毛我

手綱浜歌一首

一七四六 一七五〇 遠妻四　高尒有世婆　不レ知十方　手綱乃浜能　尋・来名益

春三月　諸卿大夫等下ニ難波一時歌二首　并短歌

一七四七 一七五一 白雲之　竜田山之　滝上之　小桉嶺尒　開乎為流　桜花者　山高　風之不レ息者　春雨之　継而零者　最末枝者　落過去祁利　下枝尒　遺有花者　須臾者　落莫乱　草枕　客去君之　及ニ還来一

反歌

一七四八 一七五二 吾去者　七日者不レ過　竜田彦　勤此花乎　風尒莫落・

一七四九 一七五三 白雲乃　立田山乎　夕晩尒　打越去者　滝上之　桜花者　開有者　落過祁里　含有者　可ニ開継一　許知期智乃　花之盛尒　雖レ不レ見　左右　君之三行者　今西応レ有

反歌

一七五〇 一七五四 暇有者　魚津柴比渡　向峯之　桜花毛　折末思物緒

難波経宿　明日還来之時歌一首　并短歌・

一七五一 一七五五 嶋山乎　射往廻流　河副乃　丘辺道従　昨日己曽　吾超来壮鹿　一夜耳　宿有之柄ニ　峯上之　桜花者　滝之瀬従　落堕而流　君之将レ見　其日左右庭　山下之　風莫吹登　打越而　名ニ負有社尒　風祭為奈

2 者藍類壬広―ナシ
11 期藍類紀―斯
14 左右―左類　広紀在新訓
2 比―汁藍類広紀
6 超藍広―越
9 峯藍紀矢京―岑

7 ヤマダカミ
〔二一〕
13 14 メサズ〔右〕とモ　アラネ〔在〕どモ
6 ワレコえこシカ　アガコえこシカ
9 ミネのウへの
15 アラシの

2 坂　藍類紀―坂上
11 峯　藍類―岑
12 公　藍類―君
4 哉　藍類広―武

反歌

一七五二 一七五六 射行相乃　坂之踏本尓　開乎為流　桜　花乎　令レ見児毛欲得・

検税使大伴卿登ニ筑波山一時歌一首 并短歌

一七五三 一七五七 衣手　常陸　国　二並　筑波乃山乎　欲レ見　君来座登　熱　尓　汗可伎奈気　木根取　嘯鳴登　峯上乎　公尓令レ見者　男神毛　許　賜　女神毛　千羽日給　而　時登無　雲居雨零　筑波嶺乎　清　照　言借石　国之真保良乎　委曲尓　示　賜　者　歓　登　紐之緒解而　家　如　解而曽遊　打靡　春見麻之従者　夏草之　茂　者雖レ在　今日之楽　者・

反歌

一七五四 一七五八 今日尓　何如　将レ及　筑波嶺　昔　人之　将レ来其日毛

詠ニ霍公鳥一一首 并短歌

一七五五 一七五九 鶯　之　生卵乃中尓　霍公鳥　独　所レ生而　己父尓　似而者不レ鳴　己母尓　似而者　不レ鳴　宇能花乃　開有野辺従　飛翻　来鳴令レ響　橘　之　花乎居令レ散　終日　雖レ喧聞吉　幣者将レ為　遐　莫去　吾屋戸之　花橘尓　住度　鳥・

反歌

一七五六 一七六〇 掻霧之　雨　零夜乎　霍公鳥　鳴而去成　𪫧怜其鳥

登ニ筑波山一歌一首 并短歌

一七五七 一七六一 草枕　客之憂乎　名草漏　事毛有哉跡　筑波嶺尓　登　而見者　尾花落　師付之田井尓　鴈　泣毛　寒　来喧奴　新治乃　鳥羽能淡海毛　秋風尓　白浪立奴　筑波嶺乃　吉久

〔二一二〕
13 ヲのカみモ・ヲカみモ
15 メのカみモ・メカみモ

〔二一三〕
1 カキきラヒ

乎見者　長気尓　念積来之　憂者息沼・

反歌

一七五八（一七六二）筑波嶺乃　須蘇廻乃田井尓　秋田苅　妹許将レ遣　黄葉手折奈

登二筑波嶺一為二嬥歌会一日作歌一首　并短歌

一七五九（一七六三）鷲住　筑波乃山之　裳羽服津乃　其津乃上尓　率而　未通女壮士之　往集　加賀布
嬥歌尓　他妻尓　吾毛交牟　吾妻尓　他毛言問　此山乎　牛掃神之　従レ来　不レ禁行
事叙　今日耳者　目串毛勿見　事毛・咎莫　嬥歌者東俗語曰二賀我比一。

反歌

一七六〇（一七六四）男神尓　雲立登　斯具礼零　沾通友　吾将レ反哉

右件歌者、高橋連虫麻呂歌集中出。

詠二鳴鹿一一首　并短歌

一七六一（一七六五）三諸之　神辺山尓　立向　三垣乃山尓　秋芽子之　妻巻六跡　朝月夜　明巻鴦視　足
日木乃　山響令レ動　喚立鳴毛・

反歌

一七六二（一七六六）明日之夕　不レ相有八方　足日木乃　山彦令レ動　呼立哭毛

右件歌、或云、柿本朝臣人麻呂作。

沙弥女王歌一首

一七六三（一七六七）倉橋之　山乎高歟　夜牢尓　出来月之　片待難

鹿　元藍類壬—鹿歌

3 乃　元藍類壬—之

〔一一四〕

1 ヲのカみニ・ヲカみニ

13 玉元藍類広—王
3 〻〻〻元藍広—且今日
4 二藍類広紀—尓
5 比元類紀文—此

右一首、間人宿祢大浦歌中既見。但末一句相換。亦作歌両主不レ敢ニ正指一。因以累載。

七夕歌一首 并短歌

一七六四 一七六八 久堅乃　天漢尓　上瀬尓　珠橋渡之　下湍尓　船浮居　雨零而　風不レ吹登毛　風吹
而　雨不レ落等物　裳不レ令レ湿　不レ息来益常　玉橋渡須

反歌

一七六五 一七六九 天漢　霧立渡　且今日〻〻　吾待君之　船出為等霜

右件歌、或云、中衛大将藤原北卿宅作也。

相聞

振田向宿祢退ニ筑紫国一時歌一首

一七六六 一七七〇 吾妹児者　久志呂尓有奈武　左手乃　吾奥手二　纒而去麻師乎

抜気大首任ニ筑紫一時　娶ニ豊前国娘子紐児一作歌三首

一七六七 一七七一 豊国乃　加波流波吾宅　紐　児尓　伊都我里座者　革流波吾家。

一七六八 一七七二 石上　振乃早田乃　穂尓波不レ出　心中尓　恋流比日

一七六九 一七七三 如是耳志　恋思度　者　霊剋　命毛吾波　惜　雲奈師

大神大夫任ニ長門守一時　集ニ三輪河辺一宴歌二首

一七七〇 一七七四 三諸乃　神能於婆勢流　泊瀬河　水尾之不レ断者　吾忘礼米也

一七七一 一七七五 於久礼居而　吾波也将レ恋　春霞　多奈妣久山乎。　君之越去者

〔二一五〕
6 フネウカでスヱ

〔二一六〕
4 イのチモワレハ
5 ワレワスレめヤ

右二首、古集中出。*

大神大夫任二筑紫国一時　阿倍大夫作歌一首

一七七二 一七六六 於久礼居而　吾者哉将レ恋　稲見野乃　秋芽子見都津　去奈武子故尓

献二弓削皇子一歌一首

一七七三 一七六七 神南備　神依板尓　為杉乃　念母不レ過　恋之茂尓

献二舎人皇子一歌二首•

一七七四 一七六八 垂乳根乃　母之命乃　言尓有者　年緒長　憑過武也

一七七五 一七六九 泊瀬河　夕渡来而　我妹児何　家門　近舂二家里

右三首、柿本朝臣人麻呂之歌集出。

石川大夫遷レ任上レ京時　播磨娘子贈歌二首

一七七六 一七七〇 絶等寸笑　山之峯上乃　桜花　将レ開春部者　君乎将レ思

一七七七 一七七一 君無者　奈何身将二装餝一　匣有　黄楊之小梳毛　将レ取跡毛不レ念

藤井連遷レ任上レ京時　娘子贈歌一首

一七七八 一七七二 従二明日一者　吾波孤悲牟奈　名欲山　石踏平之　君我越去者

藤井連和歌一首

一七七九 一七七三 命乎志　麻勢久可願　名欲山　石践平之　復亦毛来武

鹿嶋郡苅野橋別二大伴卿一歌一首　并短歌•

一七八〇 一七七四 牡牛乃　三宅之滷尓　指向　鹿嶋之埼尓　狭丹塗之　小船儲　玉纏之　小梶繁貫　夕

集元西原広紀—歌集

2 峯元類—岑　5 乎—之元藍

1 牡元藍紀—牝　2 滷考—汭古義酒

---

2 カムよセイタニ　カみよリイタニ　カみよセイタニ

〔二七〕3 ことニアレバ　5 タのミスぎムヤ　タのミスグサム〔也〕

2 ヤマのヲのうへの　5 キミシ〔之〕シノハム

〔二八〕2 ミヤケのウラ〔汭〕ニ　6 ヲブネヲマウけ

16 美略解―ナシ
19 垂―摩略解

塩之　満乃登等美尓　三船子呼　阿騰母比立而　喚立而　三船出者　浜毛勢尓　後奈
美居而　反側　恋香裳将レ居　足垂之　泣耳八将レ哭　海上之　其津乎指而　君之己芸帰
者

反歌

一七八一（一七七五）　海津路乃　名木名六時毛　渡七六　加九多都波二　船出可レ為八

右二首、高橋連虫麻呂之歌中出。*

歌元類紀―歌集

与レ妻歌一首

一七八二（一七七六）　雪己曽波　春日消良米　心佐閇　消失多列夜　言母不二往来一

妻和歌一首

一七八三（一七七七）　松反　四臂而有八羽　三栗　中上不レ来　麻呂等言八子・

右二首、柿本朝臣人麻呂之歌中出。*

歌元類広紀―歌集

贈二入唐使一歌一首

5 船元藍広紀―舶

一七八四（一七七八）　海若之　何神乎　斎祈者歟　往方毛来方毛　船之早兼

右一首、渡レ海年記未レ詳。*

記元藍類広―紀

神亀五年戊辰秋八月歌一首 并短歌

6 公元藍広紀―君

一七八五（一七七九）　人跡成　事者難乎　和久良婆尓　成吾身者　死毛生毛　公之随意常　念乍　有之間
尓　虚蟬乃　代人・有者　大王之　御命恐美　天離　夷治尓登　朝鳥之　朝立為管
群鳥乃　群立行者　留居而　吾者将レ恋奈　不レ見久有者

1 ユキこそバ

〔二一九〕

18 ムラダチユカバ

反歌

一七八六 一七九〇 三越道之　雪零山乎　将レ越日者　留有吾乎　懸而小竹葉背

天平元年己巳冬十二月歌一首　并短歌

一七八七 一七九一 虚蟬乃　世人有者　大王之　御命恐弥　礒城嶋能・日本　国乃　石上　振　里尓　紐
不レ解　丸寐乎為者　吾衣有　服　者奈礼奴　毎レ見　恋者雖レ益　色二山上復有山者　一
可レ知美　冬　夜之　明　毛不レ得呼　五十母不レ宿二　吾歯曽恋流　妹之直香仁　〔三〇〕

反歌

一七八八 一七九二 振山従　直　見渡　京二曽　寐　不レ宿恋流　遠不レ有尓

一七八九 一七九三 吾妹児之　結手師紐乎　将レ解八方　絶者絶十方　直二相左右二・

右件五首、笠朝臣金村之歌中出。

天平五年癸酉　遣唐使船発二難波一入レ海之時　親母贈レ子歌一首　并短歌

一七九〇 一七九四 秋芽子乎　妻問鹿許曽　一子二　子持有跡五十戸　鹿児自物　吾独子之　草枕　客二
師往者　竹珠乎　密　貫垂　斎戸尓　木綿取四手而　忌日管　吾思吾子　真好去有欲得

反歌・

一七九一 一七九五 客人之　宿　将レ為野尓　霜降者　吾子羽裹　天乃鶴群　〔三一〕

思二娘子一作歌一首　并短歌

一七九二 一七九六 白玉之　人乃其名矣　中〻二　辞緒下延　不レ遇日之　数多過者　恋日之　累　行者
思　遣　田時乎白土　肝向　心摧而　珠手次　不レ懸時無　口不レ息　吾恋児矣　玉

15 色元藍西原広 ―色色

5 とホクアラナクニ

4 コモテリとイヘ

14 アガモヘルアゴ　アガオモフアガコ

4 下元藍類―不

釧 手尓取持而 真十鏡 直目尓不レ視者 下檜山 下逝水乃 上丹不レ出 吾念情
安虚歟毛・

反歌

一七九三 一八一七 垣保成 人之横辞 繁香裳 不レ遭日数多 月乃経良武
（カキホナス）（ヒトノヨコゴト）（シゲミカモ）（アハヌヒノマネク）（ツキノヘヌラム）
25 ヤスキソラカモ

一七九四 一八一八 立易 月重而 雖レ不レ遇 核不レ所レ忘 面影思天
（タチカハリ）（ツキカサナリテ）（アヘネドモ）（サネワスラエズ）（オモカゲニオモフ）

右三首、田辺福麻呂之歌集出。

挽歌

宇治若郎子宮所歌一首

一七九五 一八一九 妹等許 今木乃嶺 茂立 嬬待木者 古人見祁牟・
（イモラガリ）（イマキノミネ）（シゲリタツ）（ツマツマツノキハ）（フルヒトミケム）

紀伊国作歌四首

一七九六 一八二〇 黄葉之 過去子等 携 遊礒麻 見者悲裳

一七九七 一八二一 塩気立 荒礒丹者雖レ在 往水之 過去妹之 方見等曽来

一七九八 一八二二 古家丹 妹等吾見 黒玉之 久漏牛方乎 見佐府下

一七九九 一八二三 玉津嶋 礒之裏未之 真名子仁文 尓保比弖去名 妹触険・
（タマツシマ）（イソノウラミノ）（マナゴニモ）（ニホヒテユカナ）（イモフレケム）

右五首、柿本朝臣人麻呂之歌集出。

過二足柄坂一見二死人一作歌一首

一八〇〇 一八二四 小垣内之 麻矣引干 妹名根之 作服異六 白細乃 紐緒毛不レ解 一重結 帯矣三重

〔三一一〕

22 逝―遊類広宮
24 アガオモフこころ
4 所―可元藍広
3 子紀―ナシ
4 弖考―尓桜 楓ナシ
4 ニホヒニ〔尓〕ユカナ

9 苦元藍類紀—苦侍

結苦伎尓 仕奉而 今谷裳 国尓退而 父妣毛 妻矣毛将レ見跡 思乍 往祁牟 君者 鳥鳴 東国能 恐耶 神之三坂尓 和霊乃 服寒等丹 烏玉乃 髪者乱而 邦問跡 国矣毛不レ告 家問跡 家矣毛不レ云 益荒夫乃 去能進尓 此間偃有

28 イヘヲモのラズ
〔三三〕

過二葦屋処女墓一時作歌一首 并短歌

一八〇一 一八〇五 古之 益荒丁子 各競 妻問為祁牟 葦屋乃 菟名日処女乃 奥城矣 吾立見者 永世乃 語尓為乍 後人 偲尓世牟等 玉桙乃 道辺近 磐構 作冢矣 天雲乃 退部限 此道矣 去人毎 行因 射立嘆日 或人者 啼尓毛哭乍 語嗣 偲継来 処女等賀 奥城所 吾并 見者悲喪 古思者

18 そクヘのキハミ
26 シノヒツギケル
28 オクツきどころ

反歌

一八〇二 一八〇六 古乃 小竹田丁子乃 妻問石 菟会処女乃 奥城叙此

一八〇三 一八〇七 語継 可良仁文幾許 恋布矣 直目尓見兼 古丁子

哀二弟死去一作歌一首 并短歌

16 〻向〻元藍 類広—各向向

一八〇四 一八〇八 父母賀 成乃任尓 箸向 弟乃命者 朝露乃 銷易杵寿 神之共 荒競不勝而 葦原乃 水穂之国尓 家無哉 又還不レ来 遠津国 黄泉乃界丹 蔓都多乃 各〻向〻 天雲乃 別石往者 闇夜成 思迷匍匐 所レ射十六乃 意矣痛 葦垣之 思乱而 春鳥能 啼耳鳴乍 味沢相 宵昼不レ云 蜻蜒火之 心所レ燎管 悲悽別焉

11 イヘナミカ
〔三四〕

28 云—知元藍

28 ヨルヒルシラ〔知〕ズ
31 ナげキワカレヌ

反歌

一八〇五 一八〇九 別而裳 復毛可レ遭 所レ念者 心乱 吾恋目八方 一云、意尽而

2 尓—二類広紀

32 呼元藍類広—乎

2 井—井乎元藍紀

4 武元藍類—牟

12 悒元藍広紀—挹

15 弩元藍—努類広紀奴

31 文元類広紀—父

一八〇六 一八一〇
蘆檜木笶　荒山中尓　送置而　還良布見者　情苦・喪

右七首、田辺福麻呂之歌集出。

詠二勝鹿真間娘子一歌一首　并短歌

一八〇七 一八一一
鶏鳴　吾妻乃国尓　古昔尓　有家留事登　至レ今　不レ絶言来　勝壮鹿乃　真間乃手児
奈我　麻衣尓　青衿著　直佐麻乎　裳者織服而　髪谷母　掻者不レ梳　履乎谷　不レ著
雖レ行　錦綾之　中丹裹有　斎児毛　妹尓将レ及哉　望月之　満有面輪二　如レ花　咲
而立有・者　夏虫乃　入レ火之如　水門入尓　船己具如久　帰香具礼　人乃言時　幾時毛
不レ生物呼　何為跡歟　身乎田名知而　浪音乃　驟湊之　奥津城尓　妹之臥勢流
遠代尓　有家類事乎　昨日霜　将レ見我其登毛　所レ念可聞

反歌

一八〇八 一八一二
勝壮鹿之　真間之井見者　立平之　水挹家武　手児名之所レ念・

見二菟原処女墓一歌一首　并短歌

一八〇九 一八一三
葦屋之　菟名負処女之　八年児之　片生乃時従　小放尓　髪多久麻弖尓　並居　家
尓毛不レ所レ見　虚木綿乃　牢而座在者　見而師香跡　悒憤時之　垣廬成　人之誂時
智弩壮士　宇奈比壮士乃　廬八燎　須酒師競　相結婚　為家類時者　焼大刀乃　手頴
押祢利　白檀弓　靫取負而　入レ水　火尓毛将レ入跡　立向　競時尓　吾妹子之　母尓
語久　倭文手纏・賤　吾之故　大夫之　荒争見者　雖レ生　応レ合有哉　宍串呂　黄泉
尓将レ待跡　隠沼乃　下延置而　打歎　妹之去者　血沼壮士　其夜夢見　取次寸　追

19 イツキコモ

〔三五〕
30 ヒとのト|フとキ
32 イケラヌモのヲ

2 ママのヰヲ〔乎〕ミレバ

20 シケルとキハ

〔三六〕

57 薮元藍広紀―蔚

去祁礼婆　後有　菟原壮士伊　仰レ天　叫於良妣　蹢レ地　牙喫建怒而　如己男尓　負
而者不レ有跡　懸佩之　小剣取佩　冬薮蕷都良　尋去祁礼婆　親族共　射帰集　永代尓
標将レ為跡　遐代尓　語将レ継常　処女墓　中尓造置　壮士墓　此方彼方二　造
置有　故縁聞而・　雖レ不レ知　新喪之如毛　哭泣鶴鴨

51 アシズリシ
52 キガミタケびテ
60 イユキアツマリ

反歌

4 努―奴元藍
5 依元藍類広―依倍

一八一〇（一八〇四）　葦屋之　宇奈比処女之　奥槨乎　往来跡見者　哭耳之所レ泣

一八一一（一八〇五）　墓上之　木枝靡有　如レ聞　陳努壮士尓之　依家良信母

3 キケルごと

右五首、高橋連虫麻呂之歌集中出。

萬葉集巻第九

萬葉集巻第十

（一）

春雑歌

春相聞

（二）

夏雑歌

夏相聞

秋雑歌

歌元—ナシ

蟋　元原—蟋蟀

〔三〕

蟋　元広紀—蟋蟀

〔四〕

萬葉集巻第十

春雑歌

一八一二 久方之(ヒサカタノ) 天芳山(アめのカグヤマ) 此夕(このユフヘ) 霞霏霺(カスミタナビク) 春立下(ハルタツラシモ)

一八一三 巻向之(マキムクの) 檜原丹立流(ヒバラニタテル) 春霞(ハルカスミ) 欝之思者(オホニシオモハバ) 名積米八方(ナヅミこめヤモ)

一八一四 古(イニシへの) 人之殖兼(ヒとのウヱケム) 杉枝(スぎがえニ) 霞霏霺(カスミタナビク) 春者来良芝(ハルハキヌラシ)

一八一五 子等我手乎(コラガテヲ) 巻向山丹(マキムクヤマニ) 春去者(ハルサレバ) 木葉凌而(このハシのギテ) 霞霏霺(カスミタナビク)

一八一六 玉蜻(タマカギル) 夕去来者(ユフサリクレバ) 佐豆人之(サツヒとの) 弓月我高荷(ユツきガタけニ) 霞霏霺(カスミタナビク)•

一八一七 今朝去而(ケサユキテ) 明日者来牟等(アスハキナムと) 云子麻(イヒシコヲ) 旦妻山丹(アサヅマヤマニ) 霞霏霺(カスミタナビク)

一八一八 子等名丹(コラガナニ) 関之宜(カけのよろシキ) 朝妻之(アサヅマの) 片山木之尓(カタヤマぎシニ) 霞多奈引(カスミタナビク)

右、柿本朝臣人麻呂歌集出。

詠レ鳥

一八一九 打霏(ウチナビク) 春立奴良志(ハルタチヌラシ) 吾門之(ワガカドの) 柳乃宇礼尓(ヤナぎのウレニ) 鶯鳴都(ウグヒスナキツ)

一八二〇 梅花(ウめのハナ) 開有岳辺尓(サケルヲカヘニ) 家居者(イへヰレバ) 乏毛不レ有(とモシクモアラズ) 鶯之音(ウグヒスのこヱ)•

一八二一 春霞(ハルカスミ) 流共尓(ナガルルナへニ) 青柳之(アヲヤぎの) 枝啄持而(えダクヒモチテ) 鶯鳴毛(ウグヒスナクモ)

一八二二 吾瀬子乎(ワガセコヲ) 莫越山能(ナコシのヤマの) 喚子鳥(ヨブコどリ) 君喚変瀬(キミヨビカヘセ) 夜之不レ深刀尓(ヨのフけヌトニ)

5 芝元類紀—之
2 牟—年元類
3 麻歌大系—鹿 元鹿丹
4 啄—喙元類

〔五〕
2 アマのカグヤマ
4 オホニシモハバ
5 ハルキタルラシ
3 サヅヒとの
2 アスニハこネ〔年〕と
〔六〕

2 采私案―杲類広果
3 比―日元
1 在元天類西ィ―去
3 狭元天類広―猿
2 努元類広―怒
詠雪紀―ナシ

一八二三（一八二七）　朝井代尓　来鳴杲鳥　汝谷文　君丹恋八　時不レ終鳴

一八二四（一八二八）　冬隠　春去来之　足比木乃　山二文野二文　鶯鳴裳

一八二五（一八二九）　紫之　根延横野之　春野庭　君乎懸管　鶯名雲

一八二六（一八三〇）　春之在者　妻乎求等　鶯之　木末乎伝　鳴乍本名

一八二七（一八三一）　春日有　羽買之山従　狭帆之内敞　鳴往成者　孰喚子鳥

一八二八（一八三二）　不レ答尓　勿喚動曽　喚子鳥　佐保乃山辺乎　上下二

一八二九（一八三三）　梓弓　春山近　家居之　続而聞良牟　鶯之音

一八三〇（一八三四）　打靡　春去来者　小竹之末丹　尾羽打触而　鶯鳴毛

一八三一（一八三五）　朝霧尓　之努ゝ尓所レ沾而　喚子鳥　三船山従　喧渡所レ見

詠レ雪

一八三二（一八三六）　打靡　春去来者　然為蟹　天雲霧相　雪者零管

一八三三（一八三七）　梅花　零覆雪乎　裹持　君令レ見跡　取者消管

一八三四（一八三八）　梅花　咲落過奴　然為蟹　白雪庭尓　零重管

一八三五（一八三九）　今更　雪零目八方　蜻火之　燎留春部常　成西物乎

一八三六（一八四〇）　風交　雪者零乍　然為蟹　霞田菜引　春去尓来

一八三七（一八四一）　山際尓　鶯喧而　打靡　春跡雖レ念　雪落布沼

一八三八（一八四二）　峯上尓　零置雪師　風之共　此間散良思　春者雖レ有

右一首、筑波山作。

5 とキワカズナク
1 フユごモリ
1 ミネのウヘニ

〔七〕

一八三九　一八四三　為レ君　山田之沢　恵具採跡　雪消之水尓　裳裾所レ沾

一八四〇　一八四四　梅枝尓　鳴而移徙　鶯之　翼白妙尓　沫雪曽落

一八四一　一八四五　山高三　零来雪乎　梅花　落鴨来跡　念鶴鴨・　一云、梅花開香裳落跡

一八四二　一八四六　除レ雪而　梅莫恋　足曳之　山片就而　家居為流君

右二首、問答。

詠レ霞

一八四三　一八四七　昨日社　年者極之賀　春霞　春日山尓　速立尓来

一八四四　一八四八　寒過　暖来良思　朝烏指　滓鹿能山尓　霞軽引

一八四五　一八四九　鶯之　春成良思　春日山　霞棚引　夜目見侶

詠レ柳・

一八四六　一八五〇　霜干　冬柳者　見人之　蘰可レ為　目生来鴨

一八四七　一八五一　浅緑　染懸有跡　見左右二　春楊者　目生来鴨

一八四八　一八五二　山際尓　雪者零管　然為我二　此河楊波　毛延尓家留可聞

一八四九　一八五三　山際之　雪者不レ消有乎　水敍合　川之副者　目生来鴨

一八五〇　一八五四　朝旦　吾見柳　鶯之　来居而応レ鳴　森尓早奈礼

一八五一　一八五五　青柳之　糸乃細紗　春風尓　不レ乱伊間尓　令レ視子裳欲得・

一八五二　一八五六　百礒城　大宮人之　蘰有　垂柳者　雖レ見不レ飽鴨

一八五三　一八五七　梅花　取持而見者　吾屋前之　柳乃眉師　所レ念可聞

5 聞—門元広
2 者元類—ナシ
3 敍大成訓詁篇注釈—飯
2 而元類広紀—ナシ

〔八〕
1 ヤマダカミ
2 ウめニナコひそ
3 アシヒキの
5 イヘヰスルキミ

4 カハのソヒニハ　カハのホとリハ
5 シげニハヤナレ

〔九〕
2 トリモチ〔而〕ミレバ

詠レ花

一八五四（一八五八）鶯之　木伝梅乃　移者　桜花之　時片設奴

一八五五（一八五九）桜花　時者雖レ不レ過　見人之　恋盛常　今之将レ落

一八五六（一八六〇）我刺　柳糸乎　吹乱　風尓加妹之　梅乃散覧

一八五七（一八六一）毎年　梅者開友　空蟬之　世人吾羊蹄　春無有来

一八五八（一八六二）打細尓　鳥者雖レ不レ喫　縄延　守巻欲寸　梅花鴨・

一八五九（一八六三）馬並而　高山部乎　白妙丹　令ニ艶色一有者　梅花鴨

一八六〇（一八六四）花咲而　実者不レ成登裳　長気　所レ念鴨　山振之花

一八六一（一八六五）能登河之　水底并尓　光及尓　三笠乃山者　咲来鴨

一八六二（一八六六）見レ雪者　未冬有　然為蟹　春霞立　梅者散乍

一八六三（一八六七）去年咲之　久木今開　徒　土哉将レ堕　見人名四二

一八六四（一八六八）足日木之　山間照　桜花　是春雨尓　散去鴨

一八六五（一八六九）打靡　春避来之　山際　最木末乃　咲往見者・

一八六六（一八七〇）春雉鳴　高円辺丹　桜花　散流歴　見人毛我母

一八六七（一八七一）阿保山之　佐宿木花者　今日毛鴨　散乱　見人無二

一八六八（一八七二）川津鳴　吉野河之　滝上乃　馬酔之花曽　置レ末勿勤

一八六九（一八七三）春雨尓　相争不勝而　吾屋前之　桜花者　開始尓家里

一八七〇（一八七四）春雨者　甚勿零　桜花　未レ見尓　散巻惜裳・

4 吾代精―君
2 不元類広紀―子
2 部陽矢京―ナシ
2 辺―ナシ元類
5 母元類紀―毛広裳
2 宿木―案塙

3 シめハヘテ
4 ツチニヤチラム
〔一〇〕
4 チリミダルラム

3 梅―桜矢京
2 許新考 注釈―紀之許
2 多新考 注釈―之
2イ 隠元広―陰
4 芽―菜元類紀

一八七一 一八七五 春去者　散巻惜　梅花　片時者不レ咲　含而毛欲得
一八七二 一八七六 見渡者　春日之野辺尓　霞立　開艶者　桜花鴨
一八七三 一八七七 何時鴨　此夜乃将レ明　鶯之　木伝落　梅花将レ見

詠レ月

一八七四 一八七八 春霞　田菜引今日之　暮三伏一向夜　不穢照良武　高松之野尓
一八七五 一八七九 春去者　許能暮多　夕月夜　欝束無裳　山陰尓指天　一云、春去者　木隠多　暮月夜
一八七六 一八八〇 朝霞　春日之晩者　従二木間一　移歴月乎　何時可将レ待

詠レ雨

一八七七 一八八一 春之雨尓　有来物乎　立隠　妹之家道尓　此日晩都

詠レ河

一八七八 一八八二 今往而　聞物尓毛我　明日香川　春雨零而　滝津湍音乎

詠レ煙

一八七九 一八八三 春日野尓　煙立所レ見　嬬嬬等四　春野之菟芽子　採而煮良思文

野遊

一八八〇 一八八四 春日野之　浅茅之上尓　念共　遊今日　忘目八方
一八八一 一八八五 春霞　立春日野乎　往還　吾者相見　弥年之黄土
一八八二 一八八六 春野尓　意将レ述跡　念共　来之今日者　不レ晩毛荒粳
一八八三 一八八七 百礒城之　大宮人者　暇有也　梅乎挿頭而　此間集有

2 きの〔紀之〕このクレの〔之〕
〔一一〕
2 ハルヒのクレハ
5 タキツセのとヲ
〔一一〕

歎レ旧

一八八四 一八八八 寒過 暖来者 年月者 雖二新有一 人者旧去

一八八五 一八八九 物皆者 新 吉 唯 人者旧之 応レ宜

懽レ逢

一八八六 一八九〇 住吉之 里行之鹿歯 春花乃 益希見 君相有香聞・

施頭歌

一八八七 一八九一 春日在 三笠乃山尓 月母出奴可母 佐紀山尓 開有桜之 花乃可レ見

一八八八 一八九二 白雪之 常敷冬者 過去家良霜 春霞 田菜引野辺之 鶯鳴焉

譬喩歌

一八八九 一八九三 吾屋前之 毛桃之下尓 月夜指 下心吉 菟楯頃者・

春相聞

一八九〇 一八九四 春山 友鶯 鳴別 眷益間 思御吾

一八九一 一八九五 冬隠 春開花 手折以 千遍 限 恋渡鴨

一八九二 一八九六 春山 霧惑在 鶯 我益 物念 哉

一八九三 一八九七 出見 向岡 本繁 開在花 不レ成 不レ止

一八九四 一八九八 霞発 春永日 恋暮 夜深去 妹相鴨

一八九五 一八九九 春去 先三枝 幸命在 後 相 莫恋 吾妹

2 行考―得

1 山新校―山野類広日野
2 友類―犬
5 渡鴨―ナシ元類広紀

2 アラタマルよシ
4 ヒとハフリユク

2 けモモガシタニ

〔一二三〕

1 フユごモリ

5 モのモハめヤモ

4 ヨモフけユクヲ
4 5 ヨモフけユキテイモニア乁ルカモ

2 柳―楊元広

一八九六 一九〇〇 春去　為垂柳　十緒　妹心　乗在鴨
（ハルサレバ）（シダリヤナギノ）（トヲニ）（イモハ）（ココロニ）（ノリニケルカモ）

右、柿本朝臣人麻呂歌集出。

寄レ鳥

4 将遣元広京―遣将

5 乎元類―ナシ

一八九七 一九〇一 春之在者　伯労鳥之草具吉　雖レ不レ所レ見　吾者見将レ遣　君之当乎婆

一八九八 一九〇二 容鳥之　間無数鳴　春野之　草根乃繁　恋毛為鴨

寄レ花

5 鴨―鴨八方元類広

一八九九 一九〇三 春去者　宇乃花具多思　吾越之　妹我垣間者　荒来鴨

一九〇〇 一九〇四 梅花　咲散苑尓　吾将レ去　君之使乎　片待香花光

一九〇一 一九〇五 藤浪　咲春野尓　蔓葛　下夜之恋者　久雲在

一九〇二 一九〇六 春野尓　霞棚引　咲花乃　如是成二手尓　不レ逢君可母

一九〇三 一九〇七 吾瀬子尓　吾恋良久者　奥山之　馬酔花之　今盛有

一九〇四 一九〇八 梅花　四垂柳尓　折雑　花尓供養者　君尓相可毛

一九〇五 一九〇九 姫部思　咲野尓生　白管自　不レ知事以　所レ言之吾背

一九〇六 一九一〇 梅花　吾者不レ令レ落　青丹吉　平城之人　来管見之根

寄レ霜

一九〇七 一九一一 如是有者　何如殖兼　山振乃　止時喪哭　恋良苦念者
（カクシアラバ）（ナニカウヱケム）（ヤマブキノ）（ヤムトキモナク）（コフラクオモヘバ）

一九〇八 一九一二 春去者　水草之上尓　置霜乃　消乍毛我者　恋度鴨
（ミクサノウヘニ）（オクシモノ）（ケツツモアレハ）（コヒワタルカモ）

寄レ霞

2 モズのクサグキ

〔一四〕

2 サケルハルノニ

4 ハナニマツラバ

4 シラヌことモチ

〔一五〕

一九〇九（一九一三）　春霞　山棚引　欝　妹乎相見　後恋毳

一九一〇（一九一四）　春霞　立尓之日従　至二今日一　吾恋不レ止　本之繁家波　一云、片念尓指天

一九一一（一九一五）　左丹頬経　妹乎念　登　霞立　春日毛晩尓　恋度　可毛

一九一二（一九一六）　霊寸春　吾山之於尓　立霞　雖レ立雖レ座　君之随意

一九一三（一九一七）　見渡　者　春日之野辺　立霞　見巻之欲　君之容・儀香

一九一四（一九一八）　恋乍毛　今日者暮　都　霞立　明日之春日乎　如何将レ晩

寄レ雨

一九一五（一九一九）　吾背子尓　恋而為便莫　春雨之　零別不レ知　出而来可聞

一九一六（一九二〇）　今更　君者伊不レ往　春雨之　情　乎人之　不レ知有名国・

一九一七（一九二一）　春雨尓　衣　甚　将レ通哉　七日四零者　七日不レ来哉

一九一八（一九二二）　梅花　令レ散春雨　多　零　客尓也君之　廬入西留良武

寄レ草

一九一九（一九二三）　国栖等之　春菜将レ採　司馬乃野之　数　君麻　思　比日

一九二〇（一九二四）　春草之　繁　吾恋　大海　方往浪之　千重積

一九二一（一九二五）　不明　公乎相見而　菅　根乃　長春日乎　孤悲渡　鴨・

寄レ松

一九二二（一九二六）　梅花　咲而落去者　吾妹乎　将レ来香不レ来香跡　吾待乃木曽

寄レ雲

4　見―言元類広
3　至―至于類広
5　毛元類広―母
2　辺―辺尓西イ矢京
5　日元類紀―夜
5　悲元類広紀―恋

〔一六〕

3　シバのノの
3　オホウミの
5　アハマツのきそ

一九二三 一九七七 白檀弓　今春山尓　去雲之　逝哉将レ別[4]　恋敷物乎

贈レ蘰

一九二四 一九七八 大[1]夫之　伏居嘆而　造有　四垂柳之　蘰為吾妹

悲レ別

一九二五 一九七九 朝戸出乃　君之儀乎　曲不レ見而　長春日乎　恋八九良三

〔一七〕

問答

一九二六 一九八〇 春山之　馬酔花之　不レ悪　公尓波思恵也　所レ因友好[5]

一九二七 一九八一 石上　振乃神杉　神備西[3]　吾八更ゝ　恋尓相尓家留

右一首、不レ有ニ春歌ー、而猶以レ和故、載ニ於茲次ー。

一九二八 一九八二 狭野方波　実[2]雖レ不レ成　花耳　開而所レ見社　恋之名草尓

一九二九 一九八三 狭野方波　実尓成西乎　今更　春雨零而　花将レ咲八方

一九三〇 一九八四 梓弓　引津辺有　莫告藻之　花咲及ニ　不レ会君毳

一九三一 一九八五 川上[1]之　伊都藻之花乃　何時ゝゝ　来座吾背子　時自異目八方

一九三二 一九八六 春雨之　不レ止零ゝ　吾恋　人之目尚矣　不レ令ニ相見ー

一九三三 一九八七 吾妹子尓　恋乍居者　春雨之　彼毛知如　不レ止零乍

〔一八〕

一九三四 一九八八 相不レ念　妹哉本名　菅根乃　長春日乎　念晩牟

一九三五 一九八九 春去者　先鳴鳥乃　鶯之　事先立之　君乎之将レ待

一九三六 一九九〇 相不レ念　将レ有児故　玉緒　長春日乎　念晩久

1 大—丈元類古
3 西元類広—而
2 実元類広—実尓
次行ニ譬喩歌トアリ広紀

4 ユキカワカレム
5 よサユとモよシ
1 カハのへの

夏雑歌

詠レ鳥

一九三七（一九四一）　大夫之　出立向　故郷之　神名備山尓　明来者　柘之左枝尓　暮去者　小松之若末尓　里人之　聞恋麻田　山彦乃　答響万田　霍公鳥　都麻恋為良思　左夜中尓鳴

反歌

一九三八（一九四二）　客尓為而　妻恋為良思　霍公鳥　神名備山尓　左夜深而鳴

右、古歌集中出。

一九三九（一九四三）　霍公鳥　汝始音者　於レ吾欲得　五月之珠尓　交而将レ貫

一九四〇（一九四四）　朝霞　棚引野辺　足檜木乃　山霍公鳥　何時来将レ鳴

一九四一（一九四五）　旦霧　八重山越而　喚孤鳥　吟八汝来　屋戸母不レ有九二

一九四二（一九四六）　霍公鳥　鳴音聞哉　宇能花乃　開落岳尓　田草引媙嬬

一九四三（一九四七）　月夜吉　鳴霍公鳥　欲レ見　吾草取有　見人毛欲得

一九四四（一九四八）　藤波之　散巻惜　霍公鳥　今城岳叫　鳴而越奈利

一九四五（一九四九）　旦霧　八重山越而　霍公鳥　宇能花辺柄　鳴越来

一九四六（一九五〇）　木高者　曽木不レ殖　霍公鳥　来鳴令レ響而　恋令レ益

一九四七（一九五一）　難レ相　君尓逢有夜　霍公鳥　他時従者　今社鳴目

一九四八（一九五二）　木晩之　暮闇有尓　一云、有者　霍公鳥　何処乎家登　鳴渡良武

一九三七　1 之元類広紀ィ—丹

一九四〇　1 霞—霧元紀ィ

一九四一　1 霧元赭類広—紀ィ—霞

一九四二　5 草—葛略解

一九四四　1 波元類広—浪

一九四八　5 渡—度元　5 武元類広—哉

一九三九　3 ワレニこセ〔一九〕

一九四〇　1 アサガスミ〔霞〕

一九四七　4 こととキヨリハ

一九五〇・一九四九ノ順序元類西別筆広ニヨル

1 霽—晴類紀イ

4 乃元天類広—之

一九五〇 一九五三 霍公鳥　花橘之　枝尓居而　鳴響者　花波散乍

一九四九 一九五四 霍公鳥　今朝之旦明尓　鳴都流波　君将レ聞可　朝宿疑将レ寐・

一九五一 一九五五 慨　哉　四去霍公鳥　今社者　音之干蟹　来喧響目

一九五二 一九五六 今夜乃　於保束無荷　霍公鳥　喧奈流声之　音乃遥左

一九五三 一九五七 五月山　宇能花月夜　霍公鳥　雖レ聞不レ飽　又鳴鴨

一九五四 一九五八 霍公鳥　来居裳鳴香　吾屋前乃　花橘乃　地二落六見牟

一九五五 一九五九 霍公鳥　厭時無　菖蒲　蘰将レ為日　従レ此鳴度礼・

一九五六 一九六〇 山跡庭　啼而香将レ来　霍公鳥　汝鳴毎　無人所レ念

一九五七 一九六一 宇能花乃　散巻惜　霍公鳥　野出山入　来鳴令レ動

一九五八 一九六二 橘之　林乎殖　霍公鳥　常尓冬及　住度金

一九五九 一九六三 雨霽之　雲尓副而　霍公鳥　指二春日一而　従レ此鳴度

一九六〇 一九六四 物念登　不レ宿日開尓　霍公鳥　鳴而左度　為便無左右二

一九六一 一九六五 吾衣　於レ君令レ服与登　霍公鳥　吾乎領　袖尓来居管・

一九六二 一九六六 本人　霍公鳥乎八　希将見　今哉汝来　恋乍居者

一九六三 一九六七 如是許　雨之零尓　霍公鳥　宇乃花山尓　猶香将レ鳴

詠レ蟬

一九六四 一九六八 黙然毛将レ有　時母鳴奈武　日晩乃　物念時尓　鳴管本名

詠レ榛

〔二一〇〕 3 イマこそバ

5 ツチニチラムミム

4 ノニ）イデヤマニ）イリ

〔二一一〕 2 ホととギスヲバ　4 イマカナガクル

一九六五（一九六九）思子之　衣将㆑摺尓　ゝ保比与　嶋之榛原　秋不㆑立・友

詠㆑花

一九六六（一九七〇）風散　花橘叫　袖受而　為㆓君御跡㆒　思鶴鴨

一九六七（一九七一）香細寸　花橘乎　玉貫　将㆑送妹者　三礼而毛有香

一九六八（一九七二）霍公鳥　来鳴響　橘之　花散庭乎　将㆑見人八孰

一九六九（一九七三）吾屋前之　花橘者　落尓家里　悔　時尓　相在君鴨

一九七〇（一九七四）見渡者　向　野辺乃　石竹之　落巻惜毛　雨莫零行年・

一九七一（一九七五）雨間開而　国見毛将㆑為乎　故郷之　花橘者　散家武可聞

一九七二（一九七六）野辺見者　瞿麦之花　咲家里　吾待秋者　近就良思母

一九七三（一九七七）吾妹子尓　相市乃花波　落不㆑過　今咲有如　有与奴香聞

一九七四（一九七八）春日野之　藤者散去而　何物鴨　御狩人之　折而将㆓挿頭㆒・

一九七五（一九七九）不㆑時　玉乎曽連有　宇能花乃　五月乎待者　可㆓久有㆒

問答

一九七六（一九八〇）宇能花乃　咲落岳従　霍公鳥　鳴而沙度　公者聞津八

一九七七（一九八一）聞津八跡　君之問世流　霍公鳥　小竹野尓所㆑沾而　従㆑此鳴綿類

譬喩歌・

一九七八（一九八二）橘　花落里尓　通名者　山霍公鳥　将㆑令㆑響鴨

5 武元類広紀―牟

4 沙―紗元

4 度元天類紀―渡

4 ハナヂルニハヲ

3 ナデシコガ

〔二一〕

2 ナデシコガハナ

1 とキナラヌ

5 ヒサシクアルべミ

〔二三〕

2 ハナヂルサトニ

夏相聞

寄レ鳥

一九七九 一九八三 春之在者　酢軽成野之　霍公鳥　保等穂跡妹尓　不レ相来尓家里

一九八〇 一九八四 五月山　花橘尓　霍公鳥　隠合時尓　逢有公鴨

一九八一 一九八五 霍公鳥　来鳴五月之　短夜毛　独宿者　明不レ得毛

寄レ蟬・

一九八二 一九八六 日倉足者　時常雖レ鳴　独恋　手弱女我者　不レ定哭

寄レ草

一九八三 一九八七 人言者　夏野乃草之　繁友　妹与吾師　携宿者

一九八四 一九八八 廼者之　恋乃繁久　夏草乃　苅掃友　生布如

一九八五 一九八九 真田葛延　夏野之繁　如是恋者　信吾命　常有目八面

一九八六 一九九〇 吾耳哉　如是恋為良武　垣津旗　丹頬合妹者　如何将レ有・

寄レ花

一九八七 一九九一 片搓尓　糸叫曽吾搓　吾背児之　花橘乎　将レ貫跡母日手

一九八八 一九九二 鶯之　往来垣根乃　宇能花之　厭事有哉　君之不二来座一

一九八九 一九九三 宇能花之　開登波無二　有人尓　恋也将レ渡　独念尓指天

一九九〇 一九九四 吾社葉　憎毛有目　吾屋前之　花橘乎　見尓波不・レ来鳥屋

3 独大系 釈注―於元類我
4 師元類紀―ナシ
5 面元類―方
4 頬合元類―類令

3 コフラクニ〔於〕コひシクニ〔於〕
5 アガ〔我〕コひニとキワカズナク
5 ツネニ）アラめヤモ
〔二四〕
1 ワレこそバ

3 辺類紀—部
4 浪—波類京

一九九一 一九九五 霍公鳥 来鳴動 岡辺有 藤浪見者 君者不レ来登夜

一九九二 一九九六 隠耳 恋者苦 瞿麦之 花尓開出与 朝旦将レ見

一九九三 一九九七 外耳 見筒恋牟 紅乃 末採花之 色不レ出友

寄レ露

一九九四 一九九八 夏草乃 露別衣 不レ著尓 我衣手乃 干時毛名寸

寄レ日・

一九九五 一九九九 六月之 地副割而 照日尓毛 吾袖将レ乾哉 於レ君不レ相四手

秋雑歌

七夕

一九九六 二〇〇〇 天漢 水左閇而照 舟竟 舟人 妹等所レ見寸哉

一九九七 二〇〇一 久方之 天漢原丹 奴延鳥之 裏歎座都 乏諸手丹

4 都元類紀—津

一九九八 二〇〇二 吾恋 嬬者知遠 往船乃 過而応レ来哉 事毛告火・

一九九九 二〇〇三 朱羅引 色妙子 数見者 人妻故 吾可二恋奴一

二〇〇〇 二〇〇四 天漢 安渡丹 船浮而 秋立待等 妹告与具

二〇〇一 二〇〇五 従二蒼天一 往来吾等須良 汝故 天漢道 名積而叙来

二〇〇二 二〇〇六 八千戈 神自二御世一 乏孋 人知尓来 告思者

二〇〇三 二〇〇七 吾等恋 丹穂面 今夕母可 天漢原 石枕巻

3 ナデシコガ
2 ミツヲコひム
5 イろニデズとモ

4 アガころモデの

〔二五〕

3 フネハテシ・フネハテヌ
4 5 フネナルヒとニ
イモラミえキヤ
4 ウラナキマシツ
ウラナキヲリツ
5 とモシキマデニ
1 アガコフル
2 シキタヘのコヲ
3 フネウカベテ
4 アキタチマツと
5 ナヅミテぞクル
5 ツげテシオモヘバ
2 ニのホのオモテ
5 イソマクラマク

二〇〇四 二〇〇八 己孃　乏子等者　竟津　荒礒巻而寐　君待難

萬葉集巻第十　262

```
1 4 3 5 4 2 4 4
嬥新全集─嬘 之元類紀─ナ 漢元類紀─河 ミ元類紀─之 都元類紀─部 尒元類紀─余 川元類紀─河
元類紀─嬥 シ 河 古義干 年墻─在略解 年
```

二〇〇五 二〇〇九 天地等　別之時従　自孃　然叙干而在　金待吾者・

二〇〇六 二〇一〇 孫星　嘆須孃　事谷毛　告尓叙来鶴　見者苦弥

二〇〇七 二〇一一 久方　天印等　水無川　隔而置之　神世之恨

二〇〇八 二〇一二 黒玉　宵霧隠　遠鞆　妹伝　速告与

二〇〇九 二〇一三 汝恋　妹命者　飽足尓　袖振所見都　及雲隠

二〇一〇 二〇一四 夕星毛　往来天道　及何時鹿　仰而将待　月人壮

二〇一一 二〇一五 天漢　已向立而　恋等尓　事谷将告　孃言及者

二〇一二 二〇一六 水良玉　五百都集乎　解毛不見　吾者年可太奴　相日待尓・

二〇一三 二〇一七 天漢　水陰草　金風　靡見者　時来ゝ

二〇一四 二〇一八 吾等待之　白芽子開奴　今谷毛　尓宝比尓往奈　越方人迩

二〇一五 二〇一九 吾世子尓　裏恋居者　天漢　夜船滂動　梶音所聞

二〇一六 二〇二〇 真気長　恋心自　白風　妹音所聴　紐解往名

二〇一七 二〇二一 恋敷者　気長物乎　今谷　乏之牟可哉　可相夜谷

二〇一八 二〇二二 天漢　去歳渡代　遷閇者　河瀬於踏　夜深去来

二〇一九 二〇二三 自古　挙而之服　不顧　天河津尓　年序経去来・

二〇二〇 二〇二四 天漢　夜船滂而　雖明　将相等念夜　袖易受将有

二〇二一 二〇二五 遥媄等　手枕易　寐夜　鶏音莫動　明者雖明

4 干 新全集—年 童蒙手
4 尓 元類紀—余
3 川 元類—河
2 都 元類—部
4 年 塙—在 略解 古義 干
5 ミ 元類紀—之
3 漢 元類紀—河
4 之 元類紀—ナシ
1 媄 新全集—嫫 元類嫫

4 アリソマキテネム
5 キミマチカテニ
4 カクぞとシ〔年〕ニ アル・シカ（カク）ぞカレテアル
〔二一六〕
5 カみよシウラメシ
5 ツマどフマデハ
4 ワハアリ〔在〕カテヌ・ワハカレ〔干〕カテヌ
〔二一七〕
4 アハムとオモフヨ

5 遏京 新大系—過元類紀遏

5 尓元類—奈

2 川元類—河

2 霧立陽温—霧

4 遏京 新大系—過元類紀遏

二〇二二 二〇二六 相見久 猒雖レ不レ足 稲目 明去 来理 舟出為牟孋

二〇二三 二〇二七 左尼始而 何太毛不レ在者 白栲 帯可レ乞哉 恋毛不レ遏者

二〇二四 二〇二八 万世 携手居而 相見鞆 念可レ過 恋尓有莫国

二〇二五 二〇二九 万世 可レ照月毛 雲隠 苦 物叙 将レ相登雖レ念

二〇二六 二〇三〇 白雲 五百遍隠 雖レ遠 夜不レ去将レ見 妹当者・

二〇二七 二〇三一 為レ我登 織 女之 其屋戸尓 織白布 織弖兼鴨

二〇二八 二〇三二 君不レ相 久 時 織服 白栲衣 垢附麻弖尓

二〇二九 二〇三三 天漢 梶 音聞 孫星与 織 女 今夕相 霜

二〇三〇 二〇三四 秋去者 川霧立 天川 河 向居而 恋 夜多

二〇三一 二〇三五 吉 哉 雖レ不レ直 奴延鳥 浦嘆居 告子鴨

二〇三二 二〇三六 一年迩 七 夕耳 相人之 恋毛不レ遏者 夜深往久毛

一云、不レ尽者 佐宵曽明尓来・

二〇三三 二〇三七 天漢 安川原 定 而 神 競 者 磨待無

此歌一首、庚辰年作之。

右、柿本朝臣人麻呂之歌集出。

二〇三四 二〇三八 棚機之 五百機立而 織布之 秋去衣 孰 取見

二〇三五 二〇三九 年 有而 今香将レ巻 烏玉之 夜霧隠 遠妻 手乎

二〇三六 二〇四〇 吾待之 秋者来 沼 妹与吾 何事在曽 紐不レ解在牟

3 とホケども

5 イモガアタリヲバ

2 カハぎリワタル

カハ・そきラヘル〔立〕

5 コフルヨのオホキ

4 ウラナキヲリと

〔二八〕

3 4 とどマリテこころイソげバ

5 定訓ナシ

4 ヨぎリニこモリ

5 ヒモとカザラム

二〇三七（二〇四一）年之恋　今夜尽而　明日従者　如レ常哉　吾恋居牟

二〇三八（二〇四二）不レ合者　気長　物乎　天漢　隔　又哉　吾恋将レ居

二〇三九（二〇四三）恋　家口　気長　物乎　可レ合有　夕谷君之　不ニ来益ニ有良牟

二〇四〇（二〇四四）牽牛与　織　女　今夜相　天　漢門尓　浪立勿謹

二〇四一（二〇四五）秋風　吹漂蕩　白雲者　織　女之　天津領巾毳

二〇四二（二〇四六）数　裳　相不レ見君矣　天　漢　舟出速為　夜不レ深間

二〇四三（二〇四七）秋風之　清　夕　天　漢　舟滂度　月人壮子

二〇四四（二〇四八）天河　霧立度　牽牛之　檝　音所レ聞　夜深往

二〇四五（二〇四九）君　舟　今滂来良之　天　漢　霧立度　此川　瀬

二〇四六（二〇五〇）秋風尓　河浪起　暫　八十舟津　三舟停

二〇四七（二〇五一）天　漢　河音清之　牽牛之　秋滂船之　浪　跢香

二〇四八（二〇五二）天　漢　河門　立　吾恋之　君来　奈里　紐解待　一云、天河　川　向立

二〇四九（二〇五三）天　漢　河門　座而　年月　恋来君　今夜会　可母

二〇五〇（二〇五四）明日従者　吾玉床乎　打払　公常不レ宿　孤　可母寐

二〇五一（二〇五五）天原　往射　跡　白檀　挽而隠在　月人壮子

二〇五二（二〇五六）此夕　零来雨者　男星之　早滂船之　賀伊乃散鴨

二〇五三（二〇五七）天　漢　八十瀬霧合　男星之　時待船　今　滂良之

二〇五四（二〇五八）風吹而　河浪起　引船丹　度　裳来　夜不レ降間尓

---

5 牟元類紀―武
1 河元類紀―漢
2 河元天類紀―川
1イ 河元天―川
2イ 川元天―河
2 河元天類紀―川

---

3 アフでクアル
5 キマサザルラム
2 きリタチワタル
〔二九〕
2 カハのオとキヨシ
3 アガコフル
2 ユキテヲイムと

2 渡 元天類紀―度
1 漢 元天類紀―河

二〇五五（二〇五九）天河　遠渡者　無友　公之舟出者　年尓社候
二〇五六（二〇六〇）天漢　打橋度　妹之家道　不レ止通　時不レ待友
二〇五七（二〇六一）月累　吾思妹　会夜者　今之七夕　続巨勢奴鴨
二〇五八（二〇六二）年丹装　吾舟滂　天河　風者吹友　浪立勿忌
二〇五九（二〇六三）天河　浪者立友　吾舟者　率滂出　夜之不レ深間尓・
二〇六〇（二〇六四）直今夜　相有児等尓　事問母　未レ為而　左夜曽明二来

3 漢 元類―河

二〇六一（二〇六五）天河　白浪高　吾恋　公之舟出者　今為下
二〇六二（二〇六六）機　蹋木持往而　天漢　打橋度　公之来為
二〇六三（二〇六七）天漢　霧立上　棚幡乃　雲　衣能　飄　袖鴨
二〇六四（二〇六八）古　織義之八多乎　此暮　衣　縫而　君待吾乎
二〇六五（二〇六九）足玉母　手珠毛由良尓　織旗乎　公之御衣尓　縫　将レ堪可聞・

3 乃―久 略解

二〇六六（二〇七〇）択二月日一　逢義之有者　別乃　惜有君者　明日副裳欲得

5 檝 元天類―檝之

二〇六七（二〇七一）天漢　渡　瀬深弥　泛レ船而　掉来君之　檝　音所レ聞
二〇六八（二〇七二）天原　振放見者　天漢　霧立渡　公者来良志
二〇六九（二〇七三）天漢　瀬毎　幣　奉　情　者君乎　幸　来座跡

1 堅 元類紀―方

二〇七〇（二〇七四）久堅之　天　河津尓　舟泛而　君待夜等者　不レ明毛有寐鹿
二〇七一（二〇七五）天河　足沾渡　君之手毛　未レ枕者　夜之深去良久・

5 声之 元藍類―之声

二〇七二（二〇七六）渡守　船度世乎跡　呼音之　不レ至者疑　梶　声之不レ為

2 アガオモフイモニ
1 とシニオそフ
〔三〇〕
2 フミぎモチユキテ
1 ツキヒエリ
3 ワカレムの・ワカレマク〔久〕
3 フネウカベテ
3 フネウカベテ
〔三一〕

二〇七三 二〇七七 真気長　河向立　有之袖　今夜巻跡　念之吉紗

二〇七四 二〇七八 天河　渡湍毎　思乍　来之雲知師　逢有久念者

二〇七五 二〇七九 人左倍也　見不レ継将レ有　牽牛之　嬬喚舟之　近附往乎　一云、見乍有良武

二〇七六 二〇八〇 天漢　瀬乎早　鴨　烏珠之　夜者闌尓乍　不レ合牽牛

二〇七七 二〇八一 渡守　舟早渡世　一年尓　二遍往来　君尓有勿久尓

二〇七八 二〇八二 玉葛　不レ絶物可良　佐宿者　年之度尓　直一夜耳

二〇七九 二〇八三 恋日者　食長物乎　今夜谷　令レ乏応哉　可レ相物乎

二〇八〇 二〇八四 織女之　今夜相奈婆　如レ常　明日乎阻而　年者将レ長

二〇八一 二〇八五 天漢　棚橋渡　織女之　伊渡左牟尓　棚橋渡

二〇八二 二〇八六 天漢　河門八十有　何尓可　君之三船乎　吾待将レ居

二〇八三 二〇八七 秋風乃　吹西日従　天漢　瀬尓出立　待登告許曽

二〇八四 二〇八八 天漢　去年之渡湍　有二家里　君之将レ来　道乃不レ知久

二〇八五 二〇八九 天漢　湍瀬尓白浪　雖レ高　直渡来沼　待者苦三

二〇八六 二〇九〇 牽牛之　嬬喚舟之　引綱乃　将レ絶跡君乎　吾之念勿国

二〇八七 二〇九一 渡守　舟出為将レ出　今夜耳　相見而後者　不レ相物可毛

二〇八八 二〇九二 吾隠有　檝棹無而　渡守　舟将レ借八方　須臾者有待

二〇八九 二〇九三 乾坤之　初時従　天漢　射向居而　一年丹　両遍不レ遭　妻恋尓　物念人　天漢　安乃川原乃　有通　出乃渡丹　具穂船乃　艫丹裳舳丹裳　船装　真梶繁抜　旗荵

5 紗元藍—沙
1 河元類紀—漢
4 闌—開元類
2 食元天類紀—気
4 船—舟元類
4 之元類紀—ナシ
5 之考—ナシ矢京久
12 出墒—出ミ
17 荵総索引—荒

2 ミツガズアルラム
4 ヨハアけ〔開〕ニツツ
2 カハトヤソアリ
〔三二〕
1 カクシタル
14 ヘニモとモニモ

20 来元類—ナシ
21 河元類—川
27 舟元紀—船
2 河元類—川
4 伊新考—得
5 定元類紀—弖
15 座元類紀—坐
4 鍾紀近—鐘
3 毎吹元類—吹毎

本葉裳具世丹　秋風乃　吹来夕丹　天河　白浪凌　落沸　速湍渉　稚草乃　妻手枕迹　大舟乃　思憑而　滂来等六　其夫乃子我　荒珠乃　年緒長・　思来之　恋将レ尽　七月　七日之夕者　吾毛悲焉

反歌

二〇九〇（二〇九四）　狛錦　紐解易之　天人乃　妻問夕叙　吾裳将レ偲

二〇九一（二〇九五）　彦星之　河瀬渡　左小舟乃　伊行而将レ泊　河津石所レ念

二〇九二（二〇九六）　天地跡　別之時従　久方乃　天験常　定大王　天之河原尓　璞　月累而　妹尓相　時候跡　立待尓　吾衣手尓　秋風之　吹反者　立座　多土伎乎不レ知　村肝・　心不欲　解衣　思乱而　何時跡　吾待今夜　此川　行長　有得鴨

反歌

二〇九三（二〇九七）　妹尓相　時片待跡　久方乃　天之漢原尓　月叙経来

詠レ花

二〇九四（二〇九八）　竿志鹿之　心相念　秋芽子之　鍾礼零丹　落僧惜毛・

二〇九五（二〇九九）　夕去　野辺秋芽子　末若　露枯　金待難

右二首、柿本朝臣人麻呂之歌集出。

二〇九六（二一〇〇）　真葛原　名引秋風　毎レ吹　阿太乃大野之　芽子花散

二〇九七（二一〇一）　鴈鳴之　来喧牟日及　見乍将レ有　此芽子原尓　雨勿零根

二〇九八（二一〇二）　奥山尓　住云男鹿之　初夜不レ去　妻問芽子乃　散久惜裳・

26 ツマのテマクと
〔三三〕
37 ワレモカナシモ
3 アマヒとの・ヒコホシの
5 アレモシノハム
4 エ〔得〕ユキテハテム
8 ツきヲカサネテ
9 イモニアハム
12 アガころモデニ
1 イモニアフ
〔三四〕
3 ウレワカミ
4 ツユニカレケリ
5 アキマチカテニ
2 スムとフシカの

3 丹元類紀―尓
2 5 揩元―摺
2 3 奴馬元類西イ紀―駑
1 采私案―杲 天類紀果
1 沙―紗元
2 揩元類―摺
2 ゝ元紀―之 5 立見考―竟
5 手類紀―乎
2 之毛私考宣長説―之久新考之名

二〇九九 二一〇三 白露乃 置巻惜 秋芽子乎 折耳折而 置哉枯
（シラツユの オカマクヲシミ アキハぎヲ ヲリのみヲリテ オキヤカラサム）

二一〇〇 二一〇四 秋田苅 借廬之宿 丹穂経及 咲有秋芽子 雖レ見不レ飽香聞
（アキタカル カリホのヤどリ ニホフマデ サケルアキハぎ ミレどアカヌカモ）

二一〇一 二一〇五 吾衣 揩有者不レ在 高松之 野辺行之者 芽子之揩類曽
（アガころモ スレルニハアラズ タカマツの ノヘユキシカバ ハぎのスレルそ）

二一〇二 二一〇六 此暮 秋風吹奴 白露尓 荒争芽子之 明日将レ咲見
（このユフヘ アキカぜフキヌ シラツユニ アラソフハぎの アスサカムミム）

二一〇三 二一〇七 秋風 冷成奴 馬並而 去来於レ野行奈 芽子花見・尓
（アキカぜハ スズシクナリヌ ウマナめテ イザノニユカナ ハぎのハナミニ）

二一〇四 二一〇八 朝采 朝露負 咲雖レ云 暮陰社 咲益家礼
（アサガホハ アサツユオヒテ サクとイヘど ユフカげニこそ サキマサリケレ）

二一〇五 二一〇九 春去者 霞隠 不レ所レ見有師 秋芽子咲 折而将二挿頭一
（ハルサレバ カスミガクリテ ミえザリシ アキハぎサキヌ ヲリテカザサム）

二一〇六 二一一〇 沙額田乃 野辺乃秋芽子 時有者 今盛有 折而将二挿頭一
（サヌカタの ノへのアキハぎ とキナレバ イマサカリナリ ヲリテカザサム）

二一〇七 二一一一 事更尓 衣者不レ揩 佳人部為 咲野之芽子尓 丹穂日而将レ居・
（ことサラニ ころモハスラジ ヲミナヘシ サキノのハぎニ ニホヒテヲラム）

二一〇八 二一一二 秋風者 急ゝ吹来 芽子花 落巻惜三 競立見
（アキカぜハ トクトクフキこ ハぎのハナ チラマクヲシミ キホヒタツミム）

二一〇九 二一一三 我屋前之 芽子之若末長 秋風之 吹南時尓 将レ開跡思 手
（ワガヤドの ハぎのウレナガシ アキカぜの フキナムとキニ サカムとオモヒテ）

二一一〇 二一一四 人皆者 芽子乎秋 云 縦吾等者 乎花之末乎 秋跡者将レ言
（ヒとみナハ ハぎヲアキとイフ よシワレハ ヲバナガスヱヲ アキとハイハム）

二一一一 二一一五 玉梓 公之使乃 手折来有 此秋芽子者 雖レ見不レ飽鹿裳
（タマヅサの キミガツカヒの タヲリケル このアキハぎハ ミレどアカヌカモ）

二一一二 二一一六 吾屋前尓 開有秋芽子 常 有者 我待人尓 令レ見・猿物乎
（ワガヤドニ サケルアキハぎ ツネニアラバ アガマツヒとニ ミセマシものヲ）

二一一三 二一一七 手寸十名相 殖之毛知久 出見者 屋前之早芽子 咲尓家類香聞
（ウヱシモシルク イデミレバ ヤドのハツハぎ サキニケルカモ）

二一一四 二一一八 吾屋外尓 殖生 有 秋芽子乎 誰 標刺 吾尓不レ所レ知
（ワガヤドニ ウヱオホシタル アキハぎヲ タレカシめサス ワレニシラえズ）

二一一五 二一一九 手取者 袖并丹覆 美人部師 此白露尓 散巻惜
（テニトレバ ソデサへニホフ ヲミナヘシ このシラツユニ チラマクヲシモ）

二一一六 二一二〇 白露尓 荒争金手 咲 芽子 散 惜兼 雨莫零 根
（シラツユニ アラソヒカネテ サケルハぎ チラバヲシケム アめナフリそネ）

〔三五〕
5 キホヒタタムミム
2 ハぎヲアキとフ
4 ヲバナガウレヲ
5 アキとハイヒテム

〔三六〕
1 定訓ナシ
2 ウヱシク〔久〕シルク
4 ヤドのワサハぎ

二二一七　𡢳嬬等尓　行相乃速稲乎　苅時　成来下　芽子花咲・
二二一八　朝霧之　棚引小野之　芽子花　今哉散濫　未レ猒尓
二二一九　恋之久者　形見尓為与登　吾背子我　殖之秋芽子　花咲尓家里
二二二〇　秋芽子　恋不レ尽跡　雖レ念　思恵也安多良思　又将レ相八方
二二二一　秋風者　日異吹奴　高円之　野辺之秋芽子　散巻惜裳
二二二二　大夫之　心者無而　秋芽子之　恋耳八方　奈積而・有南
二二二三　吾待之　秋者来奴　雖レ然　芽子之花曽毛　未レ開家類
二二二四　欲レ見　吾待恋之　秋芽子者　枝毛思美三荷　花開二家里
二二二五　春日野之　芽子落者　朝東　風尓副而　此間尓落来根
二二二六　秋芽子者　於レ雁不レ相常　言有者香　一云、言有可聞　音乎・聞而者　花尓散去流
二二二七　秋去者　妹令レ視跡　殖之芽子　露霜負而　散来毳

詠レ雁

二二二八　秋風尓　山跡部越　雁鳴者　射矢遠放　雲隠筒
二二二九　明闇之　朝霧隠　鳴而去　雁者言恋　於レ妹告社
二二三〇　吾屋戸尓　鳴之雁哭　雲上尓　今夜喧成　国方可聞遊群・
二二三一　左小壮鹿之　妻問時尓　月乎吉三　切木四之泣所レ聞　今時来等霜
二二三二　天雲之　外雁鳴　従二聞之一　薄垂霜零　寒此夜者
一云、弥益〻尓　恋許曽増焉

1 尓類紀—ナシ
5 遊群 童蒙—ナシ類 次行ニ題詞ノヨウニ記ス元紀西

〔三七〕
〔三八〕

2 アガマチコフル
2 ハぎシチリナバ

二一三三 二一三七 秋田　吾苅婆可能　過去者　鴈之喧所レ聞　冬方設而

二一三四 二一三八 葦辺在　荻之葉左夜芸　秋風之　吹来苗丹　鴈鳴渡・

一云、秋風尓　鴈音所レ聞　今四来霜

二一三五 二一三九 押照　難波穿江之　葦辺者　鴈宿有疑　霜乃零尓

二一三六 二一四〇 秋風尓　山飛越　鴈鳴之　声遠離　雲隠良思

4 念元類紀宮—尓

二一三七 二一四一 朝尓往　鴈之鳴音者　如レ吾　物念可毛　声之悲

5 武元類紀—哉

二一三八 二一四二 多頭我鳴乃　今朝鳴奈倍尓　鴈鳴者　何処指香　雲隠良武

2 渡元類—度

二一三九 二一四三 野干玉之　夜渡　鴈者　欝　幾夜乎歴而鹿　己名乎告・

二一四〇 二一四四 璞　年之経往者　阿跡念登　夜渡　吾乎　問人哉誰

詠ニ鹿鳴一

二一四一 二一四五 比日之　秋　朝開尓　霧隠　妻呼雄鹿之　音之亮　左

二一四二 二一四六 左男壮鹿之　妻整　登　鳴音之　将レ至極　靡　芽子原

5 小元類紀—ナシ

二一四三 二一四七 於レ君恋　裏触居者　敷野之　秋芽子凌　左小壮鹿鳴裳

二一四四 二一四八 鴈来　芽子者散跡　左小壮鹿之　鳴成音毛　裏触丹来・

二一四五 二一四九 秋芽子之　恋裳不レ尽者　左壮鹿之　声伊続伊継　恋許増益　焉

二一四六 二一五〇 山近　家哉可レ居　左小壮鹿乃　音乎聞乍　宿不レ勝鴨

5 紗元類—沙

二一四七 二一五一 山辺尓　射去薩雄者　雖ニ大有一　山尓文野尓文　紗小壮鹿鳴母

3 壮元類—ナシ

二一四八 二一五二 足日木笑　山従来世波　左小壮鹿之　妻呼音　聞益物乎・

1 ツトニユク

2 〔三九〕とシのへヌレバ

3 オホカレド

二一四九　山辺庭　薩雄乃祢良比　恐　跡　小壮鹿鳴成　妻之眼乎欲焉

二一五〇　秋芽子之　散去見　欝　三　妻恋為良思　棹壮鹿鳴母

二一五一　山遠　京　尓之有者　狭小壮鹿之　妻呼音者　乏　毛有香

二一五二　秋芽子之　散過去者　左小壮鹿者　和備鳴将レ為名　不レ見者乏　焉・

二一五三　秋芽子之　咲有野辺者　左小壮鹿曽　露乎別乍　嬬問四家類

二一五四　奈何壮鹿之　和備鳴為成　蓋　毛　秋野之芽子也　繁　将レ落

二一五五　秋芽子之　開有野辺　左壮鹿者　落巻惜見　鳴去物乎

二一五六　足日木乃　山之跡陰尓　鳴鹿之　声聞為八方　山田守酢児・

詠レ蟬

二一五七　暮影　来鳴日晩之　幾許　毎レ日聞跡　不レ足音可聞

詠レ蟋*

二一五八　秋風之　寒　吹奈倍　吾屋前之　浅茅之本尓　蟋蟀鳴毛

二一五九　影草乃　生有屋外之　暮陰尓　鳴蟋蟀者　雖レ聞不レ足可聞

二一六〇　庭草尓　村雨落而　蟋蟀之　鳴音聞者　秋付尓家・里

詠レ蝦

二一六一　三吉野乃　石本不レ避　鳴川津　諾文鳴来　河乎浄

二一六二　神名火之　山下動　去水丹　川津鳴成　秋登将レ云鳥屋

二一六三　草枕　客尓物念　吾聞者　夕片設而　鳴川津可聞

2 祢 元矢京—尓
3 小 元類紀—ナシ
蟋 元類紀—蟋蟀
5 将云—云将 元類

〔四〇〕 5 ツマのめヲホリ

〔四一〕

4 河元類紀—川
1 呼元類—乎
4 異—果類梟 新大系
3 百舌類京赭—舌百
4 監元類—濫
4 年元類紀—斗
5 置元類—置尓
3 志元類原紀—者

二一六四（二一六八） 瀬呼速見　落当知足　白浪尓　河津鳴奈里　朝夕毎

二一六五（二一六九） 上瀬尓　河津妻呼　暮去者　衣手寒三　妻将レ枕跡香

詠レ鳥

二一六六（二一七〇） 妹手呼　取石池之　浪間従　鳥音異鳴　秋過良之

二一六七（二一七一） 秋野之　草花我末　鳴百舌鳥　音聞監香　片聞吾妹

詠レ露

二一六八（二一七二） 冷芽子丹　置白露　朝々　珠年曽見流　置白露

二一六九（二一七三） 暮立之　雨落毎　一云、打零者　春日野之　尾花之上乃　白露所レ念

二一七〇（二一七四） 秋芽子之　枝毛十尾丹　露霜置　寒毛時者　成尓家類可聞

二一七一（二一七五） 白露与　秋芽子者　恋乱　別事難　吾情可聞

二一七二（二一七六） 吾屋戸之　麻花押靡　置露尓　手触吾妹児　落巻毛将レ見

二一七三（二一七七） 白露乎　取者可レ消　去来子等　露尓争而　芽子之遊将レ為

二一七四（二一七八） 秋田苅　借廬乎作　吾居者　衣手寒　露置尓家留

二一七五（二一七九） 日来之　秋風寒　芽子之花　令レ散白露　置来下

二一七六（二一八〇） 秋田苅　苫手揺奈利　白露志　置穂田無跡　告尓来良思

一云、告尓来良思母

詠レ山

二一七七（二一八一） 春者毛要　夏者緑丹　紅之　綵色尓所レ見　秋山可聞

〔四二〕
4 とリガネサワク〔梟鳴〕
2 ヲバナガウレニ
5 ワガこころカモ
〔四三〕
2 トマデユラクナリ　トマデナルナリ
3 シラツユハ〔者〕

詠二黄葉一

二一七八 妻隠 矢野神山 露霜尓 ゝ宝比始 散巻惜

2 ヤノのカみヤマ

4 鍾元紀近—鐘

二一七九 朝露尓 染始 秋山尓 鍾礼莫零 在渡金

右二首、柿本朝臣人麻呂之歌集出。

2 鍾元類紀近—鐘

二一八〇 九月乃 鍾礼乃雨丹 沾通 春日之山者 色付丹来

二一八一 鴈 鳴之 寒 朝開之 露有之 春日 山乎 令レ黄物者

二一八二 比日之 暁 露丹 吾屋前之 芽子乃下葉者 色付尓家里

1 音元類春紀—鳴

二一八三 鴈 音者 今者来鳴沼 吾待之 黄葉早継 待者辛苦母

〔四四〕

二一八四 秋山乎 謹人懸勿 忘西 其黄葉乃 所レ思君

二一八五 大坂乎 吾越来者 二上尓 黄葉流 志具礼零乍

二一八六 秋去者 置白露尓 吾門乃 浅茅何浦葉 色付尓家里

3 露—霧類紀
5 莫元類—巻

二一八七 妹之袖 巻来乃山之 朝露尓 仁宝布黄葉之 散莫惜裳

3 アサぎリ〔霧〕ニ

二一八八 黄葉之 丹穂日者繁 然 鞆 妻梨 木乎 手折可佐寒

4 之墒—毛

二一八九 露霜乃 寒 夕之 秋風丹 黄葉尓来之 妻梨之木者

二一九〇 吾門之 浅茅色就 吉魚張能 浪柴乃野之 黄葉散良新

4 乃元類春紀—之

二一九一 鴈之鳴乎 聞鶴奈倍尓 高松之 野上乃草曽 色付尓家留

〔四五〕
4 ノのへのクサそ

二一九二 吾背児我 白細衣 往触者 応レ染毛 黄変山可聞

二一九三 秋風之 日異吹者 水茎能 岡之木葉毛 色付尓家里

城元類―城山
国元類紀―ナシ

2 桉元類―鞍

1 十―寸元類紀

3 乃元類紀―之

5 落元類紀―散

二一九四 二一九八 鴈鳴乃　来鳴之共　韓衣　裁田之山者　黄始有

二一九五 二一九九 鴈之鳴　声聞苗荷　明日従者　借香能山者　黄始南・

二一九六 二二〇〇 四具礼能雨　無間之零者　真木葉毛　争不勝而　色付尓家里

二一九七 二二〇一 灼然　四具礼乃雨者　零勿国　大城山者　色付尓家里
謂大城者、在筑前国御笠郡之大野山頂、号曰大城者也。

二一九八 二二〇二 風吹者　黄葉散乍　小雲　吾松原　清在莫国

二一九九 二二〇三 物念　隠座而　今日見者　春日山者　色就尓家里

二二〇〇 二二〇四 九月　白露負而　足日木乃　山之将黄変　見幕下吉・

二二〇一 二二〇五 妹許跡　馬桉置而　射駒山　撃越来者　紅葉散筒

二二〇二 二二〇六 黄葉為　時尓成良之　月人　楓枝乃　色付見者

二二〇三 二二〇七 里異　霜者置良之　高松　野山司之　色付見者

二二〇四 二二〇八 秋風之　日異吹者　露重　芽子之下葉者　色付来

二二〇五 二二〇九 秋芽子乃　下葉赤　荒玉乃　月之歴去者　風疾鴨

二二〇六 二二一〇 真十鏡　見名淵山者　今日鴨　白露置而　黄葉将散

二二〇七 二二一一 吾屋戸之　浅茅色付　吉魚張之　夏身之上尓　四具礼零疑

二二〇八 二二一二 鴈鳴之　寒鳴従　水茎乃　岡乃葛葉者　色付尓来

二二〇九 二二一三 秋芽子之　下葉乃黄葉　於花継　時過去者　後将恋鴨

二二一〇 二二一四 明日香河　黄葉流　葛木　山之木葉者　今之落疑

二二一一 二二一五 妹之紐　解登結而　立田山　今許曽黄葉　始而有家礼

5 キヨクアラナクニ

〔四六〕

3 ツユヲオモミ

4 ツきのへヌレバ

3 ハナニツグ

2 とカムとユヒテ

5 丹元類―尓
3 以元類―以而
1 乃紀―乃之
3 沙―紗類妙元
2 沙―紗元

二二一二　鴈鳴之　喧之従　春日有　三笠山者　色付丹家里・

二二一三　比者之　五更露尓　吾屋戸乃　秋之芽子原　色付尓家里

二二一四　夕去者　鴈之越往　竜田山　四具礼尓競　色付丹家里

二二一五　左夜深而　四具礼勿零　秋芽子之　本葉之黄葉　落巻惜裳

二二一六　古郷之　始黄葉乎　手折以　今日曽吾来　不レ見人之為・

二二一七　君之家乃　黄葉早者　落　四具礼乃雨尓　所レ沾良之母

二二一八　一年　二遍不レ行　秋山乎　情尓不レ飽　過之鶴鴨

詠二水田一

二二一九　足曳之　山田佃子　不レ秀友　縄谷延与　守登知金

二二二〇　左小壮鹿之　妻喚山之　岳辺在　早田者不レ苅　霜者雖レ零

二二二一　我門尓　禁田乎見者　沙穂内之　秋芽子為酢寸・　所レ念鴨

詠レ河

二二二二　暮不レ去　河蝦鳴成　三和河之　清瀬音乎　聞師吉毛

詠レ月

二二二三　天海　月船浮　桂梶　懸而滂所レ見　月人壮子

二二二四　此夜等者　沙夜深去良之　鴈鳴乃　所レ聞空従　月立度・

二二二五　吾背子之　挿頭之芽子尓　置露乎　清見世跡　月者照良思

二二二六　無レ心　秋月夜之　物念跡　寐不レ所レ宿　照乍本名

〔四七〕
2 モミチハハヤク
1 アシヒキの
〔四八〕
4 キヨキセのとヲ

二二二七　不レ念尓　四具礼乃雨者　零有跡　天雲霽而　月夜清焉

二二二八　芽子之花　開乃乎再入緒　見代跡可聞　月夜之清　恋益良国

二二二九　白露乎　玉作有　九月　在明之月夜　雖レ見不レ飽可・聞　〔四九〕

詠レ風

二二三〇　恋乍裳　稲葉掻別　家居者　乏不レ有　秋之暮風

二二三一　芽子花　咲有野辺　日晩之乃　鳴奈流共　秋風吹

二二三二　秋山之　木葉文未レ赤者　今旦吹風者　霜毛置応久

詠レ芳

二二三三　高松之　此峯迫尓　笠立而　盈盛有　秋香乃吉者・

詠レ雨

二二三四　一日[1]　千重敷布[2]　我恋　妹当　為暮零所レ見

右一首、柿本朝臣人麻呂之歌集出。

二二三五　秋田苅　客乃廬入尓　四具礼零　我袖沾　干人無二

二二三六　玉手次　不レ懸時無　吾恋　此具礼志零者　沾乍毛将レ行

二二三七　黄葉乎　令レ落四具礼能　零苗尓　夜副衣寒　一之・宿者　〔五〇〕

詠レ霜

二二三八　天飛也　鴈之翅乃　覆羽之　何処漏香　霜之零異牟

4 霽—晴元

5 所略解—礼

1 ヒとヒニモ

2 チヘニシクシク

4 谷元類紀—ナシ
3 凡考—凬私注 夙
4 乃—秀略解 宣長説
2 上類紀—上尓
1 田—山元類
1 刈大系—苅 考叫
5 得元類—将
4 吾—言類紀

秋相聞

二二三九 二二四三 金山(アキヤマの)　舌日下(シタヒガシタニ)　鳴鳥(ナクとりの)　音谷聞(こヱダニキカバ)　何嘆(ナニカナげカム)

二二四〇 二二四四 誰彼(タそカレと)　我莫問(ワレヲナトヒそ)　九月(ナガツきの)　露沾乍(ツユニヌレツツ)　君待吾(キミマツワレヲ)

二二四一 二二四五 秋夜(アキのヨの)　霧発渡(きリタチワタリ)　凡〻(オホホシク)　夢見(イめニそミツル)　妹形矣(イモガスガタヲ)・

二二四二 二二四六 秋野(アキのノの)　尾花末(ヲバナガスヱの)　生靡(オヒナビキ)　心(こころハ)妹(イモニ)　依(よリニケルカモ)　鴨

二二四三 二二四七 秋山(アキヤマニ)　霜零覆(シモフリオホヒ)　木葉落(このハチリ)　歳雖レ行(とシハユクとモ)　我忘(アレワスレめヤ)　八

右、柿本朝臣人麻呂之歌集出。

寄二水田一

二二四四 二二四八 住吉之(スミのえの)　岸乎田尓墾(きシヲタニハリ)　蒔稲(マキシイネ)　乃而及レ苅(カクテカルマデ)　不レ相公鴨(アハヌキミカモ)

二二四五 二二四九 剣後(タチのシリ)　玉纏田井尓(タママキタヰニ)　及二何時一可(イツマデカ)　妹乎不二相見一(イモヲアヒミズ)　家恋将レ居(イヘコひヲラム)

二二四六 二二五〇 秋田之(アキのタの)　穂上置(ホのヽニオケル)　白露之(シラツユの)　可レ消(けヌべクモ)　吾者(アレハ)　所レ念鴨(オモホユルカモ)・

二二四七 二二五一 秋田之(アキのタの)　穂向之所レ依(ホムキのよレル)　片縁(カタよリニ)　吾者物念(アレハモのモフ)　都礼無物乎(ツレナキモのヲ)

二二四八 二二五二 秋田刈(アキタカル)　借廬作(カリホヲツクリ)　五百入為而(イホリシテ)　有藍君叫(アルラムキミヲ)　将レ見依欲得(ミムよシモガモ)

二二四九 二二五三 鶴鳴之(タヅガネの)　所レ聞田井尓(キこユルタヰニ)　五百入為而(イホリシテ)　吾客(ワレタビニ)有跡(アリと)　於レ妹告社(イモニツげこそ)

二二五〇 二二五四 春霞(ハルカスミ)　多奈引田居尓(タナビクタヰニ)　廬付而(イホツキテ)　秋田苅左右(アキタカルマデ)　令レ思良久(オモハシムラク)・

二二五一 二二五五 橘(タチバナヲ)　乎守部乃五十戸之(モリへのサトの)　門田早稲(カドタワセ)　苅時過去(カルときスぎヌ)　不レ来跡為等霜(こジとスラシモ)

寄レ露

2 ヲバナガウレの
5 ワレワスレめヤ
3 マキシイネヲ)
4 サテカルマデニ ヒデ〔秀〕テカルマデ
2 ホのヽニオケル
〔五一〕
1 アキヤマヲ〔山叫〕
4 ワレタビナリと

3 零根元類—零
5 乍元傍書—尓

二二五二 二二五六 秋芽子之　開散野辺之　暮露尓　沾乍来益　夜者深去鞆

二二五三 二二五七 色付相　秋之露霜　莫零根　妹之手本乎　不レ纏今夜者

二二五四 二二五八 秋芽子之　上尓置有　白露之　消鴨死猿　恋乍不・有者

二二五五 二二五九 吾屋前　秋芽子上　置露　市白霜　吾恋目八面

二二五六 二二六〇 秋　穂乎　之努尓押靡　置露　消鴨死益　恋乍不レ有者

二二五七 二二六一 露霜尓　衣　袖所レ沾而　今谷毛　妹許行名　夜者雖レ深

二二五八 二二六二 秋芽子之　枝毛十尾尓　置露之　消毳死猿　恋乍不レ有者・

4 怒元類—努
5 呼元類—乎

二二五九 二二六三 秋芽子之　上尓白露　毎レ置　見管曽思怒布　君之光儀呼

寄レ風

二二六〇 二二六四 吾妹子者　衣　丹有南　秋風之　寒　比来　下　著益乎

二二六一 二二六五 泊瀬風　如是吹三更者　及二何時一　衣　片敷　吾　一将レ宿

寄レ雨

二二六二 二二六六 秋芽子乎　令レ落長雨之　零比者　一　起居而　恋　夜・曽大寸

4 吾拾穂略解—吾告

二二六三 二二六七 九月　四具礼乃雨之　山霧　烟寸吾胸　誰乎見者将レ息

一云、十　月　四具礼乃雨降

寄レ蟋

二二六四 二二六八 蟋蟀之　待歓　秋　夜乎　寐験無　枕　与吾者

寄レ蝦

〔五二〕

〔五三〕

5 タヲミバヤマム

1 イカみナヅき

5 マクラとアレとハ

2265（2269）朝霞　鹿火屋之下尓　鳴蝦　声谷聞者　吾将レ恋八・方

2　カひヤのシタニ

寄レ鴈

2266（2270）出去者　天飛鴈之　可レ泣美　且今日ゝゝゝ云二　年曽経去家類

4　日元類紀―且

寄レ鹿

2267（2271）左小壮鹿之　朝伏小野之　草若美　隠不得而　於レ人所レ知名

2268（2272）左小壮鹿之　小野之草伏　灼然　吾不レ問尓　人乃知・良久

2　之類紀―ナシ

〔五四〕

寄レ鶴

2269（2273）今夜乃　暁降　鳴鶴之　念不レ過　恋許増益也

寄レ草

2270（2274）道辺之　乎花我下之　思草　今更ゝ尓　何物可将レ念

4　ゝ略解古義―ナシ

5　ナニカオモハム

寄レ花

2271（2275）草深三　蟋多　鳴屋前　芽子見公者　何時来益牟

1　クサブカミ

2272（2276）秋就者　水草花乃　阿要奴蟹　思跡不レ知　直尓不・レ相在者

2273（2277）何為等加　君乎将レ猒　秋芽子乃　其始花之　歓寸物乎

2274（2278）展転　恋者死友　灼然　色庭不レ出　朝容皃之花

1　転―伝元類

5　アサガホガハナ

2275（2279）言出而　云者忌染　朝皃乃　穂庭開不レ出　恋為鴨

2　者元類紀―ナシ

2276（2280）鴈鳴之　始音聞而　開出有　屋前之秋芽子　見来吾世古

2277（2281）左小壮鹿之　入野乃為酢寸　初尾花　何時加妹・之　手将レ枕

4　加元紀―如　4　イヅレのときカ　イモガテマカム

5　手将元類紀―将手

〔五五〕

3 吾元紀—三
3 部四宮イ定本—敝之 宮イ矢京 部四敝之
5 度元類紀—渡
3 乃元古紀—之類ナシ

二二七八 恋日之　気長有者　吾苑圃能　辛藍花之　色出尓来
二二七九 吾郷尓　今咲花乃　娘部四　不レ堪情　尚恋二家里
二二八〇 芽子花　咲有乎見者　君不レ相　真毛久二　成来鴨
二二八一 朝露尓　咲酢左乾垂　鴨頭草之　日斜共　可レ消所レ念
二二八二 長夜乎　於レ君恋乍　不レ生者　開而落西　花有益乎・
二二八三 吾妹児尓　相坂山之　皮為酢寸　穂庭開不レ出　恋度鴨
二二八四 率尓　今毛欲レ見　秋芽子之　四搓二将レ有　妹之光儀乎
二二八五 秋芽子之　花野乃為酢寸　穂庭不レ出　吾恋度　隠嬬波母
二二八六 吾屋戸尓　開秋芽子　散過而　実成及丹　於レ君不レ相鴨・
二二八七 吾屋前之　芽子開二家里　不レ落間尓　早来可レ見　平城里人
二二八八 石走　間ゝ生有　皃花乃　花西有来　在筒見者
二二八九 藤原　古郷之　秋芽子者　開而落去寸　君待不得而
二二九〇 秋芽子乎　落過沼蛇　手折持　雖レ見不怜　君西不レ有者
二二九一 朝開　夕者消流　鴨頭草乃　可レ消恋毛　吾者為鴨・
二二九二 蜓野之　尾花苅副　秋芽子之　花乎葺核　君之借廬
二二九三 咲友　不レ知師有者　黙然将レ有　此秋芽子乎　令レ視管本名

寄レ山

二二九四 秋去者　鴈飛越　竜田山　立而毛居而毛　君乎思曽念

3 ミ〔三〕そのフの
5 イろニイデニケリ
4 ヒクルルナヘニ
4 ホニハサキイデズ

〔五八〕

4 来 元類西イ紀―ナシ

1 或 元紀―惑
5 寤 元―寐
5 臥 元類―師

寄二黄葉一・

二二九五 二二九九 我屋戸之 田葛葉日殊 色付奴 不二来座一君者 何情曽毛
二二九六 二三〇〇 足引乃 山佐奈葛 黄変及 妹尓不レ相哉 吾恋将レ居
二二九七 二三〇一 黄葉之 過不レ勝児乎 人妻跡 見乍哉将レ有 恋敷物乎

寄レ月

二二九八 二三〇二 於レ君恋 之奈要浦触 吾居者 秋風吹而 月斜焉・
二二九九 二三〇三 秋 夜之 月疑意君者 雲隠 須臾不レ見者 幾許恋敷
二三〇〇 二三〇四 九月之 在明能月夜 有乍毛 君之来座者 吾将レ恋八方

寄レ夜

二三〇一 二三〇五 忍咲八師 不レ恋登為跡 金風之 寒吹夜者 君乎之曽念
二三〇二 二三〇六 或者之 痛情無跡 将レ念 秋之長夜乎 寤 臥耳・
二三〇三 二三〇七 秋 夜乎 長 跡雖レ言 積西 恋尽者 短 有家里

寄レ衣

二三〇四 二三〇八 秋都葉尓 〻宝敝流衣 吾者不レ服 於レ君奉 者 夜毛著金

問答

二三〇五 二三〇九 旅 尚 襟解物乎 事繁三 丸宿吾為 長 此夜
二三〇六 二三一〇 四具礼零 暁 月夜 紐不レ解 恋 君跡 居益物
二三〇七 二三一一 於二黄葉一 置白露之 色葉二毛 不レ出跡念 者 事之・繁家口

〔五七〕 1 アシヒキの 3 アガヲレバ
〔五八〕 5 ミジカクアリケリ 3 ワレハキジ

二三〇八 雨零者　滝都山川　於レ石触　君之摧　情者不レ持

右一首、不レ類二秋歌一而以レ和載レ之也。

譬喩歌

二三〇九 祝部等之　斎経社之　黄葉毛　標縄越而　落云物乎

旋頭歌

二三一〇 蟋蟀之　吾床隔尓　鳴乍本名　起居管　君尓恋尓・宿不レ勝尓

二三一一 皮為酢寸　穂庭開不レ出　恋乎吾為　玉蜻　直一目耳　視之人故尓

〔五九〕

冬雑歌

二三一二 我袖尓　雹手走　巻隠　不レ消有　妹為レ見

二三一三 足曳之　山鴨高　巻向之　木志乃子松二　三雪落来

二三一四 巻向之　檜原毛未二　雲居一者　子松之末由　沫雪流・

二三一五 足引　山道不レ知　白戕枝　枝母等乎ゝ尓　雪落者　或云、枝毛　多和ゝ二

右、柿本朝臣人麻呂之歌集出也。但件一首、*或本云、三方沙弥作。

詠レ雪

二三一六 奈良山乃　峯尚霧合　宇倍志社　前垣之下乃　雪者不レ消家礼

二三一七 殊落者　袖副沾而　可レ通　将レ落雪之　空尓消二管・

二三一八 夜乎寒三　朝戸乎開　出見者　庭毛薄太良尓　三雪落有　一云、庭裳保杼呂尓　雪曽零而有

〔六〇〕

1 祝—呪元類 古紀イ
1 2 尓雹—小 雪類紀
3 戕大系—柯 全集杜
4 イミ二工藤力 男—ミミ
件元紀—ナシ

1 アシヒキの
1 アシヒキの
4 イえダモタワタワ〔ミミ〕
4 マガキのシタの マガキガモとの

二三一九　暮去者　衣袖寒之　高松之　山木毎　雪曽零有

二三二〇　吾袖尓　零鶴雪毛　流去而　妹之手本　伊行触粳

二三二一　沫雪者　今日者莫零　白妙之　袖纏将レ干　人毛不レ有君

二三二二　甚多毛　不レ零雪故　許多毛　天三空者　陰相管

二三二三　吾背子乎　且今〻〻　出見者　沫雪零有　庭毛保・杼呂尓

二三二四　足引　山尓白者　我屋戸尓　昨日暮　零之雪疑意

詠レ花

二三二五　誰苑之　梅花毛　久堅之　清月夜尓　幾許散来

二三二六　梅花　先開枝乎　手折而者　裹常名付而　与副手六香聞

二三二七　誰苑之　梅尓可有家武　幾許毛　開有可毛　見我欲左右手二・

二三二八　来可レ視　人毛不レ有尓　吾家有　梅之早花　落十方吉

二三二九　雪寒三　咲者不レ開　梅花　縦比来者　然而毛有金

詠レ露

二三三〇　為レ妹　末枝梅乎　手折登波　下枝之露尓　沾尓家類可聞

詠二黄葉一

二三三一　八田乃野之　浅茅色付　有乳山　峯之沫雪　寒零良之・

詠レ月

二三三二　左夜深者　出来牟月乎　高山之　峯白雲　将レ隠鴨

---

5 粳元類—糠

5 君元ィ類西ィ紀—悪

3 許考—言
5 陰元類—隠

2 乎元類紀—ナシ

4 之元類紀—ナシ

5 尓元類—ナシ

---

3 ナガレユキテ

3 こチタク〔言多〕モ

1 アシヒキの

〔六一〕
5 シカニモアルガネ
サテモアルガネ

5 カクシテムカモ

冬相聞

二三三三　零雪　虚空可レ消　雖レ恋　相依無　月経在

二三三四　阿和雪　千重零敷　恋為来　食永我　見偲

右、柿本朝臣人麻呂之歌集出。

寄レ露

二三三五　咲出照　梅之下枝尓　置露之　可レ消於レ妹　恋頃者・

寄レ霜

二三三六　甚毛　夜深　勿行　道辺之　湯小竹之於尓　霜降夜焉

寄レ雪

二三三七　小竹葉尓　薄太礼零覆　消名羽鴨　将レ忘云者　益所レ念

二三三八　霰落　板敢風吹　寒夜也　旗野尓今夜　吾独寐牟

二三三九　吉名張乃　野木尓零覆　白雪乃　市白霜　将レ恋吾・鴨

二三四〇　一眼見之　人尓恋良久　天霧之　零来雪之　可レ消所レ念

二三四一　思出　時者為便無　豊国之　木綿山雪之　可レ消所レ念

二三四二　如レ夢　君乎相見而　天霧之　落来雪之　可レ消所レ念

二三四三　吾背子之　言愛　美　出　去者　裳引将レ知　雪勿零

二三四四　梅花　其跡毛不レ所レ見　零雪之　市白兼名　間使遣・者
一云、零雪尓　間使遣者　其将レ知奈

1 阿和元類紀—沫　2 重元類イ—里

1 照—有古義　2 尓元類紀—ナシ

5 イ奈元類紀—名

1 サキデタル(有)　4 けヌべクモイモニ

〔六二〕

5 マサリテ(オ)モホユ

2 定訓ナシ

5 コひムワレカモ

3 アマぎラヒ

1 オモヒ(イ)ヅル

3 アマぎラヒ

3 イデテ(ユ)カバ

〔六三〕

二三四五 二三四九 天霧相　零来雪之　消友　於レ君合　常　流経度

二三四六 二三五〇 窺　良布　跡見山雪之　灼然　恋者妹　名　人将レ知可聞

二三四七 二三五一 海小船　泊瀬乃山尓　落雪之　消長　恋師　君之音曽為流

二三四八 二三五二 和射美能　嶺往過而　零雪乃　猒　毛無跡　白　其児尓・

寄レ花

二三四九 二三五三 吾屋戸尓　開有梅乎　月夜好美　夕〻令レ見　君乎社待也

寄レ夜

二三五〇 二三五四 足檜木乃　山下風波　雖レ不レ吹　君無夕者　予　寒　毛

萬葉集巻第十

5 社　紀—祚

2 アラシのカゼハ

萬葉集巻第十一

古今相聞往来歌類之上〔一〕

一　嘉広―ナシ
四十―卌広

萬葉集巻第十一

旋頭歌

二三五一 二三五五 新室　壁草苅迩　御座給根　草如　依逢未通女者　公随

二三五二 二三五六 新室　蹈静子之　手玉鳴裳　玉如　所レ照公乎　内等白世

二三五三 二三五七 長谷　弓槻下　吾所隠在妻　赤根刺　所レ光月夜迩　人見点鴨

一云、人見豆良牟可

二三五四 二三五八 健男之　念乱而　隠在其妻　天地　通雖レ光　所レ顕目・八方

一云、大夫乃　思多鶏備弖

二三五五 二三五九 恵得　吾念妹者　早裳死耶　雖レ生　吾迩応レ依　人云名国

二三五六 二三六〇 狛錦　紐片叙　床落迩祁留　明夜志　将レ来得云者　取置待

二三五七 二三六一 朝戸出　公足結乎　閏露原　早起　出乍吾毛　裳下閏奈

二三五八 二三六二 何為　命本名　永欲為　雖レ生　吾念妹　安不レ相・

二三五九 二三六三 息緒　吾雖レ念　人目多社　吹風　有数ゝ　応レ相物

二三六〇 二三六四 人祖　未通女児居　守山辺柄　朝ゝ　通公　不レ来哀

二三六一 二三六五 天在　一棚橋　何将レ行　穉草　妻所云　足壮厳

2 蹈　嘉広紀宮—踏
3 所　嘉広—ナシ
5 光　紀文—先
6 待　嘉西イ紀—得

〔二〕
2 フミシヅムコガ
3 タダマシナルモ
タダマヲナスモ
5 テラセルキミヲ
3 カクシタルツマ
4 アカネサス
3 カクシタルツマ
1 ウルハシと
2 アガオモフイモハ
5 こムとシイハバ
4 ハヤクオきテ
4 イケリとモ
5 アガオモフイモニ
〔三〕
2 アレハオモヘど
1 アめニアル
6 アシヲよそハム

二三六二 二三六六　開木代(ヤマシろの)　来背若子(クセのワクゴガ)　欲云余(ホシとイフワレヲ)　相狭丸(アフサワニ)　吾欲云(ワレヲホシとイフ)　開木代(ヤマシろの)　来背(クセ)

右十二首、柿本朝臣人麻呂之歌集出。

二三六三 二三六七　岡前(ヲカのサキ)　多未足道乎(タみタルミチヲ)　人莫通(ヒとナカヨヒそ)　在乍毛(アリツツモ)　公之来(キミガキマサム)　曲道為(よキミチニセム)・

二三六四 二三六八　玉垂(タマダレの)　小簾之寸鶏吉仁(ヲスのスケキニ)　入通来根(イリカヨヒこネ)　足乳根之(タラチネの)　母我問者(ハハガトハサバ)　風跡将㆑申(カぜとマヲサム)

3 姤嘉宮—垢

二三六五 二三六九　内日左須(ウチヒサス)　宮道尓相之(ミヤヂニアヒシ)　人妻姤(ヒとヅマユヱニ)　玉緒之(タマのヲの)　念乱而(オモヒミダレテ)　宿夜四曽多寸(ヌルヨシそオホキ)

二三六六 二三七〇　真十鏡(マソカガミ)　見之賀登念(ミテシカとオモフ)　妹相可聞(イモモアハヌカモ)　玉緒之(タマのヲの)　絶有恋之(タえタルコひの)　繁比者(シげキこのころ)

二三六七 二三七一　海原乃(ウナハラの)　路尓乗哉(ミチニのリテヤ)　吾恋居(アガコひヲラム)　大舟之(オホブネの)　由多尓将㆑有(ユタニアルラム)　人児由恵尓(ヒとのコユヱニ)・

右五首、古歌集中出。

正述心緒

二三六八 二三七二　垂乳根乃(タラチネの)　母之手放(ハハガテハナレ)　如是許(カクバカリ)　無㆓為便㆒事者(スベナキことハ)　未㆑為国(イマダセナクニ)

二三六九 二三七三　人所㆑寐(ヒとのヌル)　味宿不㆑寐(ウマイハネズテ)　早敷八四(ハシキヤシ)　公目尚(キミガめスラヲ)　欲嘆(ホリテナげカフ)

或本歌云、公矣思尓(キミヲオモフニ)　暁来鴨(アけニケルカモ)

5 無嘉広京赭—兼

二三七〇 二三七四　恋死(コひシナバ)　恋死耶(コひモシネとヤ)　玉桙(タマホこの)　路行人(ミチユクヒとの)　事告無(ことモツげナク)

二三七一 二三七五　心(こころニハ)　千遍雖㆑念(チヘニオモへど)　人不㆑云(ヒとニイハヌ)　吾恋孋(アガコひヅマヲ)　見依鴨(ミムよシモガモ)・

二三七二 二三七六　是量(カクバカリ)　恋物(コひムものそと)　知者(シラマセバ)　遠可㆑見(とホクモミべク)　有物(アラマシものヲ)

4 任嘉—枉

二三七三 二三七七　何時(イツハシモ)　不㆑恋時(コひヌとキとハ)　雖㆑不㆑有(アラネども)　夕方任(ユフカタマけテ)　恋無㆑乏(コひハスベナシ)

二三七四 二三七八　是耳(カクのみシ)　恋度(コひヤワタラム)　玉切(タマキハル)　不㆑知㆑命(イのチモシラズ)　歳経管(とシハへニツツ)

3 ホシとフワレヲ　ホシとイフワレ
5 ワレヲホシとフ
1 ヲカサキの
2 ミシカとオモフ
〔四〕
2 ウマイモネズテ
5 ホリテナげクモ　ホリシナげカフ
4 ミチユキビとの
5 ことツげモナキ　ことモのラナク
2 チタビオモへど
4 とホクミツべク　とホクミべクモ
5 アリケルものヲ
2 コひセヌとキハ
4 イのチモシラヌ

1 健―建嘉

4 半手―曽新大系

1 位広宮―竝童蒙促

3 者嘉広紀宮―ナシ

二三七五 二三七九 吾以後　所レ生人　如レ我　恋為道　相与勿湯目

二三七六 二三八〇 健男　現心　吾無　夜昼不レ云　恋度

二三七七 二三八一 何為　命継　吾妹　不レ恋前　死物

二三七八 二三八二 吉恵哉　不ニ来座一公　何為　不レ猒吾　恋乍居

二三七九 二三八三 見度　近渡乎　廻　今哉来座　恋　居・

二三八〇 二三八四 早敷哉　誰障鴨　玉桙　路見遺　公不ニ来座一

二三八一 二三八五 公目　見欲　是二夜　千歳如　吾恋哉

二三八二 二三八六 打日刺　宮道人　雖ニ満行一　吾念公　正一人

二三八三 二三八七 世中　常如　雖レ念　半手不レ忘　猶恋在

二三八四 二三八八 我勢古波　幸座　遍来　我告来　人来鴨

二三八五 二三八九 麁玉　五年雖レ経　吾恋　跡無恋　不レ止恠

二三八六 二三九〇 石尚　行応レ通　建男　恋云事　後悔在

二三八七 二三九一 日位　人可レ知　今日　如ニ千歳一　有与鴨・

二三八八 二三九二 立座　態　不レ知　雖レ念　妹不レ告　間使　不レ来

二三八九 二三九三 烏玉　是夜莫明　朱引　朝行公　待苦

二三九〇 二三九四 恋為　死為物　有　者　我身千遍　死反

二三九一 二三九五 玉響　昨　夕　見物　今　朝　可レ恋物

二三九二 二三九六 中ゝ　不レ見有　従ニ相見一　恋　心　益　念

1 ワガ(アガ)のチニ
2 ウマレシヒとハ
3 ワレハナシ
4 コひザルサキニ
コひヌサキニモ

4 イマヤキマスと

〔五〕
2 タニサハレカモ
1 キミガめの
2 ミマクホシケバ
ミマクホシクク
4 チとセのごとク
4 アガオモフキミハ
4 カツテ(曽)ワスレ
ズ

2 3 サキクイマシテ
カヘリこムと

4 コひとフことハ
5 のチクイニケリ
1 ヒナラでバ
2 ヒとシリヌでミ
2 タヅキモシラズ

1 マサヤカニ
2 3 ミザリシヨリモ
アヒミテハ
5 マサリテぞオモフ

2 為—ナシ塙大系
5 亦—且広
3 妹—ナシ嘉広宮
1 年—玉略解
5 無—无嘉无鴨広
2 潜—漕古義
2 納—汭古義一説注釈
5 吾嘉広—吾君

二三九三 二三九七 玉桙　道不行為有者　惻隠　此有恋　不相
二三九四 二三九八 朝影　吾身成　玉垣入　風　所見　去子故
二三九五 二三九九 行〻　不相妹故　久方　天露霜　沾在哉・
二三九六 二四〇〇 玉坂　吾見人　何有　依以　亦一目見
二三九七 二四〇一 暫　不見恋　吾妹　日〻来　事繁
二三九八 二四〇二 年切　及世定　恃　公依　事繁
二三九九 二四〇三 朱引　秦不経　雖寐　心異　我不念
二四〇〇 二四〇四 伊田何　極太甚　利心　及失念　恋故
二四〇一 二四〇五 恋死　〻〻哉　我妹　吾家門　過行
二四〇二 二四〇六 妹当　遠見者　怪　吾恋　相依無
二四〇三 二四〇七 玉久世　清川原　身祓為　斎命　妹為・
二四〇四 二四〇八 思依　見依　物有　一日間　忘念
二四〇五 二四〇九 垣廬鳴　人雖云　狛錦　紐解開　公無
二四〇六 二四一〇 狛錦　紐解開　夕戸　不知有命　恋　有
二四〇七 二四一一 百積　船潜　納　八占刺　母雖問　其名不謂
二四〇八 二四一二 眉根削　鼻鳴紐解　待　哉　何時見　念　吾
二四〇九 二四一三 君恋　浦経居　悔　我裏紐　結手徒
二四一〇 二四一四 璞　之　年者竟　杼　敷白之　袖易子少　忘　而念　哉

2 ミチユカズ〔為〕アラバ
3 タマカキル
1 イけどイけど
4 アめのツユシモ
〔六八〕
3 イカナラム
4 ヒニヒニキナバ
5 ことシシげケム
3 タのめタル
4 キミニよりテハ
5 ことシげクとモ

2 とホクミユレバ
4 アレハコフルカ
3 みそキシテ
4 イハフイのチモ
4 ヒとヒのアヒダモ
4 ヒモとキサけシ
2 ヒモとキサけテ
2 フネこギ〔漕〕イル・フネカクリイル
3 ヤウラニサシ
2 ハナひヒモとキ

二四一一（二四一五）白細布　袖小端　見柄　加是有恋　吾為鴨・

二四一二（二四一六）我妹　恋無乏　夢見　吾雖レ念　不レ可レ寐

二四一三（二四一七）故無　吾裏紐　令レ解　人莫知　及二正逢一

二四一四（二四一八）恋事　意追不得　出行者　山川　不レ知来

5 可嘉広—所

寄物陳思

二四一五（二四一九）処女等乎　袖振山　水垣乃　久　時由　念来吾等者

二四一六（二四二〇）千早振　神持在　命　誰為　長欲為

二四一七（二四二一）石上　振神杉　神成　恋　我　更為鴨

二四一八（二四二二）何　名負神　幣嚮奉者　吾念妹　夢谷見・

二四一九（二四二三）天地　言名絶　有　汝　吾　相事止

二四二〇（二四二四）月見　国同　山隔　愛　妹　隔　有鴨

二四二一（二四二五）纏路者　石蹈山　無鴨　吾待公　馬爪尽

二四二二（二四二六）石根蹈　重成山　雖レ不レ有　不レ相日数　恋度　鴨

二四二三（二四二七）路後　深津嶋山　蹔　君　目不レ見　苦有

二四二四（二四二八）紐鏡　能登香山　誰故　君来座在　紐不レ開寐

二四二五（二四二九）山科　強田山　馬　雖レ在　歩　吾来　汝念　不得

二四二六（二四三〇）遠山　霞　被　益遐　妹　目不レ見　吾恋・

3 乃類嘉広—ナシ

2 ソデハツハツニ
〔七〕
2 コひスベナガリ
3 イめミムと
3 イデユけバ・イデテユけバ
4 ヤマヲカハヲモ
ヤマヲモカハモ

1 イカナラム
2 ナニオヘルカみニ
4 アガオモフイモヲ
4 イマシとアレと
2 クニハオヤジヲ
5 ヘナリテアルカモ
2 イシフムヤマモ
2 ヘナレルヤマハ
4 カチユそアガこシ

4 反―返類古広
1 海―海〻私案
3 重―重石古

二四二七 二四三一 是川（ウヂカハの）　瀬〻（セゼ）敷浪（のシキナミ）　布〻（シクシクニ）　妹（イモハ）心（こころニ）　乗在鴨（のリニケルカモ）
二四二八 二四三二 千早人（チハヤヒと）　宇治度（ウヂのワタリの）　速レ瀬（セヲハヤミ）　不レ相有（アハズこそアレ）　後我孋（のチモワガツマ）
二四二九 二四三三 早敷哉（ハシキヤシ）　不レ相子故（アハヌコユヱニ）　徒（イタヅラニ）　是川瀬（ウヂカハのセニ）　裳襴潤（モスソヌラシツ）
二四三〇 二四三四 是川（ウヂカハの）　水阿和逆纏（ミナアワサカマキ）　行水（ユクミヅの）　事不レ反（ことカヘラズぞ）　思始為（オモヒそめタル）
二四三一 二四三五 鴨川（カモガハの）　後瀬静（のチセシヅけク）　後相（のチモアハム）　妹者我（イモニハワレハ）　雖レ不レ今（イマナラズとモ）
二四三二 二四三六 言出（ことニイデテ）　云忌〻（イハバユユシミ）　山川之（ヤマガハの）　当都心（タギツこころヲ）　塞耐在（セカヘタリケリ）
二四三三 二四三七 水上（ミツのウヘニ）　如二数書一（カズカクごとキ）　吾命（ワガイのチ）　妹相（イモニアハムと）　受日鶴鴨（ウけヒツルカモ）
二四三四 二四三八 荒礒越（アリソコシ）　外往波乃（ホカユクナミの）　外心（ホカごころ）　吾者不レ思（アレハオモハジ）　恋而死鞆（コひテシヌとモ）・
二四三五 二四三九 淡海〻（アフミのウミ）　奥白浪（オキツシラナミ）　雖レ不レ知（シラネどモ）　妹所云（イモガリとイハバ）　七日越来（ナヌカコえこム）
二四三六 二四四〇 大船（オホブネの）　香取海（カトリのウミニ）　慍下（イカリオろシ）　何有人（イカナルヒとカ）　物不レ念有（モのモハザラム）
二四三七 二四四一 奥藻（オキツモヲ）　隠障浪（カクサフナミの）　五百重浪（イホヘナミ）　千重敷〻（チヘシクシクニ）　恋度鴨（コひワタルカモ）
二四三八 二四四二 人事（ひとごとハ）　蹔（シマシそ）　吾妹（ワギモ）　縄手引（ツナテヒク）　従レ海益（ウミユマサリテ）　深念（フカクシそオモフ）
二四三九 二四四三 淡海（アフミのウミ）　奥嶋山（オキツシマヤマ）　奥儲（オクマけテ）　吾念妹（アガモフイモガ）　事繁（ことのシゲケク）
二四四〇 二四四四 近江海（アフミのウミ）　奥滂船（オキこグフネの）　重下（イカリオろシ）　蔵公之（シのびテキミガ）　事待吾序（ことマツワレぞ）
二四四一 二四四五 隠沼（こモリヌの）　従レ裏恋者（シタユコフレバ）　無乏（スベヲナミ）　妹名告（イモガナのリツ）　忌物矣（ユユシキモのヲ）
二四四二 二四四六 大土（オホツチハ）　採雖レ尽（トリツクスとモ）　世中（よのナカの）　尽不レ得物（ツクシエヌモのハ）　恋在（コひニシアリケリ）・
二四四三 二四四七 隠処（こモリドの）　沢泉在（サハイヅミナル）　石根（イハネヲモ）　通念（とホシテそオモフ）　吾恋者（アガコフラクハ）
二四四四 二四四八 白檀（シラマユミ）　石辺山（イソベのヤマの）　常石有（ときハナル）　命哉（イのチナレヤモ）　恋乍居（コひツツヲラム）

〔八〕
3 ハヤキセニ
4 ウヂのカハセニ
5 モのスソヌラシツ
4 ことカヘサズぞ
5 オモヒそめテシ
5 イマニアラズとモ
2 カズカクごとク
3 ワガイのチヲ
4 ワレハオモハジ
4 5 イモガリとイヘバナヌカコえキヌ
4 チヘニシクシク
4 アガオモフイモガ
4 こモリテキミガ
4 ツクシエヌモの
〔九〕
4 とホシテオモフ
2 イシベのヤマの

1 烏—白考
5 後—復塙
2 径(侄)—化類嘉西貼紙広
4 有新校—居考為
3 山類嘉—山之
5 思類嘉広紀—念
2 追—進文

二四四五 二四四九 淡海ゝ　沈白玉　不レ知　従レ恋者　今益
二四四六 二四五〇 白玉　纏持　従レ今　吾玉為　知時谷
二四四七 二四五一 白玉　従ニ手纏一　不レ忘　念　何畢
二四四八 二四五二 烏玉　間開乍　貫緒　縛依　後相物
二四四九 二四五三 香山尓　雲位桁曳　於保ゝ思久　相見子等乎　後恋牟鴨・
二四五〇 二四五四 雲間従　狭径月乃　於保ゝ思久　相見子等乎　見因鴨
二四五一 二四五五 天雲　依相遠　雖レ不レ相　異手枕　吾纏哉
二四五二 二四五六 雲谷　灼発　意追　見乍有　及ニ直相一
二四五三 二四五七 春楊　葛山　発雲　立座　妹念
二四五四 二四五八 春日山　雲座隠　雖レ遠　家不レ念　公念
二四五五 二四五九 我故　所レ云妹　高山　峯朝霧　過兼鴨
二四五六 二四六〇 烏玉　黒髪山　ゝ草　小雨零敷　益ゝ所レ思・
二四五七 二四六一 大野　小雨被敷　木本　時依来　我念人
二四五八 二四六二 朝霜　消ゝ　念乍　何此夜　明鴨
二四五九 二四六三 吾背児我　浜行風　弥急　ゝレ事　益不レ相有
二四六〇 二四六四 遠妹　振仰見　偲　是月面　雲勿棚引
二四六一 二四六五 山葉　追出月　端ゝ　妹見鶴　及レ恋
二四六二 二四六六 我妹　吾矣念者　真鏡　照出月　影所レ見来

4 コひニケルヨハ
2 マキテモチタル　マキテモチタリ
4 オモヒシことハ
1 シラ〔白〕タマの　5 マタ〔復〕モアフモのヲ
4 アヒミシコラニ
3 こころヤリ　4 ミツモヲラ〔居〕ム
〔一〇〕 4 とキとよりこネ　5 アガオモフヒと
2 けナバけヌべく
4 5 ハヤことマシテ　アハズテアルラム
1 ヤマのハニ　2 オヒイヅルツきの
1 ワギモコシ　2 アレヲオモハバ　4 テリイヅルツきの

3 空類嘉—室
2 白類嘉—百
1 湖類古—潮
1 萵嘉—萬
1 湖類古—潮
5 勝嘉広—勝鴨
2 太—大類嘉広
4 君—公広紀宮
5 公類嘉広—君

二四六三 二四六七 久方　天光月　隠去　何名副　妹偲
二四六四 二四六八 若月　清　不レ見　雲隠　見　欲　宇多手比日・
二四六五 二四六九 我背児尓　吾恋居者　吾屋戸之　草佐倍思　浦乾　来
二四六六 二四七〇 朝茅原　小野印　空事　何在云　公　待
二四六七 二四七一 路辺　草深白合之　後　云　妹　命　我知
二四六八 二四七二 湖　葦　交在草　知草　人皆知　吾裏念
二四六九 二四七三 山萵苣　白露重　浦経　心　深　吾恋不レ止
二四七〇 二四七四 湖　核延子菅　不二竊隠一　公　恋乍　有不レ勝
二四七一 二四七五 山代　泉　小菅　凡浪　妹　心　吾不レ念・
二四七二 二四七六 見渡　三室　山　石穂菅　惻隠吾　片念　為　一云、三諸　山之　石小菅
二四七三 二四七七 菅　根　惻隠君　結　為　我紐　緒　解人　不レ有
二四七四 二四七八 山菅　乱　恋耳　令レ為乍　不レ相妹鴨　年　経乍
二四七五 二四七九 我屋戸　甍　子太草　雖レ生　恋忘　草　見　未レ生
二四七六 二四八〇 打田　稗　数多　雖レ有　択為我　夜一人宿
二四七七 二四八一 足引　名負山菅　押伏　君　結　不レ相有哉
二四七八 二四八二 秋柏　潤和川辺　細竹目　人　不顔面　公　無レ勝・
二四七九 二四八三 核葛　後　相　夢耳　受日度　年　経乍
二四八〇 二四八四 路辺　壱師花　灼然　人皆知　我恋孋

2 サヤカニモミズ
2 ヲノニシめユヒ
3 ムナことモ
3 ユリモとフ
5 アガシタオモヒハ
2 シラツユシげミ
5 アリカテヌカモ
〔鴨〕
5 アガモハナクニ
〔一二〕
4 ネモころワレハ
5 カタオモヒそスル
3 ムスバシシ・ムスビテシ
1 ワガヤドの
1 ウチシタニ・ウツタニモ
3 アリケレど
4 エラえシワレそ
5 ヨルヒとリヌル
1 アシヒキの
2 ナオフヤマスげ
5 アハズアラめヤモ
4 ヒとニハシのび
5 キミニアヘナク
3 イめのみヲ

曰類嘉広—云

或本歌曰、灼然 人知尓家里 継而之念者

二四八一（二四八五） 大野 跡状不レ知 印結 有不得 吾眷

二四八二（二四八六） 水底 生玉藻 打靡 心依 恋比日

二四八三（二四八七） 敷栲之 衣手離而 玉藻成 靡可宿濫 和乎待難尓

二四八四（二四八八） 君不レ来者 形見為等 我二人 殖松木 君乎待出牟

二四八五（二四八九） 袖振 可レ見限 吾雖レ有 其松枝 隠在

二四八六（二四九〇） 珍海 浜辺小松 根深 吾恋度 人子姤

曰類嘉広—云

（二四九一） 或本歌曰、血沼之海之 塩干能小松 根母己呂尓 恋屋度 人児故尓

5 去 塙—者類嘉看

二四八七（二四九二） 平山 子松末 有廉叙波 我思妹 不レ相止去

2 樹 考—滝（瀧）

二四八八（二四九三） 礒上 立廻香樹 心哀 何深目 念始

二四八九（二四九四） 橘 本我立 下枝取 成哉君 問子等・

二四九〇（二四九五） 天雲尓 翼打附而 飛鶴乃 多頭〻〻思鴨 君不レ座者

二四九一（二四九六） 妹恋 不レ寐朝明 男為鳥 従レ是此度 妹使

二四九二（二四九七） 念 餘者 丹穂鳥 足沾来 人見鴨

3 友 嘉広宮—支

二四九三（二四九八） 高山 峯行宍 友衆 袖不レ振来 忘念勿

二四九四（二四九九） 大船 真檝繁抜 榜間 極太恋 年在如何

二四九五（二五〇〇） 足常 母養子 眉隠 〻在妹 見依鴨

二四九六（二五〇一） 肥人 額髪結在 染木綿 染心 我忘哉・ 一云、所レ忘目八方

2 タヅキモシラズ
3 ウチナビク
5 ワヲマチカテニ
〔一二〕
5 カクレタリケリ
4 アガオモフイモニ
2 モとニワヲタテ
5 キミシマサネバ
5 イモガツカヒそ
4 ソデフラズキツ
3 こグアヒダモ
1 クマヒとの
5 ワレワスレめヤ
〔一三〕

二四九七 二五〇二 早人 名負夜音 灼然 吾名謂 孋恃

二四九八 二五〇三 剣刀 諸刃利 足踏 死々 公依

二四九九 二五〇四 我妹 恋度 剣刀 名惜 念不得

二五〇〇 二五〇五 朝月 日向黄楊櫛 雖レ旧 何然公 見不レ飽

二五〇一 二五〇六 里遠 眷浦経 真鏡 床重不レ去 夢所レ見与

二五〇二 二五〇七 真鏡 手取以 朝々 雖レ見君 飽事無

二五〇三 二五〇八 夕去 床重不レ去 黄楊枕 何然汝 主待固・

二五〇四 二五〇九 解衣 恋乱乍 浮沙 生吾 有度鴨

二五〇五 二五一〇 梓弓 引不レ許 有者 此有恋 不レ相

二五〇六 二五一一 事霊 八十衢 夕占問 占正謂 妹相依

二五〇七 二五一二 玉桙 路往占 々相 妹逢 我謂

問答

二五〇八 二五一三 皇祖乃 神御門乎 懼見等 侍従時尓 相流公鴨

二五〇九 二五一四 真祖鏡 雖レ見言哉 玉限 石垣淵乃 隠而在孋

右二首。・

二五一〇 二五一五 赤駒之 足我枳速者 雲居尓毛 隠往序 袖巻吾妹

二五一一 二五一六 隠口乃 豊泊瀬道者 常滑乃 恐道曽 恋由眼

4 何 考―射
5 固―困 類嘉
5 有 嘉―恋
5 相―相鴨 類嘉
3 懼 嘉広紀宮―衢
5 恋―尓心古 義

5 ミレどアカザラム
1 サトとホミ
4 ナニシカモナガ
4 イキテモワレハ
5 コひ[恋]ワタルカモ
5 イモアヒよラムと
2 3 ミチユキウラの ウラマサニ
5 ワレニのリツル
5 こモリテアルツマ
〔一四〕
1 アカゴマの
5 ナガこころ〔尓心〕ユめ

二五一二（二五一七）　味酒之（ウマサけの）　三毛侶乃山尓（ミモろのヤマニ）　立月之（タツツきの）　見我欲君我（ミガホシキミガ）　馬之音曽為（ウマのオとソスル）

右三首。

二五一三（二五一八）　雷神（ナルカみの）　小動（スコシとよミテ）　刺雲（サシクモリ）　雨零耶（アめモフラヌカ）　君将レ留（キミヲとどめム）

二五一四（二五一九）　雷神（ナルカみの）　小動（スコシとよミテ）　雖レ不レ零（フラズとモ）　吾将レ留（ワレハとマラム）　妹留者（イモシとどめバ）

右二首。

二五一五（二五二〇）　布細布（シキタへの）　枕動（マクラとよミテ）　夜不レ寐（ヨルモネズ）　思人（オモフヒとニハ）　後相物（のチモアフモのヲ）

二五一六（二五二一）　敷細布（シキタへの）　枕人（マクラハヒとニ）　事問哉（こととフヤ）　其枕（そのマクラニハ）　苔生負為（こけムシニタリ）

右二首。

以前一百四十九首、柿本朝臣人麻呂之歌集出。

正述心緒

二五一七（二五二二）　足千根乃（タラチネの）　母尓障良婆（ハハニサハラバ）　無用（イタヅラニ）　伊麻思毛吾毛（イマシモアレモ）　事応レ成（ことそナルベキ）

二五一八（二五二三）　吾妹子之（ワギモコガ）　吾呼送跡（ワレヲオクルと）　白細布乃（シロタへの）　袂漬左右二（ソデヒツマデニ）　哭四所レ念（ナケリシオモホユ）

二五一九（二五二四）　奥山之（オクヤマの）　真木乃板戸乎（マきのイタトヲ）　押開（オシヒラキ）　思恵也出来根（シヱヤイデこネ）　後者何将レ為（のチハナニセム）

二五二〇（二五二五）　苅薦能（カリこモの）　一重叩敷而（ヒとへヲシキテ）　紗眠友（サヌレどモ）　君共宿者（キミとシヌレバ）　冷雲梨（サムケクモナシ）

二五二一（二五二六）　垣幡（カキツハタ）　丹頬経君叫（ニツラフキミヲ）　率尓（ユクリナク）　思出乍（オモヒイデツツ）　嘆鶴鴨（ナゲキツルカモ）

二五二二（二五二七）　恨登（ウラみムと）　思狭名盤　在之者（アリシカバ）　外耳見之（よそのみそミシ）　心者雖レ念（こころハオモへど）

二五二三（二五二八）　散頬相（サニツラフ）　色者不レ出（イろニハイデズ）　小文（スクナクモ）　心中（こころのウチニ）　吾念名君（ワガオモハナクニ）

5 音　嘉—足音
2 頬　類嘉広紀—刺
2 盤　嘉広紀宮—磐
1 頬　嘉広紀宮—刺

2 シマシとよモシ
シマシとよミテ
2 シマシとよモシ
シマシとよミテ
4 ワハとどマラム
2 マクラウゴキテ
2 マクラモヒとニ
3 こととへヤ
〔一五〕
5 ナキシオモホユ
1 ウラメシと
2 定訓ナシ

2 念嘉広宮京―思
5 乎嘉広―呼
3 往嘉西ィ広紀―ナシ
4 金嘉広紀宮―念
4 者嘉広紀宮―ナシ
3 青嘉広―春
5 僧嘉広―曽

二五二四（二五二九）吾背子尓　直相者社　名者立米　事之通尓　何其故
二五二五（二五三〇）懃　片念為歟　比者之　吾情利乃　生戸裳名寸
二五二六（二五三一）将レ待尓　到者妹之　懽　跡　咲　儀乎　往而早見
二五二七（二五三二）誰　此乃　吾屋戸　来喚　足千根乃　母尓所レ嘖　物思吾乎
二五二八（二五三三）左不レ宿夜者　千夜毛有十方　我背子之　思可レ悔　心者不レ持・
二五二九（二五三四）家人者　路毛四美三荷　雖二往来一　吾待妹之　使不レ来鴨
二五三〇（二五三五）璞　之　寸戸我竹垣　編目従毛　妹志所レ見者　吾恋目八方
二五三一（二五三六）吾背子我　其名不レ謂跡　玉切　命　者棄　忘　賜　名
二五三二（二五三七）凡　者　誰将レ見鴨　黒玉乃　我玄髪乎　靡　而将レ居
二五三三（二五三八）面忘　何有人之　為物焉　言者為金津　継手志念　者・
二五三四（二五三九）不二相思一　人之故可　璞　之　年　緒長　言恋将レ居
二五三五（二五四〇）凡　乃　行　者不レ念　言故　人尓事痛　所レ云　物乎
二五三六（二五四一）気　緒尓　妹乎思念　者　年月之　往覧別毛　不レ所念鳧
二五三七（二五四二）足千根乃　母尓不レ所レ知　吾持留　心　者吉恵　君之随意
二五三八（二五四三）独　寝等　茭朽目八方　綾席　緒尓成及　君乎之将レ待・
二五三九（二五四四）相見者　千歳八去流　否乎鴨　我哉然念　待レ公難尓
二五四〇（二五四五）振別之　髪乎短　弥　青草乎　髪尓多久濫　妹乎師僧於母布
二五四一（二五四六）徊　徘　往箕之里尓　妹乎置而　心　空在　土者蹈鞆

4 ワガこころドの
2 ワガヤドキヨブ
〔一六〕
1 オホカタハ
4 アレハシカネツ
2 ワザとハ）オモハジ
3 ワガモテル
〔一七〕
4 アレヤシカモフ
5 キミマチカテニ

二五四二　二五四七　若草乃　新手枕乎　巻始而　夜哉将レ間　二八十一不レ在国

二五四三　二五四八　吾恋之　事毛語　名草目六　君之使乎　待八金手・六

1 寤嘉広紀宮—寐

二五四四　二五四九　寤　者　相縁毛無　夢　谷　間無見君　恋尓可レ死

二五四五　二五五〇　誰彼登　問者将レ答　為便乎無　君之使乎　還　鶴鴨

二五四六　二五五一　不レ念丹　到　者妹之　歓　三跡　咲牟眉曳　所レ思鴨

二五四七　二五五二　如是許　将レ恋物衣常　不レ念者　妹之手本乎　不レ纏夜裳有寸

二五四八　二五五三　如是谷裳　吾者恋南　玉梓之　君之使乎　待也金手武・

4 通嘉広—通而

二五四九　二五五四　妹恋　吾哭涕　敷妙　木枕通　袖副所レ沾

曰嘉広紀—云

或本歌曰、枕通而　巻者寒母

二五五〇　二五五五　立念　居毛曽念　紅　之　赤裳下引　去之儀乎

二五五一　二五五六　念　之　餘　者　為便無三　出　曽行之　其門乎見尓

二五五二　二五五七　情　者　千遍敷及　雖レ念　使　乎将レ遣　為便之不レ知久

4 寤嘉紀宮—寐

二五五三　二五五八　夢耳　見尚幾許　恋　吾者　寤　見者　益而如何有

二五五四　二五五九　対面者　面隠　流　物柄尓　継而見巻能　欲　公毳

1 戸嘉西イ広—戸遣

二五五五　二五六〇　旦戸乎　速　莫開　味沢相　目之乏流君　今夜来・座有

二五五六　二五六一　玉垂之　小簀之垂簾乎　往褐　寐者不レ眠友　君者通速為

二五五七　二五六二　垂乳根乃　母　白　者　公毛余毛　相鳥羽梨丹　年　可レ経

二五五八　二五六三　愛　等　思篇来師　莫忘　登　結　之紐乃　解楽念　者

1 アガコフル

〔一八〕

1 ウルハシと

5 裾 嘉広紀宮— 裙

曰 嘉広—云

4 尓—等(ホ) 大成本文篇

5 云 類嘉—之

二五七四・二五七五ノ順序 嘉広文紀ニヨル

2 衣—社 古義

二五五九 二五六四 昨日見而　今日社間　吾妹児之　幾許継手　見巻欲毛・

二五六〇 二五六五 人毛無　古郷尓　有人乎　愍久也君之　恋尓令ㇾ死

二五六一 二五六六 人事之　繁間守而　相十方八　反吾上尓　事之将ㇾ繁

二五六二 二五六七 里人之　言縁妻乎　荒垣之　外也吾将ㇾ見　悪有名国

二五六三 二五六八 他眼守　君之随尓　余共尓　夙興乍　裳裾所ㇾ沾

二五六四 二五六九 夜干玉之　妹之黒髪　今夜毛加　吾無床尓　靡而宿良武・

二五六五 二五七〇 花細　葦垣越尓　直一目　相視之児故　千遍嘆津

二五六六 二五七一 色出而　恋者人見而　応ㇾ知　情中之　隠妻波母

二五六七 二五七二 相見而者　恋名草六跡　人者雖ㇾ云　見後尓曽毛　恋益家類

二五六八 二五七三 凡　吾之念者　如是許　難御門乎　退出米也母

二五六九 二五七四 将ㇾ念　其人有哉　烏玉之　毎ㇾ夜君之　夢西所ㇾ見

或本歌曰、夜昼不ㇾ云　吾恋渡 *

二五七〇 二五七五 如是耳　恋者可ㇾ死　足乳根之　母毛告都　不ㇾ止通・為

二五七一 二五七六 大夫波　友之驂尓　名草溢　心毛将ㇾ有　我衣苦寸

二五七二 二五七七 偽毛　似付曽為　何時従鹿　不ㇾ見人恋尓　人之死為

二五七三 二五七八 情左倍　奉有君尓　何物乎鴨　不ㇾ云言此跡　吾将ㇾ竊食

二五七四 二五八〇 面忘　太尓毛得為也登　手握而　雖ㇾ打不ㇾ寒　恋云奴・

二五七五 二五七九 希将見　君乎見常衣　左手之　執ㇾ弓方之　眉根掻礼

5 ミマクシホシモ

〔一九〕 5 コひニシナセム

4 ナホモワガウヘニ

5 ニクカラナクニ

4 ワガナキとこニ

2 コひバシヌベミ 〔二〇〕

4 こころモアラム

5 ワレそクルシキ

4 ミヌヒとコフと 〔等〕

5 ヒとのシニスル

2 キミヲミムとそ キミヲミとこそ 〔社〕

注 2 戸—左 塙　2 去 嘉広—在
注 2 狂 略解—抂
注 5 苛 考 新全集—少可 広 小可
注 2 古 嘉広—故　5 乍 愚考 塙—乞
注 1 蹈 嘉広紀宮—踏

二五七六 二五八一 人間守　蘆垣越尓　吾妹子乎　相見之柄二　事曽左太多寸
二五七七 二五八二 今谷毛　目莫令レ乏　不二相見一而　将レ恋年月　久家真国
二五七八 二五八三 朝宿髪　吾者不レ梳　愛　君之手枕　触義之鬼尾
二五七九 二五八四 早去而　何時　君乎　相見等　念之情　今曽水葱少・熱
二五八〇 二五八五 面形之　忘戸去者　小豆鳴　男士物屋　恋乍将レ居
二五八一 二五八六 言二云者　三ゝ二田八酢四　小九毛　心中二　我念羽奈九二
二五八二 二五八七 小豆奈九　何狂言　今更　小童言為流　老人二四手
二五八三 二五八八 相見而　幾久毛　不レ有尓　如二年月一　所レ思可聞
二五八四 二五八九 大夫登　念有吾乎　如是許　令レ恋波　苛者在来・
二五八五 二五九〇 如是為乍　吾待印　有鴨　世人皆乃　常不レ在国
二五八六 二五九一 人事　茂　君　玉梓之　使　不レ遣　忘跡思　名
二五八七 二五九二 大原　古　郷　妹置　吾稲金津　夢　所レ見乍
二五八八 二五九三 夕去者　公来座　跡　待　夜之　名凝衣今　宿不レ勝為
二五八九 二五九四 不二相思一　公者在良思　黒玉　夢　不レ見　受旱宿跡
二五九〇 二五九五 石根蹈　夜道不レ行　念　跡　妹依者　忍金津毛
二五九一 二五九六 人事　茂　間守跡　不レ相在　終　八子等　面忘　南
二五九二 二五九七 恋死　後　何為　吾命　生日社　見幕欲為礼・
二五九三 二五九八 敷細　枕　動　而　宿不レ所レ寝　物念此夕　急　明　鴨

2 ワレハけヅラジ
3 ウルハシキ
〔二二〕
2 ワスルサ〔左〕アラ〔在〕バ
2 イクヒササニモ
5 アシク〔少可〕ハ)アリケリ
4 アレイネカネツ
5 イめニミえこそ〔乞〕
1 イハネフム
2 ヨミチハ)イカジと
3 ワガイのチ
〔二三〕
2 マクラウゴ|キテ

曰 嘉広—云
2 鹿 嘉広紀宮—ナシ
2 白 西ィ広—白髪
4 濫 嘉西ィ紀宮—監

二五九四 二五九九 不レ往吾　来跡可夜　門不レ閇　何怜吾妹子　待筒在

二五九五 二六〇〇 夢谷　何鴨不レ所レ見　雖レ所レ見　吾鴨迷　恋茂尓

二五九六 二六〇一 名草漏　心莫二　如是耳　恋也度　月日殊

或本歌曰、奥津浪　敷而耳八方　恋度奈牟*

二五九七 二六〇二 何為而　忘物　吾妹子丹　恋益跡　所レ忘莫苦二

二五九八 二六〇三 遠有跡　公衣恋流　玉梓乃　里人皆尓　吾恋八方

二五九九 二六〇四 験無　恋毛為鹿　暮去者　人之手枕而　将レ寐児故•

二六〇〇 二六〇五 百世下　千代下生　有目八方　吾念妹乎　置嘆

二六〇一 二六〇六 現毛　夢毛吾者　不レ思寸　振有公尓　此間将レ会十羽

二六〇二 二六〇七 黒髪　白左右跡　結大王　心一乎　今解目八方

二六〇三 二六〇八 心乎之　君尓奉跡　念有者　縦比来者　恋乍乎将レ有

二六〇四 二六〇九 念出而　哭者雖レ泣　灼然　人之可レ知　嘆為勿謹

二六〇五 二六一〇 玉梓之　道去夫利尓　不レ思　妹乎相見而　恋比鴨•

二六〇六 二六一一 人目多　常如是耳志　候者　何時　吾不レ恋将レ有

二六〇七 二六一二 敷細之　衣手可礼天　吾乎待登　在濫子等者　面影尓見

二六〇八 二六一三 妹之袖　別之日従　白細乃　衣片敷　恋管曽寐留

二六〇九 二六一四 白細之　袖者間結奴　我妹子我　家当乎　不レ止振四二

二六一〇 二六一五 夜干玉之　吾黒髪乎　引奴良思　乱而反　恋度鴨

1 ユカヌワヲ
2 こむとカヨヒモ
4 ワレカモマトフ

4 アガオモフイモヲ
5 オキテナげカフ
オキテナげカム

2 シロカミ〔髪〕マデと

1 オモヒイデテ
5 ナげキスナユめ

〔二三〕
5 アガコひズアラム

4 ミダレテナホモ

1 乃嘉広—之
2 而—西塙
曰嘉広紀—云
2 乃類嘉—之
1 衣類嘉広—衣之
3 寤西イ—寐
2 染—染之嘉

二六一一 二六〇六 今更　君之手枕　巻宿米也　吾紐緒乃　解都追本名
二六一二 二六〇七 白細布乃　袖触而夜　吾背子尓　吾恋落波　止時裳無
二六一三 二六〇八 夕卜尓毛　占尓毛告有　今夜谷　不レ来君乎　何時　将レ待
二六一四 二六〇九 眉根掻　下言借見　思有尓　去家人乎　相見鶴鴨
二六一〇 或本歌曰、眉根掻　誰乎香将レ見跡　思乍　気長　恋之　妹尓相　鴨
二六一一 一書歌曰、眉根掻　下伊布可之美　念有之　妹之容儀乎　今日見都流香裳
二六一五 二六一二 敷栲乃　枕　巻而　妹与吾　寐夜者無而　年曽経　来
二六一六 二六一三 奥山之　真木乃板戸乎　音速見　妹之当乃　霜　上尓宿奴
二六一七 二六一四 足日木能　山桜戸乎　開　置而　吾待君乎　誰　留　流
二六一八 二六一五 月夜好三　妹二相　跡　直道柄　吾者雖レ来　夜其深去来

寄物陳思

二六一九 二六一六 朝影尓　吾身者成　辛衣　襴之不レ相而　久　成者
二六二〇 二六一七 解衣　思乱而　雖レ恋　何如汝之故跡　問人毛無
二六二一 二六一八 摺衣　著有跡夢　見津　寤　者　孰　人之　言可将レ繁
二六二二 二六一九 志賀乃白水郎之　塩焼衣　雖レ穢　恋　云物者　忘　金津毛
二六二三 二六二〇 呉藍之　八塩乃衣　朝旦　穢者雖レ為　益希将見裳
二六二四 二六二一 紅　之　深染　衣　色深　染西鹿歯蚊　遺　不得鶴

2 ソデヲフレテヨ　ソデフレニシ〔西〕ヨ
〔二四〕
3 アけオキテ
4 アハキツレどモ　ワレハクレどモ
4 コひとフモのハ
2 コぞめのころモ

二六二五　二六三二　不ㇾ相尓　夕卜乎問常　幣尓置尓　吾衣手者　又曽可ㇾ続

二六二六　二六三三　古衣　打棄人者　秋風之　立来時尓　物念物其

二六二七　二六三四　波祢蘰　今為妹之　浦若見　咲見慍見　著四紐解

二六二八　二六三五　去家之　倭文旗帯乎　結垂　孰云人毛　君者不ㇾ益

二六三六　一書歌曰*、古之　狭織之帯乎　結垂　誰之能人毛　君尓波不ㇾ益

二六二九　二六三七　不ㇾ相友　吾波不ㇾ怨　此枕　吾等念而　枕手左宿座・

二六三〇　二六三八　結紐　解日遠　敷細　吾木枕　蘿生来

二六三一　二六三九　夜干玉之　黒髪色天　長夜叩　手枕之上尓　妹待覧蚊

二六三二　二六四〇　真素鏡　直㆓四妹乎　不㆓相見㆒者　我恋不ㇾ止　年者雖ㇾ経

二六三三　二六四一　真十鏡　手取持手　朝旦　将ㇾ見時禁屋　恋之将ㇾ繁

二六三四　二六四二　里遠　恋和備尓家里　真十鏡　面影不ㇾ去　夢所ㇾ見社・

右一首、上見㆓柿本朝臣人麻呂之歌中㆒也。但以㆓句ゝ相換㆒故、載㆓於茲㆒。

二六三五　二六四三　剣刀　身尓佩副流　大夫也　恋云物乎　忍金手武

二六三六　二六四四　剣刀　諸刃之於荷　去触而　所ㇾ殺鴨将ㇾ死　恋管不ㇾ有者

二六三七　二六四五　唖　鼻乎曽嚔鶴　剣刀　身副妹之　思来下

二六三八　二六四六　梓弓　末之腹野尓　鷹田為　君之弓食之　将ㇾ絶跡念甕屋・

二六三九　二六四七　葛木之　其津彦真弓　荒木尓毛　憑也君之　吾之名告兼

二六四〇　二六四八　梓弓　引見弛見　不ㇾ来者不ㇾ来　来者来其乎奈何　不ㇾ来者来者其乎

曰類嘉広紀—云

3 大—丈類古紀

1 唖古 訓義弁証 —哂

3 田—佃類広

2 弛類嘉—絶

3 者不来類嘉—者ゝゝ

4 来其古—其ゝ

〔二一五〕4 アガころモデハ

4 タレとフヒとモ

2 ワレハウラみジ

1 サトとホミ

〔二一八〕4 コひとフモのヲ

二六四一（二六四九）時守之　打鳴鼓　数見者　辰尓波成　不レ相毛怪

二六四二（二六五〇）燈之　陰尓蚊蛾欲布　虚蟬之　妹蛾咲状思　面影尓所レ見

5 母 類嘉広紀—毛

二六四三（二六五一）玉戈之　道行疲　伊奈武思侶　敷而毛君乎　将レ見・因母鴨

二六四四（二六五二）小墾田之　板田乃橋之　壊者　従レ桁将レ去　莫恋吾妹

5 渡 類嘉広宮—度

二六四五（二六五三）宮材引　泉之追馬喚犬二　立民乃　息時無　恋渡可聞

二六四六（二六五四）住吉乃　津守網引之　浮笑緒乃　得干蚊将レ去　恋管不レ有者

二六四七（二六五五）東細布　従レ空延越　遠見社　目言疎良米　絶跡間・也

1 々 嘉広紀—云

二六四八（二六五六）云々　物者不レ念　斐太人乃　打墨縄之　直一道二

二六四九（二六五七）足日木之　山田守翁　置蚊火之　下粉枯耳　余恋居久

3 合 類古嘉紀—令

二六五〇（二六五八）十寸板持　蓋流板目乃　不二合相一者　如何為跡可　吾宿始兼

二六五一（二六五九）難波人　葦火燎屋之　酢四手雖レ有　己妻許増　常目頰次吉・

二六五二（二六六〇）妹之髪　上小竹葉野之　放駒　蕩去家良思　不レ合思者

二六五三（二六六一）馬音之　跡杼登毛為者　松陰尓　出曽見鶴　若君香跡

二六五四（二六六二）君恋　寝不レ宿朝明　誰乗流　馬足音　吾聞為

二六五五（二六六三）紅之　襴引道乎　中置而　妾哉将レ通　公哉将二来座一

一云、須蘇衝河乎　又曰、待香将レ待

二六五六（二六六四）天飛也　軽乃社之　斎槻　幾世及将レ有　隠嬬其毛・

二六五七（二六六五）神名火尓　紐呂寸立而　雖レ忌　人心者　間守不レ敢物

1 とキモリの

〔二七〕

4 ヤムとキモナク

2 ツモリアビキの

2 ヤマダモルヲヂガ

3 アハズアラバ

5 ツネめヅラシキ

〔二八〕

3 ハナチゴマ

2 スソヒクミチヲ

4 ワレカカヨハム

5 キミヤキマサム

4 耳尓類嘉広—尓耳
5 君嘉—君尓
5 手古義—丹
3 徙陽近—徒

二六五八 二六六六 天雲之　八重雲隠　鳴神之　音耳尓八方　聞度南
二六五九 二六六七 争者　神毛悪為　縦咲八師　世副流君之　悪有莫君
二六六〇 二六六八 夜並而　君乎来座跡　千石破　神社乎　不レ祈日者無
二六六一 二六六九 霊治波布　神毛吾者　打棄乞　四恵也寿之　恡無•
二六六二 二六七〇 吾妹児　又毛相等　千羽八振　神社乎　不レ禱日者無
二六六三 二六七一 千葉破　神之伊垣毛　可レ越　今者吾名之　惜無
二六六四 二六七二 暮月夜　暁闇夜乃　朝影尓　吾身者成奴　汝乎念金手
二六六五 二六七三 月之有者　明覧別裳　不レ知而　寐吾来乎　人見兼鴨
二六六六 二六七四 妹目之　見巻欲家口　夕闇之　木葉隠有　月待如•
二六六七 二六七五 真袖持　床打払　君待跡　居之間尓　月傾
二六六八 二六七六 二上尓　隠経月之　雖レ惜　妹之田本乎　加流類比来
二六六九 二六七七 吾背子之　振放見乍　将レ嘆　清月夜尓　雲莫田名引
二六七〇 二六七八 真素鏡　清月夜之　湯徙去者　念者不レ止　恋社益
二六七一 二六七九 今夜之　在開月夜　在乍文　公叫置者　待人無
二六七二 二六八〇 此山之　嶺尓近跡　吾見鶴　月之空有　恋毛為鴨•
二六七三 二六八一 烏玉乃　夜渡月之　湯移去者　更哉妹尓　吾恋将レ居
二六七四 二六八二 朽網山　夕居雲　薄往者　余者将レ恋名　公之目乎欲
二六七五 二六八三 君之服　三笠之山尓　居雲乃　立者継流　恋為鴨

5 ニクカラナクニ
〔二九〕
5 ナヲオモヒカネニ 〔丹〕
2 アリアけヅクヨ
〔三〇〕
3 ウスレイナバ ウスレナバ

3 婆類—波
1 寸考—子
2 小西貼紙—少
3 霡—霢類
3 霂類西貼紙紀宮—ナシ
3 白嘉広宮京赭—ナシ
5 預—予〔豫〕類嘉西貼紙
1 ミ類嘉広宮—云
3 尓嘉広紀宮—ナシ

二六七六 二六八四 久堅之 天飛雲尓 在而然 君 相見 落 日莫死
二六七七 二六八五 佐保乃内従 下 風之 吹 礼婆 還 者胡粉 歎 夜衣大寸・
二六七八 二六八六 級寸八師 不レ吹風故 玉匣 開而左宿之 吾其悔 寸
二六七九 二六八七 窓超尓 月臨照而 足檜乃 下風吹夜者 公乎之其念
二六八〇 二六八八 河千鳥 住沢 上尓 立霧之 市白兼名 相言始而者
二六八一 二六八九 吾背子之 使 乎待跡 笠毛不レ著 出乍其見之 雨 落久尓・
二六八二 二六九〇 辛衣 君尓内著 欲レ見 恋其晩師之 雨 零日乎
二六八三 二六九一 彼方之 赤土 小屋尓 霡霂零 床共所レ沾 於レ身副我妹
二六八四 二六九二 笠無登 人尓者言手 雨乍見 留 之君我 容儀志所レ念
二六八五 二六九三 妹 門 去過不勝都 久方乃 雨毛零奴可 其乎因 将レ為
二六八六 二六九四 夜占問 吾袖尓置 白露乎 於レ公令レ視跡 取者消・管
二六八七 二六九五 桜 麻乃 苧原之下草 露 有者 令レ明而射去 母者雖レ知
二六八八 二六九六 待不得而 内 者不レ入 白細布之 吾 袖 尓 露者置奴鞆
二六八九 二六九七 朝露之 消安 吾身 雖レ老 又若反 君乎思将レ待
二六九〇 二六九八 白細布乃 吾 袖 尓 露者置 妹者不レ相 猶預 四手
二六九一 二六九九 云ミ 物者不レ念 朝露之 吾身一者 君之随意・
二六九二 二七〇〇 夕凝 霜置 来 朝戸出尓 甚 践而 人尓所レ知名
二六九三 二七〇一 如是 許 恋乍不レ有者 朝尓日尓 妹之将レ履 地尓有申尾

〔三一〕

2 ワガソデニオケル
2 3 ワガころ・モデニ オクツユ〔白〕ヲ
1 サクラヲの
4 アガころモデニ
2 アガころモデニ
3 ツユハオキヌ・ツユハオけど・ツユハオク

〔三二〕

3 峯—岑広宮

1 乃 類朱嘉広宮—之

4 以—ナシ 嘉 雖考

5 中 類嘉西ィ広—甲

5 自 新考—目

1 乃 類嘉—之

1 川 類嘉広紀—河

4 将 類嘉広—ナシ

4 ィ耳嘉—耳之

4 超 類嘉—越

5 所塙—衣

二六六四 二七〇二 足日木之　山鳥尾乃　一峯越　一目見之児尓　応レ恋鬼香

二六六五 二七〇三 吾妹子尓　相縁乎無　駿河有　不尽乃高嶺之　焼管香将レ有

二六六六 二七〇四 荒熊之　住云山之　師歯迫山　責而雖レ問　汝名者・不レ告

二六六七 二七〇五 妹之名毛　吾名毛立者　惜社　布仕能高嶺之　燎乍渡

二七〇六 或歌曰、君名毛　妾名毛立者　惜己曽　不尽乃高山之　燎乍毛居

二六六八 二七〇七 往而見而　来恋敷　朝香方　山越置代　宿不レ勝鴨

二六六九 二七〇八 安太人乃　八名打度　瀬速　意者雖レ念　真不レ相鴨

二六七〇 二七〇九 玉蜻　石垣淵之　隠庭　伏以死　汝名羽不レ謂・

二六七一 二七一〇 明日香川　明日文将レ渡　石走　遠心者　不レ思鴨

二六七二 二七一一 飛鳥川　水往増　弥日異　恋乃増者　在勝申自

二六七三 二七一二 真薦苅　大野川原之　水隠　恋来之妹之　紐解吾者

二六七四 二七一三 悪氷木乃　山下動　逝水之　時友無雲　恋度鴨

二六七五 二七一四 愛八師　不レ相君故　徒尓　此川瀬尓　玉裳沾津

二六七六 二七一五 泊湍川　速見早湍乎　結上而　不レ飽八妹登　問師公羽裳・

二六七七 二七一六 青山之　石垣沼間乃　水隠尓　恋哉将レ度　相縁乎無

二六七八 二七一七 四長鳥　居名山響尓　行水乃　名耳所レ縁之　内妻波母

一云、名耳所レ縁而　恋管哉将レ在

二六七九 二七一八 吾妹子　吾恋楽者　水有者　之賀良三超而　応レ逝所レ思

2 スムとフヤマの

4 フシイシナムモ

〔三三〕

或本歌発句云、相不レ思　人乎念久　〔三四〕

二七一〇 二七〇九 狗上之　鳥籠山尓有　不レ知也河　不知二五寸許・瀬　余名告奈

二七一一 二七一〇 奥山之　木葉隠而　行水乃　音聞従　常不レ所レ忘

二七一二 二七一一 言急者　中波余騰益　水無河　絶跡云事乎　有超名湯目

二七一三 二七一二 明日香河　逝湍乎早見　将レ速登　待良武妹乎　此日晩津

二七一四 二七一三 物部乃　八十氏川之　急瀬　立不レ得恋毛　吾為鴨

一云、立而毛君者　忘金津藻・

二七一五 二七一四 神名火　打廻前乃　石淵　隠而耳八　吾恋居

二七一六 二七一五 自二高山一　出来水　石触　破衣念　妹不レ相夕者

二七一七 二七一六 朝東風尓　井提超浪之　世染似裳　不レ相鬼故　滝毛響動二

二七一八 二七一七 高山之　石本滝千　逝水之　音尓者不レ立　恋而雖レ死

二七一九 二七一八 隠沼乃　下尓恋者　飽不レ足　人尓語都　可レ忌物乎

二七二〇 二七一九 水鳥乃　鴨之住池之　下樋無　鬱悒君　今日見鶴・鴨　〔三五〕

二七二一 二七二〇 玉藻苅　井堤乃四賀良美　薄可毛　恋乃余杼女留　吾情可聞

二七二二 二七二一 吾妹子之　笠乃借手乃　和射見野尓　吾者入跡　妹尓告乞

二七二三 二七二二 数多不レ有　名乎霜惜三　埋木之　下従其恋　去方不レ知而

二七二四 二七二三 冷風之　千江之浦廻乃　木積成　心者依　後者雖・レ不レ知

二七二五 二七二四 白細砂　三津之黄土　色出而　不レ云耳衣　我恋楽者

2 提―提類京
2 超類広―越
3 染考―蝶
2 堤―提広紀宮
4 従類嘉広紀―徒
1 砂類嘉西ィ紀―妙

4 タユとフことヲ
3 クダけテそオモフ
5 ワガこころカモ

二七二六 二七三五　風不レ吹　浦尓浪立　無名乎　吾者負香　逢者無二
一云、女跡念而
二七二七 二七三六　酢蛾嶋之　夏身乃浦尓　依浪　間文置　吾不レ念君
二七二八 二七三七　淡海〻　奥津嶋山　奥間経而　我念妹之　言繁苦
二七二九 二七三八　霰零　遠津大浦尓　縁浪　縦毛依十方　憎不レ有君
二七三〇 二七三九　木海之　名高之浦尓　依浪　音高鳧　不レ相子故尓
二七三一 二七四〇　牛窓之　浪之塩左猪　嶋響　所レ依之君　不レ相鴨将レ有
二七三二 二七四一　奥浪　辺浪之来縁　左太能浦之　此左太過而　後将レ恋可聞
二七三三 二七四二　白浪之　来縁嶋乃　荒礒尓毛　有申物尾　恋乍不レ有者
二七三四 二七四三　塩満者　水沫尓浮　細砂裳　吾者生鹿　恋者不レ死而
二七三五 二七四四　住吉之　城師乃浦箕尓　布浪之　数妹乎　見因欲得
二七三六 二七四五　風緒痛　甚振浪能　間無　吾念君者　相念濫香
二七三七 二七四六　大伴之　三津乃白浪　間無　我恋良苦乎　人之不レ知久
二七三八 二七四七　大船乃　絶多経海尓　重石下　何如為鴨　吾恋将レ止
二七三九 二七四八　水沙児居　奥麁礒尓　縁浪　往方毛不レ知　吾恋久波
二七四〇 二七四九　大船之　艫毛舳毛　依浪　依友吾者　君之任意
二七四一 二七五〇　大海二　立良武浪者　間将レ有　公二恋等九　止時毛梨
二七四二 二七五一　壮鹿海部乃　火気焼立而　燎塩乃　辛恋毛　吾為鴨

1 〻私案―之古　嘉広之海
5 苦類嘉―ナシ
4 君類嘉広―君尓
2 艫毛舳類古　嘉―舳毛艫
5 任類嘉―随

4 アレハオヘルカ
4 アガオモフイモガ
〔三六〕
2 ナタカのウラニ
4 オとタカキカモ
4 よサえシキミハ
2 ミナワニウカブ
4 アレハナリシカ
4 アレハイケルカ
4 シクシクイモヲ
4 アガオモフキミハ
〔三七〕
2 〻ニモとモニモ
1 オホウミニ
3 アヒダアラめ
2 ケブリヤキタテ

3 枚類広—牧
3イ 牛鳥類広—牛馬嘉鳥
5イ ミ類嘉—苅
2 舟嘉広—船
4 公類嘉広紀—君
1 船類嘉—舟
4 男略解宣長説—思而

右一首、或云、石川君子朝臣作之。

二七四三 二七五二 中ミ二 君二不レ恋者 枚浦乃 白水郎有申尾 玉藻苅管

二七五三 或本歌曰、中ミ尓 君尓不レ恋波 留牛鳥浦之 海部尓有益男 珠藻苅ミ

二七四四 二七五四 鈴寸取 海部之燭火 外谷 不レ見人故 恋比日

二七四五 二七五五 湊入之 葦別小舟 障多見 吾念公尓 不レ相頃者鴨

二七四六 二七五六 庭浄 奥方榜出 海舟乃 執レ梶間無 恋為鴨・

二七四七 二七五七 味鎌之 塩津乎射而 水手船之 名者謂手師乎 不レ相将レ有八方

二七四八 二七五八 大船尓 葦荷苅積 四美見似裳 妹心尓 乗来鴨

二七四九 二七五九 駅路尓 引舟渡 直乗尓 妹情尓 乗来鴨

二七五〇 二七六〇 吾妹子 不レ相久 馬下乃 阿倍橘乃 蘿生左右

二七五一 二七六一 味乃住 渚沙乃入江之 荒礒松 我乎待児等波 但一耳

二七五二 二七六二 吾妹児乎 聞都賀野辺能 靡合歓木 吾者隠不・レ得 間無念者

二七五三 二七六三 浪間従 所レ見小嶋之 浜久木 久成奴 君尓不レ相四手

二七五四 二七六四 朝柏 閏八河辺之 小竹之眼笑 思而宿者 夢所レ見来

二七五五 二七六五 浅茅原 苅標刺而 空事文 所レ縁之君之 辞鴛鴦将レ待

二七五六 二七六六 月草之 借有命 在人乎 何知而鹿 後毛将レ相云・

二七五七 二七六七 王之 御笠尓縫有 在間菅 有管雖レ看 事無吾妹

二七五八 二七六八 菅根之 懃妹尓 恋西 益卜男心 不レ所レ念鳧

3イナハ〔留牛馬〕のウラの・アミ〔留鳥〕のウラの

4 アガオモフキミニ

〔三八〕

1 ウマヤヂニ

4 アレハシのびエズ

2 カリナルイのチニ
5 のチモアハムとフ

〔三九〕

二七五九　二七六九　吾屋戸之　穂蓼古幹　採生之　実成左右二　君乎志将レ待

二七六〇　二七七〇　足檜之　山沢佪具乎　採　将レ去　日谷毛相為　母者責十方

二七六一　二七七一　奥山之　石本菅乃　根深毛　所レ思鴨　吾念　妻者

二七六二　二七七二　蘆垣之　中之似児草　尓故余漢　我共咲為而　人・尓所レ知名

二七六三　二七七三　紅　之　浅葉乃野良尓　苅草乃　束之間毛　吾忘　渚菜

二七六四　二七七四　為レ妹　寿　遺在　苅薦之　念　乱　而　応レ死物乎

二七六五　二七七五　吾妹子尓　恋乍不レ有者　苅薦之　念　乱　而　可レ死鬼乎

二七六六　二七七六　三嶋江之　入江之薦乎　苅尓社　吾乎婆公者　念　有来・

二七六七　二七七七　足引乃　山　橘　之　色出而　吾　恋南雄　人目難　為名

二七六八　二七七八　葦多頭乃　颯　入江乃　白菅乃　知　為等　乞痛　鴨

二七六九　二七七九　吾背子尓　吾恋良久者　夏草之　苅除　十方　生及如

二七七〇　二七八〇　道　辺乃　五柴原能　何時毛ミミ　人之将レ縦　言乎思将レ待

二七七一　二七八一　吾妹子之　袖乎憑　而　真野　浦之　小菅乃笠乎　不レ著而来二来有・

二七七二　二七八二　真野　池之　小菅乎笠尓　不レ縫為而　人之遠名乎　可レ立物可

二七七三　二七八三　刺竹　歯隠　有　吾背子之　吾許　不レ来者　吾将レ恋八方

二七七四　二七八四　神南備能　浅小竹原乃　美　妾思公之　声之知家口

二七七五　二七八五　山高　谷辺蔓在　玉葛　絶　時無　見因毛欲得

二七七六　二七八六　道　辺　草　冬野丹　履干　吾立待跡　妹　告乞・

4 為類嘉広—将

5 人目考—合・会新大系八目

3 而元類嘉広—ナシ

3 ツミオホシ

4 アレヲバキミハ〔四〇〕

1 アシヒキの

5 アヒ(合)カタク(ガタミ)スナ

3 ウルハシと

4 アガオモフキミガ

1 ヤマダカミ

二七七七　二七六七　畳薦（タタミこモ）　隔編数（ヘダテアムカズ）　通者（カヨハサバ）　道之柴草（ミチのシバクサ）　不ㇾ生有申尾（オひザラマシヲ）

二七七八　二七六八　水底尓（ミナそこニ）　生玉藻之（オフルタマモの）　生不ㇾ出（オひイデズ）　縦比者（よシこのころハ）　如是而将ㇾ通（カクテカヨハム）

二七七九　二七六九　海原之（ウナハラの）　奥津縄乗（オキツナハのリ）　打靡（ウチナビキ）　心裳四怒尓（こころモシノニ）　所ㇾ念鴨（オモホユルカモ）

二七八〇　二七七〇　紫之（ムラサキの）　名高乃浦之（ナダカのウラの）　靡藻之（ナビキモの）　情者妹尓（こころハイモニ）　因西鬼乎（よリニシモのヲ）

二七八一　二七七一　海底（ワタのそこ）　奥乎深目手（オキヲフカめテ）　生藻之（オフルモの）　最今社（モとモイマこそ）　恋者為便無寸（コひハスベナキ）

二七八二　二七七二　左寐蟹歯（サヌガニハ）　孰共毛宿常（タレとモネめど）　奥藻之（オキツモの）　名延之君之（ナビキシキミガ）　言待吾乎（ことマツワレヲ）・

二七八三　二七七三　吾妹子之（ワギモコガ）　奈何跡裳吾（ナニとモワレヲ）　不ㇾ思者（オモハネバ）　含花之（フフメルハナの）　穂応ㇾ咲（ホニサキヌベシ）

二七八四　二七七四　隠庭（こモリニハ）　恋而死鞆（コひテシヌとモ）　三苑原之（ミそのフの）　鶏冠草花乃（カラアヰのハナの）　色二出目八方（イロニイデめヤモ）

二七八五　二七七五　開花者（サクハナハ）　雖㆓過時有㆒（スグルとキアレど）　我恋流（アガコフル）　心中者（こころのウチハ）　止時毛梨（ヤムとキモナシ）

二七八六　二七七六　山振之（ヤマブキの）　尓保敝流妹之（ニホヘルイモガ）　翼酢色乃（ハネズイロの）　赤裳之為形（アカモのスガタ）　夢所ㇾ見管（イめニミえツツ）

二七八七　二七七七　天地之（アめツチの）　依相極（よリアヒのキハミ）　玉緒之（タマのヲの）　不ㇾ絶常念（タえジとオモフ）　妹之当見津（イモガアタリミツ）

二七八八　二七七八　生緒尓（イキのヲニ）　念者苦（オモへバクルシ）　玉緒乃（タマのヲの）　絶天乱名（タえテミダレナ）　知者知友（シラバシルとモ）・

二七八九　二七七九　玉緒之（タマのヲの）　絶而有恋之（タえタルコひの）　乱者（ミダレナバ）　死巻耳其（シナマクのみそ）　又毛不ㇾ相為而（マタモアハズシテ）

二七九〇　二七八〇　玉緒之（タマのヲの）　久栗縁乍（クリよセツツ）　末終（スヱツヒニ）　去者不ㇾ別（ユキハワカレズ）　同緒将ㇾ有（オナジヲニアラム）

二七九一　二七八一　片糸用（カタイトモチ）　貫有玉之（ヌキタルタマの）　緒乎弱（ヲヲヨワミ）　乱哉為南（ミダレヤシナム）　人之可ㇾ知（ヒとのシルべク）

二七九二　二七八二　玉緒之（タマのヲの）　写意哉（ウツシごころヤ）　年月乃（とシツきの）　行易及（ユキカハルマデ）　妹尓不ㇾ逢将ㇾ有（イモニアハズアラム）

二七九三　二七八三　玉緒之（タマのヲの）　間毛不ㇾ置（アヒダモオカズ）　欲ㇾ見（ミマクホリ）　吾思妹者（アガモフイモハ）　家遠在而（イへどホクアリテ）

二七九四　二七八四　隠津之（こモリヅの）　沢立見尓有（サハタツミナル）　石根従毛（イハネユモ）　達而念（とホリテそオモフ）　君尓相巻者（キミニアハマクハ）・

5　方　類嘉広紀―目

2　写　略解宣長説―嶋

〔四一〕
5　オひズアラマシヲ
3　オひイデズ・オひハイデズ
2　ナタカのウラの

〔四二〕
5　オヤジヲニアラム
5　イモニアハザラム
4　アガオモフイモハ
4　とホシテそオモフ　とホリテオモフ　とホシテオモフ

2 等—等之嘉
5 語元類嘉広—詁
5 聞—問類広宮
曰類嘉広紀—云
5 毛—裳類広

二七九五 二八〇五 木国之　飽等浜之　忘貝　我者不レ忘　年者雖レ歴

二七九六 二八〇六 水泳　玉尓接有　礒貝之　独恋耳　年者経管

二七九七 二八〇七 住吉之　浜尓縁云　打背貝　実無言以　余将レ恋八方

二七九八 二八〇八 伊勢乃白水郎之　朝魚夕菜尓　潜云　鰒貝之　独念荷指天

二七九九 二八〇九 人事乎　繁跡君乎　鶉鳴　人之古家尓　相語而遣都・

二八〇〇 二八一〇 旭時等　鶏鳴成　縦恵也思　独宿夜者　開者雖レ明

二八〇一 二八一一 大海之　荒礒之渚鳥　朝名旦名　見巻欲乎　不レ所レ見公可聞

二八〇二 二八一二 念友　念毛金津　足檜之　山鳥尾之　永此夜乎

二八一三 或本歌曰*、足日木乃　山鳥之尾乃　四垂尾乃　長永夜乎　一鴨将レ宿

二八〇三 二八一四 里中尓　鳴奈流鶏之　喚立而　甚者不レ鳴　隠妻羽毛・
一云、里動　鳴成鶏

二八〇四 二八一五 高山尓　高部佐渡　高〻尓　余待公乎　待将レ出可聞

二八〇五 二八一六 伊勢能海従　鳴来鶴乃　音杼侶毛　君之所レ聞者　吾将レ恋八方

二八〇六 二八一七 吾妹児尓　恋尓可有牟　奥尓住　鴨之浮宿之　安雲無

二八〇七 二八一八 可レ旭　千鳥数鳴　白細乃　君之手枕　未レ猒君・

問答

二八〇八 二八一九 眉根掻　鼻火紐解　待八方　何時毛将レ見跡　恋来吾乎

4 ワレハワスレジ
3 イソガヒの
2 ハマニよルとフ
3 カヅクとフ
5 カタラヒテヤリツ
〔四三〕
1 オホウミの
5 マチイデテムカモ
4 キミシキこサバ
2 チどリシバナク
〔四四〕
2 ハナひヒモとキ
3 マチキヤモ
5 コひキニシアレヲ

右、上見二柿本朝臣人麻呂之歌中一。但以二問答一故、累二載於茲一也。

2 火々々之代 精一案—之鼻火之 略解補正 之々火

二八〇九（二八二〇）　今日有者　鼻火々々之　眉可由見　思之言者　君西在来

右二首。・

4 直目 新校—目直

二八一〇（二八二一）　音耳乎　聞而哉恋　犬馬鏡　直目相而　恋巻裳太口

2 平 新考—乎

二八一一（二八二二）　此言乎　聞跡平　真十鏡　照月夜裳　闇耳見

右二首。

2 三 嘉広宮—ナシ

二八一二（二八二三）　吾妹児尓　恋而為便無三　白細布之　袖反之者　夢所レ見也

二八一三（二八二四）　吾背子之　袖反夜之　夢有之　真毛君尓　如二相有一

右二首。・

二八一四（二八二五）　吾恋者　名草目金津　真気長　夢不レ所レ見而　年之経去礼者

二八一五（二八二六）　真気永　夢毛不レ所レ見　雖レ絶　吾之片恋者　止時毛不レ有

右二首。

二八一六（二八二七）　浦触而　物莫念　天雲之　絶多不心　吾念莫国

二八一七（二八二八）　浦触而　物者不レ念　水無瀬川　有而毛水者　逝云物乎・

右二首。

二八一八（二八二九）　垣津旗　開沼之菅乎　笠尓縫　将レ著日乎待尓　年曽経去来

二八一九（二八三〇）　臨照　難波菅笠　置古之　後者誰将レ著　笠有莫国

右二首。

2 ハナのハナひシ〔之鼻火之〕

〔四五〕

3 タユレどモ

5 アガモハナクニ

5 カサニアラナクニ

5 二一—末 類万 嘉広

二八二〇 二八三一 如是谷裳　妹乎待南　左夜深而　出来月之　傾二手荷

二八二一 二八三二 木間従　移歴月之　影惜　徘徊尓　左夜深去家里・

右二首。

二八二二 二八三三 栲領巾乃　白浜浪乃　不レ肯レ縁　荒振妹尓　恋乍曽居

一云、恋流己呂可母

二八二三 二八三四 加敝良末尓　君社吾尓　栲領巾乃　白浜浪乃　縁時毛無

右二首。

二八二四 二八三五 念人　将レ来跡知者　八重六倉　覆庭尓　珠布益乎・

二八二五 二八三六 玉敷有　家毛何将レ為　八重六倉　覆小屋毛　妹与居者

右二首。

二八二六 二八三七 如是為乍　有名草目手　玉緒之　絶而別者　為便可レ無

二八二七 二八三八 紅　花西有者　衣袖尓　染著持而　可レ行所レ念

右二首。

譬喩・

二八二八 二八三九 紅之　深染乃衣乎　下著者　人之見久尓　仁宝比将レ出鴨

二八二九 二八四〇 衣霜　多在南　取易而　著者也君之　面忘而有

右二首、寄レ衣喩レ思。

〔四六〕

〔四七〕
2 コぞめのキヌヲ
4 キナバヤキミガ
5 オモワスレテアル

3 判 嘉広—刺
筌 文原—魚
2 戌 紀—戍

二八三〇（二六四一）　梓弓　〻束巻易　中見判　更雖レ引　君之随意

右一首、寄レ弓喩レ思。

二八三一（二六四二）　水沙児居　渚座船之　夕塩乎　将レ待従者　吾社益

右一首、寄レ船喩レ思。・

二八三二（二六四三）　山河尓　筌乎伏而　不レ肯レ盛　年之八歳乎　吾竊儛師

右一首、寄レ筌*喩レ思。

二八三三（二六四四）　葦鴨之　多集池水　雖レ溢　儲溝方尓　吾将レ越八方

右一首、寄レ水喩レ思。

二八三四（二六四五）　日本之　室原乃毛桃　本繁　言大王物乎　不レ成不レ止

右一首、寄レ菓喩レ思。・

二八三五（二六四六）　真葛延　小野之浅茅乎　自レ心毛　人引目八面　吾莫名国

二八三六（二六四七）　三嶋菅　未苗在　時待者　不レ著也将レ成　三嶋菅笠

二八三七（二六四八）　三吉野之　水具麻我菅乎　不レ編尓　苅耳苅而　将レ乱跡也

二八三八（二六四九）　河上尓　洗若菜之　流来而　妹之当乃　瀬社因目

右四首、寄レ草喩レ思。

二八三九（二六五〇）　如是為哉　猶八戌　牛鳴　大荒木之　浮田之社之・標尓不レ有尓

右一首、寄レ標喩レ思。

二八四〇（二六五一）　幾多毛　不レ零雨故　吾背子之　三名乃幾許　滝毛動響二

3 ナカミサシ〔刺〕
2 スニヲルフネの
2 ウヘヲフセテ
3 アブルとモ

〔四八〕

2 ナホヤナリ〔成〕ナム

右一首、寄レ滝喩レ思。

萬葉集巻第十一

萬葉集巻第十二　〔二一〕

古今相聞往来歌類之下

萬葉集巻第十二

正述心緒

二八四一　二八五二　我背子之　朝明形　吉不レ見　今日間　恋暮鴨

二八四二　二八五三　我心　等望使念　新夜　一夜不レ落　夢見与

二八四三　二八五四　愛　我念妹　人皆　如レ去見耶　手不レ纏為

二八四四　二八五五　比日　寐之不レ寐　敷細布　手枕纏　寐欲

二八四五　二八五六　忘哉　語　意遣　雖レ過不レ過　猶恋

二八四六　二八五七　夜不レ寐　安不レ有　白細布　衣不レ脱　及二直相一

二八四七　二八五八　後相　吾莫恋　妹雖レ云　恋間　年経乍・

二八四八　二八五九　直不レ相　有諸　夢谷　何人　事繁

或本歌曰、寤者　諸毛不レ相　夢左倍

二八四九　二八六〇　烏玉　彼夢　見継哉　袖乾日無　吾恋矣

二八五〇　二八六一　現　直不レ相　夢谷　相見与　我恋国

5 与新訓—ナシ

1 愛新訓—与愛

1 相元広紀宮—相者

1イ 寤拾穂—寐

〔二〕

1 ワガこころ

2 定訓ナシ

1 ウルハシと

2 アガ)オモフイモヲ

4 ころモモヌカジ

2イ ウでモアハサズ

2 そのイめニシモ

そのイめニヲシ

3 ミえツグヤ

5 アガコフラクヲ

2 タダニモアハズ

タダニアハナク

1 服元古—眼
5 与—共紀宮
1 釣広紀宮—鈎

寄物陳思

二八五一 二八六二　人所レ見　表結　人不レ見　裏紐開　恋日太
二八五二 二八六三　人言　繁時　吾妹　衣有　裏服矣
二八五三 二八六四　真珠服　遠兼　念　一重衣　一人服寐・
二八五四 二八六五　白細布　我紐緒　不レ絶間　恋結為　及二相日一
二八五五 二八六六　新治　今作路　清　聞鴨　妹於事矣
二八五六 二八六七　山代　石田社　心鈍　手向為在　妹相難
二八五七 二八六八　菅根之　惻隠〻〻　照日　乾哉吾袖　於レ妹不レ相為
二八五八 二八六九　妹恋　不レ寐朝　吹風　妹経者　吾与レ経
二八五九 二八七〇　飛鳥川　高川避柴越　来　信今夜　不レ明行哉
二八六〇 二八七一　八釣川　水底不レ絶　行水　続　恋　是比歳
或本歌曰、水尾母不レ絶・
二八六一 二八七二　礒上　生小松　名惜　人　不レ知　恋渡鴨
二八七三　或本歌曰、巌上尓　立小松　名惜　人尓者不レ云　恋渡鴨
二八六二 二八七四　山川　水陰　生　山草　不レ止　妹　所レ念鴨
二八六三 二八七五　浅葉野　立神古　菅根　惻隠誰故　吾不レ恋
或本歌曰、誰葉野尓　立志奈比垂

1 ヒとニミユル
4 シタビモアけテ
3 ワギモコハ
4 ころモニアラナム

〔三〕

2 定訓ナシ

4 ヒとこそシラネ
ヒとニシラえズ

右廿三首、柿本朝臣人麻呂之歌集出。

正述心緒・

二八六四（二八七六）　吾背子乎　且今〻〻跡　待居尓　夜更深去者　嘆鶴鴨
二八六五（二八七七）　玉釧　巻宿妹母　有者許増　夜之長毛　歓有倍吉
二八六六（二八七八）　人妻尓　言者誰事　酢衣乃　此紐解跡　言者孰言
二八六七（二八七九）　如是許　将レ恋物其跡　知者　其夜者由多尓　有益物乎
二八六八（二八八〇）　恋乍毛　後将レ相跡　思許増　己命乎　長欲為礼
二八六九（二八八一）　今者吾者　将レ死与吾妹　不レ相而　念渡者　安毛無・
二八七〇（二八八二）　我背子之　将レ来跡語之　夜者過去　思咲八更〻　思許理来目八面
二八七一（二八八三）　人言之　讒乎聞而　玉桙之　道毛不レ相常　云吾妹
二八七二（二八八四）　不レ相毛　懈常念者　弥益二　人言繁　所レ聞来可聞
二八七三（二八八五）　里人毛　謂告我祢　縦咲也思　恋而毛将レ死　誰名将レ有哉
二八七四（二八八六）　慥　使乎無跡　情乎曽　使尓遣之　夢所レ見哉
二八七五（二八八七）　天地尓　小不レ至　大夫跡　思之吾耶　雄心毛無寸・
二八七六（二八八八）　里近　家哉応レ居　此吾目之　人目乎為乍　恋繁口
二八七七（二八八九）　何時　奈毛　不レ恋有登者　雖レ不レ有　得田直比来　恋之繁母
二八七八（二八九〇）　黒玉之　宿而之晩乃　物念尓　割西胸者　息時裳無

3 桙—類広宮—杵
1 慥—慥拾穂
3 之—ナシ元
1 奈—志古義

〔四〕
4 ヨのフけヌレバ
5 ウレシク（アル）べキ

1 イマハワレハ
イマハワハ
2 キナムとイヒシ

〔五〕
3 このワガめの
1 イツハシ〔志〕モ

二八七九（二八九一）　三空去　名之惜　毛　吾者無　不レ相日数多　年之経　者
（ミソラユク　ナのヲシケクモ　アレハナシ　アハヌヒマネク　としのへヌレバ）

二八八〇（二八九二）　得管二毛　今毛見壮鹿　夢耳　手本纏宿登　見者辛・苦毛
（ウツツニモ　イマモミテシカ　いめのみニ　タもとマキヌと　ミレバクルシモ）

或本歌発句云、吾妹児乎（ワギモコヲ）

二八八一（二八九三）　立而居　為便乃田時毛　今者無　妹尓不レ相而　月之経去者
（タチテヰテ　スベのタどキモ　イマハナシ　イモニアハズテ　ツきのへヌレバ）

或本歌曰、君之目不レ見而　月之経去者
（キミガめミズテ　ツきのへヌレバ）

二八八二（二八九四）　不レ相　而　恋度　等母　忘　哉　弥日異者　思　益等母
（アハズシテ　コひワタルとモ　ワスレめヤ　イヤヒニケニハ　オモヒマスとモ）

二八八三（二八九五）　外目毛　君之光儀乎　見而者社　吾恋山目　命　不レ死者・
（よそめニモ　キミガスガタヲ　ミテバこそ　アガコひヤマめ　イのチシナズハ）

一云、寿　向　吾恋止目
（イのチニムカフ　アガコひヤマめ）

二八八四（二八九六）　恋管母　今日者在目杼　玉匣　将レ開明日　如何将レ暮
（コひツツモ　ケフハアラめど　タマクシゲ　アけナムアスヲ　イカニクラサム）

二八八五（二八九七）　左夜深而　妹乎念出　布妙之　枕　毛衣世二　嘆　鶴鴨
（サヨフけテ　イモヲオモヒデ　シキタへの　マクラモそよニ　ナゲキツルカモ）

二八八六（二八九八）　他言者　真　言痛　成友　彼所将レ障　吾尓不レ有国
（ひとごとハ　マこところチタク　ナリヌとモ　そこニサハラム　ワレニアラナクニ）

二八八七（二八九九）　立居　田時毛不レ知　吾意　天津空有　土者践鞆
（タチテヰテ　タどキモシラズ　アガこころ　アマツソラナリ　ツチハフめどモ）

二八八八（二九〇〇）　世間之　人之辞常　所レ念莫　真　曽恋之　不レ相日乎多・美
（よのナカの　ひとのことバと　オモホスナ　マことそコひシ　アハヌヒヲオホミ）

二八八九（二九〇一）　乞如何吾　幾許恋流　吾妹子之　不レ相跡言流　事毛有莫国
（イデナぞアガ　ここダクコフル　ワギモコガ　アハジとイヘル　ことモアラナクニ）

二八九〇（二九〇二）　夜干玉之　夜乎長　鴨　吾背子之　夢尓夢西　所レ見還　良武
（ヌバタマの　ヨヲナガミカモ　ワガセコガ　いめニいめニシ　ミえカヘルラム）

二八九一（二九〇三）　荒玉之　年　緒長　如此恋者　信　吾命　全有目八面
（アラタマの　としのヲナガク　カクコひバ　マことワガイのチ　マタカラめヤモ）

二八九二（二九〇四）　思　遣　為便乃田時毛　吾者無　不レ相　数多　月之経去者・
（オモヒヤル　スベのタどキモ　アレハナシ　アハズテマネク　ツきのへヌレバ）

二八九三（二九〇五）　朝　去而　暮　者来座　君故尓　忌〻久毛吾者　歎　鶴鴨
（アシタイニテ　ユフヘハキマス　キミユヱニ　ユユシクモアレハ　ナゲキツルカモ）

Head notes:
2　壮元ィ紀宮—社
5　嘆元類広紀—歎
2　之元尼広—ナシ
2　時—付尼朱広

Foot notes:
3　ワレハナシ
5　ツきのへユけバ
5イ　ツきのへユけバ
〔六〕
4　アけムアシタヲ
2　イモヲオモヒイデ
3　ワガこころ
5　マタクアラめヤモ
3　ワレハナシ
5　ツきのへユけバ
〔七〕

4 令—尓広紀陽

二八九四 二九〇六 従レ聞　物乎念者　我胸者　破而摧而　鋒心無

二八九五 二九〇七 人言乎　繁三言痛三　我妹子二　去月従　未レ相可母

二八九六 二九〇八 歌方毛　曰管毛有鹿　吾有者　地庭不レ落　空消生

二八九七 二九〇九 何　日之時可毛　吾妹子之　裳引之容儀　朝尓食尓将レ見・

二八九八 二九一〇 独居而　恋者辛苦　玉手次　不レ懸将レ忘　言量欲

二八九九 二九一一 中ゝ二　黙然毛有申尾　小豆無　相見始而毛　吾者恋香

二九〇〇 二九一二 吾妹子之　咲眉引　面影　懸而本名　所レ念可毛

二九〇一 二九一三 赤根指　日之暮去者　為便乎無三　千遍嘆而　恋乍曽居

二九〇二 二九一四 吾恋者　夜昼不レ別　百重成　情之念者　甚為便無

二九〇三 二九一五 五十殿寸太　薄寸眉根乎　徒　令レ掻管　不レ相人可・母

二九〇四 二九一六 恋ゝ而　後裳将レ相常　名草漏　心四無者　五十寸手有目八面

二九〇五 二九一七 幾　不二生有一　命乎　恋管曽　吾者気衝　人尓不レ所レ知

二九〇六 二九一八 他国尓　結婚尓行而　大刀之緒毛　未レ解者　左夜曽明家流

二九〇七 二九一九 大夫之　聡神毛　今者無　恋之奴尓　吾者可レ死

二九〇八 二九二〇 常如是　恋者辛苦　蹔毛　心安目六　事計為与・

二九〇九 二九二一 凡尓　吾之念者　人妻尓　有云妹尓　恋管有米也

二九一〇 二九二二 心者　千重百重　思有杼　人目乎多見　妹尓不レ相可母

二九一一 二九二三 人目多見　眼社忍礼　小毛　心中尓　吾念莫国

4 ツチニハオチジ

1 イカナラム

2 ヒのクレヌレバ

〔八〕

2 イケラヌイのチヲ

3 タチのヲモ

2 ワレシオモハバ
4 アリとフイモニ

4 惑—或広宮
5 綏元紀—絞
3 増元紀近—憎
5 娯代精—悞
4 以元尼朱—也

二九一二 二九二四 人見而　事害目不レ為　夢尓吾　今夜将レ至　屋戸閇勿勤
二九一三 二九二五 何時左右二　将レ生命曽　凡者　恋乍不レ有者　死上有・
二九一四 二九二六 愛等　念吾妹乎　夢見而　起而探尓　無之不怜
二九一五 二九二七 妹登曰者　無礼恐　然為蟹　懸巻欲　言尓有鴨
二九一六 二九二八 玉勝間　相登云者　誰有香　相有時左倍　面隠為
二九一七 二九二九 寤香　妹之来座有　夢可毛　吾香惑流　恋之繁尓
二九一八 二九三〇 大方者　何鴨将レ恋　言挙不レ為　妹尓依宿牟　年者近綬
二九一九 二九三一 二為而　結之紐乎　一為而　吾者解不レ見　直相及者・
二九二〇 二九三二 終命　此者不レ念　唯毛　妹尓不レ相　言乎之曽念
二九二一 二九三三 幼婦者　同情　須臾　止時毛無久　将レ見等曽念
二九二二 二九三四 夕去者　於レ君将レ相跡　念許増　日之晩毛　娯有家礼
二九二三 二九三五 直今日毛　君尓波相目跡　人言乎　繁不レ相而　恋度鴨
二九二四 二九三六 世間尓　恋将レ繁跡　不レ念者　君之手本乎　不レ枕夜毛有寸・
二九二五 二九三七 緑児之　為社乳母者　求云　乳飲哉君之　於毛求覧
二九二六 二九三八 悔毛　老尓来鴨　我背子之　求流乳母尓　行益物乎
二九二七 二九三九 浦触而　可例西袖叫　又巻者　過西恋以　乱今可聞
二九二八 二九四〇 各寺師　人死為良思　妹尓恋　日異羸沼　人丹不レ所レ知・
二九二九 二九四一 夕〻　吾立待尓　若雲　君不二来益一者　応二辛苦一

〔九〕
1 シヌルイのチ
2 ここハオモハジ
2 オヤジこころニ
5 ウレシクアリケレ
〔一〇〕
4 スぎニシコひヤ 〔也〕
5 クルシクアルヾシ

2 折元類広紀—打
2 跡元尼広紀—ナシ
1 梓元西イ—桙
5 太元広—大
2 往元広—行
3 耳—ナシ広

二九三〇 二九四二 生代尓　恋云物乎　相不レ見者　恋中尓毛　吾曽苦寸

二九三一 二九四三 念管　座者苦毛　夜干玉之　夜尓至者　吾社湯亀

二九三二 二九四四 情庭　燎而念杼　虚蟬之　人目乎繁　妹尓不レ相鴨

二九三三 二九四五 不二相念一　公者雖レ座　肩恋丹　吾者衣恋　君之光儀

二九三四 二九四六 味沢相　目者非レ不レ飽　携　不レ問レ事毛　苦労有来

二九三五 二九四七 璞之　年緒永　何時左右鹿　我恋将レ居　寿不レ知而・

二九三六 二九四八 今者吾者　指南与我兄　恋為者　一夜一日毛　安毛無

二九三七 二九四九 白細布之　袖折反　恋者香　妹之容儀乃　夢二四三湯流

二九三八 二九五〇 人言乎　繁三毛人髪三　我兄子乎　目者雖レ見　相因毛無

二九三九 二九五一 恋云者　薄事有　雖レ然　我者不レ忘　恋者死十方

二九四〇 二九五二 中〻二　死者安六　出日之　入別不レ知　吾四九流・四毛

二九四一 二九五三 念八流　跡状毛我者　今者無　妹二不レ相而　年之経行者

二九四二 二九五四 吾兄子尓　恋跡二四有四　小児之　夜哭乎為乍　宿不レ勝苦者

二九四三 二九五五 我命之　長欲家口　偽乎　好為人乎　執許乎

二九四四 二九五六 人言　繁跡妹　不レ相　情裏　恋比日

二九四五 二九五七 玉梓之　君之使乎　待之夜乃　名凝其今毛　不レ宿・夜乃太寸

二九四六 二九五八 玉桙之　道尓往相而　外目耳毛　見者吉子乎　何時鹿将レ待

二九四七 二九五九 念西　餘西鹿歯　為便乎無美　吾者五十日手寸　応レ忌鬼尾

2 コひとフモのヲ
4 コひのウチニモ
5 ワレそクルシキ
4 ヨヒニイタラバ

2 キミハマサめど

5 クルシクアリケリ

〔一一〕
1 イマハワレハ
イマハワハ

4 ワレハワスレジ

5 ワレシクルシモ

2 タヅキモワレハ
5 とシのへユけバ

〔一二〕

或本歌曰、門出而　吾反側乎　人見監可毛　一云、無乏　出行　家当見
柿本朝臣人麻呂歌集云、尓保鳥之　奈津柴比・来乎　人見鴨

二九四八 二九六〇 明日者　其門将レ去　出而見与　恋有容儀　数知兼
二九四九 二九六一 得田価異　心鬱悒　事計　吉為吾兄子　相有時谷
二九五〇 二九六二 吾妹子之　夜戸出乃光儀　見而之従　情空有　地者雖レ践
二九五一 二九六三 海石榴市之　八十衢尓　立平之　結　紐乎　解巻惜毛
二九五二 二九六四 吾齢之　衰　去者　白細布之　袖乃狎尓思　君乎母・准其念
二九五三 二九六五 恋レ君　吾哭涕　白妙　袖兼所レ漬　為便母奈之
二九五四 二九六六 従レ今者　不レ相跡為也　白妙之　我衣袖之　干時毛奈吉
二九五五 二九六七 夢可登　情班　月数多　干西君之　事之通者
二九五六 二九六八 未玉之　年月兼而　烏玉乃　夢尓所レ見　君之容儀者
二九五七 二九六九 従レ今者　雖レ恋妹尓　将レ相哉母　床辺不レ離　夢尓所レ見・乞
二九五八 二九七〇 人見而　言害目不レ為　夢谷　不レ止見与　我恋将レ息
或本歌頭云、人目多　直者不レ相
二九五九 二九七一 現者　言絶有　夢谷　嗣而所レ見与　直相左右二
二九六〇 二九七二 虚蝉之　宇都思情毛　吾者無　妹乎不二相見一而　年経去者
二九六一 二九七三 虚蝉之　常辞登　雖レ念　継而之聞者　心遮焉
二九六二 二九七四 白細之　袖不数而宿　烏玉之　今夜者早毛　明者・将レ開

5イ 監元広紀宮―濫
1 齢尼西ィ広紀―歯
2 涕広紀宮―泣
2 班―斑元広
3 多元―多二
3 哉元西ィ広紀―哉乃
5 尓元―ナシ
5 年元広―年之
1 細元尼―妙
2 宿尼宮―ナシ
5 者元尼―ナシ

4イ ワガこイマろブヲ
1 ワガイのチシ
2 オとろへヌレバ
〔一三〕
4 ソデサへヌレテ
4 アガころモデの
1 イめニカと
2 こころハマトフ
2 ことタえテアリ
3 ワレハナシ
5 とシのへヌレバ
5 アけバアけナム
〔一四〕

二九六三 二九七五 白細之　手本寛久　人之宿　味宿者不レ寐哉　恋将レ渡

寄物陳思

二九六四 二九七六 如是耳　在家流君乎　衣尓有者　下毛将レ著跡　吾念有家留

二九六五 二九七七 橡之　袷衣　裏尓為者　吾将レ強八方　君之不二来座一

二九六六 二九七八 紅　薄染衣　浅尓　相見之人尓　恋比日可聞

二九六七 二九七九 年之経者　見管偲登　妹之言思　衣乃縫目　見者哀裳

二九六八 二九八〇 橡之　一重衣　裏毛無　将レ有児故　恋渡可聞

二九六九 二九八一 解衣之　念乱而　雖レ恋　何之故其跡　問人毛無

二九七〇 二九八二 桃花褐　浅等乃衣　浅尓　念而妹尓　将レ相物香裳

二九七一 二九八三 大王之　塩焼海部乃　藤衣　穢者雖レ為　弥希将見毛

二九七二 二九八四 赤帛之　純裏衣　長欲　我念君之　不レ所レ見比者鴨

二九七三 二九八五 真玉就　越乞兼而　結鶴　言下紐之　所レ解日有米也

二九七四 二九八六 紫　帯之結毛　解毛不レ見　本名也妹尓　恋度南

二九七五 二九八七 高麗錦　紐之結毛　解不レ放　斎而待杼　験無可聞

二九七六 二九八八 紫　我下紐乃　色尓不レ出　恋可毛将レ痩　相因乎無見

二九七七 二九八九 何故可　不レ思将レ有　紐緒之　心尓入而　恋布物乎

二九七八 二九九〇 真十鏡　見座吾背子　吾形見　将レ持辰尓　将レ不レ相哉

4 之元類広宮—ナシ

5 度—渡古広

3 キヌナラバ

2 ウスぞめのキヌ

1 ツキそめの

1 アカギヌの

2 ヒツラのころモ　ヒタウラのころモ

4 アガオモフキミガ

〔一五〕

二九七九　二九九一　真十鏡　直目尓君乎　見者許増　命対　吾恋止目

二九八〇　二九九二　犬馬鏡　見不レ飽妹尓　不レ相而　月之経去者　生友名師

二九八一　二九九三　祝部等之　斎三諸乃　犬馬鏡　懸而偲　相人毎

二九八二　二九九四　針者有杼　妹之無者　将レ著哉跡　吾乎令レ煩　絶紐之緒

二九八三　二九九五　高麗剣　己之景迹故　外耳　見乍哉君乎　恋渡奈・牟

二九八四　二九九六　剣大刀　名之惜毛　吾者無　比来之間　恋之繁尓

二九八五　二九九七　梓弓　末者師不レ知　雖レ然　真坂者君尓　縁西物乎

二九九八　一本歌曰、梓弓　末乃多頭吉波　雖レ不レ知　心者君尓　因之物乎

二九八六　二九九九　梓弓　引見緩見　思見而　既心歯　因尓思物乎

二九八七　三〇〇〇　梓弓　引而不レ緩　大夫哉　恋云物乎　忍不得牟

二九八八　三〇〇一　梓弓　末中一伏三起　不通有之　君者会奴　嗟羽・将レ息

二九八九　三〇〇二　今更　何壮鹿将レ念　梓弓　引見弛見　縁西鬼乎

二九九〇　三〇〇三　媙嬬等之　績麻之多田有　打麻懸　績時無二　恋度鴨

二九九一　三〇〇四　垂乳根之　母我養蚕乃　眉隠　馬声蜂音石花蜘蛎荒鹿　異母二不レ相而

二九九二　三〇〇五　玉手次　不レ懸者辛苦　懸垂者　続手見巻之　欲寸君可毛・

二九九三　三〇〇六　紫　綵色之蘰　花八香尓　今日見人尓　後将レ恋鴨

二九九四　三〇〇七　玉蘰　不レ懸時無　恋友　何如妹尓　相時毛名寸

二九九五　三〇〇八　相因之　出来左右者　畳薦　重編数　夢西将レ見

4 君　類西ィ広紀—吾
曰—云　紀宮
2 緩　西貼紙—縦
2 緩　元類西貼紙—縦
4 弛　元右類—縦
2 田　元類—思
5 二　類広—三
3 友　元古西ィ広—支

4 ツきのヽヌレバ
2 ワガこころユヱ
4 ミツツヤキミニ
〔一八〕
3 ワレハナシ
4 このころのマの
4 コひとフモのヲ
2 スヱナカタめテ
〔一七〕
4 カサネアムカズ

4 坂考—枝
1 霊—意広廬 京イ
3 月元類西イ広—日
2 尓—ナシ元類
2 呼元類尼宮—乎
5 沙—紗元広

二九九六 三〇〇九 白香付　木綿者花物　事社者　何時之真坂毛　常不ㇾ所ㇾ忘
二九九七 三〇一〇 石上　振之高橋　高〻尓　妹之将ㇾ待　夜曽深去家留
二九九八 三〇一一 湊入之　葦別小船　障多　今来吾乎　不通跡念莫・
三〇一二 或本歌曰、湊入尓　蘆別小船　障多　君尓不ㇾ相而　年曽経来
二九九九 三〇一三 水乎多　上尓種蒔　比要乎多　択擢之業曽　吾独宿
三〇〇〇 三〇一四 霊合者　相宿物乎　小山田之　鹿猪田禁如　母之守為裳
一云、母之守之師
三〇〇一 三〇一五 春日野尓　照有暮日之　外耳　君乎相見而　今曽・悔寸
三〇〇二 三〇一六 足日木乃　従ㇾ山出流　月待登　人尓波言而　妹待吾乎
三〇〇三 三〇一七 夕月夜　五更闇之　不明　見之人故　恋渡鴨
三〇〇四 三〇一八 久堅之　天水虚尓　照月之　将ㇾ失日社　吾恋止目
三〇〇五 三〇一九 十五日　出之月乃　高〻尓　君乎座而　何物乎加将ㇾ念
三〇〇六 三〇二〇 月夜好　門尓出立　足占為而　往時禁八　妹二不・ㇾ相有
三〇〇七 三〇二一 野干玉　夜渡月之　清者　吉見而申尾　君之光儀乎
三〇〇八 三〇二二 足引之　山呼木高三　暮月乎　何時君乎　待之苦沙
三〇〇九 三〇二三 橡之　衣解洗　又打山　古人尓者　猶不ㇾ如家利
三〇一〇 三〇二四 佐保川之　川浪不ㇾ立　静雲　君二副而　明日兼欲得・
三〇一一 三〇二五 吾妹児尓　衣借香之　宜寸川　因毛有額　妹之目乎将ㇾ見

3 ことこそバ
4 エラえシナリ(ワザ)そ
1 こころア〵バ・タマアハバ
2 アヒネムモのヲ
〔一八〕
4 ウセムヒニこそ
1 アシヒキの
〔一九〕

三〇一二　三〇二六　登能雲入　雨零川之　左射礼浪　間無毛君者　所レ念鴨
三〇一三　三〇二七　吾妹児哉　安乎忘　為莫　石上　袖振川之　将レ絶跡念倍也
三〇一四　三〇二八　神山之　山下響　逝水之　水尾不レ絶者　後毛吾妻
三〇一五　三〇二九　如レ神　所レ聞滝之　白浪乃　面知君之　不レ所レ見比日・
三〇一六　三〇三〇　山川之　滝尓益　流　恋為登曽　人知尓来　無レ間　念　者
三〇一七　三〇三一　足檜之　山川水之　音　不レ出　人之子姤　恋渡　青頭鶏
三〇一八　三〇三二　高湍尓有　能登瀬乃川之　後　将レ合　妹　者吾者　今尓不レ有十方
三〇一九　三〇三三　浣　衣　取替川之　河余杼能　不通牟心　思　兼都母
三〇二〇　三〇三四　斑鳩之　因可乃池之　宜　毛　君乎不レ言者　念　衣吾・為流
三〇二一　三〇三五　絶　沼之　下従者将レ恋　市白久　人之可レ知　歎　為米也母
三〇二二　三〇三六　去方無三　隠有小沼乃　下思尓　吾曽物念　頃者之間
三〇二三　三〇三七　隠　沼乃　下従恋余　白浪之　灼然　出　人之可レ知
三〇二四　三〇三八　妹　目乎　見巻欲江之　小　浪　敷而恋乍　有跡告乞
三〇二五　三〇三九　石走　垂水之水能　早敷八師　君尓恋良久　吾情・柄
三〇二六　三〇四〇　君者不レ来　吾者故無　立浪之　数　和備思　如此而不レ来跡也
三〇二七　三〇四一　淡海　ゝ　辺多波人知　奥浪　君乎置　者　知人毛無
三〇二八　三〇四二　大　海之　底乎深目而　結　義之　妹　心者　疑　毛無
三〇二九　三〇四三　貞能汭尓　依流白浪　無レ間　思　乎如何　妹尓難レ相

1 檜元類古広―檜木
1 浣―洗類広
3 河元古―川
2 乃元類広紀―及
1 ゝ私案―之元古広之海
3 義元類西貼紙広―美

1 タカセニアル
〔二〇〕
2 アレハユヱナク
1 オホウミの

三〇三〇（三〇四四）念出而　為便無時者　天雲之　奥香裳不レ知　恋乍・曽居

三〇三一（三〇四五）天雲乃　絶多比安　心有者　吾乎莫憑　待者苦毛

三〇三二（三〇四六）君之当　見乍母将レ居　伊駒山　雲莫蒙　雨者雖レ零

三〇三三（三〇四七）中ミ二　如何知兼　吾山尓　焼流火気能　外見申尾

三〇三四（三〇四八）吾妹児尓　恋為便名鴈　胸乎熱　旦戸開者　所レ見霧可聞

三〇三五（三〇四九）暁之　朝霧隠　反羽二　如何恋乃　色丹出尓家留・

三〇三六（三〇五〇）思出　時者為便無　佐保山尓　立雨霧乃　応レ消所レ念

三〇三七（三〇五一）殺目山　往反道之　朝霞　髣髴谷八　妹尓不レ相牟

三〇三八（三〇五二）如此将レ恋　物等知者　夕置而　旦者消流　露有申尾

三〇三九（三〇五三）暮置而　旦者消流　白露之　可レ消恋毛　吾者為鴨

三〇四〇（三〇五四）後遂尓　妹将レ相跡　旦露之　命者生有　恋者雖レ繁

三〇四一（三〇五五）朝旦　草上白　置露乃　消者共跡　云師君者毛・

三〇四二（三〇五六）朝日指　春日能小野尓　置露乃　可レ消吾身　惜雲無

三〇四三（三〇五七）露霜乃　消安我身　雖レ老　又若反　君乎思将レ待

三〇四四（三〇五八）待レ君常　庭西居者　打靡　吾黒髪尓　霜曽置尓家類

或本歌尾句云*、白細之　吾衣手尓　露曽置尓家留

三〇四五（三〇五九）朝霜乃　可レ消耳也　時無二　思将レ度　気之緒尓為・而

三〇四六（三〇六〇）左佐浪之　波越安蹔仁　落小雨　間文置而　吾不レ念国

2 妹元尼広紀―妹尓

2 西古義―耳

云―曰元

1 オモヒイデテ〔二〕

4 モユルケブリの

1 オモヒイヅル

2 イモニ〔尓〕アハムと

〔一一〕

4 アガクロカミニ

4イ アガころモデニ

三〇四七（三〇六一） 神左備而　巌尓生　松根之　君心者　忘不得毛

3 櫟柴之元西イ紀宮—柏
三〇四八（三〇六二） 御獦為　鴈羽之小野之　櫟柴之　奈礼波不レ益　恋社益

2 乃元類広紀—ナシ
三〇四九（三〇六三） 桜麻之　麻原乃下草　早生者　妹之下紐　不レ解有申尾・

三〇五〇（三〇六四） 春日野尓　浅茅標結　断米也登　吾念人者　弥遠長尓

1 檜—元類広紀—檜木　5 尓元類—乎
三〇五一（三〇六五） 足檜之　山菅根乃　懃　吾波曽恋流　君之光儀尓

或本歌曰、吾念人乎　将レ見因毛我母

三〇五二（三〇六六） 垣津旗　開沢生　菅根之　絶跡也君之　不レ所レ見頃者

1 之元類尼広—乃
三〇五三（三〇六七） 足檜木之　山菅根之　懃　不レ止念者　於レ妹将レ相可聞・

三〇五四（三〇六八） 相不レ念　有物乎鴨　菅根乃　懃懇　吾念有良武

三〇五五（三〇六九） 山菅之　不レ止而公乎　念可母　吾心神之　頃者名寸

三〇五六（三〇七〇） 妹門　去過不得而　草結　風吹解勿　又将レ顧

5イ 弖西朱広紀宮—土
一云、直相麻弖尓

三〇五七（三〇七一） 浅茅原　茅生丹足蹈　意具美　吾念児等之　家当見津

一云、妹之　家当見津・

三〇五八（三〇七二） 内日刺　宮庭有跡　鴨頭草乃　移情　吾思名国

三〇五九（三〇七三） 百尓千尓　人者雖レ言　月草之　移情　吾将レ持八方

三〇六〇（三〇七四） 萱草　吾紐尓著　時常無　念度者　生跡文奈思

5 少注釈塙—止
三〇六一（三〇七五） 五更之　目不酔草跡　此乎谷　見乍座而　吾少偲為

1 サクラヲの
5 とカズアラマシヲ
〔二三〕
4 アガオモフヒとハ
4イ アガオモフヒとヲ
4 ワガこころドの
4 アガオモフコラガ
〔二四〕
5 アガモハナクニ

1 人皆 元 西イ 広原紀―皆人
4 有元類広紀― ナシ
2 田―ナシ類広
5 今童蒙―令
3 玉―ナシ古
5 度―渡類西原 紀宮

三〇六二 三〇七六 萱草　垣毛繁森　雖二殖有一　鬼之志許草　猶恋尓家利
三〇六三 三〇七七 浅茅原　小野尓標結　空言毛　将レ相跡令レ聞　恋之名種尓

或本歌曰、将レ来知志　君矣志将レ待　又見二柿本朝臣人麻呂歌集一。然落句小異耳。

三〇六四 三〇七八 人皆之　笠尓縫云　有間菅　在而後尓毛　相等曽念
三〇六五 三〇七九 三吉野之　蜻乃小野尓　苅草之　念乱而　宿夜四曽多
三〇六六 三〇八〇 妹待跡　三笠乃山之　山菅之　不レ止八将レ恋　命不レ死者
三〇六七 三〇八一 谷迫　峯辺延有　玉葛　令レ蔓之有者　年二不レ来友

一云、石葛　令レ蔓之有者

三〇六八 三〇八二 水茎之　岡乃田葛葉緒　吹変　面知児等之　不レ見比鴨
三〇六九 三〇八三 赤駒之　射去羽計　真田葛原　何伝言　直将レ吉
三〇七〇 三〇八四 木綿畳　田上山之　狭名葛　在去之毛　今不レ有十方
三〇七一 三〇八五 丹波道之　大江乃山之　真玉葛　絶牟乃心　我不レ思
三〇七二 三〇八六 大埼之　有礒乃渡　延久受乃　往方無哉　恋度南
三〇七三 三〇八七 木綿裹　一云、畳　白月山之　佐奈葛　後毛必　将レ相等曽念

或本歌曰、将レ絶跡妹乎　吾念莫久尓

三〇七四 三〇八八 唐棣花色之　移安　情有者　年乎曽寸経　事者不レ絶而
三〇七五 三〇八九 如此為而曽　人之死云　藤浪乃　直一目耳　見之人故尓
三〇七六 三〇九〇 住吉之　敷津之浦乃　名告藻之　名者告而之乎　不レ相毛怪

2 ヲノニシめユヒ
1 みナヒと〔皆人〕の
2 カサニヌフとフ
〔二五〕
5 タダニシえケム
3 マタマヅラ
5 アガモハナクニ
〔二八〕
2 ヒとのシヌとフ

三〇七七 三〇九一 三佐呉集　荒礒尓生流　勿謂藻乃　吉名者不レ告　父母者知等毛
4 告元右類―吉　5 等毛元類西イ―鞆
4 アガオモフヒとの

三〇七八 三〇九二 浪之共　靡玉藻乃　片念尓　吾念人之　言乃繁家口

三〇七九 三〇九三 海若之　奥津玉藻之　靡将レ寐　早来座君　待者苦毛

三〇八〇 三〇九四 海若之　奥尓生有　縄乗乃　名者曽不レ告　恋者雖レ死
4 ナハサネのラジ

三〇八一 三〇九五 玉緒乎　片緒尓搓而　緒乎弱弥　乱時尓　不レ恋有目八方

三〇八二 三〇九六 君尓不レ相　久成宿　玉緒之　長命之　惜雲無

三〇八三 三〇九七 恋事　益今者　玉緒之　絶而乱而　可レ死所レ念
〔一七〕

三〇八四 三〇九八 海処女　潜取云　忘貝　代二毛不レ忘　妹之光儀者
2 カヅキトルとフ

三〇八五 三〇九九 朝影尓　吾身者成奴　玉蜻　髣髴所レ見而　往之児故尓

三〇八六 三一〇〇 中々二　人跡不レ在者　桑子尓毛　成益物乎　玉之緒許
5 許元類尼広―計
3 クハコニモ

三〇八七 三一〇一 真菅吉　宗我乃河原尓　鳴千鳥　間無吾背子　吾恋者
1 マスガよシ・マソガよシ

三〇八八 三一〇二 恋衣　著楢乃山尓　鳴鳥之　間無時無　吾恋良苦者
4 時無元広紀宮―無時

三〇八九 三一〇三 遠津人　獦道之池尓　住鳥之　立毛居毛　君乎之曽念

三〇九〇 三一〇四 葦辺往　鴨之羽音之　声耳　聞管本名　恋度鴨

三〇九一 三一〇五 鴨尚毛　己之妻共　求食為而　所レ遺間尓　恋云物乎
4 オクルルアヒダニ

三〇九二 三一〇六 白檀　斐太乃細江之　菅鳥乃　妹尓恋哉　寐宿金鶴

三〇九三 三一〇七 小竹之上尓　来居而鳴鳥　目乎安見　人妻姤尓　吾恋二来
〔一八〕

三〇九四 三一〇八 物念常　不レ宿起有　旦開者　和備弖鳴成　鶏左倍

三〇九五 三一〇九 朝烏　早勿鳴　吾背子之　旦開之容儀　見者悲毛

三〇九六 三一一〇 柜楉越尓　麦咋駒乃　雖レ詈　猶恋久　思不勝焉

三〇九七 三一一一 左檜隈　ゝゝ河尓　駐レ馬　ゝ尓水令飲　吾外将レ見

三〇九八 三一一二 於能礼故　所レ詈而居者　騘馬之　面高夫駄尓　乗而応レ来哉・

右一首、平群文屋朝臣益人伝云、昔聞、紀皇女竊嫁二高安王一被レ嘖之時御二作此歌一。
但高安王左降任二之伊与国守一也。

聞―多塙
此元類広紀―ナシ

三〇九九 三一一三 紫草乎　草跡別ゝ　伏鹿之　野者殊異為而　心者同

5 同―同乎元右類

三一〇〇 三一一四 不レ想乎　想常云者　真鳥住　卯名手乃社之　神思将二御知一

5 思元西ィ広紀―忌

問答歌・

三一〇一 三一一五 紫者　灰指物曽　海石榴市之　八十街尓　相児哉誰

三一〇二 三一一六 足千根乃　母之召名乎　雖レ白　路行人乎　孰跡知而可

右二首。

三一〇三 三一一七 不レ相　然将レ有　玉梓之　使乎谷毛　待八金手六

3 梓元尼西ィ紀―梓

三一〇四 三一一八 将レ相者　千遍雖レ念　蟻通　人眼乎多　恋乍衣居

右二首・

三一〇五 三一一九 人目太　直不レ相而　蓋雲　吾恋死者　誰名将レ有裳

三一〇六 三一二〇 相見　欲為者　従レ君毛　吾曽益而　伊布可思美為也

1 クヘゴシニ

5 こころハオヤジそ
こころハオナジ

〔二九〕

4 ミチユキビとヲ

2 ホシキガタめハ
4 ワレそマサリテ

右二首。

三一〇七 三一二一 空蟬之　人目乎繁　不レ相而　年之経者　生跡毛奈思

三一〇八 三一二二 空蟬之　人目繁者　夜干玉之　夜夢乎　次而所レ見欲・

右二首。

三一〇九 三一二三 慇懃　憶吾妹乎　人言之　繁尓因而　不通比日可聞

三一一〇 三一二四 人言之　繁思有者　君毛吾毛　将レ絶常云而　相之物鴨

右二首。

三一一一 三一二五 為便毛無　片恋乎為登　比日尓　吾可レ死者　夢所レ見哉・

三一一二 三一二六 夢見而　衣乎取服　装束間尓　妹之使曽　先尓来

右二首。

三一一三 三一二七 在有而　後毛将レ相登　言耳乎　堅要管　相者無二

三一一四 三一二八 極而　吾毛相登　思友　人之言社　繁君尓有

右二首。

三一一五 三一二九 気緒尓　言気築之　妹尚乎　人妻有跡　聞者悲毛

三一一六 三一三〇 我故尓　痛勿和備曽　後遂　不レ相登要之　言毛不レ有尓・

右二首。

三一一七 三一三一 門立而　戸毛閇而有乎　何処従鹿　妹之入来而　夢所レ見鶴

三一一八 三一三二 門立而　戸者雖レ闔　盗人之　穿穴従　入而所レ見牟

〔三〇〕

2 ワガイキヅキシ

〔三一〕

4 ホレルアナヨリ

2 去元尼西ィ広—在
5 綏—倭広緌
新全集
3 夜元尼—麻
1 勢元類広紀—背
5 乎元類広紀—牟
5 焉元類紀—為
3 及元類朱紀宮—乃

右二首。

三一一九　三一三三　従㆓明日㆒者(アスヨリハ)　恋乍将㆑去(コひツツユカム)　今夕弾(こヨひダニ)　速初夜従(ハヤクヨひヨリ)　綏解我妹(ヒモとケワギモ)

三一二〇　三一三四　今更(イマサラニ)　将㆑寐哉(ネめヤ)我背子(ワガセコ)　荒田夜之(アラタヨの)　全夜毛不㆑落(ヒとヨモオチズ)　夢・所㆑見欲(イめニミえこそ)

右二首。

三一二一　三一三五　吾勢子之(ワガセコガ)　使乎待跡(ツカヒヲマツと)　笠不㆑著(カサモキズ)　出乍曽見之(イデツツそミシ)　雨零尓(アめのフラクニ)

三一二二　三一三六　無㆑心(こころナキ)　雨尓毛有鹿(アめニモアルカ)　人目守(ヒとめモリ)　乏妹尓(とモシキイモニ)　今日谷相乎(ケフダニアハムヲ)

右二首。

三一二三　三一三七　直独(タダヒとリ)　宿杼宿不得而(ヌレどネカネテ)　白細(シロタへの)　袖乎笠尓著(ソデヲカサニキ)　沾乍曽来・(ヌレツツそこシ)

三一二四　三一三八　雨毛零(アめモフル)　夜毛更深利(ヨモフけニケリ)　今更(イマサラニ)　君将㆑行哉(キミイナめヤモ)　紐解設名(ヒモとキマけナ)

右二首。

三一二五　三一三九　久堅乃(ヒサカタの)　雨零日乎(アめのフルヒヲ)　我門尓(ワガカドニ)　蓑笠不㆑蒙而(ミのカサキズテ)　来有人哉誰(ケルヒとヤタレ)

三一二六　三一四〇　纏向之(マキムクの)　病足乃山尓(アナシのヤマニ)　雲居乍(クモヰツツ)　雨者雖㆑零(アめハフレどモ)　所㆑沾乍焉来(ヌレツツそこシ)

右二首。

羇旅発思・

三一二七　三一四一　度会(ワタラヒの)　大川辺(オホカハのへの)　若歴木(ワカヒサぎ)　吾久在者(ワガヒサナラバ)　妹恋鴨(イモコひムカモ)

三一二八　三一四二　吾妹子(ワギモコヲ)　夢見来(イめニミえこと)　倭路(ヤマとヂの)　度瀬別(ワタリゼごとニ)　手向吾為(タムけそアガスル)

三一二九　三一四三　桜花(サクラバナ)　開哉散(サキカモチルと)　及㆑見(ミルマデニ)　誰此(タレカモここニ)　所㆑見散行(ミえテチリユク)

2 コひツツモイカム
コひツツアラ〔在〕ム
4 マタヨモオチズ
3 ヒとめモル
〔三一二一〕
1 アめモフリ
2 ヨモクタチケリ
1 ワギモコヤ

1 洲—州類広
3 哀元類広—裳

三一三〇 三一四四 豊洲　聞浜松　心哀　何　妹　相云始
右四首、柿本朝臣人麻呂歌集出。
三一三一 三一四五 月易而　君乎婆見登　念鴨　日毛不レ易為而　恋之重
三一三二 三一四六 莫去跡　変毛来哉常　顧　尓　雖レ往不レ帰　道之長手・矣
三一三三 三一四七 去家　而　妹乎念　出　灼然　人之応レ知　歎　将レ為鴨
三一三四 三一四八 里離　遠有莫国　草　枕　旅登之思　者　尚恋　来
三一三五 三一四九 近　有者　名耳毛聞而　名種目津　今夜従恋乃　益〻　南
三一三六 三一五〇 客　在而　恋　者辛苦　何時毛　京　行而　君之目乎将レ見
三一三七 三一五一 遠　有者　光儀者不レ所レ見　如レ常　妹之咲者　面影　為・而
三一三八 三一五二 年毛不レ歴　反　来嘗跡　朝影尓　将レ待妹之　面影　所レ見
三一三九 三一五三 玉桙之　道尓出立　別　来之　日従于レ念　忘　時無
三一四〇 三一五四 波之寸八師　志賀在恋尓毛　有之鴨　君　所レ遺而　恋敷念　者
三一四一 三一五五 草　枕　客之悲　有苗尓　妹乎相見而　後将レ恋可聞
三一四二 三一五六 国遠　直　不レ相　夢　谷　吾尓所レ見社　相　日左右二・
三一四三 三一五七 如是将レ恋　物跡知　者　吾妹児尓　言問麻思乎　今之悔　毛
三一四四 三一五八 客　夜之　久　成者　左丹頬合　紐開不レ離　恋流比日
三一四五 三一五九 吾妹児之　阿乎偲　良志　草　枕　旅之丸寐尓　下紐解
三一四六 三一六〇 草　枕　旅之衣　紐解　所レ念鴨　此年比者

〔三三〕

2 とホクアラナクニ

2 スガタハミえズ

〔三四〕

3 ヒモトけヌ

4 旅—客元
5 度—渡類宮
1 湖元紀—潮
1 波元広—浪

三一四七（二二六一）草枕　客之紐解　家之妹志　吾乎待不得而　歎　良霜・
三一四八（二二六二）玉釧　巻寝志妹乎　月毛不レ経　置而八将レ越　此山岫
三一四九（二二六三）梓弓　末者不レ知杼　愛　美　君尓副　而　山道越来奴
三一五〇（二二六四）霞　立　春　長日乎　奥香無　不レ知山道乎　恋乍可将レ来
三一五一（二二六五）外耳　君乎相見而　木綿　牒　手向乃山乎　明日香越将レ去
三一五二（二二六六）玉勝間　安倍嶋山之　暮露尓　旅宿得為也　長　此・夜乎
三一五三（二二六七）三雪零　越乃大山　行過而　何　日可　我里乎将レ見
三一五四（二二六八）乞吾駒　早　去欲　亦打山　将レ待妹乎　去而速見牟
三一五五（二二六九）悪木山　木末　悉　明日従者　靡　有社　妹之当将レ見
三一五六（二二七〇）鈴鹿河　八十瀬渡　而　誰故加　夜越尓将レ越　妻毛不レ在君
三一五七（二二七一）吾妹児尓　又毛相海之　安　河　安寐毛不レ宿尓　恋度　鴨・
三一五八（二二七二）客尓有而　物乎曽念　白浪乃　辺毛奥　毛　依　者無尓
三一五九（二二七三）湖　転尓　満来塩能　弥益二一　恋者雖レ剰　不レ所レ忘鴨
三一六〇（二二七四）奥　波　辺浪之来依　貞　浦乃　此左太過而　後将レ恋鴨
三一六一（二二七五）在千方　在名草目而　行目友　家有妹伊　将ニ鬱悒一
三一六二（二二七六）水咫衝石　心尽　而　念　鴨　此間毛本名　夢西所レ見
三一六三（二二七七）吾妹児尓　触　者無二一　荒礒廻尓　吾衣手者　所レ沾・可母
三一六四（二二七八）室之浦之　湍門之埼有　鳴嶋之　礒越浪尓　所レ沾可聞

5 ナげカスラシモ
5 このヤマのサキ
3 ウツクシミ
〔三五〕
5 イフカシミセム
4 アガころモデハ
〔三六八〕

三一六五 二九七九 霍公鳥 飛幡之浦尓 敷浪乃 屢 君乎 将レ見因毛鴨

三一六六 二九八〇 吾妹児乎 外耳哉将レ見 越 懈乃 子難 懈乃 嶋楢名君

三一六七 二九八一 浪 間従 雲位尓所レ見 粟嶋之 不レ相物故 吾尓所レ依・児等

三一六八 二九八二 衣 袖之 真若之浦之 愛子地 間無時無 吾恋 钁

三一六九 二九八三 能登海尓 釣為海部之 射去火之 光 尓伊往 月待香光

三一七〇 二九八四 思香乃白水郎乃 釣為燭有 射去火之 髣髴妹乎 将レ見因毛欲得

三一七一 二九八五 難波方 水手出船之 遥々 別 来礼杼 忘 金津毛

三一七二 二九八六 浦廻榜 熊野舟附 目頬志久 懸 不レ思 月毛日毛・無

三一七三 二九八七 松浦舟 乱 穿江之 水尾早 檝取間無 所レ念鴨

三一七四 二九八八 射去為 海部之檝 音 湯桉干 妹 心 乗 来鴨

三一七五 二九八九 若 浦尓 袖左倍沾而 忘貝 拾 杼妹者 不レ所レ忘尓

或本歌末句云、忘可祢都母

三一七六 二九九〇 草枕 羈西居者 苅薦之 擾 妹尓 不レ恋日者無

三一七七 二九九一 然 海部之 礒尓苅干 名告藻之 名者告手師乎・如何相難寸

三一七八 二九九二 国遠見 念 勿和備曽 風之共 雲之行如 言者将レ通

三一七九 二九九三 留 西 人乎念 尓 蜓 野 居白雲 止時 無

1 榜―滂元
2 熊代初―能
3 桉元類尼西イ―鞍
1 若元類―若乃

4 シクシクキミヲ
4 アハヌモのカラ
4 ヒカリニイユケ ヒカリニイユク

〔三七〕

悲別歌

三一八〇（三一九四）浦毛無　去之君故　朝旦　本名焉恋　相跡者無杼

三一八一（三一九五）白細之　君之下紐　吾左倍尓　今日結　而名　将レ相日之為・

三一八二（三一九六）白妙之　袖之別者　雖レ惜　思乱而　赦鶴鴨　〔三八〕

三一八三（三一九七）京師辺　君者去之乎　孰解可　言紐乃緒乃　結手懈毛

三一八四（三一九八）草枕　客去君乎　人目多　袖不レ振為而　安万田悔毛

三一八五（三一九九）白銅鏡　手二取持而　見常不レ足　君尓所レ贈而　生跡文無

三一八六（三二〇〇）陰　夜之　田時毛不レ知　山越而　往座君乎者　何時・将レ待

三一八七（三二〇一）立名付　青垣山之　隔　者　数　君乎　言不レ問可聞

三一八八（三二〇二）朝霞　蒙　山乎　越而去者　吾波将レ恋奈　至二于相日一

三一八九（三二〇三）足檜乃　山者百重　雖レ隠　妹者不レ忘　直　相左右二

一云、雖レ隠　君乎思　苦　止時毛無

三一九〇（三二〇四）雲居有　海山超而　伊往名者　吾者将レ恋名　後者相宿友

三一九一（三二〇五）不欲恵八師　不レ恋登為杼　木綿間山　越去之公・之　所レ念良国　〔三九〕

三一九二（三二〇六）草蔭之　荒藺之埼乃　笠嶋乎　見乍可君之　山道超良無

一云、三坂越良牟

三一九三（三二〇七）玉勝間　嶋熊山之　夕晩　独　可君之　山道将レ越

3 左元類広紀—佐
3 惜元類広紀—借
4 紐乃元古広—紐
2 客元類尼西イ—谷
5 問元類西イ広—同
1 有元類—者
2 超—越類広
1 師元西イ—跡
5 超—越紀宮

一云、暮霧尓 長恋為乍 寐不レ勝可母

三一九四 三二〇八 気緒尓 吾念君者 鶏鳴 東方重坂乎 今日可越覧
（4 重—ナシ西イ紀宮）（2 アガオモフキミハ）

三一九五 三二〇九 磐城山 直越来益 礒埼 許奴美乃浜尓 吾立将レ待

三一九六 三二一〇 春日野之 浅茅之原尓 後居而 時其友無 吾恋良苦者
（4 時其—其時元類広）

三一九七 三二一一 住吉乃 崖尓向有 淡路嶋 何怜登君乎 不レ言日者无
（2 崖—岸類広）（4 何—阿元広宮）

三一九八 三二一二 明日従者 将レ行乃河之 出去者 留 吾者 恋乍也将レ有

三一九九 三二一三 海之底 奥者恐 礒廻従 水手運往為 月者雖ニ経・過一
（4 水元類広紀—水水）（4 こギめグリイマセ〔四〇〕）

三二〇〇 三二一四 飼飯乃浦尓 依流白浪 敷布二 妹之容儀者 所レ念香毛

三二〇一 三二一五 時風 吹飯乃浜尓 出居乍 贖命者 妹之為社

三二〇二 三二一六 柔田津尓 舟乗将レ為跡 聞之苗 如何毛君之 所レ見不レ来将レ有
（5 有元類西朱広—者）（1 ニキタヅニ）（5 ミえこザルラム）

三二〇三 三二一七 三沙呉居 渚尓居舟之 榜出去者 裏恋監 後者会宿友・
（3 去—ナシ元類広）（2 スニヲルフネの）

三二〇四 三二一八 玉葛 無恙行核 山菅乃 思乱而 恋乍将レ待
（2 恙元—怠）（2 サキクユカサネ）

三二〇五 三二一九 後居而 恋乍不レ有者 田籠之浦乃 海部有申尾 珠藻苅々

三二〇六 三二二〇 筑紫道之 荒礒乃玉藻 苅鴨 君久 待不レ来
（5 マテどキマサヌ）

三二〇七 三二二一 荒玉乃 年緒永 照月 不レ猒君八 明日別南

三二〇八 三二二二 久将レ在 君念尓 久堅乃 清月夜毛 闇夜耳見
（5 耳—所塙）（5 ヤみのヨニミユ〔所見〕）

三二〇九 三二二三 春日在 三笠乃山尓 居雲乎 出見毎 君乎之曽念・

1 檜 元類―檜木
歌 元広紀宮―ナシ
2 徙 陽近―徒
2 雨 元西貼紙紀―雨々
4 之 元類―之間

三二一〇 三二二四 足檜乃（アシヒきの）　片山雉（カタヤマキギシ）　立往牟（タチユカム）　君尓後而（キミニオクレテ）　打四鶏目八方（ウツシケめヤモ）

問答歌

三二一一 三二二五 玉緒乃（タマのヲの）　徙心哉（ウツシごころヤ）　八十梶懸（ヤソカカけ）　水手出牟船尓（コギデムフネニ）　後而将レ居（オクレテヲラム）

三二一二 三二二六 八十梶懸（ヤソカカけ）　嶋隠去者（シマガクリナバ）　吾妹児之（ワギモコガ）　留登将レ振（とマレとフラム）　袖不レ所レ見可聞（ソデミえジカモ）

右二首。

三二一三 三二二七 十月（カムナヅき）　鍾礼乃雨丹（シグレのアめニ）　沾乍哉（ヌレツツカ）　君之行疑（キミガユクラム）　宿可借疑（ヤドカカルラム）

三二一四 三二二八 十月（カムナヅき）　雨間毛不レ置（アママモオカズ）　零尓西者（フリニセバ）　誰里之（イヅレのサトの）　宿可借益（ヤドカカラマシ）

右二首。

三二一五 三二二九 白妙乃（シロタへの）　袖之別乎（ソデのワカレヲ）　難見為而（カタミシテ）　荒津之浜（アラツのハマニ）　屋取為鴨（ヤどリスルカモ）

三二一六 三二三〇 草枕（クサマクラ）　羈行君乎（タビユクキミヲ）　荒津左右（アラツマデ）　送来（オクリそキヌル）　飽不レ足社（アキダラネこそ）

右二首。

三二一七 三二三一 荒津海（アラツのウミ）　吾幣奉（ワレヌサマツリ）　将レ斎（イハヒテム）　早還座（ハヤカへリマセ）　面変不レ為（オモガハリセズ）

三二一八 三二三二 旦々（アサナサナ）　筑紫乃方乎（ツクシのカタヲ）　出見乍（イデミツツ）　哭耳吾泣（ネのみそアガナク）　痛毛為便無三（イタモスベナミ）

右二首。

三二一九 三二三三 豊国乃（とよクニの）　聞之長浜（キクのナガハマ）　去晩（ユキクラシ）　日之昏去者（ヒのクレユけバ）　妹食序念（イモヲシぞオモフ）

三二二〇 三二三四 豊国能（とよクニの）　聞乃高浜（キクのタカハマ）　高々二（タカタカニ）　君待夜等者（キミマツヨラハ）　左夜深来（サヨフけニケリ）

右二首。

〔四一〕
1 カみナヅき
1 カみナヅき
〔四二〕
4 ネのみアガナク
4 ヒのクレヌレバ

萬葉集巻第十二

萬葉集巻第十三

〔一〕

萬葉集巻第十三

雑歌

三二二一 三二三五　冬木成　春去来者　朝尓波　白露置　夕尓波　霞多奈妣久　汗瑞能振　樹奴礼我之多尓　鶯鳴母

右一首。

三二二二 三二三六　三諸者　人之守山　本辺者　馬酔木花開　末辺方　椿花開　浦妙　山曽　泣児守山

右一首。

三二二三 三二三七　霹靂之　日香天之　九月之　鍾礼乃落者　鴈音文　未来鳴　甘南備乃　清三田屋乃　垣津田乃　池之堤之　百不足　五十槻枝丹　水枝指　秋赤葉　真割持　小鈴文由良尓　手弱女尓　吾者有友　引攀而　峯文十遠仁　捄手折　吾者持而往　公之頭刺荷

反歌

三二二四 三二三八　独耳　見者恋染　神名火乃　山黄葉　手折来君

右二首。

三二二五 三二三九　天雲之　影塞所見　隠来笑　長谷之河者　浦無蚊　船之依不来　礒無蚊　海部之釣不為　吉咲八師　浦者無友　吉画矢寺　礒者無友　奥津浪　諍榜入来　白水郎之釣船

1 木天元類広—不
2 日—阿新大系
2 杳大系—香
4 鍾天類—鐘
12 五十考—卅
16 文天元—父
20 峯—朶注釈　条新大系
2 塞砂天元広—寒
14 諍—浄天類原　古

〔二〕
4 シラツユオク
7 定訓ナシ
3 モとヘハ
4 アシビハナサク
5 スヱヘハ
2 クモラフソラの　ハタタク〔阿香〕ソラの
12 ミソ〔卅〕ツきガえニ
20 えダ（スヱ・ウレ）モとヲヲニ・えダ〔朶・条〕モとヲヲニ

〔三〕
14 キホヒこギリこ

1 邪—耶古
18 香砂天—香
之
23 乃—之砂
4 玉天元類広—
王
3 経流—流経天元類広
4 栰(栰)西貼紙
イ—栰

反歌

三三二六 三二四〇 沙邪礼浪　浮而流　長谷河　可レ依礒之　無蚊不怜也

右二首。・

三三二七 三二四一 葦原笑　水穂之国丹　手向為跡　天降座兼　五百万　千万神之　神代従　云続来在　甘南備乃　三諸山者　春去者　春霞立　秋往者　紅　丹穂経　甘嘗備乃　三諸乃神之　帯為　明日香河之　水尾速　生多米難　石枕　蘿生左右二　新夜乃　好去通牟　事計　夢尓令レ見社　剣刀　斎祭　神二師座者

反歌

三三二八 三二四二 神名備能　三諸之山丹　隠蔵杉　思将レ過哉　蘿生・左右

三三二九 三二四三 五十串立　神酒座奉　神主部之　雲聚玉蔭　見者乏文

右三首。但、或書、此短歌一首無レ有レ載レ之也。

三三三〇 三二四四 帛叩　楢従出而　水蓼　穂積至　鳥網張　坂手乎過　石走　甘南備山丹　朝宮　仕奉而　吉野部登　入座見者　古所レ念

反歌・

三三三一 三二四五 月日　摂　友　久経流　三諸之山　礪津宮地

右二首。但、或本歌曰、故王都　跡津宮地也。

三三三二 三二四六 斧取而　丹生檜山　木折来而　栰尓作　二梶貫　礒榜廻乍　嶋伝　雖レ見不レ飽　三吉野乃　滝動〻　落白浪

7 カみよヨリ
12 ハルカスミタツ
13 アキサレバ
26 イめニミえこそ
3 こモルスぎ
〔四〕
3 カムヌシガ
カムヌシの
1 ツきモヒモ
5 トツミヤどころ
5イ *とツミヤどころ

反歌

三二三三（三二四七）　三芳野(ミよシノの)　滝動々(タキモとどろニ)　落(オツル)白浪(シラナミ)　留西(とマリニシ)　妹見西巻(イモニミセマク)　欲(ホシキ)白浪(シラナミ)・

5 西天類―ナシ

右二首。

三二三四（三二四八）　八隅知之(ヤスミシシ)　和期大皇(ワごオホキミ)　高照(タカテラス)　日之皇子之(ヒのミコの)　聞食(キこシヲス)　御食都国(ミけツクニ)　神風之(カムカゼの)　伊勢乃国者(イセのクニハ)　国(クニ)見者之毛(ミレバシモ)　山見者(ヤマミレバ)　高(タカク)貴(タフトシ)之　河見者(カハミレバ)　左夜気久清之(サやけクキヨシ)　水門成(ミナトナス)　海毛広之(ウミモヒろシ)　見渡(ミワタス)　嶋(シマモ)名高之(ナダカシ)　己許乎志毛(ここヲシモ)　間細(マグハシ)　美香母(ミカモ)　挂巻毛(カけマクモ)　文尓恐(アヤニカシコキ)　山辺乃(ヤマのへの)　五十師乃原尓(イシのハラニ)　内日(ウチヒ)刺(サス)　大宮都可倍(オホミヤツカヘ)　朝日奈須(アサヒナス)　目細毛(マグハシモ)　暮日奈須(ユフヒナス)　浦細毛(ウラグハシモ)　春山之(ハルヤマの)　四名比盛而(シナヒサカエテ)　秋(アキ)山之(ヤマの)　色名付思吉(イろナツカシキ)　百・礒城之(モモシきの)　大宮人者(オホミヤヒとハ)　天地与(アめツチと)　日月共(ヒツきとともニ)　万代尓母我(よろヅよニモガ)

〔五〕

5 キこシメス
15 ウミモユタけシ
16 ミワタシの
17 シマモナタカシ
36 アめツチと

反歌

三二三五（三二四九）　山辺乃(ヤマのへの)　五十師乃御井者(イシのミキハ)　自然(オのヅカラ)　成錦乎(ナレルニシキヲ)　張流山可母(ハレルヤマカモ)

右二首。

4 常―寧宮京
9 隴元―滝（瀧）

三二三六（三二五〇）　空見津(ソラミツ)　倭国(ヤマとのクニ)　青丹吉(アヲニよシ)　常山越而(ナラヤマコえテ)　山代之(ヤマシろの)　管木之原(ツツきのハラ)　血速旧(チハヤブル)　于遅乃渡(ウヂのワタリ)　隴屋之(ヲカのヤの)　阿後尼之原尾(アゴネのハラヲ)　千歳尓(チとセニ)　闕事無(カクルことナク)　万歳尓(よろヅよニ)　有通将得(アリガヨハムと)　山科之(ヤマシナの)　石田之・社之(イハタのモリの)　須馬神(スメカみ)尓(ニ)　奴左取向而(ヌサトリムけテ)　吾者越往(アレハコえユク)　相坂山遠(アフサカヤマヲ)

9 タキ〔滝〕のヤの
〔六〕
19 ワレハコえユク

或本歌曰、

1 青天元広宮―丹
8 糸（絲）―綵　元墨
14 曽天元広紀―雷

三二三七（三二五一）　緑青吉(アヲニよシ)　平山過而(ナラヤマスぎテ)　物部之(もののフの)　氏川渡(ウヂカハワタリ)　未通女等尓(ヲとメラニ)　相坂山丹(アフサカヤマニ)　手向草(タムけクサ)　糸取置而(ヌサトリオキテ)　我妹子尓(ワギモコニ)　相海之海之(アフミのウミの)　奥浪(オキツナミ)　来因浜辺乎(キよルハマヘヲ)　久礼々々登(クレクレと)　独曽我来(ヒとリそアガクル)　妹之目乎欲(イモガめヲホリ)

反歌・

4 耶天元広—邪
12 18 比天元広宮—此
8 竿天元西ィ広—竿
2 難—歎考
者天元西原広—ナシ

三二三八〔三二五二〕 相坂乎　打出而見者　淡海之海　白木綿花尓　浪立渡

右三首。

三二三九〔三二五三〕 近江之海　泊八十有　八十嶋之　嶋之埼耶伎　安利立有　花橘乎　末枝尓　毛知引　懸　仲枝尓　伊加流我懸　下枝尓　比米乎懸　己之母乎　取久乎不レ知　己之父乎　取久乎思良尓　伊蘇婆比座与　伊可流我等比米登・

右一首。

三二四〇〔三二五四〕 王　命恐　雖レ見不レ飽　楢山越而　真木積　泉　河乃　速瀬　竿刺渡　千速振　氏　渡乃　多企都瀬乎　見乍渡而　近江道乃　相坂山丹　手向為　吾越往者　楽浪乃　志我能韓埼　幸有者　又反見　道前　八十阿毎　嗟乍　吾過往者　弥遠丹　里離　来奴　弥高二　山文越来奴　剣刀　鞘従抜出而　伊香胡山　如何吾将レ為　往辺不レ知　而・

反歌

三二四一〔三二五五〕 天地乎　難乞禱　幸有者　又反見　思我能韓埼

右二首。但、此短歌者或書云、穂積朝臣老配二於佐渡一之時作歌者也。*

三二四二〔三二五六〕 百岐年　三野之国之　高北之　八十一隣之宮尓　日向尓　行靡闕矣　有登聞而　吾通　道之　奥十山　三野之山　靡得　人雖レ跡　如此依等　人雖レ衝　無レ意山之　奥礒山　三野之山・

右一首。

2 ウチイデテミレバ

〔七〕

2 ナゲキ〔歎〕こヒのミ

1 モモキネの
6 定訓ナシ
8 ワガカヨヒヂの

〔八〕

2 麻 天元類広―床
9 彼 類―波
10 升 天元類―舛

三二四三 三二五七 処女等之　麻笥垂有　續麻成　長門之浦丹　朝奈祇尓　満来塩之　夕奈祇尓　依来波乃　彼塩乃　伊夜益升二　彼浪乃　伊夜敷布二　吾妹子尓　恋乍来者　阿胡乃海之　荒礒之　於丹　浜菜採　海部処女等　纓有　領巾文光蟹　手二巻流　玉毛湯良羅尓　白栲乃　袖振所レ見津　相思羅霜

反歌・

三二四四 三二五八 阿胡乃海之　荒礒之上之　小浪　吾恋者　息時毛無

右二首。

9 早 元―早

三二四五 三二五九 天橋文　長雲鴨　高山文　高雲鴨　月夜見乃　持有越水　伊取来而　公奉而　越得之早物

反歌

4 公 天元類広―君

三二四六 三二六〇 天有哉　月日如　吾思有　公之日異　老落惜文

右二首。・

三二四七 三二六一 沼名河之　底奈流玉　求而　得之玉可毛　拾而　得之玉可毛　安多良思吉　君之　老落惜毛　〔九〕

右一首。

相聞

9 目 元類―自

三二四八 三二六二 式嶋之　山跡之土丹　人多　満而雖レ有　藤浪乃　思纏　若草乃　思就西　君目二

19 ウナガセル
1 アマバシモ
4 ミチテハアレどモ
6 オモヒマツハレ

恋八将レ明　長此夜乎

反歌

三二四九 三二六三 式嶋乃　山跡乃土丹　人二　有年念者　難可将レ嗟・

右二首。

三二五〇 三二六四 蜻嶋　倭之国者　神柄跡　言挙不レ為国　雖レ然　吾者事上為　天地之　神文甚　吾念　心不レ知哉　往影乃　月文経往者　玉限　日文累　念戸鴨　胸不レ安　恋烈鴨　心痛　末遂尓　君丹不レ会者　吾命乃　生　極　恋乍文　吾者将レ度　犬馬鏡　正目君乎　相見天者社　吾恋八鬼目

反歌・

三二五一 三二六五 大舟能　思憑　君故尓　尽心者　惜雲梨

三二五二 三二六六 久堅之　王都乎置而　草枕　羈往君乎　何時可将レ待

柿本朝臣人麻呂歌集歌曰、

三二五三 三二六七 葦原　水穂国者　神在随　事挙不レ為国　雖レ然　辞挙叙吾為　言幸　真福座跡　恙無　福座者　荒礒浪　有毛見登　百重波　千重浪尓敷　言上為吾　言上為吾

反歌・

三二五四 三二六八 志貴嶋　倭国者　事霊之　所レ佐国叙　真福在与具

右五首。

三二五五 三二六九 従レ古　言続来口　恋為者　不安物登　玉緒之　継而者雖レ云　処女等之　心乎胡粉

8 文天元広紀―父
23 文天元広紀―父
5 惜―悋砂元墨
16 言上為吾天元類広―ナシ
4 佐―佑元

6 ワレハことアげス
12 つきモヘヌレバ
16 ムネのクルシキ
24 ワレハワタラム
26 マサめニキミヲ

〔一〇〕

15 16 ことアげスワレハ
4 サキハフ〔佑〕クニぞ

12方砂天元—号

其将レ知　因之無者　夏麻引　命方貯　借薦之　心文小竹荷　人不レ知　本名曽恋流

気之緒丹四天

反歌

4文砂天元広—父

三二七六 三二七〇 数〻丹　不レ思人叵　雖レ有　蹔文吾者　忘枝沼鴨

三二七七 三二七一 直不レ来　自レ此巨勢道柄　石椅跡　名積序吾来　恋天窮見

或本、以二此歌一首一、為二之紀伊国之　浜尓縁云　鰒珠　拾尓登謂而　往之君　何

但天元広紀—ナシ

時到来　歌之反歌一也。具見レ下也。*但依二古本一亦累載レ茲。

右三首。

三二七八 三二七二 荒玉之　年者来去而　玉梓之　使之不レ来者　霞立　長春日乎　天地丹　思足椅　帯

14少天元西原広—乎

乳根笑　母之養蚕之　眉隠　気衝渡　吾恋　心中少　人丹言　物西不レ有者　松根

松事遠　天伝　日之闇者　白木綿之　吾衣袖裳　通手沾沼

反歌

三二七九 三二七三 如是耳師　相不レ思有者　天雲之　外衣君者　可レ有〻来

右二首。

1治天元類—沼

三二八〇 三二七四 小治田之　年魚道之水乎　間無曽　人者挹云　時自久曽　人者飲云　挹人之　無レ間

之如　飲人之　不レ時之如　吾妹子尓　吾恋良久波　已時毛無

反歌

三二八一 三二七五 思遣　為便乃田付毛　今者無　於レ君不レ相而　年之歴去者

3 アラめどモ
4 シマシモアレハ
〔一一〕
2 ハマニよルとフ
2 とシハキサリテ
15 ヒとニイハム
22 アガころモデモ
3 ヒマナクそ
4 ヒとハクムとフ
〔一二〕
6 ヒとハのムとフ
8 ヒマナキガごと
マナキガごとく
5 とシのへユけバ

今案、此反歌謂二之於一レ君不レ相者、於レ理不レ合也。宜レ言二於レ妹不一レ相也。

或本反歌曰、

三二六二 三二七六 楉垣　久　時従　恋為者　吾帯緩　朝夕毎

右三首。

三二六三 三二七七 己母理久乃　泊瀬之河之　上瀬尓　伊杭乎打　下湍尓　真杭乎挌　伊杭尓波　鏡乎懸　真杭尓波　真玉乎懸　真珠奈須　我念妹毛　鏡成　我念妹毛　有跡謂者社　国尓毛　家尓毛由可米　誰故可将レ行

検二古事記一曰、件歌者、木梨之軽太子自死之時所レ作者也。

反歌

三二六四 三二七八 年渡　麻弖尓毛人者　有云乎　何時之間曽母　吾恋尓来

或書反歌曰、

三二六五 三二七九 世間乎　倦迹思而　家出為　吾哉難二加　還而将レ成

右三首。

三二六六 三二八〇 春去者　花咲乎呼里　秋付者　丹之穂尓黄色　味・酒乎　神名火山之　帯丹為留　明日香之河乃　速瀬尓　生玉藻之　打靡　情者因而　朝露之　消者可レ消　恋久毛　知久毛相　隠都麻鴨

反歌

三二六七 三二八一 明日香河　瀬湍之珠藻之　打靡　情者妹尓　因来鴨

18 タガユヱカイカム
12 14 アガオモフイモ　モ
〔一三〕
4 ニのホニホフ
11 ウチナビク
3 ウチナビク
5 因 天元類広―自

右二首。

三二六八（三二八二）　三諸之　神奈備山従　登能陰　雨者落来奴　雨霧・相　風左倍吹奴　大口乃　真神之原従　思管　還尓之人　家尓到伎也　〔一四〕

反歌

三二六九（三二八三）　還尓之　人乎念等　野干玉之　彼夜者吾毛　宿毛寐金手寸

右二首。

三二七〇（三二八四）　刺将レ焼　小屋之四忌屋尓　掻将レ棄　破薦乎敷而　所挌将レ折　鬼之四忌手乎　指易而　将レ宿君故　赤・根刺　昼者終尓　野干玉之　夜者須柄尓　此床乃　比師跡鳴左右　嘆鶴鴨

反歌

三二七一（三二八五）　我情　焼毛吾有　愛八師　君尓恋毛　我之情柄

右二首。

三二七二（三二八六）　打延而　思之小野者　不レ遠　其里人之　標結等　聞手師日従　立良久乃　田付毛不レ知　居久乃　於久鴨不レ知　親之　己之家尚乎　草枕　客宿之如久　思・空　不安物乎　嗟空　過之不レ得物乎　天雲之　行莫々　蘆垣乃　思乱而　乱麻乃　麻笥乎無登　吾恋流　千重乃一重母　人不レ令レ知　本名也恋牟　気之緒尓為而　〔一五〕

反歌

三二七三（三二八七）　二無　恋乎思為者　常帯乎　三重可レ結　我身者成

5 寐天元広紀—寤

5 挌天ィ元—掻

11 之類—ミ

12 之天元広—ナシ

24 麻笥—司天元類広

3 カキステム

1 ワガこころ

24 ツカサ〔司〕ヲナミと

右二首。

三二七四　三二八八

為須部乃　田付叫不レ知　石根乃　興凝敷道乎　石・床笑　根延門叫　朝庭　出居而
嘆　夕庭　入居而思　白栲乃　吾衣袖叫　折反　独之寐者　野干玉　黒髪布而　人
寐　味眠不レ睡而　大舟乃　往良行羅二　思乍　吾睡夜等呼　読文将レ敢鴨

反歌

三二七五　三二八九

一眠　夜笇跡　雖レ思　恋茂二　情利文梨

右二首。

三二七六　三二九〇

百不レ足　山田道乎　浪雲乃　愛　妻跡　不レ語　別之来・者　速川之　往文不レ知　衣
袂笑　反裳不レ知　馬自物　立而爪衝　為須部乃　田付乎白粉　物部乃　八十乃心叫
天地二　念足橋　玉相者　君来益八跡　吾嗟　八尺之嗟　玉桙乃　道来人乃　立留
何常問者　答遣　田付乎不レ知　散釣相　君名曰者　色出　人可レ知　足日木能　山
従出　月待跡　人者云而　君待吾乎

反歌・

三二七七　三二九一

眠不レ睡　吾思君者　何処辺　今夜誰与可　雖レ待不レ来

右二首。

三二七八　三二九二

赤駒　厩立　黒駒　厩立而　彼乎飼　吾往如　思妻　心乗而　高山　峯之手折
丹　射目立　十六待如　床敷而　吾待公　犬莫吠行年

反歌

7 庭—庭丹元広宮
23 文砂元類広—父
23 枠天元右類広—杵
32 可元右類広紀—不
4 夜考—身
14 公天元類広—君

12 アガころモデヲ
〔一八〕 4 ウルハシヅマと
8 ユキモシラニ
10 カヘリモシラニ
21 アガナげク
30 キミガナのラバ
2 アガオモフキミハ
6 ワガユクガごと
12 シシマツガごと

三二七九 三二九三 葦垣之　末掻別而　君越跡　人丹勿告　事者棚知

右二首。

〔一七〕

三二八〇 三二九四 妾背児者　雖レ待来不レ益　天原　振左気見者　黒玉之　夜毛深去来　左夜深而　荒風乃吹者　立待留　吾袖尓　零雪者　凍渡奴　今更　公来座哉　左奈葛　後毛相得　名草武類　心乎持而　二袖持　床打払　卯管庭　君尓波不レ相　夢谷　相跡所レ見社　天之足夜乎

或本歌曰、

三二八一 三二九五 吾背子者　待跡不レ来　鴈音文　動而寒　烏玉乃　宵文深去来　左夜深跡　阿下乃吹者　立待尓　吾衣袖尓　置霜文　氷丹左叡渡　落雪母　凍渡奴　今更　君来目八　左奈葛　後文将レ会常　大舟乃　思憑迹　現庭　君者不レ相　夢谷　相所レ見欲　天之足夜尓

反歌

三二八二 三二九六 衣袖丹　山下吹而　寒夜乎　君不レ来者　独鴨寐

三二八三 三二九七 今更　恋友君二　相目八毛　眠夜乎不レ落　夢所レ見欲

右四首。

〔一八〕

三二八四 三二九八 菅根之　根毛一伏三向凝呂尓　吾念有　妹尓縁而者　言之禁毛　無在乞常　斎戸乎　石相穿居　竹珠乎　無レ間貫垂　天地之　神祇乎曽吾祈　甚毛為便無見

今案、不レ可レ言三之因レ妹者一。応レ謂三之縁レ君也。何則反歌云三公之随意一焉。

---

1 妾 天元広紀—安
9 待留 新校—留待
19 二 塙—三
25 乎 天元類広—于
3 文 天元右類紀—毛
2 二 天元広—尓

〔一七〕
9 10 タチどマリ〔留〕マツ〔待〕ワガソデニ
10 アガころモデニ
25 アめのタリヨニ　アめのタルヨニ
10 アガころモデニ
12 ヒニサえワタル
25 アめのタルヨニ
2 ヤマオろシフキテ
〔一八〕
5 ことのサヘモ

反歌

三二八五（三二九九）　足千根乃　母尓毛不レ謂　褁有之　心者縦　公之随意

或本歌曰、

三二八六（三三〇〇）　玉手次　不レ懸時無　吾念有　君尓依者　倭文幣乎　手取持而　竹珠叩　之自二貫垂　天地之　神叩曽吾乞　痛毛須部奈見

反歌・

三二八七（三三〇一）　乾坤乃　神乎禱而　吾恋　公以必　不レ相在目八方

〔一九〕

或本歌曰、

三二八八（三三〇二）　大船之　思憑而　木妨己　弥遠長　我念有　君尓依而者　言之故毛　無有欲得　木綿手次　肩荷取懸　忌戸乎　斎穿居　玄黄之　神祇二衣吾祈　甚毛為便無見

右五首。

三二八九（三三〇三）　御佩乎　剣池之　蓮葉尓　渟有水之　往方無　我為・時尓　応レ相登　相有君乎　莫寐等　母寸巨勢友　吾情　清隅之池之　池底　吾者不レ忘　正相左右二

反歌

三二九〇（三三〇四）　古之　神乃時従　会計良思　今心文　常不レ所レ忘

右二首。

三二九一（三三〇五）　三芳野之　真木立山尓　青生　山菅之根乃　慇懃　吾念君者　天皇之　遣之万ゝ　或本云、王　命恐　夷離　国治尓登　或本云、天疎　夷治尓等　群鳥之　朝立行者　後有　我可・将レ恋奈

〔二〇〕

---

5 公天元広紀―君
1 次天元広―吹
3 妨元類広―始
14 忘童蒙―忍
5 忘代精一案―念

2 ハハニモイハズ
3 アヲカヅラ
6 アガスルとキニ
11 ワガこころ
14 ワレハワスレズ
6 アガオモフキミハ

客有者　君可将レ思　言牟為便　将レ為須便不レ知　或書、有二足日木山之木末尓句一也。　延津田乃　帰之
或本、無二帰之句一也。　別之数　惜物可聞

反歌

三二九二（三三〇六）　打蟬之　命乎長　有社等　留吾者　五十羽旱将レ待

右二首。

三二九三（三三〇七）　三吉野之　御金高尓　間無序　雨者落云　不レ時曽　雪者落云　其雨　無レ間如　彼
雪　不レ時如　間不レ落　吾・者曽恋　妹之正香尓

反歌

三二九四（三三〇八）　三雪落　吉野之高二　居雲之　外丹見子尓　恋度可聞

右二首。

三二九五（三三〇九）　打久津　三宅乃原従　当土　足迹貫　夏草乎　腰尓魚積　如何有哉　人子故曽　通簀
文吾子　諾ゝ名　母者不レ知　諾ゝ名　父者不レ知　蜷腸　香黒髪丹　真・木綿持
阿耶左結垂　日本之　黄楊乃小櫛乎　抑刺　色細子　彼曽吾孋

反歌

三二九六（三三一〇）　父母尓　不レ令レ知子故　三宅道乃　夏野草乎　菜積来鴨

右二首。

三二九七（三三一一）　玉田次　不レ懸時無　吾念　妹西不レ会波　赤根刺　日者之弥良尓　烏玉之　夜者酢辛二
眠不レ睡尓　妹・恋丹　生流為便無

---

3 当（當）天元類広―常
9 文天元類広―父
17 耶天元広―邪
21 色大島信生―卜新校　ゝ

---

4 とマレルアレハ
2 ミカネガタけニ
3 ヒマナクぞ
4 アめハフルとフ
6 ユキハフルとフ
8 ヒマナキガごとく
11 ヒマモオチズ
9 カヨハスモアゴ
〔二一〕
21 ウラ〔ト〕グハシコ
3 アガオモフ

反歌

三二九八 縦恵八師　二々火四吾妹　生友　各鑿社吾　恋度七目

右二首。

三二九九 見渡尓　妹等者立志　是方尓　吾者立而　思虚　不レ安国　嘆虚　不レ安国　左丹㴱之　小舟毛鴨　玉纏之　小櫂毛鴨　榜渡　乍毛　相語妻遠・

或本歌頭句云、己母理久乃　波都世乃加波乃　乎知可多尓　伊母良波多々志　己乃加多尓　和礼波多知弖

右一首。

三三〇〇 忍照　難波乃埼尓　引登　赤曽朋舟　曽朋舟尓　綱取繋　引豆良比　有双雖レ為　曰豆良賓　有双雖レ為　有双不レ得叙　所レ言西我身

右一首。・

三三〇一 神風乃　伊勢乃海之　朝奈伎尓　来依深海松　暮奈芸尓　来因俣海松　深海松乃　深目師吾乎　俣海松乃　復去反　都麻等不レ言登可聞　思保世流君

右一首。

三三〇二 紀伊国之　室之江辺尓　千年尓　障事無　万世尓　如是将レ在登　大舟之　思恃而　出立之　清瀲尓　朝名寸二　来依深海松　夕難岐尓　来依縄法　深海・松之　深目思子等遠　縄法之　引者絶登夜　散度人之　行之屯尓　鳴児成　行取左具利　梓弓々腹振起　志乃岐羽矣　二手挟　離兼　人斯悔　恋思者

2 乃天元類広—之
11 聞—ナシ温陽
6 在天元類広—有
24 々天元広紀—弓

13 こギワタリツツ・〔毛〕
14 カタラフツマヲ
〔三二〕
12 イハえニシアガみ
11 ツマとイハジとカ・〔聞〕
〔三三〕
18 ヒけバタユとヤ
24 ユバラフリタテ

右一首。

三三〇三 三三一七　里人之　吾丹告楽　汝恋　愛妻者　黄葉之　散乱有　神名火之　此山辺柄 或本云、彼山辺　烏玉之　黒馬尓乗而　河瀬乎　七湍渡而　裏触而　妻者会登　人曽告鶴・

反歌

三三〇四 三三一八　不レ聞而　黙然有益乎　何如文　公之正香乎　人之告鶴

右二首。

問答

三三〇五 三三一九　物不レ念　道行去毛　青山乎　振放見者　茵花　香未通女　桜花　盛未通女　汝乎曽母　吾丹依云　吾叫毛曽　汝丹依云　荒山毛　人師依者　余所留跡序・云　汝心勤

反歌

三三〇六 三三二〇　何為而　恋止物序　天地乃　神乎祷迹　吾八思益

三三〇七 三三二一　然有社　年乃八歳叫　鑚髪乃　吾同子叫過　橘　末枝乎過而　此河能　下文長　汝情待

反歌

三三〇八 三三二二　天地之　神尾母吾者　祷而寸　恋云物者　都不レ止来・

柿本朝臣人麻呂之集歌

三三〇九 三三二三　物不レ念　路行去裳　青山乎　振酒見者　都追慈花　尓太遥越売　作楽花　佐可遥越売

2 黙広紀―點
4 公天元広紀―君
8 文天元類右広―父

4 ウルハシヅマハ
10 ワレニよスとフ
12 ナレニよスとフ
〔一四〕
4 コひとフモのハ
5 サネヤマズケリ

汝乎叙母　吾尓依云　吾乎叙物　汝尓依云　汝者如何念也　念社　歳八年乎　斬髪　与知子乎過　橘　之　末枝乎須具里　此川之　下　母長久　汝心待

右五首。

三三一〇（三三二四）　隠口乃　泊瀬乃国尓　左結婚丹　吾来　者　棚雲利・雪者零来　左雲理　雨者落来　野鳥　雉　動　家鳥　可鶏毛鳴　左夜者明　此夜者昶奴　入而且将レ眠　此戸開　為

反歌

三三一一（三三二五）　隠来乃　泊瀬小国丹　妻有者　石者履友　猶来ゝ

三三一二（三三二六）　隠　口乃　長谷小国　夜延為　吾天皇寸与　奥床仁　母者睡有　外床丹　父者寐有　起立者　母可レ知　出　行者　父可レ知　野干玉之　夜者昶去奴　幾許雲　不ニ・念如一　隠孋香聞

反歌

三三一三（三三二七）　川　瀬之　石迹渡　野干玉之　黒馬之来夜者　常二有沼鴨

右四首。

三三一四（三三二八）　次嶺経　山背道乎　人都末乃　馬従行尓　己夫之　歩従行者　毎レ見　哭耳之所レ泣　曽許思　尓　心　之痛之　垂乳根之　母之形見跡　吾持有　真十見鏡尓・蜻　領巾　負並持而馬替吾背

反歌

三三一五（三三二九）　泉　川　渡　瀬深見　吾世古我　旅行衣　蒙沾　鴨

13 玉 天元類広―　王

1 川 天元類紀―　河

12 ナレニよスとフ　10 ワレニよスとフ

〔二五〕　6 ユキハフリキ　10 キギシハとよミ

4 ワガスメろキよ　11 イデテユカバ　16 オモフごとナラヌ

4 クロのクルヨハ　クロマのクヨハ

9 そこモフニ　〔二六〕

5 ヌレヒタムカモ

或本反歌曰、

三三一六　清鏡　雖レ持吾者　記無　君之歩行　名積去見者

三三一七　馬替者　妹歩行将レ有　縦恵八子　石者雖レ履　吾二行

右四首。

3 鰒　天元類広―蝮

三三一八　木国之　浜因云　鰒珠　将レ拾跡云而　妹乃山　勢能山越而　行之君　何時来座跡　玉桙之　道尓出立　夕卜乎　吾問之可婆　夕卜之　吾尓告良久　吾妹児哉　汝待君者　奥浪　来因白珠　辺浪之　縁流白珠　求跡曽　君之不二来益一　拾登曽　公者不二来益一　久有　今七日許　早有者　今二日許　将レ有等曽　君者聞之二々　勿恋吾妹

反歌

三三一九　杖衝毛　不レ衝毛吾者　行目友　公之将レ来　道之不レ知苦

三三二〇　直不レ往　此従巨勢道柄　石瀬踏　求曽吾来　恋而為便奈見

三三二一　左夜深而　今者明奴登　開レ戸手　木部行君乎　何時可将レ待

三三二二　門座　郎子内尓　雖レ至　痛之恋者　今還金

右五首。

譬喩歌

三三二三　師名立　都久麻左野方　息長之　遠智能小菅　不レ連尓　伊苅持来　不レ敷尓　伊苅持来　而　置而　吾乎令レ偲　息長之　遠智能子菅

2 モテレどワレハ
5 ワガフタリユカム
2 ハマニよルとフ
22 キミハキマサヌ
25 ヒサニアラバ
27 ハヤクアラバ
〔二七〕
1 タダニユカズ
4 とめそアガこし
3 トヨアけテ
10 アレヲシノハス

右一首。

挽歌

三三二四（三三一八）挂纏毛　文恐　藤原　王都志弥美尓　人下　満雖ㇾ有　君下　大座常　往向　年緒長　仕来　君之御門乎　如ㇾ天　仰而見乍　雖ㇾ畏　思憑而　何時可聞　日足座而　十五月之　多田波思家武登　吾思　皇子命者　春避者　殖槻於之　遠人待之下道湯　登之而　国見所ㇾ遊　九月乃　四具礼乃秋者　大殿之　砌志美弥尓　露負而　靡　芽乎　珠手次　懸而所ㇾ偲　三雪零　冬朝者　刺楊　根張梓矣　御手二所ㇾ取賜而　所ㇾ遊　我王矣　烟立　春日暮　喚犬追馬鏡　雖ㇾ見不ㇾ飽者　万歳如是霜欲得常　大船之　憑有時尓　涙言　目鴨迷　大殿矣　振放見者　白細布　餝奉而　内日刺　宮舎人方　一云、者　雪穂　麻衣服者　夢鴨　現前鴨跡　雲入夜之迷　間　朝裳吉　城於道従　角障経　石村乎見乍　神葬　〻奉者　往道之　田付叫不ㇾ知　雖ㇾ思　印乎無見　雖ㇾ歎　奥香乎無見　御袖　往触之松矣　言不ㇾ問　木雖ㇾ在　荒玉之　立月毎　天原　振放見管　珠手次　懸而思　名　雖二恐有一

反歌・

三三二五（三三一九）角障経　石村　山丹　白栲　懸有雲者　皇　可聞

右二首。

三三二六（三三二〇）礒城嶋之　日本　国尓　何方　御念食可　津礼毛無　城上宮尓　大殿乎　都可倍奉　而

18 日広紀―曰
30 乃天元類広―之
34 芽天元類広―芽子
35 手天元類広―多
5 皇―吾王考

〔二一八〕
6 ミチテハアレど
44 ワガオホキミヲ
48 ミレどモアカネバ
53 ナクワレの
66 マトヘル（アヒダニ）マトフアヒダニ
82 きニハアリとモ
89 カシコク（アリとモ）カシコカレどモ
〔二一九〕
5 ワガオホキミ（吾王）カモ・スメラミコカモ

18 侍略解—待
22 摩天元類広—磨

8 10 曰戸大系—矣全集 釈注 言新大系早

12 言—足略解 宣長説

53 鴨元紺類広宮—鳴

殿隠ゝ座者　朝者　召而使　夕者　召而使　遣之　舎人之子等者　行鳥之
群而侍　有雖ㇾ待　不二召賜一者　剣刀　磨之心乎　天雲尓　念散之　展転　土打哭
杼母　飽不ㇾ足可聞

右一首。

三三二七 百小竹之　三野王　金厩　立而飼駒　角厩　立而飼駒　草社者　取而飼　曰戸　水
社者　提而飼　曰戸　何然　大分青馬之　鳴立鶴

右一首。

反歌

三三二八 衣袖　大分青馬之　嘶音　情有凫　常従異鳴

右二首。

三三二九 白雲之　棚曳国之　青雲之　向伏国乃　天雲　下有人者　妾耳鴨　君尓恋濫　吾耳鴨
夫君尓恋礼薄・天地　満ㇾ言　恋鴨　胸之病有　念鴨　意之痛　妾恋叙　日尓異尓
益　何時橋物　不ㇾ恋時等者　不ㇾ有友　是九月乎　吾背子之　偲丹為与得　千世尓物
偲渡登　万代尓　語都我部等　始而之　此九月之　過莫呼　伊多母為便無見　荒
玉之　月乃易者　将ㇾ為須部乃　田度伎乎不ㇾ知　石根之　許凝敷道之　石床之　根
延門尓　朝庭　出座而嘆　夕庭　入座恋乍　烏玉之　黒髪敷而　人寐　味寐者不
ㇾ宿尓　大船之　行・良行良尓　思乍　吾寐夜等者　数物不ㇾ敢鴨

右一首。

三三三〇 隠来之　長谷之川之　上瀬尓　鵜矣八頭漬　下瀬尓　鵜矣八頭漬　上瀬之　年魚

18 ムラガリテマチ〔待〕
5 ヒムガシのウマヤ
7 クサこそバ
8 トリテカヘ
9 ミヅこそバ
10 クミテカヘ
11 ナニカシカ
13 イナキタテツル
〔三〇〕
12 ことヲミテテ・ミチタラハシ〔足〕テ
34 ツきのカハレバ

13 14 麗妹尓鮎矣惜天元類広—ナシ　23 継元広近—縫　6 真—直近宮　7 花天元類西貼紙イ—充　10 手天元類西イ広—干　15 大元類広—大夕　17 狂天温—狂　1 狂温—狂　16 塞—立塞天広イ　20 直渡異六天元類広—ナシ　4 而—ナシ類広　7 蛾天元—我　8 谷類—浴

矣令ㇾ咋　下瀬之　鮎矣令ㇾ咋　麗妹尓　鮎遠惜　麗妹尓　鮎矣惜　投左乃　遠離
居而　思空　不ㇾ安国　嘆空　不ㇾ安国　衣社薄　其破者　継乍物　又母相登言　玉
社者　緒之絶薄　八十一里喚鶏　又物逢登曰　又毛不ㇾ相物者　孋尓志有来・

三三三一（三三四五）隠来之　長谷之山　青幡之　忍坂山者　走出之　宜山之　出立之　妙山叙
惜　山之　荒巻惜毛

右三首。

三三三二（三三四六）高山与　海社者　山随　如此毛現　海随　然真有目　人者花物曽　空蟬与人

三三三三（三三四七）王之　御命恐　秋津嶋　倭雄過而　大伴之　御津之浜辺従　大舟尓　真梶繁貫　旦
名伎尓　水手之音為乍　夕名寸尓　梶音為乍　行師君　何時来座登　大卜置而　斎
度尓　狂言哉　人之言釣　我心　尽之山之　黄葉之　散過去常　公之正香乎

反歌

三三三四（三三四八）狂言哉　人之云鶴　玉緒乃　長登君者　言手師物乎

右二首。

三三三五（三三四九）玉桙之　道去人者　足檜木之　山行野往　直海　川往渡　不知魚取　海道荷出而
惶八　神之渡者　吹・風母　和者不ㇾ吹　立浪母　疎不ㇾ立　跡座浪之　塞道麻
誰心　労　跡鴨　直渡　異六　直渡　異六

三三三六（三三五〇）鳥音之　所ㇾ聞海尓　高山麻　障所ㇾ為而　奥藻麻　枕所ㇾ為　蛾葉之　衣谷不
ㇾ服尓　不知魚取　海之浜辺尓　浦裳無　所ㇾ宿有人者　母父尓　真名子尓可有六　若蒭

21 キヌこそバ　23 ヌヒ〔縫〕ツツモ　25 タマこそバ
〔三三三一〕
2 ウミとこそバ　6 シカマことナラめ　8 ウツセミよヒと
19 ワガこころ
2 ミチユクヒとハ
〔三三三五〕
16 サヘタルミチヲ　タチサフ〔立塞〕ミチヲ
4 ヘダテニナシ〔而〕・　12 こヤセルヒとハ

之 妻香有異六 思布 言伝 八跡 家問者 家乎母不レ告 名問跡 名谷母不レ告
哭児如 言谷不レ語 思鞆 悲 物者 世間 有 世間 有。

反歌

三三三七 母父毛 妻毛子等毛 高々二 来跡待異六 人之悲 紗

三三三八 蘆檜木乃 山道者将レ行 風吹者 浪之塞 海道者不レ行

或本歌

備後国神嶋浜調使首見レ屍作歌一首 并短歌。

三三三九 玉桙之 道尓出立 葦引乃 野行山行 潦 川往渉 鯨名取 海路丹出而 吹風裳 母穂丹者不レ吹 立浪裳 箟跡丹者不レ起 恐 耶 神之渡乃 敷浪之 寄 浜部丹 高山矣 部立丹置而 汭潭矣 枕丹巻而 占裳無 偃為公者 母父之 愛子丹裳在将 稚草之 妻裳有等将 家問跡 家道裳不レ云 名矣問跡 名谷裳不レ告 誰之言矣 労鴨 腫浪能 恐 海矣 直渉 異将。

反歌

三三四〇 母父裳 妻裳子等裳 高々丹 来将跡待 人乃悲

三三四一 家人乃 将レ待物矣 津煎裳无 荒礒矣巻而 偃有公鴨

三三四二 汭潭 偃為公矣 今日々々跡 将レ来跡将レ待 妻之可奈思母

三三四三 汭浪 来依 浜丹 津煎裳无 偃為公賀 家道不レ知裳。

右九首。

---

28 世間有天元 広―ナシ

5 紗天元類―沙

10 母穂―箟跡 元

19 汭元紀―納　22 公天元―君　26 等将天元類―将等

4 将天元―ナシ　5 悲―悲紗類

3 无元広―無　5 公天元―君

1 汭元紀―納　2 公天元―君

1 汭元紀―納　3 无元広―無　4 公天元―君

---

24 ことダニトハズ

4 ナミのサヽタル

〔三三〕 3 アシヒキの　5 ミナギラフ　10 オホニハフカズ のど〔箟跡〕ニハフカズ

26 ツマモアラムと〔有将等〕　28 イヘヂモのラズ

〔三四〕

13 士天—士
14 火天元—太
14 15 而立天元—立而
18 或天元—惑
28 文天元類広—父

三三四四（三三五八）此月者　君将レ来跡　大舟之　思憑而　何時可登　吾待居者　黄葉之　過行跡　玉梓之　使之云者　蛍成　髣髴聞而　大土乎　火穂跡而　立居而　去方毛不レ知　朝霧乃　思或而　杖不レ足　八尺乃嘆　〻友　記乎無見跡　何所　鹿　君之将レ座跡　天雲乃　行之随尓　所レ射宍乃　行文将レ死跡　思友　道之不レ知者　独居而　君尓恋尓　哭耳思所レ泣。

反歌

4 公天元類広—君

三三四五（三三五九）葦辺往　鴈之翅乎　見別　公之佩具之　投箭之所レ思

右二首。但或云、此短歌者防人之妻所レ作也。然則応レ知二長歌亦此同作一焉。

三三四六（三三六〇）欲レ見者　雲居所レ見　愛　十羽能松原　小子等　率和出将レ見　琴酒者　国丹放嘗　別避者　宅二離南　乾坤之　神志恨之　草枕　此羇之気尓　妻応レ離哉。

反歌

3 放天元類西右—敬

三三四七（三三六一）草枕　此羇之気尓　妻放　家道思　生為便無

或本歌曰、羇乃気二為而

右二首。

萬葉集巻第十三

萬葉集巻第十四

東歌

〔一〕
二広矢京―一
〔二〕
三―二宮

萬葉集巻第十四

東歌

〔三〕

三三四八（三三六二）　奈都素妣久　宇奈加美我多能　於伎都渚尓　布祢波等杼米牟　佐欲布気尓家里
　右一首、上総国歌。

三三四九（三三六三）　可豆思加乃　麻万能宇良末乎　許具布祢能　布奈妣等佐和久　奈美多都良思母
　右一首、下総国歌。

三三五〇（三三六四）　筑波祢乃　尓比具波麻欲能　伎奴波安礼杼　伎美我美家思志　安夜尓伎保思母
　或本歌曰、多良知祢能　*又云、安麻多伎保思母

三三五一（三三六五）　筑波祢尓　由伎可毛布良留　伊奈乎可母　加奈思吉児呂我　尓努保佐流可母
　右二首、常陸国歌。

三三五二（三三六六）　信濃奈流　須我能安良野尓　保登等芸須　奈久許恵伎気婆　登伎須疑尓家里
　右一首、信濃国歌。

〔四〕

相聞

三三五三（三三六七）　阿良多麻能　伎倍乃波也之尓　奈乎多弖天　由吉可都麻思自　移乎佐伎太多尼

云—日類広
2 毛元類春広—母
2 野元—能
4 婆春広紀宮—波
4 吉類春広宮—伎
1 シナヌナル

三三五四 三三六八 伎倍比等乃　万太良夫須麻尓　和多佐波太　伊利奈麻之母乃　伊毛我乎杼許尓

右二首、遠江国歌。

三三五五 三三六九 安麻乃波良　不自能之婆夜麻　己能久礼能　等・伎由都利奈波　阿波受可母安良牟

三三五六 三三七〇 不尽能祢乃　伊夜等保奈我伎　夜麻治乎毛　伊母我理登倍婆　気尓餘波受吉奴

三三五七 三三七一 可須美為流　布時能夜麻備尓　和我伎奈婆　伊豆知武吉弖加　伊毛我奈気可牟

三三五八 三三七二 佐奴良久波　多麻乃緒婆可里　古布良久波　布自能多可祢乃　奈流佐波能其登

三三七三 或本歌曰、麻可奈思美　奴良久思家良久・佐奈良久波　伊豆能多可祢能　奈流佐波奈須与　〔五〕

三三七四 一本歌曰、阿敝良久波　多麻能乎思家也　古布良久波　布自乃多可祢尓　布流由伎奈須毛

三三五九 三三七五 駿河能宇美　於思敝尓於布流　波麻都豆良　伊麻思乎多能美　波播尓多我比奴　一云、於夜尓多我比奴・

右五首、駿河国歌。

三三六〇 三三七六 伊豆乃宇美尓　多都思良奈美能　安里都追毛　都芸奈牟毛能乎　美太礼志米梅楊

或本歌曰、之良久毛能　多延都追母　都我牟等母倍也　美太礼曽米家武

右一首、伊豆国歌。

三三六一 三三七七 安思我良能　乎弖毛許乃母尓　佐須和奈乃　可奈流麻之豆美　許呂安礼比毛等久・

三三六二 三三七八 相模祢乃　乎美祢見所久思　和須礼久流　伊毛我名欲妣弖　吾乎祢之奈久奈　〔八〕

5 波 類広紀—婆

2 イ 久思宮—久 波思

2 所—可 大系

2 ヲミネミカ〔可〕クシ

三三七九 或本歌曰、武蔵祢能　乎美祢見可久思　和須礼遊久　伎美我名可気弖　安乎祢思奈久流

三三六三 三三八〇 和我世古乎　夜麻登敝夜利弖　麻都之太須　安思我良夜麻乃　須疑乃木能末可

三三六四 三三八一 安思我良能　波祜祢乃夜麻尓　安波麻吉弖　実登波奈礼留乎　阿波奈久毛安夜思・

或本歌末句曰、波布久受能　比可波与利己祢　思多奈保那保尓

三三六五 三三八二 可麻久良乃　美胡之能佐吉能　伊波久叡乃　伎美我久由倍岐　己許呂波母多自

三三六六 三三八三 麻可奈思美　佐祢尓和波由久　可麻久良能　美奈能瀬河伯尓　思保美都奈武賀

三三六七 三三八四 母毛豆思麻　安之我良乎夫祢　安流吉於保美　目許曽可流良米　己許呂波毛倍杼・

三三六八 三三八五 阿之我利能　刀比能可布知尓　伊豆流湯能　余尓母多欲良尓　故呂河伊波奈久尓

三三六九 三三八六 阿之我利乃　麻万能古須気乃　須我麻久良　安是加麻可左武　許呂勢多麻久良　〔七〕

三三七〇 三三八七 安思我里乃　波故祢能祢呂乃　尓古具佐能　波奈都豆麻奈礼也　比母登可受祢牟

三三七一 三三八八 安思我良乃　美佐可加思古美　久毛利欲能　阿我志多婆倍乎　許知弖都流可毛・

三三七二 三三八九 相模治乃　余呂伎能波麻乃　麻奈胡奈須　児良波可奈之久　於毛波流留可毛

右十二首、相模国歌。

三三七三 三三九〇 多麻河伯尓　左良須弖豆久利　佐良左良尓　奈仁曽許能児乃　己許太可奈之伎

三三七四 三三九一 武蔵野尓　宇良敝可多也伎　麻左弖尓毛　乃良奴伎美我名　宇良尓低尓家里

三三七五 三三九二 武蔵野乃　乎具奇我吉芸志　多知和可礼　伊尓・之与比欲利　世呂尓安波奈布与　〔八〕

三三七六 三三九三 古非思家波　素弖毛布良武乎　牟射志野乃　宇家良我波奈乃　伊呂尓豆奈由米

4 岐 類広—伎
4 伯 元類古—泊
4 都豆—豆略解
5 毛 元類広宮—母
1 伯 元古—泊

4 ハナヅ〔都〕マナレヤ

三三九四　或本歌曰、伊可尓思弖　古非波可伊毛尓　武蔵野乃　宇家良我波奈乃　伊呂尓弖受安良牟

三三七七 三三九五　武蔵野乃　久佐波母呂武吉　可毛可久母　伎美我麻尓末尓　吾者余利尓思乎・

三三七八 三三九六　伊利麻治能　於保屋我波良能　伊波為都良　比可婆奴流〻〻　和尓奈多要曽祢

三三七九 三三九七　和我世故乎　安杼可母伊波武　牟射志野乃　宇家良我波奈乃　登吉奈伎母能乎

三三八〇 三三九八　佐吉多万能　津尓乎流布祢乃　可是乎伊多美　都奈波多由登毛　許登奈多延曽祢

三三八一 三三九九　奈都蘇妣久　宇奈比乎左之弖　等夫登利乃　伊多良武等曽与　阿我之多波倍思・

右九首、武蔵国歌。　〔九〕

三三八二 三四〇〇　宇麻具多能　祢呂乃佐左葉能　都由思母能　奴礼弖和伎奈婆　汝者故布婆曽母

三三八三 三四〇一　宇麻具多能　祢呂尓可久里為　可久太尓毛　久尓乃登保可婆　奈我目保里勢牟

右二首、上総国歌。

三三八四 三四〇二　可都思加能　麻末能手児奈乎　麻許登可聞　和礼尓余須等布　麻末乃弖胡奈乎・

三三八五 三四〇三　可豆思賀能　麻万能手児奈我　安里之可婆　麻末乃於須比尓　奈美毛登杼呂尓

三三八六 三四〇四　尓保杼里能　可豆思加和世乎　尓倍須登毛　曽能可奈之伎乎　刀尓多弖米也母

三三八七 三四〇五　安能於登世受　由可牟古馬母我　可都思加乃　麻末乃都芸波思　夜麻受可欲波牟

右四首、下総国歌。

三三八八 三四〇六　筑波祢乃　祢呂尓可須美為　須宜可提尓　伊伎・豆久伎美乎　為祢弖夜良佐祢

三三八九 三四〇七　伊毛我可度　伊夜等保曽吉奴　都久波夜麻　可久礼奴保刀尓　蘇提波布利弖奈

〔一〇〕

---

2 クサハモろムキ
5 ワハよりニシヲ

5 母元類広紀—毛

3 可婆宮—波　可元類婆可

3 都元類広宮—豆

5 波天類広—婆

1 能元類―乃　5 毛天元広―於毛

三三九〇 二四〇八 筑波祢尓　可加奈久和之能　祢乃未乎可　奈伎和多里南牟　安布登波奈思尓

三三九一 二四〇九 筑波祢尓　曽我比尓美由流　安之保夜麻　安志可流登我毛　左祢見延奈久尓

三三九二 二四一〇 筑波祢能　伊波毛等杼呂尓　於都流美豆　代尓・毛多由良尓　和我毛波奈久尓

三三九三 二四一一 筑波祢乃　乎弖毛許能母尓　毛利敝須恵　波播已毛礼杼母　多麻曽阿比尓家留

4 良天元類広―良延

三三九四 二四一二 左其呂毛能　乎豆久波祢呂能　夜麻乃佐吉　和須良許婆古曽　那乎可家奈波売

4 太元紀―太尓

三三九五 二四一三 乎豆久波乃　祢呂尓都久多思　安比太欲波　佐波太奈利怒乎　万多祢天武可聞

4 怒元類―努

三三九六 二四一四 乎都久波乃　之気吉許能麻欲　多都登利能　目・由可汝乎見牟　左祢射良奈久尓

三三九七 二四一五 比多知奈流　奈左可能宇美乃　多麻毛許曽　比気婆多延須礼　阿杼可多延世武

右十首、常陸国歌。

5 登元類広紀―等

三三九八 二四一六 比等未奈乃　許等波多由登毛　波尓思奈能　伊思井乃手児我　許登奈多延曽祢

4 奈牟元―牟奈

三三九九 二四一七 信濃道者　伊麻能波里美知　可里婆祢尓　安思布麻之奈牟　久都波気和我世・

2 伯元―泊　5 里類広―呂

三四〇〇 二四一八 信濃奈流　知具麻能河伯能　左射礼思母　伎弥之布美弖婆　多麻等比里波牟

三四〇一 二四一九 中麻奈尓　宇伎乎流布祢能　許芸弖奈婆　安布許等可多思　家布尓思安良受波

右四首、信濃国歌。

三四〇二 二四二〇 比能具礼尓　宇須比乃夜麻乎　古由流日波　勢奈能我素佀母　佐夜尓布良思都

5 父―久代初

三四〇三 二四二一 安我古非波　麻左香毛可奈思　久佐麻久良　多・胡能伊利野乃　於父母可奈思母

三四〇四 二四二二 可美都気努　安蘇能麻素武良　可伎武太伎　奴礼杼安加奴乎　安杼加安我世牟

三四〇五 二四二三 可美都気努　乎度能多杼里我　可波治尓毛　児良波安波奈毛　比等理能未思弖

5 ワガオ〔於〕モハナクニ

1 ヲヅクハの〔一一〕

1 シナヌヂハ　4 アシフマシムナ〔牟奈〕

1 シナヌナル　5 タマとヒろ〔呂〕ハム

1 ナカマナニ

〔一二〕 5 オク〔久〕モカナシモ

三四二四　或本歌曰、可美都気乃　乎野乃多杼里我　安波治尓母　世奈波安波奈母　美流比登奈思尓・

三四〇六　三四二五　可美都気野　左野乃九久多知　乎里波夜志　安礼波麻多牟恵　許登之許受登母

三四〇七　三四二六　可美都気努　麻具波思麻度尓　安佐日左指　麻伎良波之母奈　安利都追見礼婆

三四〇八　三四二七　尓比多夜麻　祢尓波都可奈那　和尓余曽利　波之奈流児良師　安夜尓可奈思母

5 母 元類広紀—毛

三四〇九　三四二八　伊香保呂尓　安麻久母伊都芸　可奴麻豆久　比等登於多波布　伊射祢志米刀羅・

三四一〇　三四二九　伊香保呂能　蘇比乃波里波良　祢毛己呂尓　於久乎奈加祢曽　麻左可思余加婆　〔一三〕

三四一一　三四三〇　多胡能祢尓　与西都奈波倍弖　与須礼騰毛　阿尓久夜斯豆之　曽能可抱与吉尓

5 抱 矢近—把

三四一二　三四三一　賀美都家野　久路保乃祢呂乃　久受葉我多　可奈師家児良尓　伊夜射可里久母

三四一三　三四三二　刀祢河伯乃　可波世毛思良受　多太和多里　奈美尓安布能須　安敝流伎美可母・

1 伯 天元—泊

三四一四　三四三三　伊香保呂能　夜左可能為提尓　多都努自能　安良波路万代母　佐祢乎佐祢弖婆

三四一五　三四三四　可美都気努　伊可保乃奴麻尓　宇恵古奈宜　可久古非牟等夜　多祢物得米家武

3 宜 元類古広—伎

三四一六　三四三五　可美都気努　可保夜我奴麻能　伊波為都良　比可波奴礼都追　安乎奈多要曽祢

三四一七　三四三六　可美都気努　伊奈良能奴麻乃　於保為具左　与曽尓見之欲波　伊麻許曽麻左礼　柿本朝臣人麻呂歌集出也。・

三四一八　三四三七　可美都気努　佐野田能奈倍能　武良奈倍尓　許登波佐太米都　伊麻波伊可尓世母　〔一四〕

1 努 元類広宮—奴

三四一九　三四三八　伊可保世欲　奈可中次下　於毛比度路　久麻許曽之都等　和須礼西奈布母

2 次—吹 元類古広

2 定訓ナシ

三四二〇　三四三九　可美都気努　佐野乃布奈波之　登里波奈之　於也波左久礼騰　和波左可流賀倍

三四二一（三四四〇）　伊香保祢尓　可未奈那里曽祢　和我倍尓波　由恵波奈家杼母　児良尓与里弖曽・

三四二二（三四四一）　伊可保可是　布久日布加奴日　安里登伊倍杼　安我古非能未思　等伎奈可里家利

三四二三（三四四二）　可美都気努　伊可抱乃祢呂尓　布路与伎能　遊吉須宜可提奴　伊毛賀伊敝乃安多里

右廿二首、上野国歌。

2 伯 元—泊

三四二四（三四四三）　之母都家野　美可母乃夜麻能　許奈良能須　麻具波思児呂波　多賀家可母多牟

三四二五（三四四四）　志母都家努　安素乃河伯良欲　伊之布麻受　蘇・良由登伎奴与　奈我己許呂能礼　〔一五〕

右二首、下野国歌。

三四二六（三四四五）　安比豆祢能　久尓乎左杼抱美　安波奈波婆　斯努比尓勢毛等　比毛牟須婆佐祢

三四二七（三四四六）　筑紫奈留　尓抱布児由恵尓　美知能久乃　可刀利乎登女乃　由比思比毛等久

三四二八（三四四七）　安太多良乃　祢尓布須思之能　安里都ゝ毛　安礼波伊多良牟　祢度奈佐利曽祢・

右三首、陸奥国歌。

譬喩歌

三四二九（三四四八）　等保都安布美　伊奈佐保曽江乃　水乎都久思　安礼乎多能米弖　安佐麻之物能乎

右一首、遠江国歌。

5 余 元—奈

三四三〇（三四四九）　斯太能宇良乎　阿佐許求布祢波　与志奈之尓　許求良米可母与　余志許佐流良米

右一首、駿河国歌・

三四三一（三四五〇）　阿之我里乃　安伎奈乃夜麻尓　比古布祢乃　斯利比可志母与　許己波故賀多尓　〔一六〕

三四三二（三四五一）阿之賀利乃　和乎可鶏夜麻能　可頭乃木能　和乎可豆佐祢母　可豆佐可受等母

三四三三（三四五二）多伎木許流　可麻久良夜麻能　許太流木乎　麻都等奈我伊波婆　古非都追夜安良牟

右三首、相模国歌。

三四三四（三四五三）可美都家野　安蘇夜麻都豆良　野乎比呂美　波比尓思物能乎　安是加多延世武

三四三五（三四五四）伊可保呂乃　蘇比乃波里波良　和我吉奴尓　都伎与良之母与　比多敝登於毛敝婆

三四三六（三四五五）志良登保布　乎尓比多夜麻乃　毛流夜麻乃　宇良賀礼勢奈那　登許波尓毛我母

右三首、上野国歌。

三四三七（三四五六）美知乃久能　安太多良末由美　波自伎於伎弖　西良思馬伎那婆　都良波可馬可毛

右一首、陸奥国歌。

雑　歌

三四三八（三四五七）都武賀野尓　須受我於等伎許由　可牟思太能　等能乃奈可知師　登我里須良思母

或本歌曰、美都我野尓　又曰、和久胡思

三四三九（三四五八）須受我祢乃　波由馬宇馬夜能　都追美井乃　美都乎多麻倍奈　伊毛我多太手欲

三四四〇（三四五九）許乃河伯尓　毛安礼母　安佐菜安良布児　奈礼毛安礼毛・余知乎曽母弖流　伊侶児多婆里尓 一云、麻之

三四四一（三四六〇）麻等保久能　久毛為尓見由流　伊毛我敝尓　伊都可伊多良武　安由売安我古麻

柿本朝臣人麻呂歌集曰、等保久之弖　又曰、安由売久路古麻

1 伯元紀—泊
5イ 麻元類広紀—麿

三四四二 三四六一 安豆麻治乃 手児乃欲妣左賀 古要我祢弖 夜麻尓可祢牟毛 夜杼里波奈之尓・

三四四三 三四六二 宇良毛奈久 和我由久美知尓 安乎夜宜乃 波里弖多弖礼波 物能毛比豆都母 〔一八〕
5 豆元類広—弖

三四四四 三四六三 伎波都久乃 乎加能久君美良 和礼都売杼 故尓毛美多奈布 西奈等都麻佐祢
4 美考—乃

三四四五 三四六四 美奈刀能 安之我奈可那流 多麻古須気 可利己和我西古 等許乃敝太思尓
1 能元類広紀—能也
1 ミナトのヤ〔也〕

三四四六 三四六五 伊毛奈呂我 都可布河伯豆乃 佐左良乎疑 安志等比登其等 加多理与良斯毛・
2 伯元紀—泊
4 登元類—等
5 毛—母類広

三四四七 三四六六 久佐可気乃 安努奈由可武等 波里之美知 阿努波由加受弖 阿良久佐太知奴

三四四八 三四六七 波奈治良布 己能牟可都乎乃 乎那能乎能 比自尓都久麻提 伎美我与母賀母

三四四九 三四六八 思路多倍乃 許呂母能素侶乎 麻久良我欲 安麻許伎久見由 奈美多都奈由米

三四五〇 三四六九 乎久佐乎等 乎具佐受家乎等 斯抱布祢乃 那良敝弖美礼婆 乎具佐可知馬利・
5 知元赭類西イ広—利

三四五一 三四七〇 左奈都良能 乎可尓安波麻伎 可奈之伎我 古麻波多具等毛 和波素登毛波自 〔一九〕

三四五二 三四七一 於毛思路伎 野乎婆奈夜吉曽 布流久佐尓 仁比久佐麻自利 於非波於布流我尓
3 佐元類—左

三四五三 三四七二 可是能等能 登抱吉和伎母賀 吉西斯伎奴 多母登乃久太利 麻欲比伎尓家利
1 是能元類—是乃

三四五四 三四七三 尓波尓多都 安佐提古夫須麻 許余比太尓 都麻余之許西祢 安佐提古夫須麻・

相聞

三四五五 三四七四 古非思家婆 伎麻世和我勢古 可伎都楊疑 宇礼都美可良思 和礼多知麻多牟

三四五六 三四七五 宇都世美能 夜蘇許登乃敝波 思気久等母 安良蘇比可祢弖 安乎許登奈須那

三四五七 三四七六 宇知日佐須 美夜能和我世波 夜麻登女乃 比射麻久其登尓 安乎和須良須奈
3 登元類広紀—等

三四五八（三四七七）　奈勢能古夜　等里乃乎加恥志　奈可太乎礼　安・乎祢思奈久与　伊久豆君麻弖尓　〔二〇〕

三四五九（三四七八）　伊祢都気波　可加流安我手乎　許余比毛可　等能乃和久胡我　等里弖奈気可武

三四六〇（三四七九）　多礼曽許能　屋能戸於曽夫流　尓布奈未尓　和我世乎夜里弖　伊波布許能戸乎

三四六一（三四八〇）　安是登伊敝可　佐宿尓安波奈久尓　真日久礼弖　与比奈波許奈尓　安家奴思太久流

三四六二（三四八一）　安志比奇乃　夜末佐波妣登乃　比登佐波尓　麻・奈登伊布児我　安夜尓可奈思佐

三四六三（三四八二）　麻等保久能　野尓毛安波奈牟　己許呂奈久　佐刀乃美奈加尓　安敝流世奈可母

三四六四（三四八三）　比登其登乃　之気吉尓余里弖　麻乎其母能　於夜自麻久良波　和波麻可自夜毛

三四六五（三四八四）　巨麻尓思吉　比毛登伎佐気弖　奴流我倍尓　安杼世呂登可母　安夜尓可奈之伎

三四六六（三四八五）　麻可奈思美　奴礼婆許登尓豆　佐祢奈敝波　己・許呂乃緒呂尓　能里弖可奈思母　〔一一〕

三四六七（三四八六）　於久夜麻能　真木乃伊多度乎　等杼登之弖　和我比良可武尓　伊利伎弖奈左祢

三四六八（三四八七）　夜麻杼里乃　乎呂能波都乎尓　可賀美可家　刀奈布倍美許曽　奈尓与曽利鶏米

三四六九（三四八八）　由布気尓毛　許余比登乃良路　和賀西奈波　阿是曽母許与比　与斯呂伎麻左奴

三四七〇（三四八九）　安比見弖波　千等世夜伊奴流　伊奈乎加母　安・礼也思加毛布　伎美末知我弖尓

柿本朝臣人麻呂歌集出也。

三四七一（三四九〇）　思麻良久波　祢都追母安良牟乎　伊米能未尓　母登奈見要都追　安乎祢思奈久流

三四七二（三四九一）　比登豆麻等　安是可曽乎伊波牟　志可良婆加　刀奈里乃伎奴乎　可里弖伎奈波毛

三四七三（三四九二）　左努夜麻尓　宇都也乎能登乃　等抱可騰母　祢毛等可児呂賀　於母尓美要都留・

三四七四（三四九三）　宇恵太気能　毛登左倍登与美　伊侶弖伊奈波　伊豆思牟伎弖可　伊毛我奈気可牟　〔一二〕

4 我元類西ィ広—家

2 カガルアガテヲ

3 母類広紀宮—裳元毛

3 婆元広—波

5 母考—由

3 波元類—婆

4イ 奴―努類広
5イ 奴元類―努
5イ 由賀略解一説―賀由
3 波元類―婆
訖類古紀―記
3イ 敝波元類―敝婆

三四七五 三四九四 古非都追母　乎良牟等須礼杼　遊布麻夜万　可久礼之伎美乎　於母比可祢都母

三四七六 三四九五 宇倍児奈波　和奴尓故布奈毛　多刀都久能　努賀奈敝由家婆　故布思可流奈母

或本歌末句曰、奴我奈敝由家杼　和奴由賀乃敝波・

三四七七 三四九六 安都麻道乃　手児乃欲婢佐可　古要弖伊奈波　安礼波古非牟奈　能知波安比奴登母

三四七八 三四九七 等保斯等布　故奈乃思良祢尓　阿抱思太毛　安波乃敝思太毛　奈尓己曽与佐礼

三四七九 三四九八 安可見夜麻　久左祢可利曽気　安波須賀倍　安良蘇布伊毛之　安夜尓可奈之毛

三四八〇 三四九九 於保伎美乃　美己等可思古美　可奈之伊毛我　多麻久良波奈礼　欲太知伎努可母・　5 ヨダチキヌカモ

三四八一 三五〇〇 安利伎奴乃　佐恵ゝゝ之豆美　伊敝能伊母尓　毛乃伊波受伎尓弖　於毛比具流之母　〔一三〕

柿本朝臣人麻呂歌集中出。見レ上已訖*也。

三四八二 三五〇一 可良許呂毛　須蘇乃宇知可倍　安波祢杼毛　家思吉己許呂乎　安我毛波奈久尓

三五〇二 或本歌曰、可良己呂母　須素能宇知可比　阿波奈敝波　祢奈敝乃可良尓　許等多可利都母・

三四八三 三五〇三 比流等家波　等家奈敝比毛乃　和賀西奈尓　阿比与流等可毛　欲流等家也須家

三四八四 三五〇四 安左乎良乎　遠家尓布須左尓　宇麻受登毛　安須伎西佐米也　伊射西乎騰許尓

三四八五 三五〇五 都流伎多知　身尓素布伊母乎　等里見我祢　哭乎曽奈伎都流　手児尓安良奈久尓

三四八六 三五〇六 可奈思伊毛乎　由豆加奈倍麻伎　母許呂乎乃　許登等思伊波婆　伊夜可多麻斯尓・

三四八七 三五〇七 安豆左由美　須恵尓多麻末吉　可久須酒曽　宿莫奈那里尓思　於久乎可奴加奴

三四八八 三五〇八 於布之毛等　許乃母登夜麻乃　麻之波尓毛　能良奴伊毛我名　可多尓伊弖牟可母　〔一四〕

三四八九 三五〇九　安豆左由美　欲良能夜麻辺能　之牙可久尓　伊毛呂乎多弖天　左祢度波良布母

三四九〇 三五一〇　安都佐由美　須恵波余里祢牟　麻左可許曽　比等目乎於保美　奈乎波思尓於家礼・　柿本朝臣人麻呂歌集出也。

三四九一 三五一一　楊奈疑許曽　伎礼波伴要須礼　余能比等乃　古非尓思奈武乎　伊可尓世余等曽

三四九二 三五一二　乎夜麻田乃　伊気能都追美尓　左須楊奈疑　奈里毛奈良受毛　奈等布多里波母

三四九三 三五一三　於曽波夜母　奈乎許曽麻多売　牟可都乎能　四比乃故夜提能　安比波多我波自

三五一四　或本歌曰、於曽波夜毛　伎美乎思麻多武　牟・可都乎能　思比乃佐要太能　登吉波須具登母　〔二一五〕

5 我 元類広—家

三四九四 三五一五　児毛知夜麻　和可加敝流弖能　毛美都麻弖　宿毛等和波毛布　汝波安杼可毛布

三四九五 三五一六　伊波保呂乃　蘇比能和可麻都　可芸里登也　伎美我伎麻左奴　宇良毛等奈久文

三四九六 三五一七　多知波奈乃　古婆乃波奈里我　於毛布奈牟　己許呂宇都久思　伊弖安礼波伊可奈・

1 波 元類—婆

三四九七 三五一八　可波加美能　祢自路多可我夜　安也尓阿夜尓　左宿佐寐弖許曽　己登尓弖尓思可

三四九八 三五一九　宇奈波良乃　根夜波良古須気　安麻多安礼波　伎美波和須良酒　和礼和須流礼夜

3 波 元類—婆

三四九九 三五二〇　乎可尓与西　和我可流加夜能　佐祢加夜能　麻許等奈其夜波　祢呂等敝奈香母

三五〇〇 三五二一　牟良佐伎波　根乎可母乎布流　比等乃児能　宇良我奈之家乎　祢乎遠敝奈久尓・

三五〇一 三五二二　安波乎呂能　乎呂田尓於波流　多波美豆良　比可婆奴流奴留　安乎許等奈多延　〔二一六〕

三五〇二 三五二三　和我目豆麻　比等波左久礼杼　安佐我保能　等思佐倍己其登　和波佐可流我倍

三五〇三 三五二四　安斉可我多　志保悲乃由多尓　於毛敝良婆　宇家良我波奈乃　伊呂尓弖米也母

三五〇四 三五二五 波流敝左久　布治能宇良葉乃　宇良夜須尓　佐奴流夜曽奈伎　児呂乎之毛倍婆・

三五〇五 三五二六 宇知比佐都　美夜能瀬河伯能　可保婆奈能　孤悲天香眠良武　伎曽母許余比毛

三五〇六 三五二七 尓比牟路能　許騰伎尓伊多礼婆　波太須酒伎　穂尓弖之伎美我　見延奴己能許呂

三五〇七 三五二八 多尓世婆美　弥年尓波比多流　多麻可豆良　多延武能己許呂　和我母波奈久尓

三五〇八 三五二九 芝付乃　御宇良佐伎奈流　根都古具佐　安比見受安良婆　安礼古非米夜母・

三五〇九 三五三〇 多久夫須麻　之良夜麻可是能　宿奈敝杼母　古呂賀於曽伎能　安路許曽要志母

三五一〇 三五三一 美蘇良由久　君母尓毛我母奈　家布由伎弖　伊母尓許等杼比　安須可敝里許武

三五一一 三五三二 安乎祢呂尓　多奈婢久君母能　伊佐欲比尓　物能乎曽於毛布　等思乃許能己呂

三五一二 三五三三 比登祢呂尓　伊波流毛能可良　安乎祢呂尓　伊佐欲布久母能　余曽里都麻波母・

三五一三 三五三四 由布佐礼婆　美夜麻乎左良奴　尓努具母能　安是可多要牟等　伊比之児呂波母

三五一四 三五三五 多可伎祢尓　久毛能都久能須　和礼左倍尓　伎美尓都吉奈那　多可祢等毛比弖

三五一五 三五三六 阿我於毛乃　和須礼牟之太波　久尓波布利　祢尓多都久毛乎　見都追之努波西

三五一六 三五三七 対馬能祢波　之多具毛安良南敷　可牟能祢尓　多奈婢久君毛乎　見都追思努波毛・

三五一七 三五三八 思良久毛能　多要尓之伊毛乎　阿是西呂等　許己呂尓能里弖　許己婆可那之家

三五一八 三五三九 伊波能倍尓　伊可賀流久毛能　可努麻豆久　比等曽於多波布　伊射祢之売刀良

三五一九 三五四〇 奈我波伴尓　己良例安波由久　安乎久毛能　伊弖来和伎母児　安必見而由可武

三五二〇 三五四一 於毛可多能　和須礼牟之太波　於抱野呂尓　多奈婢久君母乎　見都追思努波牟・

三五二一 三五四二 可良須等布　於保乎曽杼里能　麻左佴尓毛　伎麻左奴伎美乎　許呂久等曽奈久

〔一七〕 〔一八〕

2 伯元—泊

5 母—於母類

5 ワガオ（於）モハナクニ

5 波元—婆

5 波元類宮—婆

2 可賀—賀可類広宮

三五一三 三五四三 伎曽許曽波 児呂等左宿之香 久毛能宇倍由 奈伎由久多豆乃 麻登保久於毛保由

三五一四 三五四四 佐可故要弖 阿倍乃田能毛尓 為流多豆乃 等毛思吉伎美波 安須左倍母我毛

三五一五 三五四五 麻乎其母能 布能末知可久弖 安波奈敝波 於吉都麻可母能 奈気伎曽安我須流・

三五一六 三五四六 水久君野尓 可母能波抱能須 児呂我宇倍尓 許等乎呂波敝而 伊麻太宿奈布母 〔二九〕

三五一七 三五四七 奴麻布多都 可欲波等里我栖 安我己許呂 布多由久奈母等 奈与母波里曽祢

三五一八 三五四八 於吉尓須毛 乎加母乃毛己呂 也左可杼利 伊伎豆久伊毛乎 於伎弖伎努可母

三五一九 三五四九 水都等利能 多々武与曽比尓 伊母能良尓 毛乃伊波受伎尓弖 於毛比可祢都毛・

三五二〇 三五五〇 等夜乃野尓 乎佐芸祢良波里 乎佐乎左毛 祢奈敝古由恵尓 波伴尓許呂波要

三五二一 三五五一 左乎思鹿能 布須也久草無良 見要受等母 児呂我可奈門欲 由可久之要思母

三五二二 三五五二 伊母乎許曽 安比美尓許思可 麻欲婢吉能 与許夜麻敝呂能 思之奈須於母敝流

三五二三 三五五三 波流能野尓 久佐波牟古麻能 久知夜麻受 安乎思努布良武 伊敝乃児呂波母・

三五二四 三五五四 比登乃児能 可奈思家之太波 々麻渚杼里 安奈由牟古麻能 乎之家口母奈思 〔三〇〕

三五二五 三五五五 安可胡麻我 可度弖乎思都々 伊弖可天尓 世之乎見多弖思 伊敝能児良波母

三五二六 三五五六 於能我乎遠 於保尓奈於毛比曽 尓波尓多知 恵麻須我可良尓 古麻尓安布毛能乎

三五二七 三五五七 安加胡麻乎 宇知弖左乎妣吉 己許呂妣吉 伊可奈流勢奈可 和我理許武等伊布・

三五二八 三五五八 久敝胡之尓 武芸波武古宇馬能 波都々々尓 安比見之児良之 安夜尓可奈思母

三五五九 或本歌曰、宇麻勢胡之 牟伎波武古麻能 波都々々尓 仁必波太布礼思 古呂之可奈思母

1 能元類―乃

5 都毛元類広宮―都母

1 能元類―乃

5 オキテキヌカモ

1 能元類広―乃

三五三八 三五六〇　比呂波之乎　宇馬古思我祢弖　己許呂能未　伊母我理夜里弖　和波己許尓思天

或本歌発句曰、乎波夜之尓　古麻乎波左佐気

〔三一一〕

三五三九 三五六一　安受能宇敝尓　古馬乎都奈伎弖　安夜抱可等　比登豆麻古呂乎　伊吉尓和我須流

1 能元類―乃　4 登元類―等

三五四〇 三五六二　佐和多里能　手児尓伊由伎安比　安可故麻我　安我伎乎波夜美　許等登波受伎奴

三五四一 三五六三　安受倍可良　古麻能由胡能須　安也波刀文　比登豆麻古呂乎　麻由可西良布母

2 麻能元類―麻乃

三五四二 三五六四　佐射礼伊思尓　古馬乎波佐世弖　己許呂伊多美　安我毛布伊毛我　伊敝能安多里可聞

4 登元類―等　5 能元類―乃

三五四三 三五六五　武路我夜乃　都留能都追美乃　那利奴賀尓　古呂波伊敝杼母　伊末太年那久尓

三五四四 三五六六　阿須可河伯　之多尓其礼留乎　之良受思天　勢奈那登布多理　左宿而久也思母

1 伯元類―泊

三五四五 三五六七　安須可河伯　世久登之里世波　安麻多欲母　為祢弖己麻思乎　世久得四里世婆

1 伯元紀―泊　5 婆元類広紀―波

三五四六 三五六八　安乎楊木能　波良路可波刀尓　奈乎麻都等　西美度波久末受　多知度奈良須母

〔三一二〕

三五四七 三五六九　阿遅乃須牟　須沙能伊利江乃　許母理沼乃　安奈伊伎豆加思　美受比佐尓指天

3 沼―江広

3 こモりえ〔江〕の

三五四八 三五七〇　奈流世呂尓　木都能余須奈須　伊等能伎提　可奈思家世呂尓　比等佐敝余須母

1 呂元類広宮―路

三五四九 三五七一　多由比我多　志保弥知和多流　伊豆由可母　加奈之伎世呂我　和賀利可欲波牟

2 弥―美元京

三五五〇 三五七二　於志弖伊奈等　伊祢波都可祢杼　奈美乃保能　伊多夫良思毛与　伎曽比登里宿而

三五五一 三五七三　阿遅可麻能　可多尓左久奈美　比良湍尓母　比毛登久毛能可　加奈思家乎於吉弖

三五五二 三五七四　麻都我宇良尓　佐和恵宇良太知　麻比登其等　於毛抱須奈母呂　和賀母抱乃須毛

3 登元類広紀―等

三五五三 三五七五　安治可麻能　可家能水奈刀尓　伊流思保乃　許弖多受久毛可　伊里弖祢麻久母

4 定訓ナシ

三五五四 三五七六　伊毛我奴流　等許能安多理尓　伊波具久留　水都尓母我毛与　伊里弖祢末久母

2 能元類―乃

〔三一三〕

三五五五　三五七七　麻久良我乃　許我能和多利乃　可良加治乃　於登太可思母奈　宿莫敝児由恵尓

三五五六　三五七八　思保夫祢能　於可礼婆可奈之　左宿都礼婆　比登其等思気志　那乎杼可母思武

三五五七　三五七九　奈夜麻思家　比登都麻可母与　許具布祢能　和須礼波勢奈那　伊夜母比麻須尓

三五五八　三五八〇　安波受之弖　由加婆乎思家牟　麻久良我能　許・賀己具布祢尓　伎美毛安波奴可毛

三五五九　三五八一　於保夫祢乎　倍由毛登母由毛　可多米提之　許曽能左刀妣等　阿良波左米可母

三五六〇　三五八二　麻可祢布久　尓布能麻曽保乃　伊呂尓弖弖　伊波奈久能未曽　安我古布良久波

三五六一　三五八三　可奈刀田乎　安良我伎麻由美　比賀刀礼婆　阿米乎万刀能須　伎美乎等麻刀母

三五六二　三五八四　安里蘇夜尓　於布流多麻母乃　宇知奈婢伎　比・登里夜宿良牟　安乎麻知可祢弖　〔三四〕

三五六三　三五八五　比多我多能　伊蘇乃和可米乃　多知美太要　和乎可麻都那毛　伎曽毛己余必母

三五六四　三五八六　古須気呂乃　宇良布久可是能　安騰須酒香　可奈之家児呂乎　於毛比須吾左牟

三五六五　三五八七　可能古呂等　宿受夜奈里奈牟　波太須酒伎　宇良野乃夜麻尓　都久可多与留母

三五六六　三五八八　和伎毛古尓　安我古非思奈婆　曽和敝可毛　加・未尓於保世牟　己許呂思良受弖

防人歌

三五六七　三五八九　於伎弖伊可婆　伊毛婆麻可奈之　母知弖由久　安都佐能由美乃　由都可尓母我毛

三五六八　三五九〇　於久礼為弖　古非波久流思母　安佐我里能　伎美我由美尓母　奈良麻思物能乎

右二首、問答。

三五六九　三五九一　佐伎母理尓　多知之安佐気乃　可奈刀侶尓　手・婆奈礼乎思美　奈吉思児良波母　〔三五〕

4 登類広宮―等

3 弖元類広宮―く

5 波元類広―婆

5 婆元類広—波

三五七〇 三五九二 安之能葉尓　由布宜里多知弖　可母我鳴乃　左牟伎由布敝思　奈乎婆思努波牟

三五七一 三五九三 於能豆麻乎　比登乃左刀尓於吉　於保々思久　見都々曽伎奴流　許能美知乃安比太

譬喩歌

三五七二 三五九四 安杼毛敝可　阿自久麻夜末乃　由豆流波乃　布敷麻留等伎尓　可是布可受可母・

三五七三 三五九五 安之比奇能　夜麻可都良加気　麻之波尓母　衣我多伎可気乎　於吉夜可良佐武

三五七四 三五九六 乎佐刀奈流　波奈多知波奈乎　比伎余治弖　乎良無登須礼杼　宇良和可美許曽

2 須類古広—渚
4 侶類広—弖

三五七五 三五九七 美夜自呂乃　須可敝尓多弖流　可保我波奈　莫佐吉伊侶曽祢　許米弖思努波武

三五七六 三五九八 奈波之呂乃　古奈宜我波奈乎　伎奴尓須里　奈流留麻尓末仁　安是可加奈思家・

挽歌

3 能元類—乃

三五七七 三五九九 可奈思伊毛乎　伊都知由可米等　夜麻須気能　曽我比尓宿思久　伊麻之久夜思母

以前歌詞、未レ得レ勘ニ知国土山川之名一也。

〔三六〕

萬葉集巻第十四

萬葉集巻第十五

〔一〕

天平八年丙子夏六月 遣二使新羅国一之時 使人等各悲レ別贈答 及二海路之上一慟レ旅陳レ思作歌并当レ所誦詠古歌 一百四十五首

三七七九〜三八〇一〜 中臣朝臣宅守寄二花鳥一陳レ思作歌七首・

萬葉集巻第十五

5 非—悲類
3 婆類広—波
3 多多類広—多ゝ
3 婆—波広紀
2 大類広—太
1 波呂—ゝゝ広紀宮
2 毛類広—母

遣₌新羅₋使人等悲ₗ別贈答 及₌海路₋慟ₗ情陳ₗ思 并当ₗ所誦之古歌

三五七八 三六〇〇 武庫能浦乃　伊里江能渚鳥　羽具久毛流　伎美乎波奈礼弖　古非尓之奴倍之　〔四〕

三五七九 三六〇一 大船尓　伊母能流母能尓　安良麻勢婆　羽具久美母知弖　由可麻之母能乎

三五八〇 三六〇二 君之由久　海辺乃夜杼尓　奇里多多婆　安我多知奈気久　伊伎等之理麻勢

三五八一 三六〇三 秋佐良婆　安比見牟毛能乎　奈尓之可母　奇里尓多都倍久　奈気伎之麻佐牟

三五八二 三六〇四 大船乎　安流美尓伊大之　伊麻須君　都追牟許等奈久　波也可敝里麻勢

三五八三 三六〇五 真幸而　伊毛我伊波伴伐　於伎都奈美　知敝尓多都等母　佐波里安良米也母

三五八四 三六〇六 和可礼奈波　宇良我奈之家武　安我許呂母　之多尓乎伎麻勢　多太尓安布麻弖尓

三五八五 三六〇七 和伎母故我　之多尓毛伎余等　於久理多流　許呂母能比毛乎　安礼等可米也母

三五八六 三六〇八 和我由恵尓　於毛比奈夜勢曽　秋風能　布可武曽能都奇　安波牟母能由恵　〔五〕

三五八七 三六〇九 多久夫須麻　新羅辺伊麻須　伎美我目乎　家布可安須可登　伊波比弖麻多牟

三五八八 三六一〇 波呂波呂尓　於毛保由流可母　之可礼杼毛　異情乎　安我毛波奈久尓

右十一首、贈答。

三五八九 三六一一 由布佐礼婆　比具良之伎奈久　伊故麻山　古延弖曽安我久流　伊毛我目乎保里

右一首、秦間満。

2 弊類広―敝

三五九〇 三六一三 伊毛尓安波受　安良婆須弊奈美　伊波祢布牟　伊故麻乃山乎　故延弖曽安我久流

右一首、蹔還私家陳思。

三五九一 三六一四 妹等安里之　時者安礼杼毛　和可礼弖波　許呂母弖佐牟伎　母能尓曽安里家流　〔六〕

三五九二 三六一五 海原尓　宇伎祢世武夜者　於伎都風　伊多久奈布吉曽　妹毛安良奈久尓

三五九三 三六一六 大伴能　美津尓布奈能里　許芸出而者　伊都礼乃思麻尓　伊保里世武和礼

右三首、臨発之時作歌。

3 志類広宮―之

三五九四 三六一七 之保麻都等　安里家流布祢乎　思良受志弖　久夜之久妹乎　和可礼伎尓家利・

三五九五 三六一八 安佐妣良伎　許芸弖天久礼婆　牟故能宇良能　之保非能可多尓　多豆我許恵須毛

三五九六 三六一九 和伎母故我　可多美尓見牟乎　印南都麻　之良奈美多加弥　与曽尓可母美牟

5 流天類広紀―礼

三五九七 三六二〇 和多都美能　於伎津之良奈美　多知久良思　安麻乎等女等母　思麻我久流見由

三五九八 三六二一 奴波多麻能　欲波安気奴良之　多麻能宇良尓　安佐里須流多豆　奈伎和多流奈里・

三五九九 三六二二 月余美能　比可里乎伎欲美　神嶋乃　伊素末乃宇良由　船出須和礼波　〔七〕

3 カみシマの

4 佐天類広―左

三六〇〇 三六二三 波奈礼蘇尓　多弖流牟漏能木　宇多我多毛　比佐之伎時乎　須疑尓家流香母

三六〇一 三六二四 之麻思久母　比等利安里宇流　毛能尓安礼也　之麻能牟漏能木　波奈礼弖安流良武

右八首、乗船入海路上作歌。

当所誦詠古歌・

4 麻―末類広

三六〇二 三六二五 安乎尓余志　奈良能美夜古尓　多奈妣家流　安麻能之良久毛　見礼杼安可奴加毛

右一首、詠雲。

三六〇三　三六二五　安乎楊疑能　延太伎里於呂之　湯種蒔　忌ゝ伎美尓　故非和多流可母

三六〇四　三六二六　妹我素弖　和可礼弖比左尓　奈里奴礼杼　比登比母伊毛乎　和須礼弖於毛倍也

三六〇五　三六二七　和多都美乃　宇美尓伊弖多流　思可麻河伯　多・延無日尓許曽　安我故非夜麻米

右三首、恋歌。〔八〕

三六〇六　三六二八　多麻藻可流　乎等女乎須疑弖　奈都久佐能　野嶋我左吉尓　伊保里須和礼波

柿本朝臣人麻呂歌曰、敏馬乎須疑弖

又曰、布祢知可豆伎奴

三六〇七　三六二九　之路多倍能　藤江能宇良尓　伊射里須流　安麻等也見良武　多妣由久和礼乎・

柿本朝臣人麻呂歌曰、安良多倍乃

又曰、須受吉都流　安麻登香見良武

三六〇八　三六三〇　安麻射可流　比奈乃奈我道乎　孤悲久礼婆　安可思能門欲里　伊敝乃安多里見由

柿本朝臣人麻呂歌曰、夜麻等思麻見由

三六〇九　三六三一　武庫能宇美能　尓波余久安良之　伊射里須流　安麻能都里船　奈美能宇倍由見由

柿本朝臣人麻呂歌曰、気比乃宇美能

又曰、可・里許毛能　美太礼弖出見由　安麻能都里船〔九〕

三六一〇　三六三二　安故乃宇良尓　布奈能里須良牟　乎等女良我　安可毛能須素尓　之保美都良武賀

柿本朝臣人麻呂歌曰、安美能宇良

又曰、多麻母能須蘇尓

4 ゝ天広―忌
5 可天類―香
3 伯―泊古広宮
4イ 太天類広紀―多
1 故天類広―胡

七夕歌一首

5 古天類—祜

三六二一 三六四三 於保夫祢尓　麻可治之自奴伎　宇奈波良乎　許芸弖天和多流　月人乎登古・

右、柿本朝臣人麻呂歌。

備後国水調郡長井浦船泊之夜作歌三首

三六二二 三六四四 安乎尓与之　奈良能美也故尓　由久比等毛我母　久左麻久良　多妣由久布祢能　登麻利都导武仁 旋頭歌也。

右一首、大判官。

三六二三 三六四五 海原乎　夜蘇之麻我久里　伎奴礼杼母　奈良能美也故波　和須礼可祢都母・

5 妣類古広—比

三六二四 三六四六 可敝流散尓　伊母尓見勢武尓　和多都美乃　於伎都白玉　比利妣弖由賀奈　〔一〇〕

船類広—舶

風速浦船泊之夜作歌二首*

5 比類広—妣

三六二五 三六四七 和我由恵仁　妹奈気久良之　風早能　宇良能於伎敝尓　奇里多奈比家利

2 波—婆広

三六二六 三六四八 於伎都加是　伊多久布伎勢波　和伎毛故我　奈気伎能奇里尓　安可麻之母能乎

船類広—舶

安芸国長門嶋船ニ泊礒辺一作歌五首・*

三六二七 三六四九 伊波婆之流　多伎毛登杼呂尓　鳴蟬乃　許恵乎之伎気婆　京師之於毛保由

右一首、大石蓑麻呂。

1 伯—泊類広宮

三六二八 三六五〇 夜麻河伯能　伎欲吉可波世尓　安蘇倍杼母　奈良能美夜故波　和須礼可祢都母

三六二九 三六五一 伊蘇乃麻由　多芸都山河　多延受安良婆　麻多母安比見牟　秋加多麻気弖

三六三〇 三六五二 故悲思気美　奈具左米可祢弖　比具良之能　奈・久之麻可気尓　伊保利須流可母　〔一一〕

三六二一 三六四三　和我伊能知乎　奈我刀能之麻能　小松原　伊久与乎倍弖加　可武佐備和多流

従二長門浦一舶出之夜　仰二観月光一作歌三首

三六二二 三六四四　月余美乃　比可里乎伎欲美　由布奈芸尓　加古能己恵欲妣　宇良末許具可聞

三六二三 三六四五　山乃波尓　月可多夫気婆　伊射里須流　安麻能等毛之備　於伎尓奈都佐布

三六二四 三六四六　和礼乃未夜　欲布祢波許具登　於毛敝礼婆　於伎敝能可多尓　可治能於等須奈里

古挽歌一首　并短歌

三六二五 三六四七　由布左礼婆　安之敝尓佐和伎　安気久礼婆　於伎尓奈都佐布　可母須良母　都麻等多具比弖　和我尾尓波　之毛奈布里曽等　之路多倍乃　波祢左之可倍弖　宇知波良比　左宿等布毛能乎　由久美都能　可敝良奴其等久　布久可是能　美延奴我其登久　安刀毛奈〔一二〕吉　与能比登尓之弖　和可礼尓之　伊毛我伎世弖思　奈礼其呂母　蘇弖加多思吉弖　比登里可母祢牟

反歌一首

三六二六 三六四八　多都我奈伎　安之敝乎左之弖　等妣和多類　安奈多頭多頭志　比等里佐奴礼婆

右、丹比大夫悽二愴亡妻一歌。

属レ物発レ思歌一首　并短歌

三六二七 三六四九　安佐散礼婆　伊毛我手尓麻久　可我美奈須　美津能波麻備尓　於保夫祢尓　真可治之自奴伎　可良久尓ゝ　和多理由加武等　多太牟可布　美奴面乎左指天　之保麻知弖　美乎妣伎由気婆　於伎敝尓波　之良奈美多可美　宇良末欲理　許芸弖和多礼婆　和伎毛故尓

9 路　類広紀宮―露

2 敝　広紀宮―弊類倍

43 波天広—婆

5 乎類広紀宮—於

安波治乃之麻波　由布左礼婆　久毛為可久里奴　左欲布気弖　由久敝乎之良尓　安我己許呂　安可志能宇良尓・　布祢等米弖　宇伎祢乎詞都追　和多都美能　於枳敝乎見礼婆　伊射理須流　安麻能乎等女波　小船乗　都良々尓宇家里　安香等吉能　之保美知久礼婆　安之弁尓波　多豆奈伎和多流　安左奈芸尓　布奈弖乎世牟等　船人毛　鹿子毛許恵欲妣　柔保等里能　奈豆左比由気婆　伊敝之麻波　久毛為尓美延奴　安我毛敝流　許己呂奈具也等　波夜久伎弖　美牟等於毛比弖　於保夫祢・乎　許芸和我由気婆　於伎都奈美　多可久多知伎奴　与曽能未尓　見都追須疑由伎　多麻能宇良尓　布祢乎等杼米弖　波麻備欲里　宇良伊蘇乎見都追　奈久古奈須　祢能未之奈可由　和多都美能　多麻伎能多麻乎　伊敝都刀尓　伊毛尓也良牟等　比里比登里　素弖尓波伊礼弖　可敝之也流　都可比奈家礼婆　毛弖礼杼毛　之留思乎奈美等　麻多於伎都流可毛・　〔一三〕

反歌二首

三六二八 三六五〇 多麻能宇良能　於伎都之良多麻　比利敝礼杼　麻多曽於伎都流　見流比等乎奈美

三六二九 三六五一 安伎左良婆　和我布祢波弖牟　和須礼我比　与世伎弖於家礼　於伎都之良奈美　〔一四〕

周防国玖河郡麻里布浦行之時作歌八首

三六三〇 三六五二 真可治奴伎　布祢之由加受波　見礼杼安可奴　麻里布能宇良尓　也杼里世麻之乎・

三六三一 三六五三 伊都之可母　見牟等於毛比師　安波之麻乎　与曽尓也故非無　由久与思乎奈美

三六三二 三六五四 大船尓　可之布里多弖天　波麻芸欲伎　麻里布能宇良尓　也杼里可世麻之

三六三三 三六五五 安波思麻能　安波自等於毛布　伊毛尓安礼也　夜須伊毛祢受弖　安我故非和多流

三六三四（三六五六）筑紫道能　可太能於保之麻　思末志久母　見祢婆古非思吉　伊毛乎於伎弖伎奴　〔一五〕

三六三五（三六五七）伊毛我伊敝治　知可久安里世婆　見礼杼安可奴　麻理布能宇良乎　見世麻思毛能乎

三六三六（三六五八）伊敝比等波　可敝里波也許等　伊波比之麻　伊波妣麻都良牟　多比由久和礼乎

三六三七（三六五九）久左麻久良　多比由久比等乎　伊波比之麻　伊久与布流末弖　伊波比伎尓家牟

1 比類広―妣
4 妣類広―比
5 比類広―妣
2 多比類広―多妣

過二大嶋鳴門一而経二再宿一之後　追作歌二首

三六三八（三六六〇）巨礼也己能　名尓於布奈流門能　宇頭之保尓　多麻毛可流登布　安麻乎等女杼毛

右一首、田辺秋庭。

三六三九（三六六一）奈美能宇倍尓　宇伎祢世之欲比　安杼毛倍香　許己呂我奈之久　伊米尓美要都流

熊毛浦船泊之夜作歌四首

船広宮―舶

三六四〇（三六六二）美夜故辺尓　由可牟船毛我　可里許母能　美太礼弖於毛布　許登都㝵夜良牟

右一首、羽栗。

三六四一（三六六三）安可等伎能　伊敝胡悲之伎尓　宇良未欲理　可治乃於等須流波　安麻乎等女可母　〔一六〕

三六四二（三六六四）於枳敝欲理　之保美知久良之　可良能宇良尓　安佐里須流多豆　奈伎弖佐和伎奴

三六四三（三六六五）於枳敝欲里　布奈妣等能煩流　与妣与勢弖　伊射都気也良牟　多婢能也登里乎

一云、多妣能夜杼里乎　伊射都気夜良奈

1 枳類広―吉

佐婆海中忽遭二逆風一張浪漂流　経宿而後　幸得二順風一到二著豊前国下毛郡分間浦一　於レ是追二怛艱難一悽惆作歌八首

三六四四（三六六六）於保伎美能　美許等可之故美　於保夫祢能　由伎能麻尓末尓　夜杼里須流可母

3 夫類広紀宮―布

右一首、雪宅麻呂。

三六四五 三六六七 和伎毛故波　伴也母許奴可登　麻都良牟乎　於伎尓也須麻牟　伊敝都可受之弖

三六四六 三六六八 宇良末欲里　許芸許之布祢乎　風波夜美　於伎・都美宇良尓　夜杼里須流可毛

三六四七 三六六九 和伎毛故我　伊可尓於毛倍可　奴婆多末能　比登欲毛於知受　伊米尓之美由流

三六四八 三六七〇 宇奈波良能　於伎敝尓等毛之　伊射流火波　安可之弖登母世　夜麻登思麻見無

三六四九 三六七一 可母自毛能　宇伎祢乎須礼婆　美奈能和多　可具*呂伎可美尓　都由曽於伎尓家類

三六五〇 三六七二 比左可多能　安麻弖流月波　見都礼杼母　安我・母布伊毛尓　安波奴許呂可毛

3 波―婆広

三六五一 三六七三 奴波多麻能　欲和多流月者　波夜毛伊弖奴香文　宇奈波良能　夜蘇之麻能宇倍由　伊毛我安多里見牟　旋頭歌也。

至㆓筑紫館㆒遥望㆓本郷㆒悽愴作歌四首

三六五二 三六七四 之賀能安麻能　一日毛於知受　也久之保能　可良伎孤悲乎母　安礼波須流香母

3 妣類広宮―比

三六五三 三六七五 思可能宇良尓　伊射里須流安麻　伊敝妣等能　麻知古布良牟尓　安可思都流宇乎

5 多―陀広

三六五四 三六七六 可之布江尓　多豆奈吉和多流　之可能宇良尓　於枳都之良奈美　多知之久良思毛

一云、美知之伎奴良思

三六五五 三六七七 伊麻欲理波　安伎豆吉奴良之　安思比奇能　夜麻末都可気尓　日具良之奈伎奴

思―心広京赭

七夕仰㆓観天漢㆒各陳㆑所㆑*思作歌三首

三六五六 三六七八 安伎波疑尓　〻保敝流和我母　奴礼奴等母　伎・美我美布祢能　都奈之等理弖婆

右一首、大使。

〔一七〕

〔一八〕

三六五七 三六七九 等之尓安里弖　比等欲伊母尓安布　比故保思母　和礼尓麻佐里弖　於毛布良米也母
三六五八 三六八〇 由布豆久欲　可気多知与里安比　安麻能我波　許具布奈妣等乎　見流我等母之佐

海辺望レ月作歌九首

4 加 類広紀宮—可

三六五九 三六八一 安伎加是波　比尓家尓布伎奴　和伎毛故波　伊都登加和礼乎　伊波比麻都良牟　〔一九〕

大使之第二男。

三六六〇 三六八二 可牟佐夫流　安良都能左伎尓　与須流奈美　麻奈久也伊毛尓　故非和多里奈牟

右一首、土師稲足。

三六六一 三六八三 可是能牟多　与世久流奈美尓　伊射里須流　安麻乎等女良我　毛能須素奴礼奴

5イ 濃 類広紀宮—奴

一云、安麻乃乎等売我　毛能須蘇奴礼濃。

三六六二 三六八四 安麻能波良　布里佐気見礼婆　欲曽布気尓家流　与之恵也之　比等里奴流欲波　安気婆
安気奴等母

右一首、旋頭歌也。

三六六三 三六八五 和多都美能　於伎都奈波能里　久流等伎登　伊毛我麻都良牟　月者倍尓都追
三六六四 三六八六 之可能宇良尓　伊射里須流安麻　安気久礼婆　宇良未許具良之　可治能於等伎許由
三六六五 三六八七 伊母乎於毛比　伊能祢良延奴尓　安可等吉能　安左宜理其問理　可里我祢曽奈久　〔二〇〕
三六六六 三六八八 由布佐礼婆　安伎可是左牟思　和伎母故我　等伎安良比其呂母　由伎弖波也伎牟
三六六七 三六八九 和我多妣波　比左思久安良思　許能安我家流　伊毛我許呂母能　阿可都久見礼婆

華 広紀宮—美　西訂花

到二筑前国志麻郡之韓亭一舶泊経二三日一。於レ時夜月之光皎々流照。奄対二此*華一旅情悽噎。各

陳二心緒一聊以裁歌六首

三六六八 三六九〇 於保伎美能　等保能美可度登　於毛敝礼杼　気奈我久之安礼婆　古非尓家流可母

右一首、大使。

三六六九 三六九一 多妣尓安礼杼　欲流波火等毛之　乎流和礼乎　也未尓也伊毛我　古非都追安流良牟

右一首、大判官。

三六七〇 三六九二 可良等麻里　能許乃宇良奈美　多々奴日者　安・礼杼母伊敝尓　古非奴日者奈之　〔二一〕

三六七一 三六九三 奴婆多麻乃　欲和多流月尓　安良麻世婆　伊敝奈流伊毛尓　安比弖許麻之乎

三六七二 三六九四 比左可多能　月者弖利多里　伊刀麻奈久　安麻能伊射里波　等毛之安敝里見由

三六七三 三六九五 可是布気婆　於吉都思良奈美　可之故美等　能許能等麻里尓　安麻多欲曽奴流

引津亭舶泊之作歌七首・

三六七四 三六九六 久左麻久良　多婢乎久流之美　故非乎礼婆　可也能山辺尓　草乎思香奈久毛

三六七五 三六九七 於吉都奈美　多可久多都日尓　安敝利伎等　美夜古能比等波　伎吉弖家牟可母

右二首、大判官。

三六七六 三六九八 安麻等夫也　可里乎都可比尓　衣弖之可母　奈良能弥夜故尓　許登都気夜良武

三六七七 三六九九 秋野乎　尓保波須波疑波　佐家礼杼母　見流之・留思奈之　多婢尓師安礼婆　〔二二〕

三六七八 三七〇〇 伊毛乎於毛比　伊能祢良延奴尓　安伎乃野尓　草乎思香奈伎都　追麻於毛比可祢弖

三六七九 三七〇一 於保夫祢尓　真可治之自奴伎　等吉麻都等　和礼波於毛倍杼　月曽倍尓家流

三六八〇 三七〇二 欲乎奈我美　伊能年良延奴尓　安之比奇能　山妣故等余米　佐乎思賀奈君母

5 気天類広—㝵

4 故—古類広

肥前国松浦郡狛嶋亭船泊之夜 遥望二海浪一・各慟二旅心一作歌七首

三六八一 三七〇三 可敝里伎弖 見牟等於毛比之 和我夜度能 安伎波疑須ゝ伎 知里尓家武可聞

右一首、秦田麻呂。

三六八二 三七〇四 安米都知能 可未乎許比都ゝ 安礼麻多武 波夜伎万世伎美 麻多婆久流思母

右一首、娘子。

三六八三 三七〇五 伎美乎於毛比 安我古非万久波 安良多麻乃 多都追奇其等尓 与久流日毛安良自 〔一一三〕

三六八四 三七〇六 秋夜乎 奈我美尓可安良武 奈曽許己波 伊能祢良要奴毛 比等里奴礼婆可

三六八五 三七〇七 多良思比売 御船波弖家牟 松浦乃宇美 伊母我麻都倍伎 月者倍尓都ゝ

三六八六 三七〇八 多婢奈礼波 於毛比多要弖毛 安里都礼杼 伊敝尓安流伊毛之 於母比我奈思母

三六八七 三七〇九 安思必寄能 山等妣古由留 可里我祢波 美也故尓由加波 伊毛尓安比弖許祢

*到二壱伎嶋一雪連宅満忽遇二鬼病一死去之時作歌一首 并短歌

三六八八 三七一〇 須売呂伎能 等保能朝庭等 可良国尓 和多流和我世波 伊敝妣等能 伊波比麻多祢可
多太未可母 安夜麻知之家牟 安吉佐良婆 可敝里麻左牟等 多良知祢能 波ゝ尓麻于
之弖 等伎毛須疑 都奇母倍奴礼婆 今日可許牟 明日可・蒙許武登 伊敝妣等波 麻 〔一一四〕
知故布良牟尓 等保能久尓 伊麻太毛都可受 也麻等乎毛 登保久左可里弖 伊波我祢
乃 安良伎之麻祢尓 夜杼理須流君

反歌二首

三六八九 三七一一 伊波多野尓 夜杼里須流伎美 伊敝妣等乃 伊豆良等和礼乎 等波婆伊可尓伊波牟

3 己天類広—ゝ
2 船天類—舶
4 倍天類—敝
1 波天類広—婆
1 寄—奇類広
2 由天類—田
伎天古広—岐
三六八八ノ題詞ノ前行ニ挽歌トアリ 西貼紙
12 于天広宮—乎
12 ハハニマヲ〔乎〕シテ
17 妣天類広宮—比
5 波婆 代初—婆波

15 佐天類広紀—左
24 乃天類—能
24 波類広—婆
30 伎天類広紀—疑
5 之—〻墻
2 尓—乎天類広
5 思天類—之
2 可天類広紀—下
10 等(ホ)大系—土
2 祁天類広宮—都
5 流天類—留

三六九〇 三七一二 与能奈可波　都祢可久能未等　和可礼奴流　君・尓也毛登奈　安我孤悲由加牟

右三首、挽歌。

三六九一 三七一三 天地等　登毛尓母我毛等　於毛比都〻　安里家牟毛能乎　波之家也思　伊敝乎波奈礼弖　奈美能宇倍由　奈豆佐比伎尓弖　安良多麻能　月日毛伎倍奴　可里我祢母　都芸弖伎奈気婆　多良知祢能　波〻母都末良母　安佐都由尓　毛能須蘇比都知　由布疑里尓　己呂毛弖奴礼弖　左伎・久之毛　安流良牟其登久　伊偲見都追　麻都良牟母能乎　世間能　〔二五〕比登乃奈気伎波　安比於毛波奴　君尓安礼也母　安伎波疑能　知良敝流野辺乃　波都乎花　可里保尓布伎弖　久毛婆奈礼　等保伎久尓敝能　都由之毛能　佐武伎山辺尓　夜杼里世流良牟

反歌二首

三六九二 三七一四 波之家也思　都麻毛古杼毛母　多可多加尓　麻・都良牟伎美也　之麻我久礼奴流

5 ヤ〔ミ〕マガクレヌル

三六九三 三七一五 毛美知葉能　知里奈牟山尓　夜杼里奴流　君乎麻都良牟　比等之可奈思母

右三首、葛井連子老作挽歌。

三六九四 三七一六 和多都美能　可之故伎美知乎　也須家口母　奈久奈夜美伎弖　伊麻太尓母　毛奈久由可牟登　由吉能安末能　保都手乃宇良敝乎　可多夜伎弖　由加武等須流尓　伊米能其等　美知能蘇良・治尓　和可礼須流伎美　〔二六〕

反歌二首

三六九五 三七一七 牟可之欲里　伊比祁流許等乃　可良久尓能　可良久毛己許尓　和可礼須流可聞

三六九六 三七一八 新羅奇敝可　伊敝尓可加反流　由吉能之麻　由加牟多登伎毛　於毛比可祢都母

右三首、六鯖作挽歌。

到二対馬嶋浅茅浦一舶泊之時　不レ得二順風一経停・五箇日　於レ是瞻二望物華一各陳二慟心一作歌三首

三六九七 三七一九 毛母布祢乃　波都流対馬能　安佐治山　志具礼能安米尓　毛美多比尓家里

三六九八 三七二〇 安麻射可流　比奈尓毛月波　弖礼ゝ杼母　伊毛曽等保久波　和可礼伎尓家流

三六九九 三七二一 安伎佐礼婆　於久都由之毛尓　安倍受之弖　京師乃山波　伊呂豆伎奴良牟

竹敷浦舶泊之時　各陳二心緒一作歌十八首・

三七〇〇 三七二二 安之比奇能　山下比可流　毛美知葉能　知里能麻河比波　計布仁聞安留香母

右一首、大使。

三七〇一 三七二三 多可之伎能　母美知乎見礼婆　和芸毛故我　麻多牟等伊比之　等伎曽伎尓家流

右一首、副使。

三七〇二 三七二四 多可思吉能　宇良末能毛美知　和礼由伎弖　可敝里久流末侶　知里許須奈由米・

右一首、大判官。

三七〇三 三七二五 多可思吉能　宇敝可多山者　久礼奈為能　也之保能伊呂尓　奈里尓家流香聞

右一首、少判官。

三七〇四 三七二六 毛美知婆能　知良布山辺由　許具布祢能　尓保比尓米侶弖　伊侶弖伎尓家里

三七〇五 三七二七 多可思吉能　多麻毛奈婢可之　己芸侶奈牟　君我美布祢乎　伊都等可麻多牟・

1 佐天広―左
各天類広宮―ナシ
5 留天類広宮―流
2 婢天類―比
3 芸天類―伎

右二首、対馬娘子名玉槻。

三七〇六（三七二八）多麻之家流　伎欲吉奈芸佐乎　之保美弖婆　安可受和礼由久　可反流左尔見牟 〔一八〕

右一首、大使。

三七〇七（三七二九）安伎也麻能　毛美知乎可射之　和我乎礼婆　宇良之保美知久　伊麻太安可奈久尔

右一首、副使。

2 緇紀宮近—緇

三七〇八（三七三〇）毛能毛布等　比等尔波美要緇　之多婢毛能　思・多由故布流尔　都奇曽倍尔家流

右一首、大使。

三七〇九（三七三一）伊敝豆刀尔　可比乎比里布等　於伎敝欲里　与世久流奈美尔　許呂毛弖奴礼奴

1 婆天類広—波

三七一〇（三七三二）之保非奈婆　麻多母和礼許牟　伊射遊賀武　於伎都志保佐為　多可久多知伎奴

3 毛天類広—母

三七一一（三七三三）和我袖波　多毛登等保里弖　奴礼奴等毛　故非和須礼我比　等良受波由可自・

1 婆類古広—波

三七一二（三七三四）奴婆多麻能　伊毛我保須倍久　安良奈久尔　和我許呂母弖乎　奴礼弖伊可尔勢牟 〔一九〕

三七一三（三七三五）毛美知婆波　伊麻波宇都呂布　和伎毛故我　麻多牟等伊比之　等伎能倍由気婆

1 伎天広—芸
4 佐天広—左

三七一四（三七三六）安伎佐礼婆　故非之美伊母乎　伊米尔太尔　比佐之久見牟乎　安気尔家流香聞

三七一五（三七三七）比等里能末　伎奴流許呂毛能　比毛等加婆　多礼可毛由波牟　伊敝杼保久之弖・

1 2 毛母天類広
紀—母毛

三七一六（三七三八）安麻久毛能　多由多比久礼婆　九月能　毛美知能山毛　宇都呂比尔家里

2 登天類広紀—等

三七一七（三七三九）多婢尔弖毛　母奈久波也許登　和伎毛故我　牟須妣思比毛波　奈礼尔家流香聞

廻二来筑紫一海路入レ京　到二播磨国家嶋一之時作歌五首

三七一八（三七四〇）伊敝之麻波　奈尔許曽安里家礼　宇奈波良乎　安我古非伎都流　伊毛母安良奈久尔・

2 祢天類広紀—弥
1 伴天原類古広—伴乃
弟—茅類宮
2 婆天類広紀—波
3 吉天類紀宮—伎
4 毛天類広—母
5 未天広紀宮—美
3 里—理類広

三七一九 三七四一 久左麻久良　多婢尓比左之久　安良米也等　伊毛尓伊比之乎　等之能倍奴良久 〔三〇〕
三七二〇 三七四二 和伎毛故乎　由伎弖波也美武　安波治之麻　久毛為尓見延奴　伊敝都久良之母
三七二一 三七四三 奴婆多麻能　欲安可之母布祢波　許芸由可奈　美都能波麻末都　麻知故非奴良武
三七二二 三七四四 大伴　美津能等麻里尓　布祢波弖ゝ　多都多能山乎　伊都可故延伊加武・

中臣朝臣宅守与㆓狭野*弟上娘子㆒贈答歌

三七二三 三七四五 安之比奇能　夜麻治古延牟等　須流君乎　許ゝ呂尓毛知弖　夜須家久母奈之
三七二四 三七四六 君我由久　道乃奈我弖乎　久里多ゝ祢　也伎保呂煩散牟　安米能火毛我母
三七二五 三七四七 和我世故之　気太之麻可良婆　思漏多倍乃　蘇但乎布良左祢　見都追志努波牟
三七二六 三七四八 己能許呂波　古非都追母安良牟　多麻久之気・　安気弖乎知欲利　須弁奈可流倍思 〔三一〕

右四首、娘子臨㆑別作歌。

三七二七 三七四九 知里比治能　可受尓母安良奴　和礼由恵尓　於毛比和夫良牟　伊母我可奈思佐
三七二八 三七五〇 安乎尓与之　奈良能於保知波　由吉余家杼　許能山道波　由伎安之可里家利
三七二九 三七五一 宇流波之等　安我毛布伊毛乎　於毛比都追　由気婆可母等奈　由伎安思可流良武・
三七三〇 三七五二 加思故美等　能良受安里思乎　美故之治能　多武気尓多知弖　伊毛我名能里都

右四首、中臣朝臣宅守上㆑道作歌。

三七三一 三七五三 於毛布恵尓　安布毛能奈良婆　之末思久毛　伊毛我目可礼弖　安礼乎良米也母
三七三二 三七五四 安可祢佐須　比流波毛能母比　奴婆多麻乃　欲流波須我良尓　祢能未之奈加由
三七三三 三七五五 和伎毛故我　可多美能許呂母　奈可里世婆　奈・尓毛能母弖加　伊能知都我麻之 〔三二〕

5 之佐天類広—之佐一云左必之佐

三七三四（三七五六）等保伎山　世伎毛故要伎奴　伊麻左良尓　安布倍伎与之能　奈伎我佐夫之佐

三七三五（三七五七）於毛波受母　麻許等安里衣牟也　左奴流欲能　伊米尓毛伊母我　美延射良奈久尓

3 母天類広紀—毛

三七三六（三七五八）等保久安礼婆　一日一夜毛　於母波受弖　安流良牟母能等　於毛保之売須奈

4 思天類広紀—之

三七三七（三七五九）比等余*里波　伊毛曽母安之伎　故非毛奈久　安良末思毛能乎　於毛波之米都追

2 等天広—登
4 智天広—知

三七三八（三七六〇）於毛比都追　奴礼婆可毛等奈　奴婆多麻能　比等欲毛意智受　伊米尓之見由流

三七三九（三七六一）可久婆可里　古非牟等可祢弖　之良末世婆　伊毛乎婆美受曽　安流倍久安里家留

三七四〇（三七六二）安米都知能　可未奈伎毛能尓　安良婆許曽　安我毛布伊毛尓　安波受思仁世米

三七四一（三七六三）伊能知乎之　麻多久之安良婆　安里伎奴能　安里弖能知尓毛　安波射良米也母

一云、安里弖能乃知毛

〔三三〕

三七四二（三七六四）安波牟日乎　其日等之良受　等許也未尓　伊豆礼能日麻弖　安礼古非乎良牟

4 母—毛類広

三七四三（三七六五）多婢等伊倍婆　許等尓曽夜須伎　須久奈久毛　伊母尓恋都々　須敝奈家奈久尓

三七四四（三七六六）和伎毛故尓　古布流尓安礼波　多麻吉波流　美自可伎伊能知毛　乎之家久母奈思

右十四首、中臣朝臣宅守。

三七四五（三七六七）伊能知安良婆　安布許登母安良牟　和我由恵尓　波太奈於毛比曽　伊能知多尓敝*波

三七四六（三七六八）比等能宇々流　田者宇恵麻佐受　伊麻佐良尓　久尓和可礼之弖　安礼波伊可尓勢武

三七四七（三七六九）和我屋度能　麻都能葉見都々　安礼麻多無　波夜可反里麻世　古非之奈奴刀尓

三七四八（三七七〇）比等久尓波　須美安之等曽伊布　須牟也気久　波也可反里万世　古非之奈奴刀尓

〔三四〕

3 都麻類広紀宮—豆摩

三七四九（三七七一）比等久尓々　伎美乎伊麻勢弖　伊都麻弖可　安我故非乎良牟　等伎乃之良奈久

3750 3772 安米都知乃　曽許比能宇良尓　安我其等久　伎美尓故布良牟　比等波左祢安良自

3751 3773 之呂*多倍能　安我之多其呂母　宇思奈波受　毛弖礼和我世故　多太尓安布麻侶尓・

3752 3774 波流乃日能　宇良我奈之伎尓　於久礼為弖　君尓古非都々　宇都之家米也母

3753 3775 安波牟日能　可多美尓世与等　多和也女能　於毛比美太礼弖　奴敝流許呂母曽　〔三五〕

右九首、娘子。

3754 3776 過所奈之尓　世伎等婢古由流　保等登芸須　多我子尓毛　夜麻受可欲波牟

3755 3777 宇流波之等　安我毛布伊毛乎　山川乎　奈可尓・敝奈里弖　夜須家久毛奈之

3756 3778 牟可比為弖　一日毛於知受　見之可杼母　伊等波奴伊毛乎　都奇和多流麻弖

3757 3779 安我未許曽　世伎夜麻故要弖　許己尓安良米　許己呂波伊毛尓　与里尓之母能乎

3758 3780 佐須太気能　大宮人者　伊麻毛可母　比等奈夫理能未　許能美多流良武

一云、伊麻左倍也・

3759 3781 多知可敝里　奈気杼毛安礼波　之流思奈美　於毛比和夫礼弖　奴流欲之曽於保伎

3760 3782 左奴流欲波　於保久安礼杼毛　母能毛波受　夜須久奴流欲波　佐祢奈伎母能乎

3761 3783 与能奈可能　都年能己等和利　可久左麻尓　奈里伎尓家良之　須恵之多祢可良

3762 3784 和伎毛故尓　安布左可山乎　故要弖伎弖　奈伎都々乎礼杼　安布余思毛奈之・

3763 3785 多婢等伊倍婆　許登尓曽夜須伎　須敝毛奈久　々流思伎多婢毛　許等尓麻左米也母　〔三六〕

3764 3786 山川乎　奈可尓敝奈里弖　等保久登母　許己呂乎知可久　於毛保世和伎母

3765 3787 麻蘇可我美　可気弖之奴敝等　麻都里太須　可多美乃母能乎　比等尓之売須奈

3753 4 定訓ナシ

3757 2 故類広紀宮—許

3758 4 未類広紀宮—美

3760 2 毛広紀—母　3 母広紀—毛

3761 4 里類広紀宮—利

3763 2 登類広紀宮—等

2 波婆 代精 — 婆波

三七六六 三七八八 宇流波之等　於毛比之於毛波婆　之多婢毛尓　由比都気毛知弖　夜麻受之努波世・

右十三首、中臣朝臣宅守。

三七六七 三七八九 多麻之比波　安之多由布敝尓　多麻布礼杼　安我牟祢伊多之　古非能之気吉尓

3 文広紀—毛
5 祢広紀宮—弥

三七六八 三七九〇 己能許呂波　君乎於毛布等　須敝奈伎　古非能未之都々　祢能未之曾奈久

三七六九 三七九一 奴婆多麻乃　欲流見之君乎　安久流安之多　安波受麻尓之弖　伊麻曾久夜思吉

三七七〇 三七九二 安治麻野尓　屋杼礼流君我　可反里許武　等伎・能牟可倍乎　伊都等可麻多武

〔三七〕

3 家布 類広 — ゝゝ
4 保登保等 類 広 — 保等保登

三七七一 三七九三 宮人能　夜須伊毛祢受弖　家布家布等　麻都良武毛能乎　美要奴君可聞

三七七二 三七九四 可敝里家流　比等伎多礼里等　伊比之可婆　保登保等之尓吉　君香登於毛比弖

三七七三 三七九五 君我牟多　由可麻之毛能乎　於奈自許登　於久礼弖乎礼杼　与伎許等毛奈之

三七七四 三七九六 和我世故我　可反里吉麻佐武　等伎能多米　伊・能知能己佐牟　和須礼多麻布奈

右八首、娘子。

三七七五 三七九七 安良多麻能　等之能乎奈我久　安波射礼杼　家之伎己許呂乎　安我毛波奈久尓

三七七六 三七九八 家布毛可母　美也故奈里世婆　見麻久保里　尓之能御馬屋乃　刀尓多弖良麻之

右二首、中臣朝臣宅守。

三七七七 三七九九 伎能布家布　伎美尓安波受弖　須流須敝能　多・度伎乎之良尓　祢能未之曾奈久

〔三八〕

三七七八 三八〇〇 之路多倍乃　阿我許呂毛弖乎　登里母知弖　伊波敝和我勢古　多太尓安布末但尓

右二首、娘子。

2 婆類紀宮—波

三七七九 三八〇一 和我夜度乃　波奈多知婆奈波　伊多都良尓　知利可須具良牟　見流比等奈思尓

5 欲 類広宮—余

三七八〇 三八〇二 古非之奈婆　古非毛之祢等也　保等登芸須　毛能毛布等伎尓　伎奈吉等余牟流・

三七八一 三八〇三 多婢尓之弖　毛能毛布等吉尓　保等登芸須　毛等奈那難吉曽　安我古非麻左流

三七八二 三八〇四 安麻其毛理　毛能母布等伎尓　保等登芸須　和我須武佐刀尓　伎奈伎等余母須

三七八三 三八〇五 多婢尓之弖　伊毛尓古布礼婆　保登等伎須　和我須武佐刀尓　許欲奈伎和多流

三七八四 三八〇六 許己呂奈伎　登里尓曽安利家流　保登等芸須　毛能毛布等伎尓　奈久倍吉毛能可・

三七八五 三八〇七 保登等芸須　安比太之麻思於家　奈我奈気婆　安我毛布許己呂　伊多母須敝奈之

右七首、中臣朝臣宅守寄二花鳥一陳レ思作歌。

〔三九〕

萬葉集巻第十五

萬葉集巻第十六　〔一〕

有由縁 雑歌

三七八六〜　三八〇八〜　二壮士誂二娘子一遂嫌レ適二壮士一入二林中一死
時 各陳二心緒一作歌二首
三七八八〜　三八一〇〜　三男共*娉二一女一娘子嘆息沈二没水底一時 不　娉—娉宮
レ勝二哀傷一各陳レ心作歌三首
三七九一〜　三八一三〜　竹取翁偶逢二九箇神女一贖二近狎之罪一作歌一
首 并短歌・
三七九四〜　三八一六〜　娘子等*和歌九首　和紀宮—倭
三八〇三　三八二五　娘子竊交二接壮士一時 欲レ令レ知二親与二其夫一
歌一首
三八〇四　三八二六　壮*士専二使節一赴二遠境一 娘子累レ年悲歎姿容　士—子紀宮
疲羸 壮*士還来流レ涙口号歌一首　士—子紀宮
三八〇五　三八二七　娘子聞二夫君歌一応レ声和歌一首
三八〇六　三八二八　女子竊接二壮士一其親呵嘖壮士悚惕時 娘子
贈二与夫一歌一首・
三八〇七　三八二九　葛城王発二陸奥一時 祇承緩怠王意不レ悦 采　〔二〕
女捧レ觴詠歌一首
三八〇八　三八三〇　男女衆集野遊時 有二鄙人夫婦一 容姿秀二衆
諸一 仍賛二嘆美皃一一首
三八〇九　三八三一　所レ幸娘子寵薄還二賜寄物一時 娘子怨恨歌一
首
三八一〇　三八三二　時娘子相二別夫一後 *夫正身不レ来徒賜二裹物一　夫西イ紀宮—ナシ
娘子還酬歌一首・

三八一一〜　三八三三〜　恋二夫君一歌一首 并短歌
三八一三　三八三五　時娘子恋二夫君一沈二臥痾痩一 喚二其夫一逝歿
時口号歌一首
三八一四　三八三六　贈歌一首
三八一五　三八三七　娘子見レ棄二夫君一改二適他氏一 壮士不レ知二改
適一 顕二改適之縁一歌一首
三八一六　三八三八　穂積親王宴飲日酒酣御歌一首
三八一七〜　三八三九〜　河村王宴居弾レ琴先誦歌二首・
三八一九〜　三八四一〜　小鯛王宴居取レ琴先詠歌二首　〔三〕
三八二一　三八四三　児部女王嗤歌一首
三八二二　三八四四　椎野連長年歌一首
三八二三　三八四五　又和歌一首
三八二四〜　三八四六〜　長忌寸意吉麻呂歌八首
三八三二　三八五四　忌部首詠二数種物一歌一首
三八三三　三八五五　境部王詠二数種物一歌一首
三八三四　三八五六　作主未レ詳歌一首・
三八三五　三八五七　献二新田部親王一歌一首
三八三六　三八五八　行文大夫謗二佞人一歌一首
三八三七　三八五九　府官設二酒食一誘二右兵衛一失。名 *関二荷葉一作レ歌　関定本—開
登時応レ声歌一首
三八三八〜　三八六〇〜　無二心所一レ著歌二首
三八四〇　三八六二　池田朝臣嗤二大神朝臣奥守一歌一首
三八四一　三八六三　大神朝臣奥守報嗤歌一首
三八四二　三八六四　平群朝臣嗤歌一首・

并尼西原広紀―ナシ
競（競）尼類古広―竟
来尼類古広―来于
5 去尼類古広―去流
3 散尼―開
昔尼類古広―ナシ
2 山童蒙―玉

萬葉集巻第十六

有由縁＊并雑歌

昔者有娘子。字曰桜児也。于時有二壮士。共誂此娘、而捐生挌競＊貪死相敵。於是娘子歔欷曰、従古＊来今未聞未見一女之身往適二門矣。方今壮士之意有難和平。不如妾死相害永息。尓乃尋入林中懸樹経死。其両壮士不敢哀慟血泣漣襟、各陳心緒作歌二首

三七八六 三八〇八 春去者　挿頭尓将為跡　我念之　桜花者　散去香聞　其一

三七八七 三八〇九 妹之名尓　繫有桜　花散者　常哉将恋　弥年之羽尓　其二

或曰、＊昔有三男、同娉一女也。娘子嘆息曰、一女之身易滅如露。三雄之志難平如石。遂乃彷徨池上沈没水底。於時其壮士等不勝哀頽之至、各陳所心作歌三首

娘子字曰縵児也。

三七八八 三八一〇 無耳之　池羊蹄恨之　吾妹児之　来乍潜者　水波将涸　一

三七八九 三八一一 足曳之　山縵之児　今日往跡　吾尓告世婆　還来麻之乎　二

三七九〇 三八一二 足曳之　山縵之児　如今日　何隈乎　見管来尓監　三

昔有老翁。号曰竹取翁也。此翁季春之月、登丘遠望、忽値煮羹之九箇女子也。百

〔六〕
3 アガオモヒシ
5 チリニケルカモ
3 ハナサカ〔開〕バ

〔七〕
1 アシヒキの
1 アシヒキの
2 タマ〔玉〕カヅラのコ

ゝ尼朱類宮—唯
哉—コノ下ニゝゝゝゝゝゝアリ広
6 生広紀宮—生之　三七九一 三八二三
28 墨—黒尼広
31 ゝ尼広—之
45 ゝ尼広—之
54 経類尼—ナシ
74 采私案—果
89 路—大路考一説

嬬無レ儔花容無レ匹。于レ時娘子等呼二老翁一嗤曰、叔父来・乎。吹二此燭火一也。於レ是翁曰二唯ゝ一、漸趨徐行著二接座上一。良久娘子等皆共含レ咲相推讓之曰、阿誰呼二此翁一哉。尓乃竹取翁謝之曰、非レ慮之外偶逢二神仙一、迷惑之心無二敢所一レ禁。近狎之罪希贖以レ歌。即作歌一首 并短歌

緑子之　若子蚊見庭　垂乳為　母所レ懐　褨襁　平生蚊見庭　結経方衣　氷津裏丹縫服　頸著之　童子蚊見庭　結幡之　袂着衣　服我矣　丹因　子等何四・千庭　三名之綿　蚊黒為髪尾　信櫛持　於レ是蚊寸垂　取束　挙而裳纏見　解乱　童児丹成見　羅丹津蚊経　色丹名著来　紫之　大綾之衣　墨江之　遠里小野之　真榛持　丹穂ゝ為衣丹　狛錦　紐丹縫著　刺部重部　波累服　打十八為　麻績児等　蟻衣之　宝之子等蚊　打栲者　経而織布　日曝之　朝手作尾　信巾裳成　者ゝ寸丹取為　支屋所経　稲寸丁女蚊　妻問迹　我丹所レ来為　彼方之　二綾裏沓　飛・鳥　飛鳥壮蚊　霖禁経　縫為黒沓　刺佩而　庭立住　退莫立　禁尾迹女蚊　髣髴聞而　我丹所レ来為　水縹絹帯尾　引帯成　韓帯丹取為　海神之　殿蓋丹　飛翔　為軽如来　腰細丹　取餝氷　真十鏡　取双懸而　己蚊采　還氷見乍　春避而　野辺尾廻者　面白見　我矣思経蚊　狭野津鳥　来鳴翔経　秋僻而　山辺尾往者　名津蚊為迹　我矣思経蚊　天雲裳行田菜引　還立　路尾所レ来者　打氷刺　宮尾見名　刺竹・之　舎人壮裳　忍経等氷還等氷見乍　誰子其迹哉　所レ思而在　如レ是　所レ為故為　古部　狭ゝ寸為我哉　端寸八為　今日八方子等丹　五十狭迩迹哉　所レ思而在　如レ是　所レ為故為　古部之　賢

2 ワキゴガミニハ
4 ハハニウダカえ
9 クビツキの
11 ユフハタの
〔八〕
27 オホアヤのころモ
31 ニホホスキヌニ
34 定訓ナシ
40 41 ウチシタヘハヘ
44 ヒラミナス
46 定訓ナシ
52 とブとリの
54 ナガめイミ〔経〕・
58 そケナタチと
59 イサめヲとメガ
63 カトリのオビヲ
71 トリよそホヒ
87 イユキタナビク
89 ミチヲクレバ・オホ〔大〕ヂヲクレバ
〔九〕
97 オモハえテアル
99 定訓ナシ
105 オモハえテアル
107 定訓ナシ

人藻　後之世之　堅監将レ為迹　老人矣　送為車　持還来　持還来

反歌二首

三七九二 三八一四　死者木苑　相不レ見在目　生而在者　白髪子等丹　不レ生在目八方・

三七九三 三八一五　白髪為　子等丹生名者　如レ是　将二若異一子等丹　所レ詈金目八

娘子等和歌九首

三七九四 三八一六　端寸八為　老夫之歌丹　大欲寸　九　児等哉　蚊間毛而将レ居　一

三七九五 三八一七　辱忍　辱尾黙　无レ事　物不レ言先丹　我者将レ依　二

三七九六 三八一八　否藻諾藻　随レ欲　可レ赦　皃　所レ見哉　我藻将レ依　三

三七九七 三八一九　死藻生藻　同　心迹　結　而為　友八違　我藻将レ依　四・

三七九八 三八二〇　何為迹　違　将レ居　否藻諾藻　友之波ミ　我裳将レ依　五

三七九九 三八二一　豈藻不レ在　自　身之柄　人子之　事藻不レ尽　我藻将レ依　六

三八〇〇 三八二二　者田為ミ寸　穂庭莫出　思而有　情　者所レ知　我藻将レ依　七

三八〇一 三八二三　墨之江之　岸野之榛丹　ミ穂所レ経迹　丹穂葉寐我八　丹穂氷而将レ居　八

三八〇二 三八二四　春之野乃　下草靡　我藻依　丹穂氷因将　友之随・意　九

昔者有三壮士与二美女一也。（姓名未レ詳。）不レ告二二親一竊為二交接一。於レ時娘子之意欲二親令一レ知、因作二歌詠一送二与其夫一。歌曰、

三八〇三 三八二五　隠耳　恋者辛苦　山葉従　出来月之　顕　者如何

右、或云、男有二答歌一者。未レ得二探求一也。

115 持還来尼広―ナシ
2 丹新大系―母
1 辱類古―辱尾
3 无尼類―無
2 者類古広宮―ナシ

5 オひズアラめヤモ
2 コラモ〔母〕オひナバ
3 ことモナキ
2 オヤジこころと
〔一〇〕1 ナニセムと
2 ホニハナイデそと

昔者有二壮士一。新成二婚礼一也。未レ経二幾時一、忽為二駅使一被レ遣二遠境一。公事有レ限会期無レ日。於レ是娘子・感慟悽愴沈二臥疾疢一。累年之後、壮士還来覆命既了。乃詣相視、而娘子之姿容疲羸甚異言語哽咽。于レ時壮士哀嘆流レ涙裁レ歌口号。其歌一首

〔一一〕

三八〇四 三八二六 如是耳尓（カクのみニ）　有家流物乎（アリケルものヲ）　猪名川之（ヰナガハの）　奥乎深目而（オキヲフカめテ）　吾念有来（アガモヘリケル）

娘子臥聞二夫君之歌一従レ枕挙レ頭応レ声和歌一首・

三八〇五 三八二七 烏玉之（ヌバタマの）　黒髪所レ沾而（クロカミヌレテ）　沫雪之（アワユキの）　零也来座（フルニヤキマス）　幾許恋者（ここダコフレバ）

今案、此歌、其夫被レ使既経二累載一、而当二還時一雪落之冬也。因レ斯娘子作二此沫雪之句一歟。

三八〇六 三八二八 事之有者（ことシアラバ）　小泊瀬山乃（ヲハツセヤマの）　石城尓母（イハきニモ）　隠者共尓（こもラバともニ）　莫思吾背（ナオモヒワガセ）

右、伝云、時有二女子一。不レ知二父母一竊接二壮士一也。壮士悚二惕其親呵嘖一稍有二猶予之*意一。因レ此娘子・裁二作斯歌一贈二与其夫一也。*

予（豫）尼朱類古広—預
与—尼類西イ広—欤

〔一二〕

5 ナオモヒそワガセ

三八〇七 三八二九 安積香山（アサカヤマ）　影副所レ見（カゲサヘミユル）　山井之（ヤマのヰの）　浅心乎（アサキこころヲ）　吾念莫国（ワガオモハナクニ）

右歌、伝云、葛城王遣二于陸奥国一之時、国司祗承緩怠異甚。於レ時王意不レ悦怒色顕レ面。雖レ設二飲饌一不二肯宴楽一。於レ是有二前采女風流娘子一。左手捧レ觴右手持レ水、撃二之王膝一而詠二此歌一。尓乃王意解悦楽飲終日。

5 アガモハナクニ

三八〇八 三八三〇 墨江之（スミのえの）　小集楽尓出而（ヲツめニイデテ）　寤尓毛（ウツツニモ）　己妻尚乎（おのヅマスラヲ）　鏡登見津藻（カガミとミツモ）

右、伝云、昔者鄙人、姓名未レ詳也。于レ時郷里男女衆集野遊。是会集之中有二鄙人夫婦一。其婦容姿端正秀二於衆諸一。乃彼鄙人之意弥増二愛レ妻之情一、而作二斯歌一賛二嘆美貌一

2 ヲヅめニイデテ

也尼類古紀―ナシ
斯尼類古広―ナシ
4 无尼類古広―無
取尼類古広―娶
7 磐尼類広紀―盤
14 染等（ホ）新 大系―染
3 追尼類古広―退

也。
三八〇九 三八三一 商変 領為跡之御法 有者許曽 吾下衣 反賜米
右、伝云、時有ニ所レ幸娘子一也。*姓名未レ詳。 寵薄之後、還ニ賜寄物一。俗云ニ可多美一。 於レ是娘子怨恨
聊作ニ*斯歌一献・上。　〔一三〕
三八一〇 三八三二 味飯乎 水尓醸成 吾待之 代者曽无 直尓之不レ有者
右、伝云、昔有ニ娘子一也。相ニ別其夫一望恋経レ年。尓時夫君更*取ニ他妻一、正身不レ来徒
贈ニ裹物一。因レ此娘子作ニ此恨歌一還酬之也。

恋ニ夫君一歌一首 并短歌

三八一一 三八三三 左耳通良布 君之三言等 玉梓乃 使毛不レ来者・ 憶病 吾身一曽 千磐破 神尓毛
莫負 卜部座 亀毛莫焼曽 恋之久尓 痛 吾身曽 伊知白苦 身尓染等保里 村肝乃
心砕而 将レ死命 尓波可尓成奴 今更 君可吾乎喚 足千根乃 母之御事歟 百
不レ足 八十乃衢尓 夕占尓毛 卜尓毛曽問 応レ死吾之故

反歌

三八一二 三八三四 卜部乎毛 八十乃衢毛 占雖レ問 君乎相見 多時・不レ知毛　〔一四〕

或本反歌曰、

三八一三 三八三五 吾命者 惜雲不レ有 散追良布 君尓依而曽 長欲為
右、伝云、時有ニ娘子一。姓車持氏也。其夫久逕ニ年序一不レ作ニ往来一。于レ時娘子係恋傷心
沈ニ臥痾疢一。痩羸日異忽臨ニ泉路一。於レ是遣レ使喚ニ其夫君一来。而乃歔欷流レ涕口ニ号斯

2 ヲスとのミのリ ユルセとのミのリ
4 カヒハサネナシ
5 ナガクホリスル

歌、登時逝歿也。

贈歌一首

三八一四 三八三六 真珠者　緒絶為尓伎登　聞之故尓　其緒復貫　吾玉尓将レ為

答歌一首

三八一五 三八三七 白玉之　緒絶者信　雖レ然　其緒又貫　人持去家有

右、伝云、時有二娘子一。夫君見レ棄改二適他氏一也。于レ時或有壮士、不レ知二改適一此歌贈遣、請二誂於女之父母一者。於レ是父母之意壮士未レ聞二委曲之旨一、乃作二彼歌一報送、以顕二改適之縁一。*

縁尼類古広—縁也

穂積親王御歌一首

三八一六 三八三八 家尓有之　櫃尓鏁刺　蔵而師　恋乃奴之　束見懸而

右歌一首、穂積親王宴飲之日、酒酣之時、好誦二斯歌一、以為二恒賞一也。

反尼類西原広—也

三八一七 三八三九 可流羽須波　田廬乃毛等尓　吾兄子者　二布夫尓咲而　立麻為所レ見　田廬者多夫世反。*

三八一八 三八四〇 朝霞　香火屋之下乃　鳴川津　之努比管有常　将レ告児毛欲得

右歌二首、河村王宴居之時、弾レ琴而即先誦二此歌一、以為二常行一也。

三八一九 三八四一 暮立之　雨打零者　春日野之　草花之末乃　白露於母保遊

三八二〇 三八四二 夕附日　指哉河辺尓　構屋之　形乎宜美　諾所レ因来

右歌二首、小鯛王宴居之日、取レ琴登時必先吟二詠此歌一也。其小鯛王者、更名置始多久美、斯人也。

3 キキシヱニ

〔一五〕

1 イヘニアル

4 ヲバナガウレの

〔一六〕

児部女王嗤歌一首

三八二一　三八四三　美麗物　何所不レ飽矣　坂門等之　角乃布久礼尓　四具比相尓計六

右、時有二娘子一。姓尺度氏也。此娘子不レ聴二高姓美人之所一レ誂、応三許下姓媿士之所二レ誂也。於レ是児部女王裁二作此歌一嗤三咲彼愚一也。

古歌曰、

三八二二　三八四四　橘　寺之長屋尓　吾率宿之　童女波奈理波　髪上都良武可

右歌、椎野連長年脉曰、夫寺家之屋者不レ有二俗人寝処一。亦偁二若冠女一曰二放髪丱一矣。然則腹句已云二放髪丱一者、尾句不レ可三重云二著冠之辞一哉。

決曰、

三八二三　三八四五　橘　之　光有長屋尓　吾率宿之　宇奈為放尓　髪挙都良武香

長忌寸意吉麻呂歌八首

三八二四　三八四六　刺名倍尓　湯和可世子等　櫟　津乃　檜橋従来許武　狐　尓安牟佐武

右一首、伝云、一時衆集宴飲也。於レ時夜漏三更所レ聞二狐声一。尓乃衆諸誘二奥麻呂一曰、関二此饌具雑器狐声河橋等物一但作レ歌者、即応レ声作二此歌一也。

詠二行騰蔓菁食薦屋梁一歌

三八二五　三八四七　食薦敷　蔓菁煮将レ来　梁　尓　行騰懸而　息此公

詠二荷葉一歌

三八二六　三八四八　蓮　葉者　如是許曽有物　意吉麻呂之　家在物者　宇毛乃葉尓有之

丱 類紀温―丱
腹 尼類西原広―腰
丱 類紀温―丱
曰 尼類古広―云
5 尓―于 尼類広
集 尼類紀―会
時 尼類広―是
奥―輿 尼類宮
2 将―持 広
5 宇 尼類古広―芋

1 カホよキハ
2 イヅクモアカジヲ
3 サカトラシ

〔一七〕

1 サスナでニ

2 アヲナニモチ〔持〕
こ
5 ヤスメこのキミ

4 イヘニアルモのハ

4 来古—ナシ

詠二双六頭一歌

三八二七（三八四九）一二之目　耳不レ有　五六三　四佐倍有来　双六乃佐叡

詠二香塔厠屎鮒奴一歌

三八二八（三八五〇）香塗流　塔尓莫依　川隅乃　屎鮒喫有　痛女奴

詠二酢醤蒜鯛水葱一歌

三八二九（三八五一）醤酢尓　蒜都伎合而　鯛願　吾尓勿所レ見　水葱乃煮物

詠二玉掃鎌天木香棗一歌

三八三〇（三八五二）玉掃　苅来鎌麻呂　室乃樹与　棗本　可吉将レ掃為

詠二白鷺啄レ木飛一歌

三八三一（三八五三）池神　力士儛可母　白鷺乃　桙啄持而　飛渡良武

忌部首詠二数種物一歌一首　名忘失也。

三八三二（三八五四）枳　棘原苅除曽気　倉将レ立　屎遠麻礼　櫛造刀自

境部王詠二数種物一歌一首　穂積親王之子也。

三八三三（三八五五）虎尓乗　古屋乎越而　青淵尓　鮫竜取将レ来　剣刀毛我

作主未レ詳歌一首

三八三四（三八五六）成棗　寸三二粟嗣　延田葛乃　後毛将レ相跡　葵花咲

献二新田部親王一歌一首　未レ詳。

三八三五（三八五七）勝間田之　池者我知　蓮無　然言君之　鬚無如之

5 鬚尼類紀宮—鬚

1～4 ヒとフタのめのみニアラズイツツムツミツよツサヘアリ〔来〕

〔一八〕

1 コリヌレル・カヲヌレル

2 ヒルツキカテテ

4 ナツメのモとと

1 カラタチと

4 ミヅチトリこム

〔一九〕

右、或有人聞レ之曰、新田部親王出二遊于堵裏一御二見勝間田之池一感二緒御心之中一。還レ自二彼池一不レ忍二怜愛一。於レ時語二婦人一曰、今日遊行見二勝間田池一。水影濤々蓮花灼々、訶怜断レ腸不レ可二得・言一。尓乃婦人作二此戯歌一専輙吟詠也。

誂二佞人一歌一首

三八三六 奈良山乃　児手柏之　両面尓　左毛右毛　佞人之友

右歌一首、博士消奈行文大夫作之。

三八三七 久堅之　雨毛落奴可　蓮荷尓　停在水乃　玉　似有将レ見

右歌一首、伝云、有二右兵衛一。姓名未レ詳。多二能歌作之芸一也。于レ時府家備二設酒食一饗二宴府官人等一。於・レ是饌食盛レ之皆用二荷葉一。諸人酒酣歌儛駱駅。乃誘二兵衛一云、関二其荷葉一而作レ歌者、登時応レ声作二斯歌一也。

〔二〇〕

無二心所レ著歌二首

三八三八 吾妹児之　額　尓生流　双六乃　事負乃牛之　倉　上之瘡

三八三九 吾兄子之　犢鼻尓為流　都夫礼石之　吉野乃山尓　氷魚曽懸有　懸有反云二佐義礼流一。・

右歌者、舎人親王令二侍座一曰、或下有作二無レ所レ由之歌一人上者、賜以二銭帛一。于レ時大舎人安倍朝臣子祖父乃作二斯歌一献上。登時以二所レ募物銭二千文一給之也。

池田朝臣嗤二大神朝臣奥守一歌一首　池田朝臣名忘失也。

三八四〇 寺々之　女餓鬼申　久　大神乃　男餓鬼被レ給而　其子将レ播

大神朝臣奥守報嗤歌一首・

間—ナシ尼
間古温矢京—ナシ
佞尼広宮—佞
5 佞尼広宮—佞 三八三六
4 停尼類広—渟
5 有将代初—将看　新大系将有 三八三七
関古温—開
歌尼類古広—此歌
2 流尼類古広—ナシ 三八三八
義尼広—我類古家 三八三九
5 播—孕尼朱懐新大系 三八四〇

3 フタオモテニ
5 コびヒとガとモ　ネイジンガとモ
5 タマニニルミム〔将看見〕
3 ツブレシの
5 そのコウマハム　そのコハラマ〔懐〕ム

3 停尼類広—渟

三八四一 三八六三 仏造　真朱不レ足者　水停　池田乃阿曽我　鼻上乎穿礼

或云、

嗤尼古広紀—ナシ

平群朝臣*嗤歌一首

三八四二 三八六四 小児等　草者勿苅　八穂蓼乎　穂積乃阿曽我　腋草乎可礼

穂積朝臣和歌一首

三八四三 三八六五 何所曽　真朱穿岳　薦畳　平群乃阿曽我　鼻上乎穿礼

嗤二咲黒色一歌一首

三八四四 三八六六 烏玉之　斐太乃大黒　毎レ見　巨勢乃小黒之　所レ念可聞

答歌一首

3 久尼類古広—尓

三八四五 三八六七 造レ駒　土師乃志婢麻呂　白久有者　諾欲将レ有　其黒色乎

于尼広—於

右歌者、伝云、有二大舎人土師宿祢水通一、字曰二志婢麻呂一也。*于レ時大舎人巨勢朝臣豊人字曰二正月麻呂一、与二巨勢斐太朝臣一（名字忘之也。嶋村大夫之男也。）両人並此彼貝黒色焉。於レ是土師宿祢水通作二斯歌一嗤咲者、*而巨勢朝臣豊人聞レ之、即作二和歌一酬咲也。

而尼類広紀—ナシ

戯嗤レ僧歌一首

三八四六 三八六八 法師等之　鬢乃剃杭　馬繋　痛勿引曽　僧半甘

法師報歌一首・

3 五十古義—弖
3 長新考—等（ホ）

三八四七 三八六九 檀越也　然勿言　五十戸長我　課役徴者　汝毛半甘

夢裏作歌一首

（二一）
1 ブツツクル

1 イヅクニそ

（二二）

5 ホフシハニカム

1 ダニヲチヤ
4 5 えツきハタレバ ナレモハニカム

三八四八（三八七〇） 荒城田乃　子師田乃稲乎　倉尓挙蔵而　阿奈干稲〻〻志　吾恋良久者

右歌一首、忌部首黒麻呂夢裏作二此恋歌一贈レ友。覚而令二誦習一如レ前。

厭二世間無常一歌二首

三八四九（三八七一） 生死之　二　海乎　厭　見　潮干乃山乎　之努比鶴鴨

三八五〇（三八七二） 世間之　繁　借廬尓　住〻而　将レ至国之　多附不レ知聞

右歌二首、河原寺之仏堂裏在二倭琴面一之。

三八五一（三八七三） 心乎之　無何有乃郷尓　置而有者　藐孤射能山乎　見末久知香谿務

右、歌一首。

三八五二（三八七四） 鯨魚取　海哉死為流　山哉死為流　死許曽　海者潮干而　山者枯為礼

右、歌一首。

嗤二咲痩人一歌二首

三八五三（三八七五） 石麻呂尓　吾物申　夏痩尓　吉跡云物曽　武奈伎取喫 売世反也。

三八五四（三八七六） 痩〻母　生有者将レ在乎　波多也波多　武奈伎乎漁跡　河尓流　勿

右、有二吉田連老、字曰二石麻呂一。所謂仁敬之子也。其老為レ人身体甚痩。雖二多喫飲一形似二飢饉一。因レ此大伴宿祢家持聊作二斯歌一、以為二戯咲一也。

高宮王詠二数種物一歌二首

三八五五（三八七七） 皂莢尓　延於保登礼流　屎葛　絶事無　宮　将レ為

三八五六（三八七八） 波羅門乃　作有流小田乎　喫烏　瞼　腫而　幡幢尓居

4 〻〻尼類古広―干稲
4 吉類広―告
5 喫尼類―食
4 漁尼類広宮―漁取
敬尼類古広―教
1 波―婆西イ紀
2 小―水尼広
4 瞼類紀―眕

〔一三〕
4 よシとフモのそ
〔一四〕
1 ザヲケフニ
1 バ〔婆〕ラモニの
2 ツクレルコナタ〔水田〕ヲ

採尼西イ広紀—採

恋二夫君一歌一首

三八五七 三八七九 飯喫騰　味母不レ在　雖二行往一　安久毛不レ有　赤根佐須　君之情志　忘可袮津藻・

右歌一首、伝云、佐為王有二近習婢一也。于レ時宿直不レ遑夫君難レ遇。感情馳結係恋実深。於レ是当宿之夜夢裏相見、覚寤探*抱曽無レ触レ手。尓乃哽咽歔欷高声吟二詠此歌一。因王聞レ之哀慟永免二侍宿一也。

三八五八 三八八〇 比来之　吾恋力　記集　功尓申者　五位乃冠

三八五九 三八八一 頃者之　吾恋力　不レ給者　京兆尓　出而将レ訴

右、歌二首。

三八六二ノ頭書ニ本云、或本已下三首在レ上云々トアリ、三八六二ヲ三八六六ノ前ニ移ス
記号ヲ附ス尼朱
5 思尼類広—偲

筑前国志賀白水郎歌十首

三八六〇 三八八二 王之　不レ遣尓　情進尓　行之荒雄良　奥尓袖振

三八六一 三八八三 荒雄良乎　将レ来可不レ来可等　飯盛而　門尓出立　雖レ待来不レ座

三八六二 三八八四 志賀乃山　痛勿伐　荒雄良我　余須可乃山跡　見管将レ思

三八六三 三八八五 荒雄良我　去尓之日従　志賀乃安麻乃　大浦田沼者　不楽有哉・

三八六四 三八八六 官許曽　指弖毛遣米　情出尓　行之荒雄良　波尓袖振

三八六五 三八八七 荒雄良者　妻子之産業乎波　不レ念呂　年之八歳乎　待騰来不レ座

三八六六 三八八八 奥鳥　鴨云船之　還来者　也良乃埼守　早告許曽

三八六七 三八八九 奥鳥　鴨云舟者　也良乃埼　多未弖榜来跡　所レ聞許奴可聞

三八六八 三八九〇 奥去哉　赤羅小船尓　裹遣　若人見而　解披見・鴨

4 埼尼類—崎
3 埼尼類—崎
5 所聞尼—所聞礼
3 遣尼類—遣者

3 イヌレどモ

3 タバラズハ
5 イデテウルタヘム
イデテウレヘム

〔二一五〕

2 カモとフフネの
2 カモとフフネハ
5 とキアけミムカモ

〔二一八〕

大—太宮

埼尼類広紀—崎

4 〻〻—千鳥 尼

3 〻〻—起余 尼類

三八六九（三八九一） 大船尓　小船引副　可豆久登毛　志賀乃荒雄尓　潜将相八方

右、以神亀年中、*大宰府差筑前国宗像郡之百姓宗形部津麻呂宛対馬送粮舶柂師也。于時津麻呂詣於滓屋郡志賀村白水郎荒雄之許語曰、僕有小事、若疑不許歟。荒雄答曰、走雖異郡同船日久。志篤兄弟。在於殉死、豈復辞哉。津麻呂曰、府官差僕宛対馬送粮舶柂師。容歯衰老不堪海路。故来祗候。願垂相替矣。於是荒雄許諾遂従彼事。自肥前国松浦県美祢良久*埼発舶、直射対馬渡海。登時忽天暗冥暴風交雨、竟無順風沈没海中焉。因斯妻子等不勝犢慕裁作此歌。或云、筑前国守山上憶良臣悲感妻子之傷述志而作此歌。

三八七〇（三八九二） 紫乃　粉滷乃海尓　潜鳥　珠潜出者　吾玉尓将為

右、歌一首。

三八七一（三八九三） 角嶋乃　迫門乃稚海藻者　人之共　荒有之可杼　吾共者和海藻

右、歌一首。

三八七二（三八九四） 吾門之　榎実毛利喫　百千鳥　〻〻者雖来　君曽不来座

三八七三（三八九五） 吾門尓　千鳥数鳴　起余〻〻　我一夜妻　人尓所知名

右、歌二首。

三八七四（三八九六） 所射鹿乎　認河辺之　和草　身若可倍尓　佐宿之児等波母

右、歌一首。

三八七五（三八九七） 琴酒乎　押垂小野従　出流水　奴流久波不出　寒水之　心毛計夜尓　所念　音之少

寸道尓相奴鴨　少寸四　道尓相佐婆　伊呂雅世流　菅笠小笠　吾宇奈雅流　珠乃七
条　取替毛　将ㇾ申物乎　少寸　道尓相奴鴨　〔一八〕

右、歌一首。

豊前国白水郎歌一首

三八七六 三八九八　豊国　企玖乃池奈流　菱之宇礼乎　採跡也妹之　御袖所ㇾ沾計武

豊後国白水郎歌一首

三八七七 三八九九　紅尓　染而之衣　雨零而　尓保比波雖ㇾ為　移波米也毛

能登国歌三首

三八七八 三九〇〇　堦楯　熊来乃夜良尓　新羅斧　堕入　和之　阿毛侶阿毛侶　勿鳴為曽祢　浮出流夜登
将ㇾ見　和之

右歌一首、伝云、或有愚人、斧堕㆓海底㆒而、不ㇾ解㆔鉄沈無㆓理浮㆒ㇾ水。聊作㆓此歌㆒口吟
為ㇾ喩也。

三八七九 三九〇一　堦楯　熊来酒屋尓　真奴良留奴　和之　佐須比立　率而来奈麻之乎　真奴良留奴　和
之

右、一首。

三八八〇 三九〇二　所聞多祢乃　机之嶋能　小螺乎　伊拾持来而　石以　都追伎破夫利　早川尓　洗濯　〔一九〕
辛塩尓　古故登毛美　高坏尓盛　机尓立而　母尓奉都也　目豆児乃刀自　父尓献都也
身女児乃刀自

---

13 小笠―ナシ 尼 広
1 堦 尼 類 広 紀―楷
6 阿毛侶阿 尼 類 広―河毛侶河
3 留奴―留 尼 類 広
8 アラヒススギ
10 故 尼 広―胡
14 刀自 尼 類 広―負
16 刀自 尼 類―負

越中国歌四首

三八八一 三九〇三 大野路者　繁道森径　之気久登毛　君志通者　径者広計武

三八八二 三九〇四 渋谿乃　二上山尓　鷲曽子産跡云　指羽尓毛　君之御為尓　鷲曽子生跡云

三八八三 三九〇五 伊夜彦　於能礼神佐備　青雲乃　田名引日須良　霂曽保零

一云、安奈尓可武佐備

三八八四 三九〇六 伊夜彦　神乃布本　今日良毛加　鹿乃伏良武　皮服著而　角附奈我良

乞食者詠二首＊

三八八五 三九〇七 伊刀古　名兄乃君　居々而　物尓伊行跡波　韓国乃　虎云神乎　生取尓　八頭取持来　其皮乎　多々弥尓刺　八重畳　平群乃山尓　四月与　五月間尓　薬猟　仕流時尓　足引乃　此片山尓　二立　伊智比何本尓　梓弓　八多婆佐弥　比米加夫良　八多婆左弥　宍待跡　吾居時尓　佐男鹿乃　来立嘆久　頓尓　吾可死　王尓　吾仕牟　吾角者　御笠乃波夜詩　吾耳者　御墨坩　吾目良波　真墨乃鏡　吾爪者　御弓之弓波　吾毛等者　御筆波夜斯　吾皮者　御箱皮尓　吾宍者　御奈麻須波夜志　吾伎毛母　御奈麻須波夜之　吾美義波　御塩乃波夜之　耆矣奴　吾身一尓　七重花佐久　八重花生跡　白賞尼　白賞尼

右歌一首、為鹿述痛作之也。

三八八六 三九〇八 忍照八　難波之小江尓　廬作　難麻理弖居　葦河尓乎　王召跡　何為牟尓　吾乎召良米夜　明久　吾知事乎　歌人跡　和乎召良米夜　笛吹跡　和乎召良米夜　琴引跡　和

4 日須代初―日
2 イ安―ナシ尼類広
詠尼類西原広―詠歌
19 立―走尼類広
25 宍類―完
28 立尼類広―立来
34 波尼類広紀―婆
45 宍類―完
51 癸尼―矣
56 白賞尼尼類―ミミミ広紀
10 吾尼類広紀―若

3 6 ワシそコウムとフ
5 キミガミタめ・ニ
4 タナビクヒラ〔須〕ヲ
6 トラとフカみヲ
〔三〇〕
17 アシヒキの
33 ワガツノハ
35 ワガミミハ
36 ミスミツホ
37 ワガめラハ
39 ワガツめハ
41 ワガけラハ
43 ワガカハハ
45 ワガシシハ
47 ワガキモモ
49 ワガミげハ
51 オイハテ〔矣〕ヌ

17 此古義―ナシ
18 命尼類広―令
21 22 置〻塙―立
置
42 手尼類―ナシ
53 腊尼類―時
54 腊賞毛尼類
―〻〻〻

乎召良米夜　彼此毛　命受牟跡・今日〻〻跡　飛鳥尓到　雖レ置　〻勿尓到　雖レ不レ策
都久怒尓到　東　中門由　参納来弖　命受例婆　馬尓己曽　布毛太志可久物　牛
尓己曽　鼻縄波久例　足引乃　此片山乃　毛武尓礼乎　五百枝波伎垂　天光夜　日乃異
尓干　佐比豆留夜　辛碓尓舂　庭立　手碓子尓舂　忍光八　難波乃小江乃　始垂乎
辛久垂来弖　陶人乃　所レ作瓱乎　今日往　明日取持来　吾目良尓　塩柒給　腊賞毛
腊賞毛・

右歌一首、為レ蟹述レ痛作之也。

怕レ物歌三首

4 婆尼類―波
3 4 柒塙―染
5 渡尼類―涙
2 公尼朱類古広
―君
4 乃尼類古広―
ナシ

三八八七　天尓有哉　神楽良能小野尓　茅草苅　〻〻婆可尓　鶉乎立毛
三八八八　奥国　領　君之　柒屋形　黄柒乃屋形　神之門渡
三八八九　人魂乃　佐青有公之　但独　相有之雨夜乃　葉非左思所レ念

萬葉集巻第十六

〔三二〕
21 タツ〔立〕とモ
32 ハナヅナハクレ
33 アシヒキの
36 イホえハギタレ
40 カラウスニツキテ
51 アガめラニ
1 アめニアルヤ
5 定訓ナシ

萬葉集巻第十七 〔一〕

三八九〇〜 三九一二〜 天平二年庚午冬十一月 *大宰帥大伴卿被レ任二 大紀近—太
大納言一上レ京時 傔従人等別取二海路一入レ京
於レ是悲二傷羇旅一各陳二所心一作歌十首
三九〇〇 三九二二 同十年七月七日 大伴宿祢家持独仰二天漢一聊
述レ懐歌一首
三九〇一〜 三九二三〜 同十*二年十二月九日 大伴宿祢*書持追二和*大 二大系—一 書全集—家 大紀近—太
宰時梅花一新歌六首・
三九〇七〜 三九二九〜 同十三年二月 右馬頭境部宿祢老麻呂讃二三
香原新都一歌一首 并短歌
三九〇九〜 三九三一〜 四月二日 大伴宿祢書持詠二霍公鳥一贈二兄家
持一歌二首
三九一一〜 三九三三〜 三日 内舎人大伴宿祢家持従二久迩京一報二送
弟書持一歌三首
三九一四 三九三六 田口朝臣馬長思二霍公鳥一歌一首
三九一五 三九三七 山辺宿祢明人詠二春鶯一歌一首・
三九一六〜 三九三八〜 同十六年四月五日 大伴宿祢家持於二平城故 〔二〕
郷一作歌六首
三九二二〜 三九四四〜 同十八年正月 *白雪零 左大臣橘卿率二王卿 白紀宮—日
等一参二*入 *太上皇御在所一作歌五首 十六首略之。 入 太紀—入太
三九二七〜 三九四九〜 同七月 越中守大伴宿祢赴レ任時 大伴坂上
郎女贈二家持一歌二首
三九二九〜 三九五一〜 更贈二越中国一歌二首
三九三一〜 三九五三〜 平群氏女郎贈二越中守大伴宿祢家持一歌十・
二首
三九四三 三九六五 八月七日夜 宴二飲越中館下一時 守大伴宿祢
家持歌一首
三九四四〜 三九六六〜 掾大伴宿祢池主作歌三首
三九四七〜 三九六九〜 守大伴宿祢家持歌二首
三九四九 三九七一 掾大伴池主歌一首
三九五〇 三九七二 守大伴家持歌一首
三九五一 三九七三 大目秦忌寸八千嶋歌一首・
三九五二 三九七四 大原高安真人作歌一首 〔三〕
三九五三〜 三九七五〜 守大伴家持歌二首
三九五五 三九七七 史生土師宿祢道良歌一首
三九五六 三九七八 大目秦忌寸八千嶋館宴歌一首
三九五七〜 三九七九〜 九月廿五日 大伴家持遥聞二弟喪一感傷歌一
首 并短歌
三九六〇〜 三九八二〜 十一月 越中守大伴家持 大帳使掾大伴池主
還二到本任一時 相歓歌二首・
三九六二〜 三九八四〜 同十九年二月廿日 大伴家持臥レ病悲傷歌一
首 并短歌
三九六五〜 三九八七〜 守大伴家持贈二掾大伴池主一悲歌二首 并序
三九六七〜 三九八九〜 同廿年二月廿九日 守大伴宿祢家持*歌二首 歌—作歌宮近
三九六九〜 三九九一〜 沽洗二日 掾大伴池主歌二首
三九九五 三月三日 大伴家持送二掾大伴池主一七言詩・
一首 并序 〔四〕
三九七三〜 三九九六〜 四日 大伴池主奉レ和二守家持詩歌一一首 并短

萬葉集巻第十七

天平二年庚午冬十一月　大*宰帥大伴卿被レ任二大納言一兼レ帥如レ旧。上レ京之時　傔従等別*取二海路一入レ京　於レ是悲二傷覊*旅一各陳二所心一作歌十首　〔七〕

三八九〇 三九一二 和我勢児乎　安我松原欲　見度婆　安麻乎等女登母　多麻藻可流美由

右一首、三野連石守作。

三八九一 三九一三 荒津乃海　之保悲思保美知　時波安礼登　伊頭礼乃時加　吾孤悲射良牟・

三八九二 三九一四 伊蘇其登尓　海夫乃釣船　波氏尓家里　我船波氏牟　伊蘇乃之良奈久

三八九三 三九一五 昨日許曽　敷奈侶婆勢之可　伊佐魚取　比治奇乃奈太乎　今日見都流香母

三八九四 三九一六 淡路嶋　刀和多流船乃　可治麻尓毛　吾波和須礼受　伊弊乎之曽於毛布

三八九八 三九一七 大船乃　宇倍尓之居婆　安麻久毛乃　多度伎毛思良受　歌乞和我世・

三八九九 三九一八 海未通女　伊射里多久火能　於煩保之久　都努乃松原　於母保由流可問　〔八〕

三八九五 三九一九 多麻波夜須　武庫能和多里尓　天伝　日能久礼由気婆　家乎之曽於毛布

三八九六 三九二〇 家尓氐母　多由多敷命　浪乃宇倍尓　宇伎氐之乎礼婆　於久香之良受母

三八九七 三九二一 大海乃　於久可母之良受　由久和礼乎　何時伎麻佐武等　問之児良波母・

右九首、作者不レ審二姓名一。

十年七月七日之夜　独仰二天漢一聊述レ懐一首

大—太宮京
等—人等広原宮
覊元広—羇
2 釣元広—鈎
5 乎—遠元
5 之—芝類広
三八九四・三八九八・三八九九ノ順序元西紀ニヨル
5 問元類—聞
4 婆元類—波
1 氏元—底
4 宇伎氏元—思
4 婆類広—波
5 良元類—等
三八九六ノ歌末ニ一云 宇伎氏(底)之乎礼八アリ類
古一西

4 ワレハワスレズ
5 ウタこヘワガセ
1 オホウミの

1 波―婆広
大元類広紀―太
5 久元―流
4 此―是元　5 可―加元　2 楊―柳類広　3 乃―能類　5 能―ナシ類広
4 謝―射元京　4 氏元―底　4 婆元類―波　4 妣―毗類広　十―天平十広
宮
二元―一　書元―家
2 迩元広―尓　4 咲元西貼紙―喚　5 左元類広―佐
反歌―ナシ元
天平―ナシ元　馬元古広宮―馬寮

三九〇〇 三九二二　多奈波多之　船乗須良之　麻蘇鏡　吉欲伎月夜尓　雲起和多流

右一首、大伴宿祢家持作。

追二和大宰之時梅花一新歌六首

三九〇一 三九二三　民布由都芸　芳流波吉多礼登　烏梅能芳奈　君尓之安良祢婆　遠久人毛奈之

三九〇二 三九二四　烏梅乃花　美夜万等之美尓　安里登母也　如此乃未君波　見礼登安可尓勢牟

三九〇三 三九二五　春雨尓　毛延之楊奈疑可　烏梅乃花　登母尓於久礼奴　常乃物能香聞

三九〇四 三九二六　宇梅能花　伊都波乎良自等　伊登波祢登　佐吉乃盛波　乎思吉物奈利

三九〇五 三九二七　遊内乃　多努之吉庭尓　梅柳　乎理加謝思氏婆　意毛比奈美可毛

三九〇六 三九二八　御苑布能　百木乃宇梅乃　落花之　安米尓登妣安我里　雪等敷里家牟

右、十二年十二月九日、大伴宿祢書持作。

讃二三香原新都一歌一首　并短歌

三九〇七 三九二九　山背乃　久迩能美夜古波　春佐礼播　花咲乎ゝ理　秋左礼婆　黄葉尓保比　於婆勢流　泉河乃　可美都瀬尓　宇知橋和多之　余登瀬尓波　宇枳橋和多之　安里我欲比　都　加倍麻都良武　万代麻弖尓

反歌

三九〇八 三九三〇　楯並而　伊豆美乃河波乃　水緒多要受　都可倍麻都良牟　大宮所

右、天平十三年二月、右馬頭境部宿祢老麻呂作也。

詠二霍公鳥一歌二首

〔九〕　5 ヲル〔流〕ヒとモナシ
〔一〇〕　5 オホミヤどころ

三九〇九 三九三一 多知婆奈波　常花尓毛歟　保登等芸須　周無等来鳴者　伎可奴日奈家牟
三九一〇 三九三二 珠尓奴久　安布知乎宅尓　宇恵多良婆　夜麻霍公鳥　可礼受許武可聞

右、四月二日、大伴宿祢書持従二奈良宅一贈二兄家持一。

橙橘初咲、*霍鳥飜嚶。対二此時候一、詎不レ暢レ志。因作二三首短歌一、以散二鬱結之緒一耳。　〔一一〕

三九一一 三九三三 安之比奇能　山辺尓乎礼婆　保登等芸須　木際多知久吉　奈可奴日波奈之
三九一二 三九三四 保登等芸須　奈尓乃情曽　多知花乃　多麻奴久月之　来鳴登余牟流
三九一三 三九三五 保登等芸須　安不知能枝尓　由吉底居者　花波知良牟奈　珠登見流麻泥

右、四月三日、内舎人大伴宿祢家持従二久迩京一報二送弟書持一。

思二霍公鳥一歌一首　田口朝臣馬長*作

三九一四 三九三六 保登等芸須　今之来鳴者　餘呂豆代尓　可多理都具倍久　所レ念可母

右、伝云、一時交遊集宴、此日此処*霍鳥不レ喧。仍作二件歌一、以陳二思慕之意一。但其宴所并年月、未レ得二詳審一也。

山部宿祢明人詠二春鶯一歌一首

三九一五 三九三七 安之比奇能　山谷古延氐　野豆加佐尓　今者鳴・良武　宇具比須乃許恵

右、年月所処、未レ得二詳審一。但随二聞之時一、記二載於茲一。　〔一二〕

十六年四月五日　独居二平城故宅一作歌六首

三九一六 三九三八 橘　乃　尓保敝流香可聞　保登等芸須　奈久欲乃雨尓　宇都*路比奴良牟
三九一七 三九三九 保登等芸須　夜音奈都可思　安美指者　花者須具登毛　可礼受加奈可牟

霍―霍公宮近
3 底―氐塙
作―ナシ元
霍元類広―霍公
2 氐―底類宮
4 鳴良武―登羽布久元
1 登等―等登元
4 具元類―久

5 奈代初―ナシ
六首…旧宅―ナシ元
天平―ナシ元
諸―ナシ元
入 太紀―入太
等―ナシ元
2 氐―底類宮
5 婆元類広宮―波
2 波元類広―婆

三九一八 三九四〇 橘乃　尓保敝流苑尓　保登等芸須　鳴等比登都具　安美佐散麻之乎

三九一九 三九四一 青丹余之　奈良能美夜古波　布里奴礼登　毛等保登等芸須　不レ鳴安良奈久尓

三九二〇 三九四二 鶉鳴　布流之登比等波　於毛敝礼騰　花橘乃　尓保敷許乃屋度

三九二一 三九四三 加吉都播多　衣尓須里都気　麻須良雄乃　服曽比獦須流　月者伎尓家里・

右六首歌者、天平十六年四月五日、独居二於平城故郷旧宅一大伴宿祢家持作。〔一三〕

天平十八年正月、白雪多零、積レ地数寸也。於レ時左大臣橘卿率二大納言藤原豊成朝臣及諸王諸臣等一参二入　太上天皇御在所一中宮西院、供奉掃レ雪。於レ是降レ詔　大臣参議并諸王者、令レ侍二于大殿上一、諸卿大夫者、令レ侍二于南細殿一而、則賜レ酒肆宴。勅曰、汝諸王卿等聊賦二此雪一、各奏二其歌一・

左大臣橘宿祢応レ詔歌一首

三九二二 三九四四 布流由吉乃　之路髪麻泥尓　大皇尓　都可倍麻都礼婆　貴久母安流香

紀朝臣清人応レ詔歌一首

三九二三 三九四五 天下　須泥尓於保比氐　布流雪乃　比加里乎見礼婆　多敷刀久母安流香

紀朝臣男梶応レ詔歌一首

三九二四 三九四六 山乃可比　曽許登母見延受　乎登都日毛　昨日毛今日毛　由吉能布礼々婆〔一四〕

葛井連諸会応レ詔歌一首

三九二五 三九四七 新　年乃波自米尓　豊乃登之　思流須登奈良思　雪能敷礼流波

大伴宿祢家持応レ詔歌一首

1 能元類—之
2 刀尔毛—刀尔母類広
4 流類広—須

三九二六 三九四八 大宮能(オホミヤの)　宇知尔毛刀尔毛(ウチニモトニモ)　比賀流麻泥(ヒカルマデ)　零流白雪(フレルシラユキ)　見礼杼安可奴香聞(ミレどアカヌカモ)

藤原豊成朝臣　巨勢奈弖麻呂朝臣・

養—飼元西イ

大伴牛養宿祢*　藤原仲麻呂朝臣

三原王　智奴王

船王　邑知王

小元—山

小田王*　林王

治代初—ナシ

穂積朝臣老　小治田朝臣諸人*

小野朝臣綱手　高橋朝臣国足

太朝臣徳太理　高丘連河内

秦忌寸朝元　楢原造東人・

右件王卿等応レ詔作レ歌、依レ次奏之。登時不レ記、其歌漏失。但秦忌寸朝元者、左大臣橘卿謔云、靡レ堪レ賦レ歌、以レ麝贖レ之。因レ此黙已也。〔一五〕

天平十八年—ナシ元原

大伴宿祢家持以二天平十八年閏七月一被レ任二越中国守一即取二七月一赴二任所一於レ時姑大伴氏坂上郎女贈二家持一歌二首

三九二七 三九四九 久佐麻久良(クサマクラ)　多妣由久吉美乎(タビユクキミヲ)　佐伎久安礼等(サキクアレと)・　伊波比倍須恵都(イハヒへスヱツ)　安我登許能敝尔(アガとこのへニ)

1 其元広紀宮—去

三九二八 三九五〇 伊麻能其等(イマのごと)　古非之久伎美我(コひシクキミガ)　於毛保要婆(オモホえバ)　伊可尔加母世牟(イカニカモセム)　須流須辺乃奈左(スルスベのナサ)

更贈二越中国一歌二首

2 氏—底類宮

三九二九 三九五一 多妣尔伊仁思(タビニイニシ)　吉美志毛都芸氏(キミシモツギテ)　伊米尔美由(イめニミユ)　安我加多孤悲乃(アガカタコひの)　思気家礼婆可聞(シげケレバカモ)

三九三〇（三九五二）　美知乃奈加　久尓都美可未波　多妣由伎母　之思良奴伎美乎　米具美多麻波奈・　〔一六〕

平群氏女郎贈二越中守大伴宿祢家持一歌十二首

三九三一（三九五三）　吉美尓余里　吾名波須泥尓　多都多山　絶多流孤悲乃　之気吉許呂可母　（4 タチタルコひの）

三九三二（三九五四）　須麻比等乃　海辺都祢佐良受　夜久之保能　可良吉恋乎母　安礼波須流香物

三九三三（三九五五）　阿里佐利氏　能知毛相牟等　於母倍許曽　都由能伊乃知母　都芸都追和多礼・

1 氏元広—底

三九三四（三九五六）　奈加奈加尓　之奈婆夜須家牟　伎美我目乎　美受比佐奈良婆　須敝奈可流倍思

1 加尓元広—可尓

三九三五（三九五七）　許母利奴能　之多由孤悲安麻里　志良奈美能　伊知之路久伊泥奴　比登乃師流倍久

三九三六（三九五八）　久佐麻久良　多妣尓之婆〻〻　可久能未也　伎美乎夜利都追　安我孤悲乎良牟

三九三七（三九五九）　草枕　多妣伊尓之伎美我　可敝里許牟　月日乎之良牟　須辺能思良難久・

三九三八（三九六〇）　可久能未也　安我故非乎浪牟　奴婆多麻能　欲流乃比毛太尓　登吉佐気受之氏　〔一七〕

5 氏—底類宮

三九三九（三九六一）　佐刀知加久　伎美我奈里那婆　古非米也等　母登奈於毛比此　安連曽久夜思伎

三九四〇（三九六二）　餘呂豆代尓　許己呂波刀気氏　和我世古我　都美之手見都追　志乃備加祢都母

1 尓—等元　4 手元広—乎

三九四一（三九六三）　鶯能　奈久〻良多尓〻　宇知波米氏　夜気波之奴等母　伎美乎之麻多武・

3 氏—底類宮

三九四二（三九六四）　麻都能波奈　花可受尓之毛　和我勢故我　於母敝良奈久尓　母登奈佐吉都追

右件十二首歌者、時〻寄二便使一来贈、非レ在二一度所一レ送也。

十二首—ナシ元

八月七日夜 集二于守大伴宿祢家持館一宴歌

三九四三（三九六五）　秋田乃　穂牟伎見我氏里　和我勢古我　布左多乎里家流　乎美奈敝之香物

2 氏—底類宮　4 左—佐広宮

右一首、守大伴宿祢家持作。

三九四四　三九六六　乎美奈敝之　左伎多流野辺乎　由伎米具利　吉美乎念出　多母登保里伎奴　〔一八〕

三九四五　三九六七　安吉能欲波　阿加登吉左牟之　思路多倍乃　妹之衣袖　伎牟余之母我毛

2 氐—底類宮

三九四六　三九六八　保登等芸須　奈伎氐須疑尓之　乎加備可良　秋風吹奴　余之母安良奈久尓

右三首、掾大伴宿祢池主作。

三九四七　三九六九　家佐能安佐気　秋風左牟之　登保都比等　加里・我来鳴牟　等伎知可美香物

4 氐—底類宮

三九四八　三九七〇　安麻射加流　比奈尓月歴奴　之可礼登毛　由比氐之紐乎　登伎毛安気奈久尓

右二首、守大伴宿祢家持作。

4 母元類広宮—毛紀母毛
4 氐—底類宮

三九四九　三九七一　安麻射加流　比奈尓安流和礼乎　宇多我多毛　比母登吉佐気氐　於毛保須良米也

右一首、掾大伴宿祢池主。

1 敝—弊元宮
1 底—氏紀

三九五〇　三九七二　伊敝尓之底　由比弖師比毛乎　登吉佐気受　念・意緒　多礼賀思良牟母　〔一九〕

持元広—持作

右一首、守大伴宿祢家持。*

三九五一　三九七三　日晩之乃　奈吉奴流登吉波　乎美奈敝之　佐伎多流野辺乎　遊吉追都見倍之

右一首、大目秦忌寸八千嶋。

2 久里—久理類広紀宮

古歌一首大原高安真人作。　年月不レ審。但随二聞時一記二載茲一焉。

4 母元類—毛
5 加—賀元

三九五二　三九七四　伊毛我伊敝尓　伊久里能母里乃　藤花　伊麻許・牟春母　都祢加久之見牟

右一首、伝誦僧玄勝是也。

4 無—武類无広紀

三九五三　三九七五　鴈我祢波　都可比尓許牟等　佐和久良武　秋風左無美　曽乃可波能倍尓

1 氐—底類宮
4 未広温—末

三九五四　三九七六　馬並氐　伊射宇知由可奈　思夫多尓能　伎欲吉伊蘇未尓　与須流奈弥見尓

右二首、守大伴宿祢家持。

三九五五 三九七七　奴婆多麻乃　欲波布気奴良之　多末久之気　敷・多我美夜麻尓　月加多夫伎奴　〔二〇〕

右一首、史生土師宿祢道良。

大目秦忌寸八千嶋之館宴歌一首

三九五六 三九七八　奈呉能安麻能　都里須流布祢波　伊麻許曽婆　敷奈太那宇知氐　安倍弖許芸泥米

右、館之客屋居望二蒼海一、仍主人八千嶋作二此歌一也。

哀二傷長逝之弟一歌一首　并短歌・

三九五七 三九七九　安麻射加流　比奈乎佐米尓等　大王能　麻気乃麻尓末尓　出而許之　和礼乎於久流登　青丹余之　奈良夜麻須疑氐　泉河　伎欲吉可波良尓　馬駐　和可礼之時尓　好去而　安礼可敝理許牟　平久　伊波比氐待登　可多良比氐　許之比乃伎波美　多麻保許能　道乎多騰保美　山河能　敝奈里氐安礼婆　孤悲之家口　気奈我枳物能乎　見麻久保里　念　間尓　多麻豆左能　使乃家礼婆　宇礼・之美登　安我麻知刀敷尓　於余豆礼能　多　〔二一〕波許登等可毛　波之伎余思　奈弟乃美許等　奈尓之加母　時之波安良牟乎　波太須酒吉　穂出　秋乃　芽子花　尓保敝流屋戸乎　言、斯人為レ性、好二愛花草花樹一而、多植二於寝院之庭一。故謂二之花薫庭一也。　安佐尓波尓　伊泥多知奈良之　暮庭尓　敷美多比良気受　佐保能宇知乃　里乎往過　安之比紀乃　山能許奴礼尓　白雲尓　多知多奈妣久等　安・礼尓都気都流　佐保山火葬。故謂二之佐保乃宇知乃佐刀乎由吉須疑一。

三九五八 三九八〇　麻佐吉久登　伊比氐之物能乎　白雲尓　多知多奈妣久登　伎気婆可奈思物

三九五九 三九八一　可加良牟等　可祢弖思理世婆　古之能宇美乃　安里蘇乃奈美母　見世麻之物能乎

4 氏—底類宮
海—波元
八千嶋—ナシ元古
4 末尓—ミミ類広
8 氏—底類宮
14 理元類—里
15 久—安元
16 17 22 氏—底類宮
24 能—ナシ紀
32 33 36 37 波元類—婆
植類広宮—値
45 知—治元類広
刀元類紀宮—力
2 氏—底類古宮
5 能元類広紀—ナシ

右、天平十八年秋九月廿五日、越中守大伴宿祢家持遥聞二弟喪一、感傷作之也。

〔二二〕

相歓歌二首　越中守大伴宿祢家持作

三九六〇（三九八二）　庭尓敷流　雪波知敝之久　思加乃未尓　於母比氐伎美乎　安我麻多奈久尓

三九六一（三九八三）　白浪乃　余須流伊蘇未乎　榜船乃　可治登流間奈久　於母保要之伎美

右、以二天平十八年八月一、掾大伴宿祢池主附二大帳使一、赴二向京師一、而同年十一月、還二到本任一。仍設二詩酒之宴一弾糸飲楽。是日也、白雪忽降、積レ地尺余。此時也、復漁夫之船入レ海浮レ瀾。爰守大伴宿祢家持寄二情二眺一、聊裁二所心一。

忽沈二枉疾一殆臨二泉路一仍作二歌詞一以申二悲緒一一首　并短歌

〔二三〕

三九六二（三九八四）　大王能　麻気能麻尓ゝゝ　大夫之　情布里於許之　安思比奇能　山坂古延弖　安麻射加流　比奈尓久太理伎　伊伎太尓毛　伊麻太夜須米受　年月毛　伊久良母阿良奴尓　宇都世美能　代人奈・礼婆　宇知奈妣吉　等許尓許伊布之　伊多家苦之　日異益　多良知祢乃　波ゝ能美許等乃　大船乃　由久良ゝゝ尓　思多呉非尓　伊都可聞許武等　麻多須良牟　情左夫之苦　波之吉与志　都麻能美許登母　安気久礼婆　門尓餘里多知　己呂母泥乎　遠理加敝之都追　由布佐礼婆　登許宇知波良比　奴婆多麻能　黒髪之吉氐　伊都之加登　奈気可須良牟曽　伊母毛勢母　和可伎児・等毛波　乎知許知尓　佐和吉奈久良牟　多麻保己能　美知乎多騰保弥　間使毛　夜流余之母奈之　於母保之伎　許登都氐夜良受　孤布流尓思　情波母要奴　多麻伎波流　伊乃知乎之家騰　世牟須弁能　多騰伎乎之良尓　加苦思氐也　安良志乎須良尓　奈気枳布勢良武

天平十八年秋—ナシ元原
越中守…作—ナシ元
4 氐—底類宮
2 未陽温—末
天平十八年—ナシ元原
日元類広—ナシ
復漁夫…浮瀾—有泉郎船浮漂波浪元
緒
所心—欣歌元
枉元広—狂類
13 都元広紀宮—津
20 波元広紀宮—婆
40 波元広紀宮—婆

天平―ナシ元原
廿―廿一元
守大伴宿祢家持元赭広―諸本ハ次行ノ題詞冒頭ニ記ス
沈―染元原
消損―消損所備元赭広

三九六三 三九八五 世間波　加受奈枳物能可　春花乃　知里能麻我比尓　思奴倍吉於母倍婆

三九六四 三九八六 山河乃　曽伎敝乎登保美　波之吉余思　伊母乎安比見受　可久夜奈気加牟

右、天平十九年春二月廿日、越中国守之館臥レ病悲傷、聊作ニ此歌一。守大伴宿祢家持。〔一四〕

贈ニ掾大伴宿祢池主一悲歌二首

忽沈ニ枉疾一、累レ旬痛苦。禱ニ恃百神一、且レ得ニ消損一。而由身体疼羸、筋力怯軟。未レ堪ニ展謝一、係恋弥深。方今春朝春花、流ニ馥於春苑一。春暮春鶯、囀ニ声於春林一。対ニ此節候一、琴罇可レ翫矣。雖レ有ニ乗レ興之感一、不レ耐ニ策レ杖之労一。独臥ニ帷幄之裏一、聊作ニ寸分之歌一。軽奉ニ机下一、犯レ解ニ玉頤一。其詞曰、

4 氏―底類宮
二月元―天平十九年元赭 天平廿年二月

三九六五 三九八七 波流能波奈　伊麻波左加里尓　仁保布良牟　乎里氏加射佐武　多治可良毛我母

三九六六 三九八八 宇具比須乃　奈枳知良須良武　春花　伊都思香伎美登　多乎里加射左牟

二月廿九日、大伴宿祢家持。〔一五〕

忽辱ニ芳音一、翰苑凌レ雲。兼垂ニ倭詩一、詞林舒レ錦。以吟以詠、能蠲ニ恋緒一。春可レ楽。暮春風景最可レ怜。紅桃灼々、戯蝶廻レ花儛。翠柳依々、嬌鶯隠レ葉歌。可レ楽哉。淡交促レ席、得レ意忘レ言。楽矣美矣。幽襟足レ賞哉。豈慮乎、蘭蕙隔レ藂、琴罇無レ用、空過ニ令節一、物色軽レ人乎。所レ怨有レ此、不レ能ニ黙已一。俗語云、以レ藤続レ錦。聊擬ニ談咲一耳。

1 迩元類―尓
4 氏―底類宮

三九六七 三九八九 夜麻我比迩　佐家流佐久良乎　多太比等米　伎美尓弥西氏婆　奈尓乎可於母波牟

三九六八 三九九〇 宇具比須能　伎奈久夜麻夫伎　宇多賀多母　伎美我手敷礼受　波奈知良米夜母

沽洗二日、掾大伴宿祢池主。

恩—思天広墖　思—恩墖　載元広—戴　来略解宣長説—未　眷広—春　乎天元広—于　詞—理元赭　乎天元広—于　爰辱—忽見天　間—同天広宮 元赭広　固天元—因　3 可元広—加　5 氐—底宮　18 家元西原広紀—家久　22 氐—底宮　24 婆元—波　37 乃元広宮—之　42 登元広紀宮—豆　4 氐—底類宮　5 非元類—悲　1 摩元紀—麻　2 登元類—等

更贈歌一首 并短歌

含弘之徳、垂㆓*恩蓬体㆒。不貲之*思、報㆓慰陋心㆒。*載㆓荷**来*眷㆒、無㆑堪㆑所㆑喩也。但以㆓稚時不㆑渉㆓遊芸之庭㆒、横翰之藻、自乏㆓*乎彫虫㆒焉。幼年未㆑逕㆓山柿之門㆒、裁歌之趣、*詞(↓脚注)失㆓*乎聚林㆒矣。**爰辱㆓以㆑藤続㆑錦之言㆒(↓脚注)、更題㆓将㆑石*間㆑瓊之詠㆒。*固是俗愚懐㆑癖、不㆑能㆓黙已㆒。仍捧㆓数行㆒、式酬㆓嗤咲㆒。其詞曰、

三九六九 三九九一
於保吉民能　麻気乃麻尓〻〻　之奈射可流　故之乎袁佐米尓　伊泥氐許之　麻須良和礼須良　余能奈可乃　都祢之奈家礼婆　宇知奈妣伎　登許尓己伊布之　伊多家苦乃　日異麻世婆　可奈・之家口　許己尓思出　伊良奈家久　曽許尓念出　奈気久蘇良　夜須家奈久尓　於母布蘇良　久流之伎母能乎　安之比紀能　夜麻伎敝奈里氐　多麻保許乃　美知能等保家婆　間使毛　遣縁毛奈美　於母保之吉　許等毛可欲波受　多麻伎波流　伊能知乎之家登　勢牟須弁能　多騰吉乎之良尓　隠居而　念奈気加比　奈具佐牟流　許己呂波奈之尓　春花乃　佐家流左加里尓　於毛敷度知・　多乎里可射佐受　波流乃野能　之気美登妣久〻　鶯　音太尓伎加受　乎登売良我　春菜都麻須等　久礼奈為能　赤裳乃須蘇能　波流佐米尓　〻保比〻豆知弖　加欲敷良牟　時盛乎　伊多豆良尓　須具之夜里都礼　思努波勢流　君之心乎　宇流波之美　此夜須我浪尓　伊母祢受尓　今日毛之売良尓　孤悲都追曽乎流

三九七〇 三九九二
安之比奇能　夜麻左久良婆奈　比等目太尓　伎・美等之見氐婆　安礼古非米夜母

三九七一 三九九三
夜摩扶枳能　之気美登眦久〻　鶯　能　許恵乎聞良牟　伎美波登母之毛

〔二八〕「言」ノ下ニ文、追慙㆓庸浅之作㆒。然惟古人无㆓言不㆒㆑酬、今者之意孰能非㆑報乎哉。因以述㆑懐賦㆑題、煩重敬和。其歌曰アリ天

「詞」ノ下ニ右トホボ同文アリ広京

三九七二 三九九四　伊泥多々武　知加良乎奈美等　許母里為弖　伎弥尓故布流尓　許己呂度母奈思

三月三日、大伴宿祢家持。

七言晩春三日遊覧一首 并序

上巳名辰、暮春麗景、桃花昭レ瞼以分レ紅、柳色含レ苔而競レ緑。于レ時也携レ手曠二望江河〔一八〕
之畔一、訪レ酒迥過二野客之家一。既而也琴罇得レ性、蘭契和レ光。嗟乎、今日所レ恨徳星已少
歟。若不二扣レ寂含一レ章、何以攄二逍遥之趣一。忽課二短筆一、聊勒二四韻一云尓。

三九九五　餘春媚日宜二怜賞一　上巳風光足二覧遊一
柳陌臨レ江縟二袨服一　桃源通レ海泛二仙舟一
雲罍酌レ桂三清湛　羽爵催レ人九曲流
縦酔陶心忘二彼我一　酩酊無三処不二淹留一

三月四日、大伴宿祢池主。

昨日述二短懐一、今朝汚二耳目一。更承二賜書一、且奉二不次一。死罪々々。
不レ遺二下賤一頻恵二徳音一。英霊星気逸調過レ人。智水仁山、既韞二琳瑯之光彩一。潘江陸海、
自坐二詩書之廊廟一。騁二思非常一、託二情有理一。七歩成レ章、数篇満レ紙。巧遣二愁人之重患一、
能除二恋者之積思一。山柿歌泉、比レ此如レ蔑、彫竜筆海、粲然得レ看矣。方知二僕之有一レ幸〔一九〕
也、敬和歌。其詞云、

三九七三 三九九六　憶保枳美能　弥許等可之古美　安之比奇能　夜麻野佐波良受　安麻射可流　比奈毛乎佐牟流　麻須良袁夜　奈迩可母能毛布　安乎尓余之　奈良治伎可欲布　多麻豆佐能　都可

三日―ナシ元広
瞼広―瞼
訪―設新大系
過元広―過
罇元紀宮―樽
含元広―含之
攄元広紀―攄
々々―謹言広宮
霊元広―雲
4 波元広―婆

比多要米也　己母理古非　伊枳豆伎和多利　之多毛比尓　奈気可布和賀勢　伊尓之敝由　伊比都芸久良之　餘乃奈加波　可受奈枳毛能曽　奈具佐牟流　己等母安良牟等　佐刀毗等能　安礼迩都具良久　夜麻備尓波　佐久良婆奈知利　可保等利能　麻奈久之婆奈久　春野尓　須美礼乎都牟等　之路多倍乃　蘇泥乎利可敝之　久礼奈為能　安可毛須蘇姕伎　乎登売良波　於毛比美太礼弖　伎美麻都等　宇良呉悲須奈理　己許呂具志　伊謝美尓由加奈　許等波多奈由比・

三九七四(三九九七)　夜麻夫枳波　比尓ゝゝ佐伎奴　宇流波之等　安我毛布伎美波　思久ゝゝ於毛保由　〔三〇〕

三九七五(三九九八)　和賀勢故迩　古非須敝奈賀利　安之可伎能　保可尓奈気加布　安礼之可奈思母

三月五日、大伴宿祢池主。

昨暮来使、幸也以垂二晩春遊覧之詩一、今朝累信、辱也以貺二相招望野之歌一。一看二玉藻一、稍写二鬱結一、二吟二秀句一、已蠲二愁緒一。非二此眺翫一、孰能暢・レ心乎。但惟下僕、稟性難レ彫、闇神靡レ瑩。握レ翰腐レ毫、対レ研忘レ渇。終日目流、綴レ之不レ能。所謂文章天骨、習レ之不レ得也。豈堪三探レ字勒レ韻叶二和雅篇一哉。抑聞二鄙里小児一、古人言無レ不レ酬。聊表二拙詠一、敬擬二解咲一焉。
如今賦レ言勒レ韻、同二斯雅作之篇一。豈殊下将レ石間レ瓊、唱声遊走曲上歟。抑小児譬二濫謡一。敬写二葉端一、式擬レ乱曰、

七言一首・

三九九九　杪春餘日媚景麗　初巳和風払自軽
来燕銜レ泥賀レ宇入　帰鴻引レ蘆迥赴レ瀛
聞君嘯レ侶新二流曲一　禊飲催レ爵泛二河清一　〔三一〕

尓考—余
波元広紀宮—婆
敝—弊元宮
惟下僕—走元
如今…乱曰—ナシ元
間—同広宮
走紀宮陽—之
嘯元広紀宮—肅

雖レ欲レ追ニ尋良此宴一　還知染レ懊脚跉盯

短歌二首

三九七六 四〇〇〇 佐家理等母　之良受之安良婆　母太毛安良牟　己能夜万夫吉乎　美勢追都母等奈

三九七七 四〇〇一 安之可伎能　保加尓母伎美我　余里多々志　孤・悲家礼許曽婆　伊米尓見要家礼

三月五日、大伴宿祢家持臥レ病作之。

述ニ恋緒一歌一首 并短歌

三九七八 四〇〇二 妹毛吾毛　許己呂波於夜自　多具敝礼登　伊夜奈都可之久　相見婆　登許波都波奈尓　情具之　眼具之毛奈之尓　波思家夜之　安我於久豆麻　大王能　美許登加之古美　阿之比奇能　夜麻古要奴由伎　安麻射加流　比奈乎左米尓等　別来・之　曽乃日乃伎波美　荒璞能　登之由吉我敝利　春花乃　宇都呂布麻泥尓　相見祢婆　伊多母須敝奈美　之伎多倍能　蘇泥可敝之都追　宿夜於知受　伊米尓波見礼登　宇都追尓之　多太尓安良祢婆　孤悲之家口　知敝尓都母里奴　近　在者　加敝利尓太仁母　宇知由吉氏　妹我多麻久良　佐之加倍氏　祢天蒙許万思乎　多麻保己乃　路波之騰保久　関左閇尓　敝奈里氏安礼許曽　与・思恵夜之　餘志播安良武曽　霍公鳥　来鳴牟都奇尓　伊都之加母　波夜久奈里那牟　宇乃花能　尓保敝流山乎　余曽能未母　布里佐気見都追　淡海路尓　伊由伎能里多知　青丹吉　奈良乃吾家尓　奴要鳥能　宇良奈気之都追　思多恋尓　於毛比宇良夫礼　可度尓多知　由布気刀比都追　吾乎麻都等　奈須良牟妹乎　安比氏早見牟　〔三二一〕

三九七九 四〇〇三 安良多麻乃　登之可敝流麻泥　安比見祢婆　許・己呂毛之努尓　於母保由流香聞　〔三二二〕

二　首元広宮—ナシ

5　婆元類広紀—波

20　敝—弊元宮
21　乃元類—之
24　敝—弊元宮
26　敝—弊紀宮
32　敝—弊元宮
33　在元類—有
34　敝—弊元宮
35 37 42　氏—底類宮
40　ミチハシどホク
49　能—乃類広宮
65　氏—底類宮

1　乃元広—之
2　敝—弊元宮

1 奴—努広宮
2 波元広—婆
2 敝—弊元宮
5 利元広—里
3 婆元宮—波
廿—廿五元
2 婆類広宮—波
三月廿九日(小字)元紀—三月廿九日
1 伯元—泊
7 能元類広—乃
9 氏—底類宮
29 氏—底類宮

三九八〇 四〇〇四 奴婆多麻乃　伊米尓波母等奈　安比見礼騰　多太尓安良祢婆　孤悲夜麻受家里

三九八一 四〇〇五 安之比奇能　夜麻伎敝奈里氏　等保家騰母　許己呂之遊気婆　伊米尓美要家利

三九八二 四〇〇六 春花能　宇都路布麻泥尓　相見祢婆　月日餘美都追　伊母麻都良牟曽

右、三月*廿日夜裏、忽兮起恋情作。大伴宿祢家持。

立夏四月既経累日、而由未聞霍公鳥喧、因作恨歌二首

三九八三 四〇〇七 安思比奇能　夜麻毛知可吉乎　保登等芸須　都奇多都麻泥尓　奈仁加吉奈可奴
（アシヒキノ　ヤマモチカキヲ　ホトトギス　ツキタツマデニ　ナニカキナカヌ）

三九〇七

三九八四 四〇〇八 多麻尓奴久　波奈多知婆奈乎　等毛之美思　己能和我佐刀尓　伎奈可受安流良之
（タマニヌク　ハナタチバナヲ　トモシミシ　コノワガサトニ　キナカズアルラシ）

霍公鳥者立夏之日来鳴必定。又越中風土希有橙橘也。因此大伴宿祢家持感発於懐、聊裁此歌。*三*月*廿*九*日。　〔三四〕

二上山賦一首　此山者有射水郡也。

三九八五 四〇〇九 伊美都河伯　伊由伎米具礼流　多麻久之気　布多我美山者　波流波奈乃　佐家流左加利尓　安吉能葉乃　尓保敝流等伎尓　出立氏　布里佐気見礼婆　可牟加良夜　曽許婆多敷刀伎　夜麻可良夜　見我保之加良武　須売加未能　須蘇未乃夜麻能　之夫多尓能　佐吉乃安里蘇尓　阿佐奈芸尓　餘須流之良奈美　由敷奈芸尓　美知久流之保能　伊夜麻之尓　多由流許登奈久　伊尓之敝由　伊麻乃乎都豆尓　可久之許曽　見流比登其等尓　加気氏之努波米

三九八六 四〇一〇 之夫多尓能　佐伎能安里蘇尓　与須流奈美　伊夜思久思久尓　伊尓之敝於母保由

三九八七 四〇一一 多麻久之気　敷多我美也麻尓　鳴鳥能　許恵乃孤悲思吉　登岐波伎尓家里　〔三五〕

歌—ナシ元
1 乃元類広—能
2 氐—底類宮
右—右一首元
5 婆元広—波
1 我元類—加
3 5 氐—底類宮
四月廿日(小字)元広紀宮—四月廿日
5 12 氐—底類宮
16 加—賀元
20 氐—底類宮
25 未類広—末
5 努類広紀宮—奴

右、三月卅日、依レ興作之。大伴宿祢家持。

四月十六日夜裏遥聞二霍公鳥喧一述レ懐歌一首*

三九八八 四〇一二 奴婆多麻乃　都奇尓牟加比氐　保登等芸須　奈久於登波流気之　佐刀騰保美可聞

*右、大伴宿祢家持作之。

大目秦忌寸八千嶋之館餞二守大伴宿祢家・持一宴歌二首

三九八九 四〇一三 奈呉能宇美能　意吉都之良奈美　志苦思苦尓　於毛保要武可母　多知和可礼奈婆

三九九〇 四〇一四 和我勢故波　多麻尓母我毛奈　手尓麻伎氐　見都追由可牟乎　於吉氐伊加婆乎思

右、守大伴宿祢家持以二正税帳一須レ入二京師一、仍作二此歌一、聊陳二相別之嘆一。四月廿日。****

遊二覧布勢水海一賦一首　并短歌　此海者有二射水郡旧江村一也。•

三九九一 四〇一五 物能乃敷能　夜蘇等母乃乎能　於毛布度知　許己呂也良武等　宇麻奈米氐　宇知久知夫利乃　之良奈美能　安里蘇尓与須流　之夫多尓能　佐吉多母登保理　麻都太要能　奈我波麻須義氐　宇奈比河波　伎欲吉勢其等尓　宇加波多知　可由吉加久遊岐　見都礼騰母　曽許母安加尓等　布勢能宇弥尓　布祢宇気須恵氐　於伎敝許芸　辺尓己伎見礼婆　奈芸左尓波　安遅牟良佐和・伎　之麻未尓波　許奴礼波奈左吉　許己婆久毛　見乃佐夜気吉加　多麻久之気　布多我弥夜麻尓　波布都多能　由伎波和可礼受　安里我欲比　伊夜登之能波尓　於母布度知　可久思安蘇婆牟　異麻母見流其等

〔三六〕

三九九二 四〇一六 布勢能宇美能　意枳都之良奈美　安利我欲比　伊夜登偲能波尓　見都追思努播牟

右、守大伴宿祢家持作之。四月廿四日。•

敬和下遊二覧布勢水海一賦上一首 并一絶

三九九三 四〇一七 布治奈美波　佐岐弖知里尓伎　宇能波奈波　伊麻曽佐可理等　安之比奇能　夜麻尓毛野 〔三七〕
尓毛　保登等芸須　奈伎之等与米婆　宇知奈妣久　許己呂毛之努尓　曽己乎之母　宇良
胡非之美等　於毛布度知　宇麻宇知牟礼弖　多豆佐波理　伊泥多知美礼婆　伊美豆河伯
美奈刀能須登利　安佐奈芸尓　可多尓安佐里之　思保美弖婆　都・麻欲妣可波須　等母
之伎尓　美都追須疑由伎　之夫多尓能　安利蘇乃佐伎尓　於枳追奈美　余勢久流多麻母
可多与理尓　可都良尓都久理　伊毛我多米　氐尓麻吉母知弖　宇良具波之　布勢能美豆
宇弥尓　阿麻夫祢尓　麻可治加伊奴吉　之路多倍能　蘇泥布理可辺之　阿登毛比弖　和
賀己芸由気婆　乎布能佐伎　波奈知利麻我比　奈伎佐尓波　阿之賀毛佐和伎　佐射礼奈
美・　多知弖毛為弖母　己芸米具利　美礼登母安可受　安伎佐良婆　毛美知能等伎尓　波 〔三八〕
流佐良婆　波奈能佐可利尓　可毛加久母　伎美我麻尓麻等　可久之許曽　美母安吉良米
ゝ　多由流比安良米也

17 伯元広紀―泊
22 妣元類広―比
32 氐―底類宮
34 勢元類広紀―施
38 理元類広宮―里
42 波元類広宮―婆
54 等―尓元右

右、掾大伴宿祢池主作。四月廿六日追和。・

三九九四 四〇一八 之良奈美能　与世久流多麻毛　余能安比太母　都芸弖民仁許武　吉欲伎波麻備乎

四月廿六日　掾大伴宿祢池主之館餞二税帳使守大伴宿祢家持一宴歌　并古歌四首

三九九五 四〇一九 多麻保許乃　美知尓伊泥多知　和可礼奈婆　見奴日佐麻祢美　孤悲思家武可母　一云、不レ見日久弥　恋之家牟加母

右一首、大伴宿祢家持作之。

川　元類広宮―河

立　元類紀―ナシ
川　元類広宮―河

15 婆　元類広紀―波

23 増　元広宮―曽

30 母　元類広宮―毛

30 氏―底類宮

三九九六
四〇二〇　和我勢古我　久尓敝麻之奈婆　保等登芸須　奈可牟佐都奇波　佐夫之家牟可母・　〔三九〕

右一首、介内蔵忌寸縄麻呂作之。

三九九七
四〇二一　安礼奈之等　奈和備和我勢故　保登等芸須　奈可牟佐都奇波　多麻乎奴香佐祢

右一首、守大伴宿祢家持和。

*石川朝臣水通橘歌一首

三九九八
四〇二二　和我夜度能　花橘乎　波奈其米尓　多麻尓曽安我奴久　麻多婆苦流之美

右一首、伝誦主人大伴宿祢池主云尓。

守大伴宿祢家持館飲宴歌一首　四月廿六日。

三九九九
四〇二三　美夜故敝尓　多都日知可豆久　安久麻弖尓　安比見而由可奈　故布流比於保家牟

*立山賦一首　并短歌　此立山者有*新川郡也。

四〇〇〇
四〇二四　安麻射可流　比奈尓名可加須　古思能奈可　久奴知許登其等　夜麻波之母　之自尓安礼登毛　加波ゝ之母　佐波尓由気等毛　須売加未能　宇之波伎伊麻須　尓比可波能　曽能多知夜麻尓・　等許奈都尓　由伎布理之伎弖　於婆勢流　可多加比河波能　伎欲吉瀬尓　〔四〇〕　安佐欲比其等尓　多都奇利能　於毛比須疑米夜　安里我欲比　伊夜登之能播仁　余増能未母　布利佐気見都ゝ　余呂豆餘能　可多良比具佐等　伊末太見奴　比等尓母都気牟　於登能未毛　名能未母伎吉氏　登母之夫流我祢

四〇〇一
四〇二五　多知夜麻尓　布里於家流由伎乎　登己奈都尓・　見礼等母安可受　加武賀良奈良之

四〇〇二
四〇二六　可多加比能　可波能瀬伎欲久　由久美豆能　多由流許登奈久　安里我欲比見牟

19 氏—底類宮
37 加波元類広紀—加婆
5 无,天類広紀—無

四月廿七日、大伴宿祢家持作之。

敬和㆓立山賦㆒一首　并二絶

四〇〇三　四〇二七
阿佐比左之　曽我比尓見由流　可無奈我良　弥奈尓於婆勢流　之良久母能　知辺乎於之
和気　安麻曽ゝ理　多可吉多知夜麻　布由奈都等　和ゝ久許等母奈久　之路多倍尓　遊　〔四一〕
吉波布里於吉弖　伊尓之辺遊　阿理吉仁家礼婆　許其志可毛　伊波能可牟佐備　多末伎
波流　伊久代経尓家牟　多知氏為弖　見礼登毛安夜之　弥祢太可美　多尓乎布可美等
於知多芸都　吉欲伎可敷知尓　安佐左良受　綺利多知和多利　由布佐礼婆　久毛為多奈
毗吉　久毛為奈須　己許呂毛之努尓　多都奇理能　於毛比須具佐受　由久美豆乃　於等
母佐夜気久　与呂豆余尓　伊比都芸由可牟　加波之多要受波

四〇〇四　四〇二八
多知夜麻尓　布理於家流由伎能　等許奈都尓　気受弖和多流波　可无奈我良等曽

四〇〇五　四〇二九
於知多芸都　可多加比我波能　多延奴期等　伊麻見流比等母　夜麻受可欲波牟

右、掾大伴宿祢池主和之。四月廿八日。

入㆑京漸近　悲情難㆑撥述㆑懐一首　并一絶

四〇〇六　四〇三〇
可伎加蘇布　敷多我美夜麻尓　可牟佐備弖　多氏流都我能奇　毛等母延毛　於夜自得伎　〔四二〕
波尓　波之伎与之　和我世乃伎美乎　安佐左良受　安比弖許登騰比　由布佐礼婆　手多
豆佐波利弖　伊美豆河波　吉欲伎可布知尓　伊泥多知弖　和我多知弥礼婆　安由能加是
伊多久之布気婆　美奈刀尓波　之良奈美多可弥　都麻欲夫等　須騰理波佐和久　安之可
流等　安麻乃乎夫祢波　伊里延許具　加遅能於等多可之　曽己乎之毛　安夜尓登母志

36 波広宮―婆　42 婆元広宮―波　53 婆乎思元広宮―波乎志　1 波元類―婆　3 登等―等登類広宮　26 波広宮―婆　28 祢元広紀宮―弥　32 波婆元広宮―婆ゝ　40 理元広―里　1 乃元類―能　2 未元類―味

美之怒比都追　安蘇夫佐香理乎　須売呂伎能　乎須久尓奈礼婆　美許登母知　多知和可礼奈婆　於久礼多流　吉民波安礼騰母　多麻保許乃　美知由久和礼播　之良久毛能　多奈妣久夜麻乎　伊波祢布美　古要敝奈利奈婆　孤悲之家久　気乃奈我家牟曽　則許母倍婆　許己呂志伊多思　保等登芸須　許恵尓安倍奴久　多麻尓母我　手尓麻吉毛知弖　〔四三〕

四〇〇七（四〇三一）　安佐欲比尓　見都追由可牟乎　於伎弖伊加婆乎思

和我勢故波　多麻尓母我毛奈　保登等伎須　許恵尓安倍奴吉　手尓麻伎弖由可牟

右、大伴宿祢家持贈ニ掾大伴宿祢池主一。四月卅日。

忽見ニ入レ京述レ懐之作一　生別悲兮　断腸万廻　怨緒難レ禁　聊奉ニ所心一一首　并二絶

四〇〇八（四〇三二）　安遠迩与之　奈良乎伎波奈礼　阿麻射可流　比・奈尓波安礼登　和賀勢故乎　見都追志乎礼婆　於毛比夜流　許等母安利之乎　於保伎美乃　美許等可之古美　乎須久尓能　許等登理毛知弖　和可久佐能　安由比多豆久利　無良等理能　安佐太知伊奈婆　於久礼多流　阿礼也可奈之伎　多妣尓由久　伎美可母孤悲無　於毛布蘇良　夜須久安良祢婆　奈気可久乎　等騰米毛可祢氐　見和多勢婆　宇能波奈夜麻乃　保等登芸須　祢・能未之奈可由　安佐疑理能　美太流ゝ許己呂　許登尓伊泥弖　伊波婆由遊思美　刀奈美夜麻　多牟気能可味尓　奴佐麻都里　安我許比能麻久　波之家夜之　吉美賀多太可乎　麻佐吉久毛　安理多母等保利　都奇多ゝ婆　等伎毛可波佐受　奈泥之故我　波奈乃佐可里尓　阿比見之米等曽　〔四四〕

四〇〇九（四〇三三）　多麻保許乃　美知能可未多知　麻比波勢牟　安・賀於毛布伎美乎　奈都可之美勢余

四〇一〇 四〇三四 宇良故非之　和賀勢能伎美波　奈泥之故我　波奈尓毛我母奈　安佐奈〻〻見牟

右、大伴宿祢池主報贈和歌。五月二日。

思㆓放逸鷹㆒夢見感悦作歌一首　并短歌

四〇一一 四〇三五 大王乃　等保能美可度曽　美雪落　越登名尓於敝流　安麻射可流　比奈尓之安礼婆　山高美　河登保之呂思　野乎比呂美　久佐許曽之既吉　安・由波之流　奈都能左加利等　〔四五〕之麻都等里　鵜養我登母波　由久加波乃　伎欲吉瀬其等尓　可賀里左之　奈豆左比能保流　露霜乃　安伎尓伊多礼婆　野毛佐波尓　等里須太家里等　麻須良乎能　登母伊射奈比弖　多加波之母　安麻多安礼等母　矢形尾乃　安我大黒尓　大黒者蒼鷹之名也。　之良奴里能　鈴登里都気弖　朝猟尓　伊保都登里多氐　暮猟尓　知登理布美多氐　於敷其等迩　由流須・許等奈久　手放毛　乎知母可夜須伎　許礼乎於伎氐　麻多波安里我多之　左奈良敝流　多可波奈家牟等　情尓波　於毛比保許里弖　恵麻比都追　和多流安比太尓　多夫礼多流　之許都於吉奈乃　許等太尓母　吾尓波都気受　等乃具母利　安米能布流日乎　等我理須等　名乃未乎能里弖　三嶋野乎　曽我比尓見都追　二上　山登妣古要氐　久母我久理　可気理伊尓伎等　可敝理伎弖　之波夫礼都具礼　呼久餘思乃　曽許尓奈家礼　〔四六〕婆　伊敷須敝能　多騰伎乎之良尓　心尓波　火佐倍毛要都追　於母比孤悲　伊伎豆吉安麻利　気太之久毛　安布許等安里也等　安之比奇能　乎氐母許乃毛尓　等奈美波里　母利敝乎須恵氐　知波夜夫流　神社尓　氐流鏡　之都尓等里蘇倍　己比能美弖　安我麻都等吉尓　乎登売良我　伊米尓都具良久　奈我古敷流　曽能保追多加・波　麻追太

7 ヤマダカミ

12 加元類広紀―可
16 等元類広―登
20 婆元―波
29 能元類広紀―奴
30 弖―底類宮
32 34 39 58 氐―底類宮
70 伎元類広紀―岐
74 76 79 氐―底類宮

90 弖—底類宮
92 妣元類広—比
93 乃元類広—能
100 乎元類—宇
100 波元類広紀—婆
105 麻—米拾一考
2 氐元広—底 類宮弖
3 佐—作類広
1 敝—弊元宮
群—郡元宮
翅元類広—翅
張元類広紀—帳
粤拾穂—奥
精元類広—情
寤元類広宮—寐
之元類広宮—ナシ
4 妣元類広—比

要乃　波麻由伎具良之　都奈之等流　[90]比美乃江過弖　多古能之麻　等妣多毛登保里　安之我母乃　須太久旧江尓　[95]乎等都日毛　伎能敷母安里追　知加久安良婆　伊麻布都可太未　等保久安良婆　[100]奈奴可乃乎知波　須疑米也母　伎奈牟和我勢故　祢毛許呂尓　奈孤悲曽余等曽　[105]伊麻尓都気都流

四〇一二 四〇三六 矢形尾能　多加乎手尓須恵　美之麻野尓　可良奴日麻祢久　都奇曽倍尓家流 （四七）

四〇一三 四〇三七 二上能　乎氐母許能母尓　安美佐之弖　安我麻都多可乎　伊米尓都気追母

四〇一四 四〇三八 麻追我敝里　之比尓弖安礼可母　佐夜麻太乃　乎治我其日尓　母等米安波受家牟

四〇一五 四〇三九 情尓波　由流布許等奈久　須加能夜麻　須可奈久能未也　孤悲和多利奈牟

右、射水郡古江村取ニ獲蒼鷹一、形容美麗、鷙レ雉・秀レ*群也。於レ時養吏山田史君麻呂、調試失レ節、野猲乖レ候、搏レ風之*翅高翔匿レ雲、腐鼠之餌呼留靡レ験。於レ是*張ニ設羅網一窺ニ乎非常一、奉ニ幣神祇一恃ニ乎不虞一也。*粤以夢裏有ニ娘子一。喩曰、使君勿下作ニ苦念一空費中*精神上。放逸彼鷹獲得未レ幾矣哉。須臾覚*寤、有レ悦ニ於懐一。因作ニ却レ恨之歌一、式旌ニ感信一。守大伴宿祢家持。九月廿六日作也。

高市連黒人歌一首　年月不レ審。

四〇一六 四〇四〇 売比能野能　須ゝ吉於之奈倍　布流由伎尓　夜度加流家敷之　可奈之久於毛倍遊 （四八）

右、伝ニ誦此歌一三国真人五百国是也。

四〇一七 四〇四一 東風　越俗語東風謂ニ*之安由乃可是一也。　伊多久布久良之　奈呉乃安麻能　都利須流乎夫祢　許芸可久流見由

四〇一八 四〇四二 美奈刀可是　佐牟久布久良之　奈呉乃江尓　都麻欲妣可波之　多豆左波尓奈久　一云、多豆佐和久

105 イめ〔米〕ニツげツル

奈里・

四〇一九（四〇四三）安麻射可流　比奈等毛之流久　許己太久母　之気伎孤悲可毛　奈具流日毛奈久

四〇二〇（四〇四四）故之能宇美能　信濃浜名也。乃波麻乎　由伎久良之　奈我伎波流比毛　和須礼弖於毛倍也

右四首、天平廿年春正月廿九日、大伴宿祢家持。

礪波郡雄神河辺作歌一首

四〇二一（四〇四五）乎加未河伯　久礼奈為尓保布　乎等売良之　葦附水松之類。等流登　湍尓多々須良之

婦負郡渡ニ鸕坂河辺一時作歌一首

四〇二二（四〇四六）宇佐可河伯　和多流瀬於保美　許乃安我馬乃　安我枳乃美豆尓　伎奴々礼尓家里

見ニ潜レ鸕人一作歌一首

四〇二三（四〇四七）売比河波能　波夜伎瀬其等尓　可我里佐之　夜蘇登毛乃乎波　宇加波多知家里

新川郡渡ニ延槻河一時作歌一首・

四〇二四（四〇四八）多知夜麻乃　由吉之久良之毛　波比都奇能　可波能和多理瀬　安夫美都加須毛

赴ニ参気太神宮一行ニ海辺一之時作歌一首

四〇二五（四〇四九）之乎路可良　多太古要久礼婆　波久比能海　安佐奈芸思多理　船梶母我毛

能登郡従ニ香嶋津一発レ船　射ニ熊来村一往時作歌二首

四〇二六（四〇五〇）登夫佐多氐　船木伎流等伊布　能登乃嶋山　今・日見者　許太知之気思物　伊久代神備曽

四〇二七（四〇五一）香嶋欲里　久麻吉乎左之氐　許具布祢能　可治等流間奈久　京師之於母倍由

天平—ナシ元
1 伯—泊宮陽
渡—ナシ元
時—ナシ元
歌元西イ—ナシ
1 伯—泊元類
5 奴元類—努
作—ナシ元
気元類広—気比
太—大宮陽
射—行於元赭　行於射広
1 氐—底類宮
2 布元類—有
2 氐—底類宮
5 師元類—都
5 倍元類—保

2 シナヌのハマヲ
〔四九〕
5 フナカヂモガモ
2 フナきキルとイフ
〔五〇〕

川元類広—河
太沼—治元広
郡—布元
2 妣元類—比
4 波元類—婆
5 氐—底類宮
当元—ナシ
3 氐—底類宮
3 婆元類広—波
2 等其元類西原
紀—其等
4 賀元類広紀—
加

鳳至郡渡二饒石川一之時作歌一首

四〇二八 四〇五二 伊毛尓安波受　比左思久奈里奴　尓芸之河波　伎欲吉瀬其登尓　美奈宇良波倍弖奈

従二珠洲郡一発レ船還二太沼郡一之時　泊二長浜湾一仰二見月光一作歌一首・

四〇二九 四〇五三 珠洲能宇美尓　安佐妣良伎之弖　許芸久礼婆　奈我波麻能宇良尓　都奇氐理尓家里

右件歌詞者、依二春出挙一巡二行諸郡一、当レ時当レ所属目作之。大伴宿祢家持。

怨二鶯晩哢一歌一首

四〇三〇 四〇五四 宇具比須波　伊麻波奈可牟等　可多麻氐婆　可須美多奈妣吉　都奇波倍尓都追

造レ酒歌一首・

四〇三一 四〇五五 奈加等美乃　敷刀能里等其等　伊比波良倍　安賀布伊能知毛　多我多米尓奈礼

右、大伴宿祢家持作之。

萬葉集巻第十七・

萬葉集巻第十八

萬葉集巻第十八

天平廿年春三月廿三日　左大臣橘家之使者造酒司令史田辺*福麻呂饗二于守大伴宿祢家持館一　〔一八〕
爰作二新歌一并便誦二古詠一各述二心緒一

四〇三二（四〇五六）　奈呉乃宇美尓　布祢之麻志可勢　於伎尓伊泥弖　奈美多知久夜等　見氐可敝利許牟

四〇三三（四〇五七）　奈美多氐波　奈呉能宇良末尓　余流可比乃　末奈伎孤悲尓曽　等之波倍尓家流

四〇三四（四〇五八）　奈呉能宇美尓　之保能波夜非波　安佐里之尓・伊泥牟等多豆波　伊麻曽奈久奈流

四〇三五（四〇五九）　保等登芸須　伊等布登伎奈之　安夜売具左　加豆良尓勢武日　許由奈伎和多礼

右四首、田辺史福麻呂。

于レ時期四之明日将三遊二覧布勢水海一仍述レ懐各作歌

四〇三六（四〇六〇）　伊可尓安流　布勢能宇良曽毛　許己太久尓　吉民我弥世武等　和礼乎等登牟流・

右一首、田辺史福麻呂。　〔一七〕

四〇三七（四〇六一）　乎敷乃佐吉　許芸多母等保里　比祢毛須尓　美等母安久倍伎　宇良尓安良奈久尓
一云、伎美我等波須母

右一首、守大伴宿祢家持。

四〇三八（四〇六二）　多麻久之気　伊都之可安気牟　布勢能宇美能　宇良乎由伎都追　多麻母比利波牟

四〇三九（四〇六三）　於等能未尓　伎吉氐目尓見奴　布勢能宇良乎・見受波能保良自　等之波倍奴等母

辺　元類広宮—辺史
5 氐　元広—底
1 氐　元広—底　類紀宮弖
4 泥　元類広紀—伹
4 勢　宮訂細—芸（藝）
2 氐　元広—底

2 吉元類—伎　2 氏元—底　5 氏元広—底
四〇四〇　四〇六四　布勢能宇良乎　由吉氐之見弖婆　毛母之綺能　於保美夜比等尓　可多利都芸氐牟

5 氏元広—底
四〇四一　四〇六五　宇梅能波奈　佐伎知流曽能尓　和礼由可牟　伎美我都可比乎　可多麻知我氐良

3 芸元類—伎　4 吉元類—伎
四〇四二　四〇六六　敷治奈美能　佐伎由久見礼婆　保等登芸須　奈久倍吉登伎尓　知可豆伎尓家里

右五首、田辺史福麻呂。

4 受元類—須　5 氏元広—底
四〇四三　四〇六七　安須能比能　敷勢能宇良末能　布治奈美尓　気太之伎奈可受　知良之氐牟可母　〔八〕

一頭云、保等登芸須

右一首、大伴宿祢家持和之。

前件十首歌者、廿四日宴作之。

廿五日　往二布勢水海一道中馬上口号二首

1 へ元—倍広　部
四〇四四　四〇六八　波万へ余里　和我宇知由可波　宇美辺欲理　牟可倍母許奴可　安麻能都里夫祢

3 理元類—利
四〇四五　四〇六九　於伎敝欲里　美知久流之保能　伊也麻之尓　安我毛布支見我　弥不根可母加礼

至二水海一遊覧之時　各述レ懐作歌

4 毛元—裳
四〇四六　四〇七〇　可牟佐夫流　多流比女能佐吉　許支米具利　見礼登毛安可受　伊加尓和礼世牟

右一首、田辺史福麻呂。

4 弊元広—敝
四〇四七　四〇七一　多流比売野　宇良乎許芸都追　介敷乃日波　多努之久安曽弊　移比都支尓勢牟　〔九〕

右一首、遊行女婦土師。

4 弊元類広紀—敝
四〇四八　四〇七二　多流比女能　宇良乎許具不祢　可治末尓母　奈良野和芸弊乎　和須礼氐於毛倍也

右一首、大伴家持。

四〇四九 四〇七三 於呂可尓曽　和礼波於母比之　乎不乃宇良能　安利蘇野米具利　見礼度安可須介利

右一首、田辺史福麻呂。

四〇五〇 四〇七四 米豆良之伎　吉美我伎麻佐婆　奈家等伊比之　夜麻保登等芸須　奈尓加伎奈可奴

右一首、掾久米朝臣広縄。

四〇五一 四〇七五 多胡乃佐伎　許能久礼之気尓　保登等芸須　伎奈伎等余米婆　波太古非米夜母

右一首、大伴宿祢家持。

前件十五首歌者、廿五日作之。

掾久米朝臣広縄之館饗田辺史福麻呂宴歌四首

四〇五二 四〇七六 保登等芸須　伊麻奈可受之弖　安須古要牟　夜麻尓奈久等母　之流思安良米夜母

右一首、田辺史福麻呂。

四〇五三 四〇七七 許乃久礼尓　奈里奴流母能乎　保等登芸須　奈尓加伎奈可奴　伎美尓安敝流等吉

右一首、久米朝臣広縄。

四〇五四 四〇七八 保等登芸須　許欲奈枳和多礼　登毛之備乎　都久欲尓奈蘇倍　曽能可気母見牟

四〇五五 四〇七九 可敝流未能　美知由可牟日波　伊都婆多野　佐可尓蘇泥布礼　和礼乎事於毛波婆

右二首、大伴宿祢家持。

前件歌者、廿六日作之。

太上皇御在於難波宮之時歌七首　清足姫天皇也。

左大臣橘宿祢歌一首

4 登等元類―等登
4 婆元―波
1 乃類広―能
3 婆元類―波
4 可元類―加
5 波元類―婆
件元広紀宮―伴

四〇五六 四〇八〇 保里江尓波　多麻之可麻之乎　大皇乎　美敷祢許我牟登　可年弖之里勢婆・〔一一〕

御製歌一首　和

四〇五七 四〇八一 多万之賀受　伎美我久伊弖伊布　保里江尓波　多麻之伎美弖〻　都芸弖可欲波牟

或云、多麻古伎之伎弖

右二首、件歌者御船泝レ江遊宴之日、左大臣奏并御製。

御製歌一首

四〇五八 四〇八二 多知婆奈能　登乎能多知婆奈　夜都代尓母　安・礼波和須礼自　許乃多知婆奈乎

河内女王歌一首

四〇五九 四〇八三 多知婆奈乃　之多泥流尓波尓　等能多弖天　佐可弥豆伎伊麻須　和我於保伎美可母

粟田女王歌一首

四〇六〇 四〇八四 都奇麻知弖　伊敝尓波由可牟　和我佐世流　安加良多知婆奈　可気尓見要都追

右件歌者、在二於左大臣橘卿之宅一肆宴御歌・并奏歌也。〔一二〕

四〇六一 四〇八五 保里江欲里　水乎妣吉之都追　美布祢左須　之津乎能登母波　加波能瀬麻宇勢

四〇六二 四〇八六 奈都乃欲波　美知多豆多都之　布祢尓能里　可波乃瀬其等尓　佐乎左指能保礼

右件歌者、御船以二綱手一泝レ江遊宴之日作也。伝誦之人、田辺史福麻呂是也。

後追二和橘歌一二首・

四〇六三 四〇八七 等許余物能　己乃多知婆奈能　伊夜弖里尓　和期大皇波　伊麻毛見流其登

四〇六四 四〇八八 大皇波　等吉波尓麻佐牟　多知婆奈乃　等能乃多知婆奈　比多氏里尓之弖

3 里 類広—理
2 婆 類—波
二 代精—一
1 乃 類広—能
也 広紀宮—ナシ
5 宇—乎 矢
2 乃 類広—能
3 乃 類広—能
5 氏 広—底

5 カハのセマヲ〔乎〕セ

右二首、大伴宿祢家持作之。

射水郡駅館之屋柱題著歌一首

4 婆類文宮—波

四〇六五 四〇八九 安佐妣良伎　伊里江許具奈流　可治能於登乃　都波良都婆良尓　吾家之於母保由・

右一首、山上臣作。不審名。或云、憶良大夫之男。但其正名未詳也。

〔一三〕

四月一日掾久米朝臣広縄之館宴歌四首

1 乃花乃類広—能花能

四〇六六 四〇九〇 宇乃花乃　佐久都奇多知奴　保等登芸須　伎奈吉等与米余　敷布美多里登母

右一首、守大伴宿祢家持作之。

5 伎可元類広—妓可

四〇六七 四〇九一 敷多我美能　夜麻尓許母礼流　保等登芸須　伊麻母奈加奴香　伎美尓伎可勢牟・

右一首、遊行女婦土師作之。

3 等登—登等広宮

四〇六八 四〇九二 乎里安加之母　許余比波能麻牟　保等登芸須　安気牟安之多波　奈伎和多良牟曽

二日応立夏節。故謂之明旦将喧也。

右一首、守大伴宿祢家持作之。

4 乃類広—能

四〇六九 四〇九三 安須欲里波　都芸弖伎許要牟　保登等芸須　比登欲乃可良尓　古非和多流加母

右一首、羽咋郡擬主帳能登臣乙美作。・

詠庭中牛麦花歌一首

〔一四〕

1 乃類広—能

四〇七〇 四〇九四 比登母等乃　奈泥之故宇恵之　曽能許己呂　多礼尓見世牟等　於母比曽米家牟

因元紀文宮—日

右、先国師従僧清見可入京師、因設飲饌饗宴。*于時主人大伴宿祢家持作此歌詞、送酒清見也。

5 婆―波類広
1 婆元類―波
恋―恋緒古義　兮元宮ィ―号
5 里元類広―在
5 乃元広―能
5 氐元広―底

四〇七一（四〇九五）　之奈射可流　故之能吉美良等　可久之許曽　楊奈疑可豆良枳　多努之久安蘇婆米

右、郡司已下子弟已上諸人多集二此会一。因守大伴宿祢家持作二此歌一也。

四〇七二（四〇九六）　奴婆多麻能　欲和多流都奇乎　伊久欲布等　余美都追伊毛波　和礼麻都良牟曽

右、此夕、月光遅流和風稍扇。即因二属目一聊作二此歌一也。

越前国掾大伴宿祢池主来贈歌三首

以二今月十四日一到二来深見村一、望二拝彼北方一。常念二芳徳一、何日能休。兼以二隣近一忽増レ恋。加以先書云、暮春可レ惜、促レ膝未レ期。生別悲兮、夫復何言。臨レ紙悽断、奉レ状不備。〔一五〕

三月十五日、大伴宿祢池主。

一 古人云

四〇七三（四〇九七）　都奇見礼婆　於奈自久尓奈里　夜麻許曽婆　伎美我安多里乎　敝太弖多里家礼

一 属レ物発レ思

四〇七四（四〇九八）　桜花　今曽盛等　雖二人云一　我佐不之毛　支美止之不レ里者

4 ワレハサブシモ

一 所心歌

四〇七五（四〇九九）　安必意毛波受　安流良牟伎美乎　安夜思苦毛　奈気伎和多流香　比登乃等布麻泥

越中国守大伴家持報贈歌四首

一 答二古人云一

四〇七六（四一〇〇）　安之比奇能　夜麻波奈久毛我　都奇見礼婆　於奈自伎佐刀乎　許己呂敝太氐都　〔一六〕

一　答ニ属目発レ思　兼詠ニ云遷任旧宅西北隅桜樹一

四〇七七（四一〇一）　和我勢故我　布流伎可吉都能　佐久良婆奈　伊麻太敷布売利　比等目見尓許祢

一　答ニ所心一　即以ニ古人之跡一代ニ今日之意一

四〇七八（四一〇二）　故敷等伊布波　衣毛名豆気多理　伊布須敝能　多豆伎母奈吉波　安我未奈里家利・

一　更矚レ目

四〇七九（四一〇三）　美之麻野尓　可須美多奈妣伎　之可須我尓　伎乃敷毛家布母　由伎波敷里都追

三月十六日。

姑大伴氏坂上郎女来ニ贈越中守大伴宿祢家持一歌二首

四〇八〇（四一〇四）　都祢比等能　故布等伊敷欲利波　安麻里尓弖　和礼波之奴倍久　奈里尓多良受也・

四〇八一（四一〇五）　可多於毛比遠　宇万尓布都麻尓　於保世母天　故事へ尓夜良波　比登加多波牟可母

越中守大伴宿祢家持報歌　并所心三首

四〇八二（四一〇六）　安万射可流　比奈能夜都故尓　安米比度之　可久古非須良波　伊家流思留事安里

四〇八三（四一〇七）　都祢乃孤悲　伊麻太夜麻奴尓　美夜古欲里　宇麻尓古非許婆　尓奈比安倍牟可母

別所心一首・

四〇八四（四一〇八）　安可登吉尓　名能里奈久奈流　保登等芸須　伊夜米豆良之久　於毛保由流香母

右、四日、附レ使贈ニ上京師一。

天平感宝元年五月五日　饗ニ東大寺之占墾地使僧平栄等一　于レ時守大伴宿祢家持送ニ酒僧一歌一首

〔一七〕

任　元広宮—住
3 久　元類広—具
5 我　元広—賀
4 母　元広—毛
三月十六日—　ナシ元
2 等　元広—登
4 へ　元—部
2 夜都　略解大平説—都夜
1 乃　元類—能
3 里　元類—利
日—首　元原

四〇八五　四一〇九　夜伎多知乎　刀奈美能勢伎尓　安須欲里波　毛利敝夜里蘇倍　伎美乎等登米牟・

同月九日　諸僚会二少目秦伊美吉石竹之館一飲宴　於レ時主人造二白合花縵三枚一畳二置豆器一　〔一八〕
捧二贈賓客一　各賦二此縵一作三首

四〇八六　四一一〇　安夫良火乃　比可里尓見由流　和我可豆良　佐由利能波奈能　恵麻波之伎香母

右一首、守大伴宿祢家持。

四〇八七　四一一一　等毛之火能　比可里尓見由流　左由理婆奈　由利毛安波牟等　於母比曽米弖伎・

右一首、介内蔵伊美吉縄麻呂。

四〇八八　四一一二　左由理婆奈　由里毛安波牟等　於毛倍許曽　伊末能麻左可母　宇流波之美須礼

右一首、大伴宿祢家持　和。

独居二幄裏一遥聞二霍公鳥喧一作歌一首　并短歌

四〇八九　四一一三　高御座　安麻乃日継登　須売呂伎能　可未能美許登能　伎己之乎須　久尓能麻保良尓　山乎之毛　佐波尓於保美等　百鳥能　来居弖奈久許恵・　春佐礼婆　伎吉乃可奈之母　伊〔一九〕豆礼乎可　和枳弖之努波无　宇能花乃　佐久月多弖婆　米都良之久　鳴保等登芸須　安夜女具佐　珠奴久麻泥尓　比流久良之　欲和多之伎気騰　伎久其等尓　許己呂都呉枳弖　宇知奈気伎　安波礼能登里等　伊波奴登枳奈思

反歌

四〇九〇　四一一四　**由久敝奈久　安里和多流登毛　保等登芸須　奈・枳之和多良婆　可久夜思努波牟

四〇九一　四一一五　宇乃花能　登聞尓之奈気婆　保等登芸須　伊夜米豆良之毛　名能里奈久奈倍

5 等登元類広宮—登等
1 乃元類広—能
3 左元類広—佐
1 婆元—波
2 里藍元類広—利
4 末元類広紀—麻
2 乃藍元類広—能
4 末元類広紀—美
12 乃藍元類広—能
14 无藍元紀宮—無
反歌—ナシ藍元
1 乃元広—能
2 登聞元—登
開広開

1 登等元類紀宮—等登
3 乃元類—能
4 播元類—幡
英元赭類広紀—芙

四〇九二 四一一六 保登等芸須　伊登祢多家口波　橘乃　播奈治流等吉尓　伎奈吉登余牟流

右四首、十日、大伴宿祢家持作之。

行二*英遠浦一之日作歌一首

四〇九三 四一一七 安乎能宇良尓　餘須流之良奈美　伊夜末之尓　多知之伎与世久　安由乎伊多美可聞　〔二〇〕

右一首、大伴宿祢家持作之。

賀二陸奥国出一レ金　詔書一歌一首　并短歌

四〇九四 四一一八 葦原能　美豆保国乎　安麻久太利　之良志売之家流　須売呂伎能　神乃美許等能　御代可佐祢　天乃日嗣等　之良志久流　伎美能御代〻〻　之伎麻世流　四方国尓波　山河乎　比呂美安都美等　多弖麻都流　御調宝波　可蘇倍衣受　都久之毛可祢都　之加礼騰母　吾大王乃　毛呂比等乎　伊射奈比多麻比　善事乎　波自米多麻比弖　久我祢可毛　多之気久安良牟登　於母保之弖　之多奈夜麻須尓　鶏鳴　東国乃　美知能久乃　小田在山尓　金有等　麻宇之多麻敝礼　御心乎　安吉良米多麻比　天地乃　神安比宇豆奈比　皇御祖乃　御霊多須気弖　遠代尓　可〻里之許登乎　朕御世尓　安良波之弖　安礼婆　食国波　左可延牟物能等　可牟奈我良　於毛保之売之弖　毛能乃布能　八十　〔二一〕
伴雄乎　麻都呂倍乃　牟気乃麻尓〻〻　老人毛　女童児毛　之我願　心太良比尓　撫賜　治賜婆　許己乎之母　安夜尓多敷刀美　宇礼之家久　伊余与於母比弖　大伴乃　遠都神祖乃　其名乎婆　大来目主等　於比母知弖　都加倍之官　海行者　美都久屍　山行者　草牟須屍　大皇乃　敝尓許曽死米　可敝里見波　勢自等許等大弖　大夫乃

8 嗣西貼紙文貼紙宮—飼
10 〻〻—御代 元温ナシ類
20 乃元類広—能
21 等元類広—登
26 之元広—能之
30 乃元類広—能
45 食元広—御食
52 〻〻—麻尓 元温
63 乃元類広—能
66 等元類広—登
76 大元類広—太

20 ワガオホキミの
53 オイビとモ

82 乃元類広—能
98 尓類広原—余
99 乃元類—能
101 102 弖比大系—且比元類広弖且比
103 氏—氏ミ代初新大系

伎欲吉彼名乎　伊尓之敝欲　伊麻乃乎追通尓　奈我佐敝流　於夜乃子等毛曽　大伴等
佐伯乃氏者　人祖乃　立流辞立　人子者　祖名不絶　大君尓　麻都呂布物能等　伊
比都雅流　許等能都可左曽　梓弓　手尓等里母知弖　剣大刀　許之尓等里波伎　安佐
麻毛利　由布能麻毛利尓　大王乃　三門乃麻毛利　和礼乎於吉弖　比等波安良自等　伊
夜多氏　於毛比之麻左流　大皇乃　御言能左吉乃　一云、乎　聞者貴美　一云、貴久之安礼婆

反歌三首

4 乃藍元類広—能
1 乃藍元類広—能
4 乃元類広—能

四〇九五（四一一九）
大夫能　許己呂於毛保由　於保伎美能　美許登乃佐吉乎　一云、能　聞者多布刀美　一云、貴久之安礼婆

四〇九六（四一二〇）
大伴乃　等保追可牟於夜能　於久都奇波　之流久之米多弖　比等能之流倍久

四〇九七（四一二一）
須売呂伎能　御代佐可延牟等　阿頭麻奈流　美知乃久夜麻尓　金花佐久

天平感宝元年五月十二日、於越中国守館大伴宿祢家持作之。

2 乃元類広—能
18 ミ—弖略解宣長説
20 尓考—久
24 都芸尓—ミミ尓広紀宮
反歌—ナシ元

為下幸行芳野離宮之時上儲作歌一首　并短歌

四〇九八（四一二二）
多可美久良　安麻乃日嗣等　天下　志良之売師家類　須売呂伎乃　可未能美許等能
可之古久母　波自米多麻比弖　多不刀久母　左太米多麻敝流　美与之努能　許乃於保
美夜尓　安里我欲比　売之多麻布良之　毛能乃敷能　夜蘇等母能乎毛　於能我於弊流
於能我名負々　大王乃　麻気能麻尓々々　此河能　多由流許等奈久　此山能　伊夜都芸
都芸尓　可久之許曽　都可倍麻都良米　伊夜等保奈我尓

反歌

四〇九九（四一二三）
伊尓之敝乎　於母保須良之母　和期於保伎美　余思努乃美夜乎　安里我欲比売須

102 マタ〔且〕ヒとハアラジと
103 イヤタテテ〔ミ〕
〔二二〕
〔三三〕
18 オのガナオヒテ〔弖〕

8 登元類広紀—等
12 左代初—古
15 氏—底類広
18 尓代初—余
22 婆元類—波
2 婆元類—波
3 久藍元類広—具
四一〇三ヲ次歌ノ後ニ配列元
2 久佐藍元類古—具左
5イ 伎—ナシ元
5イ 波—ナシ古類広
无元紀—無
弃元広紀宮—奇
弃藍元広紀—奇
弃藍元広紀—奇

四一〇〇（四一二四）物能乃布能　夜蘇氏人毛　与之努河波　多由流許等奈久　都可倍追通見牟

為ㇾ贈㆓京家㆒願㆓真珠㆒歌一首　并短歌

四一〇一（四一二五）珠洲乃安麻能　於伎都美可未尓　伊和多利弖　可都伎等流登伊布　安波妣多麻　伊保知
（スヽのアマの　オキツミカミに　イワタリテ　カツキとトルトイフ　アハビタマ　イホチ）
毛我母　波之吉餘之　都麻乃美許登能　許呂毛泥乃　和可礼之等吉欲　奴婆玉乃　夜床
（モガモ　ハシキヨシ　ツマのミコトの　コロモデの　ワカレシトキヨ　ヌバタマの　ヨトコ）
加多左里　安・佐祢我美　可伎母気頭良受　伊泥氏許之　月日余美都追　奈気久良牟
（カタサリ　アサネガミ　カキモケヅラズ　イデヽコシ　ツキヒヨミツヽ　ナゲクラム）
心　奈具佐尓　保登等芸須　伎奈久五月能　安夜女具佐　波奈多知婆奈尓　奴吉麻自倍
（こゝろナグサに　ホトトギス　キナクサツキの　アヤメグサ　ハナタチバナに　ヌキマジヘ）
可頭良尓世餘等　都追美氏夜良牟　〔一四〕

四一〇二（四一二六）白玉乎　都々美氏夜良婆　安夜女具佐　波奈多知婆奈尓　安倍母奴久我祢

四一〇三（四一二七）於伎都之麻　伊由伎和多里弖　可豆久知布　安・波妣多麻母我　都々美弖夜良牟

四一〇四（四一二八）和伎母故我　許己呂奈久佐尓　夜良無多米　於伎都之麻奈流　之良多麻母我毛

四一〇五（四一二九）思良多麻能　伊保都追度比乎　手尓牟須妣　於許世牟安麻波　牟賀思久母安流香

一云、我家牟伎波母

5イ 定訓ナシ

右、五月十四日、大伴宿祢家持依ㇾ興作。

教㆓喩史生尾張少咋㆒歌一首　并短歌・

七出例云、

但犯㆓一条㆒即合ㇾ出ㇾ之。*无㆓七出㆒輙*弃者徒一年半。

三不去云、

雖ㇾ犯㆓七出㆒不ㇾ合ㇾ*弃ㇾ之。違者杖一百。唯犯奸悪疾得ㇾ*弃ㇾ之。　〔一五〕

両妻例云、
有レ妻更娶者徒一年。女家杖一百、離レ之。
詔書云、
愍ニ賜義夫節婦一。
謹案、先件数条、建レ法之基、化レ道之源也。然則義夫之道、情存レ无レ別、一家同レ財。豈有ニ忘レ旧愛レ新之志一哉。所以綴ニ作数行之歌一、令レ悔ニ弃レ旧之惑一。其詞曰、

四一〇六
四一三〇
於保奈牟知　須久奈比古奈野　神代欲里　伊比都芸家良久　父母乎　見波多布刀久　妻子見波　可奈之久米具之　宇都世美能　余乃許等和利・止　可久佐末尓　伊比家流物能乎　世人能　多都流許等太弖　知左能花　佐家流沙加利尓　波之吉余之　曽能都末能古等　安沙余比尓　恵美ゝ恵末須毛　宇知奈気支　可多里家末久波　等己之へ尓　可久之母安良米也　天地能　可未許等余勢天　春花能　佐可里裳安良牟等　末多之家牟　等吉能沙加利曽　波奈礼居弖　奈介可須移母我　何時可毛　都可比能許牟等　末多須良无　心左夫之苦・南吹　雪消益而　射水河　流水沫能　余留弊奈美　左夫流其児尓　比毛能緒能　移都我利安比弖　尓保騰里能　布多理双坐　那呉能宇美能　於支乎布可米天　左度波世流　支美我許己呂能　須敝母須敝奈佐　言ニ佐夫流一者遊行女婦之字也。　〔二八〕

反歌三首

四一〇七
四一三一
安乎尓与之　奈良尓安流伊毛我　多可ゝゝ尓・麻都良牟許己呂　之可尓波安良司可　〔二七〕

四一〇八
四一三二
左刀妣等能　見流目波豆可之　左夫流児尓　佐度波須伎美我　美夜泥之理夫利

无元紀宮―無
弃元赭紀―棄藍広宮奇
4 久元赭広―之
23 へ元―部
28 29 牟等末京頭書―ナシ
31 奈礼代精―ナシ
35 无元紀宮―無
3 ゝゝ―多可元広

1 オホナムヂ
3 カみよヨリ
40 ウカブミナワの ナガルミナワの

四一〇九 四一三三 久礼奈為波　宇都呂布母能曽　都流波美能　奈礼尓之伎奴尓　奈保之可米夜母

右、五月十五日、守大伴宿祢家持作之。

先妻不レ待二夫君之喚使一自来時作歌一首

四一一〇 四一三四 左夫流児我　伊都伎之等乃尓　須受可気奴　波・由麻久太礼利　佐刀毛等騰呂尓

同月十七日、大伴宿祢家持作之。

橘歌一首 并短歌

四一一一 四一三五 可気麻久母　安夜尓加之古思　皇神祖乃　可見能*大御世尓　田道間守　常世尓和多利
夜保許毛知　麻為泥許之登吉　時士久能　香久乃菓子乎　可之古久母　能許之多麻敝礼
国毛勢尓　於非多知左加延　波流左礼婆　孫枝毛伊都追　保登・等芸須　奈久五月尓波
ゝ都波奈乎　延太尓多乎理弖　乎登女良尓　都刀尓母夜里美　之路多倍能　蘇泥尓毛古
伎礼　香具播之美　於枳弖可良之美　安由流実波　多麻尓奴伎都追　手尓麻吉弖　見礼
騰毛安加受　秋豆気婆　之具礼乃雨零　阿之比奇能　夜麻能許奴礼波　久礼奈為尓　仁
保比知礼止毛　多知波奈乃　成流其実者　比太照尓　伊夜見我保之久　美由伎布流　冬
尓伊・多礼婆　霜於気騰母　其葉毛可礼受　常磐奈須　伊夜佐加波延尓　之可礼許曽
神乃御代欲理　与呂之奈倍　此橘乎　等伎自久能　可久能木実等　名附家良之母

反歌一首

四一一二 四一三六 橘波　花尓毛実尓母　美都礼騰母　移夜時自久尓　奈保之見我保之

閏五月廿三日、大伴宿祢家持作之。

〔一一八〕

2 乃元類古広—能
4 波古紀矢京—婆
3 乃元類広—能
9 士久全集 新大系—支
19 ゝ元類広—波
25 播元類広—幡
32 乃元類広—能
35 礼奈為西朱紀宮—ナシ
37 乃元類広—能

8 乃元類―能　12 波―婆類　17 ゝ元類―能 広ゝ之　20 弖元類―侶　24 无元類―無　25 无元―無　29 へ元類―部

庭中花作歌一首 并短歌

四一一三 四一三七 於保支見能　等保能美可等ゝ　末支太末不　官乃末尓末　美由支布流　古之尓久多利来　安良多末能　等之乃五年　之吉多倍乃　手枕末可受　比毛等可須　末呂宿乎須礼波　移夫勢美等　情奈具左尓　奈泥之故乎　屋戸尓末枳於保之　夏能ゝ　佐由利比伎宇恵天　開花乎　移弖見流其等尓　那泥之古我　曽乃波奈豆末尓　左由理・花　由利母安波无等　奈具佐无流　許己呂之奈久波　安末射可流　比奈尓一日毛　安流へ久母安礼也　〔二九〕

反歌二首

四一一四 四一三八 奈泥之故我　花見流其等尓　乎登女良我　恵末比能尓保比　於母保由流可母

四一一五 四一三九 佐由利花　由利母相等　之多波布流　許己呂之奈久波　今日母倍米夜母・

同閏五月廿六日、大伴宿祢家持作。

国掾久米朝臣広縄以㆓天平廿年㆒附㆓朝集使㆒入㆑京　其事畢而天平感宝元年閏五月廿七日還㆓到本任㆒　仍長官之館設㆓詩酒宴㆒楽飲　於㆑時主人守大伴宿祢家持作歌一首 并短歌

四一一六 四一四〇 於保支見能　末支能末尓ゝ　等里毛知氐　都可布流久尓能　年内能　許登可多祢母知　多末・保許乃　美知尓伊天多知　伊波祢布美　也末古衣野由支　弥夜故敝尓　末為之和我世乎　安良多末乃　等之由吉我弊理　月可佐祢　美奴日佐末祢美　故敷流曽良　夜須久之安良祢波　保止ゝ支須　支奈久五月能　安夜女具佐　余母疑可豆良伎　左加美都伎　安蘇比奈具礼止　射水河　雪消溢而　逝水乃　伊夜末思尓乃末　多豆我奈久　〔三〇〕

2 ゝゝ―末尓元広　7 乃元広―能　27 逝―遊元右広　27 乃元広―能

奈呉江乃須気能　根毛己呂尓　於母比牟須・保礼　奈介*伎都ゝ　安我末川君我　許登乎　〔三一〕
波里　可敝利末可利天　夏　野乃　佐由利乃波奈能　花咲尓　ゝ布夫尓恵美天　阿波之
多流　今日乎波自米氏　鏡　奈須　可久之都祢見牟　於毛我波利世須

30 乃元広―能　34 川元広紀宮―津　37 38 乃藍元広―能

反歌二首

四一一七 四一四一　許序能秋　安比見之末尓末　今日見波　於毛夜目都良之　美夜古可多比等・

四一一八 四一四二　可久之天母　安比見流毛乃乎　須久奈久母　年月経礼波　古非之家礼夜母

2 乃藍元類広―能

聞二霍公鳥喧一作歌一首

四一一九 四一四三　伊尓之敝欲　之怒比尓家礼婆　保等登伎須　奈久許恵伎吉弖　古非之吉物乃乎

2 怒藍元―奴　2 婆―波藍紀　3 伎藍元―芸　5 乃藍元―能

為下向レ京之時　見二貴人一及相二美人一飲宴之日　述上懐儲作歌二首

四一二〇 四一四四　見麻久保里　於毛比之奈倍尓　賀都良賀気　香・具波之君乎　安比見都流賀母

四一二一 四一四五　朝参乃　伎美我須我多乎　美受比左尓　比奈尓之須米婆　安礼故非尓家里　〔三二〕
一云、*伊毛我須我多乎　波之吉与思

一元類―一頭

同閏五月廿八日、大伴宿祢家持作之。

天平感宝元年閏五月六日以来　起二小旱一百姓田畝稍有二彫色一*至二于六月朔日一*忽見二雨雲
之気一　仍作雲歌一首　短歌一絶・

色―色也元宮　六―今六広京赭

四一二二 四一四六　須売呂伎乃　之伎麻須久尓能　安米能之多　四方乃美知尓波　宇麻乃都米　伊都久須伎
波美　布奈乃倍能　伊波都流麻泥尓　伊尓之敝欲　伊麻乃乎都頭尓　万　調　麻都流都
可佐等　都久里多流　曽能奈里波比乎　安米布良受　日能可左奈礼婆　宇恵之田毛　麻
吉之波多気毛　安佐其登尓　之保美可礼由苦　曽乎見礼婆　許己呂乎伊多美　弥騰里児

1 4 乃元広―能

1 テヲサムの・マヰイリの

乃　知許布我其登久　安麻都美豆　安布芸弖曽麻都　安之比奇能　夜麻乃多乎理尓　〔三三〕
許乃見油流　安麻能之良久母　和多都美乃　於枳都美夜敝尓　多知和多里　等能具
毛利安比弖　安米母多麻波祢

反歌一首

四一二三 四一四七　許能美由流　久毛保妣許里弖　等能具毛理　安米毛布良奴可　己許呂大良比尓

右二首、六月一日晩頭、守大伴宿祢家持作之。

賀雨落歌一首

四一二四 四一四八　和我保里之　安米波布里伎奴　可久之安良婆　許登安気世受杼母　登思波佐可延牟

右一首、同月四日、大伴宿祢家持作。

七夕歌一首　并短歌

四一二五 四一四九　安麻泥良須　可未能御代欲里　夜洲能河波　奈加尓敝太弖々　牟可比太知　蘇泥布利可
波之　伊吉能乎尓　奈気加須古良　和多里母理　布祢毛麻宇気受　波之太尓母　和多之　〔三四〕
弖安良波　曽乃倍由母　伊由伎和多良之　多豆佐波利　宇奈我既里為弖　於毛保之吉
許登母加多良比　奈具左牟流　許己呂波安良牟乎　奈尓之可母　安吉尓之安良祢波　許
等騰比能　等毛之伎古良　宇都世美能　代人和礼毛　許己乎之母　安夜尓久須之弥
往更　年乃波其登尓　安麻乃波良　布里左気見都追　伊比都芸尓須礼

反歌二首

四一二六 四一五〇　安麻能我波　々志和多世良波　曽能倍由母　伊和多良佐牟乎　安吉尓安良受得物

23 28 29 31 乃元広—能
5 己許藍元類広—許己
5 大藍元広—太　宿祢—ナシ藍元広
3 婆元—波
4 杼—等元訂
3 洲—州藍広
13 乃藍元類—能
17 毛藍元類—母
19 奈藍元類—那
26 毛藍元類—母
27 乎代精—宇
30 31 乃藍元類—能

2 伊古義—許
3 乃藍元—能
作—ナシ藍元
急藍元広紀—忽
徴藍元宮—微
白藍元—曰
2 乃藍元類広—能
4 等元類古—登
无元文宮—無
対(對)—封西朱宮細
云々元—云著

四一二七 四一五一 夜須能河波(ヤスのカハ)　伊牟可比太知弖(イムカヒタチテ)　等之乃古非(とシのコひ)　気奈我伎古良河(けナガキコラガ)　都麻度*比能欲曽(ツマドヒのヨそ)

右、七月七日、仰二見天漢一、大伴宿祢家持作。

越前国掾大伴宿祢池主来贈戯歌四首・

忽辱二恩賜一驚欣已深。心中含レ咲独座稍開、表裏不レ同相違何異。推二量所由一率尓*作レ策歟。明知加レ言豈有二他意一乎。凡貿二易本物一其罪不レ軽。正贓倍贓宜二*急并満一。今勒二風雲一発二遣*徴使一。早速返報。不レ須二延廻一。〔三五〕

勝宝元年十一月十二日　物所二貿易一下吏

謹訴二　貿易人断官司　庁下一。

*別白、可怜之意不レ能二黙止一、聊述二四詠一准二擬・睡覚一。

四一二八 四一五二 久佐麻久良(クサマクラ)　多比乃於伎奈等(タビのオキナと)　於母保之天(オモホシテ)　波里曽多麻敝流(ハリそタマヘル)　奴波牟物能毛賀(ヌハムモのモガ)

四一二九 四一五三 芳理夫久路(ハリブクロ)　等利安宜麻敝尓於吉(とリアげマヘニオキ)　可辺佐倍波(カヘサヘバ)　於能等母於能夜(オのとモオのヤ)　宇良毛都芸多利(ウラモツギタリ)

四一三〇 四一五四 波利夫久路(ハリブクロ)　応婢都々気奈我良(オビツツけナガラ)　佐刀其等迩(サトごとニ)　天良佐比安流気騰(テラサヒアルけど)　比等毛登賀米授(ヒともとガめズ)

四一三一 四一五五 等里我奈久(とリガナク)　安豆麻乎佐之天(アヅマヲサシテ)　布佐倍之尓(フサヘシニ)　由可牟等於毛倍騰(ユカムとオモヘど)　与之母佐祢奈之(よシモサネナシ)　〔三六〕

右歌之返報歌者、脱漏不レ得二探求一也。

更来贈歌二首

依下迎二駅使一事上、今月十五日、到二来部下加賀郡境一。面蔭見二射水之郷一、恋緒結二深海之村一。身異二胡馬一、心悲二北風一。乗レ月徘徊曽*无レ所レ為。稍開二来*対一、其辞**云々者。先所レ奉書、返畏度レ疑歟。僕作レ嘱レ羅且悩二使君一。夫乞レ水得レ酒従来能口。論レ時・合レ理何題二強吏一乎。尋

2 こ〔許〕ムカヒタチテ

渇—竭文左温

誦二針袋詠一詞泉酌不レ渇*。抱レ膝独咲能蠲二旅愁一。陶然遣レ日何慮何思。短筆不宣。

勝宝元年十二月十五日　徴レ物下司

謹上　不レ伏使君　記室

別奉云〻歌二首

4 波藍元類—婆
5 乃藍元類—能

四一三二 四一五六　多〻佐尓毛　可尓母与己佐母　夜都故等曽　安礼波安利家流　奴之能等乃度尓・

四一三三 四一五七　波里夫久路　己礼波多婆利奴　須理夫久路　伊麻波衣天之可　於吉奈佐備勢牟　〔三七〕

宴席詠二雪月梅花一歌一首

1 乃藍元類広—能

四一三四 四一五八　由吉乃宇倍尓　天礼流都久欲尓　烏梅能播奈　乎理天於久良牟　波之伎故毛我母

右一首、十二月、大伴宿祢家持作。

3 乃元類広—能

四一三五 四一五九　和我勢故我　許登等流奈倍尓　都祢比登乃　伊布奈宜吉思毛　伊夜之伎麻須毛・

右一首、少目秦伊美吉石竹館宴、守大伴宿祢家持作。

天平勝宝二年正月二日　於二国庁一給二饗諸郡司等一宴歌一首

3 理元類古広—里

四一三六 四一六〇　安之比奇能　夜麻能許奴礼能　保与等理天　可射之都良久波　知等世保久等曽

右一首、守大伴宿祢家持作。

判元紀—刺

*判官久米朝臣広縄之館宴歌一首・

四一三七 四一六一　牟都奇多都　波流能波自米尓　可久之都追　安比之恵美天婆　等枳自家米也母　〔三八〕

宿祢—ナシ元広

同月五日、守大伴宿**祢家持作之。

縁下検二察墾田地一事上　宿二礪波郡主帳多治比部北里之家一　于レ時忽起二風雨一不レ得二辞去一作

歌一首

四一三八 四一六三　夜夫奈美能(ヤブナミの)　佐刀尓夜度可里(サトニヤドカリ)　波流佐米尓(ハルサめニ)　許母理都追牟等(こモリツツムと)　伊母尓都宜都夜(イモニツげツヤ)・

二月十八日、守大伴宿祢家持作。

萬葉集巻第十八・

萬葉集巻第十九

四二一四〜　四二三八〜　廿七日　大伴宿祢家持弔㆔聟南右大臣家・藤原二郎之喪㆓慈母㆒挽歌一首　并短歌　〔四〕
四二一七　四二四一　霖雨晴日作歌一首
四二一八　四二四二　見㆓漁夫火光㆒歌一首
四二一九　四二四三　六月十五日　見㆓芽子早花㆒歌一首
四二二〇〜　四二四四〜　大伴氏坂上郎女従㆓京師㆒来㆓賜女子大嬢㆒歌一首　并短歌
四二二二〜　四二四六〜　九月三日　宴歌二首
四二二四　四二四八　幸㆓芳野宮㆒時　藤原皇后御作歌一首・
四二二五　四二四九　十月十六日　餞㆓朝集使少目秦伊美吉石竹㆒時　大伴家持作歌一首
四二二六　四二五〇　十二月　大伴家持雪日作歌一首
四二二七〜　四二五一〜　三形沙弥贈㆓左大臣㆒歌二首
四二二九　四二五三　天平勝宝三年正月二日　零雪殊多　守大伴宿祢家持館宴歌一首
四二三〇　四二五四　三日　介内蔵忌寸縄麻呂館宴楽時　大伴家持作歌一首・
四二三一　四二五五　同日　掾久米朝臣広縄作歌一首　〔五〕
四二三二　四二五六　遊行女婦蒲生娘子歌一首
四二三三　四二五七　同日　酒酣更深鶏鳴　内蔵伊美吉縄麻呂作歌一首
四二三四　四二五八　守大伴家持和歌一首
四二三五　四二五九　太政大臣藤原家之県犬養命婦奉㆓天皇㆒歌一首

四二三六〜　四二六〇〜　悲㆓傷死妻㆒歌一首　并短歌・
四二三八　四二六二　二月二日　判官久米広縄以㆓正税帳㆒応㆑入㆓京師㆒　仍大伴家持作歌一首
四二三九　四二六三　四月十六日　大伴家持詠㆓霍公鳥㆒歌一首
四二四〇　四二六四　春日祭㆑神之日　藤原*太后賜㆓入唐大使藤原朝臣清河㆒御作歌一首　太—大文矢京
四二四一　四二六五　大使藤原朝臣清河歌一首
四二四二〜　四二六六〜　大納言藤原家餞㆓入唐使㆒歌三首
四二四五〜　四二六九〜　天平五年　贈㆓入唐使㆒歌一首　并短歌・
四二四七　四二七一　阿倍朝臣老人遣㆑唐時　奉㆑母悲㆑別歌一首　〔六〕
四二四八〜　四二七二〜　七月十七日　越中守家持遷㆓任少納言㆒作㆓悲㆑別歌㆒贈㆓貽朝集使掾久米広縄之館㆒二首
四二五〇　四二七四　八月四日　内蔵伊美吉縄麻呂館設㆓国厨之*饌㆒餞㆓大帳使大伴家持㆒時　家持作歌一首　饌代精—ナシ
四二五一　四二七五　五日平旦　大帳使大伴家持和㆓内蔵伊美吉縄麻呂捧㆑盞歌㆒一首
四二五二　四二七六　正税使掾久米朝臣広縄事畢退㆑任　遇㆓越前・国掾大伴池主館㆒時　久米広縄詠㆓芽子花㆒作歌一首
四二五三　四二七七　大伴家持和歌一首
四二五四〜　四二七八〜　向㆑京路上　依㆑興預作侍㆑宴応㆑詔歌一首　并短歌
四二五六　四二八〇　為㆑寿㆓左大臣橘卿㆒預作歌一首
四二五七〜　四二八一〜　十月廿二日　於㆓左大弁紀飯麻呂朝臣家㆒宴

歌三首・

四二六〇 四二八四 壬申年乱平定以後歌二首　〔七〕

四二六二 四二八六 閏三月 於㆓衛門督古慈悲宿祢家㆒餞㆓之入唐副使同胡麻呂等㆒歌二首

四二六四 四二八八 高麗朝臣福信遣㆓於難波㆒賜㆓肴酒入唐使藤原朝臣清河等㆒御歌一首 并短歌

四二六六 四二九〇 大伴家持為㆑応㆑詔儲作歌一首 并短歌

四二六八 四二九二 天皇*太后共幸㆓於大納言藤原卿家㆒之時 賜㆓黄葉沢蘭於大納言藤原卿并陪従大夫㆒御歌・一首

太—大紀文

四二六九 四二九三 十一月八日　太上天皇於㆓左大臣橘朝臣宅㆒肆宴歌四首

四二七三 四二九七 廿五日 新嘗会肆宴応㆑詔歌六首

四二七九 四三〇三 廿七日 林王宅餞㆓之但馬按察使橘奈良麻呂朝臣㆒宴歌三首

四二八二 四三〇六 五年正月四日 於㆓治部少輔石上朝臣宅嗣家㆒宴歌三首・

四二八五 四三〇九 十一日 大雪述㆓拙懐㆒歌三首　〔八〕

四二八八 四三一二 十二日 侍㆓内裏㆒聞㆓千鳥喧㆒歌一首

四二八九 四三一三 二月十九日 於㆓左大臣橘家㆒宴 見㆓攀折柳条㆒歌一首

四二九〇 四三一四 廿三日 依㆑興作歌二首

四二九二 四三一六 廿五日 詠㆓鶬鶊㆒歌一首・

萬葉集巻第十九

天平勝宝二年三月一日之暮眺二矚春苑桃李花一作二歌*一首

四一三九（四一六三）春苑　紅尓保布　桃花　下照道尓　出立嬬嬬

四一四〇（四一六四）吾園之　李花可　庭尓落　波太礼能未　遺在可母

見二翻翔鴫一作歌一首

四一四一（四一六五）春儲而　物悲尓　三更而　羽振鳴志芸　誰田尓加須牟

二日攀二柳黛一思二京師一歌一首・

四一四二（四一六六）春日尓　張流柳乎　取持而　見者京之　大路所レ念

攀二折堅香子草花一歌一首

四一四三（四一六七）物部乃　八十嬬嬬等之　挹乱　寺井之於乃　堅香子之花

見二帰鴈一歌二首

四一四四（四一六八）燕来　時尓成奴等　鴈之鳴者　本郷思都追　雲隠喧

四一四五（四一六九）春設而　如此帰等母　秋風尓　黄葉山乎　不二超来一・有米也

一云、春去者　帰此鴈

夜裏聞二千鳥喧一歌*二首

四一四六（四一七〇）夜具多知尓　寐覚而居者　河瀬尋　情毛之努尓　鳴知等理賀毛

作　元広紀文―作
歌
4 照　元類広紀―
昭
5 念　元類広―思
1 乃　元類古広―
能
2 十　元古春広―
十乃
4 於―上古広
5 超　元類広紀―
越
喧　元類春広―鳴
4 毛　元類春広―
母
4 努　元類広―奴

〔九〕
3 ニハニチル
3 クミマガフ
4 モミタフヤマヲ
モミチのヤマヲ
5 コえこザラめヤ
〔一〇〕
2 ネザめテヲレバ

5 努元広—奴
1 榲元類—椙
2 思—思而類
3 婆—波古広
5 余元右広宮—奈
大元類広宮—太
1 乃元類広—能
2 超元類広紀—越
27 理元類広—里
四一五五ノ前行ニ反歌トアリ元赭西補筆宮

四一四七 四一七一 夜降而　鳴河波知登里　宇倍之許曽　昔人母　之努比来尓家礼

聞暁鳴雉歌二首•

四一四八 四一七二 榲野尓　左乎騰流雉　灼然　啼尓之毛将哭　己母利豆麻可母

四一四九 四一七三 足引之　八峯之雉　鳴響　朝開之霞　見者可奈之母

遥聞泝江船人之唱歌一首

四一五〇 四一七四 朝床尓　聞者遥之　射水河　朝己芸思都追　唱船人

三日守大伴宿祢家持之館宴歌三首•

四一五一 四一七五 今日之為等　思標之　足引乃　峯上之桜　如此開尓家里

四一五二 四一七六 奥山之　八峯乃海石榴　都婆良可尓　今日者久良佐祢　大夫之徒

四一五三 四一七七 漢人毛　筏浮而　遊云　今日曽和我勢故　花縵世余

八日詠*白大鷹歌一首　并短歌

四一五四 四一七八 安志比奇乃　山坂超而　去更　年緒奈我久　科坂・在　故志尓之須米婆　大王之　敷座　国者　京師乎母　此間毛於夜自等　心尓波　念毛能可良　語左気　見左久流人眼　乏等　於毛比志繁　曽己由恵尓　情奈具也等　秋附婆　芽子開尓保布　石瀬野尓　馬太伎由吉氏　乎知許知尓　鳥布美立　白塗之　小鈴毛由良尓　安波勢也理　布里左気見都追　伊伎騰保流　許己呂能宇知乎　思延　宇礼之備奈我良　枕附　都麻屋之内尓　鳥座由比　須恵・弖曽我飼　真白部乃多可

四一五五 四一七九 矢形尾乃　麻之路能鷹乎　屋戸尓須恵　可伎奈泥見都追　飼久之余志毛

1 ヨグタチテ
1 アシヒキの
〔一一〕
3 アシヒキの
4 ヲのへのサクラ
2 フネヲウカベテ
3 アソブとフ
5 ハナカヅラセナ〔奈〕
3 ユキガヘル
〔一二〕

潜レ鸕歌一首 并短歌

四一五六
四一八〇
荒玉乃　年往更　春去者　花耳尓保布　安之比奇能　山下響　堕多芸知　流　辟田乃
河瀬尓　年魚児狭走　嶋津鳥　鸕養等母奈倍　可我理左之　奈頭・佐比由気婆　吾妹子
我　可多見我氏良等　紅　之　八塩尓染而　於己勢多流　服　之欄毛　等宝利氏濃礼奴

1 乃類広―之　元能
14 婆元類広―波

四一五七
四一八一
紅　乃　衣尓保波之　辟田河　絶　己等奈久　吾等眷　牟

1 乃元類―ナシ

四一五八
四一八二
毎年尓　鮎之走　婆　左伎多河　鸕八頭可頭気氏　河瀬多頭祢牟

季春三月九日　擬三出挙之政行二於旧江村一　道・上　属三目物花一之詠　并興中所レ作之歌

〔一三〕

過二渋谿埼一見二巌上樹一歌一首　樹名、都万麻。

四一五九
四一八三
礒　上之　都万麻乎見者　根乎延而　年深有之　神左備尓家里

5 左元類古広―　佐

悲二世間無レ常歌一首 并短歌

四一六〇
四一八四
天地之　遠　始欲　俗中波　常無毛能等　語　続　奈我良倍伎多礼　天　原　振左気見婆
照月毛　盈　之家里　安之比奇乃　山之木末毛　春去婆　花開尓・保比　秋都気婆　露
霜負而　風交　毛美知落家利　宇都勢美母　如是能未奈良之　紅　乃　伊呂母宇都呂比
奴婆多麻能　黒髪変　朝　之咲　暮　加波良比　吹風乃　見要奴我其登久　逝水乃　登
麻良奴其等久　常毛奈久　宇都呂布見者　尓波多豆美　流　渧　等騰米可祢都母

10 西貼紙紀文―興
11 21 27 29 乃元広―能
35 米―未元

四一六一
四一八五
言等波奴　木尚春開　秋都気婆　毛美知遅良久・波　常乎奈美許曽　一云、常无牟等曽

5 イ无元類―無

四一六二
四一八六
宇都世美能　常无見者　世間尓　情　都気受弖　念　日曽於保伎　一云、嘆　日曽於保吉

2 无元類―無
5 曽―ナシ元古広

予作七夕歌一首

8 ハシルサキタの　ナガルサキタの

25 アサのヱミ
26 ヨ|ヒニカハラヒ
34 ナガルナミタ　モ
35 とどみ〔末〕カネツ
4 モミチヂラクハ

〔一四〕

无元類―無
四一六五ノ前行ニ反歌トアリ元赭西補筆広宮
喧―鳴類広
礼能西ィ拾或云―礼罷
里元類広―理
乃元類広―之
喧―鳴類広
母元類広―毛
之元―也

妹之袖　和礼枕可牟　河湍尓　霧多知和多礼　左欲布気奴刀尓・

慕レ振二勇士之名一歌一首　并短歌

四一六四　四一八八　知智乃実乃　父能美許等　波播蘇葉乃　母能美己等　於保呂可尓　情尽而　念良牟　其子奈礼夜母　大夫夜　无奈之久可レ在　梓弓　須恵布理於許之　投矢毛知　千尋射和多之　剣刀　許思尓等理波伎　安之比奇能　八峯布美越　左之麻久流　情不レ障　後代乃　可多利都具倍久　名乎多都倍志母・

四一六五　四一八九　大夫者　名乎之立倍之　後代尓　聞継人毛　可多里都具我祢　〔一五〕

右二首、追二和山上憶良臣作歌一。

詠二霍公鳥并時花一歌一首　并短歌

四一六六　四一九〇　毎レ時尓　伊夜目都良之久　八千種尓　草木花左伎　喧鳥乃　音毛更布　耳尓聞　眼尓視其等尓　宇知嘆　之奈要宇良夫礼　之努比都追　有争波之・尓　許能久礼能　四月之立者　欲其母理尓　鳴霍公鳥　従二古昔一　可多里都芸都流　鶯之　宇都之真子可母　菖蒲　花橘乎　嫗嬬良我　珠貫麻泥尓　赤根刺　昼波之売良尓　安之比奇乃　八丘飛超　夜干玉乃　夜者須我良尓　暁　月尓向而　往還　喧等余牟礼杼　何如将二飽足一

反歌二首

四一六七　四一九一　毎レ時　弥米頭良之久　咲花乎　折毛不レ折毛　見良・久之余志母　〔一六〕

四一六八　四一九二　毎年尓　来喧毛能由恵　霍公鳥　聞婆之努波久　不レ相日乎於保美　毎年、謂二之等之乃波一。

右、廿日、雖レ未レ及レ時、依レ興預作之。*

16 家元—家久
26 左元広—佐
2 喧元類—鳴
大元広紀—太
苑略解—花
2 无元類—無

為ニ家婦贈ニ在レ京尊母一所レ誂作歌一首 并短歌

四一六九 四一九三 霍公鳥　来喧五月尓　咲尓保布　花橘乃　香吉　於夜能御言　朝暮尓　不レ聞日麻祢久　安麻射可流　夷尓之居者　安之比奇乃　山乃多乎里尓　立雲・乎　余曽能未見都追　嘆　蘇良　夜須家奈久尓　念　蘇良　苦　伎毛能乎　奈呉乃海部之　潜　取　云　真珠乃　見我保之御面　多太向　将レ見時麻泥波　松栢乃　佐賀延伊麻左祢　尊　安我吉美

御面、謂ニ之美於毛和一。

反歌一首

四一七〇 四一九四 白玉之　見我保之君乎　不レ見久尓　夷尓之乎礼婆　伊家流等毛奈之

廿四日 応ニ立夏四月節一也。因レ此廿三日・之暮 忽思ニ霍公鳥暁喧声一作歌二首

四一七一 四一九五 常人毛　起都追聞曽　霍公鳥　此暁尓　来喧始音

四一七二 四一九六 霍公鳥　来喧響者　草等良牟　花橘乎　屋戸尓波不レ殖而

贈ニ京丹比家一歌一首

四一七三 四一九七 妹乎不レ見　越国敝尓　経レ年婆　吾情度乃　奈具流日毛無

追ニ和筑紫大宰之時春苑梅歌一一首・

四一七四 四一九八 春　裏之　楽*　終*者　梅花　手折乎伎都追　遊　尓可レ有

右一首、廿七日、依レ興作之。

詠ニ霍公鳥一二首

四一七五 四一九九 霍公鳥　今来喧曽无　菖蒲　可都良久麻泥尓　加流々日安良米也　毛能波、三箇辞闕之。

20 カヅキトルとフ
〔一七〕
4 ワガこころドの

7 暢元類―鴨

四一九六
四二〇〇　我門従　喧過度　霍公鳥　伊夜奈都可之久　雖レ聞飽不レ足　毛能波氏尓乎、六箇辞闕之。

〔一八〕

四月三日　贈二越前判官大伴宿祢池主一霍公・鳥歌　不レ勝二感旧之意一述レ懐一首　并短歌

四一九七
四二〇一　和我勢故等　手携　而　暁来者　出立向　暮去者　振放見都追　念　暢　見奈疑之山
尓　八峯尓波　霞　多奈婢伎　谿敝尓波　海石榴花咲　宇良悲　春之過　者　霍公鳥　伊
也之伎喧奴　独耳　聞婆不怜毛　君与吾　隔　而恋流　利波山　飛超去而　明立者
松之狭枝尓　暮去者　向レ月而　菖　蒲　玉貫麻泥尓　鳴等余米　安寐不レ令レ宿　君乎
奈夜麻勢・

12 ツバキハナサキ

反歌元西補筆広 宮―ナシ

反歌

5 尓―奈大系

四一九八
四二〇二　吾　耳　聞婆不怜毛　霍公鳥　丹生之山辺尓　伊去鳴尓毛

3 和元類広―ナシ

四一九九
四二〇三　霍公鳥　夜喧乎為管　和我世児乎　安宿勿令レ寐　由米　情在

1 アレのみシ
5 イユキナカナ〔奈〕モ

不レ飽下感二霍公鳥一之情上　述レ懐作歌一首　并短歌

12 泥元類広―而

四二〇〇
四二〇四　春過而　夏来向　者　足檜木乃　山呼等余米　左夜中尓　鳴霍公鳥　始音乎　聞婆奈都
可之　菖　蒲　花・橘乎　貫交　可頭良久麻泥尓　里響　喧渡礼騰母　尚　之努波由

〔一九〕

反歌三首

四二〇一
四二〇五　左夜深而　暁　月尓　影所レ見而　鳴霍公鳥　聞者夏借

四二〇二
四二〇六　霍公鳥　雖レ聞不レ足　網取尓　獲而奈都気奈　可礼受鳴金

4 波元類広文―婆

四二〇三
四二〇七　霍公鳥　飼通　良婆　今年経而　来向　夏波　麻豆将・レ喧乎

従二京師一贈来歌一首

5 毛―母類広
女之―京類
12 植元類宮―殖
2 殖―植宮
2 乃元類広―能　3 礼―礼能考
16 波―浪紀宮
22 乃元類広―能　25 乃元広―能
四一八八ノ前行ニ反歌トアリ 元赭西補筆宮
2 等（　）―尓 全集

四一八四 四三〇八 山吹乃　花執持而　都礼毛奈久　可礼尓之妹乎　之努比都流可毛

右、四月五日、従二留女之女郎一所レ送也。

詠二山振花一歌一首　并短歌

四一八五 四三〇九 宇都世美波　恋乎繁美登　春麻気氐　念繁波　引攀而　折毛不レ折毛　毎レ見　情奈疑牟等　繁山之　谿・敝尓生流　山振乎　屋戸尓引植而　朝露尓　仁保敝流花乎　毎レ見　念者不レ止　恋志繁母

四一八六 四三一〇 山吹乎　屋戸尓殖弖波　見其等尓　念者不レ止　恋己曽益礼

〔二一〇〕

六日遊二覧布勢水海一作歌一首　并短歌

四一八七 四三一一 念度知　大夫乃　許能久礼　繁思乎　見明良米　情也良牟等　布勢乃海尓　小船都良奈米　真可伊・可気　伊許芸米具礼婆　乎布能浦尓　霞多奈妣伎　垂姫尓　藤浪咲而　浜浄久　白波左和伎　及々尓　恋波末左礼杼　今日耳　飽足米夜母　如是己曽　弥年乃波尓　春花之　繁盛尓　秋葉乃　黄色時尓　安里我欲比　見都追思努波米　此布勢能海乎

3 このクレの〔能〕
15 ハマギヨク
26 モミタフとキニ　ニホヘルとキニ

四一八八 四三一二 藤奈美能　花盛尓　如此許曽　浦己芸廻都追　年・尓之努波米

〔二一一〕

贈二水鳥越前判官大伴宿祢池主一歌一首　并短歌

四一八九 四三一三 天離　夷等之在者　彼所此間毛　同許己呂曽　離レ家　等之乃経去者　宇都勢美波　物念之気思　曽許由恵尓・情奈具左尓　霍公鳥　喧始音乎　橘　珠尓安倍貫　可頭良伎氐　遊波之母　麻須良乎々　等毛奈倍立而　叔羅河　奈頭左比泝　平瀬尓・波　左泥

2 ヒナニ〔尓〕シアレバ
4 オヤジこころぞ　6 とシのヘユけバ
16 アソバフハシモ

刺渡　早湍尓　水鳥乎潜　都追　月尓日尓　之可志安蘇婆祢　波之伎和我勢故

四一九〇 四二一四 叔羅河　湍乎尋　都追　和我勢故波　宇可波多ゝ佐祢　情　奈具左尓

4 无元類—無

四一九一 四二一五 鸕河立　取左牟安由能　之我波多波　吾等尓可伎无気　念　之念　婆

右、九日、附レ使贈之。

詠二霍公鳥并藤花一一首 并短歌。

四一九二 四二一六 桃花　紅　色尓　ゝ保比多流　面輪乃宇知尓　青柳乃　細　眉根乎　咲麻我理　朝影見　都追　媙嬬良我　手尓取持有　真鏡　蓋上山尓　許能久礼乃　繁　谿辺乎　呼等余米　旦飛渡　暮月夜　可蘇気伎野辺　遥ゝ尓　喧霍公鳥　立久ゝ等　羽触尓知良須　藤浪乃　花奈都可之美　引攀而　袖尓古伎礼都　染婆染等母　〔一二二〕

4 乃元類広—能
15 余米代精—米尓
21 ゝ元類広宮—久
22 ハブリニチラス

四一九三 四二一七 霍公鳥　鳴羽触尓毛　落尓家利　盛　過良志　藤奈・美能花

一云、落奴倍美　袖尓古伎納都　藤浪乃花也

2 ナクハブリニモ

同九日、作之。

更怨二霍公鳥哢晩一歌三首

四一九四 四二一八 霍公鳥　喧渡　奴等　告礼騰毛　吾聞都我受　花波須疑都追

四一九五 四二一九 吾幾許　斯努波久不レ知尓　霍公鳥　伊頭敝能山乎　鳴可将レ超・

四一九六 四二二〇 月立之　日欲里乎伎都追　敲自努比　麻泥騰伎奈可奴　霍公鳥可母　〔一二三〕

2 努元類—奴
3 敲宮—歌元類敧
5 公—氏元広

贈二京人一歌二首

四一九七 四二二一 妹尓似　草等見之欲里　吾標之　野辺之山吹　誰可手乎里之

即—即守元
祜元紀—祜
1乃元類広—能

四一九八 四二二二 都礼母奈久　可礼尓之毛能登　人者雖レ云　不レ相日麻祢美　念曽吾為流

右、為レ贈二留女之女郎一所レ誂二家婦一作也。女郎者即大伴家持*之妹。

十二日遊二覧布勢水海一船二泊於多祜湾*一望二見藤花一各述レ懐作歌四首

四一九九 四二二三 藤奈美乃　影成海之　底清美　之都久石乎毛　珠等曽吾見流

守大伴宿祢家持。

四二〇〇 四二二四 多祜乃浦能　底左倍尓保布　藤奈美乎　加射之氏将レ去　不レ見人之為

次官内蔵忌寸縄麻呂。

四二〇一 四二二五 伊佐左可尓　念而来之乎　多祜乃浦尓　開流藤見而　一夜可レ経

判官久米朝臣広縄。

四二〇二 四二二六 藤奈美乎　借廬尓造　湾廻為流　人等波不レ知尓　海部等可見良牟

久米朝臣継麻呂。

恨二霍公鳥不一レ喧歌一首

四二〇三 四二二七 家尓去而　奈尓乎将レ語　安之比奇能　山霍公鳥　一音毛奈家

判官久米朝臣広縄。

見二攀折保宝葉一歌二首

四二〇四 四二二八 吾勢故我　捧而持流　保宝我之婆　安多可毛似加　青蓋

講師僧恵行。

四二〇五 四二二九 皇神祖之　遠御代三世波　射布折　酒飲等伊布曽　此保宝我之波

2 カげナスワタの

〔二一四〕

4 サけのムとイフそ
キのミキとイフそ

〔二一五〕

守大伴宿祢家持。

還時　浜上仰二見月光一歌一首

四二〇六 四二三〇 之夫多尓乎　指而吾行　此浜尓　月夜安伎氏牟　馬之末時停息

守大伴宿祢家持。

廿二日　贈二判官久米朝臣広縄一霍公鳥怨恨歌一首 并短歌

四二〇七 四二三一 此間尓之氏　曽我比尓所レ見　和我勢故我　垣都能谿尓　安気左礼婆　榛之狭枝尓　暮左礼婆　藤之繁美尓　遥ゝ尓　鳴霍公鳥　吾屋戸能　殖木橘　花尓知流　時乎麻大之美　伎奈加奈久　曽許波不レ怨　之可礼杼毛　谷可多頭伎氏　家居有　君之聞都ゝ　追気奈久毛宇之

反歌一首

四二〇八 四二三二 吾幾許　麻氏騰来不レ鳴　霍公鳥　比等里聞都追・不レ告君可母

詠二霍公鳥一歌一首 并短歌

四二〇九 四二三三 多尓知可久　伊敝波乎礼騰母　許太加久氏　佐刀波安礼騰母　保登等芸須　伊麻太伎奈加受　奈久許恵乎　伎可麻久保理登　安志多尓波　可度尓伊氏多知　由布敝尓波　多尓乎美和多之　古布礼騰毛　比等己恵太尓母　伊麻太伎己要受・

四二一〇 四二三四 敷治奈美乃　志気里波須疑奴　安志比紀乃　夜麻保登等芸須　奈騰可伎奈賀奴

右、廿三日、掾久米朝臣広縄和。

追二同処女墓歌一一首 并短歌

14 大元―太類広 多

19 イヘヲレル

1 アガここダ

〔二一八〕

8 登元類広紀—等
10 底—氏文

四二一一（四二三五）古尓　有家流和射乃　久須婆之伎　事跡言継　知努乎登古　宇奈比壮子乃　宇都勢美能　名乎競争登　玉剋　寿毛須底弖　相争尓　嬬問為家留　嬨嬬等之　聞者悲左　春花乃　尓太要盛而　秋葉之　尓保比尓照有　惜　身之壮尚　大夫之　語労美　父母尓　啓別而　離ㇾ家　海辺尓出立　朝暮尓　満来潮之　八隔浪尓　靡珠藻乃　節間毛　惜命乎　露霜之　過麻之尓家礼　奥墓乎　此間定而　後代之　聞継人毛　伊也遠尓　思努比尓勢餘等　黄楊小櫛　之賀左志家良之　生而靡有

〔一七〕

2 乃元類古広—能

四二一二（四二三六）乎等女等之　後乃表跡　黄楊小櫛　生更生而　靡家良思母

右、五月六日、依ㇾ興大伴宿祢家持作之。

2 乃元類広—能
5 度元類広—渡

四二一三（四二三七）安由乎疾　奈呉乃浦廻尓　与須流浪　伊夜千重之伎尓　恋度可母

右一首、贈二京丹比家一。

挽歌一首　并短歌

34 无元類—無
51 狂文京—枉
53 可略解一案—乎

四二一四（四二三八）天地之　初時従　宇都曽美能　八十伴男者　大王尓　麻都呂布物跡　定有　官尓之在者　天皇之　命恐　夷放　国乎治等　足日木　山河阻　風雲尓　言者雖ㇾ通　正不ㇾ遇　日之累者　思恋　気衝居尓　玉桙之　道来人之　伝言尓　吾尓語良久　波之伎餘之　君者比来　宇良佐備弖　嘆息伊麻須　世間之　猒家口都良家苦　開花毛　時尓宇都呂布　宇都勢美毛　无ㇾ常阿里家利　足千根之　御母之命　何如可毛　時之波将ㇾ有乎　真鏡　見礼杼母不ㇾ飽　珠緒之　惜盛尓　立霧之　失去如久　置露之　消去之如　玉藻成　靡許伊臥　逝水之　留不得常　狂言哉　人之云都流　逆言可　人

14 ヤマカハヘダテ
〔一八〕
17 タダニアハズ
44 ウセユクごとく
46 キえユクガごと

之告都流　梓弓　爪引夜音之　遠音尓毛　聞者悲弥　庭多豆水　流涕　留可祢都
母

反歌二首

四二一五 四二三九 遠音毛　君之痛念跡　聞都礼婆　哭耳所レ泣　相念吾者

四二一六 四二四〇 世間之　无レ常事者　知良牟乎　情尽莫　大夫尓之氐

右、大伴宿祢家持弔下聟南右大臣家藤原二郎之喪二慈母一患上也。五月廿七日。〔二九〕

霖雨　日作歌一首

四二一七 四二四一 宇能花乎　令レ腐霖雨之　始水迩　縁木積成　将レ因児毛我母

見二漁夫火光一歌一首

四二一八 四二四二 鮪衝等　海人之燭有　伊射里火之　保尓可将レ出　吾之下念乎

右二首、五月。

四二一九 四二四三 吾屋戸乃　芽子開尓家理　秋風之　将レ吹乎待者　伊等遠弥可母

右一首、六月十五日、見二芽子早花一作之。

従二京師一来贈歌一首 并短歌

四二二〇 四二四四 和多都民能　可味能美許等乃　美久之宜尓　多久波比於伎氐　伊都久等布　多麻尓末佐里氐　於毛敝里之　安我故尓波安礼騰　宇都世美之　与能許等和利等　麻須良乎能　比伎能麻尓麻仁　之奈謝可流　古之地乎左之氐　波布都多能　和可礼尓之欲理　於吉都奈美　等乎牟麻欲妣伎　於保夫祢能　由久良ゝゝ耳　於毛可宜尓　毛得奈民延都ゝ　〔三〇〕

55 56 弓爪引私案—弓弧爪類　弓爪弦塙弧爪
2 跡—ナシ元広
2 无元類—無
3 迩代初略解春　海説—逝

60 ナガルルナミタ
3 ハナミヅニ
5 ワガシタオモヒヲ

2 非元類広紀―悲
2 志―ナシ元宮
5 底元類―氐
5 毛―母類宮
皇后元類紀宮―后広皇后宮
5 超―越類宮

可久古非婆　意伊豆久安我未　気太志安倍牟可母

反歌一首

四二二一（四二四五）可久婆可里　古非之久志安良婆　末蘇可我美　弥奴比等吉奈久　安良麻之母能乎

右二首、大伴氏坂上郎女賜二女子大嬢一也。

九月三日　宴歌二首

四二二二（四二四六）許能之具礼　伊多久奈布里曽　和芸毛故尓　美勢牟我多米尓　母美知等里底牟

右一首、掾久米朝臣広縄作之。

四二二三（四二四七）安乎尓与之　奈良比等美牟登　和我世故我　之米家牟毛美知　都知尓於知米也毛

右一首、守大伴宿祢家持作之。

四二二四（四二四八）朝霧之　多奈引田為尓　鳴鴈乎　留得哉　吾屋戸能波義

右一首歌者、幸二於芳野宮一之時、藤原皇后御作。但年月未二審詳一。

十月五日、河辺朝臣東人伝誦云尓。

四二二五（四二四九）足日木之　山黄葉尓　四頭久相而　将レ落山道乎　公之超麻久

右一首、同月十六日、餞二之朝集使少目秦伊美吉石竹一時、守大伴宿祢家持作之。

雪日作歌一首

四二二六（四二五〇）此雪之　消遺時尓　去来帰奈　山橘之　実光毛将レ見

右一首、十二月、大伴宿祢家持作之。

四二二七（四二五一）大殿之　此廻之　雪莫踏祢　数毛　不レ零雪曽　山耳尓　零之雪曽　由米縁勿　人

2 コひシク〔志〕アラバ

〔三一〕

5 フラザルユキそ

哉　莫履祢　雪者

反歌一首・

四二二八（四二五二）有都〻毛　御見多麻波牟曽　大殿乃　此母等保里能　雪奈布美曽祢　〔三二一〕

右二首歌者、三形沙弥承二贈左大臣藤原北卿之語一作*誦之也。聞レ之伝者、笠朝臣子君、復後伝読者、越中国掾久米朝臣広縄是也。

作—依元

天平勝宝三年

四二二九（四二五三）新　年之初者　弥年尓　雪踏平之　常如此尓毛我・

右一首歌者、正月二日、守館集宴、於レ時零雪殊多、積有二四尺一焉。即主人大伴宿祢家持作二此歌一也。

四二三〇（四二五四）落雪乎　腰尓奈都美弖　参来之　印毛有香　年之初尓

3 マキクレバ・マキリこし

右一首、三日、会二集介内蔵忌寸縄麻呂之館一宴楽時、大伴宿祢家持作之。

于レ時積雪彫三成重巌之起一　奇巧綵二発草樹之・花一　属レ此掾久米朝臣広縄作歌一首

四二三一（四二五五）奈泥之故波　秋咲物乎　君宅之　雪巌尓　左家理家流可母　〔三二二〕

遊行女婦蒲生娘子歌一首

四二三二（四二五六）雪嶋　巌尓殖有　奈泥之故波　千世尓開奴可　君之挿頭尓

2 殖—植広紀

2 イハホニウヱタル

于レ是諸人酒酣　更深鶏鳴　因レ此主人内蔵伊美吉縄麻呂作歌一首・

四二三三（四二五七）打羽振　鶏者鳴等母　如此許　零敷雪尓　君伊麻左米也母

2 とリハナクとモ

守大伴宿祢家持和歌一首

四二三四　四二五八　鳴鶏者(ナクカケハ)　弥及鳴杼(イヤシキナけど)　落雪之(フルユキの)　千重尓積許曽(チヘニツめこそ)　吾等立可氐祢(ワガタチカテネ)

太政大臣藤原家之県犬養命婦奉㆓　天皇㆒歌一首

四二三五　四二五九　天雲乎(アマクモヲ)　富呂尓布美安太之(ホろニフミアダシ)　鳴神毛(ナルカみモ)　今日尓益・而(ケフニマサリテ)　可之古家米也母(カシコケめヤモ)　〔三四〕

右一首、伝誦掾久米朝臣広縄也。

悲㆓傷死妻㆒歌一首　并短歌　作主未㆑詳。

四二三六　四二六〇　天地之(アめツチの)　神者无可礼也(カみハナカレヤ)　愛(ウツクシキ)　吾妻離流(ワガツマサカル)　光神(ヒカルカみ)　鳴波多𡢳嬬(ナリハタヲとメ)　携手(タヅサハリ)　共将㆑有等(とモニアラムと)　念之尓(オモヒシニ)　情違奴(こころタガヒヌ)　将㆑言為便(イハムスベ)　将㆑作為便不㆑知尓(セムスベシラニ)　木綿手次(ユフダスキ)　肩尓取挂(カタニトリカけ)　倭文幣乎(シツヌサヲ)　手尓取持氐(テニトリモチテ)　勿令㆑離等(ナサけそと)　和礼波雖㆑禱(ワレハイのレど)　巻而寐之(マキテネシ)　妹之手本者(イモガタモとハ)　雲尓多奈妣久・(クモニタナビク)

反歌一首

四二三七　四二六一　寤尓等(ウツツニと)　念氐之可毛(オモヒテシカモ)　夢耳尓(イめのみニ)　手本巻寐等(タモとマキヌと)　見者須便奈之(ミレバスベナシ)

右二首、伝誦遊行女婦蒲生是也。

二月二日会㆓集于守館㆒宴作歌一首

四二三八　四二六二　君之往(キミガユキ)　若久尓有婆(モシヒサナラバ)　梅柳(ウめヤナぎ)　誰与共可(タレとトモニカ)　吾縵可牟(ワガカヅラカム)

右、判官久米朝臣広縄以㆓正税帳㆒応㆑入㆓京師㆒、仍守大伴宿祢家持作㆓此歌㆒也。但越中・風土、梅花柳絮三月初咲耳。　〔三五〕

詠㆓霍公鳥㆒歌一首

四二三九　四二六三　二上之(フタガミの)　峯於乃繁尓(ヲのウヘのシゲニ)　許毛里尓之(こモリニシ)　彼霍公鳥(そのホととギス)　待騰来奈賀受(マテどキナカズ)

右、四月十六日、大伴宿祢家持作之。

2 无元類―無
14 挂元類紀文―掛
4 寐元広―寤
3 里略解一説―ナシ
4 彼元類イ広―波
5 来元類広―未来

1 ナクとリハ
2 モシヒサニアラバ
2 ヲのへのシゲニ

太—大広
参議…遣唐使—ナシ元宮
也元広宮—之
比代精—ナシ
5 无元類—無
8 舶元類広紀—船
23 氐元広—底
一首—ナシ元
2 起広—越

春日祭レ神之日 藤原太后御作歌一首
即賜二入唐大使藤原朝臣清河一 参議従四位下遣唐使。

四二四〇（四二六四） 大船尓 真梶繁貫 此吾子乎 韓国辺遣 伊波敝・神多智

大使藤原朝臣清河歌一首

四二四一（四二六五） 春日野尓 伊都久三諸乃 梅花 栄而在待 還来麻泥

大納言藤原家餞二之入唐使等一宴日歌一首 即主人卿作也。

四二四二（四二六六） 天雲乃 去還奈牟 毛能由恵尓 念曽吾為流 別悲美

民部少輔多治比真人土作歌一首・

四二四三（四二六七） 住吉尓 伊都久祝之 神言等 行得毛来等毛 船波早家无

大使藤原朝臣清河歌一首

四二四四（四二六八） 荒玉之 年緒長 吾念有 児等尓可レ恋 月近附奴

天平五年 贈二入唐使一歌一首 并短歌 作主未レ詳。

四二四五（四二六九） 虚見都 山跡乃国 青丹与之 平城京師由 忍照 難波尓久太里 住吉乃 三津尓船能利 直渡 日入国尓 所レ遣 和我勢能君乎 懸麻久乃 由々志・恐伎 墨吉乃吾大御神 舶乃倍尓 宇之波伎座 船騰毛尓 御立座而 佐之与良牟 礒乃埼々 許芸波氐牟 泊々尓 荒風 浪尓安波世受 平久 率而可敝理麻世 毛等能国家尓

反歌一首

四二四六（四二七〇） 奥浪 辺波莫起 君之船 許芸可敝里来而 津尓泊麻泥

3 このアガコヲ
4 サカえテアリマテ
〔三六〕
11 ツカハサル
16 アガオホミカみ
20 ミタチイマシテ
ミタタシマシテ
29 モとのミカドニ
2 ヘナミナコシ〔越〕そ

阿倍朝臣老人遣㆑唐時奉㆑母悲㆑別歌一首・

四二四七 四二七一 天雲能　曽伎敝能伎波美　吾念有　伎美尓将㆑別　日近成奴　〔三七〕

右件歌者、伝誦之人越中大目高安倉人種麻呂是也。但年月次者、随㆓聞之時㆒載㆓於此㆒焉。

以㆓七月十七日㆒遷㆓任少納言㆒仍作㆓悲㆑別之歌㆒贈㆓貽朝集使掾久米朝臣広縄之館㆒二首

既満㆓六載之期㆒、忽値㆓遷替之運㆒。於㆑是別㆑旧之・悽、心中鬱結、拭㆑渧之袖、何以能旱。因作㆓悲歌二首㆒、式遺㆓莫忘之志㆒。其詞曰、

四二四八 四二七二 荒玉乃　年緒長久　相見氏之　彼心引　将㆑忘也毛

四二四九 四二七三 伊波世野尓　秋芽子之努芸　馬並　始鷹猟太尓　不㆑為哉将㆑別

右、八月四日贈之。

便附㆓大帳使㆒取㆓八月五日㆒応㆑入㆓京師㆒因㆑此以㆓四日㆒設㆓国厨之饌於介内蔵伊美吉縄麻呂・館㆒餞之　于㆑時大伴宿祢家持作歌一首　〔三八〕

四二五〇 四二七四 之奈謝可流　越尓五箇年　住〻而*　立別　麻久　惜　初夜可毛

五日平旦上㆑道　仍国司次官已下諸僚皆共視送　於㆑時射水郡大領安努君広嶋　門前之林中預設㆓餞饌**之宴㆒　于㆑此*大帳使大伴宿祢家持和㆓内蔵伊美吉縄麻呂捧㆑盞之歌㆒一首

四二五一 四二七五 玉桙之　道尓出立　往吾者　公之事跡乎　負而之・将㆑去

正税帳使掾久米朝臣広縄事畢退㆑任　適遇㆓於越前国掾大伴宿祢池主之館㆒　仍共飲楽也　于㆑時久米朝臣広縄矚㆓芽子花㆒作歌一首

歌—ナシ元

毛元類紀宮—母

餞饌元類広—饌餞

此元類—時

14 乃元広—之
14 等—尓元広
23 之広紀宮—毛
25 夫略解宣長説—天
32 等（ ）—尓元
4 主—王元宮
4 之元類—去
主元広紀宮—至

四二五二 四二七六 君之家尓　殖有芽子之　始花乎　折而挿頭奈　客別度知

大伴宿祢家持和歌一首

四二五三 四二七七 立而居而　待登待可祢　伊泥氏来之　君尓於レ是・相　挿頭都流波疑

向レ京路上依レ興預作侍レ宴応レ詔歌一首 并短歌

四二五四 四二七八 蜻嶋　山跡国乎　天雲尓　磐船浮　等母尓倍尓　真可伊繁貫　伊許芸都追　国看之
勢志氏　安母里麻之　掃平　千代累　弥嗣継尓　所レ知来流　天乃日継等　神奈我良
吾皇乃　天下　治賜者　物乃布能　八十友之雄乎　撫賜　等登能倍賜　食国之
四方之人乎母　安夫左波受　恨賜者　従二古昔一　無利之・瑞　多婢末祢久　申　多麻
比奴　手拱而　事無御代等　天地　日月等登聞仁　万世尓　記続牟曽　八隅知之
吾大皇　秋花　之我色々尓　見賜　明米多麻比　酒見附　栄流今日之　安夜尓貴左

反歌一首

四二五五 四二七九 秋時花　種尓有等　色別尓　見之明良牟流　今日之貴左

為レ寿二左大臣橘卿一預作歌一首・

四二五六 四二八〇 古昔尓　君之三代経　仕家利　吾大主波　七世申祢

十月廿二日於二左大弁紀飯麻呂朝臣家一宴歌三首

四二五七 四二八一 手束弓　手尓取持而　朝獦尓　君者立之奴　多奈久良能野尓

右一首、治部卿船王伝誦之久迩京都時歌。未レ詳二作*主一也。

四二五八 四二八二 明日香河　々戸乎清美　後居而　恋者京　弥遠曽・伎奴

5 タビワカルルドチ
〔三九〕
16 ワガオホキミの
38 ワガオホキミ
2 クサグサナレど
〔四〇〕
4 ワガオホキミヌシハ

右一首、左中弁中臣朝臣清麻呂伝誦古京時歌也。

四二五九　四二八三　十月　之具礼能常可　吾世古河　屋戸乃黄葉　可レ落所レ見

右一首、少納言大伴宿祢家持当レ時矚ニ梨黄葉一作ニ此歌一也。

壬申年之乱平定以後歌二首

四二六〇　四二八四　皇　者　神尓之座者　赤駒之　腹婆布田為乎　京師跡奈之都　〔四一〕

右一首、大将軍贈右大臣大伴卿作。

四二六一　四二八五　大王者　神尓之座者　水鳥乃　須太久水奴麻乎　皇都常成通　作者未レ詳。

右件二首、天平勝宝四年二月二日聞レ之、即載ニ於茲一也。

閏三月　於ニ衛門督大伴古慈悲宿祢家一餞ニ之入唐副使同胡麻呂宿祢等一歌二首

四二六二　四二八六　韓国尓　由伎多良波之氏　可敝里許牟　麻須良多家乎尓　美伎多弖麻都流

右一首、多治比真人鷹主寿ニ副使大伴胡麻呂宿祢一也。

四二六三　四二八七　梳毛見自　屋中毛波可自　久左麻久良　多婢由久伎美乎　伊波布等毛比氏　作者未レ詳。

右件歌、伝誦大伴宿祢村上、同清継等是也。

勅ニ従四位上高麗朝臣福信一遣ニ於難波一賜ニ酒肴入唐使藤原朝臣清河等一御歌一首　并短歌　〔四二〕

四二六四　四二八八　虚見都　山跡乃国波　水上波　地往如久　船上波　床座如　大神乃　鎮在国曽　四舶　〻能倍奈良倍　平安　早渡来而　還事　奏　日尓　相飲　酒曽　斯豊御酒者

反歌一首

四二六五　四二八九　四舶　早還来等　白香著　朕裳裾尓　鎮而将レ待

未　元類広—不
者　元類広—主
5　船—舶元
16　斯　元広宮—期

1　カみナヅき
5　チリヌ〻クミユ
15　アヒのムサけそ

右、発二遣　勅使一并賜レ酒楽宴之日月、未レ得二詳審一也。

為レ応　レ詔儲作歌一首　并短歌

四二六六（四二九〇）　安之比奇能　八峯能宇倍能　都我能木能　伊也継〻尓　松根能　絶事奈久　青丹余志
奈良能京師尓　万代尓　国所レ知等　安美知之　吾大皇乃　神奈我良　於母保之売志弖
豊宴　見為今日者　毛・能乃布能　八十伴雄能　嶋山尓　安可流橘　宇受尓指　紐
解放而　千年保伎　保吉等餘毛之　恵良〻〻尓　仕奉乎　見之貴者

〔四三〕

反歌一首

四二六七（四二九一）　須売呂伎能　御代万代尓　如是許曽　見為安伎良目米　立年之葉尓

右二首、大伴宿祢家持作之。

天皇太后共幸二於大納言藤原家一之日　黄葉・沢蘭一株抜取　令レ持二内侍佐〻貴山君一　遣二賜
大納言藤原卿并陪従大夫等一御歌一首
命婦誦曰、

四二六八（四二九二）　此里者　継而霜哉置　夏野尓　吾見之草波　毛美知多里家利

十一月八日　在二於左大臣橘朝臣宅一肆宴歌四首

四二六九（四二九三）　余曽能未尓　見者有之乎　今日見者　年尓不レ忘・所レ念可母

〔四四〕

右一首、太上天皇御歌。

四二七〇（四二九四）　牟具良波布　伊也之伎屋戸母　大皇之　座牟等知者　玉之可麻思乎

右一首、左大臣橘卿。

12 ワガオホキミの

24 保元―保伎

太―大類広

四二七一 四二九五 松影乃　清浜辺尓　玉敷者　君伎麻佐牟可　清浜辺尓

右一首、右大弁藤原八束朝臣。

四二七二 四二九六 天地尓　足之照而　吾大皇　之伎座婆可母　楽伎小里

右一首、少納言大伴宿祢家持。未レ奏。

廿五日　新嘗会肆宴　応レ詔歌六首

四二七三 四二九七 天地与　相左可延牟等　大宮乎　都可倍麻都礼婆　貴久宇礼之伎

右一首、大納言巨勢朝臣。

四二七四 四二九八 天尓波母　五百都綱波布　万代尓　国所レ知牟等・　五百都〻奈波布　似二古歌一而未レ詳。

〔四五〕

右一首、式部卿石川年足朝臣。

四二七五 四二九九 天地与　久万弖尓　万代尓　都可倍麻都良牟　黒酒白酒乎

右一首、従三位文室智努真人。

四二七六 四三〇〇 嶋山尓　照在橘　宇受尓左之　仕奉者　卿大夫等

右一首、右大弁藤原八束朝臣。

四二七七 四三〇一 袖垂而　伊射吾苑尓　鶯乃　木伝令レ落　梅花見尓・

右一首、大和国守藤原永手朝臣。

四二七八 四三〇二 足日木乃　夜麻之多日影　可豆良家流　宇倍尓也左良尓　梅乎之努波牟

右一首、少納言大伴宿祢家持。

廿七日　林王宅餞二之但馬按察使橘奈良麻呂朝臣一宴歌三首

5 尓―ナシ元類

3 ワガオホキミ

智元類紀―知　努元類広―奴　麻呂

5 努元類広―奴

四二七九　四三〇三　能登河乃　後者相牟　之麻之久母　別等伊倍婆　可奈之久母在香　〔四六〕

右一首、治部卿船王。

四二八〇　四三〇四　立別　君我伊麻左婆　之奇嶋能　人者和礼自久　伊波比弖麻多牟

右一首、右京少進大伴宿祢黒麻呂。

四二八一　四三〇五　白雪能　布里之久山乎　越由加牟　君乎曾母等奈　伊吉能乎尓念

左大臣換レ尾云、伊伎能乎尓須流。然猶喩曰、如レ前誦レ之也。

右一首、少納言大伴宿祢家持。

五年正月四日　於二治部少輔石上朝臣宅嗣家一宴歌三首

四二八二　四三〇六　辞繁　不二相問一尓　梅花　雪尓之乎礼氐　宇都呂波牟可母

右一首、主人石上朝臣宅嗣。

四二八三　四三〇七　梅花　開有之中尓　布敷売流波　恋哉許母礼留　雪乎待等可

右一首、中務大輔茨田王。　〔四七〕

四二八四　四三〇八　新　年始尓　思共　伊牟礼氐乎礼婆　宇礼之久母安流可

右一首、大膳大夫道祖王。

十一日　大雪落積尺有二寸　因述二拙懐一歌三首

四二八五　四三〇九　大宮能　内尓毛外尓母　米都良之久　布礼留大雪　莫踏　祢乎之*

四二八六　四三一〇　御苑布能　竹　林尓　鶯　波　之波奈吉尓之乎　雪波布利都々

四二八七　四三一一　鶯　能　鳴之可伎都尓　々保敝理之　梅此雪尓　宇都呂布良牟可

2 アヒトハザルニ

歌　元類宮―ナシ

4 波―伎元広

3 々元類紀宮―尓

十二日侍二於内裏一聞二千鳥喧一作歌一首

四二八八 四三一二 河渚尓母　雪波布礼々之　宮裏　智杼利鳴良之　為牟等己呂奈美

二月十九日於二左大臣橘家一宴見二攀折柳・条一歌一首

四二八九 四三一三 青柳乃　保都枝与治等理　可豆良久波　君之屋戸尓之　千年保久等曽

廿三日依レ興作歌二首

四二九〇 四三一四 春野尓　霞多奈毗伎　宇良悲　許能暮影尓　鶯奈久母

四二九一 四三一五 和我屋度能　伊佐左村竹　布久風能　於等能可蘇気伎　許能由布敝可母・

廿五日作歌一首

四二九二 四三一六 宇良々々尓　照流春日尓　比婆理安我里　情悲毛　比登里志於母倍婆

春日遅々、鶬鶊正啼。悽惆之意、非レ歌難レ撥耳。仍作二此歌一式展二締緒一。但此巻中不レ偁二作者名字一徒録二年月所処縁起一者、皆大伴宿祢家持裁作歌詞也。

萬葉集巻第十九

3 宮元類広―宮乃

5 登元類春広―等

〔四八〕

4 キミガヤドニシ

宿祢三国進歌十二首
四四二五〜 四四四九〜 昔年防人歌八首
四四三三〜 四四五七〜 三月三日 検二校防人一勅使并兵部使人等同*
*集飲宴作歌三首
同集―会元
四四三六 四四六〇 昔年相替防人歌一首
四四三七 四四六一 先太上天皇御製霍公鳥歌一首
四四三八 四四六二 薩妙観応レ詔奉レ和歌一首・
四四三九 四四六三 冬日幸二于靫*負御井一之時 内命婦石川*朝臣
応レ詔賦レ雪歌一首
靫元紀―靫
川元紀宮―河
四四四〇〜 四四六四〜 上総国朝集使大掾大原真人今城向レ京之時
郡司妻女等餞之歌二首
四四四二〜 四四六六〜 五月九日 兵部少輔大伴宿祢家持之宅集飲
歌四首
四四四六〜 四四七〇〜 同月十一日 左大臣橘卿宴二右大弁丹比国人
真人之宅一歌三首・
四四四九〜 四四七三〜 十八日 左大臣宴二於兵部卿奈良麻呂朝臣*
宅一歌三首
〔六〕
臣―臣之元
四四五二〜 四四七六〜 八月十三日 在二内南安殿一肆宴歌二首
四四五四 四四七八 十一月廿八日 左大臣集二於兵部卿橘奈良麻
呂朝臣宅一宴歌一首
四四五五 四四七九 天平元年班田之時 使葛城王従二山背国一贈二
薩妙観命婦等所一歌一首
四四五六 四四八〇 薩妙観命婦報贈歌一首・
四四五七〜 四四八一〜 天平勝宝八歳丙申二月朔乙酉廿四日戊申
太上天皇天皇太后幸二行於河内離宮一 経レ信
以二壬子一伝二幸於難波宮一也 三月七日 於二
河内国伎人郷馬国人之家一宴歌三首
天皇元―ナシ
太―大元
四四六〇〜 四四八四〜 廿日 大伴宿祢家持依レ興作歌*五首
歌―ナシ元西原紀
四四六五〜 四四八九〜 喩レ族歌一首 并短歌
四四六八〜 四四九二〜 大伴宿祢家持臥レ病悲二无*常一欲*レ修レ道作歌
二首・
无元紀―無
欲元紀宮―歎
四四七〇 四四九四 同家持願レ寿作歌一首
四四七一 四四九五 冬十一月五日 小雷夜 兵部少輔大伴宿祢家
持作歌一首
〔七〕
四四七二〜 四四九六〜 八日 讃岐守安宿王等集二於出雲掾安宿奈杼
麻呂之家一宴歌二首
四四七四 四四九八 兵部少輔大伴宿祢家持 後日追二和出雲守山
背王作歌一首
四四七五〜 四四九九〜 廿三日 集二於式部少丞大伴宿祢池主之
宅一*飲宴歌二首・
飲元宮―ナシ
四四七七 四五〇一 智努女王卒後 円方女王悲傷作歌一首
四四七八 四五〇二 大原桜井真人行二佐保川*辺一之時作歌一首
川元紀宮―河
四四七九 四五〇三 藤原夫人歌一首
四四八〇 四五〇四 作者未レ詳歌一首
四四八一 四五〇五 三月四日 於二兵部大丞大原真人今城之宅一
宴歌一首
四四八二 四五〇六 播磨介藤原朝臣執弓赴レ任悲レ別歌一首・
四四八三 四五〇七 勝宝九歳六月廿三日 於二大監物三形王之宅一
〔八〕

宴歌一首

四四八四〜 四五〇八〜 大伴宿祢家持歌二首

四四八六〜 四五一〇〜 天平宝字元年十一月十八日 於二内裏一肆宴歌
二首

四四八八〜 四五一二〜 十二月十八日 於二大監物三形王之宅一宴歌
三首

四四九一 四五一五 年月未レ詳歌一首・

四四九二 四五一六 廿三日 於二治部少輔大原今城真人之宅一宴
歌一首

四四九三〜 四五一七〜 二年春正月三日 王臣等応二 詔旨一各陳二心
緒一歌二首

四四九五 四五一九 六日 内庭仮植二樹木一以作二林*帷一而為二肆　帷 宮京—惟
宴一歌一首

四四九六〜 四五二〇〜 二月 於二式部大輔中臣清麻呂朝臣之宅一宴
歌*十首・　十—十五元

四五〇六〜 四五三〇〜 依レ興各思二高円離宮処一作歌五首　〔九〕

四五一一〜 四五三五〜 属二目山斎一作歌三首

四五一四 四五三八 二月十日 於二内相宅一餞二渤海大使小野田守
朝臣等一宴歌一首

四五一五 四五三九 七月五日 於二治部少輔大原今城真人宅一餞二
因幡守大伴宿祢家持一宴歌一首

四五一六 四五四〇 三年春正月一日 於二因幡国庁一賜二饗国郡司
等一之宴歌一首・

萬葉集巻第二十

幸二行於山村一之時歌二首　〔一〇〕

先太上天皇詔二陪従王臣一曰　夫諸王卿等宜下賦二和歌一而奏上　即御口号曰、

四二九三（四三一七）安之比奇能　山行之可婆　山人乃　和礼尓依志米之　夜麻都刀曽許礼

舎人親王応レ詔奉レ和歌一首

四二九四（四三一八）阿之比奇能　山尓由伎家牟　夜麻妣等能　情母之良受　山人夜多礼・

右、天平勝宝五年五月、在二於大納言藤原朝臣之家一時、依レ奏レ事而請問之間、少主鈴山田史土麻呂語二少納言大伴宿祢家持一曰、昔聞二此言一、即誦二此歌一也。

八月十二日　二三大夫等各提二壺酒一登二高円野一　聊述二所心一作歌三首

四二九五（四三一九）多可麻刀能　乎婆奈布伎故須　秋風尓　比毛等伎安気奈　多太奈良受等母・

右一首、左京少進大伴宿祢池主。　〔一一〕

四二九六（四三二〇）安麻久母尓　可里曽奈久奈流　多加麻刀能　波疑乃之多婆波　毛美知安倍牟可聞

右一首、左中弁中臣清麻呂朝臣。

四二九七（四三二一）乎美奈弊之　安伎波疑之努芸　左乎之可能　都由和気奈加牟　多加麻刀能野曽

右一首、少納言大伴宿祢家持。

六年正月四日　氏族人等賀二集于少納言大・伴宿祢家持之宅一宴飲歌三首

1 阿類春広—安
宿祢—ナシ広宮
八月春広—天平勝宝五年八月
2 須類春広—酒
1 弊類広紀宮—敝

2 婆元類広紀—波
4 波元類春—婆

四二九八（四三二二）　霜上尓　安良礼多婆之里　伊夜麻之尓　安礼波麻為許牟　年緒奈我久　古今未レ詳。

右一首、左兵衛督大伴宿祢千室。

四二九九（四三二三）　年月波　安良多ゝゝ尓　安比美礼騰　安我毛布伎美波　安伎太良奴可母　古今未レ詳。

右一首、民部少丞大伴宿祢村上。

4 婆元—波
5 曽—曽於広

四三〇〇（四三二四）　可須美多都　春初乎　家布能其等　見牟登於毛・倍婆　多努之等曽毛布

右一首、左京少進大伴宿祢池主。〔一二〕

太類紀宮—大
在元類広—ナシ

七日　天皇太上天皇皇*太后*在二於東常宮南大殿一肆宴歌一首

四三〇一（四三二五）　伊奈美野乃　安可良我之波ゝ　等伎波安礼騰　伎美乎安我毛布　登伎波佐祢奈之

右一首、播磨国守安宿王奏。古今未レ詳。

三月十九日　家持之庄門槻樹下宴飲歌二・首

四三〇二（四三二六）　夜麻夫伎波　奈泥都ゝ於保佐牟　安里都ゝ母　伎美伎麻之都ゝ　可射之多里家利

右一首、置始連長谷。

壺元類西原広—壺酒

四三〇三（四三二七）　和我勢故我　夜度乃也麻夫伎　佐吉弖安良婆　也麻受可欲波牟　伊夜登之能波尓

右一首、長谷攀レ花提レ*壺二到来。因レ是大伴宿祢家持作二此歌一和之。・

同月廿五日　左大臣橘卿宴二于山田御母之宅一歌一首〔一三〕

挙温矢京—攀

四三〇四（四三二八）　夜麻夫伎乃　花能左香利尓　可久乃其等　伎美乎見麻久波　知登世尓母我母

右一首、少納言大伴宿祢家持矚二時花一作。但未レ出之間、大臣罷レ宴而不二*挙誦一耳。

詠二霍公鳥一歌一首

3 等登—登等 類紀
四三〇五（四三二九）許乃久礼能　之気伎乎乃倍乎　保等登芸須　奈・伎弖故由奈理　伊麻之久良之母

右一首、四月、大伴宿祢家持作。

七夕歌八首

4 波—婆類広
四三〇六（四三三〇）波都秋風　須受之伎由布弊　等香武等曽　比毛波牟須妣之　伊母尓安波牟多米

四三〇七（四三三一）秋等伊閇婆　許己呂曽伊多伎　宇多弖家尓　花仁奈蘇倍弖　見麻久保里香聞

2 ゝゝ元—波名
四三〇八（四三三二）波都乎婆奈　ゝゝ尓見牟登之　安麻乃可波　弊・奈里尓家良之　年緒奈我久　〔一四〕

4 余元—餘
四三〇九（四三三三）秋風尓　奈妣久可波備能　尓故具左能　尓古余可尓之母　於毛保由流香母

4 婆元類広宮—波
四三一〇（四三三四）安吉佐礼婆　奇里多知和多流　安麻能河波　伊之奈弥於可婆　都芸弖見牟可母

四三一一（四三三五）秋風尓　伊麻香伊麻可等　比母等伎弖　宇良麻知乎流尓　月可多夫伎奴

四三一二（四三三六）秋草尓　於久之良都由能　安可受能末　安比見・流毛乃乎　月乎之麻多牟

四三一三（四三三七）安乎奈美尓　蘇弖佐閇奴礼弖　許具布祢乃　可之布流保刀尓　左欲布気奈武可

右、大伴宿祢家持独仰二天漢一作之。

5 努元類広宮—怒
四三一四（四三三八）八千種尓　久佐奇乎宇恵弖　等伎其等尓　佐加牟波奈乎之　見都追思努波奈

右一首、同月廿八日、大伴宿祢家持作之。

四三一五（四三三九）宮人乃　蘇泥都気其呂母　安伎波疑尓　仁保比・与呂之伎　多加麻刀能美夜　〔一五〕

2 未乃—末能元
四三一六（四三四〇）多可麻刀能　宮乃須蘇未乃　努都可佐尓　伊麻左家流良武　乎美奈弊之波母

四三一七（四三四一）秋野尓波　伊麻己曽由可米　母能乃布能　乎等古乎美奈能　波奈尓保比見尓

5 具元類広紀—其
四三一八（四三四二）安伎能野尓　都由於弊流波疑乎　多乎良受弖　安多良佐可里乎　須具之弖牟登香

四三一九　四三四三　多可麻刀能　秋野乃宇倍能　安佐疑里尓　都麻・欲夫乎之可　伊泥多都良武可

5 武元類広紀—牟

四三二〇　四三四四　麻須良男乃　欲妣多天思加婆　左乎之加能　牟奈和気由加牟　安伎野波疑波良

右歌六首、兵部少輔大伴宿祢家持独憶二秋野一、聊述二拙懐一作之。

天平勝宝七歳乙未二月　相替遣二筑紫一諸国防人等歌

〔一六〕

四三二一　四三四五　可之古伎夜　美許等加我布理　阿須由利也　加・曳我牟多祢牟　伊牟奈之尓志弖

4 我元古広—我伊
4 祢牟元類古広—祢乎

右一首、国造丁長下郡物部秋持。

四三二二　四三四六　和我都麻波　伊多久古非良之　乃牟美豆尓　加其佐倍美曳弖　余尓和須良礼受

2 非元—比

右一首、主帳丁麁玉郡若倭部身麻呂。

四三二三　四三四七　等伎騰吉乃　波奈波佐家登母　奈尓須礼曽　波〻登布波奈乃　佐吉泥己受祁牟

右一首、防人山名郡丈部真麻呂。

四三二四　四三四八　等倍多保美　志留波乃伊宗等　尓閇乃宇良等　安比弖之阿良婆　己等母加由波牟

4 婆元春広宮—波

右一首、同郡丈部川相。

四三二五　四三四九　知〻波〻母　波奈尓母我毛夜　久佐麻久良　多妣波由久等母　佐〻己弖由加牟

右一首、佐野郡丈部黒当。

四三二六　四三五〇　父母我　等能〻志利弊乃　母〻余具佐　母〻与伊弖麻勢　和我伎多流麻弖

右一首、同郡生*壬部足国。

〔一七〕

四三二七　四三五一　和我都麻母　画尓可伎等良無　伊豆麻母加　多妣由久阿礼波　美都〻志努波牟

壬元赭—玉
2 无元春—無
4 妣元春—比
4 波元イ類広紀—婆
3 イヅマモガ

右一首、長下郡物部古麻呂。

4　乃—能元　四三二八（四三五二）
2　尓波—仁波類古広
5　我毛元類広—我母　四三二九（四三五三）
2　余曽比弖—ゝゝゝ弖宮ゝゝ比弖元　四三三〇（四三五四）
3　比元紀—日
2　廷元宮—庭　四三三一（四三五五）
14　敝—弊類広宮

二月六日、防人部領使遠江国史生坂本朝臣人上進歌数十八首。但有二拙劣歌十一首一
不レ取二載之一。

於保吉美能　美許等可之古美　伊蘇尓布理　宇・乃波良和多流　知ゝ波ゝ乎於伎弖

右一首、助丁丈部造人麻呂。

夜蘇久尓波　那尓波尓都度比　布奈可射里　安我世武比呂乎　美毛比等母我毛

右一首、足下郡上丁丹比部国人。

奈尓波都尓　余曽比余曽比弖　気布能比夜　伊田弖麻可良武　美流波ゝ奈之尓

右一首、鎌倉郡上丁丸子連多麻呂・

二月七日、相模国防人部領使守従五位下藤原朝臣宿奈麻呂進歌数八首。但拙劣歌五　〔一八〕
首者不レ取二載之一。

追二痛防人悲レ別之心一作歌一首　并短歌

天皇乃　等保能朝廷等　之良奴日　筑紫国波　安多麻毛流　於佐倍乃城曽等　聞食　7 キこシメス
四方国尓波　比等佐波尓　美知弖波安礼杼　登利我奈久　安豆麻乎能故波　伊田牟可
比　加敝里見世受弖・伊佐美多流　多家吉軍卒等　祢疑多麻比　麻気乃麻尓ゝ　多良
知祢乃　波ゝ我目可礼弖　若草能　都麻乎母麻可受　安良多麻能　月日餘美都ゝ　安之
我知流　難波能美津尓　大船尓　末加伊之自奴伎　安佐奈芸尓　可故等登能倍　由布思
保尓　可知比伎乎里　安騰母比弖　許芸由久伎美波　奈美乃間乎　伊由伎佐具久美　麻
佐吉久母　波夜久伊多里弖　大王乃　美許等能麻尓・末　麻須良男乃　許己呂乎母知弖　〔一九〕

43 理元類広—里
44 婆元広紀宮—波
3 婆元類広宮—波
4 乎乎—乎ミ 細矢京
使元広—ナシ
5 奈元類広宮—那
4 登元類春広—等
1 利元類広宮—里
3 久元類春広—具
1 等知元類古広—知ミ
1 江—ミ(波) 古春
3 豆—都類

安里米具理　事之乎波良婆　[45]都ミ麻波受　可敝理伎麻勢登　伊波比倍乎　等許敝尓須恵弖　之路多倍能　[50]蘇田遠利加敝之　奴婆多麻乃　久路加美之伎弖　奈我伎気遠　麻知可母恋牟　[55]波之伎都麻良波

四三三二　四三五六　麻須良男能　由伎等里於比弖　伊田弖伊気婆　和可礼乎乎之美　奈気伎家牟都麻・

四三三三　四三五七　等里我奈久　安豆麻乎等故能　都麻和可礼　可奈之久安里家牟　等之能乎奈我美

右、二月八日、*兵部使少輔大伴宿祢家持。

四三三四　四三五八　海原乎　等保久和多里弖　等之布等母　児良我牟須敝流　比毛等久奈由米

四三三五　四三五九　今替　尓比佐伎母利我　布奈弖須流　宇奈波良乃宇倍尓　奈美那佐伎曽祢

四三三六　四三六〇　佐吉母利能　保理江己芸豆流　伊豆手夫祢　可・治登流間奈久　恋波思気家牟

右、九日、大伴宿祢家持作之。

〔二〇〕

四三三七　四三六一　美豆等利乃　多知能已蘇岐尓　父母尓　毛能波須価尓弖　已麻叙久夜志伎

右一首、上丁有度部牛麻呂。

四三三八　四三六二　多ミ美気米　牟良自加已蘇乃　波奈利蘇乃　波ミ乎波奈例弖　由久我加奈之佐

右一首、助丁生部道麻呂。・

四三三九　四三六三　久尓米具留　阿等利加麻気利　由伎米久利　加比利久麻弖尓　已波比弖麻多祢

右一首、刑部虫麻呂。

四三四〇　四三六四　等知波ミ江　已波比弖麻多祢　豆久志奈流　美豆久白玉　等里弖久麻弖尓

右一首、川原虫麻呂。

1 チチ〔知ミ〕ハハえ

2 袁—衣宮　5 努元類紀—奴

四三二一 四三六五 多知波奈能　美袁利乃佐刀尓　父乎於伎弖　道乃長道波　由伎加弖努加毛・

右一首、丈部足麻呂。〔二一〕

1 婆元広—波

四三二二 四三六六 麻気婆之良　宝米弖豆久礼留　等乃能其等　已麻勢波々刀自　於米加波利勢受

右一首、坂田部首麻呂。

四三二三 四三六七 和呂多比波　多比等於米保等　已比尓志弖　古米知夜須良牟　和加美可奈志母

右一首、玉作部広目。

1 弖広大系—　等類砧

四三二四 四三六八 和須良武弖　努由伎夜麻由伎　和例久礼等　和・我知々波々波　和須例勢努加毛

右一首、商長首麻呂。

四三二五 四三六九 和伎米故等　不多利和我見之　宇知江須流　々々河乃祢良波　苦不志久米阿流可

右一首、春日部麻呂。

3 阿例弖元—安礼天　4 婆元紀宮—波　5 豆元—都類津

四三二六 四三七〇 知々波々我　可之良加伎奈弖　佐久阿例弖　伊比之気等婆是　和須礼加祢豆流

右一首、丈部稲麻呂。・

二月七日、駿河国防人部領使守従五位下布勢朝臣人主　実進九日。歌数廿首。但拙劣〔二二〕
歌者不レ取二載之一。

四三二七 四三七一 伊閇尓之弖　古非都々安良受波　奈我波気流　多知尓奈里弖母　伊波非弖之加母

右一首、国造丁日下部使主三中之父歌。

四三二八 四三七二 多良知祢乃　波々乎和加例弖　麻許等和例　多非乃加里保尓　夜須久祢牟加母・

右一首、国造丁日下部使主三中。

1 ワスラムと〔砧〕

1 妣元類広—比
2 部元—豆類広宮都塙倍
5 志元類—ナシ
丁元類広紀—下

四三四九（四三七三）毛母久麻能　美知波紀尓志乎　麻多佐良尓　夜蘇志麻須義弖　和加例加由可牟
右一首、助丁刑部直三野。

四三五〇（四三七四）尓波奈加能　阿須波乃可美尓　古志波佐之　阿例波伊波ゝ牟　加倍理久麻泥尓
右一首、帳丁若麻績部諸人。

四三五一（四三七五）多妣己呂母　夜部伎可佐祢弖　伊努礼等母　奈・保波太佐牟志　伊母尓志阿良祢婆
右一首、望陀郡上丁*玉作部国忍。

2 ヤツ〔豆・都〕キカサネテ
〔二三〕

四三五二（四三七六）美知乃倍乃　宇万良能宇礼尓　波保麻米乃　可良麻流伎美乎　波可礼可由可牟
右一首、天羽郡上丁丈部鳥。

5 ハガレカユカム

四三五三（四三七七）伊倍加是波　比尓ゝゝ布気等　和伎母古賀　伊倍其登母遅弖　久流比等母奈之
右一首、朝夷郡上丁丸子連大歳。・

四三五四（四三七八）多知許毛乃　多知乃佐和伎尓　阿比美弖之　伊母加己ゝ呂波　和須礼世奴可母
右一首、長狭郡上丁丈部与呂麻呂。

四三五五（四三七九）余曽尓能美　ゝ弖夜和多良毛　奈尓波我多　久毛為尓美由流　志麻奈良奈久尓
右一首、武射郡上丁丈部山代。

5 延—連類広
5 奴元—努
乎元類西ィ広—手

四三五六（四三八〇）和我波ゝ能　蘇弖母知奈弖氐　和我可良尓　奈伎之許己呂乎　和須良延奴可毛・
右一首、山辺郡上丁物部*乎刀良。

〔二四〕

4 母元類広—毛

四三五七（四三八一）阿之可伎能　久麻刀尓多知弖　和芸毛古我　蘇弖母志保ゝ尓　奈伎志曽母波由
右一首、市原郡上丁刑部直千国。

淮　代精—沘

四三五八（四三八二）　於保伎美乃　美許等加志古美　伊弖久礼婆　和努等里都伎弖　伊比之古奈波毛

右一首、種淮郡上丁物部竜。

四三五九（四三八三）　都久之閇尓　敝牟加流布祢乃　伊都之加毛　都・加敝麻都里弖　久尓〻閇牟可毛

右一首、長柄郡上丁若麻績部羊。

二月九日、上総国防人部領使少目従七位下茨田連沙弥麻呂　進歌数十九首。但拙劣歌者不レ取二載之一。

并短歌元広紀　宮—ナシ

陳二私拙懐一一首　并短歌

四三六〇（四三八四）　天皇乃　等保伎美与尓毛　於之弖流　難波乃久尓〻　阿米能之多　之良志売之伎等　伊麻能乎・尓　多要受伊比都〻　可気麻久毛　安夜尓可之古志　可武奈我良　和其大王乃　宇知奈妣久　春　初波　夜知久佐尓　波奈佐伎尓保比　夜麻美礼婆　見能等母之久　可波美礼婆　見乃佐夜気久　母能其等尓　佐可由流等伎登　売之多麻比　安伎良米多麻比　之伎麻世流　難波宮者　伎己之乎須　四方乃久尓欲里　多弖麻都流　美都奇能船者　保理江欲里　美乎妣伎之都〻　安佐奈芸・尓　可治比伎能保理　由布之保尓　佐乎佐之　久太理　安治牟良能　佐和伎〻保比弖　波麻尓伊泥弖　海原見礼婆　之良奈美乃　夜敝　乎流我宇倍尓　安麻乎夫祢　波良〻尓宇伎弖　於保美気尓　都加倍麻都流等　乎知許知　尓　伊射里都利家理　曽伎太久毛　於芸呂奈伎可毛　己伎婆久母　由多気伎可母　許己見礼婆　宇倍之神代由　波自米家良思母・

14 初—始元
27 乎—米元赭　類広宮

〔一五〕
27 キこシめ*〔米〕ス

四三六一（四三八五）　桜花　伊麻佐可里奈里　難波乃海　於之弖流宮尓　伎許之売須奈倍

2 奈里—奈理　元

54 ウゔシカみよユ
〔一六〕

5 奴元—努
四三六二 四三八六 海原乃　由多気伎見都々　安之我知流　奈尓波尓等之波　倍奴倍久於毛保由

右、二月十三日、兵部少輔大伴宿祢家持。

四三六三 四三八七 奈尓波都尓　美布祢於呂須恵　夜蘇加奴伎　伊麻波許伎奴等　伊母尓都気許曽

4 弊元類広—敝
四三六四 四三八八 佐伎牟理尓　多々牟佐和伎尓　伊敝能伊牟何・奈流弊伎己等乎　伊波須伎奴可母

右二首、茨城郡若舎人部広足。

2 都由元—津与
四三六五 四三八九 於之弖流夜　奈尓波能都由利　布奈与曽比　阿例波許芸奴等　伊母尓都岐許曽

四三六六 四三九〇 比多知散思　由可牟加里母我　阿我古比乎　志留志弖都祁弖　伊母尓志良世牟

右二首、信太郡物部道足。

四三六七 四三九一 阿我母弖能　和須例母之太波　都久波尼乎　布・利佐気美都々　伊母波之奴波尼

右一首、茨城郡占部小竜。

四三六八 四三九二 久自我波々　佐気久阿利麻弖　志富夫祢尓　麻可知之自奴伎　和波可敝里許牟

右一首、久慈郡丸子部佐壮。

四三六九 四三九三 都久波祢乃　佐由流能波奈能　由等許尓母　可奈之家伊母曽　比留毛可奈之祁

2 能—乃元　5 例—礼元
四三七〇 四三九四 阿良例布理　可志麻能可美乎　伊能利都々　須・米良美久佐尓　和例波伎尓之乎

右二首、那賀郡上丁大舎人部千文。

5 毛—母類広
四三七一 四三九五 多知波奈乃　之多布久可是乃　可具波志伎　都久波能夜麻乎　古比須安良米可毛

右一首、助丁占部広方。

1 志—之元　2 可—加元
四三七二 四三九六 阿志加良能　美佐可多麻波理　可閇理美須　阿例波久江由久　阿良志乎母　多志夜波婆

〔二七〕

2 ナニハのツよ〔津与〕リ

可流　不破乃世伎　久江弖和波由久　牟麻能都米　都久志能佐伎尓　知麻利為弖　阿　（一八）
例波伊波ゝ牟　母呂ゝゝ波　佐祁久等麻乎須　可閇利久麻弖尓

右一首、倭文部可良麻呂。

廿元古広—十

二月十四日、常陸国部領防人使大目正七位上息長真人国嶋　進歌数廿七首。但拙劣歌者不レ取二載之一。

2 里—理元　5 例—礼元

四三七三 四三九七
祁布与利波　可敝里見奈久弖　意富伎美乃　之許乃美多弖等　伊涅多都和例波

右一首、火長今奉部与曽布。

5 伊—由元類

四三七四 四三九八
阿米都知乃　可美乎伊乃里弖　佐都夜奴伎　都久之乃之麻乎　佐之弖伊久和例波

右一首、火長大田部荒耳。

5 サシテユ（由）クワレハ

2 婆広紀宮—波　5 理—里元古

四三七五 四三九九
麻都能気乃　奈美多流美礼婆　伊波妣等乃　和例乎美於久流等　多ゝ理之母己呂

右一首、火長物部真嶋。

1 岐元類古広—伎　5 叙—所元

四三七六 四四〇〇
多妣由岐尓　由久等之良受弖　阿母志ゝ尓　己等麻乎佐受弖　伊麻叙久夜之気　（一九）

右一首、寒川郡上丁川上臣老。

2 母賀母—毛賀毛元　5 母—毛元

四三七七 四四〇一
阿母刀自母　多麻尓母賀母夜　伊多太伎弖　美都良乃奈可尓　阿敝麻可麻久母

右一首、津守宿祢小黒栖。

3 母—毛元

四三七八 四四〇二
都久比夜波　須具波由気等毛　阿母志ゝ可　多麻乃須我多波　和須例西奈布母

1 ツクヒヨハ

右一首、都賀郡上丁中臣部足国。

3 婆元—波

四三七九 四四〇三
之良奈美乃　与曽流波麻倍尓　和可例奈婆　伊刀毛須倍奈美　夜多妣蘇弖布流

1 久尓具尓 元類古広 ― 具尓々々
5 須―酒 類広宮　部 元赭類古広―ナシ
2 岐 元広―伎　4 涅―泥 類古
5 須―受 宮陽
3 敝―蔽 類広
5 都之―都々 代初一案

右一首、足利郡上丁大舎人部祢麻呂。

四三八〇 四四〇四 奈尓波刀乎　己岐涅弖美例婆　可美佐夫流　伊古麻多可祢尓　久毛曽多奈妣久

右一首、梁田郡上丁大田部三成。

四三八一 四四〇五 久尓具尓乃　佐岐毛利都度比　布奈能里弖　和可流乎美礼婆　伊刀母須敝奈之　〔三〇〕

右一首、河内郡上丁神麻續部嶋麻呂。

四三八二 四四〇六 布多富我美　阿志気比等奈里　阿多由麻比　和我須流等伎尓　佐伎母里尓佐須

右一首、那須郡上丁大伴部広成。*

四三八三 四四〇七 都乃久尓乃　宇美能奈岐佐尓　布奈餘曽比　多志涅毛等伎尓　阿母我米母我母

右一首、塩屋郡上丁丈部足人。

二月十四日、下野国防人部領使正六位上田口朝臣大戸　進歌数十八首。但拙劣歌者不㆑取㆓載之㆒。

四三八四 四四〇八 阿加等伎乃　加波多例等枳尓　之麻加枳乎　己枳尓之布祢乃　他都枳之良須母

右一首、助丁海上郡海上国造他田日奉直得大理。

四三八五 四四〇九 由古作枳尓　奈美奈等恵良比　志流敝尓波　古乎等都麻乎等　於枳弖等母枳奴　〔三一〕

右一首、葛餝郡私部石嶋。

四三八六 四四一〇 和加々都乃　以都母等夜奈枳　以都母々々　於母加古比須々　奈理麻之都之母

5 ナリマシツツ〔ミ〕モ

右一首、結城郡矢作部真長。

四三八七 四四一一 知波乃奴乃　古乃弖加之波能　保々麻例等　阿夜尓加奈之美　於枳弖他加枳奴

右一首、千葉郡大田部足人。

四三八八　四四一二　多妣等弊等　麻多妣尓奈理奴　以弊乃母加　枳世之己呂母尓　阿加都枳尓迦理

1 弊元類紀宮—敝　3 弊元類広紀—敝

右一首、占部虫麻呂。

四三八九　四四一三　志保不尼乃　弊古祖志良奈美　尓波志久母　於不世他麻保加　於母波弊奈久尓

2 弊元類広紀—敝

右一首、印波郡丈部直大麻呂。

四三九〇　四四一四　牟浪他麻乃　久留尓久枳作之　加多米等之　以母加去ゝ里波　阿用久奈米加母

右一首、猿嶋郡刑部志加麻呂。〔三二一〕

四三九一　四四一五　久尓具尓乃　夜之里乃加美尓　奴佐麻都理　阿加古比須奈牟　伊母賀加奈志作

1 具尓元類広紀—ゝゝ　2 里元広—呂

右一首、結城郡忍海部五百麻呂。

四三九二　四四一六　阿米都之乃　以都例乃可美乎　以乃良波加　有都久之波ゝ尓　麻多己等刀波牟

右一首、埴生郡大伴部麻与佐。

四三九三　四四一七　於保伎美能　美許等尓作例波　知ゝ波ゝ乎　以波比弊等於枳弖　麻為弖枳尓之乎

2 作元類—佐　4 弊元類広紀—敝

右一首、結城郡雀部広嶋。

四三九四　四四一八　於保伎美能　美己等加之古美　由美乃美他　佐尼加和多良牟　奈賀気己乃用乎

3 他元類広—仁　部類広宮—ナシ

右一首、相馬郡大伴部子羊。*

二月十六日、下総国防人部領使少目従七位下県犬養宿祢浄人進歌数廿二首。但拙劣歌者不レ取二載之一。

独惜二竜田山桜花一歌一首〔三二三〕

四三九五 四四一九 多都多夜麻　見都〻古要許之　佐久良波奈　知利加須疑奈牟　和我可敝流刀尓

独見二江水浮漂糞一怨二恨貝玉不一レ依作歌一首

四三九六 四四二〇 保理江欲利　安佐之保美知尓　与流許都美　可比尓安里世婆　都刀尓勢麻之乎

在二館門一見二江南美女一作歌一首

四三九七 四四二一 見和多世婆　牟加都乎能倍乃　波奈尓保比　弖・里氏多弖流波　〻之伎多我都麻

右三首、二月十七日、兵部少輔大伴家持作之。

為二防人情一陳レ思作歌一首 并短歌

四三九八 四四二二 大王乃　美己等可之古美　都麻和可礼　可奈之久波安礼特　大夫　情布里於許之　等里与曽比　門出乎須礼婆　多良知祢乃　波〻可伎奈埿　若草乃　都麻等里都吉　平　久和礼波伊波〻・牟　好去而　早還　来等　麻蘇埿毛知　奈美太乎能其比　牟世比都〻　言〔三四〕語須礼婆　群鳥乃　伊埿多知加弖尓　等騰己保里　可弊里美之都〻　伊也等保尓　国乎伎波奈例　伊夜多可尓　山乎故要須疑　安之我知流　難波尓伎為弖　由布之保尓　船乎宇気須恵　安佐奈芸尓　倍牟気許我牟等　佐毛良布等　和我乎流等伎尓　春霞　之麻未尓多知弖　多頭我祢乃　悲　鳴婆　波呂婆呂尓　伊弊・乎於毛比埿　於比曽箭乃　曽与等奈流麻埿　奈気吉都流香母

四三九九 四四二三 宇奈波良尓　霞　多奈妣伎　多頭我祢乃　可奈之伎与比波　久尓弊之於毛保由

四四〇〇 四四二四 伊弊於毛布等　伊乎祢受乎礼婆　多頭我奈久　安之弊毛美要受　波流乃可須美尓

右、十九日、兵部少輔大伴宿祢家持作之。

41 ハろハ〔波〕ろニ

5 尓元類西貼紙 広—祢
4 婆広宮—波
1 婆類広宮—波
4 5 波〻元類 広—婆波
10 埿元—埿泥
12 麻元—麻波
22 埿—泥類広
24 弊元類広紀—敝
38 未代精—米
41 婆元類—波
四三九九ノ前行ニ反歌トアリ西補筆宮
5 弊元類—敝
1 4 弊元類広紀—敝
1 布元広—負

1 武元類広—茂
2 宗元類広—曽
4 怒元類春宮—努広奴

四四〇一 四三二五
可良己呂武　須宗尓等里都伎　奈苦古良乎　意伎弖曽伎怒也　意母奈之尓志弖 〔三五〕

1 カラころモ〔茂〕

右一首、国造小県郡他田舎人大嶋。

3 奴—怒広春
3 理元春—里
4 布元春広—負

四四〇二 四三二六
知波夜布留　賀美乃美佐賀尓　奴佐麻都理　伊波布伊能知波　意毛知ゝ我多米

右一首、主帳埴科郡神人部子忍男。

3 牟元広—毛
4 等能元西ィ広—多奈

四四〇三 四三二七
意保枳美能　美己等可之古美　阿乎久牟乃　等能妣久夜麻乎　古与弖伎怒加牟・

3 アヲクモ〔毛〕の
4 タナ〔多奈〕ビクヤマヲ

右一首、小長谷部笠麻呂。

数元春広宮—ナシ

二月廿二日、信濃国防人部領使上ㇾ道得ㇾ病不ㇾ来、進歌数*十二首。但拙劣歌者不ㇾ取㆓載之㆒。

四四〇四 四三二八
奈尓波治乎　由伎弖久麻弖等　和芸毛古賀　都気之非毛我乎　多延尓気流可母

右一首、助丁上毛野牛甘。

3 非元春—比
4 毛元類春広—母

四四〇五 四三二九
和我伊母古我　志濃非尓西餘等　都気志非毛・伊刀尓奈流等毛　和波等可自等余 〔三六〕

右一首、朝倉益人。

四四〇六 四三三〇
和我伊波呂尓　由加毛比等母我　久佐麻久良　多妣波久流之等　都気夜良麻久母

右一首、大伴部節麻呂。

4 駕元春—賀

四四〇七 四三三一
比奈久母理　宇須比乃佐可乎　古延志太尓　伊毛駕古比之久　和須良延奴加母

右一首、他田部子磐前。・

二月廿三日、上野国防人部領使大目正六位下上毛野君駿河　進歌数十二首。但拙劣歌者不ㇾ取㆓載之㆒。

11 努元類広—怒
23 尓元類広—仁
26 麻世婆—伊麻世類宮
43 乃元類広—之
70 乎—宇元右類広宮
74 等登元広—登〻
5 乎—宇類宮
3 比等—ナシ類〻〻広

陳二防人悲レ別之情一歌一首　并短歌

四四〇八 四四三二 大王乃　麻気乃麻尓〻〻　嶋守尓　和我多知久礼婆　波〻蘇婆能　波〻能美許等波　美母乃須蘇　都美安気可伎奈埿　知〻能未乃　知〻能美許等波　多久頭努能　之良比気乃宇倍由　奈美・太多利　奈気伎乃多婆久　可胡自母乃　多太比等里之氐　安佐刀埿乃〔三七〕可奈之伎吾子　安良多麻乃　等之能乎奈我久　安比美受波　古非之久安流倍之　今日太尓母　許等騰比勢武等　乎之美都〻　可奈之備麻世婆　若草之　都麻母古騰母毛　乎知己知尓　左波尓可久美為　春鳥乃　己恵乃佐麻欲比　之路多倍乃　蘇埿奈伎奴良之　多豆佐波里　和可礼加弖尓等　比伎等騰米　之・多比之毛能乎　天皇乃　美許等可之古美多麻保己乃　美知尓出立　乎可乃佐伎　伊多牟流其等尓　与呂頭多妣　可弊里見之都追波呂〻〻尓　和可礼之久礼婆　於毛布蘇良　夜須久母安良受　古布流蘇良　久流之伎毛乃乎　宇都世美乃　与能比等奈礼婆　多麻伎波流　伊能知母之良受　海原乃　可之古伎美知乎　之麻豆多比　伊己芸和多利弖　安里米具利　和我久流麻埿尓・多比良気久　於〔三八〕夜波伊麻佐祢　都〻美奈久　都麻波麻多世等　須美乃延能　安我須売可未尓　奴佐麻都利　伊能里麻乎之弖　奈尓波都尓　船乎宇気須恵　夜蘇加奴伎　可古等登能倍弖　安佐婢良伎　和波己芸埿奴等　伊弊尓都気己曽

四四〇九 四四三三 伊弊婢等乃　伊波倍尓可安良牟　多比良気久　布奈埿波之奴等　於夜尓麻乎佐祢・

四四一〇 四四三四 美蘇良由久　〻母〻都可比等　比等波伊倍等　伊弊頭刀夜良武　多豆伎之良受母

四四一一 四四三五 伊弊都刀尓　可比曽比里弊流　波麻奈美波　伊也之久〻〻二　多可久与須礼騰

26 カナシびイ〔伊〕マセ〔婆〕
70 イのリマウ〔宇〕シテ
5 オヤニマウ〔宇〕サネ

四三二二 四四三六 之麻可気尓　和我布祢波弖氏　都気也良牟　都可比乎奈美也　古非都ゝ由加牟

二月廿三日、兵部少輔大伴宿祢家持。

四三二三 四四三七 麻久良多之　己志尓等里波伎　麻可奈之伎　西・呂我馬伎己无　都久乃之良奈久

右一首、上丁那珂郡檜前舎人石前之妻大伴部*真足女。

四三二四 四四三八 於保伎美乃　美己等可之古美　宇都久之気　麻古我弖波奈利　之末豆多比由久

右一首、助丁秩父郡大伴部小歳。

四三二五 四四三九 志良多麻乎　弖尓刀里母之弖　美流乃須母　伊弊奈流伊母乎　麻多美弖毛母也・

右一首、主帳荏原郡物部歳徳。

四三二六 四四四〇 久佐麻久良　多比由苦世奈我　麻流祢世婆　伊波奈流和礼波　比毛等加受祢牟

右一首、妻椋椅部刀自売。

四三二七 四四四一 阿加胡麻乎　夜麻努尓波賀志　刀里加尓弖　多麻能余許夜麻　加志由加也良牟

右一首、豊嶋郡上丁椋椅部荒虫之妻宇遅部黒*女。・

四三二八 四四四二 和我可度乃　可多夜麻都婆伎　麻己等奈礼　和我弖布礼奈ゝ　都知尓於知母加毛

右一首、荏原郡上丁物部広足。

四三二九 四四四三 伊波呂尓波　安之布多気騰母　須美与気乎　都久之尓伊多里弖　古布志気毛波母

右一首、橘樹郡上丁物部真根。

四三三〇 四四四四 久佐麻久良　多妣乃麻流祢乃　比毛多要婆　安我弖等都気呂　許礼乃波流母志・

右一首、妻椋椅*部弟女。

4 无元古広—無
部元—ナシ
4 能元類—乃
黒—里元広
5 加—可元宮
椅元右類広宮—埼

〔三九〕 4 セろガマキこム
〔四〇〕

4 祢―祢尔類

由元赭考―田

4 波元類広紀―婆

四三三以下九三首ヲ欠ク本アリト注ス西朱細赭

3 婆元春広―波

5 无元広―無

九古―ナシ

2 伎―岐類広

5 岐―伎元宮

四三二一 四四四五 和我由伎乃　伊伎都久之可婆　安之我良乃　美祢波保久毛乎　美等登志努波祢

右一首、都筑郡上丁服部於由。*

四三二二 四四四六 和我世奈乎　都久之倍夜里弖　宇都久之美　於妣波等可奈々　阿也尓加母祢毛

右一首、妻服部呰女。

四三二三 四四四七 安之我良乃　美佐可尓多志弖　蘇埿布良婆　伊・波奈流伊毛波　佐夜尓美毛可母　〔四一〕

右一首、埼玉郡上丁藤原部等母麻呂。

四三二四 四四四八 伊呂夫可久　世奈我許呂母波　曽米麻之乎　美佐可多婆良婆　麻佐夜可尓美无

右一首、妻物部刀自売。

二月廿九*日、武蔵国部領防人使掾正六位上安曇宿祢三国　進歌数廿首。但拙劣歌者不レ取二載之一。・

四三二五 四四四九 佐伎毛利尓　由久波多我世登　刀布比登乎　美流我登毛之佐　毛乃母比毛世受

四三二六 四四五〇 阿米都之乃　可未尓奴佐於伎　伊波比都々　伊麻世和我世奈　阿礼乎之毛波婆

四三二七 四四五一 伊波乃伊毛呂　和乎之乃布良之　麻由須比尓　由須比之比毛乃　登久良久毛倍婆

四三二八 四四五二 和我世奈乎　都久志波夜利弖　宇都久之美　叡比波登加奈々　阿夜尓可毛祢牟・

四三二九 四四五三 宇麻夜奈流　奈波多都古麻乃　於久流我弁　伊毛我伊比之乎　於岐弖可奈之毛　〔四二〕

四三三〇 四四五四 阿良之乎乃　伊乎佐太波佐美　牟可比多知　可奈流麻之都美　伊埿弖登阿我久流

四三三一 四四五五 佐左賀波乃　佐也久志毛用尓　奈々弁加流　去呂毛尓麻世流　古侶賀波太波毛

四三三二 四四五六 佐弁奈弁奴　美許登尓阿礼婆　可奈之伊毛我　多麻久良波奈礼　阿夜尓可奈之毛・

4 ミネニ〔尓〕ハホクモヲ

右八首、昔年防人歌矣。主典刑部少録正七位上磐余伊美吉諸君抄写、贈二兵部少輔大伴宿祢家持一。

三月三日　検二校防人一勅使并兵部使人等同集飲宴作歌三首

四四三三（四四五七）　阿佐奈佐奈　安我流比婆理尓　奈里氐之可　美也古尓由伎弖　波夜加弊里許牟

四四三四（四四五八）　比婆里安我流　波流弊等佐夜尓　奈理奴礼波　美夜古母美要受　可須美多奈妣久　〔四三〕

右一首、勅使紫微大弼安倍沙*美麻呂朝臣。・

四四三五（四四五九）　布敷売里之　波奈乃波自米尓　許之和礼夜　知里奈牟能知尓　美夜古敝由可无

右二首、兵部*使少輔大伴宿祢家持。

昔年相替防人歌一首

四四三六（四四六〇）　夜未乃欲能　由久左伎之良受　由久和礼乎　伊都伎麻佐牟等　登比之古良波母・

先太上天皇御製霍公鳥歌一首　日本根子高瑞日清足姫天皇也。

四四三七（四四六一）　富等登芸須　奈保毛奈賀那牟　母等都比等　可気都ゝ母等奈　安乎祢之奈久母

薩妙観応レ詔奉レ和歌一首

四四三八（四四六二）　保等登芸須　許ゝ尓知可久乎　伎奈伎弖余　須疑奈无能知尓　之流志安良米夜母

冬日幸二于*靫負御井一之時　内命婦石川朝臣応レ詔賦レ雪歌一首　諱曰二邑婆一。・

四四三九（四四六三）　麻都我延乃　都知尓都久麻埿　布流由伎乎　美受弖也伊毛我　許母里乎流良牟　〔四四〕

于レ時水主内親王寝膳不レ安、累日不レ参。因以二此日一太上天皇勅二侍嬬等一曰、為レ遣二水主内親王一賦レ雪作レ歌奉献者。於レ是諸命婦等不レ堪レ作レ歌、而此石川命婦独作二此

3 氐元広—弖
美元類広—弥
1 婆—波元類広
5 无元右広—無
使元西原広紀—ナシ
4 佐元類春広—左
4 无元類広—無
靫元類紀—靭

歌一奏之。

右件四首、上総国大掾正六位上大原真人今城伝誦二云尓。年月未レ詳。

上総国朝集使大掾大原真人今城向レ京之時　郡司妻女等餞レ之歌二首

3 婆広宮—波
四四四〇 四四六四 安之我良乃　夜敝也麻故要弖　伊麻之奈婆　多礼乎可伎美等　弥都々志努波牟

5 无元広—無
四四四一 四四六五 多知之奈布　伎美我須我多乎　和須礼受波　与能可芸里尓夜　故非和多里奈无

歌元広宮—ナシ
五月九日　兵部少輔大伴宿祢家持之宅集飲歌四首

四四四二 四四六六 和我勢故我　夜度乃奈弖之故　比奈良倍弖　安米波布礼杼母　伊呂毛可波良受　〔四五〕

右一首、大原真人今城。

1 能元類広—乃
四四四三 四四六七 比佐可多能　安米波布里之久　奈弖之故我　伊夜波都波奈尓　故非之伎和我勢

右一首、大伴宿祢家持。

4 弊元宮—敝
四四四四 四四六八 和我世故我　夜度奈流波疑乃　波奈佐可牟　安伎能由布弊波　和礼乎之努波世

右一首、大原真人今城。

即聞二鶯哢一作歌一首

四四四五 四四六九 宇具比須乃　許恵波須疑奴等　於毛倍杼母　之美尓之許己呂　奈保古非尓家里

右一首、大伴宿祢家持。

同月十一日　左大臣橘卿宴二右大弁丹比国人真人之宅一歌三首

四四四六 四四七〇 和我夜度尓　佐家流奈弖之故　麻比波勢牟　由米波奈知流奈　伊也乎知尓左家　〔四六〕

右一首、丹比国人真人寿二左大臣一歌。

4 无元広―無

四四四七 四四七一 麻比之都〻　伎美我於保世流　奈弖之故我　波奈乃未等波无　伎美奈良奈久尓

右一首、左大臣和歌。

四四四八 四四七二 安治左為能　夜敝佐久其等久　夜都与尓乎　伊麻世和我勢故　美都〻思努波牟

右一首、左大臣寄二味狭藍花一詠也。

三―一元広

十八日　左大臣宴二於兵部卿橘奈良麻呂朝臣之宅一歌三首*

四四四九 四四七三 奈弖之故我　波奈等里母知弖　宇都良〻〻　美麻久能富之伎　吉美尓母安流加母

右一首、治部卿船王。

四四五〇 四四七四 和我勢故我　夜度能奈弖之故　知良米也母　伊夜波都波奈尓　佐伎波麻須等母

4 蘇元類広―曽

四四五一 四四七五 宇流波之美　安我毛布伎美波　奈弖之故我　波奈尓奈蘇倍弖　美礼杼安可奴香母

右二首、兵部少輔大伴宿祢家持追作。

八月十三日　在二内南安殿一肆宴歌二首

四四五二 四四七六 乎等売良我　多麻毛須蘇婢久　許能尓波尓　安伎可是不吉弖　波奈波知里都〻

右一首、内匠頭兼播磨守正四位下安宿王奏之。

四四五三 四四七七 安吉加是能　布伎古吉之家流　波奈能尓波　伎欲伎都久欲仁　美礼杼安賀奴香母

右一首、兵部少輔従五位上大伴宿祢家持。未レ奏。

三元広―一

十一月廿八日　左大臣集二於兵部卿橘奈良麻呂朝臣宅一宴歌三首*

四四五四 四四七八 高山乃　伊波保尓於布流　須我乃根能　祢母許呂其呂尓　布里於久白雪

右一首、左大臣作。

天平元年班田之時 使葛城王従山背国贈薩妙観命婦等所歌一首 副芹子褁。

四四五五 四四七九 安可祢左須 比流波多々婢弖 奴婆多麻乃 欲流乃伊刀末仁 都売流芹子許礼 〔四八〕

薩妙観命婦報贈歌一首

四四五六 四四八〇 麻須良乎等 於毛敝流母能乎 多知波吉氐 可尓波乃多為尓 世理曽都美家流

右二首、左大臣読之云尓。左大臣是葛城王、後賜橘姓也。

天平勝宝八歳丙申二月朔乙酉廿四日戊申、太上天皇天皇太后幸行於河内離宮、経信以壬子伝幸於難波宮也。三月七日 於河内国伎人郷馬国人之家宴歌三首

四四五七 四四八一 須美乃江能 波麻末都我根乃 之多婆倍弖 和我見流乎努能 久佐奈加利曽祢

右一首、兵部少輔大伴宿祢家持。

四四五八 四四八二 尓保杼里乃 於吉奈我河波半 多延奴等母 伎美尓可多良武 己等都奇米也母 古新未詳。 〔四九〕

右一首、主人散位寮散位馬史国人。

四四五九 四四八三 蘆苅尓 保里江許具奈流 可治能於等波 於保美也比等能 未奈伎久麻泥尓

右一首、式部少丞大伴宿祢池主読之。即云、兵部大丞大原真人今城 先日他所読歌者也。

四四六〇 四四八四 保利江己具 伊豆手乃船乃 可治都久米 於等之婆多知奴 美乎波也美加母

四四六一 四四八五 保里江欲利 美乎左香能保流 梶音乃 麻奈久曽奈良波 古非之可利家留

四四六二 四四八六 布奈芸保布 保利江乃可波乃 美奈伎波尓 伎為都々奈久波 美夜故杼里香蒙

右三首、江辺作之。

1 左 元類広—佐
3 氏 元広紀—底 類弖
天 墒—太
太—大 元類広
3 婆 元類古広—波
2 里 元類広宮—利
5 涅 元広—泥
2 香 元類古広—可
3 梶 元類古広—梶乃

3 シタハ〔波〕ヘテ

四四六三（四四八七）保等登芸須　麻豆奈久安佐気　伊可尓世婆　和・我加度須疑自　可多利都具麻埿　〔五〇〕

四四六四（四四八八）保等登芸須　可気都ゝ伎美我　麻都可気尓　比毛等伎佐久流　都奇知可都伎奴

右二首、廿日、大伴*宿祢**家持依レ興作之。

喩レ族歌一首　并短歌

四四六五（四四八九）比左加多能　安麻能刀比良伎　多可知保乃　多気尓阿毛理之　須売呂伎能　可未能御代　欲利　波自由美乎　多尓芸利母多之　麻可胡也乎　多・婆左美蘇倍弖　於保久米能　麻須良多祁乎ゝ　佐吉尓多弖　由伎登利於保世　山河乎　伊波祢左久美弖　布美等保利　久尓麻芸之都ゝ　知波夜夫流　神乎許等牟気　麻都呂倍奴　比等乎母夜波之　波吉伎欲米　都可倍麻都里弖　安吉豆之万　夜万登能久尓乃　加之波良能　宇祢備乃宮尓　美也婆之良　布刀之利多弖氏　安米能之多　之良志売之祁流　須売呂伎能　安麻能日継・等　都芸弖久流　伎美能御代ゝゝ　加久左波奴　安加吉許己呂乎　須売良弊尓　伎波米都久之弖　都加倍久流　於夜能都可佐等　許等太弖氏　佐豆気多麻敝流　宇美乃古能　伊也都芸都岐尓　美流比等乃　可多里都芸弖氏　伎久比等能　可我見尓世武乎　安多良之伎　吉用伎曽乃名曽　於煩呂加尓　己許呂於母比弖　牟奈許等母　於夜乃名多都奈　大伴乃　宇治等名尓於敝流・　麻須良乎能等母　〔五一〕

四四六六（四四九〇）之奇志麻乃　夜末等能久尓ゝ　安伎良気伎　名尓於布等毛能乎　己許呂都刀米与

四四六七（四四九一）都流芸多知　伊与餘刀具倍之　伊尓之敝由　佐夜気久於比弖　伎尓之曽乃名曽

右、縁二淡海真人三船讒言一出雲守大伴古慈斐*宿祢解レ任。是以家持作二此歌一也。

二—五元
宿祢—ナシ元
27 加元広—可
27 波元—婆
29 婆元広紀宮—波
斐—悲元右類広宮
53 オホろカニ

臥レ病悲ニ無常一欲レ脩*レ道作歌二首

四四六八（四四九二）宇都世美波　加受奈吉身奈利　夜麻加波乃　佐夜気吉見都々　美知乎多豆祢奈　〔五二〕

四四六九（四四九三）和多流日能　加気尔伎保比弖　多豆祢弖奈　伎欲吉曽能美知　末多母安波无多米

願レ寿作歌一首

四四七〇（四四九四）美都煩奈須　可礼流身曽等波　之礼々杼母　奈保之祢我比都　知等世能伊乃知乎

以前歌六首、六月十七日、大伴宿祢家持作。

冬十一月五日夜　小雷起鳴　雪落覆レ庭　忽懐ニ感憐一聊作短歌一首

四四七一（四四九五）気能己里能　由伎尔安倍弖流　安之比奇乃　夜麻多知婆奈乎　都刀尔通弥許奈

右一首、兵部少輔大伴宿祢家持。

八日　讃岐守安宿王等集ニ於出雲掾安宿奈杼麻呂之家一宴歌二首

四四七二（四四九六）於保吉美乃　美許登加之古美　於保乃宇良乎　曽我比尔美都々　美也古敝能保流　〔五三〕

右、掾安宿奈杼麻呂。

四四七三（四四九七）宇知比左須　美也古乃比等尔　都気麻久波　美之比乃其等久　安里等都気己曽

右一首、守山背王歌也。主人安宿奈杼麻呂語云、奈杼麻呂被レ差ニ朝集使一擬レ入ニ京師一。因レ此餞之日、各作*レ歌聊陳ニ所心一也。

四四七四（四四九八）武良等里乃　安佐太知伊尔之　伎美我宇倍波　左夜加尔伎吉都　於毛比之其等久　一云、於毛比之母乃乎

右一首、兵部少輔大伴宿祢家持後日追ニ和出雲守山背王歌一作之。

脩　元類広—修
5 无　元広—無
3 乃　元類広—之
4 婆　元広—波
作　元—作此

廿三日　集於式部少丞大伴宿祢池主之宅飲宴歌二首

四四七五（四四九九）　波都由伎波　知敝尓布里之家　故非之久能　於保加流和礼波　美都々之努波牟・

四四七六（四五〇〇）　於久夜麻能　之伎美我波奈能　奈能其等也　之久之久伎美尓　故非和多利奈無

5 無―牟元无広

右二首、兵部大丞大原真人今城。　〔五四〕

智努女王卒後　円方女王悲傷作歌一首

四四七七（四五〇一）　由布義理尓　知杼里乃奈吉志　佐保治乎婆　安良之也之弖牟　美流与之乎奈美

1 理元類広紀―利

大原桜井真人行佐保川辺之時作歌一首

四四七八（四五〇二）　佐保河波尓　許保里和多礼流　宇須良婢乃　宇・須伎許己呂乎　和我於毛波奈久尓

藤原夫人歌一首　浄御原宮御宇天皇之夫人也。字曰氷上大刀自也。

四四七九（四五〇三）　安佐欲比尓　祢能未之奈気婆　夜伎多知能　刀其己呂毛安礼波　於母比加祢都毛

4 波元紀宮―婆

四四八〇（四五〇四）　可之故伎也　安米乃美加度乎　可気都礼婆　祢能未之奈加由　安左欲比尓之弖　作者未詳。

右件四首、伝読兵部大丞大原今城。・

三月四日　於兵部大丞大原真人今城之宅宴歌一首　〔五五〕

四四八一（四五〇五）　安之比奇能　夜都乎乃都婆吉　都良々々尓　美等母安可米也　宇恵弖家流伎美

4 可元類古広―加

右、兵部少輔大伴家持属植椿作。

四四八二（四五〇六）　保里延故要　等保伎佐刀麻弖　於久利家流　伎美我許己呂波　和須良由麻之自

5 自元―目

右一首、播磨介藤原朝臣執弓赴任悲別也。主人大原今城伝読云尓。

勝宝九歳六月廿三日　於大監物三形王之宅宴歌一首

四四八三 四五〇七 宇都里由久　時見其登尓　許己呂伊多久　牟可之能比等之　於毛保由流加母

右、兵部大輔大伴宿祢家持作。

四四八四 四五〇八 佐久波奈波　宇都呂布等伎安里　安之比奇乃　夜麻須我乃祢之　奈我久波安利家里・

右一首、大伴宿祢家持悲ニ怜物色変化一作之也。

〔五六〕

3 加元類広―可

四四八五 四五〇九 時花　伊夜米豆良之母　加久之許曽　売之安伎良米晩　阿伎多都其等尓

右、大伴宿祢家持作之。

天平宝字元年十一月十八日 於ニ内裏一肆宴歌二首

5 乎―ナシ広宮

四四八六 四五一〇 天地乎　弖良須日月乃　極奈久　阿流倍伎母能・乎　奈尓乎加於毛波牟

右一首、皇太子御歌。

四四八七 四五一一 伊射子等毛　多波和射奈世曽　天地能　加多米之久尓曽　夜麻登之麻祢波

右一首、内相藤原朝臣奏之。

十二月十八日 於ニ大監物三形王之宅一宴歌三首

四四八八 四五一二 三雪布流　布由波祁布能未　鶯乃　奈加牟春敝・波　安須尓之安流良之

〔五七〕

右一首、主人三形王。

四四八九 四五一三 宇知奈婢久　波流乎知可美加　奴婆玉乃　己与比能都久欲　可須美多流良牟

右一首、大蔵大輔甘南備伊香真人。

四四九〇 四五一四 安良多末能　等之由伎我敝理　波流多々婆　末豆和我夜度尓　宇具比須波奈家

右一首、右中弁大伴宿祢家持。・

四四九一 四五一五 於保吉宇美能　美奈曽己布可久　於毛比都々　毛婢伎奈良之思　須我波良能佐刀

右一首、藤原宿奈麻呂朝臣之妻石川女郎薄愛離別、悲恨作歌也。年月未詳。

廿三日　於治部少輔大原今城真人之宅宴歌一首

四四九二 四五一六 都奇餘米婆　伊麻太冬奈里　之可須我尓　霞多奈婢久　波流多知奴等可・

右一首、右中弁大伴宿祢家持作。　〔五八〕

二年春正月三日　召侍従竪子王臣等令侍於内裏之東屋垣下*　即賜玉箒肆宴　于時内相藤原朝臣奉勅宣　諸王卿等随堪任意作歌并賦詩　仍応詔旨各陳心緒作歌賦詩　未得諸人之賦詩并作歌也。

四四九三 四五一七 始春乃　波都祢乃家布能　多麻婆波伎　手尓等流可良尓　由良久多麻能乎・

右一首、右中弁大伴宿祢家持作。但依大蔵政不堪奏之。*

四四九四 四五一八 水鳥乃　可毛能羽伊呂乃　青馬乎　家布美流比等波　可芸利奈之等伊布

右一首、為七日侍宴右中弁大伴宿祢家持預作此歌。但依仁王会事、却以六日於内裏召諸王卿等、賜酒肆宴給禄。因斯不奏也。

六日　内庭仮植樹木以作林*帷而為肆宴*歌　〔五九〕

四四九五 四五一九 打奈婢久　波流等毛之流久　宇具比須波　宇恵木之樹間乎　奈枳和多良奈牟

右一首、右中弁大伴宿祢家持。不奏。

二月　於式部大輔中臣清麻呂朝臣之宅宴歌十五首*

四四九六 四五二〇 宇良売之久　伎美波母安流加　夜度乃烏梅能　知利須具流麻埿　美之米受安利家流・

下—而元広
之元宮—之也
2 能羽広温矢京—羽能
帷細温京—惟
歌—歌一首広宮
5 枳元類広—伎
五元広—ナシ
3 能元類広紀—乃

右一首、治部少輔大原今城真人。

四四九七 四五二一 美牟等伊波婆　伊奈等伊波米也　宇梅乃波奈　知利須具流麻弖　伎美我伎麻左奴

右一首、主人中臣清麻呂朝臣。

四四九八 四五二二 波之伎余之　家布能安路自波　伊蘇麻都能　都祢尓伊麻佐祢　伊麻母美流其等

右一首、右中弁大伴宿祢家持。

四四九九 四五二三 和我勢故之　可久志伎許散婆　安米都知乃　可・未乎許比能美　奈我久等曽於毛布

〔六〇〕

右一首、主人中臣清麻呂朝臣。

四五〇〇 四五二四 宇梅能波奈　香乎加具波之美　等保家杼母　己許呂母之努尓　伎美乎之曽於毛布

右一首、治部大輔市原王。

四五〇一 四五二五 夜知久佐能　波奈波宇都呂布　等伎波奈流　麻都能左要太乎　和礼波牟須婆奈

右一首、右中弁大伴宿祢家持。・

四五〇二 四五二六 烏梅能波奈　左伎知流波流能　奈我伎比乎　美礼杼母安加奴　伊蘇尓母安流香母

右一首、大蔵大輔甘南備伊香真人。

四五〇三 四五二七 伎美我伊敝能　伊気乃之良奈美　伊蘇尓与世　之婆々々美等母　安加無伎弥加毛

右一首、右中弁大伴宿祢家持。

四五〇四 四五二八 宇流波之等　阿我毛布伎美波　伊也比家尓　伎末勢和我世古　多由流日奈之尓・

右一首、主人中臣清麻呂朝臣。

〔六一〕

四五〇五 四五二九 伊蘇能宇良尓　都祢欲比伎須牟　乎之杼里能　乎之伎安我未波　伎美我末仁麻尓

4 弖—氐広

5 婆—波類広

4 ミ々類広—之婆

5 無—无広

4 古類広宮—呂

2 ツネヨビキスム

右一首、治部少輔大原今城真人。

依レ興各思二高円離宮処一作歌五首

四五〇六 四五三〇 多加麻刀能　努乃宇倍能美也波　安礼尓家里　多々志々伎美能　美与等保曽気婆

右一首、右中弁大伴宿祢家持。

四五〇七 四五三一 多加麻刀能　乎能宇倍乃美也波　安礼奴等母　多々志々伎美能　美奈和須礼米也

右一首、治部少輔大原今城真人。

四五〇八 四五三二 多可麻刀能　努敝波布久受乃　須恵都比尓　知与尓和須礼牟　和我於保伎美加母

右一首、主人中臣清麻呂朝臣。

四五〇九 四五三三 波布久受能　多要受之努波牟　於保吉美乃　売之思野辺尓波　之米由布倍之母

右一首、右中弁大伴宿祢家持。

四五一〇 四五三四 於保吉美乃　都芸弖売須良之　多加麻刀能　努敝美流其等尓　祢能未之奈加由

右一首、大蔵大輔甘南備伊香真人。

属二目山斎一作歌三首

四五一一 四五三五 乎之能須牟　伎美我許乃之麻　家布美礼婆　安之婢乃波奈毛　左伎尓家流可母

右一首、大監物御方王。

四五一二 四五三六 伊気美豆尓　可気左倍見要氏　佐伎尓保布　安之婢乃波奈乎　蘇弖尓古伎礼奈

右一首、右中弁大伴宿祢家持。

四五一三 四五三七 伊蘇可気乃　美由流伊気美豆　氏流麻埿尓　左家流安之婢乃　知良麻久乎思母

2 波類広—婆
2 波類宮—婆
大原元古広—ナシ
3 乃元類広—能

右一首、大蔵大輔甘南備伊香真人。

二月十日於内相宅餞渤海大使小野田守朝臣等宴歌一首・

四五一四　四五三八　阿乎宇奈波良　加是奈美奈妣伎　由久左久佐　都々牟許等奈久　布祢波々夜家無　〔六三〕

右一首右中弁大伴宿祢家持。未レ誦之。

七月五日於治部少輔大原今城真人宅餞因幡守大伴宿祢家持宴歌一首

四五一五　四五三九　秋風乃　須恵布伎奈婢久　波疑能花　登毛尓加射左受　安比加和可礼牟

右一首、大伴宿祢家持作之。・

三年春正月一日於因幡国庁賜饗国郡司等之宴歌一首

四五一六　四五四〇　新　年乃始乃　波都波流能　家布敷流由伎能　伊夜之家餘其騰

右一首、守大伴宿祢家持作之。

萬葉集巻第二十・

（巻第二十奥書）

先度書本云、

斯本者肥後大進忠兼之書也。件表紙書云、以二讃州本一書写畢。以二江家本一校畢。又以二梁園御本一校畢。又以二孝言朝臣本一校畢者。可レ謂二証本一者歟。又校本云、以二前左金吾本一書写畢。保安二年七月、以二数本一比校畢。又以二中務大輔本一校畢。件本表紙書云、以二宇治殿御本、通俊本一校畢者。

抑先本校合之根源、并今本仮名色〻事、第一巻奥先記レ之畢。愚老年来之間、以二数本一令二比校一之処、異説且千也。其中於二大段不同一、有二三種差別一。一者巻〻目録不同、二者歌詞高下不同、三者仮名離合不同也。初巻〻目録不同者、如二松殿御本、左京兆本、（已上両本共帥中納言伊房卿手跡也。）忠兼等本一者、二十巻皆以二巻〻端一目六在レ之。但目六之詞、各有二少異一。就レ中第廿巻目六、有二三重相違一。或本者諸国防人等名字皆以載レ之。或本者始レ自二遠江国防人部領使一、至二于上野国防人部領使一、已上九箇国者雖レ挙二所レ進歌員数一、不レ挙二防人一〻名字一。於二武蔵一国一、書二載防人等十二人之名字一。或本者如二以前九箇国一。武蔵防人所レ進歌、挙二其員数一許也。此説可レ宜歟。尤可レ同二自余九ケ国一也。凡他巻目六挙二歌員数一事、大旨如レ此也。今愚本附二順之一畢。如二二条院御本之流、并基長中納言本之流、尚書禅門真観本（元家隆卿本也。）者、至二于第十五巻一目六在レ之、第十六巻以下五巻無二目六一。自レ本如レ此本一流有レ之歟。或又有下都無二目六一本上也。又巻〻初挙二長歌員数一、書二之短歌何首等一。仮令第五巻初書二之短歌十首反歌百三首等一也。是則以二長歌一為二短歌一僻二料簡一所*為歟。次反歌者、相二副長歌一之時短歌也。故長歌次有二短歌一之時、或書二之反歌一、或書二之短歌一者也。而何一巻内短歌惣以謂二之反歌一乎。其誤非レ一歟。如二忠兼本一者、都不レ書レ之。尤佳也。如二松殿御本一者、短歌何首等雖レ書レ之、其注美本無レ之云〻。尤可レ然。次

所—之所紀陽

歌詞高下不同者、如㆓光明峯寺入道前摂政家御本、鎌倉右大臣家本、忠兼本㆒者、歌高詞下。先度愚本移㆑之畢。法性寺殿御自筆御本又同㆑之也。雖㆑然古本并可㆑然本〻、多以㆑端作詞者指挙書㆑之、歌者引下書㆑之。所謂松殿御本、二条院御本之流、并忠定卿本、尚書禅門本、左京兆本、皆同。又道風、行成等手跡本、同以詞挙歌下。仍去今両年二箇度書写本移㆑之畢。凡序題并端作詞指挙書㆑之、詩歌引下書㆑之事、為㆓古書之習㆒歟。就㆑中御宇年号等、挙書㆑之者時代分明、尤佳也。三仮名離合不同者、倩案㆓事情㆒、天暦御宇源順等奉　㆑勅初奉㆑和㆑之剋、定於㆓漢字之傍㆒付㆓進仮名㆒歟。仍慕㆓往昔之本㆒故、先度愚本於㆓漢字之右㆒付㆓仮名㆒畢。是則其徳非㆑一故也。其徳者一者料紙減㆓三分之一㆒、書写惟安。二者和漢相並見合無㆑煩。和漢別時者短歌猶以校勘有㆑煩。何況於㆓長歌㆒乎。三者若和若漢訛謬無㆑隠。四者和漢一所疾了㆓字声㆒。五者未㆑付㆓仮名㆒歌有㆓置㆑和之所㆒本、雖㆑以㆑有㆓其理㆒、徒然闕㆑行無用也。一向漢字書㆑之時者、有㆑徳無㆑難者歟。於㆑是去弘長二年初春之比、以㆓大宰大貳重家卿自筆本㆒令㆓校合㆒之処、於㆓漢字之右㆒被㆑付㆓仮名㆒。彼本第一巻奥書云、承安元年六月十五日以㆓平三品経盛本㆒手自書写畢。件本以㆓二条院御本㆒書写本也。他本仮名別書㆑之。而起㆑自㆓叡慮㆒、被㆑付㆓仮名於真名㆒。珍重〻〻等云〻。愚本仮名皆以符合。水月融即、感応道交。歓悦余㆑身、似㆑覚㆓悟暁㆒者歟。其後聞㆓古老伝説㆒云、天暦御宇源順奉㆓　勅宣㆒、令㆑付㆓進仮名於漢字之傍㆒畢。然又法成寺入道殿下為㆑令㆑献㆓上東門院㆒、仰㆓藤原家経朝臣㆒被㆑書㆓写萬葉集㆒之時、仮名歌別令㆑書㆑之畢。尓来普天移㆑之云〻。然而道風手跡本、仮名歌別書㆑之。古老之説有㆓相違㆒歟。後賢勘㆑之。以前三箇不同等、令㆑採㆓用其善㆒、所㆑書㆓写此本㆒也。只事㆓一身之耽翫㆒、未㆑顧㆓多情之疑謗㆒、自感二数奇一屢垂二哀涙一而已。去年書写本者、依二中務卿親王之仰一、令レ献二上之一畢。仍更所レ令二書写一也。

文永三年歳次丙寅八月廿三日

権律師仙覚記之

井手（いで）　至（いたる）
昭和四年生まれ。
京都大学文学部卒。
元大阪市立大学（現大阪公立大学）名誉教授。

毛利（もうり）　正守（まさもり）
昭和十八年生まれ。
皇學館大学大学院修士課程修了。
大阪市立大学（現大阪公立大学）名誉教授。

和泉古典叢書 11

新校注　萬葉集

二〇〇八年一〇月一五日初版第一刷発行
二〇二三年　三　月三〇日初版第七刷発行

校注者　井手　至
　　　　毛利正守
発行者　廣橋研三
発行所　和泉書院
大阪市天王寺区上之宮町七―六
（〒五四三―〇〇三七）
電話　〇六―六七七一―一四六七
振替　〇〇九七〇―八―一五〇四三
印刷・製本　亜細亜印刷

本書の無断複製・転載・複写を禁じます

©Wataru Ide, Masamori Mouri 2008 Printed in Japan
ISBN978-4-7576-0490-2　C0392